TIANQI DALU

天齐大陆

月下泷痕 ◎ 著

线装书局

图书在版编目（CIP）数据

天齐大陆 / 月下泷痕著. —北京：线装书局，2015.3
ISBN 978-7-5120-1772-6

Ⅰ.①天… Ⅱ.①月… Ⅲ.①长篇小说—中国—当代 Ⅳ.①I247.5

中国版本图书馆 CIP 数据核字（2015）第 040205 号

天齐大陆

作　　者：	月下泷痕
责任编辑：	崔建伟　宁　静
装帧设计：	顽瞳书衣
出版发行：	线 装 書 局
地　　址：	北京市西城区鼓楼西大街41号（100009）
电　　话：	010-64045283　64041012
网　　址：	www.xzhbc.com
经　　销：	新华书店
印　　制：	北京市玖仁伟业印刷有限公司
开　　本：	787mm×1092mm　1/16
印　　张：	22
字　　数：	481 千字
版　　次：	2015 年 4 月第 1 版第 1 次印刷
印　　数：	0001—7000 册
定　　价：	39.80 元

前言
混沌开，生灵出

天地初开，一片混沌，迷迷蒙蒙中，混沌聚散，渐渐形成了一个以混沌之气为基质的空间，后世传说中将其称为混沌空间。

混沌之气不断在这个巨大的空间中收缩，膨胀；再收缩，再膨胀……周而复始。

经过了不知几千万亿年，突然有一天，混沌之气在收缩之后，再次膨胀时，浓郁度达到一个极其恐怖的临界点，发生了无比恐怖的巨大的爆炸。

也在此时此刻，混沌之气逸散得十分厉害，渐渐变得稀薄，在混沌空间的边缘地区，一个个透明如同气泡般的晶壁在稀薄的混沌之气的滋润下渐渐成型，不可计数的混沌之气透过气泡晶壁进入到气泡空间当中，变成了浓郁到极致的天地灵气。

气泡空间不断吸收混沌之气，度过了不知几千万年，气泡空间中的天地灵气达到了接近饱和的程度，气泡空间内发生了巨大异变，空间内的天地灵气形成了一个又一个的灵气漩涡，不断旋转、碰撞，周而复始。

这些灵气产生了数以万计的新物质，这些新物质就是日后构成世界的基本物质，也就是金、木、水、火、土等各个元素，这些元素在这次空间异变中产生了一颗一颗的恒星、行星、白矮星、中子星等万千星辰以及黑洞等虫洞空间。

而在气泡空间内部，随着时间的流逝，空间中不断发展与变化，逐渐产生了生命星球，而这些生命星球在无尽的探索实践与无数鲜血的教训中渐渐出现了智慧生命，在智慧生命的创造之下产生了各式各样的文明。

这个故事正是发生在一个已经拥有高度文明的智慧星球中。

这个星球产生了数次文明，其中最强的甚至可以离开星球，进行星际旅行，但这些辉煌的文明依旧在时间长河中被粉碎、毁灭，化作历史长河中的其中一抹尘埃。而这次诞生的文明，后世称为修炼文明。修炼文明是指星球上的智慧生物，甚至非智慧生物都有机会通过吸收天地中飘荡的灵气增强自身，让个体的力量增强到一定程度，只是所用的时间有所不同罢了。

这个文明正在生命星球内一个叫作"天齐"的大陆上蓬勃发展。故事就是从这里开始的。

　　天齐大陆所在的世界是一个天地灵气浓郁的世界，大陆上主要由妖兽与人类组成。大陆中的绝大部分地域也被这两个种类的生物所割据。两者之间时常厮杀，或是为了生存，或是为了变强，或是为了名利……原因各种各样，多到不可计数。

　　言归正传，正因为天地灵气如此浓郁，所以这个世界上的飞禽走兽都有机会修炼成实力强大的妖兽，而人类也在这个世界中。有一些人，天生便有天印的纹络，只要通过人类自创的五行阵法，便可开启天印，并拥有成为大陆强者的机会。正是这个世界上有一群实力强大的人群，凭借着这群人强大的实力，人类才能在这个世界中与强大的妖兽抗衡，这群人被称为"天印者"。

　　天印即为，当人类体内能够吸收天地灵气中的灵气元素经脉网络，使人类获得吸收天地灵气内更为精纯的灵气元素的能力，当吸收的灵气元素达到一定程度时，这些人的手背上便会产生一个烙印般的图案，这些图案被天齐大陆上的人们称为"天赐之印"，简称为天印。

　　天齐大陆，四面临海，大陆上妖兽横行，但人类仍然强势地在大陆上生存着，大陆东西之间有一条由大陆最北端向最南端延伸的南岭山脉将大陆一分为二，南岭山脉正东方主要为人类生存的区域，而南岭山脉正西方则是妖兽的天堂，世人称之为"洪荒"，普通的人决不敢踏入洪荒半步，不然只能沦为强大妖兽的食物。

　　在天齐大陆上，此时人类的生存区域正由强大的天齐大帝国统治，强大的天齐大帝国统治了几乎半个大陆的广袤地域已有近百年历史了。而在近几年，帝国皇帝昏庸无能，整日只知饮酒作乐；奸臣当道，官场一片乌烟瘴气，天齐大帝国的各地诸侯趁势而起，不断发展并壮大自己的军事实力。

　　天齐曾经辉煌近百年，之后，天齐帝国终于无法承受国内的动荡不安而分崩离析，强大的诸侯国立马揭竿而起，天齐大帝国在这种局面之下，分裂成数十个小国，诸侯林立；占据各地的诸侯皆不满足于自身的小国，发起了各式各样的战争，各国诸侯都希望成为大陆东面新的霸主，接下来大陆的东面便烽烟四起，战祸连绵。

　　在这场席卷半个大陆的浩劫中，百姓流离失所，饿殍遍野，这样的日子，整整持续了十年，后世人将这段惨绝人寰的时期称为黑暗时期。

　　天齐历410年，在历经十年的纷争战乱中，仅剩七个实力强大的诸侯国，各自占据一域之地，其中的三个诸侯国如同事先约好一般突然爆发，并以迅雷不及掩耳之势向离自己最近的诸侯国发起了最猛烈的突袭，而其中一个诸侯国更是以一己之力同时进攻两国，但仅仅三天，被攻击的另外四个诸侯国都城便尸横遍野，血流成河，这场奠定日后大陆基本局面的战役被后世称为"流血三日"。

　　而三个诸侯国最终成为了黑暗时期的最大赢家，分别是位于大陆东方的天齐国，位于大陆正北方的魏国，以及位于大陆正南方的吴国，在大陆上形成了三足鼎立的局面。

目　录

第一卷　成长 / 001

第一章　初生朝阳 / 002

第二章　演武练功 / 007

第三章　山中峡谷 / 012

第四章　人倒虎灭 / 017

第五章　墨色小环 / 022

第六章　族中商议 / 027

第七章　武学系统 / 031

第八章　洪荒妖兽 / 036

第二卷　征程 / 041

第 九 章　教皇神庭 / 042

第 十 章　五年之变 / 047

第十一章　意志萌生 / 052

第十二章　一家团聚 / 056

第十三章　离开庄子 / 060

第十四章　山贼来袭 / 064

第 十 五 章　武者之战 / 068

第 十 六 章　初入城镇 / 072

第 十 七 章　兄弟夜话 / 076

第 十 八 章　五行阵法 / 080

第 十 九 章　开启天印 / 085

第 二 十 章　那道声音 / 089

第二十一章　协会分部 / 094

第二十二章　再次尝试 / 099

第二十三章　深层修炼 / 103

第二十四章　白发老头 / 108

第二十五章　众人齐聚 / 112

第二十六章　灵力等级 / 117

第二十七章　雷帝老头 / 122

第二十八章　鲜血残红 / 127

第二十九章　灵入枪法 / 132

第 三 十 章　元清初战 / 135

第三十一章　重重包围 / 138

第三十二章　雷火虬龙 / 143

第三十三章　亡命跳崖 / 148

第三十四章　我叫灵珊 / 153

第三十五章　百年不变 / 158

第三十六章　学习法阵 / 163

第三十七章　天印行者 / 168

第三十八章　银翼巨狼 / 173

第三十九章　征程之路 / 178

第三卷　天印者学院 / 185

第 四 十 章　前往清泉 / 186

第四十一章　清泉之夜 / 191

第四十二章　微亮月印 / 196

第四十三章　信念之光 / 201

第四十四章　黑发老头 / 206

第四十五章　天下第一 / 211

第四十六章　水平之差 / 215

第四十七章　入学测试 / 219

第四十八章　优雅礼仪 / 223

第四十九章　风起之时 / 228

第五十章	右拳燃烧 / 233
第五十一章	得胜归来 / 237
第五十二章	儿行千里 / 241
第五十三章	金翅大鹏 / 247
第五十四章	风乘火势 / 251
第五十五章	殃及池鱼 / 256
第五十六章	灵力妖力 / 260
第五十七章	银眸青年 / 264
第五十八章	未知纹络 / 268
第五十九章	弦月烈阳 / 272
第六十章	活着回来 / 276
第六十一章	星罗山脉 / 280
第六十二章	人才济济 / 284
第六十三章	入学报到 / 288
第六十四章	俊男美女 / 293
第六十五章	再见灵珊 / 297
第六十六章	未来寝室 / 302
第六十七章	未来舍友 / 307
第六十八章	一年光阴 / 311

第六十九章　天仙神女 / 315

第 七 十 章　天印榜单 / 319

第七十一章　变异属性 / 323

第七十二章　操场之战 / 327

第七十三章　战斗智慧 / 331

第七十四章　龙争虎斗 / 335

尾　　　声　旅程预言 / 340

第一卷
成　长

第一章
初生朝阳

天齐大陆的形状近似圆形，四面环海。大陆周边的近海尚且比较安全，但距天齐大陆千里外的大海深处，妖兽更为众多，模样更加古怪，实力也更为恐怖。

在天齐大陆以南岭为界的东方，曾经一统半个天齐大陆、风光无限的天齐大帝国这个庞然大物轰然倒塌，烽烟四起，诸侯林立，导致了十年的黑暗时期；最终仅剩天齐、魏、吴三国。三国鼎立，分别为东方天齐国、北方魏国、南方吴国，其中以东方天齐国国土最为广阔。

今日的帝皇也是当年天齐大帝国的一位亲王，因当年掌握军权，手中拥有大量兵力，在战乱中不断取得胜利，最后成为黑暗时期的最大赢家之一，而该国实力也为三国中最强的一国。魏国与吴国实力与之相差无几，当年距离天齐帝国国都甚远，已接近天齐大帝国的边疆地区，手中握有守卫边疆的兵力，这些士兵常年与妖兽战斗，实力远比一般的军队要强大得多。

而长年以来，这两个诸侯国也囤积了不少的私兵，因此这两个诸侯国才能在黑暗时期异军突起，成为最后的赢家；但黑暗时期的十年战乱，各个地域的乡村和城镇都受到了战火的波及，农田与耕地被兵马践踏无数，城镇也在各国的铁骑冲击之下，无数建筑崩塌粉碎。

在这黑暗十年中，战火波及的范围太广，毁坏的东西太多，各个产业百废待兴，而各国的将士们亦早已身心疲惫，百姓日夜担惊受怕，过着有家不能归、有亲不能聚，四处逃亡，躲避战火的日子，绝大部分的人们生活在水深火热中，民不聊生。

他们惧怕兵荒马乱的时日，人人祈求过上太平的日子。在人心思安的大势之下，三国君主看到国内的凄凉与荒芜场景，不得不停战，三国共同签订了《三国和平共处条约》，如有一国不遵守条约，发起战争，则由其他两国共伐之，条约的执行由三国共同监督。

天齐历420年（纪年方法），天齐大陆南方、吴国西南部、天风镇正西方的莫家庄中，一座屹立在莫家庄东边中央位置的唯一府邸中，有一名长发飘逸、双眸清澈、模样清秀的中年男子在府邸宽阔的院子中来回踱步，双手用力地紧握着放于身后，时不时抬头望向身旁房间的窗户或房门，清秀的脸上写满了焦急的神情，但却掩饰不住眼神中的一丝兴奋和喜悦。

院子的石桌旁坐着一位两鬓斑白，双眸看似浑浊，却时不时透露出一丝锐利光芒的老头，这个老头名叫莫石天，是莫家庄的现任族长。他缓缓地拿起手中的茶杯对热茶中缓缓升起的热气吹了吹，然后抿了一小口，看着来回踱步的中年男子哈哈笑道："清风，看着你现在的模样，我想起你出生的时候，那时我可比你淡定多了！"

来回踱步的中年男子正是这老头的儿子莫清风，莫清风在焦急中，下意识地回答道："要当爹的又不是你！"

莫石天脸色一变，脸上如抹了猪血一般涨得通红，表情如同斗牛一般，说道："我不当爹，哪来你个小兔崽子？"莫清风神色一窘，知道自己说错话了。

莫清风知道父亲虽然在族中颇有威信，但是在家中却是典型的妻管严，因此立刻用求助的眼神望向同样坐在石桌另一边神情紧张、目光一直留意房中的老太太，这位老太太正是莫清风的母亲，也是莫石天的妻子——梁秋雨。

老太太梁秋雨看到儿子的目光，方才转过头来，望向身边的老头，梁秋雨对着老头　瞪眼，说道："孩子这不是急的吗，再说了，你当时又好得到哪里去了？"老头莫石天只能对着妻子讪讪一笑。

突然，一阵婴儿的哭泣声如同惊雷般在三人耳旁响起，两个老人家异口同声地说出："生了！"

两人同时望向对方，都从对方的眼中看到错愕的表情中无法掩饰的喜悦与欣慰，莫清风手中握紧的拳头更是轻轻地颤抖着，眼中甚至有一丝泪花闪现。

婴儿的哭声渐渐隐去，过了一会儿，一名妇人从莫清风望了许久的房门中走出，手中还抱着一个被精美被褥包裹在襁褓中的婴儿，对着莫清风说道："哥，恭喜啊，是个男孩。"

此妇人便是莫清风的妹妹莫清梅。莫清风激动地说道："让我抱抱，让我抱抱。"

莫清梅皱眉道："哥哥笨手笨脚，小心一点！"莫清风眼睛直望着孩子，嘴上连连说着："好，好，我会小心的。"

莫清风从莫清梅手中接过孩子，眼神激动地望向怀中的婴儿，婴儿却不知何时已吮着小拇指熟睡过去了，看着怀中熟睡的婴儿，莫清风欣慰地笑了。

莫清梅看着哥哥欣慰的神情，笑了笑说道："嫂子还在房中等着呢！"

莫清风这才想起房中的妻子，当即把怀中婴儿的襁褓用手裹紧了一些，生怕其冷到似的，往怀中抱实了些，再仰起头，抬起脚步，抱着孩子向房内走去，莫石天与梁秋雨夫妇，以及莫清梅便缓步跟了进去。

进入房后，莫清风等人皆自觉地把脚步放轻了些，莫清风看着床上妻子疲惫的身影便感到一阵心疼，立即走到她身前，坐到床边上，深情地看着床上的女子，柔柔地说道："娘子，辛苦了！"

床上的女子同样深情地望着丈夫，微微一笑，轻轻地摇了摇头，莫清风的妻子林舒婷望着丈夫道："让我看看孩子！"莫清风站了起来，轻轻地将婴儿放在妻子的旁边，然后缓缓蹲下，望着妻子与刚出世的儿子。

林舒婷的目光从丈夫转移到婴儿身上，望向婴儿的目光中充满母亲对孩子深深的爱。莫石天夫妇看到这对年轻夫妇如此恩爱，备感欣慰；莫石天心中一动，突然开口道："清风，孩子叫什么名字？"

莫清风望了妻子一眼，妻子林舒婷望向莫石天微微一笑，道："名字我们还没想好呢，不如就请爹给宝宝取个名字吧？"

莫清风也说道："也好，父亲，你就给你孙子取个名字吧！"

莫石天大笑一声："好，我这辈是石字辈，风儿，你这辈是清字辈，到了我孙儿，那便是元字辈；既然为男儿，便取字明，希望他日后能够尽人事，明天理！"

莫清风眼前一亮："莫元明，莫元明，好名字！"他望着熟睡的婴儿，小声说道："元明，你听到了吗？爷爷给你取的名字哦！"却不知熟睡的婴儿此时在想些什么。

光阴匆匆，时间如流水般在世间悄然划过，在人们的忙碌与恍惚之间，四年便从人们的指缝间流淌而过。舒适的清风正吹拂在天齐大陆的大地之上，天风镇位于大陆吴国的西南方，属于吴国的边境城市之一，再往西数百里便是生人勿进的南岭山脉的边缘地带，而天风镇正西方三十里地便是以铸造兵器而闻名天下的莫家庄。

传说，当年黑暗时期一位诸侯手下的大元帅在诸侯国被灭后，拼死保护剩余不足百名的将士逃脱追杀，流亡至此，将士们因感念元帅的恩德，活下来的将士都追随元帅姓氏——莫，从而形成了莫家庄！

但莫家庄从来没有承认过些什么，也没有出来澄清过什么，即使偶尔有人问起，莫家庄的人也只是笑笑，却避而不谈。

莫家庄依山而建，东面靠山，其他三面地势平坦，南面不足一里便有一条河流，河水清澈见底，依稀可以看见有鱼儿在嬉戏，河流的上游却不见其源，由西北方向向东南方向缓缓流淌，当地人因不知其名便为其命名为莫川河。

莫家庄除东面的高山中树木密集外，西、北、南三面皆被稀疏的树林所包围，唯有几条因出外打猎、前往河流打水以及前往天风镇做买卖的村民经常走动而逐渐形成的小山路，与吴国两米宽的官道相比差距甚远，而前往天风镇的那条道路，由于来往经商的人数较多，勉强能容纳一辆马车通过。

莫家庄的房屋占据方圆一里地，莫家庄东面靠山并且是陡直的悬崖峭壁，只有向北方与南方延伸的百米外才慢慢形成陡坡并渐渐变缓，因此只能由莫家庄内的东北或东南处上山，而庄子的西面则是村民的耕地。

庄子内外用高大的木桩子连接起来、除东面的悬崖峭壁之外围绕莫家庄成一个巨大的半圆形的简单而又巨大的防御工事。在三条通向外界的道路上各有一个巨大的木制闸门，巨大的木制闸门旁边有一个小门，一般情况下，村民与做买卖的商人都是从小门出入。

这种情况让莫家庄熟悉周边地形的村民们进可攻、退可守，也让莫家庄有了基本的安全保障。

此时正处于冬去春来之际，南方的冬天虽然寒凉，但却不会下雪。对于莫家庄的村民们来说，这是一件不错的事情，至少在粮食上保证了来年有好的收成。

而刚入春便是一片万物更新的美好景象，山上的树儿正悄悄地长出嫩芽，遍地的草儿正渐渐地恢复嫩绿的光彩，莫家庄内刚刚度过春节的村民们又开始了新的一年的工作，勤奋的村民正随着初升的朝阳出外工作，大部分中年男性们耕作的耕作，打猎的打猎，妇女们要么在家纺织，要么在家照顾着幼小的孩子，要么正准备着热腾腾的早饭。

莫家庄东北方有一块长宽各400米的空地，空地上铺满了青石板，这些青石板皆是莫家庄特地到天风镇最好的石材店里挑选出来的石材，经过加工磨制，比一般的青石板，甚至是大理石都要坚硬得多。

在莫家庄大路都为黄泥地的情况下，这已经是十分奢侈的行为了。但莫家庄的族长却毅然这么做了，由庄内村民共同出钱建造，因为这是莫家庄的练功场！在天齐大陆，武风盛行，只有拥有强大的功力，才有资格和能力在妖兽横行、实力至上的大陆中活下来。

因此莫家庄明确规定，只要年满6岁的孩童，不论男女，必须到练功场接受严格的身体训练。

在练功场东面的朱红色木架中摆满了各式各样的兵器，这琳琅满目的兵器也能够让人初步了解莫家庄锻造兵器手段的不一般。

练功场北面有数十个年龄在十五至十八岁的年轻男女们，双脚分开，腿部微蹲，上身挺直，双手收于腰间，如木桩般笔直地立在那里，扎的正是马步。

而练功场中央也有一群十一至十四岁的少年男女，如同北边的哥哥姐姐一般，站着马步，但身躯却微微地晃动着，每个人的额头上都流淌着汗水，他们却抿着小嘴坚持着，相对于北边青年们的成熟与坚毅，他们显得有些稚嫩。

而练功场的南边，同样有一群七至十岁的孩童在那蹲着马步，相对于北边和中央那两堆青少年，这群孩子已经有部分人东倒西歪，气喘吁吁地坐在粗糙的青石板上，也有少部分涨红了脸，双腿猛烈地颤抖着，咬着牙坚持了下来。

在三堆面向东方蹲着马步的青少年面前各站着一位中年男子，他们用审视的目光，严肃地看着这些青少年，青少年们在他们的注视下，丝毫不敢放松，但南边的孩童太小，在他们温和的目光下，管理得也没那么严格。

这三位中年男子大约三十多岁左右，但南边与中央的那两名中年男子时不时瞄向北面的中年男子的眼神中透露出一丝尊敬，因为北面的中年男子叫莫清明，是庄内数一数二的高手，也是庄内狩猎队的队长。而另外两名中年男子，一个叫莫清月，一个叫莫清日，他们是两兄弟，也是双胞胎，却因功法、性格不同导致修炼的功夫也有所不同，但他们同样也是庄内的高手，正因为是双胞胎，所以两兄弟拥有天生的默契，两人合击也是十分了得的，在实力同等的情况下，以二敌四不成问题。

这三人是练功场的教练，负责日常庄内青少年每日早晨与傍晚的训练，因此村子里的孩子对他们三位都十分尊敬，年纪较小的孩子对他们就比较畏惧。

此时，练功场西面的边上正有一个四岁的小男孩，双手撑着小腿盘坐在青石板上，小眼睛中那清澈的眼神正兴致浓厚地盯着场中训练的众人，眼睛不时望到那三名教练时也没有一般小孩对他们的畏惧，纯净的双眸中闪烁着一种坚定与智慧的目

光,这个小孩正是莫元明。

初升的朝阳将温暖的光芒照耀在莫家庄的大地之上,庄内练功场的西面,莫元明盘坐在那里。不久后,练功场的青少年与孩童们的晨练在教练尖锐的哨声中结束,听到结束的哨声,孩童们欢呼了一声,便三步并作两步地跑着玩耍去了,转眼间便不知所踪。

而青少年们则左手为掌,右手为拳,抱在胸前,用尊敬的眼神向着三位教练行了一个标准的抱拳礼,三位教练同时回礼后,他们才三五成群地向家中走去,开始新的一天的任务与工作。

莫清明身为练功场总教练与莫家庄狩猎队队长,经历过的战斗比庄里的大部分人都要多得多,身上总散发着一丝凶猛的气息,以及淡淡的杀气,这是只有真正经历过杀戮的人身上才会出现的,他坚定的眼神中时不时闪过一丝凌厉,因此练功场的孩子们对他总有一些惧怕。而看着散去的青少年与孩童时,他眼中出现一丝欣慰。

这时莫清明才抬头望了望坐在练功场西边的小家伙——莫元明,嘴角微微翘起,整个人威武而凌厉的气势慢慢地变得温和起来,望向莫元明的眼神中带着一丝毫不掩饰地溺爱,看着青少年们如鸟兽般散去后,便缓步向莫元明走去。

莫元明见莫清明向他走来,便用幼小的双手撑住小腿的膝盖站了起来,笑着对莫清明十分有礼貌地说道:"明叔好!"莫清明亲切地拍了拍莫元明的小脑袋说道:"小明真乖!"莫元明道满脸憧憬地对莫清明说道:"明叔,我想变得和你一样厉害,我想学拳,我想练功。"

第二章
演武练功

　　莫清明笑着回答道："还是那句话，等你六岁了，身体长高些，自然就可以过来练功学拳了。"莫元明听到这话，小脸顿时就拉了下来，嘴里小声喃喃道："好吧！"

　　莫元明在三岁时，被家里的管家抱到练功场一次后，便对练功产生了浓厚的兴趣，特别是看到有时练功场北边的那群青年和中央的那群少年除了练习扎稳马步以外，还会练习拳法，偶尔还会耍耍放在练功场东边的刀枪棍棒等兵器时，莫元明的小眼睛里总会闪烁着渴望与向往。自此之后，只要有机会，他都会偷偷跑到练功场看众人练功。

　　正在莫元明和莫清明交谈的时候，另外两名教练莫清日与莫清月并肩走了过来，莫清日壮实的身躯加上那坚毅的脸庞，整一个山野大汉的模样，此时脱离弟弟莫清月的缓慢步伐，大步地向莫元明走了过去，站到莫元明身旁，双手叉腰对着莫元明爽朗地大笑道："小明，你想变厉害，想练功和学拳，我现在就可以教你啊！"

　　莫元明拉下来的小脸顿时容光焕发，兴奋地对莫清日说道："清日叔，我真的可以学吗？"莫清日拍拍胸口大声地道："当然，你跟我学拳，以后一定是莫家庄第一高手！"正在此时，莫清月走到莫清日身后，用偏瘦却不失壮实的右手拍了拍他哥哥的肩膀，笑道："哥，你就别说大话了，你自己都不是庄内第一高手，还能教出莫家庄第一高手？"

　　莫清日顿时就不服气了："谁说我不是庄内第一高手，就不能教出莫家庄的第一高手？！"莫清月回答道："难道你想比试比试吗？"莫清日立即大喝道："比就比，谁怕谁啊！"莫清月风轻云淡地望了哥哥一眼："你什么时候赢过我？！"莫清日更加不服气了："那是你使诈，有种堂堂正正地比一次！"莫清月扫视了哥哥一眼："这叫身法灵巧，难道站着跟你硬碰硬啊，你个大笨熊！"

　　莫清日怒道："你说什么？气煞我也！"莫清月双眼斜视地瞧了他哥哥一眼，说道："你装什么有文采？"莫清日顿时更怒了，莫清月不理会他哥哥，越过莫清日迈步到莫清明身旁，摸了摸莫元明的小脑袋，向后瞄了莫清日一眼，便对着莫元明说：

"小明，别听他的，你清日叔逗你玩呢！"

此时，莫清日顿时怒气散去，尴尬地挠了挠后脑勺，然后脸色微红，咳嗽了一声，对着弟弟道："你也太不给我面子了，当着小孩子的面拆我台。"莫清月鄙视地看了哥哥一眼："谁叫你吹牛吹上天了？"然后转过头来看着莫元明再次拉下来的小脸，严肃认真地说道："小明，听着！"莫元明见清月叔叔如此严肃，顿时认真起来，莫清月看着莫元明认真的样子，心里闪过一丝赞赏，想道：真是个聪慧的孩子。

随后，莫清月认真地对莫元明说："记住了，在六岁以前一定不能练功，因为身体还没长好之前，对身体进行强度锻炼，会严重影响到身体的发育。"说到这里，莫清月笑了笑，道："所以，你现在最重要的就是回家吃多点，吃得饱饱的，这样才能长身体，哈哈！"

看到莫元明认真的模样，莫清明心里也大为赞叹这孩子的聪慧。看着这两兄弟闹，莫清明眼中尽是笑意，但他却知道，这是两兄弟感情极好的表现。此时，他看着这两兄弟，说道："你们俩也别闹了！别吓坏了孩子！"然后对着莫元明说道："清月叔叔的话，你记住了吗？"莫元明一脸认真地回答道："记住了！"

正在此时，远处传来一阵呼喊声："小少爷，你怎么又一个人跑出来了？赶快回府吧，老爷找您呢！"莫元明听着声音，便知道谁来了，小脸笑笑，眼中却闪过一丝无奈。连叔，是莫家庄中唯一的府邸——也就是莫府中的管家，平时府中许多事都要经过他的手，但莫府中也没有其他下人，所以找府中小少爷的任务也就落到他头上了，莫清明看着远处匆匆走来的身影，便拍拍莫元明的后背，笑着对他说道："赶紧回家去吧，你又害连叔担心了！"

莫元明对着三位教练，挥了挥小手，道："明叔，清日叔叔，清月叔叔，再见啦！"三位教练看着这孩子，笑道："再见！"莫清日还大喊了一句："小明，赶紧回去啦，不然又要挨骂啦，哈哈！"莫元明跑向连叔的同时，也转头回了句："知道啦！"然后，元明跑到连叔身旁，天真地笑着对连叔道："连叔，抱歉，让您担心了！"

连叔是看着莫元明长大的，当然生不起他的气，呵呵笑道："赶紧回去吧，不然老爷生气的话，小少爷又得挨骂了！"说着，连叔便牵着莫元明的小手匆匆往家中赶去。

而练功场的三位教练谈论了起来，莫清月看着莫元明离去的背影，道："小明天生聪慧，对武学又有浓厚的兴趣，将来在庄中必然也是一代高手！"莫清日望向莫清明道："嗯，我也这么觉得。明哥，你后继有人了！"

莫清月也望向莫清明道："说得对，族长应该能够将莫家庄的担子放心地交由他来扛了。"莫清明看着那幼小的背影，感慨且认真地说道："我不认为小明以后会待在庄子里，我有一种直觉，小明将来会走到一个我们无法企及的高度！"

莫清月皱着眉头道："但是，仅仅是武学的话，恐怕难以取得很高的成就吧？"莫清明此时眼中却散发出异样的光彩，沉声道："你们难道忘了那些人了吗？"莫清日与莫清月心中一惊，开始在这个话题上保持着沉默。

此时，渐行渐远的幼小身影在初升的朝阳下散发着奇异的光芒，这种奇异的景象却没有任何人注意到。

连叔原名叫徐连，是莫家庄中唯一一个不是莫姓的人，但他从很早的时候便跟随着莫元明的爷爷莫石天，至于早到什么时候，就很少人知晓了。总之，在莫家庄在的时候，连叔就已经在了，其为人和蔼可亲，在庄中口碑十分好，莫家庄的村民从不把他当外人。

连叔牵着莫元明的小手，回到了府邸门口，门口上方挂着一块朱红色的牌匾，牌匾上用闪耀的金漆写着"莫府"二字，府邸周边并没有其他的装饰，就连寻常府邸门前应有的左右石狮都没有，外墙上攀缘着一些棕红色的、绿色的爬山虎，从外面看上去，莫府显得简单而自然，没有大城镇中那些府邸华丽的装潢和高人一等的气息。

连叔抬头望了一眼府邸的门口，便低头对着乖乖被他牵着的莫元明微笑着说道："小少爷，老爷等你很久了，待会见到老爷时要听话，不要惹老爷生气，知道了吗？"莫元明抬头一笑，露出一排雪白的牙齿，回答道："知道了，连叔，我会听话的！"

连叔笑着点了点头，说道："那我们进去吧，别让老爷久等了。"连叔说着，左手推开了府邸的大门，缓步地领着莫元明来到了书房外，在书房的门外站定，便放开莫元明的小手，转身对着他说："老爷就在里面，小少爷自己进去吧！"莫元明道："好的，我知道了，麻烦连叔了。"连叔笑了笑，宠溺地摸了下莫元明的小脑袋便转身离开了。

莫元明站在书房外，望着书房的房门，心想：老爹不是生气了吧？应该不会的，心里这样安慰着自己。

正在这时，从书房内传来一阵严厉的声音："都到门口了，怎么还不进来？"莫元明听到声音后，深吸了一口气，便推开门，缓步走了进去，站在书桌前，看着坐在书桌后面的父亲，喊道："爹，我回来了！"

莫清风正在书桌上翻阅着书籍，头也没抬地说道："今天又跑到练功场去了？"莫元明认真地回答道："是的！"莫清风合上手中的书本，放回桌面上，缓缓抬头看了一眼还没书桌高的儿子，面无表情地说道："我不是跟你说过，等你六岁的时候，你自然就能够到练功场去了吗？"

不等莫元明回答，莫清风道："好了，我们继续上课，坐下吧！"

莫元明赶紧走到书桌前的椅子上坐下，莫清风将一本书拿到莫元明的面前，说道："我们今天继续学习。"

从莫元明三岁起，父亲莫清风便开始教他读书认字。在一年的学习中，莫元明就将他的聪慧体现出来了，仅仅一年的时间就把莫清风打算用两年教他认的字和简单的白话文全部学完了，一年后便开始学习诗经。

莫清风原本上午用四小时来教导儿子，而在四岁后一天只教两小时，剩余两小时莫元明必须自己待在书房里看书，下午则是莫元明的自由活动时间。

莫元明在一年的时间里也习惯了这种生活方式，除了一有机会便跑到练功场之外。莫元明想了想，下午就可以出去玩了，因此一点儿也不急，认真地跟父亲学习诗篇。

  两个小时很快就过去了，父亲走之前叮嘱莫元明认真学习后，便离开了。莫元明知道，父亲还有很多事情要处理，因此口中脆脆的答应了一声，看着父亲离去，并把房门关上之后，便合上了诗篇。

  之后，他跑到书架处，拿出其中一本书，便津津有味地翻阅了起来。这一栏书架的书，大部分都是讲关于武者的传记，莫元明在书中了解到，这个世界能够练功的人叫作武者，而武者又分为一流武者、二流武者和三流武者。

  于是，莫元明心中想着：不知道明叔和清月、清日叔叔是哪个等级的武者呢？虽然记载中只有武者的传记，但对于莫元明来说，也对练功有了一丝形象而又具体的了解。同时，也对这个世界的武学系统，有了一丝模糊的认识，当然，还有许多未知的事情等待着他去发掘。

  时间悄然飞逝，两个小时飞快地过去，不知不觉太阳已高挂在正空中。书房门外响起了阵阵脚步声，莫元明仍然津津有味地阅读着关于武者的传记，忽然房门被推开，一位妇人缓步走了进来，看到正在书桌前看书的莫元明，笑了笑，眼中露出一丝溺爱，莫元明听到门声，方才惊醒，眼神从书上移开，望向书房门口处，惊喜地喊道："娘！"然后便立即从椅子上跃了下来，快步跑到林舒婷身边，抱着母亲的大腿，仰着小脑袋，撒娇地喊道："娘，你来啦！"

  林舒婷宠溺地摸了摸儿子白白净净的小脸蛋，笑着说道："走，跟娘去饭厅里吃饭吧！"然后便牵着儿子的手向饭厅走去。

  饭厅内，爷爷莫石天、奶奶梁秋雨以及父亲还有连叔都已经坐在那里等着了，莫元明跟着母亲坐到椅子上，乖巧地喊道："爷爷奶奶好，父亲好，连叔好！"爷爷、父亲以及连叔笑着点点头，奶奶笑着说道："小明乖！"

  父亲突然开口道："小明，你姑妈说，你很久没去她那了，你下午去看看吧，而且你表哥找你。"莫元明乖巧地点点头道："好，我下午会过去的。"父亲点了点头，"嗯"了一声。

  饭后，莫元明来到了姑妈家，也就是莫家庄东南处的一间小屋，泥墙将其包围着；莫元明走到姑妈家的门口时看到一位妇人在门口拿着扫帚在扫地，便大声喊道："姑妈！"

  这位妇人正是莫天明的姑妈莫清梅，莫清梅疑惑地抬起头，望向声音传来的方向，看到莫元明便惊喜地叫道："小明来啦！"然后便热情地拉着莫元明的小手向屋内走去，边走边道："小明啊，你好久没来了，你表哥整天念叨着说要找你玩，那时你父亲说你太小，不让你出来；哥哥也真是的！"

  莫元明笑笑，刚进屋，莫清梅便给莫元明倒了杯水，说道："小明你等下，我去把你表哥找来！"莫元明坐在椅子上道："麻烦姑妈了……"话还没说完，莫清梅便走了，莫元明只能无奈地笑笑，心想：庄子里的人都知道姑妈粗犷直爽的性格，没想到粗犷成这样。

  过了不久，一个大嗓门的声音便传了过来，人未到声先至，然后一个比莫元明高大的身影走了过来，正是五岁的表哥莫元清，他一进门就立即拉着莫元明的手向门外走去："走，表哥带你去好玩的地方！"

莫元明愣了一下，便被扯走了，无奈地想着：姑妈家的人还真是一个比一个粗犷啊。走出屋子，莫元明见到姑妈，便侧着被扯着的身子，对着姑妈道："姑妈再见！"表哥这才回头道："妈，我带小明出去玩了！"

莫清梅喊道："你们出去玩的时候小心一点，不要乱跑！"表哥头也不回地喊了声："知道啦！"莫元明跟在表哥后面跑，来不及回答便跑出姑妈家的院子了。

这时，莫元明才回头道："表哥，咱们去哪？"莫元清神秘地笑，道："到了你就知道了"，然后便带着莫元明向着庄子的东南方向跑去。

渐渐地跑离了莫家庄居住区的范围，一路上，莫元明还边跑边向村民打招呼。离开庄子居住区有一段距离了，莫元清才停下来，指着东边道："你看，我们到了。"

莫元明在他身后急忙停下，喘了口气，才向他手指指的方向看去，莫元明这才意识到，原来在不知不觉中已经跑到莫家庄东面的悬崖峭壁的缓坡处了，而表哥指的正是东面那茂密的林子，然后说道："表哥，我们该不会是要进去吧？"

莫元清回答道："对啊！不然还有哪里呢？"莫元明回答道："我以为你要带我去南面的河边呢！可是，父亲和爷爷好像说过不让我们进后山这片林子吧？"

莫元清道："我妈也这样说啊！"莫元明立即道："那你还去？"

莫元清耸耸肩道："难道你不好奇东边这片林子里面到底有什么吗？"莫元明回答道："好奇啊，可是……"

莫元清道："别可是了，我们出发吧！"然后便拉着莫元明向东面的林子跑去。

莫元明不知道，这一次进山竟成了人生中一次重要的转折点，对他未来的人生道路产生了巨大的影响！

莫家庄东南处，微风吹拂，温和的春天里竟有了一丝透彻心头的凉意，茂密的森林像一只噬人的老虎一般匍匐在那里，两个幼小的身影正向着森林的方向奔去。

第三章
山中峡谷

正值正午时分，莫元明跟随着表哥莫元清的脚步从莫家庄南边的道路向着莫家庄东南面森林缓坡的入口处跑去。

莫元明知道爷爷莫石天与父亲莫清风平时对他十分疼爱，特别是爷爷对他还有几分溺爱；但是，即便如此，他与表哥在明知道庄中明确规定普通人不得无故进入后山的情况下，仍然违反，被发现后必然会受到严惩。

莫元明边跑边对着表哥莫元清说道："表哥，我还是觉得这样不是很好，要是爷爷、父亲怪罪下来的话，我们麻烦可就大咯！"

莫元清毫不在意地回答道："放心啦，我们不会被发现的啦。"莫元明依旧跟在表哥身后向林子的方向奔跑着，脸上却写满了无奈，只得叹了一口气，心里想着：但愿不要发生什么事才好。

渐渐地，林子越来越近了，两人的速度渐渐慢了下来，因为这里的坡度开始上升。两人在骄阳下开始登山，越往上爬，坡越来越陡，树木的间距也越来越小，这说明树木越来越密集了。最后，他们俩只能抓着树木裸露出来的树根和一些低矮的枝丫，继续往上爬。

莫元明望了望天色，再望了下太阳的位置，知道他们至少在这个茂密的林子里走了有三个小时了，还有三个小时太阳就要下山了，而且距离莫家庄至少也有数里的距离了。

莫元明望着走在前面仍然兴致勃勃的莫元清说道："表哥，玩得差不多了，我们回去吧？"莫元清道："表弟，别担心，我们快到山顶了！"莫元明看了看眼前密集的树木遮挡住了视线，根本望不了多远的距离，心中对莫元清的话表示十分怀疑。

突然间，林子深处传来一阵震耳欲聋的兽吼声，吼声中明显带着强烈的愤怒。莫元明立刻转头望向莫元清，"表哥，我们快走"这句话刚想说出口，就听到莫元清说道："表弟，我们走！"

莫元明心中刚想道：表哥终于做了一个明智的决定。正转身准备往回走的时候，突然，莫元清拉着莫元明的手，向着反方向跑去，莫元明立即说道："表哥，不对，是往这边走！"

莫元清眼神里闪烁着兴奋的目光，说道："表弟，这边才对，难道你不想看看，刚才的声音是怎么回事？"莫元明心中愕然，呆滞了一两秒，然后额头上青筋暴起，转头对着表哥吼道："表哥，你疯啦，前面一定有野兽。"

莫元清被吼得愣了一下，转头道："我们远远地看下就好了，不会走近的，难道你真的不想知道这山里到底有什么东西吗？"

莫元明心中确实好奇，可是再继续走可能会遇到危险，正在犹豫着要不要继续向前走的时候，莫元清继续说道："我们都已经走了这么久了，再走几步就能知道结果了，难道就要这么放弃吗？"

莫元明经常阅读关于武者的传记，早就渴望有一天能够出去闯荡，心中这样想道，便对表哥说："好吧，我们就远远地看下，只能远远地看下哦！"莫元清见表弟同意了，非常高兴地点了点头。

两人既然已经商量出了结果，便继续向林子深处走去，期间在林子深处又传来了两声怒吼。渐渐地，前方的视野开阔了起来，树木变得稀疏了，两人走近了才发现前方是一个凹陷的峡谷。

他们的位置正处于峡谷的边缘处，因此地势还是比较高的，再往前走便是通向峡谷的下坡路了，峡谷内长满了翠绿的青草，却连一棵树木都没有，因此峡谷内的视野显得十分空旷。

此时，峡谷内有一只高两米、身长三米的巨大老虎正在与一个人搏斗，老虎背上有一条火带从虎头位置一直延伸到尾巴尽头，尾尖处更燃烧着一个比火带更大的火球，火球随着老虎尾巴的甩动在空中划出一条条火线，四只爪子上更是燃烧着熊熊烈火；而与老虎搏斗的人此时正站立在空中，望着下方的老虎。

莫元明与莫元清二人，正站在峡谷的边缘地区，并没有下去，因为接下来的道路已经没有树木可以遮挡他们的身影了，此时二人正躲在一棵巨大的榕树后面，透过榕树的主干和那些从树枝上垂下来已经落地生根的须根之间的空隙，全神贯注地盯着峡谷内的情形。

即使前面有树木，他们也不敢向前了，他们距离凹陷峡谷内的中心区域，也就是老虎与那个站立在空中的人的战斗区域只有一百五十米。但是，尽管只有一百五十米，他们无论在身体上还是精神上都感受到了巨大的压力，直飙冷汗，来到这里就这么一会儿，他们的衣衫几乎已经湿透了，但他们依旧紧张地看着。

莫元明刚看到时就已经惊呆了，不仅仅是因为峡谷中那只身上冒着火焰的巨大老虎，还有可以不用翅膀站在空中的武者，这是他第一次见到妖兽和传记中可能是武者的人；虽然，他现在还不知道眼前这只老虎是妖兽，但他至少知道，正常的老虎一般不是这样的。他在这里感受到了巨大的压力，甚至因此而感到恐惧，但依旧不想离开，因为这是他出生以来，第一次见到这么神奇的一幕，他此刻甚至觉得此生无憾了。

温和的春风吹拂着山中凹陷的峡谷，峡谷中的青草随着春风摆动，也吹得巨

第三章 山中峡谷

老虎的毛发如青草般拂动，而站立在空中的人右手持剑，春风从他的背面吹来，可能因为他在空中的原因，温和的春风把他的衣衫吹得沙沙作响。此时莫元明眼看着老虎动了，老虎的身躯开始微微下蹲，四只腿微微弯曲，越来越低。

突然，莫元明眼前一阵模糊，似乎听到空气爆炸的声音，不知何时，老虎的后腿一蹬，然后高高跃起，两只带着火焰的锋利前爪，抓向正在空中站立的人。

待莫元明再看时，老虎已经在空中了，在空中持剑而立的人也在老虎跃起时侧身，右手提剑，左手食指与中指碰到剑锋靠近剑柄处，剑尖对着正在地面上跃起的老虎，左手双指从剑柄向剑尖划去，双指划过的剑身部分发出白色的光芒，最终双指从剑尖划出。

此时，锋利的剑身呈现出一抹璀璨的光亮，此时老虎已经跃到了空中，带着火焰的双爪准备向前抓去，同时发出巨大的虎啸声；站立空中的人右手持剑，左腿一蹬，身体向着老虎冲去，口中也大喝一声。

莫元明看到时，老虎正带着火红的尾焰抓向那个站在空中的飞人，而那个飞人又带着一片白色的光亮冲向那只巨大的老虎。时间仿佛在这一刻停止了，这一幕深深地烙印在莫元明的脑海里，他一辈子也忘不了这一幕。

温和的春风吹拂在山中峡谷之内，吹得峡谷之外的树木中一些柔软的树枝随风飘扬，鸟儿却不跟风儿胡闹，继续在茂密的丛林中嬉戏，但在那巨大的凹陷峡谷的周围没有一只动物敢在这里逗留。

峡谷边缘地区的一棵将近有百年历史的巨大榕树下，两个幼小的身影隐蔽在密集的须根后面，因为峡谷内传来的无形压力，两人的呼吸已经有些急促，但清澈的眼眸依旧目不转睛地盯着峡谷内的情形。

峡谷内那只身上冒着火焰的老虎与在空中带着白色剑光的人，如同两颗流星般在空中碰撞，碰撞的中心处发出"嘣"的一声巨大声响，原来是老虎两只带着炽热火焰的前爪与那个在空中站立的人手中的白色剑光碰撞在了一起。

与白色剑芒碰撞之后，老虎的庞大身躯向后翻飞，空中持剑之人也在碰撞后向后倒去，虽然他及时站稳后仍被巨大的冲力震退了数步，巨虎翻飞后再次落到了峡谷的地面上，张开巨口露出锋利的牙齿，对着空中的持剑之人愤怒地咆哮了几声，巨大的虎目盯着他。

持剑之人在空中站稳了身子，但他却不好受，体内仍然气血翻滚，他深吸了口气，抚平体内气血翻滚的感觉，嘴边喃喃道："不愧是魔焰巨虎，竟有如此巨力，不好对付啊！"然后站直了身子，大声地对着虎视眈眈的巨虎道："我知道你已有了不俗的智慧，我说的话你应该听得懂。"

他看着巨虎仍然警惕万分的目光，接着道："我念你修炼多年，能到如此境界也并不容易，乖乖成为我的灵兽，我尚可饶你一命。"

说到这里，他发现巨虎的目光刹那间变得凌厉起来，接着说道："不然，别怪我剑下无情！"

说完，他看到峡谷内的巨虎仍然目露凶光，锋利的虎牙也毫不客气地向他展示着，看到这种情形，他便知道巨虎给他的是什么答案了，眉头一皱，喝道："真是冥顽不灵的畜生，看剑！"

　　说着，便持剑向着站在峡谷中的巨虎扑去，巨虎右边的火焰后爪刨地两下，刨得泥土翻飞，也有一丝被火焰灼烧得焦黑，巨大虎目严肃地盯着越来越近的人，再次怒吼了一声，便又俯下庞大的身躯向冲过来的飞人狂奔而去。

　　一虎一人速度飞快地碰撞在了一起，刹那间魔焰巨虎提起右爪，抓向那人的白色剑光的剑身处，那人一见虎爪抓向光剑，口中说了一声："找死！"

　　右手手腕一翻，剑锋处对准虎爪斩了过去，在虎爪上留下了一道血痕。此时，他感觉到左边忽然有一阵猛烈的飓风扑来，他眼睛向左一瞥，只见一只虎爪扑面而来，要是被这巨大的虎爪抓到身上，那不是开玩笑的。

　　原来魔焰巨虎在右爪抓向剑身的同时，左爪紧随其后从左边抓向那人，魔焰巨虎仗着身体比人类巨大得多，两爪之下形成左右夹击的局面。

　　此时，那人右手手中的光剑刚刚划过巨虎的右爪，根本来不及划到左边，他左手手掌立刻从腋下穿出，大喝了一声，向着身躯左边的巨爪挡去。

　　同时，持剑的人右手手背处出现一道蓝色的光芒，却因为莫元明此时距离较远，看不清楚其右手手背上是什么东西。在右手手背发出蓝色光亮同时，从腋下穿出的左手掌中也出现一道蓝色的光芒，与带着火焰的巨大虎爪碰撞在一起，出现了像冷水泼到炽热的地面上时才会出现的水蒸气。

　　再次交手过后，那人立刻向后退去，与巨虎拉开了十米的距离。这一次交手，魔焰巨虎右爪被划伤，看上去是魔焰巨虎吃了亏，但是那人这才知道，刚刚看似凶险的一击其实并不容易化解，其中让他感到诧异的还是那股超越一般妖兽的巨力，竟通过身躯震到体内，使得他体内再次气血翻滚，十分难受，他不得不再次通过体内的灵力抚平体内气血翻滚的难受感觉，这次他再也不会小瞧眼前这只巨大的妖兽了。

　　在他抚平体内翻滚的气血时，魔焰巨虎已经动了起来，它那巨大而又不失灵巧的身躯在十米外绕着持剑人龙行虎步地走着，巨大的眼珠子不停地转动，谨慎地寻找着出手的时机。而站在地上的那人也不敢轻举妄动，更不敢飞到天上，因为他知道他一飞便会被魔焰巨虎找到破绽，在这种层次的交手中，被找到破绽的下场可想而知，一定是非死即伤；因此他只能仔细观察着魔焰巨虎的动向，汗液缓缓地从他额头的左边流淌下来，滴落到地上，发出"啪"的一声。

　　就在这时，魔焰巨虎再也不想跟这个人拖延下去，怒吼一声，气势达到顶点，原本只有后背到尾巴和四只爪子上才有的火焰瞬间蔓延全身，形成一个巨大的火焰虎影，从那人的后方扑了过去，速度竟然比前两次要快上一倍多。时刻注意着魔焰巨虎动向的那人立刻以最快的速度转过身来，望向带着强烈而炽热的劲风扑面而来的巨大虎影，此刻的他没有移动脚步，但右手手背上再次绽放出璀璨的蓝光，他也怒吼一声将全部的精气神提升到巅峰，喊道："水印，水纹罩！"

　　接着，那人的全身上下绽放出如同波浪般的蓝光，这个蓝光从他身躯传出，在他身边一米的范围内形成一个波光粼粼的圆球状的护罩。然后那人右手紧握，将水蓝色的灵力传入到右手的剑中，剑身上的白光转瞬被水蓝色的光芒所充斥。此时

　　他立刻双手握住剑柄，高举过头顶，向猛冲而来的虎影劈去，口中还喝道："一决生死吧！"

　　而在峡谷边缘处的两人仍然处于震惊中。

第四章
人倒虎灭

激烈的战斗导致峡谷内气息凌乱，随着一人一虎战斗愈加激烈，山谷中的气流也随着他们的战斗牵动得更加强烈。

而在峡谷边缘地区，躲在巨大榕树后的两人仍处于震惊中，表哥莫元清吞了一下口水，转头望了望旁边依旧目不转睛地盯着峡谷内激烈战斗的表弟莫元明，莫元清用手拍了拍莫元明的肩膀，莫元明突然感觉被拍了下，立刻被吓得跳了起来，看到是表哥，他才冷静了下来，慢慢平复了下心情，然后满脸怒气地看着表哥依旧张着嘴巴的神情，他心里突然想笑却笑不出来，依旧怒气升腾地对着莫元清道："表哥，干吗，还没看完呢！"

莫元清揉了揉有点僵硬的脸庞，方才做出夸张的表情，指手画脚地对着莫元明说道："表弟，下面的人怎么那么厉害？还能跟老虎对打，而且老虎还那么大只，还有老虎身上还会冒火，对了，还有那个人还会飞，还有还有……"

莫元明看着莫元清有滔滔不绝地说下去的趋势时，立刻用手捂住了表哥的嘴巴，然后把左手食指放在自己的嘴唇前，跟他做了一个"嘘"的动作，才小声道："不要那么大声，会被下面听见的。"

莫元清顿时一脸害怕的样子，说道："这么远都能听见啊？"莫元明看着表哥有点夸张的表情，道："我在家里看到那些有关武者的书上是这么说的，我不知道下面的人听不听得到，不过我们小心点就是了。"

莫元明见表哥还要发问，立刻用手捂住他的嘴，说道："别说了，下面还没完呢，继续看！"莫元清点了点头，拿开了表弟的手，转过头继续看着；莫元明看到表哥安分下来了，长长吁了一口气，才转过头，再次透过榕树须根间的缝隙望向峡谷内。

峡谷内的中心地带，战斗仍然激烈地持续着。在莫元明二人谈完话，再次望向峡谷内时，那火红色的巨大虎影已经跟那人周身一米水蓝色圆球撞击在了一起，那个波光粼粼的圆球阻挡了炽热的虎影不足一秒，便如同水蒸气般散去了。

紧接着，巨大的虎影与那人劈下的水蓝色光剑再次猛烈地碰撞在了一起，在虎影与光剑碰撞的一刹那，碰撞中心的十米范围内，泥土翻飞，土地震裂，巨大的气流如飓风般成环状向着四周猛烈地扩散着。剧烈的碰撞之后，光剑与虎影竟然僵持了在那里，剧烈的气流仍然不断产生，持续掀飞着周边的土壤。

然而在水蓝色光剑与火红色虎影在空中僵持了近十秒之后，依稀听到"啪"的一声，但在这激烈的战斗中，这声音无疑如同惊雷一般，水蓝色光剑剑身上竟出现了一道细微的裂痕，听到这个声音后，那个持剑之人的表情从严峻刹那间转变成了惊骇，双眼睁得大大的，盯住眼前的光剑，似乎想知道些什么，又过了一秒之后，再次传来一声"啪"的声音。

此时，他不仅听到，而且看到了，水蓝色光剑剑身的中央出现了一道裂痕，这裂痕随着时间推移还在不断扩大，剑身破裂的声音越来越大，突然，"嘣"地一声，锋利的水蓝色剑身断成两截，上半部分的剑身向上抛飞了出去，飞得远远的，掉落在翠绿的草丛里，在剑身断裂的一刹那，那人只来得及喊了一声："不！"

火红色的炽热虎影便从他身上穿了过去，而魔焰巨虎的真身则随着强大的惯力由他的上方跃了过去，瞬间冲出了十多米的距离，即使如此，那仅剩半截的锋利剑身依旧划破了魔焰巨虎的下腹，此时鲜血如同流水般从魔焰巨虎的下腹中倾倒了出来，浇红了他身下的嫩草。

那人在这一刻，身躯"扑通"一声倒在草地上，他倒下的那片草地瞬间被鲜血染红了，那人倒下后，脸上依旧是惊骇欲绝的表情，他甚至到死都不敢相信，自己竟然死在了自己想要捕捉的灵兽魔焰巨虎手上。魔焰巨虎此时跌跌撞撞地向前走去，似乎前方有什么非要拿到或见到的东西，魔焰巨虎再次向前走了数米后，终于沉重地向一旁倒了下去，与此同时，魔焰巨虎身上的火焰也熄灭了，它临终前所走过的那条道路被它的鲜血染红了！

此时，太阳已经快要下山了，空中金黄色的光芒斜斜地照射在这个峡谷的草地上，这个凹陷的峡谷刹那间显得那么悲凉，没有人为死去的人哭泣，更没有人为那只倒下的巨虎哭泣。似乎这个世界本来就应该如此，到底是谁赢了呢？谁也没有。

此时，峡谷的边缘地区，躲在巨大榕树后面的两人终于感觉到身边的巨大压力消失了，"扑通"一声，他们俩几乎同时坐到了草地上，重重地喘息着，原来冷汗早已湿透了他们的整套衣衫，特别是衣服背后的部分，已经几乎可以拧出水来了。

他们坐在青翠的草地上，脸上依旧充满不同程度的惊骇。此时，他们心中正慢慢地消化着刚才看到的事情，对于只有四、五岁的两个孩子来说，遇到刚刚发生的那种事情，不管他们多大胆，都不是那么容易接受的。

两人都安静地坐在草地上，低着头，目光有点呆滞地望着眼前的草地，就这样静静地过去了十分钟，他们仍需要时间从脑海剧烈的回忆与心中惊骇的心情中脱离出来。

莫元明率先从这些回忆与惊骇中脱离了出来，重重地缓了一口气，然后才抬头望向同样坐在身边不远处的表哥莫元清，莫元明深吸了口气，再重重地吐了出来，才完全平复了自己的心情，然后起身，走向仍然呆滞地坐在那里的表哥，莫元明走到他面前蹲下身子，看了看还在呆滞中的表哥，皱了皱眉头。

用右手轻轻拍了拍表哥的左脸，见表哥没什么反应，突然间，孩童活络的心思又出来了，一个主意涌上心头，脸上瞬间充满了恶作剧的表情，满脸笑容地望着仍然处于呆滞中的表哥，两只手悄悄地伸到表哥莫元清脸庞的两边，然后，两只手不停地拍打着表哥的脸颊，莫元明脸上的表情有些僵硬，但却不是保持一个表情因麻木而造成的那种，而是强忍着笑意，嘴角又一直抽搐着，外眼角都有眼泪快笑出来了。

莫元清刚开始还有点懵懂，不久后立刻惊醒了过来，然后双眼怒望着表弟莫元明，双手捂住他的脸颊，然后揉了揉，莫元明见莫元清醒了过来，双手便停了下来，可下一秒立刻笑了出来，虽然笑得不大声，可是那捂着肚子、在地上翻滚的动作让莫元清再次升起一阵怒火，可是他双手仍在揉着被拍得火烫的脸颊。

过了一会儿，莫元明笑够了，从草地上爬了起来，整理了下衣衫，咳嗽了一声，表情从忍俊不禁转变成十分严肃，认真地对莫元清说："表哥，我们该回去了！"

莫元清眼珠子转了转，然后对着莫元明说："反正都来了，就下去看看呗；而且你打了我的脸，我这个账还没跟你算呢！"莫元明本来想好不管表哥说什么都不答应的，可是听他提到这个，脸上顿时尴尬起来，莫元清接着说道："你陪我下去，这笔账，我就算了！"

莫元明犹豫不决，心中再次纠结着，莫元清又趁热打铁地说道："反正下面的人和老虎都死了，怕什么？下去瞧瞧呗！"莫元明这才叹了口气，望向莫元清，对着他说道："这是最后一次了，看完我们立刻就走！"莫元清的小脑袋像小鸡啄米一样，不停地点头。

温和的春风依旧吹拂着山中的峡谷，峡谷周边的参天大树上，入春刚长出来的细小枝芽随着和煦的微风轻轻地摆动着它们的婀娜身姿。

峡谷内，风儿悄悄地吹过那被斜斜的阳光照得发出血红色光芒的嫩草，从远处看上去，怎么都觉得这片草地显得有些妖艳。那一人一虎的尸体相距近二十米，各自安静地躺在已经被他们的鲜血所染红的草地上，这一切在这一刻显得那么自然而安详。

峡谷西边边缘地区某一棵大型榕树后，莫元明和表哥莫元清刚刚商讨出结果，莫元明再一次带着无奈望向如同小鸡啄米般点头的表哥，心想：这表哥脑袋里的神经有多大条啊？

然后，二人向前走了几步，越过了那刚刚一直遮蔽着他们身影的巨大榕树，表哥莫元清刚想下去，就被莫元明伸出的右手拦住了，莫元清转过头望向莫元明说道："表弟，你拦着我干吗？"莫元明眼睛盯着峡谷内，头也不回地说了句："你不怕他们还没断气吗？"

莫元清听他这么一说，顿时吓了一跳，身子往后缩了缩，吞了一下口水，说道："不会吧？"然后，莫元清眼神警惕地望向那一人一虎的尸体，莫元明先望了望峡谷内躺着的已经没有火焰的巨虎，再转头瞧了瞧刚刚仰面倒下的那人的尸身，认真观察了一会儿，然后对着表哥小声说道："表哥，等会儿我们小心一点，慢慢走下去。"

莫元清立刻对着表弟点了点头，然后莫元明接着道："我刚刚看到那只巨大的老虎临死前还继续往前走了一段路，我觉得那里应该会有些什么，才会让它这么重视。"莫元清摸了摸下巴，也道："嗯，我也看到了！"

莫元明听到表哥也这么说，心中更加确定，便对表哥说："我们悄悄地过去！"莫元明便蹑手蹑脚地向那只巨虎的尸体走去，莫元清也学着表弟的样子安安静静地跟在后面。

渐渐地，他们二人离巨虎的尸体越来越近了，他们二人越走近就越能感受到这个巨虎身躯的庞大，即使侧躺着都要比他们两人高很多。走近了，那浓浓的血腥味让他们二人皱眉捏住鼻子，然后继续向前走去。

终于走到巨虎身下了，首先看到的是四只巨大的虎爪，而巨虎被开膛破肚的下腹正对着他们，一些类似肠子之类的碎肉零碎地掉落在尸体旁。

莫元明强忍着腹内翻滚得想要转身吐出来的感觉，看了看表哥有些苍白的表情和有点想吐的样子，立刻伸手捂住他的嘴，然后疯狂地对表哥莫元清使眼色，将手指指向巨虎，莫元清看到表弟的表情，顺着他的手指看向巨虎，顿时明白了表弟的意思，强行忍住腹部翻滚的感觉，他们原本用手捏住鼻子的动作变成了整只手掌连嘴巴一起捂住了。然后，二人小心翼翼地绕着巨虎的身体走动，他们慢慢地越过巨虎的后爪，绕过了巨虎的尾巴，生怕踩到巨虎的尾巴时巨虎会突然跳起来，再将脚步移到巨虎的背部，向着虎头走去。莫元清率先转过身子，看向虎头，随即莫元明只听见他像杀猪一样猛烈而又惊骇地大叫了一声："啊！"然后向后倒去，双腿发抖地坐在草地上，莫元明立刻转过头来，看到的是眼睛睁得大大的巨大老虎，刚看到时，他也差点吓得三魂不见七魄，可是他盯了一会儿，发现巨大的虎目虽然盯着前方，但眼珠子却一动不动的，他再认真观察了会儿，巨虎依旧一动不动，他心中终于松了一口气，然后转过身来，对着表哥莫元清说道："表哥，它死啦！"

莫元清刚刚可是被吓惨了，听到表弟这么说，他才狐疑地看了下巨虎，发现它还是不动一下，终于也松了口气，用手抚摸了下胸口，长嘘了一口气，说道："刚刚吓死我了！"

然后，莫元清望向远处那人的尸体，再望向表弟，接着说道："应该两个都死了吧？我刚刚喊那么大声都没反应！"莫元明也顺着他的眼光望了望远处那人的尸体，确实也没动弹一下，点了点头，道："嗯，应该都死了！"

莫元清此时脸上的表情顿时松弛了下来，再次说道："刚刚可把我吓惨了！"

莫元明望了一眼巨虎并顺着老虎临死前的目光望去，发现目光所指三米外的嫩草不规律地动了动，并没有跟周围的嫩草一样顺着微风的方向摆动，他眉头皱了一下，然后眼中一亮，立刻望向表哥，手指指向刚刚发现不对劲的地方，说道："表哥，那儿有东西！"

莫元清的神经刚刚放松下来，听到表弟这么一说，立刻跳了起来，急切而又慌张地说道："哪呢，哪呢？"莫元明拍了拍表哥的肩膀，道："表哥，我们过去瞧瞧。"然后率先走了过去，莫元清顺着表弟手指的方向望了下后，没发现什么，但也跟在表弟的身后走了过去。

没走几步，他们便走到了莫元明觉得有些不对劲的地方，然后莫元明轻轻地拨开了那翠绿的嫩草，看到两只应该出生才没多久、毛发金黄、还未长出虎斑、身上也没有火焰、还未睁开眼睛的可爱小老虎躺在周围的嫩草上，安静地熟睡着。

两只小老虎那小小的虎眼虽未睁开，眼角处却各有一滴晶莹的泪水，似乎刚出生就已经知道它们母亲的离去。

莫元明终于知道，刚刚为什么那只巨虎不是朝着那人扑杀过去，而是趁着惯力从他头上跃了过去，那从巨虎身上冲出的强大虎影固然能把那人杀死，但是从对方手上那把光剑可以劈开巨虎的腹部来看，即使那人在那时被虎影冲击致死，但那一瞬间那人完全可以拼死将巨虎的真身劈成两半，而巨虎为了见两只小老虎最后一眼，便利用强大的惯力跃过那人，从而更快地接近小老虎。

两只老虎一大一小，大的已经有一个小孩的头这么大，而小的却只有巴掌大小。此时莫元清也看到了，高兴地说道："好可爱的小猫！"莫元明有些无奈地道："是小老虎！"

莫元清挠了挠后脑勺，脸上茫然道："是吗？"莫元明转头望了下倒在身后的魔焰巨虎，说道："我想应该是这只巨大的老虎生的。"莫元清张大嘴巴，吃惊地说道："不是吧，这两只老虎这么小，是那只巨大老虎生的？"

莫元明无奈地道："那附近还有其他老虎吗？"然后，莫元明想了一想，接着道："我猜这只老虎，刚生完小老虎不久，就跟那个人打起来了。"莫元清恶狠狠地道："那人实在太坏了。"

莫元明道："我不知道那个人坏不坏，我只知道，我们现在要赶紧回去了！"莫元清一拍脑袋说道："对耶，我们要赶紧回去了，不然晚了就惨了！"

莫元明愕然地看着表哥说道："你才知道啊！"莫元清看了下两只小老虎，接着道："这两只小老虎怎么办？"莫元明理所当然地道："当然是带回去啦！"

莫元清顿时紧张地说道："可是带回去，就会被爹娘知道我们跑到后山来啦！"莫元明反问道："难道你忍心把这两个可爱的小老虎扔在这里？"莫元清顿时皱了皱眉："这个……"莫元明接着道："别犹豫了，走吧，一人带一只回去养吧！"

然后，莫元明伸手抱起那只巴掌大小的小老虎，对着莫元清说道："表哥，那只大的给你！"莫元清便抱起那只比较大的小老虎，两人一人抱一只，开始向谷外走去。

第四章　人倒虎灭

第五章
墨色小环

魔焰巨虎与那个人的尸体依旧安详地躺在寂静的峡谷当中。

莫元明与表哥莫元清二人手中各自抱着一只可爱的小老虎向着凹陷峡谷西边外围的方向走去,在经过那个人的尸体十多米的地方时,莫元明的心中突然响起一个声音,好像有什么东西在召唤他似的。

他便停下脚步,转头望向传出那个召唤声音的源头,竟然是那个已经仰面倒在地上的人的尸体处,他顿时警惕起来,但同时也奇怪心中为什么会有这种奇怪的感觉。

莫元清发现表弟停下脚步转头望向那个人的尸体,他也停下脚步站在表弟旁边,向莫元明问道:"怎么,你对那个人感兴趣?"

莫元明一只手抱着小老虎,另一只手摸了摸下巴,并没有回答表哥的这个问题,低头沉思了一下,便抬头对着表哥说道:"你有没有一种奇怪的感觉,好像有什么东西在召唤你似的?"

莫元清被问得一愣一愣的,开口就道:"没有啊!"莫元明现在心中一直被这样的感觉缠绕着,似乎有一股力量驱使着他向那个人的尸体走去,这使他更加警惕,一直思考着他为什么会有这种感觉。

莫元清见他站在那里一动不动,便说道:"反正那个人都已经死了,你感兴趣就过去瞧瞧呗,有什么大不了的!"然后,莫元清便用没有抱着小老虎的手,牵着表弟向那个人的尸体大步走去。

莫元明愣了一下便被表哥扯了过去,在向那人的尸体靠近的过程中,越接近尸体,心中被召唤的感觉便愈加强烈。

在他被表哥拉着走到了尸体旁时,莫元清嗅到那股浓郁的血腥味,皱了皱眉头,立刻放开表弟的手,捂住他自己的嘴巴和鼻子,脸上明显地写着他一点都不想待在这里的表情。

莫元明呆呆地站在那个人的尸体旁边,似乎完全没有闻到那浓郁的血腥味,他不由自主地蹲下来，用没抱老虎的手伸到那个人尸体的胸前一阵翻动，扯开了那人胸前的衣服，看到那人的脖子上挂着一个纯墨色的扁状的小环。

此时小环正安静地挂在那人的胸前，如果它不是环的形状，怎么看这个环都像一个普通到不能再普通的石头，莫元明伸手把这个墨色的环从那人的尸体上摘了下来，然后张开手掌，仔细端详了一下这个墨色小环。

入手的感觉就像普通大理石的那种质地，侧面扁扁的，从正面看去，中间有个小孔正好可以用来穿绳子，而那个人生前也是这么把它挂在身上的，也正是这个小孔让它看起来像个环，圆环的直径不过像大人半个拇指节的长度。

莫元明将这个墨色小环拿到手上时，便知道原来就是这个小环在召唤着自己，拿到手上后，心中感觉这个小环本来就属于自己似的，在此之后那种奇怪的感觉便消失了。

这时他才嗅到那浓郁的血腥味，皱皱他那小小的眉头，转头望了下表哥，表哥不知什么时候已经退到两米开外了，一只手还在捂着自己的鼻了和嘴巴。

他立刻飞快地退到表哥身边，他可不想闻那令他难受的血腥味，莫元清看他退了回来，便一脸鄙视地问道："你在那人身上搞了半天就是为了拿这个东西？"

莫元明望着手中的墨色小环沉默了一下，狐疑地说道："可能是吧！"莫元清看了一眼他手上的墨色小环，一点都不感兴趣的样子，然后对着莫元明说道："我们还是赶快回去吧！"

莫元明再看了一眼墨色小环，将其塞进口袋里，望了一下快要落山的太阳，感觉时间也大约下午四时了，这才望向表哥对着他点点头道："嗯，我们赶紧走吧，路上得快点，太阳下午六时左右便要下山了，我们要赶在天黑前回到庄子才行。"

莫元清也对着表弟点点头，道："我们出发吧！"莫元明"嗯"了一声，便与莫元清一同迈开脚步，小跑着向莫家庄奔去。

事实证明下山比上山确实要快许多，虽然路上有些比较崎岖的路段要抓着树枝或者裸露出来的树根才能往下爬，但是回去的路比上山时可要顺利多了。

回去的路上，一路的颠簸也惊醒了他们怀中的小老虎，这两只小老虎第一次睁开眼看到他们，便在他们怀中时不时地翻滚着，偶尔也伸出小小的舌头在他们脸颊上舔啊舔的，明显把他们当作了自己的亲人。

而且这两只小老虎似乎因为血脉的关系，知道彼此是亲兄弟，因此它们的关系也极好。在回去的路上，除了这两只小老虎的意外之喜，便没有其他什么特殊的事情发生了。

虽然这条路他们只在上山时走过一次，但回去的时候他们却轻车熟路地向着西边的庄子赶去，速度竟然一点都不慢，数里的路程他们只用了来时一半的时间，便回到他们进入林子时入口的位置，再走一段路便到莫家庄的大道了，之后他们只要沿着大道便可走回莫家庄了。

此时，大约下午五点半，他们刚刚走到莫家庄的大道上，从莫家庄的南边向莫家庄中央的村民居住区走去。

现在他们两人的情况从外表看上去有点凄惨，两人在回来的路上被树枝挂到头

发，踩到柔软的泥沙，趴在地上往上爬，还要护住怀中的小老虎，有时少不了要贴着泥地下山，小脸蛋和四肢包括衣服上都沾满了泥土，整个身体都散发着泥土的芳香。

蓬头垢面和衣衫凌乱是用来形容他们两人现在状况最好的形容词，如果别人看不到他们怀中的小老虎，还以为是两个小乞丐呢！

温柔的夕阳从西南面的天空中照射下来，将夕阳的余晖无限拉长，这二人的身影也被拉得长长的！

金黄色的晚霞尽情地将美丽的霞光挥洒在大地之上，温和的春风依旧柔情地抚摸着一望无垠的大地。

两个衣衫褴褛的小乞丐正从莫家庄南边的大道向北走去，他们所前往的方向正是莫家庄的位置。这两个小乞丐正是从山里回来的莫元明和莫元清，此时莫元清正皱着眉头走着，而莫元明也一脸苦笑，莫元清转头望向莫元明，道："表弟，你说怎么办？"

莫元明脸上的表情更加苦闷了，说道："表哥，我们都把小老虎抱回来了，你说还能怎么办？"莫元清脸上的表情刹那间塌了下来，说道："啊，真的要老老实实地跟族长交代啊？"

莫元明郁闷地看了表哥一眼，说道："什么族长，不就是你姥爷吗？"莫元清也道："那也是你爷爷啊！"

莫元清看着表弟苦笑的脸庞，眼珠子一转，道："不如这样吧，你去跟姥爷解释？"莫元明顿时就不愿意了，道："我不要！"

莫元清哼了一声，扭过头去，道："那我也不说！"莫元明激动地对着表哥大声喊道："表哥，别忘了，是你拉着我去后山的！"

莫元清瞄了表弟一眼，道："有吗？什么时候的事情，我怎么不记得了？"莫元明更加激动了，一只手指着表哥莫元清道："你耍赖皮！"莫元清一脸无辜地道："我有吗？我没有啊。"

说完，紧接着学着长辈的样子，对莫元明语重心长地说道："表弟啊，你知道表哥我不会讲话，解释这种事情当然交给你比较好啦！"

莫元明脸上更加不忿了，指着表哥刚想说话，还没开口，莫元清便飞快地说道："你不说话，我就当你答应啦，表弟你真好！"接着就一脸坏笑地看着莫元明。

莫元明顿时瞠目结舌地看着这位表哥，愤怒地扭过头去，一副我不认识你的样子，莫元清看着他这个表情，想笑又不敢笑，便过去拍了拍表弟的肩膀，道："表弟，别这样嘛，你看我对你多好，将这么重要的任务交给你！"莫元明顿时就对这个表哥无语了。

两人边走边聊，不知不觉已经走到莫家庄居住区的入口了。莫元明这才转过头对着莫元清道："表哥，先去找姑妈吧。"莫元清愣了一下，道："找我妈干吗？"

莫元明无奈地对着表哥道："找姑妈帮忙求求情啊，不然回去，我可就惨咯！"莫元清顿时一脸为难的样子，说道："那我不是要挨一顿骂？"

莫元明一副理所当然的样子，道："挨一顿骂，姑妈能帮我们求求情，那不是很好吗?"然后望了下表哥,接着道:"你难道还能找到更好的办法?"

莫元清听到这句话,脸上顿时就垮了,说道:"没有!"莫元明更加理所当然地继续道:"那就对啦,现在只能这样了。"莫元清沮丧着脸说道:"那好吧!"

紧接着,莫元明一马当先地向距离比较近的姑妈家走去,莫元清带着一脸既不愿意又无奈的表情在后面跟着。

一会儿,便到莫元清家了,站在门口,莫元明转过头对着仍然拉着脸的表哥道:"表哥,到了,你进去吧!"莫元清愣了一下,立刻转过头,对莫元明问道:"你不进去?"

莫元明笑着回答道:"进啊,让你先进嘛!"莫元清听到这句话,脸上的表情马上转变为一脸的鄙视,而莫元明似乎看不到他的目光一样,依旧在那微笑着。

莫元清看着表弟那表情,顿时感到无力,然后向前走了几步,推开大门,也不管后面的莫元明有没有跟上,对着院子内扯着嗓子大声喊道:"妈,我回来了!"莫元明跟在莫元清身后走了进去,听到表哥的叫喊声,心中无奈地想:这家人的交流方式太特别了吧?莫清梅在家中,听到儿子的呼喊,便向院子走来,边走边喊着回应道:"哦,回来啦,今天和小明玩得怎样……"

话还没说完,莫清梅走到门口,看到两个衣衫褴褛、头发蓬乱的小家伙站在院子里,愣了一下,接着气急败坏地道:"哎呀,你们两个臭小子跑到哪里玩去啦,搞成这个样子?"

莫元清听到这句话,转头望向莫元明,眼角挑了一挑,意思很明显,该你解释的时候了。

莫元明向前走了一步,咳嗽一声,正准备说话的时候,莫清梅已经对着他们喊道:"赶紧去洗个澡,也不知道跑去哪儿玩耍去了,搞得全身邋里邋遢的!"

莫元清看着母亲快要滔滔不绝地唠叨的时候,立刻出声喊道:"妈!"莫清梅立即说道:"喊什么,我不是在这吗,赶紧去洗澡!"

这时,莫元清和莫元明将怀中的小老虎露了出来,莫元明怀中的小老虎的小脑袋被露了出来后,探头探脑、好奇地四处张望着,而莫元清怀中的那只正撕咬着莫元清的衣袖,玩得不亦乐乎。

莫清梅看了一眼,想也没想就说道:"你们出去玩,还把外面的小猫捡回来了,捡回来可以,不过你们要自己养!"

莫元清脸上的表情十分无奈,说道:"这是小老虎!"

莫清梅听儿子这么说,脸上的表情才变得认真起来,缓步走到二人面前,表情十分严肃地望着这两个邋遢的小家伙,道:"说吧,你们到底跑到哪里去了!"

紧接着眼神各自盯了两个小家伙一眼,说道:"要老实交代!"莫元清的表情瞬间变得愁苦起来,望向表弟,好像在说:我就知道会变成这样。

莫元明见表哥向他望来,就知道他什么意思,而且眼神还提醒着莫元明要他出来解释呢!莫清梅见两个小家伙挤眉弄眼的,说道:"别在我面前挤眉弄眼的,赶紧交代!"

莫元明此时无奈地叹了一口气,望着姑妈严肃认真的表情,便将他们干的事如

第五章 墨色小环

实地交代了,除了拾取墨色小环那个环节,莫元明个人认为不重要的过程自动省略掉了以外。

莫元明讲完后,看了一眼姑妈的表情,顿时闭口不言了。

莫清梅此时眉头挑了一挑,双目充满怒气地望着这两个小家伙,说道:"你们两个可真够大胆的啊,连庄中的规矩都束缚不了你们啦,私自跑到后山有多么危险,你们知不知道!"

莫元清望着母亲,一脸委屈地道:"我们只是好奇嘛!"

莫清梅立即咆哮道:"好奇?你知不知道你们两个小家伙,能从后山活着回来是多么幸运的事情!尤其是你,身为表哥,带着表弟到处跑就算了,还跑到那么危险的地方,你们是不是嫌命长啦?"

莫元清顿时不敢说话了。

莫清梅再次望了望这两个小家伙,也望了望他们怀中的小老虎,心中想道:后山应该以野兽居多,不知道什么时候来了只妖兽,发生这么大的事情,必须向爹汇报才行。

然后对着两个低着头沉默的小家伙说道:"走,我带你们见爷爷、姥爷去!"说完便抓着莫元清和莫元明的手走出屋外,找莫家庄一族之长莫石天去了。

第六章
族中商议

莫家庄中央区域，莫府门口，莫清梅两只手各拉着一个衣衫褴褛的小乞丐。

这正是莫元明和莫元清表兄弟二人，这两人正满脸苦笑地被莫清梅从莫家庄东南边莫元清的家中一直拉到莫府门口，耕地回来的村民们见到衣衫褴褛、头发蓬乱的莫元明与莫元清，便笑骂道："哈哈，你们两个小鬼又跑到哪里玩去啦，搞成这副模样？"

莫元明与莫元清只能苦笑却没有应答，而莫清梅更是神情严肃，对路上打招呼的村民视而不见，拉扯着两个小鬼匆匆忙忙地就赶到了莫府。

因为在莫家庄内，日常来往较多的都是莫家庄的人，因此莫府大门除了晚上平时白天基本上都是敞开着的，而今日也不例外，大门依旧大开着。因此，莫清梅在莫府门口也不曾停留，直接拉着两个小家伙便迈了进去。刚一进门，莫元明又见姑妈莫清梅在莫府的前院中扯着嗓子大声喊道："爹、哥哥，我回来啦！"

首先出来的并不是莫石天和莫清风，而是连叔，连叔一如既往地带着温和的微笑从屋内走了出来，看到莫清梅拉着两个一副小乞丐模样的莫元明和莫元清，对着莫清梅道："小姐，你回来啦？"

莫清梅看到是连叔，便亲切地叫道："连叔！"

连叔的年纪比莫石天小不了多少，可以说是看着莫清风和莫清梅两兄妹长大的，因此莫清风和莫清梅两兄妹对连叔如同对待自己的长辈般尊敬。

虽然莫石天是莫家庄的族长，但家中的事早已交给莫清风，莫清风早就接任了家中家主一职，因此，连叔身为莫府管家才会叫莫清风老爷，但莫清风对连叔依旧如同对待长辈般尊重。

此时，莫清梅见到连叔当然也是如此，连叔的目光这才越过莫清梅，望向后面一副乞丐模样的莫元明与莫元清，脸上笑了一笑，关切地问道："两位小少爷，这是跑到那去玩闹了呀？搞成这副模样，还要小姐把你们给带回来。"

莫元明与莫元清同时抬头望向连叔，乖巧地喊道："连叔好！"

不过他们两个的脸上却依旧带着苦笑，莫元清再次望向莫元明，莫元明见到了表哥的目光，却依旧没有回答连叔的问题，因为他知道等人来齐后，姑妈会让他们再次从头交代一遍的，而且，莫元明也知道此次的事情可大可小，因此暂时也不敢多言。

莫清梅转头望了这两个小家伙一眼，才转头对着连叔说道："这两个小鬼这次真是胆大包天，差点就出事了。"连叔依旧笑道："两个小孩能惹出什么事来，呵呵！"

此时，莫元明便见到爷爷莫石天、奶奶梁秋雨，以及父亲莫清风与母亲林舒婷，四人皆面带笑容一同从后院的门里走了出来。

莫元明再次乖巧地依次喊了一遍长辈，莫元清也逐一向各位长辈打了招呼。

莫石天刚从后院中出来，表情立即一顿，站定后对着莫清梅道："都是已经成家的人了，还是这么冒冒失失的，成何体统？"

莫清梅苦笑一声说道："爹，我从小到大都是这个样子，你又不是不知道。"梁秋雨接过话来，说道："好啦，孩子都这么大了，你还这么说她！"

莫石天回答道："就是这么大了，还冒冒失失，才要说啊！"而莫清风也站在莫石天身后帮妹妹说道："爹，妹妹就是这个性格，您就别怪他了！"

林舒婷站在他们身后，望着莫清梅笑了笑，然后发现莫元明整个小乞丐的模样，立即甩开莫清风的手，匆匆走到莫元明面前蹲下，心疼道："怎么搞成这个样子啊？"

莫元明苦笑着喊道："让娘担心了！"此时，其他人也注意到这两个衣衫褴褛、头发蓬乱的小鬼了，莫清风立即收起笑容，面无表情地对莫元明道："跑到哪里去了？"

梁秋雨也立刻小跑着来到两个小家伙面前，心急地说道："你们俩怎么搞成这样哦，让奶奶瞧瞧，受伤没？"莫元明立即回答道："我们没事！"

莫元清接口道："就是有点脏！"梁秋雨也心疼道："走，奶奶、姥姥带你们去洗个澡先，这么脏怎么行呢？"林舒婷也点了点头。

然后，莫元清带着询问的目光转头望向母亲莫清梅，莫清梅对他点了点头，然后莫元清欢呼了一声，小跑着离去，莫元明也跟在表哥后面向浴室冲去，而梁秋雨和林舒婷则在两个孩子身后匆匆跟着。

然而莫元清没跑几步，便听到身后传来莫清梅的声音："你们两个小鬼，洗完澡就到前厅，听到没有？"

莫元清与莫元明头皮一僵，莫元清心中想道：还是没能逃过一劫啊，莫元明则是一脸"我就知道"的样子。

望着两个孩子向浴室跑去，林舒婷和梁秋雨跟在两个孩子后面走了之后，莫清梅表情严肃地道："爹，女儿有事禀报！"

莫石天见女儿表情这么认真，而且用到"禀报"二字，他便立即知道女儿确实有重大的事情要说，表情也变得严肃起来，说道："走，到前厅去说！"

莫清梅点了点头，剩下在院子中站着的连叔、莫清风也跟在莫石天身后，来到了莫府前厅，莫府前厅通常都是接待客人和商议莫家庄重大事情的地点。

到了前厅，连叔、莫清风随着莫石天各自坐下，莫清梅站在厅中，莫石天坐在主位上，莫清梅见父亲坐定后，便认真地说道："爹、娘、哥哥，事情是这样的：这两个小鬼跑到庄子东边的后山去了，然后……"之后莫清梅便将莫元明之前所说的都复述了一遍。

听着莫清梅认真地说着，莫石天的眉头渐渐皱了起来，而坐在莫石天下位的莫清风与连叔的表情也是如此。

莫府紧靠东边的悬崖峭壁，因地势原因，坐东朝西，前厅长八米宽六米，与大部分府邸的前厅相比，只能算是最低的档次了。当然更无法与天齐大陆上一些皇室贵族相比，而在前厅有四根不算大的檀木柱子立于其内，莫府前厅的前门通过前院与大门形成一条直线，正对着西面，此时西面夕阳的彩霞也通过前厅的大门洋洋洒洒地打在前厅的地面上，显得十分优美。

而通过前厅的后门可通向中庭，在距后门一米处有一个巨大的屏风将其与前厅分隔开来，平常要进入中庭除了从外面的院子绕过莫府前厅之外，也可通过前厅内绕过屏风进入中庭。

莫府前厅的巨大屏风对着前厅前面的方向，紧靠着屏风摆放着两个檀木制成的椅子，两个椅子之间摆放着一个同样是檀木制成的桌子。

这两个椅子的位置，正是平时莫家庄商讨庄中大事时，莫家庄族长以及庄中重要人物所坐的位置，两个椅子两边各自放着两排桌椅，桌椅的方向相对，也是按照两个椅子间一个桌子的形式所摆放的，两边各有四张椅子、三张桌子，皆用檀木制成，让踏入前厅的人感受到一丝严谨与威严的气息。

莫府前厅，莫家庄族长莫石天正坐于主位之上，莫清风与连叔坐于莫石天主位两边的首位，莫清梅刚刚禀报完从莫元明口中听到的情况。

而在前厅中坐着的三人，此时正眉头紧皱着，不难看出三人眉间的愁意。

族长莫石天轻轻地叹了一口气，隐去了眉间的愁意，对着严肃地站在厅中的莫清梅，说道："清梅，你先坐下吧！"

莫清梅闻言，坐到了哥哥莫清风左边的第二个位置上。

莫石天沉静地思考了一下，然后严肃地对连叔说道："阿连，你过去看看元明和元清洗好了没，等他们洗完澡后，直接带着他们到前厅来！"

然后，转头对着莫清梅说道："你去将莫清明、莫清日、莫清月三位教练请来。"

连叔听到命令，便起身对莫石天微微躬身，便走出前厅向莫府浴室走去。

而莫清梅在听到父亲的话后，也起身向屋外走去。连叔出了莫府前厅后，莫清风放下了抚着下巴的右手，心中虽然已有主意，但却转头带着询问的目光望向坐于主位上的父亲。

莫石天感受到儿子的目光，只是缓缓地举起了左手，示意了一下让儿子少安勿躁，莫清风便知道父亲的意思了，便沉静了下来，继续思考着什么。

此时，莫府浴室内，两个巨大的澡盆内，各有一个小男孩与一只小老虎在嬉闹着。莫元明的母亲林舒婷与他们的奶奶梁秋雨在带他们两个来到浴室后，本想帮他们洗澡的，却被这两个小淘气给赶了出去。

两位妇人只好在他们的澡盆旁放下了干净的衣衫，在他们跳入澡盆后，拿着被

这两个小家伙弄得充满泥土芳香的旧衣衫洗去了。

而在澡盆中，两只小老虎全身被弄得湿淋淋的，可爱的小眼睛充斥着对主人的不满与恼意，在回来的路上两个调皮的小家伙一直与怀中的小老虎嬉闹着。

两只小老虎已经把这两个小家伙当成了亲人或主人了，所以对于他们俩的嬉闹也习惯了。只不过此时被这两个小家伙弄成了落汤鸡似的，两只小老虎略微不满罢了。

过了一会儿，浴室中，莫元清仍哈哈大笑地与小老虎在澡盆中嬉闹着，而莫元明已经穿上了干净整洁的衣衫，微笑地看着怀中的小老虎，用小手为怀中的小老虎擦着湿润的毛发，小老虎似乎很享受的样子。

此时，屋外传来连叔的声音："小少爷，你们两个洗完了吗？老爷和族长正在前厅等着你们呢！"莫元明立即大声地回答道："连叔，我们快好了！"

在屋外的连叔笑了笑，说道："不急，那我在屋外等你们！"从这语气中，便可感受到连叔对这两个小少爷还是十分宠溺地，似乎即使发生天大的事都有他在为孩子们遮风挡雨。

浴室内，莫元明脸上的微笑在听到连叔的话后立即隐没，转过头望向澡盆内的莫元清，说道："表哥，快点啦，爷爷和父亲正在等着我们呢！"

莫元清撅着小嘴，一脸郁闷，抱怨道："还要去啊！"莫元明苦笑地回答道："当然啦。"莫元清无奈道："那好吧！"

说着，立即抱着小老虎从澡盆里出来，将小老虎放在一边，飞快地穿上衣服，然后快速地帮小老虎擦好身子。

不久之后，莫元明与莫元清两兄弟抱着小老虎便从浴室里出来了，连叔见两个孩子换了一身干净整洁的衣衫，比刚刚回到府中那副邋里邋遢的模样好多了，点了点头，才微笑着拉起两个孩子的手，说道："走吧，我们去见老爷和族长。"

此时，莫石天与莫清风父子二人仍然安静地坐在莫府前厅中，气氛有些沉闷，但此时此刻厅中三人谁也笑不出来。

不久后，莫清梅已经领着练功场的三位教练回来了，此时正是傍晚时分，三位教练正在练功场指导练功的青少年们，所以很好找。

莫清梅与三位教练说是族长传令，三位教练立即二话不说，在练功场叫了一位年纪最大的青年负责监督练功场的众人，便跟着莫清梅匆匆地赶到了莫府。

因此，这一来一回的时间反而快过莫元明与莫元清兄弟二人，而且连叔还在浴室门口等待了两个孩子一会儿，耽搁了一些时间。

莫清明、莫清日、莫清月三位教练进了莫府前厅后，三人同时恭敬地躬身喊道："拜见族长！"莫石天对着三人微微点了点头，便和蔼地说道："你们都坐下吧。"

莫清梅在带了三位教练进来后便直接坐下了，她性格就是如此，也不跟父亲客气什么。而三位教练在听到族长开口后，方才分别坐到两边的椅子上。

而他们刚坐下，连叔便领着莫元明和莫元清，两人手中还抱着小老虎，来到前厅当中。

第七章
武学系统

莫府前厅门口处，连叔领着莫元明与莫元清走了进来，莫元明进来后发现不仅父亲、爷爷和姑妈在，连练功场的三位教练也在前厅中坐着，他赶紧跟清明、清日、清月三位叔叔打了声招呼，行了个晚辈之礼，莫元清见表弟如此，当即反应过来，也有样学样地向三位叔叔行礼。

莫清明、莫清日、莫清月三人见两个孩子如此乖巧，满意地点了点头，而莫清明望向莫元明的眼中的一丝欣赏之色稍显即逝。连叔领着两个孩子进来以后便到其中一个位置上坐下了，看完两个孩子后，莫清明转头望向族长莫石天，眼中带有询问之色，莫清日与莫清月见清明大哥望向族长，他们两个也转头望向坐于主位上的族长莫石天。

莫石天见三位教练都向他望来，他便转头望向站在厅中的两个可爱的孩子，严肃的表情渐渐缓和了下来，嘴角微微翘起，淡笑地望着厅中紧张地站着的孩子，但眼中的目光却丝毫没有松懈，眉间的忧愁一闪即逝，问道："元明、元清，你们将进山所遇到的事情当着众人的面，一字不漏地说出来！"

莫元清听到这句话，立即向表弟莫元明瞟了瞟，意思很明显：到你发挥的时候啦。莫元明听到爷爷的话后，也注意到表哥莫元清的目光，无奈地一笑，然后恭敬地说道："是！"

厅中的众人立即竖起耳朵，认真地聆听，虽然莫石天、莫清风、莫清梅都已经知道了，但还是想从莫元明的口中听到原原本本的事实真相，以免有什么遗漏，也好根据事实进行分析与安排。

莫元明深吸了一口气，回忆起下午整个过程的场景，说道："事情是这样的：中午，我和表哥因好奇进了后山，然后……"

厅中的众人听着莫元明的讲述，表情不断地变换着，特别是听到巨虎与飞人的搏斗，厅中众人的表情异常丰富，但众人的目光却变得更加严肃。

听到莫元清和莫元明在不确定巨虎和"飞人"是否已经死亡的时候还跑到峡谷

内，莫清风带着充满怒气的目光瞄了莫元明一眼，而莫元清的母亲莫清梅听到这时怒气升腾地哼了一声。

莫元清听到母亲的哼声，只能尴尬地笑了笑，把右手放在后脑勺挠了挠。莫元明注意到父亲愤怒的目光，讪讪一笑，咳嗽了一声，继续说道："在发现了两只小老虎之后，我和表哥就回来了！"墨色小环部分，莫元明觉得并不重要，自然而然地省略了不提。

莫元明说完之后，很识相地不再说出一句话，安静地站在厅中，他可不想在父亲恼怒的时候去撞枪口，而且他知道，爷爷对他们还是很宠爱的，爷爷在的时候，就比较好说话了，也许他们两个就不用受处罚了，莫元明心里这么想着。

听莫元明说完整个事件的全过程后，莫府前厅中的众人陷入了一阵沉默中，紧张而带着一丝愁意的气氛在厅中悄然蔓延着。莫清风首先抬起头望向坐于厅中主位的父亲，开口问道："爹，您决定怎么做？"

虽然莫清风早已开始接管庄子中的大部分事务，莫石天几乎成了挂名族长，但遇到重大的事情都是由莫石天这位族长做出决定的。

莫石天叹了口气，望向莫清风，开口说道："风儿，我知道你心中已经有了安排，我相信你能够安排好这一切的，至于元明和元清他们的责任就别再追究了，毕竟他们还只是孩子！"

莫清风站起身来，对着父亲莫石天躬身行礼，然后再对着前厅中的众人也行了一礼，方才开口说道："既然父亲给我处理这次事件的权力，那我便不再推托，只要在座各位能信得过在下便可。"

莫清梅对她哥哥当然没有什么意见，而三位教练也经常配合莫清风这位虽说是下任族长却早已开始处理庄中大小事务的"代理族长"处理庄中事务，对其工作能力还是十分满意与认可的。

莫清明首先表态，开口说道："我当然支持清风全权处理此事！"莫清日与莫清月两兄弟，也接连表态，说道："我们也支持！"莫清风环视了厅中众人一圈，点了点头，拱了拱手，开口说道："既然大家都相信我，那我就不客气了。"

说完这句话，莫清风首先将目光转向站在厅中的莫元明与莫元清，口气十分严肃地说道："你们两个私自跑到后山，本该按照族规进行处罚，但念在你们年纪尚幼，而且族长替你们求情，便免过你们的责罚。"

莫元明与莫元清听到这里，脸上明显充满着喜悦，莫元清差点就要高兴得跳起来，不过他见那么多人在，而且众人表情依旧严肃，便不敢造次。只有坐于主位的爷爷对着两个孩子摸了摸胡子，宠溺地笑了笑。

莫清风望着明显开心起来的两人，接着说道："但是，死罪可免，活罪难逃，你们两个要禁足一个月，一个月内不得离开庄子一步。"

莫元清听到这句话，脸顿时拉了下来，也就是说他一个月内不能去南边的河流，西边的田地里玩了。莫元明心中悄悄地松了口气，但脸上却丝毫不敢有所表现，不然父亲改变主意就惨了。

莫清风说完这句话，对着他们两人说道："好了，你们两个出去吧，顺便把门带上！"

莫元清与莫元明听到这句话后，礼貌地对着厅中众人行了一礼便转身退了出去。莫清风在莫元明与莫元清表兄弟两人退了出去并关上门之后，这才转过身来，表情严肃地望向表情同样严肃的厅中众人。

莫清风对着众人说道："好了，我先给大家分析一下这件事情吧！"

低头沉思的厅中众人将目光转向莫清风点了点头，莫清风这才接着对众人说道："首先，这件事情的发生地点是在庄子后山的峡谷中，这个峡谷，我们庄子的狩猎队也曾经去过，对吧？"

说到这里，莫清风望向莫清明，莫清明点了点头，莫清风接着说道："就在半年前，狩猎队就曾经去过，但却没有在那里发现什么异样，说明那只巨虎或者那个人是在这半年内在那里出现的。而且，那人会飞，必然是那些人！"

然后莫清风的目光瞬间变得异常严肃，气息也刹那间变得可怕起来。莫石天此时接过话，说道："是天印者！"厅中的莫清梅、莫清明、莫清日与莫清月在听到这三个字后，目光刹那间变得异常严峻！

莫府前厅中的众人从莫石天口中听到"天印者"这三个字，明显感受到一种强烈的冲击力，莫石天在说这三个字的时候，扶着椅子扶手的双手明显握得更加用力了。

"天印者"这三个字在人类社会任何一个地方都具有强大的威慑力，因为这些人都拥有惊人的天赋、强大的实力，即使是最弱的天印者都要比一般人强上许多，而强者更不必多说。

而且，众人从莫元明的口中听到的那个可以飞行的人，更是天印者中的强者，因此，众人在听到与天印者有关的事情时，都失去了平日的淡然。

虽然莫家庄中人人习武，但庄中武功最强的族长莫石天已经迈入一流武者之列，但与天印者相比，依旧感觉到了深深的压力。

天齐大陆中妖兽横行，自然要有人类的武学系统，方才能够在妖兽、野兽横行的大陆中建立起自己的文明并争取到人类生活的寸土之地。

天齐大陆中的武学系统只有两种，一种是武者，另一种则是天印者。

普通人通过锻炼强化自身的身体，并修行一些武学功法，吸收天地稀薄的灵气，便可以成为一名武者，而武者的等级分为普通武者、三流武者、二流武者、一流武者以及超级武者，最后还有传说中的特级武者，只是这个等级只是流传在大陆上，人们都没见过。

武者是按照实力来划分的，只要这名武者的实力达到了一定程度，自然会迈入某个等级之列。

但是大陆中最顶尖的强者却都是天印者，天印者除了刻苦的修炼与自身努力之外，也需要强大的天赋，一名强大的天印者足以带领一个家族实现振兴，因此，即使在天风镇中，出现天印者的人数也不多，一年也就只是个位数。

而天印者则因惊人天赋，可以吸收大量的天地灵气，并用天地灵气进行修炼，武者以功法为主，而天印者则以吸收天地灵气为主要修炼渠道，而修炼等级则包括

从零级到一百级。

大陆中的各个镇中都建有一个五行阵法，只需要一个天印者开启阵法，只要是年龄在十岁到十五岁之间的孩子都可以去尝试开启天印。经过多年的历史经验以及历史记载，这是一个人开启天印的最佳阶段。

每一年各家都会带领着自己的孩子到附近的镇子中尝试开启天印，天印者协会在大陆的每个镇子中都至少安排了一个天印者来开启五行阵法。

只要孩子进入吸收了大量天地灵气的五行阵法，只要天印在其身体上出现，一般情况下，都是右手手背处显现天印，但有些研究天印者的学者则提出人体的其他地方也可出现，只是现实中少之又少而已。

只要显现天印，则开启成功，若在阵法中十五分钟都无法开启，说明这个孩子没有成为天印者的资质，便只能离开。

天印者协会是由大陆中的众多天印者学校以及一些拥有天印者的组织组成，是一股其他势力都不敢小看的力量，而明白人都知道，天印者协会的力量远比其他势力要强大许多，因为大陆上的大部分天印者都可以算是天印者协会中的一员，而且大陆的绝大部分天印者都是从天印者学校毕业的。

而天印者的等级因修炼系统的关系，有着明显的划分。

首先，刚开启天印为零级天印者；

零级到十级，称为天印者；

十级到二十级，称为天印行者；

二十级到三十级，称为天印斗者；

三十级到四十级，称为天印贤者；

四十级到五十级，称为天印灵者；

五十级到六十级，称为天印霸者；

六十级到七十级，称为天印王者；

七十级到八十级，称为天印皇者；

八十级到九十级，称为天印帝者；

九十级到一百级，称为天印圣者；

而一百级以上则是传说中的天印之神。

在大陆上，一直流传着一个传说：天印者只要突破了一百级便可以离开这个世界，拥有穿越空间的强大能力。

而天印者达到六十级成为天印王者之后，便拥有了凌空飞行的能力。

这些都是大陆上众所周知的事情，但真正能接触到传说中的特级武者，以及传说中强大的天印者的人少之又少，普通人就更加难以接触了。

此时，莫府前厅内，莫清风望着厅中的众人，开口说道："那人既然能够凌空飞行，那至少也是天印王者的实力，这次事件可不是一般的严峻啊！"莫清风说出他的判断，并感慨了一番。

感慨完之后，莫清风脸色一变，并对厅内的人下达他的决定。

他对莫家庄练功场教练以及莫家庄狩猎队队长莫清明说道："清明，今天天色已晚，明天一早，你带领狩猎队到东边后山上去探索一番，并将峡谷也仔仔细细地查探一番，但峡谷内的巨虎与那人的尸体不要触碰，只要派人在峡谷外守护即可，以后也是如此，日夜派人轮流守护，看好现场，我感觉那人既是天印者中的强者，必然名声不小，迟早会有人找来的，到时，你便领那人来到庄中，由我亲自说明即可。"

　　莫清明点点头，拱手说道："莫清明领命！"

　　然后，莫清风转头对另外两名教练莫清日和莫清月说道："清日、清月，你们二人继续带领练功场的孩子们锻炼，并尽早将完成训练的青年投入到庄子的护卫队当中！"

　　莫清日与莫清月两兄弟也点头拱手说道："莫清日、莫清月领命！"

　　最后望向妹妹莫清梅，说道："清梅，你立即去通知莫家庄护卫队，将此事告知护卫队队长，让其加强防范！"

　　莫清梅此刻也认真地点头拱手，说道："莫清梅领命！"

　　莫清风最后对父亲莫石天拱了拱手，说道："父亲，孩儿已经将任务吩咐完毕！"

　　莫石天点了点头，对其他已经领命的四人说道："好了，既然任务已经下达，那你们现在就去执行吧！"

　　三位教练与莫清梅同时大声回答道："是！"

第八章
洪荒妖兽

莫家庄莫府前厅会议结束后，第二日，莫家庄护卫队的队员们脸上的表情明显严肃了许多，没有了以往的轻松与懈意。

莫家庄内可以清晰地听到紧密而整齐的步伐声，正是莫家庄护卫队在庄内巡逻着，而今日莫家庄周边的防御性木桩附近守卫的护卫队明显比过去增加了许多。

此刻正是清晨时分，莫家庄东北边的练功场也传来了青少年与孩子们学习拳法的呐喊声，只不过今日负责训练孩子的三名教练，成了两名，只有莫清日与莫清月兄弟二人。

而莫家庄正对着练功场的另一个方向——莫家庄东南方位的东边后山入口处，莫清明与莫清风正严肃地站在这个入口的缓坡处。

而在他们两个面前站着一群人，整齐地排着两列队伍，这群人正是莫家庄狩猎队。

站在莫清明与莫清风右手边的那列队伍大约有三十多人，这三十多个人手中都握着一柄红缨枪，腰身处挂着一柄弯刀，这正是莫家庄狩猎队中的枪队，平时负责狩猎、与野兽搏斗与清理路上荆棘的任务。

而站在他们左手边的那列队伍只有十来人，这十来人皆左手拿着木制的弯弓，背后背着一个箭筒，他们的左大腿处绑着一个放置匕首的口袋，此时却未打开，他们正是莫家庄狩猎队中的箭队，平时主要负责击杀野兽与采集战利品。

根据昨日莫清风的任务分配，今日由莫清明带领狩猎队进入后山，而莫清风则要到峡谷内观察一番，希望能从中观察到一些蛛丝马迹，于是他便与狩猎队一同前往，而莫家庄族长莫石天则坐镇莫家庄，亲自统领莫家庄护卫队，在庄中主持大局。

莫清明看到狩猎队都到齐了，便向前一步，开口说道："今日我们要前往莫家庄后山东边六米处的峡谷，以最快速度到达峡谷，尽量减少战斗的可能。虽然这个范围内的野兽大部分早已被我们清理得七七八八，但是，如果路上仍然遇到野兽，则应迅速击杀，若短时间内无法击杀，赶跑即可，你们可听清楚了？"

莫清明一开口，洪亮的声音瞬间传遍全场，狩猎队员站直了身子，大声回答道："听清楚了！"

听到他们的回答，莫清明十分满意，接着说道："队形和以往一样，枪队分两批，一批在前开路，一批殿后，箭队在中，负责击杀路上的来扰野兽。"

说完，莫清明环视了一遍狩猎队，对他们今日的状态十分满意，微微笑了笑，点了点头，转头再对着莫清风点了点头，莫清风平淡地说道："出发吧。"

莫清明立即转过头来，对着狩猎队众人大声吼道："出发！"

然后，莫清明与莫清风一马当先，转身便向林中奔去。身后的狩猎队一边奔跑一边变换队形，紧紧跟在二人身后。

一个多小时后，他们便来到峡谷边缘范围，路上未遇到什么强大的野兽，只有一只狡猾却没来得及逃跑的狐狸，倒霉地撞到他们手上，成了他们路上的战利品。但丝毫未影响到队伍的前进速度。

此时，莫清风与莫清明站在昨日莫元明与莫元清躲藏的峡谷边缘处，但他们丝毫没有隐藏地站在那里，身后紧跟着近五十名众人的狩猎队。

他们此刻都盯着峡谷内的场景。虽然莫清风已经猜到是妖兽了，但是见到魔焰巨虎的庞大身躯时依然倒吸了一口冷气。

而莫清明没有说话，只是静静地站在莫清风旁边，眼中闪烁的目光显示着他内心的不平静。而狩猎队的众人见队长没有发话，便只是安静地站在莫清明身后，丝毫未发出声音。

莫清风长期处理庄中大事，虽然这次是头一次见到如此庞大的妖兽，但依旧迅速冷静下来，深吸了一口气，转头对着莫清明说道："让狩猎队的人在峡谷边缘区与峡谷内仔细搜查，看看还有没有什么发现，让他们不要靠近那人与那巨虎的尸体。"

说完后便转头望了望那只巨虎，也望了望那人的尸体，在峡谷边缘处俯首而立，似乎在思考着什么。

莫清明将莫清风的话，传达给了狩猎队，狩猎队迅速行动起来，紧锣密鼓地在峡谷边缘处与峡谷内仔细地搜索着。

莫清明对狩猎队说完这些之后，迈步走回莫清风身旁，带着询问的目光望着莫清风，莫清风目光闪烁地望着峡谷内的两具尸体，叹了口气，头也没回地对着身旁的莫清明说道："我们下去瞧瞧吧！"莫清明点了点头。

莫清风接着便说道："下去！"

说着这句话的时候，他的身体已经动了起来，身体微微前倾，双腿快速奔跑起来，顺着斜坡向下冲去，莫清明也以与其一样的姿势向峡谷内冲去，二人快速地接近巨虎的尸体。

莫清风观察的第一个目标正是魔焰巨虎的尸体，来到魔焰巨虎尸体旁环步走了一圈，在认真地观察了巨虎的尸体后，蹲下身子，仔细观察地上的血迹，然后顺着血迹望向那个人尸体的方向，然后站起身子，转头目光闪烁地望向身边的莫清明，对着他说道："你猜到这是什么妖兽了吗？"

莫清明摸了摸下巴，语气确定地说道："体型比同类的妖兽要庞大得多，再加上

第八章 洪荒妖兽

元明那孩子的描述，应该是魔焰巨虎无疑！难道是？"

说到这里，他转头望向莫清风，莫清风听到他这么说，摇了摇头，说道："你不用猜了，不可能是皇家贵族圈养的妖兽，那些人圈养的妖兽都是按照一定规格来养殖的，不可能拥有这么庞大的身躯，而且，这只魔焰巨虎居然能够与至少是天印王者的人战斗，并且将其杀死，那它的修为不是一般得高，皇室贵族圈养的那些魔焰巨虎与其相较起来，差距太大了。"

莫清明听到莫清风的话，点了点头，说道："也对！"

然后莫清明睁大眼睛，眼中带着难以掩饰的惊讶，说道："那难道是从洪荒出来的？"

莫清风望了望魔焰巨虎的尸体，点了点头说道："我想这是最大的可能性，只有从那里出来的妖兽才有这么强大的实力。"

莫清风说完，看了看那只倒在地上在山中经过一夜竟然仍然没有被豺狼野兽分而食之的巨虎尸体，脑袋晃了晃，想了想，可能是妖兽死前留下的强大气息震慑住了周边野兽的缘故吧，算了，先观察下那个强人的尸体再说吧，心中这样想道。

莫清风心中这样想着，视线便离开了那只巨虎的尸体，顺着魔焰巨虎死前走过的路上留下的血迹，目光移至那人的尸体上，侧了侧身子，转头望向因这只魔焰巨虎是洪荒妖兽而皱着眉头、依旧盯着巨虎尸体的莫清明，说道："我们到那人的尸体那边去看看吧！"

莫清明这才回过神来，回答道："哦，好，我们走吧！"

莫清风看到回过神来的莫清明，听到他的回答后，便率先向着那人的尸体走去，莫清明在其身后紧跟着，目光也从巨虎身上转移到那人的尸体上来。

两人走了一段路后，便走到了那人尸体旁，莫清风率先走到那人的尸体旁，大致地扫了一眼，然后便蹲下身子，从怀中掏出一个白色毛巾套在手上，用那只套了毛巾的手，在那具尚未腐烂的尸体上翻来翻去，然后在那尸体的衣衫上搜索了一番，最后一无所获地站了起来。

扔掉那条毛巾，皱了皱眉头，一只手撑着下巴，莫清风思考着些什么。

在莫清风蹲下来翻动那人的尸体时，莫清明已经走到他身后了，他见莫清风站起身来，便问道："怎么样，有没有什么收获？"

莫清风皱着眉，摇了摇头，说道："没有！"

莫清明听到这也皱了皱眉头，说出他的猜想："难道是苦修者？"

他口中的苦修者，是指不论修炼武者系统，还是天印者系统中，都有这样一群人：他们独自一人，只依靠自己不断苦修，以增强自己的实力为目的的一群人。

大部分苦修者都是单独行动的，因此，莫清明有了如此猜想。

而莫清风依旧皱着眉头，摇着脑袋，说道："一个至少天印王者级别的强者，竟然只是个苦修者？我有点不敢相信，而且苦修者能够独自修炼到如此级别的少之又少。"

顿了顿，莫清风才继续说道："这种级别的强者至少有些名气，但他身上毫无财物，想来，他是已经将东西都放好了，准备好一切，专门来捕捉那只魔焰巨虎的，这种可能性最大！不管他是不是苦修者，身份已经无法断定了。"

莫清明听到后也点了点头。

莫清风目光中似乎已经有了决定，放下撑着下巴的那只手，站定了身子，转身对莫清明说道："既然如此，如果狩猎队没什么收获的话，我们此次任务就可以结束了，以后专门安排一支小队驻扎在峡谷边上，长期观察峡谷内，如果有什么情况可以立即将消息传回庄内。"

莫清明紧皱的眉头听到这句话后，渐渐舒缓了开来，对着莫清风回答道："我知道了！"

接着，莫清风与莫清明二人回到了峡谷的边缘处，莫清风站在那背手而立，而莫清明则将狩猎队队员全部叫回来。

狩猎队队员在峡谷西边的边缘处，也就是莫清风身后的位置不停地聚集着，并向莫清明汇报他们搜索的情况，莫清风则依旧盯着峡谷内，小声说道："但愿那人真是个苦修者，唉，希望不要发生什么才好！"

渐渐地，莫清风身后的狩猎队聚集完毕，莫清明向莫清风走来，拱了拱手，在他身后向其汇报道："狩猎队并没有什么发现，你的盼咐已经安排好了。"

莫清风这才转过身子，望着莫家庄的方向说道："那任务就到此结束，除去要留下的人之外，其他人都回庄子吧！"

莫清明点了点头，转身望向狩猎队众人中已经出列的十二人，大声说道："按照刚刚的分配，留下十二人，枪队八人，箭队四人，每半年轮换一次，庄子会安排人定期运送相关用品和食材过来，房屋就自己建吧！"那十二人大声回答道，"定当完成任务"。然后，莫清明转身对狩猎队的其余人说道："除留下的人外，其他人跟我返回庄子！"

宣布完这一切之后，莫清明转过头来望向莫清风，莫清风对其点点头，莫清明便回过头对着狩猎队余下的众人说道："出发，回庄！"

然后莫清风与莫清明率先出发，狩猎队虽然人数减少了，但依旧按照来时的队形，紧跟在二人身后，向莫家庄奔去。

快速地下山，不到一个小时，他们回到了庄子。回到庄子后，莫清明让狩猎队众人散去，自己跟着莫清风返回莫府，二人来到莫府后院找到族长莫石天，将峡谷内的情况与他们二人的分析，详详细细地汇报了一遍。

此时，莫石天正坐在莫府后院的石桌旁，细细地品着茶，听完二人的汇报，对二人说道："有人留意着就行了，那这件事就这样吧！"

挥了挥手，莫清明会意，拱拱手，说道，"那属下先行告退"，便转身离开了。

此时后院只剩下莫石天与莫清风父子二人，莫清风皱眉说道："爹，这件事就这样了？"莫石天缓缓地放下茶杯，瞬间严肃下来，但目光中突然闪过一丝凌厉，说道："我明白你的想法，不用担心，以后没有什么最好，如果因此而发生什么，那莫家庄接着便是！"

莫清风叹了口气，望向远处的天空，说道："唉，只能这样了！"心中祈祷着但愿不要因此而发生什么意外才好。

第二卷
征 程

第九章
教皇神庭

天齐历 430 年，时间悄然在历史长河中流淌而过，天齐大陆在黑暗时代结束后，各行各业百废待兴的情况下，迎来了十年的高速发展阶段。经过这十年的发展，社会各个产业开始步入稳定的持续发展阶段。

而度过了战乱之苦的人们，终于过上了安定的日子。在这十年的时间内，原本在黑暗时期因战乱或隐藏，或低调的各大组织，在黑暗时期过后，再次浮出水面，出现在人们面前。

这些组织在天齐大帝国时便已经成型多年，皆拥有了一定的规模与实力，不然也不能在兵荒马乱的黑暗时期中安然无事。

天齐大陆中，大陆东半边，天齐国、魏国、吴国，三国接壤的交界地区中有一片被称为神域的土地，这片不属于任何国家的方圆百里之地，却没有丝毫的盗匪流寇所造成的混乱。

相反，这里甚至比各国还要安定，没有人敢在这片土地中捣乱，即使是强大的武者与天印者踏入这片土地，也会变得异常安分。

这是这片土地的规矩，凡是踏入这方圆百里范围内的人，不论任何原因，不得烧杀抢掠，更不得打斗，凡有人触犯，皆被这片土地的护卫队所杀，多年以来未曾有例外，即使是黑暗时代的战乱都未曾蔓延到这百里之地内，因此在黑暗时期曾有许多难民流亡至此。

而三国签订和平协议，也是三国代表在此地主人的见证下签订的。由此可见，即使是天齐、魏、吴三国君主，也皆对这片土地保持着敬畏之心。

这片土地以中心地区为圆心向外扩散，以五十里地为界，分为外域和内域，外域一片空旷，毫无人烟，而内域则是另一番景象，如城市般有许多住宅与商店，与大陆的大城市相比，只是少了城墙罢了。

因此，那从外域一直通往内域的官道显得异常宽敞，而内域的繁华气氛中因此地主人的原因，一片繁华的景象中无时无刻不掺和着一种肃穆。而这百里土地的地貌皆为平原，一眼便可望遍大部分地区。

而位于中心地区的最中心处，高高地耸立着一座高达十层的高塔，塔身被涂上了璀璨的金黄色，高塔的外墙上更是雕刻了各式各样或是天使，或是魔鬼的壁画，这座高塔被周围的屋舍以众星拱月之势所围绕着，无时无刻都散发着庄严的气息，让来到此地的人心中都生起一股敬畏与膜拜之心。

这座庄严的高塔便是此地的主人所立，而此地的主人便是人陆中最强人的人类组织之一的神庭。神庭在天齐大帝国时期便已存在，已经稳稳地坐在大陆最强大组织的位置十多年的时间，无人撼动过。

曾经与神庭对抗的敌人基本上都已经消失在历史长河之中。神庭中每一代首领——教皇，无一不是大陆中的巅峰强者，更是一名强大的天印者。传说，每一代的神庭教皇都是跺一跺脚，便会使大陆震荡一番的人物，更是强大的天印圣者。

而在这百里之地内，神庭无疑是毫无争议的君主，而负责维护这片土地秩序的神庭护卫队，更是这片十地上唯一掌握杀戮权力的队伍。

这片土地上的最高建筑，就是那座十层的高塔，这座高塔沿用了神庭中的神字，被称为神塔。这座高大的神塔，那金黄色的塔身在夕阳的照耀下，显得更加璀璨而绚丽，那金黄色的壁画在夕阳的照射下折射出灼人的光芒，似乎在向这片大陆高傲地宣告着它的辉煌。

此时，神塔第八层内，一名身穿盔甲、身材魁梧的大汉，左手拿着头盔，正在快步向通往第九层的楼梯走去。

神庭中对实力有着严格的区分，神塔的第一层至第三层只要是武者或是天印者皆能踏入，而神塔的第四层到第六层，只有实力达到30级天印贤者以上实力的人才能踏入，而神塔第七层至第九层则只有实力达到60级天印王者实力以上的人方才有踏入的资格，至于神塔最后一层——第十层，只有历代神庭教皇方能踏入，因此，没有人知道神塔第十层内到底隐藏着些什么。而这个身材魁梧的大汉，能够来到神庭第八层，必然拥有天印王者以上的实力，而他将要踏入的神塔第九层，是大陆上人们众所周知的，平时神庭教皇的居住之所。

这个大汉却轻车熟路地来到神庭第八层，并且向神庭最高首领，也是大陆巅峰强者的居住区神塔第九层走去。

这一切说明其不仅拥有强大的实力，并且拥有不俗的身份。

大汉缓步踏在神塔第八层通向第九层的阶梯上，"咚、咚、咚、咚、咚……"沉重而缓慢的脚步声回荡在神塔的第八层中，那穿着银白色铁靴的脚踩踏在坚硬的石质阶梯上。

步伐中仿佛有一种独特的韵律，一步一步地向第九层走去，每一次脚步落下的声音，都如同沉重的钟声，敲击在人的心头，若是常人，恐怕单单是这脚步声，便可将其心脏震碎，不仅仅是常人，实力不强的武者以及天印者，恐怕皆无法承受这种声波的冲击。

终于，神塔的第九层越来越近了，渐渐地，神塔第八层中的身影越来越模糊了。

神塔第九层中，并没有一般人家中必备的生活用品，也没有神兵利器，一片空

第九章 教皇神庭

旷，什么饰品都没有摆放，只是四面墙上各有一扇开启着的窗户，而夕阳中美丽而殷红的一缕光辉正通过神塔第九层西边墙壁上的窗户照射了进来。

此时，在第九层中央位置的地板上，正有一个人面朝塔内墙壁东边的窗户盘膝而坐，那殷红的霞光早已悄悄地挥洒在他的背上，从他的前方看去，似乎这个人永远给人一种模糊不清之感，你能模糊地知道，此人正紧闭双眼坐在那里，此人似乎已经坐在此地许久，身上已经撒上了一层淡淡的尘埃。

夕阳依旧在西边的天空缓缓落下，那殷红而带着一丝余温的晚霞，照射在金碧辉煌的高塔之上！

在这片空旷的平原大地上，巍然而立的高塔，正是代表着神庭荣誉与光辉的精神脊梁，神塔第九层，四边墙壁上的窗户大开，任凭那黄得泛红的霞光肆无忌惮地透过窗口照射在塔内的地板上，让那铺上一层薄薄尘埃的冰冷地板上升起一丝难得的温热。

在那温热霞光的尽头处，是一个平凡的背影，静静地盘膝坐在神塔第九层的中央之处。

此时，在神塔第九层东边，也是那人面朝着的方向，有一个楼梯口，一个是由下方神塔第八层通向这一层的阶梯，而神塔第九层的西边也有一个楼梯口，是由神塔第九层通向神塔第十层的阶梯。

神塔第九层的地面与这个阶梯上相比，则干净了许多，这个阶梯上铺了一层厚厚的尘埃，那阶梯上的尘埃如同已经有了重量一般，沉甸甸地压在神塔第九层通向神塔第十层的阶梯上。

随便一人来看，便知道这个楼梯已经有些年月没有被使用过了，也许久没有人踏上过这个阶梯了，因此才会比第九层的地面多了如此多的尘埃。

从神塔第九层四壁窗户大开以及淡淡的粉尘，至少可以看出，在数月内还是有人走动过的。

沿着那铺满沉甸甸的尘埃的阶梯向上望去，那通往神塔第十层的楼梯口显得深邃而神秘。

此时，在神塔第九层的东边，也就是中央那盘膝而坐的人面朝的方向，那个神塔第八层通往这一层的楼梯口处，传来一阵"咚、咚、咚、咚……"的声响，那是铁靴与石制地板碰撞发出来的声音。

渐渐地，楼梯口处传来的声音越来越大，而那在神塔第九层盘膝而坐的人似乎毫无察觉，双目依旧闭着，眉毛都未曾挑动过一下。

随着楼梯口传来的声响越来越大，一个魁梧的身影逐渐出现在楼梯口处，步伐稳定而坚实地迈出了楼梯，他在神塔第九层铺了薄薄尘埃的地板上，掀起一阵灰蒙蒙的灰尘。

此人向着第九层中央盘膝而坐之人的方向走了几步，在距离那人仍有十几步距离的位置驻足站定，左手依旧抱着那银色的头盔夹在腰间，右手举起，敲击在左胸上，由于手部和身上都披着盔甲，因此碰撞时发出一阵铿锵的铁器碰撞的声音。

这人做了个动作：上身微微下弯四十五度，行了一个标准的骑士礼。

此人叫菲林，是神庭护卫队的大队长，有神庭骑士的称号，也是神庭中出面的强者，平时有维护神庭领土内秩序的职责。

在行这个骑士礼的同时，菲林用他洪亮的嗓音说道："参见教皇大人！"

直到此时，盘膝坐在第九层中央的人，眼皮才缓缓抬起，当此人的眼睛完全睁开时，眼中突然闪过一丝厉芒，原本平凡的身上如同猛虎苏醒般爆发出一股强烈的气势，身上的衣服突然无风自动，将撒在身上数月之久的尘埃刹那间全部震散。

一股慑人的气势带着一丝微风，以中央盘膝而坐的那人为中心，如波浪般向四周扩散而去，使神塔第九层掀起了一阵小型的尘埃风暴，让神塔第九层内的可见度突然降低了许多，也使得盘膝坐在中央那人的身影变得模糊起来。

神庭护卫队大队长菲林的长发在那微风与强烈的气势之下飘动了起来。但菲林本人却仍然弓着身子一动不动。

盘膝坐在中央的人，在睁开眼睛过后，眼中的那一丝厉芒悄然隐去。

此时，那强烈而慑人的气势才如潮水般回到了中央那人身上，而那个身影又在瞬间变得平凡起来。

此人正是在大陆上能够呼风唤雨的最强大组织之一——神庭的首领，当今大陆巅峰强者之一的神庭教皇波利克斯！

神庭护卫队大队长菲林，望向中央那个平凡的身影的目光中，带着一份毫不掩饰地崇拜与狂热。此时他依旧弯着身子，虽然已见教皇多次，但心中难免带着一丝紧张，说道："属下菲林参见教皇大人！"

此刻，盘膝坐在神塔第九层中央的神庭教皇波利克斯，目光缓缓聚焦，望向躬身而立的神庭护卫队大队长菲林，说道："说吧，到底因为什么事打扰我的静修？"

神庭护卫队大队长菲林，此时才收起心中的紧张，依旧弯着身子，恭敬地说道："报告教皇大人，是五年前一名神庭外围骑士失踪案件的情报！"

神庭教皇波利克斯，平静地说道："是那个叫方白的天印王者？"

神庭护卫队大队长菲林回答道："正是此人，最近根据神庭情报处这些年收集到的情报，此人最后似乎出现在吴国西南部，但由于接近南岭山脉这些妖兽的地区，情报处想请示教皇大人，是否继续调查下去。"

神庭教皇波利克斯，平淡地回答道："继续调查！"

神庭护卫队大队长菲林铿锵有力地回答道："是！"

神庭教皇波利克斯补了一句，缓缓说道："告诉他们，南岭山脉为妖兽地盘，如果要行动，不要派遣王级强者过去，免得惊动山脉里的大家伙。"

说完，便缓缓闭上了眼睛，同时说道："你可以退下了！"

菲林恭敬地回答道："属下遵命！"

然后，站直了身子，左手依旧把头盔夹在腰间，恭敬地再施了一礼，便悄然退了下去。

等菲林离开后，神塔第九层恢复了原来的安静。

盘膝坐在中央地板上的教皇波利克斯，抬起一丝眼皮，眼睛眯着，似乎在回想着什么，嘴角微微翘起，淡淡地说道："那个独自跑去洪荒的苦修者，真是玩火自焚

的小家伙，不过这个小家伙竟然没有死在洪荒，真是个有趣的事情，估计是那几个老家伙不想理会吧！这样想起来，很久没有跟那几个老家伙打过交道了！"

说完这句话，波利克斯转过头，沿着窗口射进来的那柔和的夕阳霞光，将目光飘向西边的远方，脸上依旧微笑着，似乎想起什么有趣的事情。

第十章
五年之变

天齐历430年，天齐大陆，吴国南部，莫家庄。

又是一年的开春之际，和煦的春风吹过，带走了冬天的寒冷，度过了一个寒冬的鸟儿，早早起床，在树杈和枝头之间寻找着同样早起的虫子，万象更新，草长莺飞的大地上，莫家庄外的田野间，人们三三两两地散布于初生的稻谷之间，辛勤地劳作着，为了在金黄色的秋季迎来丰收的美景，人们努力地播下希望的种子。

又是清晨之际，莫家庄东北方位的练功场处，三位教练正严格地审视着练功场中的青少年们。场中的孩子们，一会儿化拳为掌，做出劈的动作，一会儿化掌为拳，做出砸的动作，一会儿收拳肘出，做肘击的姿势，一会儿蹲下双手撑地，一个前扫腿再接一个后扫腿，再站起身来，双手收于腰间，右手一记冲拳，收回；左手拇指收于掌内，从腰间破势而出，完成一记排掌。

场中的青少年们做着整齐的动作，每一个动作都伴随着一阵怒喝，场中形成一股淡淡的气势。

而练功场中央的那群青年当中，有一位胸口处挂着一个墨色小环的少年，面目清秀，眼神中却透露着一股坚毅，那坚定的眸子中似有一股对于力量的渴望与向往。

而他正是莫元明，此刻他汗流浃背，口中吐着热气，微微地喘息着，却依旧咬牙坚持着。三位教练时不时望向他的眼神中带着一种欣赏。

此时，教练莫清月转头望向年纪最小的那群孩子们，开口说道："第一组休息！"

然后就听到练功场南边的孩子们零零散散的扑通声，一个个脸色通红地坐在地上剧烈地喘息着。然后把目光转向练功场中央和北边，仍在练习着拳法的这两批人，中央那批年纪较小，都是少年，北边那批年纪偏大，都是青年。

而莫元明也在中央的那群少年中，表哥莫元清也在，情况和他差不多，咬着牙，练着拳法，汗水不停地由他的脸上滑落。

峡谷事件过后，已经五年过去了，期间并没有发生什么，因此，教练莫清明又回到练功场指导孩子们训练。

只是峡谷事件过后，莫家庄狩猎队多了一项任务，便是在峡谷边上驻扎、巡逻，每半年换一次班，但却因为这些人长期在山内，每次回来的人都能从那带回来一些战利品，收获颇丰，反而成了一个美差。

狩猎队里，人人抢着去做，最后不得已，只能狩猎队轮流上，每十二人为一组，但也因此导致莫家庄狩猎队人手不足，只能再次扩招，由原本的数十人扩张到上百人，致使现在的莫家庄狩猎队的规模远比以前要庞大，当然每次狩猎队出动的收获也比以往要多得多。

因此，莫家庄除了锻造兵器之外，还多了一项收入十分可观的生意，因此，他们便在天风镇购买了一个店面，做起了较为稳定的生意。

而在天风镇做掌柜的便是莫元清的父亲梁泊，莫元清的父亲是一个做小买卖的商人，却不会武功，出外的话没办法保护自己。因此，他一直在天风镇做生意，庄中的人不知道为什么当年庄中彪悍、豪迈的女人莫清梅会喜欢上一个手无缚鸡之力的商人，庄中的人虽然好奇，但莫元清的母亲不说，也没有人知道原因，而莫元清的父亲更是一个典型的妻管严，在妻子未同意的情况下，自然也不会说，但也因此成了庄子内人们茶余饭后一个有趣的话题。

虽然莫元清的父亲不会武功，但经商方面不得不说确实有些天赋，以前自己做个小生意还过得去，自从娶了莫清梅后，帮忙接管莫家庄的生意，便开始大展拳脚，硬是把莫家庄的兵器生意做得有声有色，让莫家庄的兵器在天风镇附近都闻名起来，只是一直没有弄个店面而已，而自从莫家庄狩猎队扩张之后，战果明显。

梁泊请示过莫家庄族长的意见之后，便在天风镇凭借着自己多年做生意以来结交的一些好友，弄来了一个店面。至此，莫元清父亲便经常待在天风镇，主导着莫家庄的生意，为莫家庄带来不菲的收入。因此，莫元清可以见到父亲的次数也比较少。

莫元清便把这一切化成前进的动力，他经常想着：只要我变强了，就能保护父亲，父亲也就能够出去做大生意了，自己也能跟着父亲到外面去闯荡了。

因此，在练功方面，他格外刻苦和认真，尤其是他见到表弟也是如此的情况下，便更加努力了，发誓要追上表弟。

莫元明与莫元清这么努力，其实最大的原因便是峡谷事件不仅开拓了他们的眼界，也坚定了他们二人变强的决心。

而莫元明的努力是众人有目共睹的。

此时，练功场的教练莫清月心中算了下时间，从第一组孩子休息开始算，大约已经过去二十分钟了，便抬头望向中央那群正在挥舞着拳头的少年们，说道："第二组，休息！"

莫清月说完这句话，练功场内再次响起"扑通、扑通"的声音，几乎所有孩子都脸红气喘地坐下了，有一些甚至直接躺在练功场的地板上，胸口不断地起伏着，贪婪地呼吸着新鲜口气似的。

但练功场中央依旧有两人坚定地站着，跟着北边那群青年的节奏，继续整齐地挥拳扫腿出掌，坐下的孩子与少年们，以及三位教练对此丝毫不感到惊讶，因为他们早就已经习惯了，在二人刚刚参加练功场锻炼时就已经是如此了。

刚开始时，在南边的那群孩子里面锻炼时，莫元明便开始不断挑战自己的极限，刚开始他只能和众人一样，时间一到便累得倒下了。

可是，之后的每一次他都不听结束的声音，不断地尝试挑战自己身体的极限，一开始只能比众人多练一小会儿，过了些时日之后，这个时间开始逐渐变长。

莫元明六岁时，和大多数孩子一样，并没有成功实现心中挑战自己的极限、让自己变得更强的想法。

经过了两年的努力，他便能够跟着中央那群孩子的锻炼量来进行训练。

而表哥莫元清也在中途加入进来。刚开始的时候有一些孩子也加入到里面，但最终坚持下来的只有他们二人。

而今年，莫元明十岁，莫元清十一岁，但他们已经可以按照练功场北边那群人的训练量进行锻炼了，莫元明还在正式训练结束后，休息一段时间，半夜吃过饭还自己加练。

莫元清有一次见到表弟练功，便加入进来，只是身体吃不消，以后便没有跟着表弟疯了。

这两兄弟在练功场的事情，早已传遍庄子了，他们的父母当然知道。

在他们刚刚开始这么做，并坚持了两个月之后，莫清梅虽然表面上对莫元清说："多锻炼，锻炼有好处！"但心中也担心这两个小子身体吃不消，因此暗中找了哥哥，也就是莫元明的父亲莫清风商讨此事。当时莫清风看到妹妹焦急的表情，心中想道：明明担心儿子，还要装作毫不在意的样子，真是口是心非的妹妹。同时回答说："这事我自有办法，你难道忘了连叔最擅长什么吗？"莫清梅听完，才一脸恍然大悟的样子。

之后，莫清风与莫清梅同时找上连叔。

因为连叔不仅仅是莫府的管家，也是庄中出名的大夫，精通医道。

莫清风与莫清梅二人一同来到连叔的屋中，跟连叔说了此事后，连叔摸了摸自己的胡子，对着焦急的莫清梅和表面淡定、眼中却依旧没能掩饰住的一丝对儿子的关切的莫清风兄妹俩，说道："我早就知道此事了，我在一个月前就已经开始准备药酒了，这些药材泡制的药酒有恢复因锻炼过度导致的暗疾和瘀伤的作用，也能加快他们的身体恢复。"

连叔望着眼前听到这话而放松下来的两人，笑了笑，接着说道："这两个孩子估计因为峡谷那件事受到了刺激。不过这样也好，这让两个孩子学会了吃苦，孩子身体方面，你们二人就不用担心了，让他们每个星期过来泡一次药酒就好了，当然，有什么地方伤到了，让他们自己来我这里就可以了。你们二人管好他们的饮食就行了，毕竟孩子还在长身体。"

连叔说完，依旧只是摸摸胡子，笑了笑，但话语中对两个孩子无不透露出关切和宠溺。

莫清梅和莫清风回去之后便跟莫元明和莫元清这两个小家伙交代了这事。

因此，这两人在练功场才更加肆无忌惮地锻炼着，只是每周都要跑到连叔那充满药酒味的屋子里一次。他们在不断地突破身体极限的过程中，感受到了那种艰辛和痛苦，也让他们的眼神变得越加坚毅。

当然，也因为有连叔配合他们二人的原因，他们才能在这一般人无法完成的锻炼量中坚持下来。

而晚饭后的加练，则使莫元明身体恢复的速度越来越快了，而表哥莫元清看到之后，只加练过两次，便没再继续了，按照莫元清对莫元明说的原话就是："你是个疯子！"对此，莫元明只是笑了笑。

至此，莫元明每日便在父亲教导下看书写字之外，添加了早晚练功场锻炼的课程和晚上的加练计划。他就在这样的日子中，度过了这五年的时光。

此刻，练功场的三位教练，虽然对于现在在练功场中央依旧挥舞着拳脚的这两个人的做法已经习以为常了，望着这两个孩子努力的身影，眼中带着浓浓的欣慰和对这两个孩子未来的期待。

莫清月心中再次算了下时间，大约过了三十分钟，觉得差不多了，将头偏向一边，望着锻炼的那群青年，说道："第三组，休息！"

练功场北边的那群人和仍在中央的莫元清与莫元明都停下了练拳的动作，北边的那群青年虽然气喘吁吁，但是还不至于因疲惫站不稳而倒下，而莫元明与莫元清二人则喘息得厉害，脸色涨得通红，无论如何，他们两个还只是十岁出头的孩子而已。

此时，莫清月转头望向坐在边上的两位教练，莫清日和莫清明，二人看着练功场的青少年和孩子们都锻炼完了，注意到莫清月的目光后，二人随即站起身来走到莫清月身边站定，莫清明站在中间，莫清日与莫清月两兄弟站在两旁。

这个时候轮到莫清明说话了，莫清明依旧按照他的习惯，环视了一圈之后，方才开口，大声说道："集合！"

练功场北边的青年和莫元明、莫元清二人还好，本来就在场中，而中央十岁到十四岁的少年也才刚锻炼完不久，因此走得也不远，而那些年纪最小的孩子们听到集合命令，则立刻从练功场的四面八方如同兔子一样飞快地奔了回来。

一分钟后，青少年们早已站定，孩子们也匆匆忙忙地站好了，莫清明再次环视了一圈，等到再也没有人敢乱动了，便转头望向那群孩子，对他们说道："习武之人，不仅要锻炼身体，练好功法，也要懂得习武的礼仪，记住了吗？"

最后四个字特别大声地强调，南边那群孩子听到后，立刻扯着嗓子回答道："听到了！"

莫清明这才对着那群孩子满意地点点头，之后转过头望向练功场内全部的青少年以及孩子，再一次大声说道："行礼！"

练功场的众人，无论是青少年还是孩子，此刻表情都变得严肃起来，左脚向前踏了半步，右脚向前并步，左手拇指内扣，化为掌，右手四指紧握，包裹拇指右手拳面贴左手掌心，在胸前向前一推，行了一个标准的武者礼仪。

动作整齐一致，练功场的年轻人在完成这个动作时，表情显得庄严而肃穆，身上散发出来的气息，让人觉得这仿佛是一个神圣的仪式。

莫清明、莫清日以及莫清月，在练功场的众人行礼后，同样动作一致地回礼。

然后，待双方都放下了双手后，莫清明才用洪亮的声音，大声说道："今天早晨的训练到此结束，十岁到十五岁的孩子留下，其他人解散！"

听到这句话，除了年纪比较大的青年们，其他可以散去的少年与孩子们恢复了天性，欢呼了一声，如同小动物般飞快地四散而去了。

看到这一幕，莫清明只能无奈地摇摇头，笑了一笑，看着离去的众人，目光中却带着一丝开怀与欣慰，心中不禁涌起了对于莫家庄未来的无限遐想和希望！

第十章 五年之变

第十一章
意志萌生

莫清明看着散去的青少年和孩子们，心中感慨了一番，之后收回心神，转头望向留下来的这些十岁到十五岁的孩子们，眼神在莫元明与莫元清二人身上稍稍停留，便开口说道："以往去过的孩子就知道我接下来要说些什么。"

莫清明说到这里顿了一顿，才继续说道："但是，我仍然要再次强调"，莫清明说到这时，目光在刹那间转变，表情也变得严肃起来，说道："我接下来要说的话，你们给我认真听好了。"

那严肃而洪亮的声音，在留下来的孩子们的耳畔回荡，孩子们听到莫清明教练所说的话，心中不由得紧张起来，莫元明听到这里双手也不禁悄悄地紧握起来。

莫清明见场内孩子们的表情变得认真起来，才继续说道："说这件事之前，我要先给你们说说'天印者'，'天印者'是一群除了武者以外，同样能够吸取天地灵气的一群人，他们出现的年代与原因已经无从考证了，但大陆上的巅峰强者无一不是'天印者'，而要成为'天印者'，首先必须要有足够的天赋，而判断是否有足够的天赋，便是能否开启天印！"

说到这里，莫清明的目光中一道精芒闪烁，语气顿了顿，才继续说道："开启天印的唯一方法则是通过阵法开启，这些阵法只有大陆上的城镇才有能力建立，而距离我们最近的天风镇中同样也有'天印者'的开启阵法，大陆的各个镇子中，每逢开春之时，任何人缴纳一枚金币，便可到阵法中尝试开启天印，但是，一个人开启天印的最佳年龄是十至十五岁，而我们的庄子每两年会带领这个年龄段的孩子，到天风镇尝试开启天印。"

此时，莫清明将目光转向站在场中认真聆听的孩子们，说道："明天就轮到你们这群小家伙了，你们之中有些人在两年前已经去过，但是不要灰心，明天还有机会，今晚回去好好准备吧，明天早上同样的时间到练功场集合。"

听着教官莫清明说到这里，场中的孩子们，包括以前去过的孩子们，双眼中都闪烁着希冀的光芒。莫清明此时心中却叹了一口气，脸上的表情渐渐缓和了下来，看向孩子们的眼神渐渐变得温和起来。

莫清明望着这些朝气蓬勃的孩子们，心中感到一阵欣慰，用温和的声音说道："但是，成为'天印者'对天赋要求非常高，每年天风镇中能开启天印的人数都不超过十个，因此，即使失败了也不必感到惋惜，成为不了'天印者'也可以努力成为一名优秀的武者。"

留在练功场中十岁到十五岁的孩子们，听到莫清明教练这么说，眼中希望的光芒明显比之前黯淡了，但大部分孩子仍然抱着希望。特别是莫元明与莫元清表兄弟二人，这两人眼中的光芒丝毫没有减少，可能是这两个孩子没有尝试过开启天印的原因，也有可能是这两兄弟心中潜藏的那股浓浓的自信与骄傲。

莫清明说完，再次用洪亮的声音，严肃地说道："好了，今天晨练就到这里，记住明天早上同样的时间到这里集合，如果谁迟到错过了，那就只能等两年后了，解散！"场中留下来的孩子们，同样认真地回答道："是！"说完，孩子们便三三两两地散去。

解散后，莫元明与莫元清两兄弟向练功场外走去，突然有一道袖珍似的黑色影子，如同闪电般冲向莫元明，莫元明却丝毫不惊，似乎已经司空见惯了似的。那道细小的黑色身影轻巧地落到莫元明的肩膀上，这正是莫元明从东边的山中峡谷内带回来的小老虎。但是，让人惊讶的是，这只小老虎似乎和莫元明刚刚带回时差不了多少，长大了一点点，感觉上却依旧是比巴掌大不了多少，不仔细观察几乎都不能发现。

但是，这只小老虎刚刚冲向莫元明的速度却快得惊人，莫元明和莫元清两兄弟都只能见到一个黑影掠过来。此时莫元明收养的这只袖珍小老虎落到莫元明的肩上，用它那细小的舌头，殷勤地舔着莫元明的脸颊，脸上传来痒痒的感觉，让莫元明哈哈大笑起来。

在莫元明与小老虎嬉闹时，又见一个身影从远处飞奔而来，这个飞奔过来的身影，不就是莫元清在山中峡谷和莫元明一起收养的那只稍微大些的小老虎吗？不过和莫元明那只这些年都没有长大的袖珍小老虎不同的是，现在这个小老虎已经有莫元清的膝盖高了，算上尾巴的长度已经有一米左右了。

此时，这只老虎正向莫元清飞奔而来，尾巴上还带着一个小火球，在奔跑的过程中，随着尾巴的甩动，带出一条细微的火线。

而莫元清见到这只老虎时就半蹲下来，面带笑容，张开双手迎接着这只老虎，而这只老虎也飞快地奔向莫元清，几乎以扑的姿势冲到莫元清怀中，在莫元清的怀中用身上毛发亲昵地蹭着，尾巴的小火球甩啊甩的，莫元清却丝毫都感觉不到烫。

因为这件事，莫元清和莫元明都问过庄中的大人们，而庄中最有权威的族长莫石天，也就是这两位的爷爷给出了回答，原话是这样的：这是因为妖兽可辨认敌我，而且将你们当成亲人，它们身上的火焰才不会伤到你们。

莫元明与莫元清这六年来都已经习惯了，自从莫元明与莫元清表兄弟二人开始参加庄中的训练之后，这两只小老虎都在他们训练期间一起跑到山中去玩，每次都会在他们训练完的时候跑回来，不知道是不是这两只小老虎与他们的主人有所感应。

第十一章 意志萌生

此时，莫元清正与那只长大的小老虎在地上打闹着，两年前，莫元清还给那只取名为烈焰。当时，莫元明也想给他那只长不大的小老虎取名，当晚回到自己的房间后，莫元明立即就把小老虎放在他睡的床上，带着一种感兴趣的目光望着小老虎，望得小老虎直发毛。莫元明想到小老虎是从后山的峡谷中带回来的，就望着那只小老虎说道："你是我从东边后山的峡谷中带回来的，就叫你小谷吧！"

那只小老虎似乎听得懂莫元明说的话，一个劲地摇晃着小小的虎脑袋，一副不满意的模样，莫元明却觉得这似乎也是件挺好玩的事情，就依旧锲而不舍地望着小老虎，坚持要给它取名，莫元明望着蹲坐在床上的小老虎，用小手撑着摸了摸下巴，微微思考了一下，继续说道："不如叫你小侠！"

小老虎依旧摇着小脑袋表示不喜欢，莫元明想都没想，立即接下去说道："那叫小山！"小老虎依旧不停地摇晃着脑袋，莫元明还真不信这个邪了，和这只小老虎较上劲了，继续道："那……小米、小黄、小光、小明、小沙。"

最终，莫元明在那只长不大的小老虎摇头晃脑之下，败下阵来，颓然道："怎么样都不满意啊，那你叫峡谷好了！"小老虎依旧丝毫不感到劳累地晃着脑袋，终于，莫元明抓狂了，说道："不管了，你那么小个，那么多年都不长大，就叫你豆丁！"

因此，莫元明自己养的那只小老虎在莫元明自我感觉良好以及小老虎愕然的目光之下，暂定了这个名字。

此时，莫元明用右手亲昵地抚摸着像迷你猫一样蹲坐在他左肩上蹭着他脸颊的小老虎，嘴上一咧，笑了一笑，说了声："'豆丁'我们回家吧！"

说完，他便转头望向莫元清的方向，看着在地上与老虎烈焰打闹得不成样子的莫元清，眸中的目光显得十分无奈，说道："表哥，走吧！"莫元清听到表弟喊他，方才从地上爬起来，随手拍了拍身上的灰尘，莫元清衣衫上的灰尘立即荡漾开来，引得莫元明捂住鼻子，已经见怪不怪地对这位奇葩表哥说道："连叔还在等我们呢，走吧！"

莫元明说完，自己便率先转身向莫府走去，他可不想被表哥那在地上打过滚、满是泥土芬芳的衣衫蹭到，不然回到家中，又少不了父母一阵说教。

莫元清见莫元明转身离去，立即用他洪亮的嗓门喊道："表弟，等等我啊！"然后低头看了看和他一样满身泥土香味的烈焰小老虎，还在他脚边吐着舌头，轻轻地甩动着尾巴上的小火球。他用手在烈焰身上拍了拍，又引得一阵尘土飞扬，然后才小跑着追上表弟，烈焰小老虎在他脚边紧紧地跟着。

不久之后，他们便来到莫府内连叔的住处，两只小老虎在靠近屋子时鼻子忍不住嗅了嗅，二人这些年每周来一次，已经轻车熟路了，对这弥漫着药香味的屋子早已见怪不怪了，莫元清一进院子就喊道："连叔，我们来啦！"

屋内传来连叔的声音："药酒已经泡好了，你们进来吧！"二人便迈开脚步，推开已经渗透着阵阵药香的檀木门，看到连叔十分舒适地坐在厅中央的一个摇椅上翻阅着一些关于医药的书籍。

二人对着连叔行了一礼，乖巧地喊了一声："连叔好！"连叔放下手中的书本，微笑地对着二人点了点头。

连叔看到莫元清那满是尘土的衣衫，笑了下，说道："元清，你这模样，回去清梅小姐又要骂你了！"

莫元清挠了挠后脑勺，对着连叔调皮地吐了吐舌头；而身旁的莫元明则说道："连叔，我们先去泡药酒了！"连叔对着莫元清无奈地摇摇头，听到莫元明的话，回答道："去吧！"

二人便转身向屋子的左边走去，屋内左手边有两个房间，莫元明走到第一个房间门前，把肩上的"豆丁"放到地上，说道："乖乖地待在这里喔！"小老虎乖巧地点点头，然后伸了个懒腰，便趴在地上睡过去了，莫元明见状，温和地笑了笑，便起身转头望向同样跟老虎烈焰说着话的表哥莫元清道："表哥，我先进去了！"

之后，莫元明便伸手推开了第一个房间的门，房门推开的刹那，一股比厅中浓郁数倍的药酒味喷涌而出，对于这股已经十分熟悉的味道，莫元明只是皱了皱眉头，便不急不缓地迈进房间内，悄悄地把门关上。房间中央有一个巨大的木桶，那浓郁的药酒味就是从这个巨大的木桶中散发出来的，木桶中装了一大桶混杂着药酒的水，水面上还漂荡着各式各样的药材。

莫元明熟练地除去身上的衣裳，飞快地蹿进木桶之中，莫元明虽说只有十岁，但数年的锻炼已经让他的身躯拥有健壮的肌肉。此时，莫元明已经坐在药酒当中，水面漫到颈部，那浸泡在药酒中的身躯慢慢地放松下来，最近这一周锻炼所带来的疲劳，一点一滴地消散而去，那紧绷的肌肉，也缓缓地放松下来，高强度锻炼所带来的肌肉僵硬的问题也随之缓缓消去，从而使肌肉神经依旧能够保持灵敏的触觉，那每一次超越身体极限的锻炼所带来的暗伤也在药酒的浸泡中，慢慢地恢复着。

每一次泡药酒都是莫元明最享受的时候，他很喜欢那种高强度锻炼下所带来的身体疲劳在药酒中恢复的那种感觉，每一次他都能确切地感受到，身体不仅在药酒当中恢复，而且在恢复的过程中，药酒渗入到身体的肌肉当中，都会使身体素质有一丝的提高，即便是一点点，但相对于通过一周无比艰苦的锻炼才能带来的一点提高而言，能在这种享受的情况下，提高身体强度，他对此感到十分满足。

而且，他还在这些年浸泡药酒的过程中，发现了一个规律：在一周内突破身体极限的次数越多，锻炼的强度越高，身体越加疲惫的情况下，在浸泡药酒时所反馈回来的效果也就越好，身体强度提高的程度就越高。

莫元明也是在发现这个规律后，锻炼的强度才开始不断地超越平常人，心中也不断地鞭策着自己。他永远忘不了在山中峡谷所见到的那一切，正是对于那股力量的渴望，让他不断努力锻炼，一次又一次地承受超越身体极限时所带来的非同寻常的痛苦。

第十一章 意志萌生

第十二章
一家团聚

莫元明与莫元清二人在连叔那浸泡完药酒之后，便各自带着自己的小老虎返回了家中。

第二日清晨时分，莫元明便像往常一样来到莫家庄练功场，而那只小"豆丁"在他出来时便蹿进了他的衣衫内，现在正在他的怀中熟睡着呢！今日虽然和以往一样，但莫元明知道，对于十岁到十五岁的孩子来说，这是特别的一天，而对于他来说，也是十分重要的一天。因为今天他们将到天风镇中尝试开启天印，如果开启成功，未来将前途无量，因此，这是决定他们命运的一天。

当他来到练功场时，先是愣了一下，看到平时只有青少年以及孩子们的练功场今日却热闹无比，有许多即将到天风镇中尝试开启天印的孩子们的家长都来到此地，这些家长都跟孩子说着些什么。这让他想起昨晚在家中用餐时，跟父亲提起此事的情形，父亲只是淡淡地"嗯"了一声，显然他早已知道此事了，莫元明对此表示十分无奈。

突然，莫元明听到身后一声大喊："表弟！"莫元明不用想也知道，是他那大嗓门表哥莫元清了，莫元明转过头来，发现表哥已经走到他身后了，脚边依旧跟着小老虎烈焰。莫元清这次没有像以往一样和莫元明嬉皮笑脸的，只是一脸微笑，在莫元明的身后用他那粗壮的左手拍了拍莫元明的肩膀，说道："表弟，今天我们一起加油！"

莫元明见到莫元清那鼓励的眼神，眼中的目光也开始渐渐凝聚起来，透露出一股坚定的目光，并同样用左手拍了拍表哥那比他高的右肩，对着莫元清说道："嗯，一起加油！"那眼瞳之中同样带着一丝鼓励。

然后，二人相视一笑，便转身向练功场走去。

此时，正好听见练功场中传来一阵铿锵有力的声音："集合！"

莫清明正用他那洪亮的嗓子，发起晨练的集结令。场中的青少年以及孩子们，非常迅速地小跑到练功场中集合，整整齐齐地站成三队。见全部人都集合好了，莫清明继续用他洪亮的声音喊道："十到十五岁的孩子，出列，到我的右手边集合！"昨天留下来的孩子飞快地行动着，一会儿他们便在莫清明的右手边集合完毕了。

莫清明见状，点了点头。便转头望向身旁的两位教练莫清日与莫清月，对他们说道："我带这群孩子去天风镇，今天就交给你们了！"莫清日与莫清月兄弟二人点了点头，莫清日粗犷地说道："放心，交给我们！"莫清月则转头望了望站在右手边那群孩子中的莫元明与莫元清一眼，然后对莫清明说道："莫家庄至今未曾出现过天印者，皆是修炼武者之路，希望今年会有惊喜。"

莫清明看向那两个孩子的眼神中也带着一丝希冀，但却没有透露出来，只是淡淡地说道，"他们的付出会有回报的"，然后双眸中的光芒坚定起来，继续说道，"会的，今年是最有希望的一年。"莫清月叹了一声，说道："不要紧，即使失败了，他们走武者之路必然也会有不凡的成就！"

莫清明听到这里，说道："我带孩子们先走了！"莫清日与莫清月点了点头。

练功场右手边的孩子们见三位教练交谈完毕，莫清明总教练又向他们走来，顿时个个站得笔挺笔挺的。

莫清明走到这群孩子面前，目光盯着这群孩子们，说道："排成两列，跟着我，出发！"然后，便大步向村庄北边通向天风镇的村口走去，而在其身后的孩子迅速地排成两列跟在他的身后。站在练功场外围的这些孩子的父母们，也跟着队伍向北边的村口走去，看这模样是要为自己的孩子送行，并加油打气！

莫家庄练功场本身就处于村庄的东北方位，距离村庄北边的村口并不远，孩子们跟着莫清明走过了两个街道，没多久便到了庄子北边的村口处了。

此时，莫元明见村口处也有一些人在，有的是父母，其中还有六辆马车停在村口处，有三辆马车上装着各种货物，还有三辆马车明显是用来载人的，而在最前头的马车上还插着一面旗帜，上面写着大大的"莫"字。

莫元明看到这里才知道，这是莫家庄的商队，看样子也是准备前往天风镇的。而街道两旁的那些父母们，都向场中的孩子传递着鼓励的眼神。莫元明边走边转头望向旁边的表哥莫元清，说道："表哥，姑妈没来送你吗？"莫元清听到表弟跟他说话，便转头望向莫元明，憨头憨脑地说道："没有啊！"莫元明听完，只是说了声："哦，这样啊！"

此时，莫清明带着这十几个小孩走到了商队的前头，莫元明看到父亲、母亲还有爷爷、奶奶都在，父亲正在跟一个人说着些什么，爷爷只是在一旁微笑着摸着自己的胡子，一副事不关己的样子。

莫元清此时突然惊喜地叫起来："父亲！"莫元明此时才发现那个跟父亲交谈的人正是莫元清的父亲梁泊，也是莫家庄在天风镇的掌柜，管理着莫家庄经济命脉的领头人物。表哥莫元清跟父亲见面的次数本来就不多，莫元明见得就更少了，只是在儿时的时候，姑父给他带过一些有趣的玩具，有些印象罢了，现在见到一时间还真没认出来。

此时，正与莫元明的父亲莫清风谈话的人，转过头来，望向声音传来的方向。莫元明才真正看到他那清秀的如书生般的脸庞，心中想道：真的是姑父。

梁泊今天正是知道自己的儿子要到天风镇尝试开启天印，就提前带着商队回到莫家庄进货，因为每个月莫家庄的商队都来回于莫家庄与天风镇之间，负责运货等事务。

梁泊转头见到自己的儿子，一阵惊喜。莫清风与梁泊也把关于族中的事情商谈完了，便向后退了一步，转身走开了，留给两父子重聚的时间。

而莫元清则转头望向莫清明，眼中带着询问的目光，莫清明点了点头，莫元清立即出列，小跑到父亲身边和父亲攀谈起来。莫元清的母亲莫清梅也在，只不过刚刚陪着母亲梁秋雨罢了，见儿子跑到了丈夫身边，身旁的梁秋雨对她说道："去吧，我这老骨头也不用你伺候了，一家子聚在一起不容易！"莫清梅听到母亲的话，转头望向母亲递过去一个感激的目光，梁秋雨微笑着，眼中满是慈爱。

此时，已经走到莫家庄商队前头的莫清明停下脚步，转过身来，对着整齐地排成两列的孩子们说道："商队收集货物还要一些时间，现在，我们在这里等待商队出发，虽然我们此行不远，但这是大部分孩子第一次出庄；你们可以向父母道个别，等下依旧按照这个队形在这里集合，现在解散！"

孩子们听后，欢呼着，便向各自的家人跑去。莫元明也来到父母身边，见儿子走过来，母亲林舒婷立即蹲下身子，摸了摸孩子的脑袋，为莫元明整理着衣裳，此时父亲莫清风走了过来，莫元明乖巧地喊道："父亲！"

莫清风走到妻子林舒婷旁边站定，看了莫元明一眼，只是淡淡地说道："成也罢，不成也罢，不必气馁，也无须骄傲，男儿自会有路在脚下。"说到这里，莫清风的目光在瞬间变得坚定起来。莫元明明白父亲的意思，此刻，莫元明心中的一丝不安尽去，抬头看向父亲说道："爹，我明白了！"莫清风见儿子的表情变得异常坚定，与儿子对视了一眼，点了点头，眼中多了一丝欣慰。

站在距离莫元明这一家子几步之外的梁秋雨，看了看莫元明一家子，再转头看了看另一边莫元清的一家子，这两家子人在清晨曙光的照耀之下显得特别温暖，看到这个场景的梁秋雨眼中充满慈祥和蔼，对身旁的莫石天说道："老头子，你看，如果以后也是这个样子，我就可以安享晚年了。"

莫石天摸了摸胡子，微笑地看着眼前温馨的一幕，用手搂了搂妻子的肩膀，说道："老婆子，现在我们不就在安享晚年吗？"梁秋雨听到这里，脸上笑得更加灿烂了，现在这一对老夫老妻的心中充满着温暖。

此时，两家人聚在了一起，相互交谈着。莫元明与莫元清这次都乖巧地站在那里，没有捣蛋。忽然，林舒婷牵着儿子莫元明的手向两位老人家走了过来，莫清梅也牵起儿子莫元清的手走了过来，两个大男人分别跟在各自妻子的身后。

走到莫石天和梁秋雨面前时，林舒婷和莫清梅各自缓缓松开儿子的手。莫元明和莫元清径直走了过来，走到莫石天和梁秋雨面前，行了一个晚辈之礼后，乖巧地喊道："爷爷，奶奶！"此刻，二人喊得这两位老人家心花怒放。莫元清向前踏了一步，咧嘴一笑，露出一排洁白的牙齿，大大咧咧地开口道："外公、外婆，看着吧，你们的外孙我一定开启天印回来见你们！"

莫石天摸了摸胡子，哈哈一笑："你这小子口气倒不小！"莫元明在一旁看着自己那神经大条的表哥笑了笑，然后用坚定的眼神望着莫石天与梁秋雨，对二人道："爷爷、奶奶，元明定会竭尽全力的！"莫石天开怀一笑，说道："元明稳重多了！"然后，莫石天对这两个孩子用温和的声音欣慰地说道："不论结果如何，努力就好！"

此时，有人跑到梁泊耳边低声说了几句，梁泊便转头望向众人，笑着说道："商队的货物都准备好了，差不多要出发了！"然后，低头看了自己的儿子和莫元明一眼，说道："你们也差不多要集合了，跟我一起过去吧！"莫元清说了一声"好"，莫元明点点头，二人便跟在梁泊身后向莫清明走去。

莫清明见梁泊向他走来，知道梁泊有事对他说，坐在马车边上的他跳了下来。梁泊走到莫清明身边，微笑地对他说道："清明大哥，商队都准备好了，我们可以出发了！"

莫清明对他点了点头，便转身回到刚刚停下脚步的地方，再次用他洪亮的声音大喊道："集合！"

洪亮的声音在莫清明耳边如波浪般传开，那些陪伴着父母，或是与父母没有交谈完的孩子匆忙和父母道别，飞快地集合到莫清明身前，整齐地排列成两队，莫元明与莫元清因为是最早到的，所以早就进入到队伍当中了。

莫清明对着这些已经集合完毕的孩子们，说道："一队上第二辆马车，二队上第三辆马车，上车之后不许胡闹，知道吗？"孩子们异口同声地回答道："知道了！"莫清明点点头，望了梁泊一眼，梁泊点了点头，表示商队已经准备完毕，莫清明方才转回头来，说道："好，上车！"

在孩子们上车的时候，莫元明与莫元清向莫清明跑了过来，莫清明见状皱了皱眉，说道："怎么啦？"莫元清指了指脚边那只甩着小火球的小老虎，此刻小老虎正咬着莫元清的衣衫不放，莫元明开口道："明叔，烈焰要跟着表哥，其他的孩子对烈焰好害怕，所以……"刚刚莫清明也看到了，莫元清列队时，脚边站着这小老虎，周围的孩子都站得远远的，望向烈焰的眼神中明显有些惧怕，山中峡谷的事便是他处理的，所以他十分清楚，而且现在庄子中的人都知道这两兄弟养了只妖兽宠物的事，莫元明那只还好，长不大，比较可爱，害怕的人不多，可是莫元清这只正常生长的小老虎烈焰就不同了。

莫清明皱了皱眉，思考着怎么办，旁边莫元清的父亲梁泊开口说道："这样吧，既然烈焰要跟着元清，元明怀中也带着小老虎吧！"姑父梁泊看向莫元明的时候，莫元明尴尬地点点头，梁泊继续说道："那你们便跟我和你们明叔一起坐第一辆马车吧！"说到这里，梁泊转头望向莫清明，莫清明也觉得没有更好的办法，说道："就这样吧，你们两个和两只小老虎跟我们坐第一辆马车！"

第十二章 一家团聚

第十三章
离开庄子

此时，远处奔来了一支骑在马上的队伍。马队奔腾的过程中，街道上腾起滚滚尘埃，在尘土上飞驰的马匹显得健壮而有力。这支数十人的队伍每个人身上都背着弓箭与箭筒，大腿上绑着匕首，手中握着一杆长枪，枪上挂了一个吊着红缨的圆牌，圆牌和商队旗帜一样，写着一个"莫"字。

领头人下马后，来到梁泊身前一拱手，说道："掌柜的，护卫队的兄弟已经到齐了！"梁泊拍了拍那人的肩膀说道："你们辛苦了！"那个汉子的眼眶微微一红，说道："掌柜，哪里的话，我们都跟你那么多年了，而且这本来就是我们的分内之事！"

此时，莫元明站在莫清明旁边小声地问道："这些人是谁啊？"莫清明说道："这些都是莫家庄护卫队的人，专门负责护送莫家庄商队的一支队伍，他们常年在外，跟着商队东奔西跑，基本上都是跟着你姑父的，所以你们在庄内见到的时候不多！"

莫元明疑惑地问道："怎么姑父说了一句话，那汉子好像就要哭了？"莫清明叹了一口气，说道："莫家庄商队近几年生意越来越大，已经做到附近周边的镇子去了，在这些路上少不了强盗劫匪的，商队都是靠着莫家庄这一支专门配备的护卫队才能完成这些交易，给庄子带来那么多的收入，这支专属护卫队为了保护商队已经死了不少兄弟了，有些是近几年才补充进去的！"

莫元明更加疑惑了，说道："那不是应该商队感谢这支专属护卫队吗？"莫清明不厌其烦地为莫元明解释道："这支护卫队是死了不少兄弟，但是你姑父对这些人极好，死者家属都会得到大量的抚恤金，所以庄中很多兄弟还是不畏死地加入进来！"

说到这里，莫清明低头望了下身边这两个孩子，说道："如果不是这些莫家庄的兄弟们常年在外拼上性命保护商队的安全，为莫家庄赚取大量的钱财，莫家庄哪里来的资金建设村子，哪来的钱给你们修那么好的练功场，莫家庄的孩子和妇孺哪来的安定生活？"

说到这里，莫清明俯下身子，对着莫元明和莫元清说道："你们就是莫家庄的希望啊，所以你们要好好努力，知道吗？"

莫元明与莫元清听到这里，眼眶中都有泪水在打转，但是二人死活都不让它流下来，牙齿紧紧地咬着，感觉到心中似乎多了些什么。

此刻，二人的心中感觉到，他们的努力似乎不仅仅只是为了让自己变强，更重要的是为庄子，为了庄子中那些对他们很好的叔叔阿姨们，为了莫家庄的村民，为了自己的亲人。他们心中变强的信念在此刻变得更加坚定了。

他们二人的眼神在渐渐转变着，坚定中带着一丝锐利。他们双眸中的光芒变得那么耀眼，那眸中的光芒变得坚毅起来。

他们此刻望向梁泊和商队，还有那些骑在马上的人，这些人因常年在外厮杀，身上总带着一丝血腥气，但此刻莫元明与莫元清却觉得这股血腥味并不那么难闻，相反却是莫家庄荣耀的象征，此刻他们二人才发现，这支坐在马上的队伍中的每一个人眼神中都带着不一样的光芒。是的，那是一种绝对的自信，是为了守护家园而不顾一切地战士们才能拥有的眼神。

但此刻，他们看向莫家庄的屋舍，看向莫家庄的土地，眸了中都闪烁着一种温暖的光芒，那是一种欣慰与感慨。虽然他们能跟家人相聚的时间很少，甚至不知道下一次是否还能再与他们相见，也不知道下一次再回来的是他们的人还是他们的尸骨，但他们却依旧毅然地选择离开庄子，在外面风起云涌的世界中拼杀，虽然他们不是最强的，但他们却无怨无悔地在外与那些盗匪流寇们拼掉最后一滴血！

此刻，莫清明将目光转向那支护卫队，说道："但也只有这支常年在外拼搏的莫家庄商队专属护卫队，才有资格握起'莫家枪'！"

莫元明眼神中透露着一丝震惊，望着莫清明，说道："那就是莫家庄最强的兵器'莫家枪'吗？"

莫清明转过头来，望着莫元明与在莫元明身后一小步的莫元清，说道："是的，那就是'莫家枪'！"

莫元清挠了挠头，丈二和尚摸不着头脑似的，说道："'莫家枪'，那是什么，莫家庄还有这种东西吗？"

莫元明激动地说道："以前我只是听父亲说过，莫家庄是以兵器闻名天风镇的，而'莫家枪'则是莫家庄制造出的最强兵器，那是莫家庄独有的，不会外传，也不会向外兜售！"莫元明说到这里好像想到了什么，继续问道："我记得还有莫家枪法，明叔我们什么时候可以学到啊？"

听到这个问题，莫清明笑了笑，说道："原本是要庄中的人成年之后方才传授的，也就是要到十六岁之后，你们加入青年组之后，看你们两个锻炼的强度，都快赶上青年组了，等你们回来便教你们！"

莫元明与莫元清高兴地跳起来，欢呼了一声"好耶！"

梁泊发现旁边突然传来嘻嘻哈哈的笑声，转头望向这两个蹦蹦跳跳的表兄弟，虽然不知道他们因什么原因而高兴，但是看到儿子这么开心，他心中感到特别欣慰，原本他常年在外，未能陪伴儿子一起成长，对于莫清梅与莫元清母子二人感到十分愧疚。但此刻，他心里好受了许多！脸上的表情也变得灿烂起来，望向儿子的眼神中充满了感慨和欣慰，还有一丝抹不去的愧疚。

那名莫家庄商队专属护卫队的首领已经回到了队伍当中，梁泊此时也向莫元明、莫元清以及莫清明的方向走了过来，扇了扇手中的扇子，带着一种书生气的微笑对三人说道："走吧，上车吧！"

莫清明听到梁泊这么说，也点了点头，转头望向这两个欣喜若狂的表兄弟俩，脸色一板，说道："别闹，上车！"刚刚还在蹦蹦跳跳的二人，立即笔直地站着，回答道，"是"，只是脸色明显还在为刚刚能够学习到"莫家枪法"的消息而高兴呢！

莫清明被莫元明与莫元清想笑却忍住不笑的表情逗乐了，对他们说道："上车啦！"自己率先登上第一辆马车，莫元明与莫元清二人也立即跟在莫清明身后登上马车，小老虎烈焰也跟着跃上马车。

马车是那种门口用布帘遮挡，两边各有用布帘遮挡的方形小窗，车内除了门帘处之外，其他三面都有座椅连接在一起，座椅上铺着舒适的软垫，使坐在车内的人不会因为道路的不平坦而感觉太过于颠簸，一辆马车大约能容纳七八个人的样子，丝毫不感觉拥挤，是天齐大陆上商队常用的马车类型。

车队中的主要人员，除每辆车上有车夫驾驭马匹之外，第一辆车内只有梁泊等四人，而第二、三辆车内除了六七个孩子以外，还各有一位商队的人员，他们之前去莫家庄仓库提取货物，完成后方才回来跟梁泊这个大掌柜禀报，现在他们各自坐在一辆马车上，顺便负责照顾这些孩子们。

因为此次是回莫家庄提取货物，因此随同前来的人也不需要很多，庄内自有人手负责帮忙搬运，而到离去时就只有跟着梁泊一起来的两人而已，如果不是因为这次要顺便带着庄内的孩子到天风镇尝试开启天印，根本不需要这么多马车，除此之外，还有与莫家庄商队一同回来的莫家庄商队专属护卫队。

此时，孩子们正透过马车两边的窗子向自己的父母道别呢，莫元明和莫元清也是如此，正在与父母挥手道别，而梁泊是大掌柜，当然要回到天风镇打理天风镇的生意，因此莫元清正在马车的窗口对着莫清梅大声地喊着："娘，等我成为天印者回来！"

莫清梅不愧是女中豪杰，也大声地回应道："这是你第一次出门，要小心，要听爸爸的话，知道了吗？"莫元清大声地回答道："知道了！"

此时，梁泊站在马车旁，望了妻子一眼，然后果断地转身上车，在车门口的软垫上坐定之后，对着车夫说道："出发！"

马夫"驾"的一声，马鞭鞭笞在马身上，马儿便拖着马车奔跑起来。后面的五辆马车也陆续跟上。

此时，站在村庄出口处的莫清风喊道："开闸，放行！"莫清风平时说话轻轻地，此时呐喊起来，颇有几分气势，村庄北边出入口处，两边的莫家庄护卫队值班的汉子，开启机关，那巨木所制的大门缓缓打开。

莫元明也在此时不断地向着母亲挥手，眼中一滴泪水终于滑下，这是他第一次离开莫家庄，也是莫元明第一次离开父母，第一次前往天风镇！林舒婷在村庄北边的出入口处，也不停地跟莫元明挥着手臂道别。

马车奔腾，在清晨曙光的照耀之下向远方驶去，莫家庄商队专属护卫队首领一声令下，莫家庄商队专属护卫队的众人立刻策马奔腾，那些健壮的马儿飞快地追上商队，护卫队熟练地分成两列，从身后慢慢追上商队马车，从两边把商队重重包围，形成护卫以及防御的最佳阵型，跟着马车的速度前行着。

莫元明、莫元清以及一些孩子，仍在回头望着那渐渐远去的庄子，出了庄子出入口，除了出入口的闸门以外，看到的只是被巨大的棕色木头所包围的一个广阔的区域，而闸门处依旧有许多孩子的家长在不停地挥着手跟自己的孩子道别。

车队渐渐远去，那些大人们依旧在门口处目送着车队远去。

莫元明坐在马车的窗边，看着马车后面在清晨清澈的阳光下飞扬起的阵阵尘土将那视线所及的村庄一点一滴地遮挡，渐渐地变得模糊起来，心中突然有种感觉，似乎有一天，他真的要离开这个养育他、守护了他十多年的庄子似的。

但他转念一想：管它呢，至少此刻不是！

然后，莫元明用手推了推也趴在窗口往后望着庄子的莫元清，说道："进去呗！"莫元清沉默地点了点头，然后转身回到车内。

莫清明闭目养神，感觉到二人转过身来，睁开了那紧闭的双眼，淡淡地说道："外面的世界很大，你们迟早有离开的一天，你们要适应这种感觉，离别是必需的。"

莫元明和莫元清沉默地点了点头，莫清明望了两个孩子一眼，便不再多说，继续闭目养神，他知道这两个孩子迟早会适应的。

此时，莫元清的父亲梁泊笑了一笑，扇了扇手中扇子，开口说道："你们不用郁闷，天风镇中可是有很多好玩的东西呢！"

莫元明和莫元清一听，立即被梁泊所说的话吸引了，情绪立刻从郁闷中解脱出来，莫元清开口问道："爹，天风镇有什么好玩的，说来给我们听听？"莫元明望着姑父梁泊，眼中明显也闪烁着浓厚的兴趣。

梁泊笑道："好好，天风镇好玩的可多呢，你们听着啦，在天风镇的酒楼，有非常好吃的招牌菜，叫猪肚鸡……"

此时，两个孩子眼中同时闪烁着浓郁的兴趣，认真地听着莫元清的父亲梁泊所说的许许多多的新鲜事物，心神一下子被吸引过去了，离开庄子所带来的伤感被抛之脑后。

莫清明此时睁开了眼睛，看着正在给两个孩子讲着各种城中趣事的梁泊，心中不禁想到：此人多年来能够把莫家庄的生意越做越好，果然不仅仅是像他自己所说的运气好那么简单，果然有些手段；三言两语便改变了马车内的气氛，此人不简单啊！

庄子中的人一直不明白为什么庄中的女中豪杰会喜欢上这个人，莫清明此时有些明白了，虽然此人在武学上没有什么天赋，但是他的见识非常不一般，此刻他有些庆幸梁泊是莫家庄的人。

然后，莫清明便闭上双眼继续休息，同时也听着梁泊那非凡的谈吐和生动的趣事，不知不觉也被吸引过去。

第十三章 离开庄子

第十四章
山贼来袭

在莫家庄通往天风镇的道路上，六辆马车成一列纵队，在这条道路上飞驰着，前三辆马车是典型的商队载人的马车，后三辆是专门用来运载货物的马车，后三辆马车上只有车夫，车队四周皆有全副武装的战士守护着。

这种架势在天风镇附近这些地方已属不错的了。

此时，因为车队的货物与马车较多，车队行进的速度并不算快，走在这黄泥路上带起滚滚黄沙，车队离开莫家庄已有两个小时之久，刚刚穿过包围着莫家庄的那片稀稀疏疏的林子，走了约有一半的路程，大约再走两个小时便可赶到天风镇。

因明天才是一年一度的天风镇开启阵法的日子，莫家庄提前一天安排他们前往，好让他们有一个心理准备的缓冲时间。

此时，车队从莫家庄到天风镇约走了有一半的路程，穿过了如屏障般包围着莫家庄的丛林之后，便是山峦起伏的地形，车队行进速度不由得变慢。

莫家庄商队专属护卫队的首领，带领着护卫队众人将车队紧紧包围，自己走在最前头，在带领车队行进的过程中，这位首领犀利的目光时不时望向周边，虽然他们走出了林子，但他们此时所走的道路夹在两山之间，虽然是一些并不高的山峦，但常年的护卫经验让他知道这种地形并不利于他们队伍的防御，因为若有人埋伏于此地，会给车队造成极大的麻烦。

此时，莫元清的父亲梁泊掀开行驶于最前头马车的门帘，望了望周围，眉头一皱，对着前方莫家庄商队专属护卫队的首领喊道："莫天大哥！"

莫家庄商队专属护卫队首领名叫莫天，年轻时因强壮的体格和不俗的武艺，加入到莫家庄商队专属护卫队，在这支队伍中已经待了有七八年的时间了，从当初的新人成为如今莫家庄商队专属护卫队首领。

此时，他听到莫家庄商队的负责人梁泊喊他，便微微拉拉缰绳，让马儿降下速度，缓缓地退到第一辆马车旁，然后转头望向梁泊说道："大掌柜的，有何吩咐？"

梁泊见莫天退到马车旁边，合上了手中的扇子，露出了让人如沐春风的微笑，望着莫天开口询问道："莫天大哥，我们都合作那么多年了，太见外了吧！"莫天闻言笑了笑，说道："掌柜的，虽然我是个粗人，但是，公是公，私是私，这个道理还是知道的；我的任务就是保护商队的安全，在完成任务之前，一刻都不能松懈！"梁泊闻言，点了点头，心想：应该正是这种精神才让莫天大哥当上莫家庄这支重要队伍的首领吧！

莫天继续开口道："掌柜的，还有什么吩咐吗？"梁泊这才想起刚刚把他叫过来的原因，继续开口说道："莫天大哥，我们现在到哪里了？"

莫天闻言，回答道："刚刚出了林子，接下来走出这片山峦便是平坦的大路了，到时走官道会让车队的速度提上不少，估计中午时分能够赶到天风镇。"

梁泊听莫天说完，点点头。

莫天继续说道："而且此地地形利于山贼埋伏，不利于车队防御，我们还是尽快前进吧！"

莫天刚说完，突然道路两旁的山上传来呐喊声，梁泊听到呐喊声，脸色一变，立即喊道："不好！"听到这异样的声音时，梁泊便知大事不好了。莫天不愧为莫家庄商队专属护卫队的首领，刚刚听到风吹草动之声，便立即大喝道："山贼来袭，警戒！"

莫家庄商队专属护卫队的众人，常年在外保护商队拼杀，什么情形没有见过，此时更显示出高人一等的素质。听到首领的命令之后，车队马上停下，众人立即退到马车旁边，翻身下马，躲在马匹身后，以马匹作为掩护，将车队紧紧地遮掩，车夫也是经验老到，见情况不对，立即钻进马车底下，而车内梁泊和莫清明立即分别掩护莫元清和莫元明趴下，防止被弓箭所伤，后面两辆马车中跟随梁泊的商队之人也是如此，让孩子们尽数趴下。

此时，莫天已见两边山上人头涌动，有近百人的样子，借着斜坡的优势，快速地从两边山峦上冲了下来，将车队重重包围。人人手中拿着刀、剑等各种兵器，却连弓箭都没有。

有一个虎背熊腰的独眼大汉，手持巨大的狼牙棒，从一侧走出。他走过来时，那些喽啰们都为他让开一条道路，一看便知，他是山贼的首领。独眼大汉从众人中走出，看都没看车队一眼便喊道："此路是我开，此树是我栽，要想从此过，留下买路财！"

莫天听到这里，他就笑了，心想是哪个新出道的山贼，还用这么老套的话语。

独眼大汉见车队没有动静，眉头一皱，喊道："你们找个能做主的出来说话！"莫天此时站起身来，说道："兄弟出来混口饭吃，你要的不过是钱财，我们给你，开条道来让我们过去可好？"说着把挂在腰间的钱袋扔了出去，落在独眼大汉脚前，独眼大汉弯腰将地上的钱袋拾起，打开钱袋将里面的钱币倒在手上，里面掉出数十个铜币和几枚银币，于是他便皱着眉头，哼了一声对着莫天喝道："你以为这点小钱就能满足我的弟兄吗？"

莫天闻言，眉间微微一皱，对护卫队员命令道："将你们的钱袋丢出去！"护卫队队员听到首领的命令后，果断解开捆绑在腰侧的钱袋，纷纷扔到独眼大汉面前，

钱袋扔出去砸在地上，发出"砰、砰、砰"的声音。

独眼大汉转头望向一侧，对身边的几人说道："你们过去数数！"

那几人便飞快地跑了出去，拆开钱袋，将里面的钱币倒出，钱币乒乒乓乓地掉落在地面上，多为铜币，只有为数不多的几枚银币，这样看来还是首领莫天的钱财最多了。

那几人看到掉落在地上的金钱，眼中散发出贪婪的光芒。那些包围着车队的众多喽啰们，见到地上的钱币，眼中同样闪烁着异样的光芒，那名独眼大汉有意无意地往身后望了一眼，看了一下一个站在喽啰中并不显眼、相貌平凡的人一眼，投去询问的目光，那人微微地摇了摇头。

那名独眼大汉转过头来，看也不看散落在地上的钱币，向前踏了一步，踩在钱币上，倒钱币的数人慌忙退开，独眼大汉望着莫天，狞笑道："还是不够！"

莫天听完独眼大汉的话，心中叹道：来者不善啊！

莫天便开口道："不知兄台如何才能放过我们呢？"独眼大汉转头望向马车后面的三车货物，举起手中的狼牙棒，指着那些货物，狰狞地说道："那些东西，还有马车统统留下！"

莫天眉头紧皱，说道："兄弟不过混口饭吃，何必如此苦苦相逼呢？"独眼大汉嘲讽道："你这是在跟山贼讲道理？"说完，哈哈大笑，众喽啰也跟着大笑起来。

莫天的眼神在此刻变得凌厉起来，用低沉的口气说道："你可知我们是莫家庄之人？"独眼大汉继续笑道："笑话，天风镇附近谁不知道，莫家庄商队近几年赚大钱了，不是这么肥的羊羔子，我还不宰呢！"说到这里，独眼大汉的表情变得异常狰狞。

莫天心中想道：原本想尽量保护商队的周全，让护卫兄们少受伤害，避免战斗，我又天真了一回，哼，我们莫家庄可不是好惹的。想到这里，莫天口中哼了一声，说道："就不怕你崩了牙！"说着，手中的长枪"吭"的一声砸在地面上，莫家庄商队专属护卫队的众人知道，这是首领准备战斗的讯号。

场中的火药味明显浓郁起来，不论是山贼还是莫家庄商队的护卫队，此时，众人的手将手中的兵器握得更紧了，一些未经历过这么大场面的喽啰，脸上不停地冒汗。

莫天口中喃喃道："连个弓箭都没有的小小山贼，还想打我莫家庄的主意，真是找死了！"

说到后面，莫天突然大声起来，一股只有武者才会出现的浓郁气势从他身上荡起，衣衫因为这股气势而微微荡起，一种只有经历过真正的生死搏杀才会出现的杀气，在他身上显现出来。

独眼大汉狞笑道："还不知道是谁死呢！"大喝一声，同样有一股气势在他身上荡起，与莫天的气势碰撞在一起。

莫天心中暗道：果然也是一名武者，难怪这么嚣张！随着这两股气势的凝聚，在场中碰撞，一些意志不坚的喽啰吓得坐在地上，手中的兵器也掉落在地上，发出铿锵之声。但这个山贼团伙的素质还算过得去，这样的人不过二三十人，仍有一大半的人显然也是经验老到的山贼了，面对这种场面丝毫不惧。

此时莫天持长枪的右手一紧，喝道："杀！"听到这句话，护卫队的众人中每隔一人，便有一人翻身上马，向包围着他们的喽啰冲去，其他没有上马的人先将长枪插于地下，伸手取出弓箭躲在马后射击，掩护着骑马之人。

独眼大汉也同时喝道："小的们，干完这一票，我们回去喝好的吃好的，杀啊！"那剩下的七八十名喽啰们听到首领的呐喊，乱无章法地持着手中的武器一拥而上，向着护卫队冲去。

山峦之间的道路上，一时间喊声冲天，战斗便就此开始了。

那骑在马上冲出去的护卫队在弓箭的掩护下，在人群中冲杀了几个来回，便迅速地回到马车旁，但由于山贼人数比他们多一倍多。

因此，冲出去的护卫队，刚开始还取得不错的战果，马匹撞飞几人，马蹄踏死几人，在他们持枪刺翻几人之后，便飞快策马而回，但撤退时，身上多少都带点血痕回来，幸运的是，第一轮碰撞中，护卫队并无人员阵亡。

除了刚开始的奇袭取得不错的战果，山贼人数从七八十人锐减到五六十人之后，接下来便是近身搏杀了，护卫队众人紧紧地退回车队周边，而山贼喽啰们也冲杀到离他们数步之距，刚刚拿起弓箭射击的护卫队队员立即拔出插在身旁的长枪，与刚刚杀回来的队员一同向山贼喽啰杀去。

在莫家庄商队的专属护卫队与山贼喽啰们开始搏杀之时，莫天已经持着长枪向着独眼大汉冲去，那名山贼首领也是手持狼牙棒，悍然与莫天拼杀在一起，那巨大的狼牙棒从莫天头顶上方砸下，莫天运起体内的灵力与其拼杀。莫天在护卫队那么多年，早已不是刚刚加入的新人，通过这么多年的努力修行，早已迈入武者之境。

只要是莫家庄之人，在经过基本的身体锻炼打下坚实的功底之后，加入青年组时便可修行莫家庄流传下来的莫家功法，莫家功法与一般世俗功法相同，分为：武者之境，也就是所谓的普通武者；武者玄境，也就是所谓的三流武者；武者煞境，也就是所谓的二流武者；武者罡境，也就是所谓的一流武者；武者地境，也就是外界俗称的超级武者；以及武者天境，传说中的特级武者。但前者是武者的内功修为，而后者是对武者实力的评判。

莫天悍然而上，手中的动作一点都不慢，枪身横扫，在空中与那巨大的狼牙棒砸在一起，发出嘣的一声，枪身与狼牙棒同时因为这股巨大的撞击力向后弹开。独眼大汉再次将狼牙棒横扫过来，莫天脚步飞快地移动着，身体向后退去，狼牙棒在莫天身前扫过，独眼大汉见一击不中，立即大步追上。

莫天见其气势汹汹而来，身形徒然一顿，枪尾在身后地面一撑，右手一抖，枪身向前一推，内劲如潮水般从丹田通过右手向枪中涌去，同时右手一扭，莫家枪陡然旋转起来，枪头犹如蛟龙出海一般向着独眼大汉的面庞刺去，莫天口中大喝道："莫家枪法，枪出如龙！"

独眼大汉见莫天气势陡然大盛，汹汹杀气随着这招枪出如龙如同潮水般扑面而来，他不退反进，利用全身的蛮力，双手握住狼牙棒，并运起内劲传递到狼牙棒上，对着迎面刺来的枪头一棒子砸去，嘭地一阵巨大的声响从碰撞的中心传出。

独眼大汉及莫天二人皆向后退了几步，二人脸色皆有些潮红升腾，口中微微喘息着。

第十五章
武者之战

独眼大汉大喝一声,再次手持狼牙棒以一副不要命的姿态,向莫天的头顶砸过来,莫天经过刚才的碰撞,手臂依旧有些发麻,见狼牙棒再次砸来,只得将枪身一横,左手握住枪身前段,向上一架,左脚在地上一踏,马步瞬间扎稳,挡住了狼牙棒的攻势。

独眼大汉的内劲在体内快速运转着,并用巨大的蛮力向莫天压去,莫天体内的劲气也快速运转起来,抵住如巨山般压下的狼牙棒,双腿微微陷入地中,这两人竟然较起劲来。

说起来慢,但实际上也仅仅过了一会儿而已,两人便飞快地交手了三个回合。此时那名独眼大汉面色涨红地大喊道:"还不出手,等什么?!"

二人交手的周围虽然其他人都不敢靠近,但那独眼大汉的身后,靠的最近一名身形不显的喽啰,突然暴起,那矮小的身体速度飞快地绕过独眼大汉,迅速向莫天接近。莫天眼角余光瞄见那飞速接近的人影,心中大叫:不好!

那人身形快速接近莫天,手中的刀同时向着莫天的身躯拦腰砍去,莫天见那柄寒光乍现的刀锋,快速接近腰间,却毫无办法,现在他全身的力气正与独眼大汉拼斗着,无法撤去,如果他突然撤去,那头顶上的狼牙大棒必定在瞬间砸下,看着那越来越近的刀芒,心中想道:"完了!"

突然间,只听到呼的一声,撞开了那锋利的刀锋,使那刀锋一偏,从莫天的身旁划过,锋利的刀口割破了他腰间的衣衫,却未曾伤到他的身躯。与此同时,只见一个人影如同猛虎般向着那道矮小的身影扑去。

原来,听到呐喊声时,莫清明便知道不对劲,而听到梁泊喊"不好"时,他立即伸手,飞快地将梁泊拉进车中,自己用庞大的身躯飞快地将两个孩子护住,在莫天与山贼谈判无效时,便立即跟梁泊说道:"你护住两个孩子,我出去帮忙!"梁泊知他是莫家庄的狩猎队队长,身手必定不凡,立即点了点头,说道"小心",莫清明点了点头,迅速转头对两个孩子说道:"你们两个待在这里,不要乱跑!"

莫元明与莫元清看到明叔如此严肃的表情，二人立即表现得十分安分，听到明叔的话，顿时乖乖地点了点头。就在莫清明与车内众人在交谈之际，莫天已经与独眼大汉交起手来，而当他左手扶住马车门口的木栏，掀开马车的布帘之时，正好看到一个山贼喽啰拿着刀飞快地接近莫天，刀锋都快砍到莫天的腰间了，说时迟那时快，莫清明哼了一声，左手把那个握住的木栏捏成粉碎，并把那木屑捏成球状，运气将内劲通过左手传到捏成球状的木屑上，屈指一弹，那个木屑制成的球便疾速射向斩向莫天的刀芒，呼一声将其刀锋撞偏，使其未能砍中莫天。

在弹出木屑之际，他便身形飞快地冲出，跃下马车，脚尖在大地上一点，掀起一阵尘土，身形射向那矮小的身影，如猛虎之势向其扑去，便形成了莫天刚刚看到的场景。

此时，那个矮小的身影见有人向他扑来，立即将刀锋一转，砍向那道来势汹汹的身影。

莫清明见那个矮小的身影将刀芒转向他，眼中厉芒一闪，冷哼一声，说道："哼，区区山贼，也敢挑衅莫家庄的威严？"

莫清明左手拍向那个向他砍来的刀身处，身形飞速接近那矮小的身影。但身形还未跟上，左手先与那砍来的刀身碰上了，碰上的同时，莫清明眉头一皱，感觉到身上出来的劲气，说道："普通武者？"眼神中的藐视一闪即逝，冷哼着，体内比刀身强大数倍的内劲如同浪涛般通过左手向刀身涌去，左手一震，将刀身震开，然后体内的劲气传到指尖，屈指一弹，将那人手中的弯刀弹飞。

然后莫清明身形的速度暴增，迅速接近那矮小之人。那矮小之人见武器被弹飞，心中惊讶的同时，看着迅速接近的莫清明如同魔神般的身影，双手飞快地向前拍去。

莫清明嘴角微微翘起，冷笑了一下，右手化掌为拳，强横的内劲在体内快速运转起来，迅速地传输到右手，以一种蛮横之姿向那矮小身影伸出的手掌劲冲而去，那拳头上的劲风形成一种无形的压力，凝聚在那矮小身影的周身。

刹那间，拳头碰上双掌，如同炮弹般"嘣"的一声，只听见骨头碎裂的声音，那矮小的身影便喷血而飞，飞出数丈后，砸在石壁上，再次发出"嘭"的一声，那人身后的石壁在碰撞的瞬间龟裂开来。

撞击后那人嘴巴张了一下，脑袋便垂了下去，气息也在瞬间萎靡下去，身形如同烂泥般坐在石壁间，眼看是活不了了。

这场战斗进行得飞快，那踏入武者之境的矮小身影的普通武者竟不是莫清明的一合之敌，这边的战斗便结束了。

那名独眼大汉眼角的余光望着解决掉那矮小山贼的莫清明，看到他转过身来，心中胆寒欲裂，感受着这瞬息万变的战场，刚刚他还快要将眼前的莫天杀掉，下一刻自己团伙中的另一名首领便被解决了。看着眼前的莫天，独眼大汉突然加大力气，知道对方已经感受到那边战场的结束，想把他拖在这里。

山贼首领独眼大汉心中瞬间做出决定，那压向莫天的狼牙棒瞬间撤力，狼牙棒挡于身前，身形向后退去。莫天当然不会放过这样的机会，握住枪身两端的双手突然用力，手上青筋暴起，将手中的莫家枪压弯，莫家枪枪头对准准备退去的独眼大

汉，左手瞬间放开，那莫家枪枪头刹那间向着独眼大汉呼啸而去，犹如鞭子一般抽在独眼大汉身上。

独眼大汉后退时就已经想好了对策，知道对方肯定不会那么轻易放过他，在后退时，体内内劲高速运转，全部用在了防御上，但看着右边如同鞭子般呼啸而来的枪影，只来得及将那巨大狼牙棒往右边微微一侧，希望可以减少枪身的冲击力。但那凶猛的枪身，在触及那巨大的狼牙棒之时，强大的劲力瞬间将其弹开，并狠狠地扫在独眼大汉的右臂上，发出一阵骨头断裂的声音。同时，那个独眼大汉的喉中一甜，但他没有把鲜血吐出来，因为他没有那个时间。

独眼大汉付出了一只手臂的代价，身形向后狂退而去，但莫清明鬼魅般的身影不知何时出现在独眼大汉的身后，那健壮的右手如同凶兽的巨爪般，抓向独眼大汉的颈脖之处，速度快到独眼大汉没有一丝反应的时间，抓住独眼大汉脖子的右手陡然一扭。只听见"咔嚓"一声，独眼大汉瞳孔猛地一收缩，那巨大的身形缓缓向前倒去，"嘭"的一声砸在地面上，这具身躯上的生机如同潮水般消失殆尽，那独眼大汉倒下时，脸上还带着难以置信的表情。

莫清明此时还保持着右手前伸的姿势站在那里，但那独眼大汉身躯倒下的声音却如同巨大的钟声一般，在正与莫家庄商队专属护卫队队员厮杀的山贼喽啰的耳边响起。

两山间的战场中突然间变得无比寂静，众山贼喽啰们看着那个右手前伸的身影，眼中的瞳孔剧烈地收缩着，一种恐惧的情绪在山贼间蔓延。

突然，不知道谁喊了一声："啊，跑啊！""首领死啦，逃啊！""那个人是妖怪，救命啊！"

然后，山贼便如同树倒猢狲散一般向四周逃窜而去，但他们都是向着那个右手前伸的男人的反方向逃去。

喽啰们看到两位首领已死，本来就受到严重的打击，又加上有人开始逃跑，山贼们的气势更是在刹那间崩塌。原本还有斗志的老牌山贼喽啰，瞬间窜得比谁都快，剩余的山贼喽啰们看到如此场景，立即转身就跑，有些连兵器都不顾了。

战斗过后活下来的三四十名山贼喽啰，加上之前一开始就失去战斗意志的二三十名山贼喽啰们，在两山之间拼命逃窜，他们四面八方往外逃的场面甚为壮观。

此时，莫家庄商队专属护卫队的队员，立即气势大增，乘胜追击，又连续诛杀了十几名山贼之后便返回到马车周边，毕竟穷寇莫追，而且他们听到了莫家庄商队专属护卫队首领莫天的召集，便立即赶了回来。

莫天看到回来的队员，点了下人数，心中十分庆幸，在这场短暂而激烈的战斗中，莫家庄商队专属护卫队员虽然人人身上挂彩，但是却没人阵亡。

然后，他转身向莫清明走去，此时莫清明已经回到马车上坐着。经过刚刚的战斗，他身上甚至没有一丝血迹。此时马车上的两个孩子，莫元明和莫元清一脸崇拜地看着莫清明，虽然他们没有确切看到刚刚战斗的场景，但是两人还是偷偷地通过要观察战斗形势的梁泊拉起布帘的一角看到一点点战斗情形，虽然莫清明的速度让他们甚至只看到一道影子，但这并不影响他们对莫清明的崇拜之情。

虽然莫元明与莫元清二人早就知道莫清明是莫家庄中少有的高手，但是却一直没有见过他出手。

而莫元清父亲梁泊身为商队负责人，已经无数次面对这种场景了，他需要通过战斗的情况进行最佳的判断，一旦战斗形势不对，他必须做出对莫家庄最有利的选择，如果像刚刚那种场景，一旦战斗失败，那么他也将决定：所有人即使拼上性命，也要将这群孩子送到安全的地方！

此时，莫清明疼爱地看着这两个孩子，宠溺地摸摸他们二人的脑袋，说道："你们二人迟早有一天能超过明叔的！"莫元明和莫元清带着那闪烁着小星星的目光，同时说道："真的吗？"莫清明摸着两个孩子的脑袋，微笑地说道："真的，明叔什么时候骗过你们?！"

两个孩子听到这话后，瞬间雀跃起来，梁泊也微笑着从车外钻进来，刚刚他去安抚两辆车上的孩子们去了，刚刚回来便看到两个孩子雀跃的表情，脸上也笑了，并意味深长地看了莫清明一眼，莫清明见其望来，微笑地回礼，两人都莫名地点了点头，这二人心中想些什么，只有他们两个知道。

此时，莫天走到莫清明所坐这辆马车外，看着车内的莫清明，拱手弯腰行了一个大礼，莫清明见此，立即一步向前伸手扶住，怎么样也不让莫天拜下去，口中问道："莫天队长为何如此？"莫天苦笑道："如果不是您出手，我们护卫队此次恐怕损失惨重，这一礼，是为我那些护卫队的兄弟们行的！"

莫清明继续道："你我皆为莫家庄之人，同族之事，怎能不管？清明虽常年待在庄内，但却不是迂腐之人，什么自恃身份不出手的人，清明认为甚是愚钝！"

莫天闻言，望着莫清明的目光有所变化，顿时沉默了，最后开口："清明兄，以前我还不怎么服你，现在彻底服了，不管是武功还是人品，我都心服口服。好吧，既然清明兄你都这么说了，那我也不再扭捏。"然后，莫天郑重地对莫清明说了一句："大恩不言谢，他日清明兄有用得着在下的地方，莫天赴汤蹈火，在所不辞！"

莫清明笑了一笑，继续说道："莫天队长言重了！"

莫清明眼神闪烁地望了周围一眼，对莫天说道："经过这场战斗，这里沾染了不少血腥味的气息，我们尽快离开此地，先找一处安全的地方休息，只能辛苦兄弟们了！"

莫天闻言，点了点头，立即处理此事去了。

第十六章
初入城镇

莫天、梁泊和两名商队的队员用随身携带的医药，为莫家庄商队专属护卫队的兄弟们简单地包扎了伤口，莫清明则照看着这群车上的孩子们，因为这工作没有人能比莫清明做得更好了，身为孩子们的教练，孩子们在他面前都老老实实的。简单地打扫了战场，取了一些战利品之后，例如一些比较好些的兵器和山贼身上的钱袋，便立即离开此地。

众人在走出两座山峦相夹的道路，来到平坦的道路上之后终于放下心来，立即找了个安全之地歇息了片刻，便不再耽搁。

莫家庄商队以及护卫队再次出发，因为此时已经来到通往天风镇的官道上，因此，也安全了许多。路上来往的人也渐渐多了起来，有经常来往于天风镇与附近村庄之间扛着各类商品的贩子，进城看热闹的人，但最多的还是冲着明天天风镇一年一度的重大日子而来，有豪华的，有普通的，各式各样的马车从四面八方而来，也有一些老年或中年人手上牵着一些年纪约十岁到十五岁的孩子，向着天风镇的方向徒步而去，此时他们都汇聚在这条通往天风镇的官道上。

还未进城，官道上便显得热闹非凡了，莫家庄商队一行人在这些人当中，队伍的规模算是比较庞大的了，此时商队负责人梁泊正通过掀起布帘的窗户向其他一些同样插着各式各样的旗帜的商队打着招呼，看样子都是相熟已久的人了。

而莫元明和莫元清，以及后面两辆车辆上的小家伙都好奇地趴在窗口上，带着好奇的目光四处张望着。而跟着莫元清的那只小老虎烈焰正在马车内呼呼大睡着，莫元明那只袖珍小老虎豆丁也是如此，只不过此时豆丁是趴在身躯比它庞大许多的烈焰身上，美滋滋地睡着，因为这些年经常在一起的关系，这两只小老虎的关系也特别好！

终于，莫家庄商队以及护卫队众人远远地望到了天风镇。

此时，已是正午时分，莫元明通过掀起帘布的窗口望着那用灰色石材构筑而成、如同堡垒般耸立在一望无垠的平原大地上的城墙，那灰色的城墙在高悬于头顶的曜日光芒的照耀下，显示出一丝巍峨与坚实的气息。

这是莫元明第一次见到大人口中所谓的天风镇，也是他人生当中第一次来莫家庄附近的最大的镇子。因为莫家庄商队上了官道以后，在来时的路上经过一些镇子，那些镇子的规模远远无法跟眼前的大城镇相比，甚至也远远不及莫家庄，因为它们连围墙和篱笆都没有，只是比一些村庄要大一些，人也多一些罢了。

那坚实的灰色城墙随着莫家庄商队的前行，缓缓地在莫元明的眼中放大，快要临近城门的时候，莫元明心中不由得跟莫家庄比较起来，再次感叹这天风镇的庞大。

此时，车队突然停下来了，莫元明这才将他一直停留在那巍峨城墙上的目光转移下来，原来马车已经来到城门外了，天风镇的城门外各式各样的马车在这条天风镇门口的官道上排起了长长的队伍。

莫元明远远地望见城门处有几名士兵装扮的人，正在收取入城的费用，脸上却没有丝毫的惊讶与好奇。商队进城要交相应的费用，这些年莫元明的父亲莫清风在各方面知识的教导中也提到过，因此这点莫元明还是清楚的。

莫家庄的车队在这平整的石板筑造的官道上排着队缓缓前行，终于轮到莫家庄的商队了。梁泊下了马车，交了费用，便立即向城中赶去。

莫家庄商队进城后速度立即减慢了一些。而莫元明依旧在窗口上好奇地四处张望着，城中的各种商铺、酒楼以及在街边上吆喝的贩子，一切在他看来都那么新鲜。

但商队却马不停蹄地继续前进着，此时莫元明转过头来，望向梁泊，也就是他的姑父，带着好奇的语气说道："姑父，我们什么时候可以出去看看？"莫元清听到表弟这么问，也立即兴奋地转过头来对着梁泊道："对啊，父亲，我们什么时候可以出去玩玩？"

梁泊望了坐在旁边依旧闭目养神的莫清明一眼，微笑道："我们商队要先回到城中的铺子，在店铺的后院给你们安排好了今晚住宿的地方，所以你们的安排得听你们明叔的！"莫元明与莫元清听到这里脸瞬间就拉了下来。

然后，二人马上又堆满笑容，望向坐在旁边的莫清明。莫清明连眼皮都没有抬一下，说道："不行！"

莫元明与莫元清两兄弟的表情又在刹那之间拉了下来，此时莫清明睁开了紧闭已久的双眼，淡淡地望着莫元明与莫元清那两张拉下来的小脸，说道："你们两个和其他人一样，回到莫家庄商铺的后院之后，就老老实实地待在那里，不要以为出来就可以放松了，傍晚的时候依旧在莫家庄商铺的后院进行训练！"

莫元明苦着脸，莫元清则仍然带着希望望着莫清明说道："明叔，我们这么难得才来一次天风镇，就让我们出去玩一次吧？"

莫清明的语气瞬间变得严肃起来，哼了一声，说道："你们对于明天的天印开启很有把握了？这么快就放松下来，以后怎么能有成就？"

莫元明与莫元清心中皆是一震，今天由于见到的新鲜事物太多，二个孩童的贪玩之心一时兴起，忘记了平时拼命锻炼的那股劲，莫清明此时一句话点醒了他们。

莫元明与莫元清听到明叔的话之后沉默了下来，再也不提去城中玩耍的事了。莫元清在心中暗自鞭策自己。莫元明心中同样如此，也骂自己竟然因为贪玩儿放松

第十六章　初入城镇

了对自己的要求。

马车中的梁泊淡淡地看着这一幕,一句话也没说,心中却感慨道:唉,这两个毕竟只是孩子啊!但这个世界的危险却注定他们没有太多安乐的童年,明天就是决定命运的一天了,但愿上天给这些孩子,也给莫家庄一次机会吧!

第一辆马车中少了两个孩子的嬉闹声,顿时安静了许多。

莫家庄商队及莫家庄商队专属护卫队依旧向着莫家庄店铺的方向前进着……

莫家庄商队以及莫家庄商队护卫队一同从天风镇西门进入,没过多久便来到了位于天风镇西南方的店铺门前,马车缓缓停下。

此时,梁泊正掀开马车旁的布帘向外看去,然后转过头来,对车内的莫元明、莫元清以及闭目养神的莫清明微笑着说道:"好了,我们到了,下车吧!"说罢,便率先掀开马车的门帘往外走去。

此时,已经有店铺内的人员将专门给马车使用的木制小阶梯拿了出来,放在每辆马车的门口处,梁泊踏着阶梯而下,莫元明把躺在小老虎烈焰身上的豆丁捏了起来,放到怀里的衣衫当中,莫元清也轻轻地拍醒小老虎烈焰,然后莫元明与莫元清二人也紧随梁泊下了马车,小老虎烈焰也从马车车夫所坐的马车外檐上一跃而下,莫清明也跟在他们之后缓步而下,后面两辆车中的孩子也在商队人员的带领下,陆陆续续地下了马车。

莫元明一下马车,便抬头看到那悬挂于店铺大门上的朱红色牌匾,那块牌匾上用金黄色的粉漆写着"莫氏兵器店"。

梁泊走到店铺门口,门口的工作人员立即向梁泊打招呼,道:"大掌柜!"梁泊立即对出来迎接的店铺工作人员和站在门口的工作人员说道:"你们立即帮忙带着商队护卫队前往店铺内的医馆,快!"

听到梁泊匆忙的语气,店铺的工作人员立即去帮忙搀扶莫家庄商队专属护卫队的人员下马,并扶着他们去店铺内的专门医馆进行疗伤。

此时,护卫队首领莫天下马,对着梁泊拱拱手道:"大掌柜的,我代兄弟们谢谢您了!"梁泊立即道:"是我谢谢你们才对,这么多年,如果没有你们,我早就死在外面了!"莫天与梁泊也不是一两年的交情了,当即也不再多说什么。

莫天转身对着莫清明拱拱手,说道:"清明兄,我先进去照看我的兄弟们了!"

莫清明回礼,笑了一笑道:"你经过之前一战,也甚是疲惫了,快些去休息为好!"莫天闻言点点头,便对梁泊行了一礼,跟着工作人员向店铺内的医馆行去。

此时,从门内走出来一人,面容苍老,鬓间带着几丝白发,一出来就便对梁泊说道:"掌柜的,你可算回来了!"梁泊望着这位老人家,笑了笑:"凡叔,怎么啦?"梁泊自经商开始便有一些人为了混口饭吃,跟他一起经商,这位孟凡便是其中一位,已经跟了梁泊好些年了。

孟凡道:"在您离开的这段时间,有几位商家已经找过您好几次啦,他们说和你说好有几笔生意要谈!"梁泊点了点头道:"哦,原来是这事,我知道了,回头我去会会他们。"

然后,梁泊转过头望着身后的这群下了马车、正在莫清明的指挥下,整齐地站成两列队伍的孩子们。梁泊用手指了指这群孩子，对孟凡说道："凡叔，这批孩子就是今年莫家庄来天风镇尝试开启天印的孩子们，你安排一下他们的食宿吧，和往年一样就好！"

孟凡顺着梁泊的手望着那群正在排队、带着青涩脸庞的孩子们，笑了笑，感慨道："每次看到这些孩子们，都觉得自己年轻了不少！"梁泊接口说道："凡叔也不是很老嘛！"孟凡听到梁泊的话，笑了笑，摇了摇头道："老咯，岁月不饶人啊！"梁泊听到此，只是笑看着孟凡，并没有多说什么。

孟凡转头望向梁泊，开口说道："掌柜的，这事我都干了那么多次了，知道怎么做了！一定给这群孩子好吃好喝的，好好地补补身子，哈哈！"梁泊听到后，点了点头。

梁泊扇了扇手中的扇子，继续对孟凡说道："对了，凡叔，还有商队从莫家庄带回来的物品，你也一起安排一下，等会儿我便去见那几位商人！"孟凡闻言点点头道："我知道了，掌柜的。"

然后，梁泊转身对着严肃地站在孩子们面前的莫清明说道："清明兄，这位是凡叔，以前你带庄中孩子过来的时候也见过，他会安排你们食宿。"莫清明对孟凡拱拱手，笑着回答道："凡叔，见过！"孟凡也对莫清明拱拱手，说道："有什么事找我便可！"莫清明说道："麻烦凡叔了！"孟凡虽然与莫清明见过，却算不上特别熟悉，当即回答道："不麻烦，不麻烦！"

梁泊继续说道："清明兄，店铺中还有事情需要我去处理，我不便久留，有什么问题你们找凡叔就可以了！"莫清明回答道："梁泊兄弟有事，便去吧，我也不是第一次来了！"

然后，梁泊走到莫元清面前，蹲下身子，用温和的目光望着莫元清说道："爹有事先走，你要乖乖地听你们明叔的话，别胡闹哦！"

莫元清此时没有嬉笑、打闹，听父亲说到这里，乖巧地回答道："嗯，我会的，我很快就能帮爹忙了！"眼神中充满着坚定。梁泊听到此，心中满是欣慰。

莫元清望了莫清明一眼，带着苦笑，小声地说道："而且我也不敢胡闹啊！"即便声音很小，莫清明也是听得一清二楚，但却依旧面无表情，梁泊听到后却哈哈大笑。

梁泊笑了一会儿，便对莫元清说道："好了，爹走了！"莫元清点点头。

见儿子点头，梁泊便站起身来，对莫清明拱拱手，莫清明也相应回礼，梁泊便转身离去了，跟随他一同离去的还有两个在之前后面两辆马车上的两个商队随从。

孟凡见梁泊离去后，便转头笑着对莫清明说道："跟我来吧，你们的食宿已经安排好了！"莫清明点头道："有劳了！"孟凡回答道："分内之事而已！"

在孟凡的带领下，莫清明领着孩子们来到了店铺的后院中，孟凡跟莫清明交代了就餐地点以及一些基本事宜后便离去，忙店铺的事情去了。

第十七章
兄弟夜话

孟凡离去之后，莫清明让孩子们回到房内休息一会之后，便在店铺的后院中带领他们开始了下午的训练。

入夜，孩子们训练结束并用过晚餐后，并没有其他安排，在莫清明的要求下，孩子们都不得离开店铺，便都回到各自的房中。

此时，莫元明小手托着下巴，趴在窗台上，看着窗外那明亮而皎洁的月光，莫元清和烈焰嬉闹之后走了过来，用手拍拍表弟的肩膀说道："在想什么呢？"

虽然孩子们人数较多，但店铺后院也不小，完全安排得过来，孩子们两人一个房间休息，等待明天一年一度尝试开启天印之期。

莫元明转头望了望表哥，说道："你难道不担心明天开启天印失败吗？"莫元清耸耸肩，说道："担心有什么用？成功最好，失败也没办法啊！"

莫元明闻言道："听说很多人都不成功，不是吗？一个镇子一年也只是出现几个成功开启天印的人罢了！"莫元清却轻松地说道："可能我们就是那几个人啊！"

莫元明听到表哥这么说之后，脸上便一片愕然，然后转头哈哈大笑起来。

莫元清看到莫元明莫名其妙地笑了起来，愣了一下，用手在莫元明脑壳上飞快地来了一个爆枣。

然后只听到一声"哎哟！"

莫元明对着莫元清怒目而视，喊道："你打我干吗？"莫元清此时还憨头憨脑地说道："我以为你傻掉了！"莫元明怒吼道："你才傻掉了！"

莫元清莫名其妙地说道："那你刚刚笑什么？"莫元明却哼了一声，揉了揉脑袋，方才缓缓说道："我在想，我们这么多年的努力，不就是为了变强吗？明天怎么能失败，你说的对，或许我们就是那几个人之一！"

莫元清哈哈笑道："就说嘛，我们就是那几个人之一！我一定能够变强，长大后就能帮上父亲的忙！"说到这里，莫元清的目光渐渐变得坚定起来。

莫元明望着窗外皎洁的月光，说道："明天我一定要成功！"

莫元清走过来搂着表弟的肩膀，说道："不是我，是我们，明天我们一定要成功！"莫元明听到表哥这么说，转头望了表哥一眼，笑了起来，颔颔首说道："对，是我们！"莫元明的眼睛在此刻散发出一种奇特的光芒。

莫清明本来担心这些孩子因为明天的事而受到什么影响，便依次到孩子们的房间里询问了一下，而来到莫元明与莫元清表兄弟二人的房间外时，听到了这么一段谈话，脸上便欣慰地笑了起来，把准备敲门的手放了下来，转身离去。

这房间中继续传来两兄弟打闹的声音！

"哎哟，你又敲我！""表弟，你变笨了！""什么我变笨了，是你偷袭，耍赖！""要不我再送你一个，买一送一！""莫元清，我跟你没完！""抓不到我，你抓不到我，哎哟！""这回你跑不掉了吧！""表弟，你太过分了，竟然偷袭！""嘻嘻，兵不厌诈，礼尚往来！"

……

第二日清晨，吴国南部的天风镇中，太阳才刚刚升出地平线不久，天风镇中便逐渐地喧哗起来，街道上人山人海，热闹非凡，今天那些街上的贩子起得比以往还勤快，除了年节，其他时候很难见到如此场景，天风镇的各处酒楼当中都坐满了人，他们口中聊的话题莫过于今天最大的事情，便是天风镇一年一度的人们尝试开启天印的日子。

有不少人即便年纪早过了十五，依旧锲而不舍地来尝试，虽然机会比十岁到十五岁的孩童们要小许多，但以往还是有一些成功的案例的。因此，今天赶来天风镇中尝试开启天印的人远远不只是由大人陪同的小孩，还有不少年纪较大的青年和中年人也前来尝试。

毕竟一旦开启天印便预示着飞黄腾达，至少也是一名天印者，即便是普通的天印者，每个月从天印者协会大陆各地的分部领取到的收入也要比一般人的多上许多。这也是每到一年一度的尝试开启天印之日天风镇便人山人海的原因。

但每一次尝试开启天印的事情都是由各国国内各个镇子的官员和天印者协会在镇子中的分部合办，这也是一次各国官方与天印者协会比较传统的合作。

每年的今日，尝试开启天印的时间从早上七点便早早开始了，一直持续到晚上，每人只需要缴纳一枚金币便可到阵法中尝试开启天印，这样一次公开公正、明码标价的生意，官方与天印者协会对此当然乐此不疲。

此时，梁泊已经与莫元清一同带着莫家庄的十几名孩子来到天风镇重要的广场上。往日空旷的广场，此时人流涌动，一眼望去，密密麻麻的人群围绕着广场的中心地区，有来此尝试开启天印的，更多的是看热闹者。

天风镇方圆百米的中心广场中央处方圆数十米处一片空旷，有一条粗大的红绳将中央的空旷地区与拥挤的人群隔离开来，一些官府的护卫人员站在红绳边缘阻挡着人潮，并维护着秩序。

而天风镇中心广场空旷区域内的地面上有一个方圆十米的闪烁着奇异光芒的巨大纹络，纹络的中央包裹着一个由五芒星组成的阵法，这便是开启天印的五行阵法，这个阵法的五个方位分别摆放着一个白色的石头，一共五个，此时每一个白色的石

头都分别散发着金色、绿色、蓝色、红色、黄色五种光芒中的其中一种光芒。

而地上的阵法以五个石头为边界，这五个石头正好连接着众多纹络当中最为闪亮的五芒星的其中一角。

阵法的纹络连接着五个绽放着不同光芒的石头形成的圆，包围着五芒星阵法内散发着璀璨光芒的五芒星纹络，方圆十米散发着奇异的光芒，形成一条能量柱，冲天而起，一直延伸到广场之上的十米高空。

而天风镇中心广场通往西边的街道上蜿蜒曲折地排着一条长长的队伍，这条队伍一直延伸到中心广场的空旷地区内，而这条队伍旁边有一个数米的空旷区域。

要报名的人都可以经由这里到前面去缴纳费用，领取牌号便可去排队，再次经过报名人旁边，进入中心广场空旷区域时，将号码牌交给报名人旁边专门帮忙收取号码牌的人，即可进入到阵法当中。

此时，梁泊与莫清明领着莫家庄的十几个孩子来到报名处，缴纳了十几枚金币，从报名人手上领取到号码牌之后，莫清明一一将号码牌分给孩子们，便领着他们到这条长长的队伍后面排队。

莫元明和莫元清此时站在长长的队伍当中，随着拥挤的人潮缓缓地向广场的中央区域挪动。

莫元明前面虽然有许多人遮挡了他的视线，但是依旧能够看到那冲天而起的能量光柱，他转头望向站在队伍旁边跟着莫家庄十几名孩子缓缓移动的莫清明，问道："明叔，那是什么？"右手食指指向那个方圆十米、冲天而起、散发着奇异光芒的巨大光柱。

莫元清以及身边的其他孩子们听到莫元明的问话，都带着好奇的目光从光柱方向转向莫清明。

莫清明顺着莫元明手指的方向望去，说道："那是由五行阵法形成的能量柱。"
莫元明一头雾水地问道："五行阵法形成的能量柱？"
莫清明继续道："天地灵气，我以前跟你们提到过，还记得吧？也就是我们武者修炼时也要用到天地灵气。"孩子们闻言，都如小鸡啄米般点点头。

莫清明继续道："能量柱是天地间的灵气浓郁到一定程度所形成的产物。"
莫元明继续问道："那五行阵法呢？"
莫清明头也不回地继续回答道："天地灵气中分为多种属性，每种属性都有着不同的性质，而其中最为普遍的五种属性便是金、木、水、火、土，而大陆内有一些奇异的地方某种属性的天地灵气特别浓郁，从而形成了一些类似于矿石的产物，那就是五行石，而五行石中最多的也是金、木、水、火、土这五种属性，当然也不乏一些比较稀罕的属性，例如光明、黑暗、风、雷、冰等等，但是这些属性的五行石却远比之前提到的五种属性要少得多。"

说到这里，莫清明顿了顿，给了这群孩子将这些知识消化的时间。

同时莫清明也望了一眼莫元明，继续说道："而你刚刚提到的五行阵法，顾名思义，就是用这些最常见的五种属性的五行石作为阵基……"

莫清明还没说完，莫元明便问道："阵基是什么？"

莫清明回答道："阵基就是构成阵法基础的一种基本物质，也是阵法的基本构架，称为阵基，但是具体的我同样也不清楚，因为阵法之道博大精深，大陆的阵法大师同样少之又少，就连大陆上每个镇子中的阵法都是前人留下来的，只需放上常见的五种属性的五行石，五行阵便可启动。"

莫清明转头瞄了一眼莫元明，说道："刚刚你打断我的话了！"莫元明看到莫清明望过来的目光，尴尬地挠了挠头，呵呵地在吴清明旁边赔笑。

莫清明见莫元明这可爱而有趣的表情，心中笑了一下，表面上依旧波澜不惊地继续说道："五行阵法用这些最常见的五行石作为阵基，吸取五行石内五种属性的天地灵气。"

说到这里，莫清明解释道："对了，忘了跟你们说，这些有属性的矿石，也就是五行石内蕴含着某一种属性的浓郁的天地灵气在里面，因此，它才可以给阵法提供动力，五行阵法启动之后会吸取阵法周边的天地灵气，五行阵法将这些游离在阵法周边的天地灵气汇聚在一起，便形成了你们看到的这个巨大的能量柱。"

直到此时，莫元明和他身后的莫元清，以及一群莫家庄的孩子们，方才一脸恍然大悟的样子。

在吴清明跟莫家庄的孩子们解释着关于五行阵法和五行石的相关知识的同时，他们已经不知不觉地随着那长长的队伍来到了队伍前头。

莫元清此时可以望见中心广场隔离开来的空旷区域内的场景，空旷区域的中心处确实有着一个方圆十米的巨大阵法，阵法的周边也确实放着璀璨地绽放着五种不同光芒的石头，莫元清在莫元明身后，带着好奇的目光，探头探脑地向着空旷区域内五行阵法的方向望着。

此时，莫清明不等莫元明开口，手指指向一个方向，便说道："看见没，那个发出金色光芒的石头，便是各具属性的五行石。"莫家庄的孩子们都向莫清明手指的方向望去。

然后，莫清明又将手指转向另外一个方向，继续说道，"那个发出绿色光芒的石头，便是木属性的五行石。"说完，莫清明继续说道，"那个发出蓝色光芒的石头，便是水属性的五行石；那个发出红色光芒的石头，便是火属性的五行石；那个发出黄色光芒的石头，便是土属性的五行石。"

说到这里，莫清明顿了顿，微微低下头，望着这群眼中闪烁着浓郁的兴趣，并认真听着他说话的孩子们，继续说道："但是，在平时的时候，这些石头是不会散发出这些光芒的，只有修炼了功法的武者和天印者才能通过天地灵气感应出来，不过相对于天印者，武者对于天地灵气的感知相对要弱些。"

随着莫家庄的这群孩子们认真地聆听着莫清明的解释，他们已经来到了队伍的最前面了。

莫元明此时见到有五个人垂头丧气地从五行阵法中走出，但在那五行阵法的其中一角却依旧有一个人影在其中。即便缴纳了金币，每个人每年也只有一次机会，在阵法当中只能待十至十五分钟，超过了这个时间还未成功，机会便很渺茫了。

第十八章
五行阵法

此时已经快到十五分钟了,五行阵法内却依旧有一道人影在其中,似乎不想放弃。

站在空旷区域的除了官兵和收缴报名费的人之外,还有一位老者安静地坐在一个凳子上,此时他站起身来,准备向阵法内走去。

因为之前也出现过类似这样的人,在阵法中不想出来,不断地尝试开启天印,莫元明见到最后都是被这位老者给撵了出来。

莫元明又抬起头望向莫清明,手指了指那个站起来的老者,说道:"明叔,那个人是谁?"

莫清明顺着莫元明手指的方向望去,望到莫元明手指的那个老者时,眼中的目光微微地闪烁了一下,却很快地掩盖了下去,并没有人发觉。

莫清明语气有些深沉地向莫元明解释道:"那个人,就是'天印者'!"

莫元明听到莫清明的话,认真地盯着那个老者望了一会儿,转头惊讶地对莫清明道:"明叔,天印者都是老人吗?"

莫清明听到莫元明这有趣的问话,心中乐了起来,口中却说道:"当然不是啦!"

突然,五行阵法内的能量柱内的能量骤然翻滚起来,此时,见到这一幕的那个天印者的老者眼中闪烁了一下,停下了他走向五行阵法方向的脚步。

而刚刚走出五行阵法的五个人也带着惊讶的目光回头向五行阵法内剩下的那个人影望去。

五行阵法内的能量如同暴风般卷动起来,向着唯一剩下的那个盘膝而坐的人身上涌去。

那个盘膝而坐的人如同一片干涸的沙漠一般,不断地吸收着那如同暴风般涌来的天地灵气。

此时,那个盘膝而坐的人身上散发着奇异的光芒,不断地交替变换着,最后渐渐地转变为黄色,那汇聚着浓郁的天地灵气散发着奇异光芒的能量柱内,一丝丝黄色的如同细线的天地灵气向那个人身上汇聚而去。

过了一会儿，能量柱内如同浪花般翻滚的能量缓缓地平息下来，如同什么事也没发生过一样。

此时，那盘膝坐在五行阵法中的人缓缓睁开眼睛，眼神当中闪过一丝黄色的精芒，一闪即逝，他的右手手背上一个类似于地面阵法的纹络带着黄色的光芒，同样一闪即逝。

此时，围绕着中心广场空旷区域周边的拥挤人潮，因为五行阵法能量柱内能量的波动而稍微变得安静些的人们，再次随着能量柱当中能量的平息，爆发出如同海潮般的议论声，许多人带着羡慕的眼光望向盘膝坐在五行阵法当中的人。其中包括许多已经报名、准备进入五行阵法当中的人，也包括已经失败黯然离去的人。

接下来，大家的目光都盯着依旧坐在五行阵法内的人身上，此人是天风镇今年第一个成为天印者的人，大家都好奇他长什么样，虽然进去的时候也有不少人见到，但众人都丝毫没有在意。

但是，一旦成功成为天印者之后，众人的目光都在瞬间汇聚到了他的身上。

而盘膝坐于五行阵法其中一角的人，用手撑着地面，缓缓站起身来，向五行阵法外缓步而出，从五行阵法的能量光柱中踏出之后，众人才看清楚他的模样，是一个年纪为十岁的孩童，一抹金黄色的头发随意地飘散在身后，那英俊的脸庞使美丽的女生在其面前都黯然失色，此时他用手抚了抚披散在身后的长发，目光有些傲然地望向四周。

此时议论声在莫元明的附近不断传起，有议论其相貌的，有议论其年纪的，但更多的是，对他成为天印者这件事的议论。当然周边拥挤的人群中，也有不少少女看到如此英俊的相貌，顿时眼中星光闪烁。

从这些人的议论中，莫元明也知道了，今天这个成功开启天印的第一个天印者是天风镇镇长的儿子，名叫吕俊乔。

此时，坐于那位老者天印者身旁的一位中年人激动地站了起来，眼角处竟有一丝泪水，口中还喃喃地叨念着："老天保佑啊，老天保佑啊！"这位中年人的相貌与从五行阵法中走出来的英俊异常的男孩有几分相似，并且与那位天印者的老者一样坐于官兵包围的中心广场的空旷区域，莫元明不用想也知道，那个人就是今年第一个成为天印者的吕俊乔的父亲，也是天风镇的镇长吕一行。

此时，这位镇长激动地看着他的儿子吕俊乔向他走来，吕俊乔首先走到了那位天印者老者面前，恭敬而优雅地行了一礼，那名天印者老者对其点了点头，吕俊乔此时才转身向四周，带着让人如沐春风的微笑，向四周观看的民众优雅万分地行了一个代表感谢的礼。

吕俊乔来到他的父亲身边，行了一礼，微笑地说道："父亲大人，我不负重望，成了家族中第一名天印者。"天风镇镇长吕一行激动地连说了三个"好"字，可以想象到他现在心中有多么激动。

天风镇镇长吕一行欣慰地拍了拍儿子的肩膀，深深地吸了一口气，缓缓地挺起了自己因为常年工作而微微佝偻的腰杆，看着四周的民众望过来的目光，眼中充满

第十八章 五行阵法

毫不掩饰的骄傲。

此时，吕俊乔缓缓地走到了他身旁，扶着他坐下，镇长吕一行望向儿子的目光满是欣慰。

此时，那位天印者老者走了回来，微笑地对着镇长拱拱手，说道："恭喜镇长大人了，您的儿子日后必定前途无量啊！"

镇长吕一行哈哈一笑，也对着那位天印者老者说道："承您老的贵言！"

此时，镇长吕一行向身后镇子的官兵挥了挥手，说道："继续吧，放下一批尝试开启天印的人进来吧！"

那位官兵立即去排队处传达这句话去了，看守着报名尝试开启天印的那几个官兵方才继续放行，其中一位官兵大声地喊道："下一批！"

而众人的目光随着声音的响起，再次转向报名队伍当中，目光中因为已经有人开启成功，而带着一丝好奇和兴趣。

此时，莫元明看了看前方，点了点人数，每一批是六人，而到他这里则是第三批，他便安静地等着，也将目光转向下一批将要进入五行阵法的人当中，他也十分好奇，还有什么人能够成为天印者？

莫元明与莫元清等莫家庄的孩子们以及站在一旁的莫清明与梁泊，也将目光转向最前头已经出列的六人，他们缓步向天风镇中心广场空旷区域中，那由浓郁的天地灵气汇聚而成、散发着奇异光芒的巨大能量柱走去。

每个人望向那散发着奇异光芒的能量柱的眼神中都带着一丝火热。

但事实证明并不是什么人都能够成为天印者，十五分钟过后，那五行阵法能量柱内依旧毫无动静，盘膝坐于能量柱内的六人只得垂头丧气地走了出来，有些人走时还回头望了身后的五行阵法能量柱一眼，叹了口气，便走出空旷区域，挤出人群，向远处走去。

天风镇从清晨开始，便有不少黯然离去之人，当然也有更多的人留了下来，只为了看看今年到底还有谁能够成为天印者。

接下来的那一批人，结果同样如此。十五分钟过后，五行阵法内的能量柱依旧毫无动静，他们便黯然失色地走了出来。

看到这里，莫元明的心悬了起来，接下来就到他了，但因为他之前的两批人都失败了，之前因为有人成功成为天印者而稍微树立起来的信心刹那间有些动摇了，他看着正从五行阵法中走出来的那些人，以及那浓郁的天地灵气汇聚成的能量光柱，眼神中有一丝茫然。

此时，旁边有一只结实而宽厚的大手拍到他的肩膀上，莫元明转头望去，他正好看到莫清明低头望向他的那坚毅的眼神，然后莫清明望了一眼那些从五行阵法中黯然走出的六人，转头对莫元明开口说道："不要有太多的压力，按照你的想法去做吧，你不是他们，他们也不是你，谁也不知道会有怎样的结果！"

受到莫清明目光的鼓励，莫元明眼中的一丝茫然渐渐消散而去，听完莫清明的话，莫元明心中再一次坚定起来，心中如同铁锤般给自己一击，坚定了自己的信心，想到自己这些年拼命锻炼那股劲，想到莫家庄中的众多亲人，莫元明的目光中带着一丝凌厉。

此时，梁泊也在跟儿子莫元清说着些什么，莫元清连连点头。莫元明只听见表哥那大嗓门，说了一句："爹，您放心好了，你儿子我一定会成为天印者的！"然后哈哈大笑起来。

听到这里，莫元明在那神经大条的表哥豪迈笑声的感染下，心中的最后一丝紧张也悄悄地放了下来，他望了下那个五行阵法能量柱，心中说道：我一定会成功的！

此时，已经快要到他们了，莫元清正抚摸着一直跟在他脚边的小老虎烈焰，让它跟着莫清明，莫元明也把手伸进胸口的衣衫中，将袖珍小老虎豆丁给撑了出来，放到小老虎烈焰身上，跟它说道："豆丁，等会儿你要乖乖地跟着明叔，知道了吗？"

袖珍小老虎豆丁充满灵性地点了点那个和猫咪一般大小的小脑袋。因为这两只小老虎在莫家庄待了这么多年，对莫清明的气息也十分熟悉了，所以并不抗拒。

在莫元明将衣衫内的小老虎撑出时，并没有注意到，他挂在胸口的墨色小环此时正微微闪烁着与那五行阵法能量柱一模一样的奇异光芒，只是动静小了些罢了。

前一批的六人已经离开了空旷区域。

即将轮到他们了，莫清明转头望向即将进入空旷区域的孩子们，说道："努力便好，不要给自己太多压力，去吧！"

在莫清明那坚定目光的影响下，之前还有些忐忑的莫家庄的孩子们，没有由来地心中一股自信涌出，他们对着莫清明点了点头。

然后，莫元明率先走起，莫家庄的孩子一共有十五位，因此要分成三批。而他们队伍前面已经没人了，正好这一批都是莫家庄的孩子们。

而莫元明与莫元清还有四位莫家庄的孩子，便是此次莫家庄第一批尝试开启天印的人。

莫元明和莫元清以及那四名孩子走到了那个空旷区域的边缘处，也就是帮忙收取号码牌的那个人那里，这个位置也是空旷区域唯一的出入口，只有向那个人缴纳了号码牌，前面守在门口的官兵才会放行。

莫元明与莫元清，以及身后的四名莫家庄的孩子将手上的号码牌交给了那个专门收取号码牌之人，转身向着空旷区域走去，官兵见他们缴纳了号码牌，便拿开入口处的简易栅栏，给他们放行。

莫元明与莫元清踏入空旷区域之后对望一眼，二人都从对方眼神中看到一股坚定，相互点了点头，便向五行阵法的巨大能量光柱中走去，身后四名莫家庄的孩子也紧跟其后。

旁边有一个人跟了过来，对他们说道："我是天印者协会天风镇分部的工作人员。"这个人莫元明见过，每一批进去的人，他都会在他们身边说些什么。

这个人开口说道，"我给你们讲解一些开启天印的基本知识"，接着，他继续说道："看到阵法里面那个五角星没有？"

莫元明与莫元清，以及莫家庄的四名孩子们都点了点头，那个天印者协会天风镇分部的人继续说道："那个叫五芒星，是这个五行阵法的纹络，同时也将阵法划分为五个区域，五芒星的五个角和中央的一个区域，一次共可以容纳六个人，五个区域都可以平均吸收到五行阵法内的天地灵气，并且互不干扰，你们进去之后，只需要静下心来，感受周边的能量就可以了，如果有机会成为天印者，自然能够在其中感受到五行阵法里面的天地灵气的！"

　　说到这里，那个天印者协会天风镇分部的人看了这群孩子一眼，继续说道："待会儿你们进去，只需要进入其中一个区域就可以了，听明白了吗？"

　　莫元明与莫元清，以及那四名莫家庄的孩子都乖巧地点了点头。

第十九章
开启天印

　　在那个天印者协会天风镇分部的人给他们讲解的时候，他们不知不觉便已经走到五行阵法所形成的巨大能量光柱之外了。

　　那人转头对他们说道："好了，你们可以进去了！"

　　莫元明与莫元清，以及身后莫家庄的四名孩子一同进入五行阵法当中，他们各自找到一边区域盘膝而坐。

　　此时，在入口处照看着莫家庄其余的孩子们的莫清明与梁泊二人，紧张地望向五行阵法之内，即使平时淡定异常的二人，此刻目光里都带着关切和焦急。

　　莫元明走到了五芒星的中央区域缓缓盘膝坐下，深深地吸了一口气，平复了一下心情之后，莫元明闭上双目，将所有杂念置之脑后，留下一丝清明，静静地感受着五行阵法内的天地灵气。

　　渐渐地，他似乎感觉到身体周边有一丝丝颜色各异却犹如涓涓溪流般的物质游荡在身体的周边，莫元明心中想道：这应该就是所谓的天地灵气吧，感受到天地灵气的莫元明心中激动起来，但瞬间又被他压制下去了。

　　忽然，莫元明感觉到胸口处有一丝温热，渐渐地胸口处的温热变得火热起来，而随着胸口处温度的上升，莫元明感觉到身边游荡的刚才还如同溪流般的天地灵气，逐渐变得浓郁起来，如果说刚刚的能量犹如涓涓溪流，现在游荡在莫元明身体周边的便是长江大浪，不断地在莫元明周身翻滚着。

　　此时，莫元明对于周边能量的感受越来越清晰了。一开始他对于游荡在身体周边的天地灵气仍有一丝的朦胧感渐渐消去，因为莫元明此时紧闭着双眼，并没有看到他平时用小绳悬挂于胸口的墨色小环，此时散发着耀眼的光芒。

　　而盘膝坐于五行阵法内的其他人，包括莫元清也都双眼紧闭，认真地感受五行阵法内的浓郁能量，并没有注意到莫元明这边的情况。

　　已经过去一分钟了，而从阵法之外向内看去，五行阵法之内依旧没有什么异状发生。

　　此时，莫元明感觉到，周身如长江大浪般游荡的能量，如潮水般不断地向胸口处涌去，但除了胸口火热之外，身体似乎没有什么其他感受。

　　而莫元明胸口处的墨色小环如同一个黑洞一般，疯狂吸收着五行阵法中浓郁的天地灵气，此时因为墨色小环的强大吸力，有一些在莫元明身后游荡的天地灵气，如同银针般刺过他的身体，向墨色小环涌去。

　　身体上如针刺般的感觉，让莫元明额头直冒汗，放于两膝上的双掌瞬间紧握起来，身体不由自主地抽搐起来，如同撕裂身体的巨大痛苦让莫元明的牙齿紧紧地咬着，甚至咬到嘴角有一丝鲜红的血液流出。

　　突然莫元明心中响起一个声音："静心凝神，尝试吸收这些天地灵气！"

　　莫元明此时被天地灵气穿透身体的刺痛感折磨着，忍受这些痛苦已经是极限了，根本来不及去想为什么会有一个声音在心中响起，但此时毫无办法的他只能下意识地照着声音的指示去做。

　　他缓缓静下那因为天地灵气穿透身体的剧痛而浮躁起来的心，似乎感觉疼痛感没有这么强烈了，他静静地感受着不断向胸口涌去的天地灵气，开始尝试将这些接近身体的浓郁到极致的天地灵气引导到身体内。

　　但是与胸口处墨色小环的吸力相比，他的引导力太微弱了。一次、两次、三次……不断地失败着，但莫元明没有放弃，不断地尝试着引导这些在身体周边向胸口处蜂拥而至的天地灵气。

　　此时已经过去两分钟，从五行阵法之外可以明显看到五行阵法的巨大能量光柱内的天地灵气剧烈波动起来，而莫清明与梁泊见到这一幕，眼神中闪过一丝惊喜。

　　虽然不知道五行阵法内是谁成功感应到天地灵气，但是这一批进去的都是莫家庄的孩子们，因此他们还是感到十分高兴。

　　而坐于空旷区域的天印者老者见到五行阵法能量光柱内天地灵气的剧烈波动，眼中闪过一丝欣喜，心中想道：如果这一届天风镇出的天印者多些的话，协会对我的奖励也会多些吧！

　　而之前第一个成为天印者的吕俊乔，见到五行阵法内天地灵气的波动，目光饶有兴趣地望着五行阵法内几道模糊的身影，似乎想从中看出是谁引起这剧烈的波动的。

　　而围绕着天风镇中心广场空旷区域的众人，再次因为五行阵法能量光柱内天地灵气的剧烈波动而热闹起来，不断地跟身边的人议论着什么，当然也少不了无数好奇的目光望向五行阵法之内。

　　此时，盘膝坐于五行阵法中央的莫元明突然身体一震，心中欣喜地道："终于成功了！"他终于能够捕捉到一丝天地灵气向着他的身体内流去，虽然这细如丝般的天地灵气无法跟向胸口处涌去的浪涛般的天地灵气相比，但至少他已经成功吸收了，这是一个好的开头。

　　这也让莫元明的信心开始增强起来，更加坚定了成为天印者的信心。

　　莫元明感受到细如发丝的天地灵气通过肌肤进入到身体当中，如同细流般在身体内的奇经八脉流淌一圈之后汇聚到腹部下方的丹田当中。

此时，坐于五行阵法之外的天印者老者也察觉到五行阵法内的天地灵气快速地稀薄起来，这名天印者老者心中惊讶起来，抬头望了望天色，心中想道：这五行石的用量即便上午有六七人成为天印者，也应该可以用到正午才对，现在远远还没到啊，这么快就用完了？

那个第一位成为天印者的吕俊乔也似乎感觉到五行阵法内天地灵气变得稀薄起来，眉间皱了一皱，心中同样感到奇怪，却并没有多想。

同样察觉到这个情况的还有习武多年的莫清明，他见到这种情况也是皱了下眉头，心中奇怪，并有些担忧地望向五行阵法内的身影，心中暗暗祈祷即便孩子们没能成为天印者，也不要让他们出什么意外才好。

毕竟吸收天地灵气涉及人的身体，谁也难保不会发生什么事情，成为天印者，多少有那么一点风险，因为在以往也是有过意外发生的，虽然几率非常小，大部分都是一些人感受到一丝丝天地灵气的人，没能正确引导天地灵气，将其强行吸收的缘故，才会出现意外的。

虽然天印者老者的心中如此想着，但动作却一点也不慢，他飞快地向五行阵法的边缘处冲去，围着五行阵法的边缘绕了一圈，便回到自己的位置上。当天印者老者回到自己的位置上时，坐在旁边的天风镇镇长吕一行大大夸奖了一番："林老，好身手啊！"那名天印者老者摆摆手，说道："谬赞了，谬赞了！"

在刚刚天印者老者落到五行阵法的五芒星的五个角处时，动作飞快地分别将五个属性的旧的五行石收了回来，都换成了新的。

置换了五行石之后的五行阵法内的天地灵气再次浓郁起来。而此时盘膝坐于五行阵法中央的莫元明感觉到胸口处的吸力开始减弱。

而莫元明胸口处的墨色小环绽放的光芒也渐渐减弱，最终归于平静，恢复成原来毫不起眼的样子。

而莫元明清楚地感觉到胸口处的吸力开始减弱并缓缓消失之后，周身的天地灵气向他的身体汇聚而来，而他能够引导的由原本如同发丝般的天地灵气，不断增多。

最终，身体周边的天地灵气如同洪流般向莫元明的身体不断涌去，莫元明的身体不停地吸收着这股浓郁的天地灵气，体内的涓涓溪流也渐渐宽大起来，变成一条条河流在身体内流淌，最终汇聚于丹田。

而当丹田之内吸收的天地灵气浓郁到一定程度之后，渐渐有一个如同五行阵法的纹络在丹田内缓缓成型，悬浮在莫元明丹田的中央，微微地散发着一丝光芒。

这便是天印者体内独有的纹络，由天地灵气汇聚而成，也是天印者身体内吸收完天地灵气之后，用来储存天地灵气的地方。

此时莫元明胸口处的墨色小环，再次闪现出奇异的光芒，但这次却不是吸收五行阵法内浓郁的天地灵气，而是与莫元明的肌肤紧密地贴在一起。

然后，那股奇异的光芒通过莫元明的胸口，进入莫元明体内的经脉当中，在莫元明体内的经脉走了一圈之后，最终流淌到莫元明的丹田之内，那个类似于五行阵法由天地灵气汇聚而成的纹络包裹，然后那个已经成型的纹络发生着奇特的变化。

莫元明体内悬浮在丹田中央的类似五行阵法的纹络，被这奇异的能量包裹之后，

闪烁着奇异的光芒，纹络的图案也在不断地变化着，纹络内的五芒星缓缓消失，取而代之的是一个由正三角和一个倒三角交叉组成的六芒星，而周边也有一些纹络将六芒星的六个角连接起来，形成一个圆。

这个图案成型之后，上面的光芒变得比原本亮了一些，这个纹络上除了散发着之前类似于五行阵法的五芒星纹络原本的光芒之外，还多了一种和墨色小环绽放的光芒一样色彩的奇异之光，虽然并不明显，但确实存在着。

此时，天齐大陆某个地方的群山深处，一个人盘膝坐于某个山巅，漆黑的长发随着山间的风在身后随意地飘散着，身上的衣衫同样被山风吹得沙沙作响，但他却如磐石般坐在山巅之上，没有丝毫晃动。

此人身上没有一丝气息，不知道的人还以为他已经死了呢！此刻，此人似乎感应到什么，缓缓地睁开双眼，眼中闪过一丝如同雷电般的精芒，说道："等了这么多年，终于出现了！"此人缓缓地站起身来，洁白的长袍在身后不断地飞舞着，身形一动，消失在这座山巅，连尘埃都没有卷起一丝，这座山巅似乎从来都没有人来过似的，山中的飞禽走兽们都没有丝毫反应，似乎根本看不见刚刚那人似的。

莫元明依旧盘膝坐在五行阵法中央的位置，脸上没有一丝表情，胸口处的墨色小环在传出了一道奇异的光芒之后，再次恢复黯淡而平凡。

莫元明继续吸收着五行阵法内浓郁的天地灵气。就在此时，五行阵法内的其中一角已传来巨大的吸力，而沿着那股吸力的源头望去，那个盘膝而坐的模糊身影正是莫元明的表哥莫元清。

此时，莫元清的脸上表情一阵变换，看样子他也同样捕捉到那游荡在五行阵法内浓郁的天地灵气，并成功地加以引导，刚刚莫元明所引发的动静，因为墨色小环的缘故，波及整个五行阵法，导致五行阵法内的灵气稀薄起来，竟需要那个天印者老者更换五行石进行补充。

而此时莫元清的情况比较正常，仅仅波及他自己的那一块区域的天地灵气。此时，莫元清那块区域的天地灵气如同漩涡般向莫元清身上聚集而去，莫元清则依旧闭目安安静静地缓缓吸收着汇聚而来的天地灵气。

此时，五行阵法之外的众人，见到五行阵法内的能量波动比之前更加剧烈了，那位天印者老者眼中的喜意更加浓郁了，而那名站于天风镇镇长身后的今年第一位天印者吕俊乔望向五行阵法之内的目光中，好奇之色也愈加浓郁。

环绕着中心广场空旷区域围观的民众们目不转睛地盯着产生如此变化的五行阵法。莫家庄的莫清明和梁泊心中十分紧张与急切，莫清明手中的拳头紧了一紧，眼中带着一丝担忧地望着五行阵法之内的各个身影。

梁泊的目光同样凝聚在五行阵法中，寻找着儿子莫元清的身影，但五行阵法的浓郁光柱，加上能量柱内天地灵气剧烈的波动，使原本就看不清的身影，变得更加模糊了。

第二十章
那道声音

此时，莫元明一行人等在五行阵法之内，已经待了十三分钟了。

此时，莫元明周身的天地灵气依旧形成漩涡状，被莫元明不停地吸收着，但是莫元明身上却出现了奇特的光芒，这道奇特的光芒呈红色和银色，在莫元明身上交替闪现着。

莫元明感觉到身体各处开始燥热起来，腹部的丹田处更是如同火烧一般，但是莫元明经过了之前墨色小环吸收天地灵气时的撕裂身体的剧痛之后，这些痛苦与其相比根本不算什么。

但莫元明的身体依旧被折腾得汗如雨下，握拳的双手化为掌，用力地握着大腿，希望通过大腿的疼痛来分散丹田的灼热之感。

莫元明的嘴唇紧紧地抿着，脸色略显苍白，额头上冒出的汗珠不停地从脸颊上滑落，汗珠滑过脸颊从下巴处滴落到莫元明湿透的衣衫上。

此时，莫元明丹田的六芒星纹络不断汇聚体内吸收过来的天地灵气，渐渐组成一个和六芒星纹络变化之前一样的纹络。

随着天地灵气被不断吸收，莫元明丹田内的六芒星前面的纹络变得清晰起来，这个纹络不是一个，而是两个，一左一右地悬浮在六芒星纹络之前。

这两个悬浮于六芒星纹络前的小五芒星纹络，绽放着不一样的光芒，右边的那一个如同火焰般绽放着红色的光芒，如同一个小太阳般，有火焰在红色五芒星纹络的周边燃烧着；而左边那一个则雷芒闪烁，绽放着银色光芒，一丝丝的电弧围绕着银色五芒星纹络不停地跳跃着。

当右边的那个火红色纹络与左边那个雷银色纹络都在莫元明丹田处吸收了大量如同液体般的天地灵气之时，这两个纹络分别爆发出红色和银色的光芒，顺着筋脉向丹田之外冲去。

莫元明立即冷汗直冒，脸色也比之前更加苍白了，巨大的痛苦如同撕裂内脏一般，从腹部丹田处向胸口延伸，然后到达胸口处的两道不同颜色的纹络，分别向左右两边冲去。

莫元明立即感觉到，有两股力量从胸口向两臂冲去，左臂还好，除雷电之外还有一丝麻痹之感，但右臂却如同火烧一般。最终两个纹络冲到了手掌处停留了下来，那两个纹络上的光芒也渐渐黯淡了下来，向莫元明的手背处融合而去。

此时，莫元明在两股力量到达手掌后，那剧烈的痛苦方才逐渐减弱下来，最终归于平静，莫元明感觉到左手手背处微微一麻，一道银光在莫元明的左手手背一闪即逝，而与此同时，莫元明右手手背处也感到一丝温热，一道红色光芒在右手手背处同样一闪而逝。

在这两道光芒出现之后，莫元明感觉到体内丹田处的天地灵气已经浓郁到一定程度了，有了饱和之感，吸收的速度缓缓降低，于是他便不再引导五行阵法内围绕于周身的天地灵气。

而在此刻，以莫元明身体为中心，如漩涡般游荡在莫元明身体周边的天地灵气随着莫元明体内吸力的消失，天地灵气如同浪涛般失去了飓风的推波助澜，缓缓回归于平静。

在莫元明停止吸收天地灵气的同时，莫元清所在区域浓郁的天地灵气的波动同样渐渐消散，此刻莫元清的右臂上有一道青色的光芒一闪即逝。

此时距离莫元明等人进入五行阵法内已经过去十五分钟了，外面的众人都好奇地望着被五行阵法的巨大能量柱遮挡的几道模糊身影，其中包括那位天印者老者和那位今年第一个成为天印者的吕俊乔。

而随着五行阵法内剧烈的天地灵气的波动缓缓平息下来，站于中心广场空旷区域入口处的莫清明和梁泊高悬着的心也放了下来，二人都松了一口气，看样子阵法里面的人都有惊无险。

直到此时，二人才不再担心，二人眼中都出现了喜悦之光，因为他们才想起来，因为五行阵法内天地灵气的剧烈波动，必然有人成了天印者。毕竟不管是这六个孩子中的谁成了天印者，都是莫家庄的福分啊！

此时，在五行阵法内盘膝而坐的莫元明，缓缓地睁开双眼，刚刚睁开眼睛之时，眸子当中出现一丝火红色与雷银色交加的光芒，却丝毫不显得冲突。

莫元明感受着体内充盈的天地灵气，心中充满着惊喜，他现在有一种仰天长啸的冲动，他知道自己已经成功地成为"天印者"了。但是，他深深地吸了一口气，平复了一下心情，然后便双手撑着膝盖站了起来。

他站起身后，转头望向莫元清的方向，见到莫元清此时也睁开紧闭的双眼，眼中闪过一丝青色的光芒。这道光芒刚好被莫元明捕捉到，虽然不知道表哥莫元清获得了什么属性的天印者力量，但是他却同样为表哥感到欣喜。

接下来，他便见到周边的人陆续起身，莫家庄的其余四个孩子都站起身来，不过，莫元明看他们失望的表情，便知道他们没有成功，他们四人都在阵法当中，当然知道这两个人的情况，他们四人望向莫元明和莫元清的目光中带着一丝羡慕。

此时，某人在旁边嚎叫了起来，莫元明不用看便知道是他那神经大条的表哥了。

莫元明捂住耳朵，对着莫元清喊道："别叫啦，我们要出去啦！"

莫元清听到表弟的话，尴尬地咳嗽了一下，说道："太激动了，太激动了，哈哈！"

莫元明无奈地望着莫元清，继续说道："走吧，我们出去吧！"同时莫元明也望向莫家庄的其余四人，四人点点头便向外走去，莫元清则小跑到莫元明身旁，搂着表弟的肩膀好奇地问道："表弟，你获得的是什么属性的力量啊？"

莫元明摸摸下巴，正准备告诉表哥的时候，心中传来一个声音："别把雷属性说出去！"

莫元明眼中闪过一丝惊讶，默不作声，向左右望了一下，在心中问道："你是谁，为什么会知道我的事情？"

那道声音说道："别找了，我就在你胸前的墨色小环里，听我的没错，我知道你有很多问题，但现在不是说的时候，无人之时我再告诉你便是。"

莫元明惊讶地用手摸了摸胸口处的墨色小环，虽然莫元明不知道这个声音的主人是谁，也不知道他说的有几分真假，但是那声音却让他有一种莫名的信任，因为之前在成为天印者的危急时刻这个声音帮助过他。

莫元清摇了摇莫元明的肩膀，说道："怎么不说话？表弟你不会这么小气吧，连我都不说！"莫元明笑了笑，说道："是火属性的，表哥你呢！"

莫元清听到莫元明的问题，立即兴奋地说道："我是风属性的哦！"莫元明惊讶道："风属性？"

莫元清憨头憨脑地点点头说道："是啊，虽然我也不知道为什么！"

此时，他们与那四人都已经走出五行阵法的范围，出现在众人面前，莫元明与莫元清一出五行阵法便见到那个天印者老者站在他们面前。

他们六人一出来时，这位天印者老者便感应到是谁成了天印者，让他欣喜的是，这一次有两个，回想了一下刚刚更换五行石的事情，觉得可能是因为这个原因吧。

这位天印者老者微笑地对莫元明和莫元清说道："你们叫什么名字啊？"

莫元明和莫元清被这位突然出现的天印者老者吓了一跳，两人分别回答道："莫元明！""莫元清！"

那位天印者老者开口说道："嗯，我是天印者协会天风镇分部的负责人，你们可以叫我林老。"

莫元明与莫元清乖巧地喊了声："林老！"那位林老明显因为又出现两名天印者而心情大好，望着莫元明和莫元清二人笑着点了点头。

莫元明和莫元清表兄弟被他望得心里发毛，此时，林老开口说道："走，带我去见见你们的家长！"莫元明和莫元清只得乖巧地说道："哦！"然后便向莫明清与梁泊的方向，也就是空旷区域入口处走去。

此时，天风镇中心广场在空旷区域边缘围观的众人又开始了各式各样的议论，这个广场再次变得人声鼎沸起来，因为之前才出现了今年的第一名天印者，没过多久，又出现了两个。

在走向中心广场空旷区域入口处时，莫元明注意到，有一道目光向他望来，莫元明转头望去，正是那个天风镇镇长吕一行的儿子，也就是今年第一位天印者吕俊

第二十章 那道声音

乔,此时正站在他父亲的背后向莫元清和莫元明望来。

当他发现莫元明也向其望过来时,他优雅地向着莫元明点了点头,莫元明也对着他点了点头,算是回礼了。

此时,莫元明与莫元清,和莫家庄的四名孩子,以及那位林老来到了入口处,莫元清已经向着他们跑去,喊道:"爹,明叔,我成功了!"莫元明也向着莫清明二人走去,对着他们微笑地说道:"明叔,姑父,元明不负重望!"

莫清明和梁泊望着这两个孩子,目光里充满欣慰,他们刚刚看到那名天印者老者跟莫元明与莫元清说话时便知道,这二人都成功了。

莫清明与梁泊心中微微地惊讶了一下,心中便满是喜悦与欣慰,毕竟莫家庄一直没有出现过天印者,这一次一下子出现两个,他们不高兴都难!

此时,林老走到莫清明和梁泊面前,微笑地跟他们说道:"你们便是他们二人的家长吧!"莫清明和梁泊点了点头。

林老也不介意,继续说道:"我是天印者协会天风镇分部的负责人,因为这两个孩子成了天印者,有些事情我有职责要跟你们交代下,就是因为今天开启天印将进行一整天,而这两个孩子成了天印者,我就有一些关于天印者的事情要给他们讲解一下,你们明天领着这两个孩子到天风镇的天印者协会分部来吧,应该不会不认识路吧?在路上随便问问便知道了,呵呵!"

莫清明和梁泊二人皆点点头,回答道:"好的,我们了解了!"

林老见莫清明和梁泊二人听明白了,便微笑地颔首。然后,林老弯下腰微笑着对莫元明和莫元清说道:"元明、元清,我们明天见吧!"然后摸了摸这两个孩子的头,便转身离去了。

莫清明微笑地轻轻拍了拍莫元明的头,眼神中满是欣慰。而梁泊则听着儿子莫元清滔滔不绝地在讲些什么。

转身走了几步的林老突然转过身来,说道:"哦,对了,忘了跟你们说。明天,今年所有开启天印的人都会到天印者协会学习这些关于天印者的基本知识,明天上午九点,可别迟到了,呵呵!"说完,便头也不回地向着原来的位置上走去。

此时,莫清明听完林老所说之后便转身安慰起其他没有成功的四人,并鼓励了一下下一批即将进入的莫家庄的孩子们。

而莫元明则对刚刚林老所说的关于天印者的基本知识比较感兴趣。姑父梁泊则依旧和表哥莫元清在笑谈着些什么。

接下来两批尝试开启天印的莫家庄的孩子们都以失败而归,再一次证明了天印者并不是那么容易就能成的。

莫清明好好安慰了一番这群孩子们,并且梁泊说到要带着他们去天风镇的街上吃顿好吃的,孩子们方才欢呼了起来。

这些莫家庄的孩子听到有好吃的,方才兴高采烈地跟着梁泊和莫清明二人向那拥挤的人潮外走去。

梁泊果然是不愧在天风镇待了这么多年的老掌柜,对天风镇了如指掌,领着孩子们到天风镇最好的酒楼吃午餐,并且因为梁泊跟酒楼老板相识已久,还给了不少优惠。一顿饭下来只花了数枚金币，但是对于莫清明等长期在庄内的人来说，这顿饭算得上是非常奢华了，对此莫清明只是苦笑，心中感叹道：做生意的就是不一样啊，出手这么阔绰！

而莫家庄的孩子们包括莫元明和莫元清，则什么都不管，只管吃，不少孩子吃得满嘴油腻，开心得哈哈大笑！而桌子下面，两只小老虎正各自抓着一只烤鸡在吃着呢！

第二十章 那道声音

第二十一章
协会分部

当晚，莫家庄的孩子们回到莫氏兵器店的店铺后院中，在梁泊与莫清明的催促下，莫家庄的孩子们都匆匆回到房中，倒头便呼呼大睡。

莫元明与莫元清这表兄弟二人也不例外，在莫元清的父亲梁泊催促下回到房中后，莫元清和小老虎烈焰玩闹了一会儿，便传出了打呼噜的声音。

莫元明见到表哥莫元清呈一个大字型躺在床上睡着了，表情无奈地笑了一下，然后将同样在怀中睡着的小老虎"豆丁"攥了出来，放在自己的床头上。攥出来的时候，这只可爱的小老虎还像猫咪一样微微挣扎了一下，然后又睡过去了，看到豆丁嗜睡的模样，莫元明哭笑不得。

皎洁的月亮散发着银白色的光辉，透过开启的窗户，一部分月光打在窗边低矮的柜子上，一部分打在莫元明的半张脸颊上。

此时，莫元明放下小老虎豆丁之后，躺在床上，右手揣了揣怀中，从里面拿起挂在胸口上的墨色小环。

透过月亮的亮光，仔细端详着这个墨色小环，莫元明将手中的墨色小环翻来覆去地看了一遍，都没看出有什么特别的地方。他尝试过在心中呼唤那个声音，但却没有得到回应。

莫元明就这样躺在床上，带着疑惑的目光，认真地盯着手中的墨色小环，似乎想将这个长得灰不溜秋、戒指一般大小的墨色石头看穿。

最终莫元明也只是一无所获。

第二日，晨曦的光芒又一次挥洒在茫茫大地上，天齐大陆吴国西南部天风镇的，莫氏兵器店前，站着十几名孩子们，正是莫家庄来到天风镇、尝试开启天印的孩子们。

虽然此次开启天印的尝试中，只有莫元明和莫元清成功开启了天印，但莫家庄总教练莫清明与莫家庄商队负责人梁泊，对这个结果还是相当满意的，毕竟天印者并不是什么人都能成就的。

而且昨天在莫家庄商队负责人梁泊请孩子们去天风镇的酒楼中吃饭时，莫清明也同意带领孩子们在天风镇中逛一圈，这让莫家庄的孩子们见识了许多新鲜事物，因此，孩子们此时脸上并没有什么不满的表情。

相反，大部分孩子还是一副兴致勃勃的样子。

通过莫清明与梁泊进行商量，今天由莫家庄商队的护卫队派人先将没有成功开启天印的孩子们护送返回莫家庄。

而莫元明与莫元清二人则由莫清明和梁泊带领，前往天印者协会天风镇分部。

天印者协会天风镇分部位于天风镇的东面，具体位置梁泊也是知道的，他在天风镇这么多年可不是白混的。

此时，莫元清和莫元明表兄弟二人，正站在莫氏兵器店门口处的梁泊身旁，他们正看着眼前的总教练莫清明对将要离去的十几名莫家庄尝试开启天印失败的孩子们说着些什么。

而十几名孩子的身后则是当日载他们过来的两辆商队专用马车以及莫家庄商队专属护卫队的成员们，此次由莫家庄商队专属护卫队的首领护送这十几名孩子返回莫家庄。

因为在从莫家庄前往天风镇的路途中遇袭，此次莫家庄商队专属护卫队为保证这些孩子们的安全，返回时人手、装备等各个方面准备得更加充足。

而此时，莫清明已经跟十几名孩子们讲完，让他们陆续上了马车，莫清明看着十几名孩子们都上了马车之后，方才走到莫家庄商队专属护卫队的首领莫天处。

莫清明对着莫天拱拱手道："莫天兄弟，这些孩子们就拜托你了！"

莫天拱手回礼，拍了拍胸脯，说道："清明兄言重了，这都是我们的分内之事，即使拼上我这条老命，都要安全地护送这些孩子们回到莫家庄！"

莫清明听到莫天这么说，脸上微微一笑，点了点头，说道："莫天兄这么说，我就放心了！"

莫清明抬头望了望太阳的位置，然后低头对莫天说道："莫天兄，时间差不多了，出发吧！"

莫天听闻，点了点头，然后翻身上马，在车队前头，对着身后喊道："兄弟们，出发！"然后率先骑马向天风镇西门方向前进，后面的车队陆续跟上。

莫清明望着车队渐行渐远的身影，方才转身望向站在莫氏兵器店门口的梁泊以及莫元明与莫元清表兄弟二人，对梁泊说道："梁兄，我们也出发吧！"

梁泊闻言，扇了扇手中的扇子，对莫清明点了点头，然后转头对安分地站在身边的莫元明与莫元清，微笑地说道："我们也出发吧！"

莫元明听到姑父的话，点了点头，莫元清则欢呼一声："走咯！"虽然大家不知道他在高兴些什么，但是开心总是好的。

小老虎烈焰也紧紧地跟在莫元清身旁，而小老虎豆丁则在莫元明胸口的衣衫里探头探脑地四处张望着！

莫清明、梁泊、莫元清与莫元明一行人，在梁泊的引领下，向着天印者协会天风镇分部走去！

莫元清带着小老虎烈焰大步地走在天风镇的道路上，路上的行人见到小老虎烈焰莫不避让，望向小老虎烈焰的眼神里带着一丝畏惧，生怕小老虎突然扑过来似的，但小老虎烈焰只是乖乖地跟在莫元清身后，龙行虎步地走着，虎目中带着神光盯着道路前方，显得特别威武。

　　渐渐地，莫元明一行人走到了天风镇的东面，远远地看到一座三层楼高、呈六面菱形的白色塔状建筑耸立在一片低矮的居住区之间，那建筑本身奇特的形状，瞬间便能抓住人们的眼球，因此十分容易找到。

　　天风镇的西面大部分为商业区，而东面则为居住区和一些其他机构，镇长的官邸也是在天风镇东面。

　　莫元明一行人来到菱形白色高塔之下，一眼便看到那个与塔身材料相同的白色阶梯，也因为有了这几级阶梯，让这座菱形白色高塔的第一层便要比周围的建筑高，与此同时，也显示出天印者协会在天齐大陆上不凡的地位。

　　阶梯之上是菱形白色高塔的大门，大门的正上方是一块与周边白色墙身的颜色不尽相同的金色牌匾，金色牌匾上用闪亮的银色笔墨如行云流水般写着五个大字"天印者协会"！

　　莫清明抬头，目光正视这几个银色的即使在白天都如星辰般闪烁的大字时，突然感到一阵威严，不知不觉中汗水湿透了背衫。

　　莫清明目光中闪过一丝惊异，莫清明心中震惊道：这笔迹是谁留下的？好可怕的威严！

　　然后，莫清明转头望向莫元明、莫元清、梁泊三人，他们三个也在看"天印者协会"的那块牌匾，但似乎没事一般。

　　莫清明目光中的震惊之色愈加浓郁，心中想到：看他们的情况，应该是没有感觉到，留下笔迹的人太可怕了，平凡人都感觉不到，反倒是功力越高的人越能清晰地感应到吗？留下字迹那人，太可怕了。

　　莫清明感受到那一阵的威严，心中一片震惊，但脚下的步伐却并没有停歇下来，因为当他将目光转向莫元明三人时，那阵威严便消失不见了。

　　这也让莫清明松了口气，知道只要不正视那块金色牌匾，便不会感受到那股可怕的威严。

　　莫元明拉了拉莫清明的大手，眼中带着好奇望着莫清明，问道："明叔，你怎么啦，手上怎么冒那么多汗？"

　　莫清明摸了摸莫元明的脑袋说道："没什么，天气太热了而已！"

　　莫元明听到莫清明这么说，口中乖巧地回答道："哦！"目光却带着一丝奇异，望向那个高居在这座菱形白色建筑的第一层阶梯之上的大门，因为莫元明方才明确地捕捉到明叔眼中的那一丝惊讶，而后转变为震惊的眼神。

　　而此时，莫元明一行人已经走到天印者协会天风镇分部的菱形白色建筑的台阶之下了。

　　走近了，莫元明等人发现，在菱形白色建筑的那个金色牌匾下的大门一侧，早已有人站在那里了。

那个人莫元明也见过，正是昨天给莫元明与莫元清，还有尝试开启天印的莫家庄孩子们讲解注意事项的那人。

那人看到莫元明一行人的到来，一改昨天如同木头般严肃的表情，带着一丝微笑，虽然那人笑得有点难看。

莫元明把望着牌匾的目光移到天印者协会天风镇分部的大门处，一眼便看到那人，心想：这个人应该很久没有笑过了吧，不然怎么笑得那么难看？

此时，那人走下台阶，莫元明一行人早已注意到这个站在天印者协会天风镇分部大门处的人，梁泊向前迈了一大步，依旧以他那让人如沐春风的笑脸迎了上去。

与此同时，梁泊伸出左手，把之前一直走在这四人队伍前方的莫元清拉到身后，并拍拍他的肩膀，让他安分点，不管怎么说，对方都是天印者协会的人，他们可得罪不起。

莫元清也明白父亲的意思，乖巧地退到父亲梁泊身后，并把小老虎烈焰给拉了回来，揉了揉小老虎烈焰的虎头，让它乖巧点。

小老虎烈焰也懂主人的意思，便不再向前走，乖乖地蹲坐在莫元清脚边。

此时，那人与梁泊握了下手，梁泊跟对方简单地寒暄了一下，说道："小兄弟，如此年轻已经是天印者，想必有非凡的天赋！"那人尴尬地说道："呃……我十七岁方才开启天印，所以也只能在协会分部里待着而已。"

梁泊爽朗一笑，说道："能开启天印的人，哪一位不是天赋惊人之辈，小兄弟过谦了！"

但对方似乎不善言谈，只是尴尬地笑了笑，但脸上确实露出一丝自豪之色，然后对着梁泊一行人，说道："差点忘了自我介绍，我叫林岚，是天印者协会天风镇分部的天印者，今天负责接待各位，各位请吧！"

说着，对着天印者协会天风镇分部的大门方向伸出左手，做出一个"请"的姿势。

梁泊潇洒地扇了扇手中的扇子，哈哈一笑，转头望向身后莫元明、莫元清以及莫清明三人说道："走吧，我们进去吧，别让这位小兄弟站太久了！"

林岚听到梁泊这么说，脸上露出感激的表情。

莫清明听到梁泊这么说，对他点了点头，然后伸出双手，在莫元明和莫元清这表兄弟二人的背后，分别拍了拍他们的肩膀说道："放轻松，走吧，进去吧！"

虽然在来的路上莫元清一直在打闹，而莫元明一路上都表现得极为乖巧和安静，但来到天印者协会天风镇分部的门口时，莫清明就已经感觉到两人还是比较紧张的。

莫元明与莫元清二人深深吸了口气，转头望向莫清明，莫清明点了点头。然后二人转头望向眼前这个天印者协会天风镇分部的大门，在他们现在看来，这里有着异样的魔力。

莫元明心中清楚地知道，当他们踏入这大门，便注定有了与平常人不同的命运，这是在他们成功开启天印的那一刻起便注定的。

莫元明与莫元清二人望向那个在他们看来有着如同深渊般魔力的大门，眼中的紧张之色渐渐转变为一种倔强与坚定，莫元明这一刻在心中对自己说道：无论如何，

我会成为这个世界上最强的天印者的!

莫元明那种在成长过程中所养成的深入骨子里的不服输的倔强与拼劲,在这一刻开始不断地在他的心中蔓延,手中的拳头缓缓紧握。

然后,莫元明转头望向表哥莫元清,莫元清此时也十分默契地向他望来,双方都看到对方眼中闪烁出的坚定不移的信念之光,虽然二人的信念不一定相同,但是此刻都充满着自信。

二人同时转过头望向那个天印者协会天风镇分部的大门,向眼前的阶梯迈出坚定的脚步。

二人的影子在晨曦下缓缓拉长,从远处看,似乎莫元明与莫元清二人的身上发出了一圈光晕。

在这两个少年迈出这一步的同时,他们便开始踏入大陆另一个辉煌而残酷的舞台!

第二十二章
再次尝试

　　莫元明与莫元清向前迈出脚步的同时，梁泊与莫清明对视了一眼，双方都看到了对方眼中的喜悦与欣慰，因为他们从这两个孩子的身上看到了无尽的未来和充满希望的前途。

　　然后，梁泊也对着天印者协会的林岚做出一个"请"的姿势，微笑地说道："小兄弟，请吧！"林岚点点头，向大门处走去，梁泊方才与莫清明随着莫元明与莫元清表兄弟二人的脚步，在林岚的指引下，迈入大门。

　　莫元明一行人迈入天印者协会天风镇分部的大门后，一眼望去，稍微愣了一下，因为这天印者协会天风镇分部第一层的布置太简单了，一眼就扫了个遍，第一层只有中间有一个柜台，有一位老人在柜台内坐着，这位老人家在低头写着些什么，在他们进来的时候，看都没看一眼，依旧低着头，写着自己的东西。

　　而大厅中央的六边形柜台旁有一条楼梯通向第二层，其他地方皆为一片空旷，连个座椅都没有，当然，现在第一层内除了他们，也没有其他的客人了。

　　此时，林岚对着莫元明一行人介绍道："很多人第一次进来，都和你们一样，是这个表情，不必惊讶，因为协会的第一层只是用来处理简单的日常事务，并没有其他的功能，而且平时协会也不会有什么人来，林老在三楼等着各位，请跟我来。"

　　说着，林岚一马当先地向着大厅中央柜台旁通向第二层的楼梯处走去，莫元明四人，便缓步跟上林岚，也向着通往第二层的楼梯走去。

　　众人跟着林岚上了天印者协会天风镇分部的第二层，协会第二层布置与第一层完全不同，有许多的房间。

　　林岚领着众人走到第二层时，停了下来，再次为众人介绍道："这是协会的第二层，负责天印者们任务的领取和上交！"

　　莫元明望着林岚，疑惑地问道："天印者还要执行任务吗？"

　　林岚耐心地解释道："只要是天印者，都可以到任何一个城市的天印者协会分部去领取任务，完成这些任务后会有相应的奖励哦，当然只要你能出得起与任务相匹配的奖励，也可以在天印者协会发布任务！"

莫元明继续提出心中的疑问，说道："那我们是不是可以领取任务了？"

林岚听莫元明这么一说，哈哈一笑，说道："理论上是这样没错，不过你也要有能够完成任务的实力才行！"

莫元明继续问道："那怎样才算拥有相应的实力呢？"

林岚蹲下身子，微笑地对着莫元明，说道："那至少要等你从天印者学院毕业才行哦，当然也有一些比较优秀的天印者，在校期间就已经有能力到天印者协会领取任务，并成功完成任务的！"

莫元明疑惑地道："什么是天印者学院？"

林岚耐心地说道："等会儿林老就是要跟你们说这些，我就不多说了，等会儿你们便一清二楚了！"

然后，林岚站起身子，对梁泊与莫清明说道："林老要对今天新晋的天印者进行基础指导，需要一个安静的环境，协会三楼，二位就不必上去了，我领二位去会客厅吧！"

梁泊与莫清明听到林岚这么说，对其点了点头，表示明白及理解。

莫清明转头对莫元明与莫元清严肃地说道："你们两个家伙可要认真学习，听懂了吗？"

莫元明与莫元清看到明叔又摆出教练的姿态，立即站直身子，认真地回答道："听懂了！"

莫清明听到二人的回答，方才缓缓地点了点头，梁泊见莫清明说完，微微一笑，也开口对莫元明与莫元清说道："乖乖听话，认真学习！"

莫元明与莫元清，对梁泊点了点头，梁泊也满意地笑了。

林岚见他们交谈完毕，方才开口，对莫元明与莫元清说道："二位自己上去吧，我就不上去了，你们上去之后自然会看见林老的！"

莫元明与莫元清，对林岚点点头，表示听明白了，然后二人转身向通往第三层的楼梯口走去。

林岚见莫元明与莫元清二人上了楼梯，方才转身对莫清明与梁泊说道："二位，请吧！"然后林岚便领着莫清明与梁泊二人向协会第二层的会客厅走去。

莫元明与莫元清二人没有多说什么，走上了通向第三层的楼梯。

当二人迈入第三层时，看到的是一片空旷，什么都没有，墙壁的形状和建筑外表一样，呈六边形，但是空间大小明显比第一层小得多。

正因此建筑形为塔状，建筑的第二层比第一层要小一些，第三层比第二层又要小一些。

此时，第三层的中央处有两道身影盘膝而坐，一位正是昨天跟他们交代今天要来天印者协会的林老，他也是天印者协会天风镇分部的主事者。

此时，林老面对着楼梯口方向，见莫元明与莫元清从楼梯处上来，他微笑地看着二人。而另一道身影背对着他们。

但是，莫元明与莫元清二人见到那金黄色随意飘散的长发，便已经猜到那人是谁了。此时，那人听到脚步声转过头来，那女生都为之忌妒的脸庞，此刻嘴角正微微翘起，笑得有些妖艳，此人正是今年第一位天印者吕俊乔。

莫元明与莫元清二人看到吕俊乔向他们望过来的笑容，全身突然冒起一阵鸡皮疙瘩，莫元清小声地对着莫元明道："你有没有一种被变态者望着的感觉？"

莫元明用力地摩擦着手臂，擦掉刚刚升起的鸡皮疙瘩，同样小声回答道："有！"

莫元明与莫元清望着吕俊乔的眼神，瞬间警惕起来，但因为林老和吕俊乔都在微笑地看着他们，他们只好也报以微笑回应，不过他们两个此时笑起来的笑容，怎么看都有些勉强的感觉。

在莫元明与莫元清小声对话之时，林老嘴角同样微微翘起，以他的修为足以清晰地听到二人的交谈内容，但林老心中也想到天风镇镇长生了个长得比女人还漂亮的儿子，也觉得好笑。

不知道是莫元明与莫元清兄弟二人刚刚的交谈确实声音很小，还是那美得妖艳的青年确实没听到，吕俊乔脸上的表情没有一丝变化。

林老看到莫元明和莫元清还在楼梯口站着，便笑望着二人说道："元明、元清，是吧？你们别站着了，过来坐下吧！"

莫元明与莫元清闻言，点点头，二人望了望周围什么也没有的空旷大厅，走到林老面前，学着吕俊乔的样子，面对林老盘膝坐下。

盘膝坐下后，莫元明与莫元清二人对吕俊乔点了点头，算是打了招呼，吕俊乔也同样微笑着点头回礼。

林老见莫元清与莫元明二人已盘膝坐好，方才开口说道："今年只有你们三位成功成为天印者，但是已经比前两年好了很多，因为前两年，天风镇中没有一个成为天印者，因此，首先恭喜三位！"

莫元明、莫元清以及吕俊乔三人，听到林老开口，表情都认真起来。

林老望着三人，继续说道："首先，便要给你们讲一些事情。六个月后在吴国西部大城清泉城会有一次集体测试，测试你们开启天印后六个月时间的修炼成果，届时会有大陆各个天印者学院的代表前往观看，同时也会招收新的天印者学员，对于表现优秀的学员，他们也会发出邀请，所以你们在这六个月时间内，要好好修炼，毕竟你们代表着天风镇，只要你们表现得足够优秀，就有机会进入大陆上一些优秀的天印者学院。"

莫元明听到这里，疑惑地道："林老，什么是天印者学院啊？"

林老语重心长地解释道："天印者学院是天印者在大陆上，经过多年的发展所形成的教育系统，这也有效地保护了一些实力不强的天印者，让一些有着卓越天赋的天印者拥有足够的成长时间！"

说到这里，林老停顿了一下，继续说道："天印者协会的主要成员，大部分都是从大陆内各个学院里出来的人，所以，从某个角度说，天印者协会主要也是由这些学员组成的，因为当年天印者协会的成立，便是由天印者学院发起的，当然天印者协会也有其他的强大商队和其他联盟等组织，这些日后你们会一一接触到的。"

吕俊乔此时突然开口，莫元明与莫元清都将目光从林老身上转向他，吕俊乔毫不在意，继续道："林老，刚刚您提到六个月之后的测试是测试我们的修炼成果，但是我们现在连如何修炼都不清楚，请林老解答。"

听到这里，莫元明、莫元清和吕俊乔一样，带着疑惑的目光望向林老。

林老刚说完这些，听到吕俊乔的提问，捋了捋脸上的胡须，欣赏地看了吕俊乔一眼，便将目光转向莫元明、莫元清以及吕俊乔三人，说道："今天，让你们来到这里的目的，除了告诉你们这些之外，最重要的便是为了六个月之后的测试，所以，今天我会教你们基本的修炼方法。"

听到林老这么说，莫元明、莫元清以及吕俊乔眼中都闪过一丝欣喜。

林老继续开口说道："昨天，你们在五行阵法的帮助下，已经成功地感受并吸收了天地灵气，当时因为在五行阵法内，天地灵气呈饱和状，因此会很容易让人吸收，如果在这种条件下依旧没能感应到天地灵气的话，当然也就没有成为天印者的资格，因为感应天地灵气是天印者的基本素质。"

说到这，林老的语气变得严肃起来，看了认真聆听的三人一眼，继续说道："你们三人成功开启天印已经过了第一关，而今天你们就要尝试在没有五行阵法的帮助下，感应天地灵气，并将其吸收！"

莫元明、莫元清以及吕俊乔听到林老的话，心中再次感到一阵压力。

说到这，林老的表情渐渐缓和下来，变回之前那淡淡微笑着的表情，目光柔和地看着眼前这三位少年，说道："你们也不用给自己太大压力，只要能成功开启天印的人，没有一个不能感应天地灵气的！"

听到这里，莫元明、莫元清以及吕俊乔顿时松了口气。

林老微笑地望着三人，继续说道："首先，你们闭上眼睛。"三人闻言，缓缓闭上自己的双眼。

林老继续说道："回忆你们昨天在五行阵法内开启天印的感觉，然后平复一下自己的心境，逐渐感知身边的天地灵气！"说完后，林老渐渐地收敛自己的气息，仔细地观察着眼前这三个少年。

莫元明缓缓地闭上双目，听着林老的话，回忆起昨天开启天印的场景，回忆起昨天那撕心裂肺的疼痛，身体微微颤抖了一下，然后缓缓地平复了自己的心境，尝试着感知身边的天地灵气。

闭上双目后，莫元明感觉到自己身体陷入了伸手不见五指的无尽黑暗当中，周围没有了任何声音，只留下一片寂静，静得诡异。

同样奇妙的是，莫元明心中感受到一片安宁，似乎周围的一切对他都没有一丝影响，在如此心境之下，渐渐的，莫元明感觉到，伸手不见五指的黑暗中出现了一粒白色的点，如此细微，光芒也十分黯淡，但莫元明却能明确感应到它的存在。

天印者协会天风镇分部三楼，林老仔细地观察着眼前的三人，这三名少年的呼吸渐渐变得平稳起来，林老也渐渐放下心来，按照三人现在的情况，感应到天地灵气只是迟早的事情。

但林老心中还有一丝好奇，这是他们在五行阵法之外第一次尝试感应天地灵气，到底谁能更快感应到天地灵气呢？

第二十三章
深层修炼

因为这也代表着那人天赋的高低，越快感应到的，天赋明显就越高，但是这个问题他现在也不能问，当着孩子的面也不能问出这样的问题，不然会打击到其他两位少年的信心，因此，他也只能把这个问题藏在心中，自己瞎猜了。

还有一点是林老没有说的，就是第一次在五行阵法外尝试吸收天地灵气，是最有机会进入深层修炼的，如果能够在第一次五行阵法外尝试吸收天地灵气便进入深层修炼当中，便说明此人有着非凡的天赋。

同样，这个人进入深层次修炼的时间长短也说明着此人天赋的高低。

在林老的认知中，第一次在五行阵法外尝试吸收天地灵气时间最长者有七天之久，当然，修为高深的天印者，一次闭关十天半个月是比较正常的事情。

这件事也是林老比较好奇的，他们三人是否有人能够在第一次五行阵法外尝试吸收天地灵气时便进入深层修炼当中，以及他们吸收天地灵气的时间究竟有多久。

一般来说，一次比较正常的修炼时间为一两个小时，修炼时间超过二十四个小时便是进入到深层次的修炼当中了。这样的人才是可遇不可求的，所以说，这也是林老好奇的最重要原因。

此刻，连林老如此修为的人都没有察觉到，莫元明胸口处衣衫内的墨色小环正散发着肉眼难以察觉的微光。

在无尽黑暗中，莫元明感觉到那散发着微弱白光如细雨雨粒般大小的颗粒，在不断增多，最终如同繁星点缀夜空般点缀着莫元明感知中的这一片黑暗。

莫元明尝试如昨天开启天印时般，将这些在黑暗中飘荡游离的白色光点拉扯进身体当中，莫元明不断地增加吸收身体周边天地灵气的吸力，渐渐地开始有一些白色光点如萤火虫般向着莫元明的身体汇聚而去。

渐渐地，越来越多的白色光点向着莫元明身体汇聚而去，在莫元明吸收这些白色光点的天地灵气时，莫元明发现在感知到飘浮在寂静黑暗的白色光点中，还掺杂着一些其他颜色的光点，但是与白色光点相比，就非常稀少了。

而莫元明在吸收白色光点的天地灵气时，也有十分稀少的红色和银色光点掺和在其中，但莫元明感受到那十分稀少的红色和银色光点中蕴含的天地灵气是白色光点的两倍之多，其中似乎还蕴含着属性的力量。

但这一切与昨天在五行阵法内吸收的能量来说，实在太微不足道了，简直是天与地的差别。

渐渐地，莫元明吸收的那白色光点般的天地灵气一点一滴地增加着，其中当然也夹杂着红色和银色的光点。

不知过了多久，那如点点星光般汇聚向莫元明身体的白色光点，渐渐变成了一条条白线，如发丝般向着莫元明的身体不停地汇集而去。

莫元明对于天地灵气的感应比刚开始时明显提高了许多，但他依旧在不停地吸收着，身体一动也没动过。

莫元明感知的一片黑暗当中的点点白色微光也比刚刚开始感应时，增加了许多，而且那如星辰般飘荡于这片黑暗当中的白色光点散发出的光辉也比刚开始时亮了一丝，其他颜色的稀有属性光点也增加了那么一点点。

每当这些白色光点汇聚到莫元明周边时，便汇聚成发丝般的丝线，向莫元明的身体内流淌而去。

莫元明终于在体内感觉到一丝丝天地灵气在体内的经脉中流淌，并在身体内行走了一圈之后，来到丹田，被丹田中散发着白色光芒的绚丽六芒星纹络所吸收，吸收了天地灵气的六芒星纹络变得更加凝实。

那围绕在悬浮于丹田内的六芒星周边的纹络在悄悄地增加着，不停地勾勒出一个又一个让人无法明了的符号。

时间一点一滴地过去，一个小时、两个小时、三个小时……

六个小时过去了，天印者协会天风镇分部三楼的林老，一直观察着眼前这三个少年，期间林岚上来过一次，林老示意了一下，林岚毕竟也是天印者，很快便知道是怎么一回事，对着林老拱手施礼，便退了下去。

林岚回到会客厅当中，在天印者协会的会客厅当中除了梁泊与莫清明，还有一位便是吕俊乔的父亲吕一行，也就是天风镇镇长。三人都在会客厅中等得不耐烦了，林岚对他们解释了一下，他们方才明白是怎么一回事。

之后他们便不再焦急，反而希望莫元明、莫元清以及吕俊乔三人修炼的时间越长越好。

而且在会客厅等待之时，梁泊擅长交际，天风镇镇长当然也非泛泛之辈，莫清明怎么说也非普通武者，只是坐在那里便已经有高手风范了，三人很快地熟络起来。

渐渐地，十二个小时过去了，林老眼中已经出现一丝欣喜，因为眼前的莫元明、莫元清以及吕俊乔三人没有一个从修炼中退出来。

期间，天风镇镇长吕一行还邀请莫清明、梁泊以及负责招待他们的林岚一同去酒楼吃了一顿大餐，还对梁泊与莫清明承诺，只要莫元明、莫元清以及吕俊乔三人中只要有一个人在天印者协会三楼修炼一天，就负责照料梁泊与莫清明的饮食起居。当然这被梁泊婉拒了，因为莫家庄在天风镇也有自己的居住地，不必麻烦吕一行，但是几人依旧聊得非常畅快。

十五个小时、十八个小时、二十个小时……

天印者协会天风镇分部的主事者——林老，眼中的欣喜之色随着时间的推移越来越浓。

二十四小时过去了，林老已经可以确定三人都已经进入深层次的修炼当中，这让林老欣喜若狂，因为今天天风镇一次出现了三个拥有非常优秀天赋的新晋天印者。今年天印者协会总部对天风镇分部的奖励必然不少，想到这里，林老眼中的欣喜之色愈加浓郁。

三十六个小时，一天半过去了，林老已经离开天印者协会天风镇分部的第三层了，因为只需要派人轮流在天印者协会天风镇分部第二层通往第三层的楼梯口处看守即可，这样既不会打扰到进入深层修炼的三人，也不用一直盯着这三人，更为方便，也能更好地保护好这三名新晋的优秀天印者。

渐渐地，莫元明感觉到那散发着点点光辉的白色光点，与原本如同发丝般大小的白线，逐渐变大变多，最终演变成涓涓细流，向着身体不断地流淌而去。

在黑暗中飘荡的白色光点不再黯淡，变得明亮起来。

现在莫元明不仅在吸收那些大地灵气时能够察觉到那些异色的属性光点了，而且在那片广袤无垠的黑暗世界中都能感知到各种颜色的属性光点，有红色火属性光点、黄色土属性光点、绿色木属性光点、银色雷属性光点、金色金属性光点、蓝色水属性光点……

但只有红色的火属性天地灵气和银色的雷属性天地灵气向莫元明汇聚过来。而丹田中不断吸收了天地灵气的六芒星纹络，愈加凝实，愈加绚丽。

两天、三天、四天……

六天过去了，天印者协会天风镇三楼中的三位少年仍然犹如老僧入定一般，丝毫没有要从深层修炼中退出来的迹象。

三天过去后，梁泊还有天风镇镇长吕一行都回去了，因为他们都有工作，不能在这耽搁太久，莫清明离开莫家庄后，闲来无事，时常到天印者协会看看莫元明等人是否觉醒了，但也已经返回莫氏兵器店居住，毕竟在天印者协会天风镇分部打扰他人太久，莫清明都觉得不好意思。

虽然，他们本人都不在天印者协会天风镇分部了，但都派人盯着，只要天印者协会天风镇分部三人一有动静，他们立即就能够收到消息。

而莫元明、莫元清以及吕俊乔进入深层修炼的第四日时，林老亲自带着林岚分别到天风镇镇长吕一行和莫氏兵器店中拜访，送上厚礼，并对这两家人表示祝贺，其中还提到，莫元明、莫元清以及吕俊乔三人日后必定前途无量。

天风镇镇长吕一行与天印者协会天风镇分部的主事者林老相识甚久，相谈之间并没有太大的尴尬，天风镇镇长吕一行却是实实在在地欣喜了一番。

而梁泊则受宠若惊，毕竟他以往从事经商，认识的大部分人为生意人，与天印者接触甚少，莫清明的表现依旧如同以前一般，只是笑容比以前多了，因为如果莫家庄与天印者协会搭上关系的话，对莫家庄以后各个方面都会有所帮助。

第二十三章 深层修炼

林老来到莫氏兵器店内,对二人的态度相当的热情,甚至有些热情得过分了。莫氏兵器店当然也少不了隆重地接待林老与林岚。

但梁泊与莫清明心中清楚地知道,林老持如此热情的态度全是因为看中了莫元明与莫元清的天赋,而小老虎"豆丁"和烈焰,在莫元明和莫元清当初踏入天印者协会三楼时,便交给了莫清明。

因此,在莫元明与莫元清进入深层修炼这段时间,这两只小老虎都跟在莫清明身边。袖珍小老虎"豆丁"大部分时间都趴在身躯比它庞大的小老虎烈焰身上,而小老虎烈焰基本上都是跟着莫清明。

第七日,在天印者协会天风镇分部三楼进入深层修炼的三人中,有一个人缓缓地睁开了眼睛,眸子当中闪过一丝黄色的精芒,此人正是吕俊乔。

此时,吕俊乔看着眼前空旷的大厅,眸子当中依旧闪烁着迷茫与疑惑。渐渐地,随着时间的推移,那眸子当中的迷茫与疑惑缓缓散去,变成一种沉着、冷静的目光。

然后,吕俊乔缓缓挪动了下身子,让僵硬的身躯微微活动了一下,发出"噼里啪啦"的声响,这才缓缓地转过头颅,望向身旁依旧陷在深层修炼当中的莫元清与莫元明二人。

吕俊乔的眼中闪过一丝凌厉,但很快便压制下去了,然后望着二人,嘴角微微翘起,那笑容依旧让人看起来觉得无比妖艳。

吕俊乔叹息了一声,悄悄地站起身来,伸了个懒腰,方才转身向三楼通向二楼的楼梯口走去。

吕俊乔缓缓地从三楼的楼梯口走下,二楼的天印者协会天风镇分部的执勤人员听到身后传来脚步声,飞快地转过身来,看到那一道人影从上方走下,执勤人员便恭敬地让他稍等一会儿,之后飞快地向二楼的一个房间跑去,看样子是禀报去了。

不一会儿,林岚从二楼的一个房间中走出,快步地向吕俊乔走来,那个禀报的执勤人员又去下一个地方禀报了,吕俊乔心中猜测是去找林老去了。

林岚微笑地望着吕俊乔,热情地说道:"俊乔,没想到你第一个下来,哈哈!"

吕俊乔优雅地回答道:"可不是我吗,林岚大哥!"

听他的回答,想必是与林岚早就认识了,天印者协会天风镇分部与天分镇镇长,不管是在公事还是私事上,还是有不少往来的。

林岚继续说道:"此次闭关对你们有很大帮助,我先带你去客厅吧,林老一会儿就到!"

吕俊乔闻言,点点头说道:"确实受益匪浅,林岚大哥,请吧!"说罢,吕俊乔优雅地伸出左手对着林岚做出"请"的动作。

林岚伸出左手对着吕俊乔拍了过去,笑骂道:"小子,在我面前还装!"

吕俊乔对于林岚的出手似乎已经司空见惯了,身形飞快地向后闪去。口中还笑道:"林岚大哥,斯文点,斯文点!"不过此刻看起来,那英俊的脸庞上的表情却是有点猥琐。

林岚望着吕俊乔的眼神明显变成了鄙视,同时还开口说道:"还装,不装你会死啊!"

吕俊乔恢复了那妖艳的笑容，潇洒地甩了甩身后的金色长发，叹了一口气，说道："唉，我的帅气，是用来帮助更多的美少女解决疑惑的！"说完，还用右手揉了揉太阳穴，做了个烦恼的动作。

第二十三章　深层修炼

第二十四章
白发老头

　　林老在传授了一些关于修炼的基本知识后，告诉莫元清这一次深层修炼是可遇不可求的，所以一般情况下，普通的天印者，每日修炼一两个小时也就差不多了，但是还是叮嘱莫元清要多加努力。

　　不久之后，梁泊和莫清明都过来了，在林老接到执勤人员的通知时，便已经派人到莫氏兵器店通知梁泊与莫清明了。

　　莫清明与梁泊见到莫元清状态很好，并无异样，心中对仍在天印者协会天风镇分部第三层修炼的莫元明的担忧，方才彻底放了下来。

　　二人再次见到莫元清，当然少不了一番交谈，而小老虎烈焰也跟着过来了，很快，莫元清又恢复从前嘻嘻哈哈的模样，与小老虎烈焰打闹在一起。

　　在莫元明一行人刚到分部时，林老见到这两只小老虎妖兽就认出来了。在一些强大的天印者家族中，便会让有天印者天赋的孩子从小饲养妖兽，让孩子与妖兽一起长大，这样养出来的妖兽对主人的忠诚度极高，对家族孩子的生命也多一份保障。因此林老并没有感到奇怪。

　　但是，对于莫元明询问的关于小老虎豆丁长不大的问题，林老也无法给出答案。他只是赞叹了一番，这两个孩子如此年龄就有妖兽相随，对此表示赞叹，也没有过多询问，毕竟每个人都有属于自己的秘密，询问太多也不好。

　　在林老对莫元清交代完毕之后，莫清明与梁泊便跟林老告辞，领着莫元清返回莫氏兵器店去了，因为林老对他们的态度实在太热情了，莫清明与梁泊只好找机会尽快离开，同时也请求林老留意仍在天印者协会天风镇分部三楼大厅内修炼的莫元明的情况。

　　林老十分自信地说，让莫清明与梁泊放心，并且说有消息会第一时间通知二人。莫清明与梁泊谢过林老之后便回莫氏兵器店去了。

　　时间依旧不停地流逝，度过了一个个繁星闪烁的夜，一个个万里无云的晴空。天印者协会天风镇分部三楼大厅内，莫元明盘膝的双腿犹如树根般扎在了这个空旷的三楼大厅之中。

在莫元明的感知中，那白色的天地灵气光点，以及其他颜色各异的包含属性力量的天地灵气光点，此时犹如无尽的繁星，悬挂于这黑暗无垠的感知世界中。

那些在莫元明身边一米范围内的天地灵气、火红色的火属性天地灵气以及银白色的雷属性天地灵气，再次如同滔滔江河般向着莫元明的体内奔腾而去，随着时间的推移，由当初的点点星光般细小演变成发丝的细流，之后再发展成溪流般大小，最后如同滔滔江河般向着莫元明体内冲击而去。

莫元明从进入深层修炼至今，心中依旧一片安宁，外物的变化丝毫不能影响他的心神。天地灵气不停地冲击着体内的经脉，洗刷着莫元明的身躯，让莫元明的身体内外的力量以一种缓慢的速度不断增强着。

莫元明胸前悬挂的墨色小环从莫元明开始修炼至今，便一直散发着肉眼难以察觉的微弱之光。

在莫元清离开不久后，莫元明胸口处的墨色小环，发出的微弱光芒陡然强盛起来。

然后，莫元明身前出现了一个虚影，模糊不清，却能看出是一个穿着一身白色衣衫、白发白须的老头模样。

这个老头微笑地望着眼前进入深层修炼中的莫元明，微不可察地点了点头，然后右手袖袍一挥，一个黑暗无垠的光罩瞬间将莫元明包裹。

但是从外面看到，莫元明似乎没有一丝变化。这白发白须老头的逆天手段当真可怕。

当那黑暗的光罩将莫元明完全笼罩后，那黑暗光罩对于外界天地灵气的吸力陡然增强，大量的天地灵气如同旋风般向包裹莫元明的黑暗光罩奔腾而去。

而在黑暗光罩内的莫元明陡然感觉身边的天地灵气浓郁了许多，感知世界中散发着各色光辉的光点，变成了涓涓细流，在莫元明的黑暗感知世界中不停地流淌着。

而在莫元明身体周边的天地灵气则比之前冲击得更加迅猛了，而汇聚向莫元明身体的天地灵气的冲击力更加强烈了，这让莫元明的肌肤再次产生一阵阵刺痛感。

但莫元明心中一片安宁，不曾变化，此刻在莫元明的感知中，可以明显看到胸口处有一团洁白而纯洁的光芒，这团光芒中有一条微弱的洁白能量条透过身躯流淌向莫元明的额头，包裹着莫元明的灵台，保持着灵台的一片清明，并让莫元明在修炼中一直保持着安宁的心境，使莫元明在深层修炼中事半功倍。因此，莫元明在天地灵气汇聚加大之后，即使身体刺痛不断，但心境也不曾受到任何影响。

而后站在莫元明身前的那个白发白须白衣衫的老头，举起右手，张开五指，做出掌状，隔着虚空，对着莫元明的身体隔空一按，手指在虚空中快速挥动，与此同时，在莫元明胸口墨色小环附近的肌肤上，出现一道白色光线，飞快地在莫元明胸口处勾勒出一个奇妙的阵法烙印，这个阵法烙印有拳头大小，勾勒完毕后，莫元明的胸口处阵法烙印的光芒消失，变成一个黑色的阵法纹络，很快便自动隐去。

莫元明顿时感到胸口处一阵火热与刺痛，体内的天地灵气在一瞬间犹如被压缩了一般，之前吸入体内的天地灵气瞬间消失了一半，但余下的天地灵气却更加凝实

第二十四章 白发老头

了，而在这种刺痛过后，吸收的天地灵气似乎都被压缩过一般，吸到体内后莫名其妙地消失了。

但接下来吸收到体内的天地灵气的质量似乎与外界飘荡的天地灵气有所不同，莫元明感觉似乎体内经过压缩的天地灵气质量比外界高上一级，而且体内灵力的运转速度似乎比之前更快了。

莫元明不知道的是，灵力的质量更高，能让其以后施展技能时，节省更多的灵气，运转速度更快，能让他比一般的天印者更快地使出招式。

做完这些，莫元明面前那个身形虚无的白发白须白衣衫老头，化作一道流光，飞快地飞入了莫元明胸口的墨色小环之内。莫元明胸口处的墨色小环散发的光芒增强了一下，又再次变回那肉眼难以察觉的微弱光芒。

时间依旧不停地流淌着，奔腾不息。

很快，莫元明进入深层修炼之后的十五日便过去了，当初莫元明体内被压缩而消失的灵力再次修炼了回来，而且此次天地灵气的质量跟以往都不一样了。

莫元明感觉体内的灵力更加凝实。

一个月过去了……

随着莫元明进入深层修炼的时间越长，林老从越来越欣喜，到现在已经变得麻木，已经投入原本的工作当中去了。

期间，吕俊乔、莫元清、莫清明这三个闲来无事的人倒是来过几趟，只不过每一次来，都没有听到莫元明退出深层修炼的消息。

此时，天印者协会天风镇分部三楼大厅已经铺上了一层淡淡的尘埃，但因为担心打扰到莫元明修炼，林老下令不准人进去打扫。

莫元明身上犹如抹上了一层淡淡的灰，若不是鼻息之间还有呼吸的话，别人都以为他已经死了。经过这一个月后，莫元明的气息变得沉凝而悠长，犹如枯坐了百年一般。

此时的莫元明已经变得心如止水了，安静得犹如山林中的一汪湖水。

此刻，莫元明感觉体内的天地灵力已达到饱和的程度，再也吸收不了身边游荡的天地灵气了，而体内所有的灵力都已经汇聚到丹田那闪耀的六芒星纹络之内了，现在那悬浮于丹田的六芒星纹络显得晶莹剔透、璀璨欲滴，那凝实的光芒散发着一种饱和的气息。

就在此时，那包裹着莫元明的黑暗光罩，悄然散去。

莫元明身上的气息由一开始的虚无不断地增强，但莫元明的气息依旧沉凝着。

蓦然间，莫元明睁开了紧闭了整整一个月的双眼，那沉凝依旧的气息如同火山般爆发出来，浓郁的气息如同浪涛般向外席卷而去，刹那间席卷了整个天印者协会天风镇分部。

林老被这股气息所惊醒，飞快地感觉到气息传出来的地方，他原本在天印者协会二楼他自己的办公室当中，感受到这股气息后，身形飞快地赶到二楼通往三楼的楼梯口处，目光震惊地望向二楼顶上，也就是三楼的楼梯口。

此时，林岚也飞快地赶了过来，与此同时，还有一些人身形飞快地出现在林老身后，正是莫元清一行人。

　　此时林岚，开口道："父亲，这是怎么一回事，怎么会有如此强烈的气息，这根本不是一个第一次在五行阵法外吸收天地灵气的人所能散发的气息啊？"

　　林老目光依旧盯着那二楼通往三楼的楼梯口，头也不回地回答道："我也不清楚，以前天印者协会并没有出现过这种情况。"

　　林岚继续说道："即便进入了深层修炼，也不该如此啊！"

　　林老沉吟了一下，继续说道："你见过第一次在五行阵法外吸收天地灵气便进入深层修炼整整一个月之久的人吗？"

　　林岚听林老这么说，愣了一下，摇摇头，回答道："没有！"

　　林老的目光渐渐由震惊转为严肃，对林岚说道："此子已经不是你我能够度量的了，估计数十年后，这个大陆上又会有一个强大的天印者出现了！"

　　林岚听林老这么说，心中惊了一下，然后便听林老说道："林岚，你立即去莫氏兵器店通知莫元明的家长莫清明与梁泊二人，亲自去！"

　　林岚在林老的身后，对着林老拱拱手，说道："林岚领命！"然后立即转身，快步地向天印者协会天风镇分部一楼走去。

　　林老此时方才转过头来，对着身后的那位以往只在天印者协会天风镇分部一楼中央柜台办公的老头，询问道："钟兄，此事你怎么看？"

　　那个被称为钟兄的老头，听到林老问他，只是对着林老摇了摇头，说道："此子天赋惊人，只得善待，不能得罪！"

　　林老听完那位钟兄的话语，点了点头，回头望向那二楼通往三楼的楼梯口处，说道："嗯，也只能如此了！"

　　莫元明此时刚刚睁开那紧闭已久的双眸，深邃的双眸中，一道红光闪烁，紧接着一道雷弧一闪而过！

　　莫元明身边的空气似乎像灼烧了一般，开始变得炎热起来，紧接着，莫元明身边的地板上有一道雷弧围绕着莫元明盘膝而坐的地方画了一圈，然后便消失了。

　　雷弧消失之后，莫元明身边再次恢复正常，空气也不灼热了，莫元明身边地板上的雷弧也消失了，而那扩散在整个天印者协会天风镇分部的气息如潮水般瞬间全部返回到了莫元明消瘦的身体内。

　　似乎刚刚什么都没发生过似的，而林老等人也感觉到那股气息消失了，林老顿时松了一口气，但是他依旧在二楼通往三楼的楼梯口那里站着，等待莫元明的出现。

　　但天印者协会天风镇分部的三楼大厅中，莫元明身边一米范围内以及莫元明身上的灰尘全部消失不见，只有这点证明着刚刚的事情确确实实地发生过。

　　此时，莫元明眼中的厉芒消失，也如同吕俊乔及莫元清二人一般，眼神变得迷茫起来，开始回忆之前发生的事情。

　　过了两分钟，莫元明才理清思绪，叹息了一口气，说道："不知不觉过去一个月了！"

第二十四章　白发老头

第二十五章
众人齐聚

然而，莫元明并没有急着起来，而是再次闭上双眸，感应着体内那股浑厚的灵力，再次睁开双眼。

莫元明感受完体内的浑厚灵力之后，嘴角微微上扬，翘起一道优美的弧度，莫元明对于此次修炼的收获还是相当满意的，虽然并不知道自己达到多少级天印者了，但是想来这第一次提升必定不弱，想到这里，莫元明心里一阵欣喜。

刚想将这个消息告诉表哥莫元清，莫元明带着一脸得意地转向莫元清原本盘坐的方向时，方才发现那里已经没有莫元清的身影了，莫元清原本盘坐的位置上只有一层淡淡的尘埃。

莫元明拍了拍自己的脑袋，自言自语地说道："对耶，都已经过去一个月了，想必表哥已经结束修炼了！"

然后，他又转头望向吕俊乔原本盘膝而坐的那个位置，果然不出所料，那个位置也是空空如也。

莫元明双手撑着膝盖，站起身来，拍了拍双手，伸了个懒腰，顿时听到全身上下传来噼里啪啦的声响！

莫元明感受到身体的僵硬，在原地稍微活动了下胫骨，方才向着天印者协会天风镇分部第三层通往第二层的楼梯口处走去，口中还喃喃道："不知道表哥和那个吕俊乔修炼的结果怎么样了，真是好奇啊！"

天印者协会天风镇分部第二层通往第三层的楼梯口处，此时林老身后站着林岚、莫清明、梁泊，莫元清几人，那位被林老称为"钟兄"的老头已经不知道什么时候消失了，回到了他原本工作的地方——天印者协会天风镇分部第一层中央柜台内了。

莫元明走下楼梯，看到这么多人都聚集在第二层的楼梯口，吓了他一跳，以为发生了什么事，开口对着眼前的众人说道："明叔、姑父、林老，发生什么事了吗？"

听到莫元明的问话，莫清明只是对莫元明报以欣慰的微笑，并没有多说什么。

此时，一道细小的身影如闪电般向莫元明冲去，却没有人阻拦，一开始林老吓了一跳，生怕莫元明受到什么伤害，但是当他看清楚那道身影之后也没有阻拦。

而莫元明则微笑着将那道身影搂到怀中，那道身影正是莫元明的小老虎"豆丁"，它依旧和以前一样，仍没有长大。

小老虎"豆丁"爬到莫元明胸口的衣衫内，现在又钻回那个以前睡觉的地方，在莫元明的衣衫外只露出一个小脑袋，可爱极了。

莫元明见状，哈哈一笑，揉了揉小老虎"豆丁"的小脑袋，小老虎"豆丁"露出十分享受的表情。

此时，梁泊上前，微笑着摸了摸莫元明的脑袋，回答莫元明刚刚的问题，对莫元明说道："是啊，发生大事啦，莫家庄出了一个天才，哈哈！"

莫元清听父亲这么说，顿时不服气了，用他那洪亮的嗓音嚷嚷道："什么一个，还有我，还有我！"

梁泊听莫元清这么说，笑着改口，说道："好，好，是两个，两个，哈哈！"

此时，林老也走过来拍拍莫元明的肩头，热情地开口道："哈哈，元明，好样的，好样的！"

莫元明被夸得丈二和尚摸不着头脑，有点莫名其妙，但也没说什么，只是尴尬地挠了挠后脑勺。

莫元明脑袋里还在想这些人为什么聚集在这里呢？看样子，似乎是因为他的原因，但是具体原因是什么，莫元明自己就猜不到了！

此时，林岚开口说道："好了，大家也不要站在这里了，堵住楼梯口也不像话，是吧？各位都到会客厅去吧，请！"说完，习惯性地伸出右手，做出一个"请"的姿势。

众人便齐齐向着天印者协会天风镇分部的二楼会客厅走去。

莫元清也从后面走过来，搂着莫元明的肩膀说道："不愧是我表弟，够厉害的！"

莫元明边走边转头向莫元清问道："厉害？到底你们在说什么啊，我怎么听不懂？"

莫元清神秘地说道："等会儿你就知道啦！"

莫元明听莫元清这么说，一阵皱眉，对着表哥莫元清，说道："你这家伙，还跟我兜圈子！"

莫元清大步地走着，并对莫元明说道："等会儿林老跟你解释，你就明白了！"

林老在走向会客厅的路上还叫了一个执勤人员过来，跟他说了点什么，那个执勤人员便快步离去了。

莫元明猜可能是天印者协会的一些事务吧！

不一会儿，会客厅到了，林岚负责招呼众人，开口说道："大家随意坐吧！"众人便随意找把椅子坐下了。

而林老则坐到莫元明旁边，将他前两次对吕俊乔和莫元清所说的话再次重复了一遍，莫元明方才明白是怎么一回事，听到林老说到，进入深层修炼是可遇不可求的，林老还介绍了一些深入深层修炼的知识，以及第一次离开五行阵法吸收天地灵气修炼时间的长短与这位天印者的天赋高低的关系。

即便以莫元明如此冷静沉着的性格，都不禁感到欣喜！

林老也同样，再次认真叮嘱莫元明每日要好好修炼，完成好每日修炼的功课，看到莫元明乖巧地点点头，他才笑了起来。

然后，林老望着莫元明与莫元清表兄弟二人，继续说道："我已经派人通知吕俊乔了，等会儿等他到了就可以帮你们一起测试一下你们现在的灵力等级了，各位稍等一会儿，估计很快就到！"

莫元明与莫元清看到林老特地对他们说，二人都乖巧地点点头。

仅仅过了一盏茶的时间，会客厅的众人便听到会客厅门外传来一阵脚步声，不过听上去不止一人。

会客厅的大门被推开，推门而入的并不是吕俊乔，而是他的父亲吕一行，吕一行见到这么多人都在，哈哈一笑，说道："这么多人啊，莫兄、梁兄也来了？"梁泊和莫清明对其拱拱手行礼。

天风镇镇长吕一行，笑着摆摆手，说道："两位不必客气！"然后发现坐在那里的莫元明与莫元清，哈哈一笑，热情地跟这两个少年打招呼。

莫元明与莫元清表兄弟二人，看到吕一行这么打招呼，只能尴尬地笑笑。梁泊开口道："吕兄，你不用如此，两个孩子还受不了你的热情呢！"吕一行闻言哈哈一笑。

而在吕一行进来后，过了一会儿，那个金发随意飘散、带着一丝妖艳微笑的吕俊乔也走了进来，对着会客厅内的众人优雅地行了一礼，便随意找了个位子坐下，也不管他老爹在干什么。

看人到齐了，林老站起身来对莫元明、莫元清以及吕俊乔说道："既然人都到齐了，我就带大家一起去测试一下灵力等级，大家跟我来吧！"说完，林老率先转身向会客厅的门外走去，会客厅内的众人陆续起身，跟着林老向会客厅的门外走去。

林老领着众人走出了天印者协会天风镇分部二楼的会客厅，向二楼的另一个房间走去。

林老领着众人穿过第二层走廊，来到一间石室外，石门由钢筋铁索将石门的门环与石壁上的铜环锁在了一起。林老从袖中掏出一串钥匙，缓缓开启了那钢筋铁索，只听咔嚓一声，那锁住石门的钢筋铁索便被打开。

那钢筋铁索被打开后，石门上的铜环随着与石门镶嵌的部分落到石门凹陷下去的环状沟槽里，一眼看过去，石门又变成了一个平整而光滑的平面。

然后林岚上前双手握住石门旁的那个石壁上刚刚解开铁索的铜环，双脚一踏，在地上扎了个坚实的马步，然后大喝一声，脚步向后一退，双手向后一扯，将铜环从石壁中拉了出来，铜环被林岚拉出，铜环后还连接着一个锁链，也被一同拉出，石壁内不断传来轰隆之声。

石门缓缓升起，就这样，石门在众人面前大开。莫清明见到这一幕，心中不由自主地想道：天印者协会果然不简单，相当精密的构造啊。

莫清明想到这里，目光却从石门处转移到了林老与林岚身上，心中想道：但是天印者协会靠的不是这些，而是强大的力量以及实力。莫清明还是不由自主地感叹天印者协会的强大。

一阵轰隆声之后，石门完全升起，林老领着众人踏入石室当中，林岚将石室的石门打开后，将拉出的铜环扣好，也一同跟在林老身后向石室内走去。

众人随着林老进入石室之后，映入眼帘的是一个高一米八，直径一米的透明圆柱晶体，圆柱晶体内部的底部印刻着一个奇异的阵法，与五行阵法类似却又不完全相同。

而在透明圆柱晶体一旁的直径二十厘米的圆柱台上，还放置了一个直径十厘米的透明水晶球，水晶球由四个精美的银色迷你脚架支撑，使它不至于滚落掉在地面上，将其稳稳地固定住了。透过透明水晶球的晶壁，可以看到透明水晶球里面印刻着与透明圆柱晶体底部相同的阵法。

透明圆柱晶体与透明水晶球内的阵法呈黑色，并未散发出任何光芒。

林老领着众人走到那巨大的透明圆柱晶体两米开外，望着这个透明圆柱水晶，叹了一口气，心中想道：已经整整两年没有开启过这个房间了。

林老感慨了一番，方才转身对着莫元明、莫元清以及吕俊乔，用手指指了指身后的巨大透明圆柱水晶，说道："这是天印者的灵力等级测试仪，待会儿你们只需将右手放在这个透明圆柱水晶上，催动体内灵力运转，即可测试出你们现在的灵力等级。"

林老说完，再次望向莫元明、莫元清以及吕俊乔，说道："好了，你们谁先来？"

莫元明正准备上前，被莫元清抓住肩膀扯了回来，莫元明见表哥莫元清已经踏了出去，只能无奈地笑笑。

可是，正当莫元清要向透明圆柱水晶走过去的时候，旁边响起一个声音"我先来"，也是这个声音让莫元清止住了脚步，说话的不是别人，正是吕俊乔。

莫元明与莫元清、林老等人的目光都转向吕俊乔，吕俊乔潇洒地甩了甩身后的金黄色长发，带着那妖艳的微笑走向透明圆柱水晶。

吕俊乔潇洒地走到透明水晶圆柱面前，伸出那比女人还要白净的右手，按到透明圆柱水晶上，然后英眉倒竖，大喝一声，声音洪亮而震撼，同时急速运转体内的灵力。

莫元清听到吕俊乔大喝，心想："原来这个娘娘腔，还有这么男人的一面！"

吕俊乔运转起体内的灵力之后，只见其右手的手背上，浮现出一个黄色的五芒星纹络，纹络中央有一个山体状的图案，正是土属性天印，莫元明与莫元清这才知道，原来吕俊乔这家伙开启的是土属性天印。

而在吕俊乔急速运转起体内的灵力时，眼前的透明圆柱水晶中底部的阵法开始亮起，阵法中央出现一个发丝粗细的黄色纤细光柱，这条光柱由透明光柱晶体的顶部一直延伸到底部，但那纤细的光柱却极不稳定，不断地在透明圆柱晶体内晃动着。

这一条在透明圆柱晶体底部的黄色光柱，随着吕俊乔体内灵力的运转，正在不断变大变粗，同时也变得更加稳定，而此时透明圆柱晶体旁边的透明水晶球内显现出一个"零"的数字，然后随着透明圆柱水晶内的黄色光柱的扩大，透明水晶球内的数字也开始发生变化，从"零"变成"一"，再变成"二"，再变成"三"……

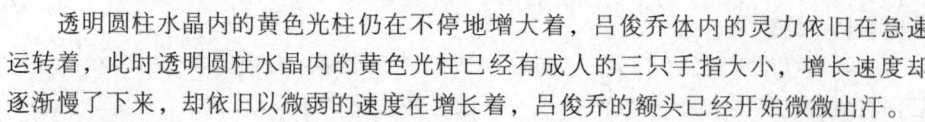

　　透明圆柱水晶内的黄色光柱仍在不停地增大着，吕俊乔体内的灵力依旧在急速运转着，此时透明圆柱水晶内的黄色光柱已经有成人的三只手指大小，增长速度却逐渐慢了下来，却依旧以微弱的速度在增长着，吕俊乔的额头已经开始微微出汗。

　　终于，透明圆柱水晶内的黄色光柱不再扩大，停了下来，那黄色光柱的大小也只是比刚刚速度减慢时的大了一丝丝而已。

第二十六章
灵力等级

吕俊乔脸颊上流淌着汗水，呼吸急促，一副气喘吁吁的模样，转头望了旁边的透明水晶球一眼。

而旁边的透明水晶球中显现出的数字，最终在"六"这个数字上停了下来！

林老在一旁看见这个数字，脸上露出惊讶的表情，站在吕俊乔身后，开口说道："开启天印仅仅一个月时间，灵力等级竟然达到这种程度了，这修炼速度可是远超过一般的天印者啊，看来一个月前的深层修炼，让你们受益匪浅啊！仅仅一个月时间你就成为六级天印者了！"

吕俊乔听到林老的话，转过身来，对着林老报以微笑，并没有多说什么，脸上并没有流露出任何失望的表情，依旧保持着那妖艳的笑容。

然后，吕俊乔对着林老优雅地施礼，又转过身对着众人施了一礼，方才回到刚刚站的位置上。

此时听到林老的评价，吕俊乔脸上并没有表现出过多的喜悦，反倒是他的父亲吕一行脸上挂满着笑容，喜悦之情全部写在脸上了。

林老微笑地看着吕俊乔走回刚刚站立的位置，对于吕俊乔的表现，他是非常满意的。此刻，林老方才转过头，一脸期待地望向莫元清与莫元明二人，说道："接下来到你们俩了，你们两个谁先来？"

林老的话才说到一半的时候，莫元清已经一步踏出，摆出双手叉腰的姿势，喊道："下一个，到我！"

林老听到莫元清的话，微笑地点了点头。在莫元清喊出声的那一刻，众人的视线从吕俊乔身上转移到莫元清身上。而回到原本位置站定的吕俊乔，也将目光转到莫元清身上。

他也很想知道，这两个进入深层修炼时间比他要长的两人体内的灵力等级到底达到了哪个程度。

莫元清看到林老点头，方才继续迈出脚步，向着透明圆柱晶体走去。

莫元清大步地走到透明圆柱晶体之前，抬起头，由上至下地扫视了这个巨大的透明圆柱水晶一眼，随即伸出右手按到透明圆柱水晶的晶壁上。

紧接着，莫元清同样大喝一声，急速运转起体内的灵力，只见透明圆柱水晶底部的阵法再次发出一阵白色的亮光，紧接着，透明圆柱水晶内的中央位置出现了一条发丝细小的绿色光柱，在透明圆柱水晶内不稳定地闪烁着。

与此同时，莫元清的右手手背上同样出现一个青色的五芒星纹络，这个青色的五芒星纹络中央有一个旋风图案显现。

此时，吕俊乔眼睛一眯，他也是此时才知道莫元清的天印属性，竟然是罕见的风属性。他从小和天印者协会天风镇分部接触得比较多，所以关于天印者知道的也要比普通人多得多，心中感叹道：风属性天印可不多见啊！

在莫元清急速运转起体内灵力，让透明圆柱晶体内出现那发丝大小的青色光柱时，旁边的透明水晶球内的阵法同样亮起了一阵白光，并且，那透明水晶球内和之前吕俊乔的情况一样，出现一个"零"的数字。

随着莫元清不断地急速运转体内的灵力，透明圆柱水晶内青色光柱不停地扩大变粗；过了一会儿，那透明圆柱水晶内青色光柱扩增的速度开始减慢了，而此时，那透明圆柱水晶内青色光柱比之前吕俊乔的那条黄色光柱要粗一些。

虽然，吕俊乔对于这个结果早在预料之中，但是看到时依旧一阵皱眉，然后心中一阵叹息。

此时，莫元清额头也微微见汗，那透明圆柱水晶内青色光柱扩大的速度越来越慢了，见到这一幕，莫元清眼中显现出一丝不甘，再次大喝一声，同时再一次将体内急速运转的灵力加快。

随着莫元清的加力，那透明圆柱水晶内青色光柱确实再次扩大了一丝，但是莫元清脸颊上却布满了汗珠，而口中也开始急速地喘息起来。

最终，那透明圆柱水晶内青色光柱终于不再扩大了，而此时那透明圆柱水晶内青色光柱有正常人的三个半手指粗细，而旁边的透明水晶球上则显现出一个"七"的数字。

莫元清见到这个数字，脸上微微笑了一下，继续喘息着。

林老此时脸上充满了喜悦，看到这一幕，同时心中想道：天风镇今年可出了三个小妖怪啊！仅仅一个月便有如此的灵力等级，不知道最后一个进入深层修炼整整一个月的小妖怪，灵力等级又能达到什么程度呢？

林老心中这样想着，同时也把目光转向莫元明，看了他一眼。然后，方才回头望回莫元清的方向。莫元清此时已经将按在透明圆柱水晶上的右手放了下来，并停止运转体内的灵力了，口中依旧微微地喘息着。

莫元清调整了一下气息，慢慢地将急促的气息平复下来，然后对着林老和众人拱拱手，便迈步向着刚刚所站的位置走去。

林老见莫元清拱拱手，便望着他，微笑地点了点头。

莫元清走到原本的位置时，梁泊拍了拍莫元清的肩膀，微笑地望着他，梁泊对于儿子的表现还是非常满意的。

莫元清望着父亲，咧嘴一笑，然后转身拍拍莫元明的肩膀说道："表弟，到你了！"

莫元明也学着莫元清刚刚的样子，对着他咧嘴一笑，然后迈出步伐，坚定而平稳地走向那个透明圆柱水晶。

这次林老也没有说什么，只是微笑地将目光从莫元清身上转到莫元明身上，目光中带着一丝期待与好奇，天印者的以往历史中都没有出现过第一次进入深层修炼便长达一个月之久的人，因此，林老心中的好奇心完全被挑了起来。

众人的目光也随着莫元明迈出的步伐转移到他身上，众人的眼中更多的是好奇，而莫元清、莫清明以及梁泊则与林老一样，抱着一种期待的心情望着莫元明。

莫元明缓步走到透明圆柱水晶前，同样和莫元清一样，将眼前的巨大的透明圆柱水晶审视了一遍，但终究没有看出什么原理来。

然后，他与之前的吕俊乔和莫元清二人一样，将右手张开成掌状，按到透明圆柱水晶的晶壁上，然后闷哼一声，体内的浑厚灵力同样运转起来。

体内灵力运转时，莫元明丹田内悬浮着的六芒星纹络爆发出一阵光芒，一股灵力从六芒星纹络中喷涌而出，透过经脉，在体内运转一圈之后，便向着莫元明的右臂涌去。

然后，莫元明那体内浑厚的灵力如万马奔腾般通过右臂向莫元明眼前的透明圆柱水晶涌去。

莫元明体内那浑厚的灵力在透过手掌向透明圆柱水晶晶壁涌去的那一刻，莫元明右手手背处那红色的火属性天印纹络也在此刻显现出来，同样如之前吕俊乔的土属性天印纹络，还有莫元明的表哥莫元清那风属性天印纹络一样。

莫元明那手背上的火红色五芒星纹络中央有一个图案显现。

此时，吕俊乔看到莫元明手背处的天印纹络，心中道："原来他开启的是火属性天印啊！"

紧接着，只见莫元明眼前的巨大透明圆柱水晶底部的阵法再次爆发出一阵白色的亮光，然后巨大透明圆柱水晶内中央处，与之前一样出现一条发丝大小的不稳定光柱，只不过，这条光柱的颜色是红色的。

此刻，莫元明心中也松了一口气，他生怕雷属性天印会在这巨大透明圆柱水晶内显现出来，之前一直紧张地盯着眼前的巨大透明圆柱水晶，虽然不知道为什么，他还是觉得当初开启天印时，所发出的那个声音是值得信任的。

至少，莫元明认为这么做可以给自己留下一张底牌，这些东西可能在关键时候能够救他一命。

此时，随着莫元明体内灵力的运转，莫元明眼前巨大透明圆柱水晶内的那道火红色光柱正在渐渐稳定下来，并不断地以一种平稳的速度增长着。

而一旁圆柱台上的透明水晶球内的阵法也同样亮了起来，并同时显现出"零"这个数字。

随着莫元明体内灵力的运转，莫元明眼前的红色光柱也在不停地增长、扩大、变粗。而一旁圆柱台上的透明水晶球内显现的数字也在以一个稳定的速度变化着，由"零"变成"一",由"一"变成"二",由"二"变成"三"……

莫元明眼前巨大透明圆柱水晶内的那道火红色光柱依旧在不停地增长着。

最终,莫元明眼前的巨大透明圆柱水晶内的那道火红色光柱的宽度稳稳地停止在拳头粗细大小。

此时,莫元明转头望了一旁放置在圆柱台上的透明水晶球一眼,看到上面的数字,莫元明微微一笑,心中对这个结果还是相当满意的。

此刻,他却没看到身后众人目光中那震惊之色,估计只有莫元清这个神经大条的家伙,才没多想什么吧,因为莫元清只是简简单单地瞄了一眼而已,并没有过多的表情和情绪,继续用左手揉着脚边的小老虎烈焰那柔软的毛发。

而林老眼中那种震惊之色最为浓郁,因为知道得越多,对天印者了解得越多,才对这个结果感到更为震惊,即便林老知道出现这种结果也不奇怪,因为莫元明进入深层修炼整整一个月时间,但是心中依旧忍不住感到震惊。

而莫清明、梁泊、吕一行三人,则是从刚刚莫元清与吕俊乔的表现,再看到这个灵力测试结果分析出来的,因此,对这个结果也表示震惊。

林岚是天印者,便不必说了,他当然知道仅仅修炼一个月时间便得到这样的灵力测试结果意味着什么,他的表情已经把他心中的震惊毫不掩饰地展示了出来。

吕俊乔虽然震惊,但很快便隐匿下去了,依旧保持着那种风度翩翩的样子,带着淡淡的微笑,虽然此刻的笑容,没有之前自然了。

而在那圆柱台上的水晶球内显示着的数字,正是"十",这意味着莫元明现在的灵力等级已经达到十级的程度了,十级天印者距离突破为天印行者只有一级的差距,只要莫元明近期做出突破,那便是天印行者了。

关于天印者的等级,林老在他们修炼结束后同样——跟他们讲过了,莫元明、莫元清、吕俊乔也明确地知道了天印者等级的相关知识。

此时,莫元明停下了体内运转的灵力,并放开按在透明圆柱水晶上的手掌,此刻,林老察觉到莫元明并没有像之前两个人一样额头见汗,也没有急速喘息,心中想道:"难道这孩子还有余力?"

林老想到这里,心中再次想道:此子不简单啊!虽然他继续下去的话不见得就会提升,因为他已经到了瓶颈了,需要突破为天印行者,方能真正显示出他进入深层修炼长达一个月的修炼成果到底达到了什么程度。

莫元明放下了右手,右手手背上的火属性天印纹络也渐渐消失,他缓缓转过身子,看到原本站在身后的众人震惊的表情,只能无奈地笑了笑。

林老缓缓压下了心中的震惊,恢复以往的淡然,缓步走到莫元明身边,拍拍莫元明的肩膀,望着莫元明,说道:"好,好样的!"此时,林老的眼中尽是欣喜。

然后,林老转过来,望着众人,开怀地说道:"今年天风镇可出了三个天才人物啊,哈哈!"

莫清明、梁泊、吕一行、林岚听到林老的话,也哈哈大笑起来,至于被夸奖的三人,莫元明依旧是那个有点无奈的表情,吕俊乔则依旧保持着那妖艳的微笑,只有莫元清双手叉腰,得意地笑了起来。

对于这一幕，莫元明拍了拍自己的额头，他对这个神经大条的表哥真心无语了，他此刻好想摆出一副"我不认识他"的表情，不过想到这么多人在，还是给表哥留点面子吧，口中只能无奈地叹息一声。

第二十六章 灵力等级

第二十七章
雷帝老头

　　林老微笑地望着莫元明、莫元清以及吕俊乔三人说道："当今大陆上，几乎所有天印者都是天印者协会的一分子，而从现在开始，你们三个也算是天印者协会的一分子了。"

　　莫元明、莫元清以及吕俊乔三人虽然早已知道这是迟早的事，但是，此时听到林老的话，心中依旧一阵激动，而莫元清眼中更明显地闪烁着兴奋的目光。

　　莫清明等人听到林老这句话，心中也一阵激动，同时，手中的手指渐渐收拢成拳头，并紧握起来。此时，莫元明的思绪却飘向远方，眸子中显现出坚定的目光，心中想道：我终于也成为天印者协会的一员了，迟早有一天莫元明这个名字将响彻天齐大陆！

　　而莫元清、梁泊、吕一行等人望着这三个年仅十多岁、依旧带着稚嫩之气的身影，心中一阵感慨。

　　而站在这三位少年面前的林老，似乎在这三位少年身上看到新一代天印者的成长与崛起。

　　众人在测试完灵力等级后，皆分别拜别林老，陆陆续续地离开天印者协会天风镇分部。

　　临别前，林老在天印者协会天风镇分部的一楼大门处，告知莫元明三人，说道："天印者每十级就突破一阶，突破时需要感悟突破契机，灵力等级可以通过修炼提升，但突破一阶则需要感悟，甚至有天印者被困在一个阶级数年之久，因此阶级越高的天印者人数就越少，其中王级天印者以上更是罕见，但是你们也不必担忧，你们的修炼之路才刚刚开始呢，好好努力吧！元明，你的灵力等级已经达到十级了，接下来就需要感悟这一份契机，寻求突破。"

　　莫元明听到林老这么说，疑惑地问道："怎样才能感悟那一份契机呢？"

　　林老微笑地摸了摸莫元明的脑袋，哈哈笑道："契机到了，你自然就能感悟到了！"

莫元明听到林老的回答，有种丈二和尚摸不着头脑的感觉，心中依旧充满疑惑，但是却没有再发问了，既然林老说自然会感悟到，那莫元明只能选择相信了。

此时，莫元明感受到身旁莫元清投来同样疑惑的目光，吕俊乔此时也瞄了过来，莫元明转头望了莫元清与吕俊乔一眼，摊开双手，做了个耸耸肩的动作。

此时，吕俊乔正式拜别林老，并转身对莫元明和莫元清说道："元明、元清，五个月后一同前往清泉城时再相见了！"之后，吕俊乔和莫元明兄弟二人约定好时间，便告别而去。吕一行也对莫清明与梁泊说道："梁兄、莫兄，我们就先行离去了！"

莫清明与梁泊二人对吕一行拱拱手，吕一行回礼后便带着儿子上了一辆马车，马车上的车夫马鞭一挥，马车便奔驰而去。

莫元明众人在吕俊乔等人走后，也同样拜别林老返回到莫氏兵器店当中，等待莫家庄商队专属护卫队集结，准备返回莫家庄。

不久后，莫家庄商队专属护卫队在莫氏兵器店门口集结完毕，梁泊返回莫氏兵器店后，安排好店铺内的一切事务后，也与莫元明、莫元清和莫清明一同返回莫家庄。

莫家庄商队的旗帜时隔一个月后再一次举起，在莫家庄商队专属护卫队的护卫之下，离开天风镇，莫家庄的旗帜在艳阳下迎风飞舞，车队穿过官道，在山道间飞驰。

经过半日时间，莫家庄商队再次返回到莫家庄中，众人时隔一个月方才回到莫家庄中，莫元明与莫元清少不了各自母亲的唠叨。

莫元明与莫元清回到莫家庄后，在莫清明的要求下，每日依旧参加庄内早晨和傍晚的身体锻炼。莫清明的原话是这样的："即便是成为天印者，身体也是一切的根本，即便以后离开了村庄也要继续锻炼！"

同时，莫清明将莫家庄的枪法传授给了二人，因此，莫元明与莫元清二人在锻炼时间内练得不亦乐乎。莫元明与莫元清二人也按照林老的交代，每天至少修炼两、三个小时。莫元清体内的灵力在稳步提升着，而莫元明也同样依旧吸收着天地灵气，能感觉到体内灵力的增强，但却没有丝毫突破和灵力提升的感觉。

莫元明回到庄中五日后，夜晚，他依旧按照惯例，盘膝坐在房间内的床上修炼，脑海里却突然出现一个声音。

"小家伙！"

莫元明心中震惊了一下，立即分辨出这个声音，正是当日开启天印后，让莫元明隐藏雷属性的有些苍老的那个声音。

莫元明猛然睁开双眼，看到眼前飘浮着一个虚影，一个白发白须白衣衫的老头背手而立，身体却有些虚幻与模糊，带着一丝透明感。

虽然莫元明在平日里十分镇定，但他毕竟还只是个十岁的孩子，突然见到这一幕，立即叫起来："救命啊，鬼啊！"

那个白发白须白衣衫的老头见到莫元明这个震惊的表情以及反应，心中一阵好笑，脸上也露出一个无奈的笑容。

那老头见莫元明鬼叫，也不管他，似乎想等莫元明叫完了，再说些什么。莫元

第二十七章 雷帝老头

明一番惨叫与鬼吼之后，准备撒腿就跑。

那个白发白须白衣衫的老头见莫元明准备逃跑，缓缓地抬起虚幻的右手，隔着空气对莫元明做了一个向下按的动作，莫元明刚准备抬起脚来，立即感觉身体被一股无形的压力压着一般，动不了了。

莫元明再次鬼叫起来，同时还不忘求救。

那个白发白须白衣衫的老头见莫元明再次乱吼求救，眉头一挑，心中想道：这个狡猾的小子，而望向莫元明的眼中却充满无奈，缓缓说道："别叫啦，这个房间被我设下了禁制，声音是传不出去的！"

莫元明听到那个白发白须白衣衫老头的话，方才慢慢地停下挣扎和求救。其实，莫元明经过一开始的惊慌后，立即冷静下来，第一时间就装疯卖傻地求救，但此时被那个白发白须白衣衫的老头点破，便讪讪一笑。

莫元明感受到身体无法动弹，眼神闪烁地看着眼前白发白须白衣衫的老头，脸上露出一阵干笑，说道："前辈，我想您出来，并不只是想困住我吧？"

白发白须白衣衫的老头听到莫元明的话后，眯着的眼皮终于缓缓地抬了起来，眼神在莫元明身上停留了一会儿，方才缓缓说道："你不逃跑，我自然也不必浪费力气制住你。"

莫元明听到老头的话，立即正气凛然地说道："前辈在这里，就算给我十个胆子，我也不敢胡作非为！"接着，莫元明表情有些献媚地说道："前辈还是先把我放了吧，我绝对不逃！"

白发白须白衣衫的老头听到莫元明的话，眼睛立即再一次眯了起来，似乎在说：你刚刚在做些什么？

莫元明留意到虚影老头的眼神，也看明白了老头的意思，莫元明身体不能动弹，只得保持着盘坐的姿势，无奈地赔笑。

老头看到莫元明无奈的表情，右手举起袖袍一挥，莫元明瞬间感觉到，那挤压着身体的力量消失了。

莫元明顿时感到身上一阵轻松，此刻，莫元明抬起头，望着眼前白发白须白衣衫老头的身影，疑惑地说道："前辈，您是？"

白发白须白衣衫老头听到这句话，眼中闪过一丝骄傲，铿锵有力地说道："我是雷帝墨菲特，一名天印帝者！"

莫元明听到这句话，整个人如同被雷劈了一般，心中剧烈地震动起来，他刚成为一名天印者，清楚地知道天印帝者代表着什么。

天印帝者，即便在天印者的世界中，也拥有如同帝王一般的地位，他们的强大更不必多说，根本不是现在的莫元明有机会以及能力能够接触到的。

听到老头的话，莫元明望向白发白须白衣衫老头的眼神瞬间变得火热起来，自称为"墨菲特"的老头似乎十分享受莫元明望向他的眼神，右手捋了捋脸上的白须，骄傲地说道："想当年，老夫以雷电之力纵横天齐大陆，所到之处莫不避之，何等豪迈！"

莫元明此时依旧用火热近乎崇拜的目光看着墨菲特老头，但墨菲特老头说到这里，眼神却黯淡下来，继续说道："却因老夫锋芒毕露，不懂得收敛，小觑了天印者的世界，年轻时就树敌无数，年老了依旧霸道，最终惹到了一个庞然大物，自己身死则已，亦连累家人，唉！"

说到这里，墨菲特老头心中一阵怅然，眼中隐现一丝泪光，叹了一口气，继续说道："但是，我不甘，神庭这些混蛋对付我也就罢了，却依旧不放过我的家人。"

说到这里，墨菲特老头眼中有一丝凶光闪现，然后，他转头望向莫元明说道："你愿意帮我报仇吗？我可以指导你修行，让你少走许多弯路，让你变得更强，在我的指导下，你至少也能成为一名天印帝者！"

莫元明听到墨菲特老头的话，愣了一下，脱口而出："这……"

墨菲特老头认真地望着莫元明，说道："难道这有什么好犹豫的吗？"

莫元明没有回答，只是右手托着下巴，陷入深思中，毕竟墨菲特老头所说的一切，对于一直渴望力量的莫元明来说，诱惑实在太大了。

墨菲特也觉得自己刚刚太激动了，他闭上双眼，深深地吸了口气，缓缓平复了下心情，然后睁开双眼，望着眼前陷入深思的莫元明，心中想道：唉，是我太激动了，他还是个孩子啊，此刻还这么弱小，不答应也很正常！

就在墨菲特思考的过程中，莫元明陡然抬起头，眼神坚定地望向墨菲特老头，说道："好，我答应你！"

墨菲特反而被莫元明地回答说得愣了一下，眼中显现出一种激动，带着希冀的目光望着莫元明，问道："真的吗？"

莫元明的目光异常坚定，望着墨菲特老头，认真地点了点头。

墨菲特再次按捺住心中的激动，缓缓摇了摇头，说道："孩子，你能答应我，我很高兴，但是你还太小，不知道我所说的敌人的可怕，我不能要求你太多，你什么时候有能力了，若想得起我这个老头，顺便帮我报个仇吧，老头在此感激不尽！"

说到这里，墨菲特对着莫元明微微躬身，莫元明立即伸出手来，想去扶墨菲特老头，但是，双手却穿过了墨菲特的身体，莫元明疑惑地看着自己的双手，又望了望墨菲特老头的虚幻身躯。

莫元明疑惑道："墨菲特前辈，您的身体？"

墨菲特笑了笑，说道："我现在只是一个精神体而已。"

莫元明道："精神体？"莫元明更加疑惑了。

墨菲特耐心地解释道："在天印者突破到六十级天印王者之后，便可开始凝聚天印之魂，天印者经过刻苦的修炼将天印之魂凝聚成功后，便可突破为七十级天印皇者，而天印之魂便是承载着天印者的精神体，每个人都拥有自己的精神意志，但是却是十分虚弱的，一个人的意志若被抹杀，也就成为所谓的植物人，而平常人中有痴呆等情况的人，便是精神受到损伤。"

说到这里，墨菲特望了莫元明一眼，顿了顿，继续说道："而精神体则是一个人的意志与精神凝聚到一定程度的体现，而且即便是凝聚了天印之魂的人，精神体也不能离开身体存在太久，否则，会消散于天地之间。据我所知，除了凝聚天印之魂之外，还有一类人，专修精神力的天印者，被称为天印幻师，他们的精神力则要比

常人，甚至普通的天印者强大得多。但是精神力的修炼非常危险，稍不留神便有可能导致精神损伤，因此，这类人非常稀少，甚至比稀有天印更加稀少。至今几乎绝种了，至少我一生也没有见到过！"

第二十八章
鲜血残红

莫元明听到这，便将当年在山中峡谷内看到的事情详详细细地跟墨菲特讲了一遍。墨菲特听完之后，沉默了一会儿，方才缓缓说道："真是倒霉的小子，竟然被妖兽的临死前反扑给杀了！"

莫元明听到墨菲特爷爷冒出这么一句话，顿时有种晕菜的感觉，咳嗽了一声，对着墨菲特说道："墨菲特爷爷，重点不是那个。"

墨菲特哈哈一笑，针对莫元明之前提出的问题，回答道："当时我处于沉睡状态，并没有呼唤你，因此，我也不知道当时到底是什么原因让你捡到那只墨环的，而之前拥有墨环的人，估计是我死去后，墨环跟着丢失，被那个既幸运又倒霉的小子得到了吧！"

莫元明心中想道：这不是跟没说一样吗？不过至少知道当初呼唤的感觉并不是墨菲特爷爷，到底是什么原因呢？

莫元明陷入深思当中，表情越来越纠结，最后终于说道："想不出来啊，算了，管它呢！"

此时，莫元明的房门之外传来母亲林舒婷温柔的声音："元明，醒醒啦，在房间里面喊什么呢？该去吃早饭啦，等会儿不是要去练功场吗，再不起来不及了！"

莫元明听到母亲的话，立即手脚飞快地从床上跃了下来，同时嘴里还喊道："知道啦，娘，我很快过去！"

莫元明迅速穿上衣衫，然后快速地整理好床铺，便推门而出，几乎是飞奔着到达饭厅，远远地看到饭厅内的爷爷、奶奶、父亲、母亲、连叔都在了，不过莫元明几乎是爬到饭桌上，抓起两个馒头，一个塞进嘴里，一个抓在手里，便向着门外奔去，并对着饭厅内的众人，含含糊糊地喊道："爷爷、奶奶、爹、娘、连叔，早！我先去练功场了！"

说着，莫元明边跑边用剩下的一只手整理了一下依旧有些凌乱的衣衫，莫元明跑在大街上，不停地跟庄子里的人打着招呼，并把剩下的馒头往嘴里塞，狼吞虎咽地将其解决掉。

莫元明飞奔着赶到莫家庄练功场,开始了新的一天的锻炼与修炼之路。

练功场中,表哥莫元清同样也在,莫元明将晚上睡觉的时间用来修炼,对身体以及精力的恢复有很好的效果,并能够提高灵力的好方法告诉了莫元清,莫元清将信将疑地信了,并说对莫元明说道:"今天回去试试。"

在结束了早晨的修炼后,莫元清便返回家中,帮母亲莫清梅干活,莫元明便独自前往莫家庄东边后山的山中峡谷,希望此次能在山中寻得那一份近乎虚无缥缈的突破契机。

因数年前山中峡谷一事,莫家庄派遣狩猎队在山中峡谷附近驻守之后,从山中峡谷到莫家庄的后山这一范围内反而热闹起来,也因为莫家庄狩猎队长期在这个范围内活动,这个区域已经变得安全许多,庄中的村民们也有不少前往后山摘采一些植物、草药或挖取一些自然生长的食物。

自从那次之后,莫元明与表哥莫元清就没少来山中玩耍,现在对于莫元明来说,莫家庄后山的路,他闭着眼睛都能清楚地找到方向。

此时,莫元明正如猿猴般,身形灵活地在山林间穿梭,步伐飞快地踏着那崎岖的道路,在老树盘根间腾跃。

莫元明六岁加入到莫家庄的训练,通过惊人的毅力,付出了超出同龄人数倍的努力,四年的锻炼成果在此刻彰显无遗,并且,在成为天印者后,五感都得到了加强,感知力也更为敏锐,走在对于四年前的莫元明来说极其陡峭的地形上,现在的莫元明却如履平地,速度飞快地向着目的地飞奔。

一棵棵树木在莫元明的身边掠过,远远地,莫元明已经看见那茂密山林外的一丝曙光,莫元明知道目的地快要到了,便加快了脚步,冲出了山林。

在莫元明身影冲进光芒中的那一刻,莫元明的视野瞬间变得宽阔起来,映入眼帘的是一个巨大的凹陷峡谷,正是当年莫元明见证天印者与妖兽战斗的地方,也是莫元明获得墨环的地方——山中峡谷。

此刻,山中峡谷周边有不少人在巡逻着,正是莫家庄狩猎队分派到此的当值小队,而在莫元明此时所站位置的左手边不远处有一个简单的木制小屋,正是莫家庄狩猎队在此驻扎的地方。

而当年洪荒妖兽的尸体以及那位天印王者的尸体早已不在了,莫元明对于之后庄子内部对此事的处理也知之甚少,而经过一年又一年的春冬过境,山中峡谷内长出了新的嫩草,而谷内早已不见当年的踪影,那些战斗的痕迹以及血迹基本都已被大自然的力量所抹平。

而守卫于此的莫家庄狩猎队,更多的是充当安全区域与非安全区域的一个界限划分,以山中峡谷为起点,以西至莫家庄的大部分地区都被莫家庄狩猎队扫荡过,基本安全,而山中峡谷以东,则被列为危险区域,但莫家庄狩猎队的人员有时也会前往狩猎,为了居民的安全,庄内居民被严格规定不得前往。

此时,莫元明看到左手边那座立在山中峡谷边上的木制小屋,便向那里奔去,路上见到一些狩猎队的人员,也相互打声招呼,狩猎队队员见来人是莫元明,也微笑着领首，似乎对于莫元明来此已经见怪不怪了。确实，莫元明这几年也没少在莫家庄后山乱跑……

莫元明老远就看到木屋前一名汉子正在巡视着一支支狩猎小队，莫元明靠近些后便喊了起来："清月叔叔！"

那名汉子转过头来，见是莫元明，脸上便露出了笑容，笑骂道："你小子又到山上乱跑了？"莫元明对着莫清月调皮地吐了吐舌头，莫清月见莫元明这副调皮捣蛋的模样，笑着摇了摇头，道："你这小子，跟元清那小子跟久了，也变捣蛋了！"

今天早晨训练时，训练场并没有出现莫清月和莫清明的身影，只有莫清日带领着青少年以及孩子们进行锻炼，莫元明便猜到，这一段时间带领狩猎队在莫家庄后山执勤的是莫清月，因为莫清明经常要帮父亲处理庄中大小事务，一般是不会亲自到此地的。

莫元明听到莫清月的话，挠了挠后脑勺，然后笑道："清月叔叔，您就别取笑我了！"莫清月笑了笑，说道："说吧，这次又要干什么？我可不认为你是特地跑来探望我的！"

莫元明的心思被莫清月戳穿，顿时尴尬地呵呵一笑，说道："清月叔叔，我要下去峡谷内，您是这次执勤的负责人，自然要来请求您放行啦，拜托啦！"

莫清月笑道："还请求，你就过来跟我说一声而已吧？这峡谷，我们待了那么久也没发现有什么秘密啊，你下去干吗？"

莫元明故作神秘地道："这是秘密！"

莫清月无奈地摇摇头，道："还秘密，算了，反正下面也没什么危险，去吧！真搞不懂你小子在打什么鬼主意。"

莫元明脸上立即露出愉悦的笑容，对着莫清月说道："清月叔，谢啦！"立即头也不回地转身向峡谷内奔去。

在莫元明奔向山中峡谷之时，心中已经跟墨菲特联系起来了："墨菲特爷爷，这里就是我发现墨环的地方，不过那些尸体应该都被庄子的人处理掉了，所以没办法从尸体上找线索，只能到此，看看你能不能回忆起什么？"

墨菲特道："我对这里一点印象都没有，你在这个峡谷内到处转转吧，看看是否能找到当初你所说的呼唤的声音的有关线索。"

莫元明边奔跑边微微领首，因为幅度太小，旁人也看不出来他有什么动作。莫元明心中道："也只能这样了！"

整整一天的时间，莫元明在山中峡谷内乱转着，但墨环一点反应都没有，莫元明对当初声音的来源也越加好奇，但是却无法解答，虽然中午和狩猎队一起解决了肚子的问题，但是眼看就到下午训练的时间了，最终不得不和墨菲特商量，二人商议完后，最终选择放弃。

离开时，莫元明想起当初莫清明曾和自己与表哥莫元清说过，只要他们成功开启天印，便开始传授他们莫家枪法，于是莫元明向莫清月问了下莫清明的去向，但莫清月已经有段时间没回庄子了，所以他并不清楚。莫元明只能希望在练功场遇上莫清明。

第二十八章 鲜血残红

在莫元明赶到练功场时，大部分人都已经到了，其中当然包括莫元清。

当莫元清见莫元明也到了，便上前问道："表弟，你一整天跑哪里去了，这么风尘仆仆的？"

莫元明听到莫元清的问题，便学着早上和莫清月说话时的样子，依旧故作神秘道："秘密！"

莫元清听到这句话，皱眉道："在我面前还装，说，快说，干什么去了？"然后这表兄弟二人再次嬉闹起来！

过了一会儿，莫元明见莫清明与莫清日并肩向练功场走来，莫元明立即对表哥莫元清说道："表哥，表哥，别闹了，明叔和清日叔叔来了！"果然，莫元清听到这句话，立即就不闹腾了，不仅莫元清如此，练功场上其他的青少年和孩子见到莫清明与莫清日二人，立即也不再追跑打闹了，练功场上立即安静了许多。

莫清明与莫清日见到练功场上的这一幕，眼中皆闪过一丝笑意。

莫清明与莫清日二人来到练功场后，莫清日走到练功场中央大声喊道："集合！"

在莫清日的号令声中，练功场周边的孩子立即整齐地排列在练功场中，开始了今天傍晚的训练。

青少年们的怒喝声和孩子们稚嫩的呼喊声伴随着训练的开始，渐渐传遍整个练功场。

原本还算明亮的阳光随着时间的推移，渐渐转化为带着朱红色的夕阳，把原本湛蓝的天照成了昏黄色，带着一丝暖暖的温热与惬意，斜斜地打在莫家庄的练功场上。

随着夕阳的悄悄滑落，莫家庄练功场也迎来了结束的哨音。

练功结束后，莫元明立即扯着不明真相的表哥莫元清，跑到莫清明身边，莫清明见莫元明扯着莫元清的衣服向他跑来，笑了笑，远远地便说道："元明，你再拉下去，元清的衣服可要烂了！"

莫元明回头望了下表哥莫元清，在他身后的表哥，已经被他拉得衣衫不整了，顿时尴尬地笑了起来。

莫元清则恼怒地望了望自己的衣衫，再望了望莫元明，说道："你看，我的衣服都给你搞成这样了！"

莫元明立即拍拍表哥的肩膀，说道："不要在意这种小事啦，我们找明叔可有大事哦！"

莫元清原本有些恼怒的神情，听到莫元明的话，脸上就变得迷茫起来，说道："大事，什么大事，最近有什么大事发生吗？"

莫元明有些无语地望着表哥莫元清，他算是彻底服了表哥那粗大的神经线。

在他们聊天的过程中，二人已不知不觉走到莫清明面前，莫清明见这两个小家伙走到他面前，便问道："你们两个有事？"

莫清明望向莫元清，莫元清顿时一脸无辜以及迷茫地望着莫清明，然后转头望着表弟。

莫清明顺着莫元清的目光，将自己询问的眼神转到莫元明身上。

莫元明看了看无语地望着自己的表哥，各种汗颜，然后转头望向莫清明，嘿嘿一笑，说道："明叔，你好像忘记了什么哦？"

莫清明被莫元明突然冒出的这么一句，弄得一愣一愣的，然后莫元明再次提示道："明叔，你还记不记得，你答应过我们成功开启天印之后，要……嘿嘿！"

莫元清听表弟说到这里，顿时明白了，也转头目光灼灼地望着莫清明说道："对，对，明叔，你答应我们成为天印者后，要教我们莫家枪法的！"

听到莫元明的话，莫清明顿时笑道："你们两个臭小子，我都答应了，还怕我不教你不成？"

说完，莫清明望着眼前两个依旧用灼灼目光盯着自己的莫元明与莫元清，笑道："好啦，你们放心，从明天开始，我就教你们，你们依旧来训练场就行了，我就在这里教你们！"

听到莫清明这句话，莫元明与莫元清顿时欢呼起来！

然后，莫元明转头望向莫清明，说道："明叔，那我们先走啦！明天再见啦！哟喔，终于可以学莫家枪法啦！哈哈哈哈！"后面两句，明显是跑开老远才说的。

得到这个答案，莫元明便和莫元清一起撤了。

此时，莫清日走了过来，对着莫清明说道："你决定教他们莫家枪法啦？"

莫清明默默地回答道："嗯，这是我之前答应他们的！"

莫清日继续道："这么快教他们会不会太早了？一般训练到了最后才会教授莫家枪法的，而且不仅仅是这个原因吧？"

莫清明回答道："他们两个的努力，你我是有目共睹的，他们四年的锻炼已经达到了青年组训练的水准了，而且自从他们开启天印之后，对他们来说，再训练下去已经没有太大的意义了。"

说到这里，莫清明顿了顿，继续说道："自从他们开启天印成功的那一刻起，他们就注定要离开庄子，去外面的世界闯荡，我们提前教会他们，这样他们才能更好地在外面的世界活下去！"

莫清明望着已经跑远的莫元明与莫元清在夕阳下的背影，说道："他们的路还很长，外面的世界很大，他们需要更大的能力来保护自己，离开了庄子，我们就照看不了他们了！"

莫清日听莫清明说完这番话，感慨道："是啊，他们迟早要离开的！"

与此同时，莫清明的目光依旧停留在那两个朝气蓬勃的少年身上，拳头缓缓握紧。

路还很长，还在莫家庄的莫元明与莫元清，还不知道未来等待着他们的是怎样的磨难，但世界的残酷会教会他们一切。

天边，那原本暖洋洋的朱红色夕阳，此刻看起来却像娇艳欲滴的血一样鲜红！

鲜血般的残红映照着天齐大陆，新的故事将会让天齐大陆风卷残云！

第二十八章 鲜血残红

第二十九章
灵入枪法

三个月后，莫家庄东面后山峡谷以东五公里处，莫元明、莫元清以及莫家庄狩猎队其中一个小队的人员在山中狩猎。

自从三个月前莫元明跟莫清明提出要学习莫家枪法后，莫清明第二天便开始教莫元明与莫元清二人，而莫元明与莫元清二人仅用了短短两个月的时间就将这套枪法掌握了，这远远超越庄内少年的速度，并让莫清明、莫清日、莫清月三人感叹不已。

庄内的少年一般从开始学习莫家枪法到完全掌握，最快也要半年时间，而莫元明与莫元清二人的学习速度，让莫清明感慨了许久。莫清明很自然地将这些原因都归结于天印者的天赋上去了，但莫清明依旧叮嘱他们要经常练习枪法，这样枪法才能越来越精湛。

而莫元明与莫元清在完全掌握这套枪法之后，经过一番商量，跟莫清明提出了参加莫家庄狩猎队的要求，最终，莫清明同意了他们的要求。

因为他们二人给出的理由太好了，他们两个以莫清明的叮嘱为理由，说只有参加狩猎队，经过了真正的厮杀，才能更好地练习莫家枪法，而且狩猎队基本也不会有什么危险，只是参与打猎而已，正因如此，莫清明才同意了他们的要求。这打破了莫家庄有史以来参加莫家庄狩猎队的最小年龄。

此时，莫元明与莫元清被分配到这支狩猎队小队当中，他们加入莫家庄狩猎队已经一个月了。这一月的时间内，莫元明及莫元清学习莫家枪法的进步速度，简直可以用神速来形容。现在，莫元明与莫元清的枪技已经隐隐位于这支小队的众人之首。

即便是在整个莫家庄狩猎队中，单论枪法，他们二人也可以名列前茅。而且，在莫元明学习了莫家枪法之后，墨菲特也教授了他一些有关天印者能力的基本运用，将天印者的属性力量贯入武器当中，便能将天印者的属性力量简单地通过武器表现出来。

例如，莫元明将天印的火属性力量贯入到长枪当中，长枪便会被火焰所包裹，如此，莫元明施展莫家枪法时，其杀伤力以及破坏力也更为强大。因为武器被莫元明的灵力所包裹，因此，天印的属性力量不会对武器本身造成破坏。

而莫元明尝试将雷属性力量贯入到长枪中时，施展的莫家枪法的速度快如闪电，其次才是它惊人的破坏力，同时枪身也被一个雷弧所环绕。

莫元明在学会这个方法之后，便将其教给了表哥莫元清，当场还实验了一番，莫元清施展出来的莫家枪法，同样也非常快，但是却给人一种轻盈飘逸的感觉，贯入了风属性力量的莫家枪法，虽然看不到是什么属性力量显现，却能让人明显感觉到一阵劲风，枪法神出鬼没，如风一般灵动。

莫元明本人看到表哥这个粗犷的家伙竟然使出这么飘逸灵动的枪法，表情难免有几分怪异。而莫元清看了莫元明使出地灌入火属性天印力量的莫家枪法后，当时便一脸羡慕地说，"好酷的枪法，好帅啊！可惜我的是风，看不见。"

莫元明听完莫元清的话，顿时晕倒，本来想给莫元清展现的重点是让他看一下枪法的破坏力和灵力运用的原理，但是，看到表哥莫元清的表情，他立即选择放弃。

莫元明与莫元清都学会了将天印者的力量贯入到武器中，掌握了天印者力量的基本运用原理之后，都默契地参与完成狩猎队的任务，他们参加狩猎队的主要目的还是锻炼莫家枪法。

莫元明心中甚至认为，若他与表哥莫元清二人将贯入天印者力量的莫家枪法施展出来，必定稳居整个莫家庄狩猎队首位，当然莫清明这个莫家庄狩猎队总队长除外。

莫元明可是见过明叔出手的，开启天印那次，在前往天风镇途中遇到强盗时，明叔所展现出的速度与力量，现在让莫元明想起来都感到汗颜，觉得弱小的天印者如果与明叔交手只怕也是死路一条吧！

此时，莫元明与莫元清跟随着狩猎小队，正在追捕一只麋鹿。而带领这支小队的队长是莫家庄狩猎队的老人——莫文熙。

莫文熙在莫家庄狩猎队已经有五年时间了，经验老到，对于丛林的熟悉程度可不是莫元明、莫元清这些刚来一个月的新手可以相比的。

这位老队长也是一名武者，但因为天赋的原因，可能一生也就止步于此了。

此次，他们这支小队出来猎取一些食物，以补充山中峡谷狩猎队的食物。在遇到麋鹿之前，他们已经猎到了三只野兔和一只狐狸，但这一点猎物对于驻守在山中峡谷的狩猎队来说，是远远不够的。

麋鹿算是此行中遇到的最大、最好的猎物了，如果猎到，就不仅仅能够补充食物了，麋鹿身上可都是宝啊，鹿角、鹿皮等让莫家庄商队运到天风镇可是能卖个好价钱，而且捕捉到这些上好猎物的小队也能得到奖励，这是莫家庄对庄内狩猎队一些政策上的鼓励。

莫文熙眼看着这只麋鹿越跑越远，有些心急，他们已经追这只麋鹿几百米了，如果这只麋鹿跑了，之前的努力可都白费了，莫文熙当机立断，对小队的几名弓箭手下令道："放箭！"

第二十九章　灵入枪法

　　丛林中，树木众多，弓箭手的命中率虽然不算高，但是也不会偏差太多，凭着运气，第二波"箭雨"中便有一支弓箭射中了麋鹿的后腿。

　　后腿被弓箭射中后，奔跑中的麋鹿应声倒下，但这只麋鹿依旧挣扎着爬起来继续奔跑，却已经远远没有之前的速度与灵活了。

　　此时，队伍当中的莫元清对着小队队长莫文熙喊道："文熙叔叔，让我来！"

第三十章
元清初战

　　说完，莫元清便跃出队伍，提着手中的莫家枪，对着麋鹿笔直地冲去，同时，口中喊道："烈焰，上！"

　　顿时，一道火红色的影子从莫元清身边飞快地掠过，向着麋鹿奔去，它的奔跑速度可比莫元清快多了，而且，身形也比众人灵活了不是一星半点。

　　那冲出去的火红色影子，正是时常跟在莫元清身边的小老虎烈焰。此时，烈焰与三个月前相比，更像它的母亲魔焰巨虎了，四爪上冒着火焰，一条火线从烈焰的头部沿着脊椎一直延伸到尾巴的火球上，奔跑时，烈焰的尾巴带着那团火球，在空中随意地摆动着，划出一条条火影。

　　不一会儿便追上在前面一瘸一拐奔跑着的麋鹿，烈焰大吼一声，前方的麋鹿明显受到了惊吓，不顾伤口，奔跑得更加急促。受惊吓后，麋鹿受伤的后腿没有踩稳，顿时跌倒在地，烈焰就在此时猛然扑了上去，用锋利的虎牙咬住了麋鹿的脖子，强劲的咬合力几乎将麋鹿的脖子咬断，麋鹿在烈焰的虎口中挣扎了几下，便没了气息。

　　莫元清随后便赶到了，烈焰见莫元清赶到，立即松开了咬住麋鹿脖子的虎牙，乖巧地蹲坐在一边，摇晃着尾巴。

　　莫元清蹲下身子，伸手抚摸着烈焰的毛发，说道："烈焰，办得好！"

　　烈焰听到莫元清的夸奖，十分乖巧地在莫元清的身上蹭了蹭。

　　莫元清看了一眼倒在地上的麋鹿，对着烈焰说道："烈焰，看好猎物哦！"随即站起身，转身向狩猎小队奔过来的方向走了几步，兴高采烈地对着众人挥挥手，喊道："大家，我搞定啦，哈哈！"

　　就在此时，烈焰在空中嗅了嗅，然后露出锋利的虎牙，吼叫了一声。

　　说时迟，那时快，一道身影突然从侧面的密林中冲出，向莫元清扑去。

　　远处的莫文熙与莫元明见莫元清搞定了猎物，心中一阵欣喜，眉间也变得轻松起来。突然，一只狼从一侧冲出，扑向莫元清，莫文熙与莫元明顿时大惊，异口同声地对着莫元清喊道："小心！"

就在那头狼的前爪即将碰到莫元清时，一道虎影扑到了狼影身上，将其撞开，这道虎影除了烈焰，还能有谁?!

那头狼被撞开后，翻身落地，落到了莫元清面前两米处，莫元清在狼影刚冲出来的时候便已经感觉到了，但他刚刚还在对着远处的众人挥手，根本来不及收回手，也来不及改变动作。

直至那头狼被烈焰撞开，莫元清才开始后怕，冷汗直冒，莫元清立即提起并握紧手中的莫家枪。

那头狼被撞开之后，莫元清才看清楚，眼前的这头狼明显比一般的狼要大一些，也更加壮硕一些，最奇特的是，它那血红色的眼睛，狼牙也要更大一些，毛发比一般的狼要更加明亮。

被撞开的狼，四爪稳稳地落在了地上，露出狰狞的獠牙，一丝唾液还顺着狼牙从嘴角流淌了下来，滴落在杂乱的草地上。

那头狼落地后，顿时对着烈焰吼叫起来，嗜血的眼神紧紧地盯着烈焰，烈焰也吼叫回应着，虎目同样紧紧地盯着眼前的这头狼。

就在此时，一道同样的狼影从莫元清身后冲出，刚被袭击、神经已经高度紧绷的莫元清，转身便是一枪，向身后扑来的狼影猛然射去。

狼影见莫元清飞快地转身，一枪刺来，在空中强行扭动着身体，躲过了这致命一枪，否则，必然被刺个透心凉。

即便如此，狼身上依旧被刺出一道深可见骨的血痕，但其身躯依旧顺着惯性向着莫元清扑去。

在这危急时刻，莫元清将灵力贯入枪身，那狼影一旁的枪身顿时变得轻盈起来，将原本刺出去的枪身变成横扫，枪身如同鞭子一般抽到了狼影身上，狼影如炮弹般飞了出去，撞断了一旁的树木，狠狠地砸到了泥土上。

莫元清的反应已经非常快了，但在枪身抽到狼身之前，莫元清握枪的右臂依旧被抓出了三道血痕。

莫元清此时已经大汗淋漓，他冒的可都是冷汗啊，口中微微地喘息着，咽了一下口水，心想：小命总算是保住了！

莫元清此时已经丝毫不敢大意了，即便那狼影已经被抽飞出去，但莫元清依旧紧紧地盯着。

就在莫元清身后的另一个狼影冲出来之时，之前袭击莫元清的那头狼同样张开獠牙向着魔焰虎烈焰凶狠地扑了过去。

这时，烈焰没办法去阻止莫元清身后的另一个狼影，两只走兽很快便撕咬在一起，一狼一虎拼命地厮打着。

但魔焰虎烈焰很快便占据了上风，身上的火焰也将那头狼灼烧得嗷嗷叫，但后来那头狼则越打越狡猾，后来都不与烈焰近身厮杀，远远地与烈焰周旋，时不时扑上去撕咬，一见形势不对便后退。

在莫元清抽飞那头狼影时，莫文熙带领着狩猎队众人终于赶来，之前因为魔焰虎烈焰正与那头狼厮打，而莫元清也被另一头狼偷袭，莫文熙不敢下令放箭，担心误伤，只能飞快地领人赶来支援。

此时，那头被莫元清抽飞的狼缓缓爬起，血红色的眼睛紧紧地盯着莫元清，而与魔焰虎烈焰纠缠着的另一头狼见狩猎队的众人赶到，便远远地退到那头被抽飞的狼身边，两头狼依旧用嗜血的眼睛紧紧地盯着众人，缓缓地向后一步一步地退去。

莫文熙众人赶到后，立即给莫元清的伤口进行紧急处理，上药并包扎起来，莫元清在众人赶到后，终于也松了一口气。

其余的人守护着正在被莫文熙处理着伤口的莫元清，莫元明走到表哥莫元清身边，看着莫元清上药时龇牙咧嘴的表情，问道："怎么样，没事吧？"

莫元清微微颤抖着，额头上的冷汗像水珠一样不停地从脸颊上流下。听到表弟莫元明的问话，莫元清强行笑了一下，可是那个笑容要多僵硬有多僵硬，牙齿还在上下打战地说道："没、没事，小、小伤，一、一会儿就好！"

莫元明看着表哥莫元清强行露出的僵硬笑容，脸上一阵无奈，说道："就爱逞强！"

莫元清疼得身躯微微颤动，还在辩驳道："谁、谁说的，我、我可是一、一等一的男子汉！"

莫元明脸上的表情更无奈了，耸耸肩，对着表哥莫元清说道："是啦，你是 等一的男子汉，你最厉害了！"

第三十章 元清初战

第三十一章
重重包围

莫元清听到莫元明的回答，再次笑了起来，说道："当、当然！"刚说完这两个字，莫元清便猛地挺起腰杆，睁大双眼，牙齿打战得更加厉害了，那表情想喊，但张开嘴巴又把声音忍了下去。

与此同时，莫文熙已经完成伤口处理的最后步骤，刚刚就是他猛地一扎才把莫元清疼成那样。

莫元明见莫元清这个情况，脸上顿时露出"好疼"的表情！

莫元清被表弟逗得想笑，却笑不出来。

此时，莫文熙拍拍莫元清的肩膀，说道："元清不错啊，刚刚处理伤口时都没喊一下！不错，不错，哈哈哈哈！"

其实，莫文熙的动作非常快，一会儿工夫便将莫元清的伤口处理好了，之后站起来，看向远处仍在盯着他们、缓缓后退的两头狼，有一头刚刚被莫元清所伤，退后的一小段草地上留下它一滴滴鲜红的血迹，但它的表情也越加狰狞。

莫文熙站起身来望向远处的两头狼，仔细看了看它的毛发和形体以及那鲜血般赤红的双眼，说道："是嗜血狼！"

此时，莫元清被莫元明扶了起来，同时，莫元清疑惑地问道："嗜血狼？"

莫文熙盯着远处的两头狼说道："一阶妖兽，没想到这里竟然开始出现妖兽了，而且是两头成年的嗜血狼！"

莫文熙突然间想起什么，脸色瞬间大变，对着狩猎小队的众人喊道："不好，快离开这里！快，快！"

莫文熙吩咐莫元明搀扶莫元清，命令另一人背起麋鹿的尸体，率先领着狩猎小队的众人向着来时的方向快速地奔去。

狩猎小队的众人听到莫文熙的命令后，立即飞快地执行起来，众人似乎也意识到什么，脸上浮现出一股担忧之色，莫元明与莫元清虽然疑惑，但是察觉到狩猎小队众人脸上的表情，便知一定是遇到了不好的事情，莫元明立即动作迅速地搀扶起表哥莫元清，跟上狩猎小队的步伐。

在莫元明搀扶着莫元清赶上狩猎小队来到莫文熙身边的时候，莫元明疑惑地问道："文熙叔，到底是什么事情，要立即撤离？"

莫文熙黑着脸，回答道："狼是一种群居生物，不管是妖兽还是普通的野兽，这一点都是不变的，而且狼群一般非常狡猾，怎么会无缘无故攻击人类呢？其中一定有问题！"

莫元明与莫元清的脸上方才露出恍然之色，二人听完狩猎小队队长莫文熙的话，脸上也浮现出担忧之色。

狩猎小队没有跑出多远，莫文熙的脸色便彻底地黑了下来：前方的树林之中，出现了狼群，但与之前遇到的血红色眼睛的嗜血狼不同，是普通的狼群，但一眼望去，少说也有几十只吧！

"该死！"莫文熙咬牙，狠狠地说道。

同时，他立即下令"停下！"莫文熙领着狩猎小队的众人在百米外停了下来。

"向我的右前方前进，出发！"莫文熙继续飞快地下令道。

可是狩猎小队并没有前进多久便停了下来，因为他们的前方同样是密密麻麻的鬼火般的眼睛。

莫文熙立即下令道："向左前方前进！"

可没过多久，他们就退回来了，因为当他们向左前方迈进时，眼前的场景和之前的一模一样！

莫文熙额头上青筋暴起，心中想道：该死，运气不会这么差吧？但愿不要和我想的一样。

莫文熙继续飞快地下令道："我们后退！"

同时，对着狩猎小队的两名人员下令道："琳琪、琳彬，你们两个脱离小队，去后方两百米范围内侦查，寻找可以撤退的路线，并且尽量探查狼群所在的范围！"

狩猎小队中的两人立即回答道："是，队长！"

在二人走之前，莫文熙皱了下眉头，对他们说了句："如果遇到危险，立即撤回来！去吧！"

二人点头后，立即脱离小队，向狩猎小队后方飞快地奔去。

可没过多久，二人就黑着脸回来了，莫文熙看到二人的表情，脸色更加阴沉了，不用问也知道他们二人侦查的结果，但是，莫文熙还是抱着一线希望，问道："怎么样了？"尽管莫文熙抱着一线希望询问，但是，询问的声音也非常低沉。

琳琪站出来回答道，"报告队长"。说到这里，汇报人的声音也变得低沉和生涩起来，表情也变成了一张苦瓜脸，说道："我们已经被狼群包围了！"

莫文熙硬生生地从牙缝中挤出两个字："该死！"

而狩猎队的众人听到他们的汇报之后，脸色也彻底地黑了下来。莫文熙叹了一口气，对二人吩咐道："好了，你们归队吧！"

二人苦涩地点了点头，返回到狩猎小队的队伍当中。

此时，狩猎小队的众人可以清楚地看到，他们的四面八方传来沙沙的声音，并且一双双鬼火般的眼睛从树木旁、丛林间不断地浮现。

上百只狼从狩猎小队的四面八方围了过来，狼群一点一点地靠近着，狼群没有发出一点声音，甚至没有吼叫，犹如有人指挥一般，缓缓地向着狩猎小队靠近。

狼群似乎一点也不急，慢慢地缩小着包围圈，犹如猎人在收网似的，只是这次，猎人与猎物的角色调换了过来罢了。

此时，莫元明见到狼群包围圈外西边的一个高地上，有三只狼站在那里，眼睛犹如血般的鲜红，是那么明显，毛发也比这周围狼群中的普通狼要明亮得多，獠牙也要更大一些。

这正是嗜血狼，右边那只侧面的身上还有一道长长的血痕，表情也更加狰狞，这只狼正满脸凶气地盯着包围圈内的众人，准确地说，是盯着莫元明搀扶着的莫元清。

看来，这只狼还记恨着刚刚伤它的人类，并且在人群中认出了莫元清。

而左边那只狼身上则有一些咬痕，明显就是刚刚和烈焰搏斗过的那只嗜血狼！

中央的那只嗜血狼却要比身边的这两只嗜血狼要更大些，肌肉也要更加健硕，在那鲜红的眼睛中多多少少透露出一些人性化的光芒。

而莫元清身边的烈焰也狠狠地盯着那三只嗜血狼，然后一声震动山林的虎吼之声猛然响起！

周围的狼群犹如受到惊吓一般，停下了前进的脚步，身躯微微地颤抖着，狼群的眼神惊疑不定地盯着包围圈内的众人。

此时，高地中央那只最健硕的嗜血狼犹如回应般，扬起高傲的狼头嗷叫起来，身边的两只嗜血狼也跟着嗷叫起来，之后下面的狼群也跟着一起嗷叫起来。

这个场面，莫说是莫元明与莫元清，就是莫文熙等狩猎队里有经验的老人见到，都有一丝胆寒。那一阵阵的狼嚎，犹如冰冷的泉水般刺激着狩猎队众人。

见到这一幕，莫文熙的脸色越来越阴沉。

同时，他也随着之前莫元明目光的方向望去，看到了那三只嗜血狼，他的眼睛却紧紧地盯着中央那只明显比另外两只大了一圈的嗜血狼，咬牙说道："我就知道，是嗜血狼王！"

莫元明听到莫文熙所说的话后，猛然转头望着莫文熙，眼中带着询问。

莫文熙感受到莫元明的目光，头也不回地回答道："嗜血狼王要比一般的成年嗜血狼体型更加庞大，它的地位就犹如狼群中的君主一般，可以指挥众多狼群，最可怕的是，它有着比一般的狼高得多的智慧，这也是最麻烦的一点；只有嗜血狼王这样的智慧，才能布下这样的一个陷阱来对付其他妖兽，或者人类！"

说到后面的"人类"二字，莫文熙的语气更是沉重地强调了下。

莫元明顿时对现在面临的状况了然于心，脑海飞快地思索着，希望能够寻找死中求生的方法！

"狼群，包围，指挥、指挥官！"莫元明眼中猛然一亮！

同时，莫元明的目光也闪烁了一下，似乎在犹豫着什么，然后，目光又变得坚定起来！

莫元明心中想道：如果把计划跟文熙叔说，他一定不会同意的，既然如此，只能这么办了，当断不断，反受其乱。

然后，莫元明低下头，望了望一直挂在自己胸口的衣衫上、只露出小脑袋的袖珍小老虎"豆丁"，说道："豆丁，我要拼一次，你要陪我吗？"

挂在莫元明胸口的袖珍小老虎似乎听得懂莫元明的话，十分人性化地点了点它的那个小虎头。

莫元明顿时笑道："好，我们拼了！"

被莫元明搀扶着的莫元清，似乎听到莫元明在说些什么，但是听不清楚，疑惑地望着莫元明，问道："表弟，你说什么？"

就在此时，莫元明已经搀扶着莫元清来到莫文熙身边，头也不回地对着身后的莫文熙说道："文熙叔，一会儿你看准机会，领着大家突出重围！"

莫文熙听到莫元明的话，顿时一愣，然后发现原本被莫元明搀扶的莫元清向着他倒来，莫文熙赶紧伸手将莫元清扶住。

莫文熙抬头望向莫元明，只见莫元明已经提着莫家枪，离开队伍向着狼群冲了过去，莫文熙顿时大惊，立即喊道："元明，快回来！"

莫元明大喊地回应道："叔，相信我，带人突出重围！"最后一句都已经用上呐喊的音量了。

莫文熙想要阻止已经来不及了，莫元明瞬间冲入狼群之中，狼群飞快扑上，莫元明很快就被狼群淹没了。

莫文熙望了望莫元明冲向狼群的方向，莫元明顺着那个方向一直前进，前方正是高地上三只嗜血狼所在的位置。

莫文熙顿时明白了莫元明的想法，莫文熙此时咬合的牙齿正微微颤抖着，嘴角有一丝血迹流淌了下来，莫文熙的心在颤抖啊，这样关键的时候，他竟然还没有一个孩子勇敢、果断！

而莫元清在被莫元明推开的那一刻，完完全全地愣住了，心中还想道：表弟，你要干吗？

接下来，便见莫元明犹如疯子一般冲到狼群之中，莫元清见到这一幕，眼睛瞬间充血，大喊道："表弟，回来啊！"然后，自己也不顾伤口，向着莫元明冲出的那个方向，几乎用扑的方式冲去。

但他立即被莫文熙扯住腰部，强行拉了回来，莫元清状若癫狂地喊道："文熙叔，放开我，快放开我，元明冲进去啦，他冲进去啦！"

莫文熙听到莫元清的呐喊，心颤抖得更加厉害了，而狩猎小队的众人见到这一幕，眼眶瞬间红了起来。

就在狩猎小队一些人准备冲过去将莫元明救出来的时候，莫文熙顿时吼道："全部给我回来！"

立即有队员指着莫元明冲出去的方向，用喊的方式回应道："可是，队长，元明他……"

"给我闭嘴！"此时，狩猎小队队员们都清楚地看到莫文熙的表情，嘴角有一丝

第三十一章 重重包围

血迹流淌下来，双面通红，额头青筋暴起，似乎在强忍着什么。

众人见到狩猎小队队长莫文熙的表情，瞬间就愣在原地，心中犹如打翻的调味料罐了一般，百味杂陈。因为队长的心中明显比他们更加痛苦，但依旧强忍着。

莫元清一回头，此时也见到了莫文熙的表情，愣住了。

此时，莫文熙眼神中充满了坚定，他已经明白莫元明的用意了，这是一次机会，作为狩猎小队的队长，他必须为团队的利益着想，想尽办法保住更多的人，正是他现在的任务。

"全部人跟我冲！"莫文熙怒吼道，然后率先扯着莫元清，向着山中峡谷的狩猎队所驻扎的方向冲去！

狩猎小队的众人也都咬着牙，回头望了莫元明冲出去的方向一眼，便跟着莫文熙进行突围，莫元清同时还扯着嗓子喊道："表弟，我一定会回来救你的！"

然后，莫元清便转头对着莫文熙说道："文熙叔，放下我吧，我没事了！"

莫文熙闻言望了一眼莫元清，透过莫元清的眼神，看到莫元清此时眼中的清醒和坚定，然后便默默地点点头，将莫元清放开了。

莫元清便立即参与到突围当中，疯狂地与狼群搏杀，似乎要将愤怒都发泄在狼群身上，同时吼道："烈焰，杀啊！"

烈焰似乎也感受到莫元清的心情，而刚刚冲出去的还有从小和烈焰玩到大的兄弟，那只袖珍小老虎"豆丁"。

烈焰的情绪当然也不能稳定，它与莫元清一样，疯狂地与狼群展开厮杀！

第三十二章
雷火虬龙

莫元明的想法其实很简单，射人先射马，擒贼先擒王，虽然不能擒下来，但是只要将嗜血狼王斩杀，那么没有首领指挥的狼群便不攻自破，即便嗜血狼王死后狼群不散，但少了首领指挥，狼群的战斗力必定大大下降，这时狩猎小队便有机会突出重围，狼可是很记仇的生物，对付嗜血狼王的人必定会被狼群群起而攻之，那人可能再也回不来了。

但莫元明可不是一时冲动才冲出去的，而是经过分析之后，莫元明自认是战斗力最强，也是最有机会活下来的，所以他毫不犹豫地冲了出去。

而且，莫元明的天印属性之力，经过这段时间所练成的技能还没使用过呢！

此时，莫元明不断地施展着莫家枪法，逼退包围他的狼群，并将扑上来的狼挑开，他尽量节省力量，运用莫家枪法的技巧，飞快地向着高地上的三只嗜血狼所在的方向接近着。

在莫元明冲进狼群当中时，莫家庄狩猎队的众人还愣在那里，之后莫文熙便领着狩猎队的众人开始突围。

就在此时，站在高地中央的嗜血狼王嗷叫了起来，狼群原本的包围阵型瞬间发生了变化，分成两批，一部分围攻莫元明，一部分拦截莫文熙带领的狩猎小队。

随着狼群分成两批，莫元明越来越靠近三只嗜血狼，而他的压力也越来越大，速度也逐渐慢了下来。

莫元明心想：可恶，前进速度开始变慢了，明明利用一开始的冲击力，已经接近了不短的距离了，如果我慢下来，那狼群的攻击将会更加凶猛，高手架不住人多啊，更何况我还不是高手，到时我可能就真的要交代在这里了，不行，速度一定要上去，本来想对付嗜血狼王的时候再用的，不过没办法了！

随着莫元明的一声大喝，气势顿时上升，然后莫元明手中的莫家枪便被火焰所包裹，使出的莫家枪威力大大增加，再加上普通野兽本就惧火，莫元明所施展出来的莫家枪法的杀伤力顿时上升了许多，前进的速度瞬间暴增，甚至比一开始冲进狼

群的时候更快!

　　施展起蕴含火属性天印力量的莫家枪法的莫元明犹如一个巨大的火球,不断地碾过狼群与草地,迅速地接近着傲然立于高地上的三只嗜血狼,同时,莫元明体内的灵力也飞快地消耗着。

　　莫元明终于突破狼群的围追堵截来到高地上,看到三只嗜血狼。

　　嗜血狼王两旁的嗜血狼见莫元明突破狼群的阻挡,杀到它们面前,便凶狠地奔了过去。嗜血狼王有着狼王的高傲,不屑于与狼群和两只普通的嗜血狼攻杀一个人类少年,但是如果威胁到性命,那就又另说了。

　　但至少现在嗜血狼王不认为这个人类少年能够威胁到它的性命。

　　莫元明突破狼群的包围后,顿时前方一片空旷,因为从一开始,三只嗜血狼便是站在狼群的最后方的。

　　刚突出重围的莫元明,首先见到的是两双赤红的带着杀气的眼睛,正向着莫元明奔来,仅仅一会儿的工夫便奔到了莫元明面前,两头狼利用高地的优势高高跃起,凶狠地向着莫元明扑杀下去。

　　莫元明加入莫家庄狩猎队也不是一两天的事情了,当然知道狼这种生物就是铜皮铁骨豆腐腰,见两只嗜血狼向他奔来并高高跃起,心中瞬间做出决定,认为值得一搏,若是赢了,不仅可以节省灵力,还可以节省力气,在现在这个时候,保留每一分力气和灵力都非常重要。

　　当然赌输了的话,后果不用想也知道是什么了。

　　但是莫元明不得不赌,他从一开始,就不仅仅打算击杀嗜血狼王,他可还要保住小命的,而够狠、敢拼,就有机会保住小命,只要他有一丝胆怯和犹豫,所面临的必定是狼群如潮水般的进攻。

　　就在莫元明心中做出决定的这一刻,身后飞快扑上来了狼群,莫元明竟然蹲了下来,将莫家枪横握在胸前,右手抓住莫家枪的尾端,左手隔着右手一拳的距离,握着莫家枪整个枪身的尾端。

　　此时,莫元明体内的天印灵力疯狂地贯入莫家枪中,两只手背上的天印纹络悄然浮现。

　　最接近莫元明的那几只狼的利爪,在快抓到莫元明的后背时,莫元明望着两只嗜血狼高高跃起的方向,对着那两只嗜血狼,身形如同豹子般猛地跃起。

　　在莫元明猛然跃起的一瞬间,一股凶猛而炽热的火焰包含着一丝银白色的璀璨电弧,从莫家枪的尾端,向着枪尖席卷而上,瞬间包裹住了整条莫家枪。

　　这正是莫元明最近在墨菲特爷爷的指导下,煞费苦心方才练成的招式,这一招式同时运用两股天印属性的力量,在练习的时候,莫元明可没少吃苦头,两股狂暴的属性相撞,其威力可想而知,就像火星撞地球,真是天雷勾动地火啊,就差没把莫元明的双手炸废。

　　幸好在成为天印者之后,天印者的灵力对伤势也有一定的修复作用,并且家里还有连叔这个超级大夫在,不然,单单练习这招,莫元明不死也要脱层皮。

　　此时,莫元明心中的想法便是:幸好最近把这个招式练成了,不然这次可就真的死定了！

正是有了这招，莫元明才有足够的胆量单枪匹马杀入狼群，来挑战嗜血狼王。虽然嗜血狼王也是一阶妖兽，但是一般的一阶妖兽和嗜血狼王这一阶妖兽能比吗？

嗜血狼王几乎已经是一阶妖兽食物链的顶级了。

莫元明在蹲下的一瞬间，就已经找到两只嗜血狼的弱点了，它们利用了高点的优势，跃起再冲下来，这样杀伤力也比平时更强，但妖兽跟人类在智慧上的差距在这时就已经显现出来了。

当然如果换作是其他人，在见到两只嗜血狼如此凶狠地向他扑来，估计已经吓得不能动弹了。

莫元明的背部几乎是贴着后面扑过来的狼的爪子跃出去的，在冲出去的那一瞬间，莫元明背部的衣衫瞬间就被划开，并且留下了几道血痕，虽然不深，但是有痛楚感。

莫元明在跃起的那一刻，也恰好躲过后面狼群的攻击。

莫元明感受到后背的痛楚，却不管不顾，一瞬间冲到了两只嗜血狼的下方，抡起莫家枪，犹如鞭子般，准确无误地向着两只嗜血狼的腰部抽了过去。

包裹着炽热的火焰与银色电弧的莫家枪，犹如雷火虬龙的尾巴一般，狠狠地向着嗜血狼的腰部抽去。

两只嗜血狼在空中已经来不及改变方向了，莫家枪的枪身前段，虽然平时并不锋利，也不是杀伤力最强的地方，但此时却狠狠地将与莫家枪亲密接触的第一只嗜血狼拦腰截断。

而那如同雷火虬龙般的莫家枪依旧威力不减地向着第二只嗜血狼扫去，第二只嗜血狼根本来不及躲闪，因为在莫元明使出这一击时，包括蹲下、跃起直至冲向两只嗜血狼的一连串动作，都是已经设计好的。

这一击的目的就是要击杀两只嗜血狼，不出所料，击杀第二只嗜血狼虽然长了些，但是这只狼同样没能躲开，带着火焰电弧的莫家枪枪尖狠狠地划破第二只嗜血狼的肚子，那巨大的伤口再被火焰灼烧、雷电粉碎，第二只嗜血狼落地之后挣扎了两下便断气了。

就在此时，也是莫元明最危急的时候，因为此时莫元明旧力刚去、新力未生，嗜血狼王已经扑到莫元明面前。

其实，在莫元明使出这一招时，嗜血狼王便已经奔了过来，因为嗜血狼王敏锐的直觉已经从莫元明那一招上嗅到了一股危险的味道，这是已经可以威胁到它性命的气息，所以，嗜血狼王立即奔了过来。

莫元明刚刚解决掉一个危险，另一个更危险的情况就瞬间出现了，但是，莫元明的反应不可谓不快，瞬间便趴下并滚开。

莫元明滚到一侧，虽然躲开了嗜血狼王的致命一击，但是却刚好有几只狼在莫元明所到位置的旁边，枪是长兵器，几只狼靠得太近，莫元明已来不及提起莫家枪，但莫元明左手瞬间伸向左腿外侧，拔出绑在那里的匕首，这是狩猎队每个队员都配备好的装备，还有一些小包捆绑在莫元明的腰上，里面有水和干粮等东西。

第三十二章 雷火虬龙

　　莫元明手持匕首飞快地向着几只靠的最近、张开狼口向他咬来的普通狼刺去，此时，莫元明左手手背上浮现出一个雷电烙印，匕首带起一道银白色光芒的雷弧，将这几只靠的最近的狼尽数切开。

　　杀死这几只狼之后，莫元明左手把匕首飞快插回绑在左大腿的剑鞘处，同时，莫元明立即顺着惯性一个转身站起，右手更是紧紧抓住莫家枪，并让莫家枪枪尖向外，带起一道弧线，将准备扑来的狼群和嗜血狼王逼开。

　　莫元明在这段时间内引诱狼群分兵，并杀向嗜血狼，让嗜血狼王无暇顾及狩猎小队的众人。

　　此时，莫元明在这高地上远远看到狩猎小队的众人已经渐渐远去，即便仍有小部分狼群在追赶，但是至少莫文熙趁着这个机会已经带领狩猎小队的众人突出了狼群的包围。

　　这下莫元明顿时放下心来，因为第一个目的算是达到了！

　　接下来，就是怎么活下去！

　　莫元明望了望远去的狩猎小队众人的背影，放下心来之后，立即转过头盯着眼前缓缓向他靠近的狼群和嗜血狼王。

　　莫元明心里想道：现在可不是分神的时候啊，不然，任务完成了，小命依旧交代在这里，那可真是够冤的。

　　此时，莫元明一边提防着面前的狼群和嗜血狼王，一边眼神乱瞄，四处寻找着出路，脑海中已经马力全开，飞快地运转起来，不断思考着逃离方法和计划着逃离路线！

　　莫家庄在莫元明现在所处位置的西方，但狼群所在的位置正好将通往西边的道路全部封锁了，因为狼群基数太大了。

　　如果莫元明朝着西边前进，他必须再次杀过狼群，并从中突围，莫元明第一次能够办到，除了攻击的突然性之外，他所有的资本便是完好的状态，而现在已经消耗了不少的灵力了，并且已经负伤，虽然伤势不是多么严重，但多少有些影响，现在的状态已经不是最好的了。

　　莫元明可不认为他现在的状态能够再一次杀出重围，如果现在杀进狼群向莫家庄方向突围，莫元明觉得他成为狼群的口粮的几率大一点，更何况现在面前还有个嗜血狼王在，情况就更加麻烦了。

　　而且他一直没有让小老虎"豆丁"出手，就是为了给自己留下一个后手，这样他活命的几率还比较大些。

　　现在面临的状况虽然在意料之中，但是莫元明还真没想到有什么好的办法离开这里，狼群已经越来越近了，莫元明不得不向后退。

　　但狼群和嗜血狼王紧紧地盯着他，如果莫元明转身就跑，按照现在莫元明与狼群的距离来计算，莫元明必定会遭到狼群狂风暴雨般的攻击。

　　莫元明知道已经没有别的办法，只能拼一拼了。

　　莫元明低头望了胸口挂在衣衫上的袖珍小老虎"豆丁"一眼，"豆丁"似乎明白莫元明的意思一般，小小的虎躯微微躬了起来。

然后，莫元明便立即抬头望向面前最近的嗜血狼王，突然暴起，并喊道："豆丁，上！"

莫元明胸口的袖珍小老虎如同炮弹般冲了出去，豆丁的速度犹如闪电，快到嗜血狼王来不及反应就到眼前了。

与此同时，莫元明也使出最强的一击，雷火虬龙般的雷电与火焰再次包裹莫元明手上的莫家枪，同时疯狂地向着嗜血狼王刺出，刺出的速度比平时更快，正是莫家枪法中的招式"枪出如龙"。

第三十二章 雷火虬龙

第三十三章
亡命跳崖

豆丁冲到嗜血狼王的脑袋上，向着嗜血狼王的左眼抓去，豆丁因为个头小，一开始便盯着嗜血狼王的要害部位冲去，嗜血狼王甚至连抬起前爪的时间都没有便受到攻击了，只能疯狂地摇头，希望能够甩掉小老虎豆丁，并下意识地闭上眼睛。

但嗜血狼王还是被豆丁的虎爪划过眼睛，瞬间暴起一团血雾，受到如此伤害，疼痛让嗜血狼王更加疯狂，小老虎豆丁一击即退，在击伤嗜血狼王之后立即向后退去。

就在这时，嗜血狼王汗毛立起，因为一股强烈的危机感向它袭来，嗜血狼王下意识地向后退去，退到狼群之中。

接下来，莫元明的攻击到了，即便嗜血狼王的反应已经极快，但也只是拉开了一点距离而已，虽然嗜血狼王已经退到狼群当中，但实际上嗜血狼王前面只有几只狼而已。

那雷火虬龙般奔腾而来的攻击瞬间将嗜血狼王前面的几只狼轰成血雾，残肢四散，强大的攻击直接轰到嗜血狼王身上，嗜血狼王被小老虎豆丁攻击的眼睛发出的疼痛，让它没能做出最正确的反应，以至于嗜血狼王竟被雷火虬龙直接轰飞，并在身上留下长长的血痕。

莫元明看了一眼被轰飞的嗜血狼王，虽然它在莫元明与小老虎豆丁出其不意的联手攻击中受到了重伤，但看到嗜血狼王喘息的样子，似乎还不至于因此死去，莫元明心中想道：该死，这嗜血狼王的防御居然比以一般的嗜血狼高那么多，这样都不死？

莫元明这一击给狼群制造了混乱，然后立即转身飞奔而去，此时不逃更待何时？

小老虎豆丁在攻击完嗜血狼王之后，便立即退回到了莫元明身上，飞快地钻回到莫元明胸口的衣衫当中。

就在此时，莫元明看了嗜血狼王一眼，转身飞逃。

趁着这个机会，莫元明用最快速度和狼群拉开距离，向着东边逃去。

虽然莫元明不知道东边有什么，但是，他已经没有选择了，只能向东边逃去，心想：只能找机会再兜回莫家庄了。

已经整整两个小时了，莫元明累得气喘吁吁，之前对付嗜血狼王和嗜血狼用了两次如雷火虬龙般的最强一击，但那一击威力虽然强大，却一次就消耗了莫元明近两成的天印灵力，两次就是近四成，而且一开始在他突围杀向三只嗜血狼的时候也消耗了不少灵力。

经过与狼群近两个小时的追逐，以及偶尔与几只狼的搏斗，莫元明体内的灵力已经所剩无几了，并且身上一道道的爪痕所带来的疼痛，也一直刺激着莫元明疯狂地逃跑。

一开始，莫元明利用强势的一击甩掉了狼群一次，但之后再也没能甩掉，狼的鼻子可不是装饰，而且在逃跑的路上，时不时有一两只狼从丛林中扑向莫元明。

莫元明在这两个小时内到底杀了多少狼，他自己也不知道了，更没有时间去数，他早已破烂不堪的衣衫上也被血染红，有自己的血也有狼的血。

莫元明的衣衫已经破烂不堪了，小老虎豆丁没办法待了，只能趴在莫元明的肩膀上，现在连小老虎豆丁的神色都有些疲惫了，这两个小时里面小老虎豆丁可没少出力。

最危险的一次，伏击莫元明的狼有十多只，有一只还冲到莫元明身边，狼爪都快划到莫元明的脖子，却被小老虎豆丁狠狠地击杀了，但狼爪还是在莫元明的脖子上留下了一条淡淡的血痕，那次伏击让莫元明想起来都一阵后怕。

突然，莫元明眼前一亮，莫元明看到亮光就知道，终于可以离开丛林了，心想：离开丛林，狼群想伏击就没那么容易了。

在丛林中，树木众多，视野被丛丛树木所阻挡，大大减小了视力范围，所以，莫元明一路上神经紧绷，幸好小老虎豆丁的鼻子也不是装饰，不然莫元明的麻烦可能更大。

莫元明冲出丛林的那一刻，开心得想要跳起来，但是瞬间他就赶紧刹住前冲的身子，因为他看到的可不是平原或者树木稀少的地方。

虽然不是丛林，但是当他看到这一幕，他倒宁愿前面还是丛林。

因为他来到了一个悬崖边，有点像一线天的地形，莫元明望了望对面山峰，以莫元明的素养，此刻也忍不住咒骂道："该死的，这也太夸张了！"

因为他面前的这个一线天，犹如鸿沟一般将大地隔断，从莫元明所处的悬崖边上的位置到对面至少也有上百米的距离。

此刻，莫元明心中却仍旧感慨着大自然的鬼斧神工，从高空往下看，犹如一片广阔的山林大地被人从中间一斧子劈开似的。

莫元明向悬崖下望了望，所看到的是陡峭的山壁和高数十米峭壁之下一条湍急的河流，至于有多湍急，莫元明看完之后就一句话："这该死的老天，是要让我死在这里吗？"

莫元明转身准备向东边撤离时，嘴里不停地咒骂着，至于咒骂些什么，小老虎豆丁是听不懂了。

第三十三章　亡命跳崖

这时莫元明已经把狼群的祖宗十八代都问候了一遍。

因为他转身发现自己已经被狼群包围了，嗜血狼王躲在狼群中，明显比周围的狼要高大得多，左眼和身上还有一道伤痕，现在正用那散发着红色光芒的眼神盯着莫元明，表情要多狰狞有多狰狞。

狼群从丛林中走出，越逼越近，很快，狼群对莫元明的包围圈就只剩下不足十米。

莫元明冷汗直冒，脑海中依旧飞速旋转着，思考着如何逃生。

在狼群距莫元明只有三米的时候，嗜血狼王带着愤怒吼叫了起来，最前排的狼疯狂地扑向莫元明。

莫元明看着疯狂扑过来的狼群，再转头望了望那数十米之下湍急的河流与陡峭的山壁，此时，凛冽的山风不断吹拂着莫元明的长发与破烂不堪的衣衫。

山风无情地呼啸着，莫元明的情况万分危急！

莫元明一咬牙，然后猛地把上身的破烂衣衫一扯，飞快地扭成绳索，一头扎在自己的腰上，一头绑在趴在自己肩膀上的小老虎豆丁的身上，转身向悬崖外猛地一跃，同时口中还喊道："小爷不陪你们玩了！"心中还想着：小爷还要留下更多的力气保命。

因为莫元明突然跳下悬崖，一些冲势过猛的狼也纷纷冲出了悬崖，向着湍急的河流坠落下去。

此时，莫元明的身体已经沿着山壁，飞快地向下方坠落下去，小老虎豆丁因为有用衣衫扭成的绳索系着，它那小巧的虎躯不至于在坠落时被山风吹的离莫元明太远。

在莫元明跳下时，他就已经做好了打算，虽然是个笨方法，但是为了活下去，莫元明不得不这么做。

一瞬间，莫元明已经坠落了十多米的距离，落下时，莫元明双手握着莫家枪，莫家枪在各类枪中算得上重了，正因为莫家枪的重量，所以莫元明才会坠落得那么快，远远比同样坠落下来的狼要快得多。

莫元明此时在空中竭尽全力地调整身体，双手紧紧地握着莫家枪，然后对着旁边的山壁猛地一刺，刺出的莫家枪带着一丝银色电弧深深地插入到山壁当中，莫元明一阵惊喜，心想：果然，用雷电属性更容易在下坠的情况下划破山壁。

但是，他还没开心完，插入山壁的莫家枪便继续向着下方划了下去，在山壁中划开了近数米的切口方才停下来，莫元明的下坠之势也为之一缓，但插入山壁的莫家枪枪杆上传来的反震之力，震得莫元明双手发麻，莫元明拼命地咬牙撑着，死命握住枪杆。

此时，那几只坠落的狼飞快地掠过莫元明身边，向着下方坠落下去，过了一会儿，就听到几声"嘭"的声音，好像是有什么东西砸到地上裂开的声音，这声音听得莫元明头皮发麻，脑海里立即浮现出自己直接从山崖坠落到湍急的河流上被砸得四分五裂的情景。

莫元明下方还挂着小老虎豆丁，豆丁被衣衫扭成的绳索挂在莫元明的脚下方，刚刚突然止住的冲击力，疼得它嗷叫了一下。

莫元明没有力气说话，只能在心里喊道：豆丁，不好意思，连累你了。

莫元明握着莫家枪的双手已经被震出血来，疼痛与麻木的感觉不断刺激着莫元明的双手，并传到双臂上，莫元明终于支撑不住便松开了双手，身躯飞快地向下坠落着。

莫元明双手松开的瞬间，左手立即抓向大腿外侧，将捆绑在大腿上的匕首拔了出来，然后再一次使出全身力气，左手的闪电纹络再次浮现，雷弧骤显，莫元明故伎重施，匕首如之前的莫家枪一样狠狠地插入到一旁的山壁当中。

这次明显没有莫家枪这个长兵器的效果好，匕首插入山壁之后，锋利的匕首将山壁划开，莫元明的身躯却依旧继续坠落。

莫元明已经紧紧地抓住匕首，这已经是他最后的手段了，如果还是失败，他就必死无疑。

此时，匕首已经速度不减，飞快地向下滑落，匕首划开数十米的距离后终于停了下来，但是，莫元明已经精疲力竭了，在匕首停下的那一刻，莫元明整个人就像挂在匕首上的衣衫似的，甩了两下，便松开了双手。

莫元明此时已经没有一丝力气了，连思考都变得缓慢起来。

刚刚匕首停下的位置，大约距离下方的河流还有数米左右，莫元明只来得及看了同样在他身旁坠落的袖珍小老虎"豆丁"一眼，便"扑通"一声，落入了湍急的河流当中。

山崖边上，嗜血狼王剩下的独眼盯了下方湍急的河流一会儿，直至莫元明落入水中，山崖上才发出一声胜利的嚎叫，嗜血狼王身后的狼群呼应着，狼嚎声久久方才散去，嗜血狼王这才领着狼群奔入山林当中，飞快地离去，山林才是它们的地盘。

在莫文熙带领狩猎小队突破狼群的包围时，几乎人人挂彩，轻伤重伤者皆有。但之后追逐他们的狼群越来越少，莫文熙知道是莫元明分散了狼群的注意力。

经过一个多小时的奔波，莫文熙终于带领狩猎小队赶回了山中峡谷，并将此事告知此次的值班首领莫清月，莫家庄刚出的天印者竟然遇到危险，而且还是族长的孙子莫元明。安顿好莫文熙带回来的众人，莫清月知道事情的严重性，安排人给他们进行治疗、急救，同时派出其他狩猎小队去搜寻狼群的踪迹。

莫清月还立即派人通知正在庄内处理各种事务的实际负责人，即莫元明的父亲莫清风。

莫清风接到消息时，已经是两个小时后的事情了，他立即联系狩猎队队长莫清明，之后便是莫家庄狩猎队全员集结！

为救族长的孙子、莫家庄的新晋天印者、莫家庄未来的希望，莫清明、莫清风亲自带队，莫家庄狩猎队倾巢而出！

幸好莫元清安全回来，不然莫家庄的众人一定急疯了。

可现在没有急疯，却也差不多了，不用说，这场景就发生在莫元明的家中，莫石天还是比较淡定地坐在院子里的石凳上喝茶，还没喝两口，就被妻子梁秋雨指着鼻子骂开了："你这个没良心的，孙子都遇到危险了，你还在这里喝茶？"莫石天手

第三十三章　亡命跳崖

里举着个茶杯，被妻子梁秋雨指着鼻子骂，顿时尴尬地定在那里，喝也不是，不喝也不是。

而莫元明的母亲叶舒婷则焦急地在莫府的庭院中来回踱步，梁秋雨见到儿媳妇焦急的模样，也不管莫石天，去安慰叶舒婷去了。

一支支狩猎小队在莫家庄东边一直延伸至数十里的范围内不断地穿梭着，搜寻着狼群和莫元明的影子。

随着时间一点一点地过去，莫家庄的众人更加焦急，就连莫清风与莫清明都不由得感到一阵急躁。

在莫家庄倾巢出动之时，莫元明又在哪里呢？

第三十四章
我叫灵珊

莫元明在精疲力竭时松开抓住匕首的手，坠落下去之后，只来得及看了一同坠落下去的小老虎豆丁一眼，他就感觉很累了，累得连眼皮都抬不起来，缓缓地闭上双眼，陷入无尽的黑暗当中。

整整两个多小时的追逐与战斗使莫元明的神经高度紧绷，为了活命，最后选择跳崖，莫元明已经使出浑身解数了。

高度紧绷的神经，在松开匕首的那一刻也松弛了下来，莫元明最后的一分力气已经被压榨光了，陡峭的山壁、宽阔的山涧、凛冽的寒风、湍急的河流，莫元明仍在不停地坠落。

山涧内呼啸的寒风，无情地吹拂着莫元明破烂的裤子，上身的衣衫早已变成联结他与小老虎豆丁的绳索。

"噗通"一声，莫元明掉入了湍急的河流当中。

流水无情，拍岸的浪涛瞬间将莫元明与小老虎豆丁席卷并淹没！

黑暗中，冰冷不断地冲击着莫元明。

莫元明在迷迷糊糊中，似乎听到一个女孩的声音，还有隐隐约约的声音，但是脑海如同停止了思考一般，不知不觉再次陷入黑暗当中。

莫元明悠悠苏醒，似乎感觉身体暖和了许多，莫元明缓缓睁开双眼，但眼中却充满了迷惘。心中想道：我死了吗？

莫元明的意识一点一点地恢复，他渐渐回想起记忆中最后的场景：哦，是的，我没有力气了，松开了匕首，之后应该掉到了河里，可是，这里是哪里？

想到这里，莫元明那涣散的眼神方才渐渐汇聚，变得明亮而有神起来。

莫元明望着眼前木质的天花板，心想：看来我是躺在一张床上。

他想站起来，但是身体却无比地沉重，一点力气都用不出来，手指头都变得沉重无比，微微转动一点身体，莫元明就疼得龇牙咧嘴。

莫元明此时才看向自己的身体，身上绑着一圈圈的布条，捆得像个木乃伊一样，

但身上的伤口似乎已经被人处理过了，而且手法还是无比娴熟。

既然身体动不了，莫元明只能微微转动脑袋，望向四周，仔细观察起来。

这是一间简单无比的木制房间，房间不大，只有十多平米，莫元明躺着的床也是房间中唯一的一张木床，莫元明躺的床放在房间的一边，靠着木制的墙壁，脚边是一扇木窗，木窗再过去一点便是一扇木门。

阳光透过木窗照射到屋子里，挥洒在房间中央，打到中央的唯一一张方桌上和方桌周围的四张椅子上，桌子上放着一个烛台，烛台上有一根已经燃烧了一半的红蜡烛，一些溶化的红蜡油沿着台边滴落下来，滴到了桌子上，蜡尖上的绳引仍然冒着一丝袅袅轻烟，似乎刚刚熄灭没有多久。

床头，也就是房间木门的对面，靠着墙壁放着一个木柜，看这工艺，制作的人手艺应该一般。

突然，莫元明听到一阵轻盈的脚步声从门外传来，由远而近，莫元明赶紧闭上双眼。

莫元明闭上双眼后，听到门被打开的声音，然后那轻盈的脚步声越来越近，向着莫元明的床走来。

然后，莫元明脸上似乎感到一阵温热的呼吸，并且闻到一股奇怪的香味，却这香味让人闻起来觉得十分舒服，随后耳边便响起一个甜甜的声音："还没醒啊？"

然后，莫元明感觉到一只柔软的小手放在了自己的额头上，那道甜甜的声音再次响起："嗯，没发烧，恢复得挺好！"

过了一会儿，那只柔软的小手便收了回去，莫元明再次听到门响的声音，之后那轻盈的脚步声渐行渐远。

听到脚步声渐行渐远，莫元明松了一口气，想睁开双眼，但是疲惫却如潮水般涌来，不知不觉中莫元明渐渐熟睡过去！

时间再次悄然流逝！

清晨，鸟雀合鸣，一只麻雀落到了木屋的窗台上，转动小巧的雀头，啄着自己的翅膀，莫元明的意识渐渐恢复，眉头一皱，便缓缓地睁开了双眼。

映入眼帘却是一双清澈见底的双眸，乌黑的秀发扎成两条辫子从双肩垂落，其中一条辫子还碰到莫元明的鼻子，莫元明估计也是这么被弄醒的。

莫元明眼前的这个女孩，虽谈不上花容月貌，却也清纯可人，眼中充满好奇地盯着莫元明。

此时，这个女孩双手放在背后，弯着腰身，带着好奇的目光望着莫元明，见莫元明缓缓睁开双眼，笑着说道："你醒啦？"

莫元明全身依旧沉重无比，又被一个小女孩这样盯着，虽然莫元明对男女之事什么也不懂，但是难免觉得羞涩，顿时，莫元明的脸渐渐地红了起来。

那女孩看到莫元明的表情，眼眸中的好奇又多了几分，天真地问道："你的脸怎么红起来了？"

听到女孩的话，莫元明的脸更加红了，结结巴巴地说道："你，那个，呃，能不能先起来？"

154

女孩听到莫元明的话，方才缓缓站直，但依旧用好奇的目光盯着莫元明。

莫元明尝试着坐起来，但是，身躯无比沉重，起来一点又再次倒在了床上。

但是莫元明可不是这么容易放弃的人，在莫家庄多年的训练中，莫元明的韧劲以及毅力早已锻炼了出来，四年的磨炼与付出养成了莫元明绝不轻言放弃的倔强性格。

莫元明再次尝试，额头上青筋暴起，几乎用尽全力，那女孩见此情况，赶紧扶了莫元明一把，同时说道："你不应该那么强撑，你还没完全恢复，这样强撑容易让你的伤口再次裂开！"

莫元明被扶起来后，轻叹一声，心道：竟然还要别人帮忙，已经虚弱到这种程度了吗？

那女孩扶莫元明坐起来之后，再次站到莫元明面前，依旧用那好奇的目光盯着莫元明。似乎莫元明做什么，她都觉得很新鲜似的。

莫元明坐起来，背靠在木制的墙壁上，转头望着正微笑地望着他的只有七八岁的小女孩，莫元明从她身上感受不到任何恶意，看着这清纯的小女孩，莫元明嘴角也泛起一丝微笑，不管怎么样，他的小命算是保住了，问道："你叫什么名字？"

那女孩听到莫元明的话，便天真地举起自己的小手指着自己的鼻子，清澈的目光望着莫元明，用甜甜的声音说道："你问我吗？"

莫元明苦笑了一下，心想：好天真的小孩。可他自己却不想想他自己现在的年纪也不过十岁而已！

同时，莫元明点点头。

女孩笑得更灿烂了，似乎遇到什么开心的事情似的，说道："我叫灵珊，今年七岁！"

听到女孩的自我介绍，莫元明脸上依旧是那个苦笑的表情，心里想道：我好像没有问你年龄吧！

灵珊再次用那带着好奇的目光盯着莫元明，用甜甜的声音问道："那你呢？"

莫元明笑了笑，学着灵珊刚刚说话的语气回答道："我叫莫元明，今年十岁，嘻嘻！"

灵珊鼓起可爱的腮帮子，指着莫元明的鼻子说道："你学我！"

莫元明见到灵珊气鼓鼓却又十分可爱的样子，玩心大起，哈哈大笑耍起无赖来，耸耸肩说道："我没有啊！"

灵珊气得跺脚，脸上红扑扑的，可爱极了，继续用那甜甜的声音说道："你就有！"

莫元明笑着反驳道："我没有！"

"你就有！""我没有！""你就有！""我没有！"……

最终，灵珊在莫元明的无赖攻势下败下阵来。最终，灵珊被气得眼睛红红的，眼泪在眼眶里打转，莫元明见到这一幕，顿时想道：这下玩大啦！

莫元明一见形势不对，立即好声好气地哄灵珊，但是灵珊眼眶里的眼泪还是流了下来，然后，抽泣起来。

莫元明顿时一个头两个大，心道：这下真的麻烦大了！

莫元明能够忍受莫家庄训练的艰辛，甚至是被狼群袭击的疼痛，他都没有皱过眉头，但是，莫元明最怕的就是女生哭了，这好像是众多英雄豪杰的通病。

莫元明也没什么好法子，只好在灵珊面前扮起鬼脸来，不停地蹂躏着自己的脸，弄出各种各样的表情。

灵珊的抽泣渐渐停了，她透过擦眼泪的小手手指间见到莫元明摆出的各式各样的鬼脸，破涕而笑。

莫元明顿时觉得整个天空都晴朗起来，虽然他现在看不到天空，但心中还是松了口气。

灵珊擦了擦眼泪，说道："我要去找师父了！"然后转身便跑出了莫元明的房间。

莫元明见灵珊小跑出了房间，都来不及喊，本来他还想问灵珊有没有见到小老虎"豆丁"，莫元明心中还有不少问题要问呢，不过刚刚被灵珊这么一哭给打断了。

莫元明此时只能无奈地摇摇头，缓缓地躺回床上，莫元明躺下后，一阵疲惫感便如潮水般涌来，之后缓缓睡去。

灵珊走出莫元明所在的木制小屋，走下木制阶梯，犹如可爱的兔子般，蹦蹦跳跳朝着另一间比莫元明所住的屋子稍微大些的木屋走去。

灵珊走上那间屋子木阶之后，悄悄地推开木门，从门口向里面探探脑袋。

此时，木屋内传来一道声音"别东张西望了，进来吧！"

听到这句话，灵珊调皮地吐吐舌头，然后从刚刚打开的门缝里钻了进去，这间屋内的四周随意扔着一些各种属性的灵石，屋内的其中一角还堆放着犹如小山般的灵石，却黯淡无光，一看就知道是已经使用过的各个属性的灵石，而现在却被当成垃圾扔在屋子的一角。

屋内的地板上刻画着各式各样的阵法，与莫元明所见过的五行阵法相似，但也有其他完全看不出是什么的阵法，屋内没有任何家具，因此，显得十分空旷。

此时，一位白发苍苍却依旧残留着几丝黑发的老头盘坐在屋子的中央，正低头看着一份卷轴，显然，刚刚那个声音正是出自此人之口。

灵珊笑了一笑，欢快地跑到这个老头的背后，给他捶捶背，并说道："师父，那个人醒了！"

被灵珊称为"师父"的那个老头，只是淡淡地"嗯"了一声！

灵珊俏眉一皱，觉得师父的回答太敷衍了，撅着嘴说道："嗯，就这样？"

那老头继续看着手中的卷轴，头也不回地说道："怎么，你的四级阵法学会了？"

灵珊听到师父的话，眼珠子一转，表情变得古灵精怪起来，顿时说道："师父，你看，你今天都累了，我帮你捶捶背吧！"

那老头依旧盯着手中的卷轴，脸色不变，淡淡地说道："别扯开话题！"

灵珊的脸色顿时拉了下来，撅着嘴，支支吾吾地说道："没……没有！"

听到灵珊的回答，老头方才放下手中的卷轴，转过头来，望着灵珊，严肃地说道："那还不快去？"

灵珊听到师父的话，小手揪着衣角，一副可怜楚楚的样子，脸上写满了委屈，小声地说道："是！"然后便转身离开了师父的房间。

那老头望着灵珊那娇小的背影，脸上严肃的表情变得柔和起来，目光之中浮现出一丝溺爱，灵珊离去之后，老头便继续低头看着手中的卷轴，时不时在木制的地板上画出各式各样的阵法。

时间悄然流逝……

莫元明悄然转醒，睁开双眼后，是那充满希望的阳光如缕缕金辉般洒落在屋内。

莫元明下意识地撑着床板，在床上坐了起来，此时，莫元明才发现身体已经没有那么疼痛了，而且身上的绷带也少了不少，至少比之前被捆成粽子似的好上不少，虽然身体仍有些虚弱，但是已经能够感觉到体内恢复了一丝的力量。

莫元明准备下床起来走动一下时，发现他那原本仅剩的破烂裤子也不见了，只留下绷带，同时，莫元明也顿时惊醒，因为原本被扭成绳子绑住小老虎豆丁的破烂衣衫也不见了，想到这里，莫元明立即担心起来，他自己在这里，那小老虎豆丁呢？

想到这里，莫元明立即撑着木制的墙壁，用尽力气渐渐站了起来，抬起沉重的脚步，步履蹒跚地向门口的方向走去。

刚走了没几步，莫元明的房门便被推开了，灵珊拿着一些旧衣衫走进来，见莫元明撑着墙壁，步履蹒跚地一步步走来，立即将手中的旧衣衫放在桌子上。

同时，口中还责备道："你怎么可以起来呢？你的身体还没痊愈呢，赶紧坐下！"

说着，灵珊便不由分说地将莫元明扶回床上。

第三十四章 我叫灵珊

第三十五章
百年不变

莫元明刚在床上坐下，便不停地喘息起来，心中道：没想到身体竟然这么虚弱！

灵珊此时还责备地说道："你还不能随便起来，伤势还没痊愈呢，这段时间，就由我来照顾你！"

刚刚坐下的莫元明喘息了几口气，缓过气来之后，便立即抬起头认真地望着灵珊，急匆匆地说道："你有没有见到一只很小的老虎，大概比我的手要大些，原本跟我绑在一起的！"

说着，手中还比画起来。

灵珊一脸恍然道："哦，你说那只和你一起被冲到岸边的可爱小猫咪啊？"

虽然灵珊说是猫咪，但是莫元明心中已经可以确定就是小老虎豆丁，顿时点点头，同时心中得到一丝信息：岸边，看来我是被河水冲到岸上了，不过幸亏没有将我和豆丁冲散。

同时，莫元明急忙地问道："嗯，是的，就是那只小老虎，它现在怎么样，在哪里啊？"

灵珊用精巧的小手点了点下巴，说道："它可比你好多了，没有受多重的伤，只是有一些可能是河流中的石子造成的擦伤罢了！"然后，望着莫元明道，"它已经好啦，现在就在外面啊，它很可爱哦，我把它带进来吧！"说着，灵珊向门外走去。

听到灵珊的回答，莫元明顿时松了口气！

灵珊走到门口时，忽然转过头来，望着莫元明说道："记得把桌子上的衣服穿上哦，虽然是师父的衣服，但是将就一下啦！"

莫元明顺着灵珊的目光望了望自己，发现身上除了绷带以外，身无寸缕了，脸立刻红了起来，赶紧盖上被子，遮住身体。

灵珊看到莫元明脸上的表情，心中虽然疑惑，但是却觉得很有趣，甜甜地笑了起来，然后推门出去找小老虎豆丁去了。

莫元明听到灵珊的笑声，脸更红了，等灵珊出去了，方才缓缓坐了起来，伸手拿起灵珊放在桌子上的旧衣衫穿好，同时，心中还想道：刚刚因为担心豆丁，没注意到这些，这回丢脸丢大发了！

没过多久，房门便被推开，此时莫元明已经穿好了衣衫，虽然有些大，但是莫元明也只能将就一下了。

门被推开后，传来一阵类似猫叫却又不是猫叫的声音，莫元明抬起头来，灵珊怀中抱着的不止是小老虎豆丁么？

莫元明脸上一阵惊喜，小老虎豆丁在进来前就已经嗅到莫元明的气味了，只是灵珊说莫元明受伤，需要休息，不能打扰，才一直不让它进来，因此，小老虎豆丁也十分通灵地没有进去打扰莫元明。

此时见到莫元明，袖珍小老虎立即从灵珊的怀中蹿了出来，扑到莫元明的怀里，莫元明也和小老虎豆丁嬉闹起来，此时，莫元明方才完完全全像个孩子一样跟小老虎豆丁嬉闹着，却因为身上有伤，并不似以往那么疯狂。

灵珊看到这一人一老虎在床上嬉闹的场景，阳光透过窗户打在他们身上，突然觉得特别温馨，两只小手放在背后，甜甜地笑了起来！

莫元明与小老虎豆丁嬉闹了一会儿之后，便停了下来，小老虎也乖巧地趴在莫元明的床上。

莫元明此时方才抬起头，微笑地望着灵珊，认真地说道："谢谢你救了我们！"

灵珊见莫元明突然这么认真，低下头来，眼睛慌乱地望着地面，脸上有些泛红，嘴上立即说道："不用谢，不用谢！"

莫元明望着灵珊可爱的样子笑了笑，继续问道："对了，这里是哪里啊，我们是怎么被救上来的？"

灵珊依旧甜甜地回答道："这里是河中岛，你们是在岛的南边的岸上被发现的！"

莫元明听到灵珊的回答，陷入了思考当中：河中岛？嗯，我记得我和豆丁最后都掉入了河中，我在悬崖边时也没望见有什么岛，而且，在这么湍急的河流中怎么会有座岛呢？奇怪了！

灵珊表情一变，好像突然想到什么的样子，继续甜甜地说道："对了，是师父发现你们，并把你们救回来的！"

莫元明当即回答道："不管是你也好，你师父也好，反正谢谢你们救了我和小豆丁！"

莫元明望了望，发现自己身边什么都没有，身边的东西早被河水冲走了，而莫家枪和匕首都留在山壁上了。

莫元明望着犹如乞丐般的自己，顿时苦笑起来，以往都在家族里待着，也不用带什么钱财之类的，现在顿时便窘迫起来！

莫元明认清自己的情况之后，望着灵珊苦笑道："我现在什么都没有，只能以后再报答你们了！"

灵珊挥挥小手道："不用，不用，师父不在意这些的！"

莫元明笑了笑，嘴上没说什么，却把这份恩情深深地记在心底，来日必定涌泉相报！

莫元明突然想到，还不知道恩人的名字呢，便当即问道："不知道前辈尊姓大名？"

灵珊听到莫元明的话，答道："前辈？"

莫元明苦笑了下，说道："就是你的师父！"

灵珊恍然大悟地说道："哦，师父就叫师父啊！"

莫元明听到灵珊的回答，顿时晕倒！

莫元明咳嗽了下，继续问道："那请问灵珊的师父叫什么名字呢？"

灵珊听到莫元明的问题，小手撑着下巴，认真地想了想，然后望着莫元明，回答道："不知道耶！"

莫元明看着灵珊认真的表情，并将听到的回答联系在一起，再次晕倒！

莫元明彻底汗颜了！

咳嗽了一声，莫元明继续问道："灵珊就没有听过，别人怎么称呼灵珊的师父吗？"

灵珊听到莫元明的问题，更疑惑了，说道："别人？谁啊？"

莫元明听到灵珊的反问，一个头两个大，当即说道："呃，就是附近的村民，叔叔阿姨之类的！"

灵珊再一次恍然大悟地回答道："没有别人啊！河中岛除了灵珊和师父之外就只有你了！"

莫元明听到灵珊的回答，顿时愣了一下，心中当即分析道：这岛上竟然只有这两人？要么就是这个岛被某种原因隔绝了，要么就是这个岛本身不大。

然后，莫元明继续追问道："那灵珊以前听人叫过你师父的名字吗？"

灵珊一脸茫然地摇了摇头，然后带着天真的微笑，说道："灵珊从小开始，就和师父一直生活在小岛上！"

莫元明望着灵珊那天真的笑容，突然间感觉喉咙被什么东西塞住了，说不出话来。

莫元明心想：这就是哽咽的感觉吗？

听到灵珊的回答，莫元明再也不忍心追问些什么了，脸上的表情也变得柔和起来，望着灵珊天真的表情，莫元明也笑了起来，摸了摸站在他面前认真回答问题的这个小女孩的脑袋，说道："等我痊愈了，再亲自找前辈答谢吧！"

灵珊被莫元明摸着脑袋，脸上却不知不觉又红了。

此时，突然听到一阵打鼓似的声音，灵珊疑惑道："哪里来的声音，好奇怪？"

莫元明尴尬地苦笑道："呃，是我肚子叫的声音，能不能给我一些吃的？我现在饿死了！"

说完，莫元明便向床上倒去。

灵珊这才想起来，说道："啊，我把这个忘了，我去给你拿吃的！"当即可爱地小跑出去了！

正值初春之际，一座山脉犹如被巨斧从中劈开，宛如一线天的地形之下，湍急的河流无情地冲击着两旁的山壁，并远远地流淌而去。

河中岛上鸟语花香，两座木屋立于小岛中央，被树林所包裹，两座木屋大小一样，各有两三间房间，而莫元明所住的地方在灵珊房间的旁边，而灵珊师父和莫元明的饮食起居一直由灵珊一个人照顾着，这让莫元明都感到不好意思了。

两周过去了，莫元明的身体已经基本痊愈，但他却依旧没有见到灵珊的师父，只是灵珊每隔一段时间就会向莫元明木屋旁边的木屋内送去饭菜。

在一周前，莫元明便可以离开房间稍微走动了，但仍非常虚弱。在莫元明可以出来走动之时，灵珊便跟莫元明说过，只能在木屋的二十米范围内走动，再远了就会进入阵法当中。

莫元明此时方才知道，灵珊的师父是研究阵法的大师，而灵珊一直跟随师父，所以也知道一些。

今日，莫元明决定跟那位素未谋面的前辈道别，他已经离家半个月了，家族里面恐怕已经闹翻天了，他必须早些回去！

灵珊此时再次来到他的房间，找莫元明玩。这段时间有了莫元明和小老虎豆丁在，灵珊单调的生活一下子多了许多乐趣。

灵珊几乎每天都来找莫元明玩耍，但莫元明该修炼时一样修炼，这些基本的功课，莫元明倒是没有落下！

灵珊推开莫元明的房门，小脑袋钻进来望了望，莫元明才从修炼中醒来，看见灵珊鬼鬼祟祟的样子，笑了笑："进来吧！"

灵珊听到莫元明说的话，当即犹如小兔子一般，蹦蹦跳跳地跑了进来，拉着莫元明的手，开心地说道："元明哥哥，我们出去玩吧！"

灵珊当即犹如往日一般扯着莫元明向屋外走去，莫元明今日却没有和往常一样，任由灵珊拉着出去，而是将灵珊拉了回来，望着带着一脸疑惑的灵珊，宠溺地摸了摸灵珊的脑袋，笑着说道："灵珊，谢谢你这段时间以来的照顾，不过我离开家已经很久了，也该回去了！"

灵珊听到莫元明的话，眼中当即涌现出泪花，然后便抽泣起来，扯着莫元明的手说道："元明哥哥要走了吗？不陪灵珊玩了吗？"

莫元明望着灵珊梨花带雨的表情，当即心疼起来，用手在灵珊那精致的小脸上，擦了擦流淌下来的眼泪，说道："灵珊乖，不要哭，元明哥哥出来太久了，必须回家了，以后再来找灵珊玩，好吗？"

灵珊听到莫元明的话，抽泣了两下，然后又擦了擦流下来的眼泪，红着眼眶，望着莫元明说道："元明哥哥说的是真的吗？以后还会来找灵珊玩吗？"

莫元明看着灵珊那可爱的模样，忍不住捏了捏灵珊那哭红的鼻子，柔和地说道："当然啦，元明哥哥不会骗你的！"

听到莫元明的回答，灵珊伸出小小的尾指，带着泛红的眼眶，望着莫元明道："那好，我们打勾勾！"

莫元明望着灵珊伸出的小尾指，也伸出自己的小尾指勾上，同时，说道："好，我们打勾勾！"

莫元明的小尾指与灵珊的小尾指勾上之后，两人同时说道："打勾勾，一百年，

第三十五章 百年不变

不许变!"

说完之后,莫元明与灵珊同时笑了起来!

灵珊破涕而笑后,还用鬼灵精的表情望着莫元明,十分郑重地说道:"元明哥哥,一定要记得哦,记得找灵珊玩,不要忘了!"

莫元明看着灵珊那鬼灵精的表情,哈哈一笑,说道:"知道啦!"

灵珊这才开心地笑起来!

莫元明继续对灵珊说道:"走吧,带我去见你师父,请你师父解除阵法,好让我出去!"

莫元明能够走动之后,不是没有尝试过走出木屋二十米范围内,但是他怎么走都走不出去,每次向外走去,最终都会回到原点,对此,莫元明已经试过好几次了,因此,此次离开,不得不求助于灵珊的师父,希望能够放自己离开。

灵珊开心地说道:"好啊,我们去找师父!"

离开莫元明的房间,走到一旁的另一间木屋的门前,莫元明当即抱拳,施礼道:"元明求见前辈!"

灵珊则在屋外喊了起来:"师父,我是灵珊,我开门啦!"

过了一会儿,屋内方才传来一个苍老的声音,"进来吧!"

听到这句话,灵珊望着莫元明调皮地吐了吐舌头,然后推开门进去了,莫元明笑了笑,跟在灵珊后面,迈步进入木屋。

这间房间正是灵珊见那位老头的房间,莫元明进入房间当中,只见房内乱七八糟,随地扔着一些已经毫无灵气的灵石,地面上刻画着各种各样的阵法,有一些与莫元明开启天印时所用的五行阵法相似,但仍有更多,莫元明也认不出个所以然来!

第三十六章
学习法阵

　　而房间中央则盘膝坐着一位夹杂着几丝黑发的白发老头，正低头看着手中的卷轴，手还时不时地在木制的地板上刻画着什么。

　　灵珊进入房间后，欢快地跑到老头后面，给老头捶起背来。

　　待到莫元明进来时，那老头方才放下手中的卷轴，停下手指在地板上的动作，抬起头，望了望莫元明，淡淡地说道："坐！"

　　莫元明望了望地上乱七八糟的东西，但是出于礼貌，还是在老头对面的一堆"垃圾"当中，挤出一点位置，学者老头的样子盘膝坐了下来。

　　盘膝坐下之后，莫元明当即恭敬地说道："在下莫元明见过前辈，不知前辈高姓大名？"

　　老头望着莫元明，面无表情地说道："我姓翁！"

　　打完招呼后，莫元明立即说出来意："翁前辈，元明十分感谢前辈的救命之恩，以后用得着元明的地方，元明必当涌泉相报，元明在此已经打搅多日，特来此向您辞行！"

　　翁老头听到莫元明的话，点点头道："嗯，你走吧！"

　　莫元明见翁前辈的回答中对于解除阵法之事只字未提，顿时尴尬起来，再次说道："翁前辈，元明离家多日，对家中甚是想念，希望可以返回家中！"

　　翁老头听到莫元明的话，深以为然地点点头，说道："嗯，回去吧！"

　　莫元明更加尴尬了，当即不再拐弯抹角地说道："前辈，在下离家多日未归，家中必定十分担忧，希望前辈可以解除阵法，放元明离去！"

　　灵珊在旁边推了推翁老头的肩膀，说道："师父，你就帮帮元明哥哥吧！师父，师父！"

　　翁老头被灵珊摇得头晕目眩，当即说道："好了，好了，别摇了，骨头都给你摇散了，为师自有分寸！好了，别闹了！"

　　灵珊听到师父最后一句话变得严肃起来，当即不敢再胡闹！向莫元明传过去一

个抱歉的眼神，莫元明也回应给灵珊一个感激的眼神。

翁老头也不顾这两个孩子"眉来眼去"，捋了捋胡须，淡淡地说道："如何进来，便如何出去！"

莫元明听完翁前辈的话，云里雾里的，当即问道："元明不懂前辈的意思！"

翁老头望着莫元明，依旧是一副风轻云淡的样子，缓缓说道："你离去，我不阻止，但是，老夫我也不会帮你，你只能靠自己的能力走出去！"

听到翁老头的话，莫元明顿时就懵了，急忙说道："前辈，元明不懂阵法，如何能够走得出前辈所布置的阵法呢？"

翁老头当即说道："别急，我还没说完呢！"

只见翁老头一挥手，身前突然出现一堆卷轴，然后老头对着莫元明说道："我在河中岛所布置的阵法为一个普通的三级幻阵，并没有任何攻击效果，这里是一到三级阵法的卷轴，你只要将其掌握，自然能够自由出入河中岛！"

莫元明还想说些什么，急忙道："前辈！我……"

翁老头却举起手来，阻止莫元明继续说下去，冷冷地说道："出去吧，有什么问题就问灵珊便可，以她的阵法水平，足以指导你的了！"

莫元明心中叹了口气，当即对着翁老头说道："元明告退！"然后抱起翁老头身前的这堆卷轴，走出了翁老头的房间。

灵珊见莫元明离开了房间，当即丢下翁老头，追着莫元明的身影而去，翁老头当即说道："珊儿，去哪？"

灵珊转过头，望着翁老头，气鼓鼓地说道："我去帮元明哥哥，不理你了，师父都不帮元明哥哥！"说完跑出了翁老头的房间。

翁老头望着灵珊离去的背影，脸上泛起苦笑，叹了一口气，望着这两个孩子离去的方向，自言自语地说道："女生外向啊，可怜我这老头子，但愿这孩子能够理解我的用心良苦吧！"后面一句，说的似乎是莫元明。

莫元明抱着一堆卷轴出了木屋，来到两个木屋前面的草坪空地上，将这些卷轴放下，然后盘膝坐了下来。

这时，灵珊追了出来，对莫元明抱歉地说道："对不起，元明哥哥，师父害你不能回家！"

莫元明看着灵珊可爱的样子，顿时郁闷的心情有些好转，捏了捏灵珊可爱的脸蛋，说道："没什么害不害的，前辈已经救我一命，已经是大恩大德，我已经不奢求前辈帮助了！而且也不是没有办法，你看，前辈不是给了我一到三级阵法的卷轴吗？"

说到这里，莫元明突然想到翁老头说过有问题可以直接问灵珊，于是他当即望着灵珊疑惑地问道："灵珊你会几级阵法？"

灵珊小巧的手指点了点自己的小嘴巴，然后回答道："灵珊是三级阵法师，所以会三级阵法！"

莫元明顿时眼前一亮，说道："前辈说过，河中岛的阵法是三级阵法，那你不是可以带我出去吗？"

灵珊方才醒悟道："对耶，我怎么没有想到呢？平时我去打水，也是直接出去的！"

然后，灵珊把小手伸向莫元明，说道："走吧，元明哥哥，牵着我的手，我带你出去！"

莫元明点点头，然后牵着灵珊的手，灵珊当即带着莫元明向外走去，很快便走出了二十米的距离，进入到阵法当中。

灵珊牵着莫元明在迷雾笼罩的树林中左转右转，如此反复数次之后，便看到了一丝光亮，莫元明心中一喜，心道：我就说，前辈怎么会为难我呢？

莫元明走出迷雾笼罩的树林之后，映入眼帘的却是两间木屋。莫元明便带着疑惑的眼神望着灵珊，但灵珊的眼中也带着疑惑！

莫元明道："灵珊，是不是走错啦？"

灵珊疑惑地回答道："应该没有走错啊，奇怪了！"

莫元明道："没关系，再走一遍就是！"

灵珊闻言点点头，再次牵着莫元明的手向着身后被迷雾笼罩的树林走去。

几分钟之后，灵珊牵着莫元明再次回到原点。

灵珊顿时就不服气，莫元明还没开口，她便说道："元明哥哥，我们再走一次！"

当即，再次牵着莫元明，向着迷雾缭绕的树林走去，但结果依旧如此。

灵珊突然脸色一阵恍然，跺了跺脚，气鼓鼓地道："一定是师父搞的鬼，我去找师父去！"

莫元明拉住灵珊，对着灵珊说道："我想前辈是想让我依靠自己的力量走出去，灵珊，谢谢你了，我会努力学习阵法，尽快从这里出去的！"

灵珊犹豫了一下，低着头，一脸沮丧地说道："好吧！"

莫元明看到灵珊这样的表情，便安慰道："灵珊不用不开心，你已经做得很好了，元明哥哥很聪明的，很快就可以学会阵法，从这里走出去了，而且，前辈不是说了吗，我有问题可以问灵珊哦，灵珊一定会帮我大忙呢！"

听到莫元明的话，灵珊才再次开心起来，笑着说道："好吧，我来帮元明哥哥尽快回家！"

莫元明点点头，说道："嗯！"

然后，二人便在木屋前面的草坪空地上研究起了那一堆一级到三级的阵法卷轴，说是研究，其实就是莫元明自己在看，看不懂，再去问灵珊。

灵珊刚开始还能够解释一下，后面说不清楚之后，便直接在空地上布置一些小型阵法，演示给莫元明看，而看过真实的阵法之后，莫元明学习阵法的速度顿时加快了许多。

而这中间灵珊也去翁老头那里要来了一些灵石，莫元明也可以按照卷轴布置一些简单的阵法，做一些实验，来解决莫元明心中的疑惑。

在学习阵法以及平时的修炼中，莫元明渐渐忘记了时间。

半个月的时间如流水般悄然逝去。

莫元明一级阵法已经完全掌握，成为一名一级阵法师，此时正在努力向着二级

第三十六章　学习法阵

阵法师迈进。

此时此刻，莫元明在两座木屋的后面实验着一个一级火属性攻击阵法，只不过莫元明因为一时好奇，将刚刚看到的二级火属性阵法里面的东西加了进去，也就是这个原本完善的一级火属性攻击阵法被修改了。

莫元明蹲在草地上画着一个阵法的阵图，而灵珊双手撑着膝盖，弯着腰，看着莫元明满脸疑惑地道："元明哥哥，这样可以吗？"

莫元明头也不回地回答道："没关系的，修改一下而已，没事的！"

此时，莫元明站了起来，将旁边提早准备好的五颗火属性灵石拿了过来，准备放下去的时候，转过头来，望着灵珊，认真地说道："灵珊，一会儿发生什么事，你不要管我，只管跑，知道吗？"

灵珊听到莫元明认真的语气，然后，看了看地面上被改得面目全非的一级攻击阵法，咽了一口口水，认真地回答道："嗯！"

然后，莫元明熟练地将五颗火属性灵石放进阵法的五个基点内，然后五颗火属性灵石亮起浓郁的红光，红光从阵法阵图五个基点的位置向阵图内延伸，阵法阵图内五道沿着阵图行走的红光连接在了一起，整个阵图瞬间犹如有了生命一般亮了起来，火属性气息越来越浓郁，红光越来越亮！

此时，被修改后的阵图竟然成功运作了起来。

灵珊满脸惊讶的表情，莫元明眼中闪过一丝喜色，突然间，似乎听到"咔嚓"一声，虽然声音极其微小，但是在莫元明耳边却犹如惊雷一般。

当即，莫元明毫不犹豫，一个潇洒的转身，瞬间紧紧地抓住灵珊的手，然后不顾一切，毫无形象地跑了起来，口中还喊道："玩命地跑啊！"

刚跑出了五米左右，身后阵法的位置，当即"轰隆"的一声，爆炸了起来！

莫元明熟练地将灵珊拉到身前，然后扑倒！

莫元明的身躯正好能将灵珊完全遮挡住，后面一些因爆炸而飞起的石子射到莫元明身后，莫元明感到一阵疼痛！

过了一会儿，渐渐平息了下来，此时，一旁的木屋内传来翁老头的怒喝声："小兔崽子，你要拆房子啊！"

莫元明缓缓地爬了起来，听到翁老头的怒喝声，莫元明顿时苦笑了起来，再看看刚刚爬起的灵珊，虽然没怎么受伤，但是也弄得灰头灰脸的，然后莫元明对着翁老头所在屋子指了指，看着灵珊耸耸肩，哈哈大笑起来！

灵珊见莫元明哈哈大笑，自己也笑了起来，似乎这种情况已经不是第一次了，灵珊对着莫元明说道："元明哥哥，我帮你治疗一下伤口吧！"

莫元明闻言点点头，说道："又要麻烦你了！"

说完，只见灵珊拉起莫元明因为刚刚爆炸而被四射的石子所划伤的手臂，熟练地将双手放在划破的伤口上，此时，灵珊的右手手背上显现出一个枝叶的纹络被一个绿色的五芒星包裹着，芒星外还有一圈绿色的圆环，正是木属性天印者纹络。

莫元明刚开始见到的时候也是非常惊讶，但现在已经见怪不怪了，只是没想到，灵珊比他还小，也是一名天印者了。

但他也得知，灵珊的能力还很弱，治疗一些小伤势没问题，但如果像最初莫元明来到这里时那种重伤就不是灵珊所能治疗的了，因此，莫元明早已知道是翁老头救了他的性命。

而且，莫元明也想通了，翁老头留下自己的用意，是希望自己能够学习阵法，但是更深层的原因就不清楚了，但这对莫元明来说都无关紧要，因为解开阵法也是一种能力，只要能够使自己变强，莫元明都会努力去学。

只是莫元明每晚在冥想之前，都会对自己暗暗说道：我一定要快点学会三级阵法离开这里，回到莫家庄，妈妈、爸爸，还有爷爷、奶奶，一定很担心了，表哥不知道有没有偷懒呢？明叔、日、月两位叔叔，他们是不是还在找我呢？大家不用着急，元明很快就会回来的，很快！

第三十七章
天印行者

期间,莫元明也找墨菲特聊过,但是他对阵法一窍不通,所以完全没办法帮得上忙。

此时,灵珊帮莫元明将伤口治疗好了,莫元明转头看到灵珊眼中有一丝疲惫的神色,便对灵珊说道:"累了就去休息吧!"

灵珊却摇了摇头,对着莫元明用那甜甜的声音说道:"元明哥哥,没事,我不累!"

莫元明看着灵珊的样子,一阵怜惜,轻轻地揉了揉灵珊的脑袋,然后站了起来,走向刚刚爆炸的位置,刚走了几步,再次听到"嘭"的一声!

莫元明立即停下脚步,惊疑不定地看了看阵图原本的位置,等了一会儿,发现没有什么反应之后,方才继续往前走,走到刚刚布置阵图的位置,原本五颗火属性灵石,已经被完全炸开,阵图也被炸得稀巴烂,但走近了,依旧能够感受到残留的浓郁的火属性气息!

原本阵图的位置似乎还有一丝丝的火星闪耀,在闪耀了好一会儿之后,火星便熄灭了!

期间,莫元明目不转睛地盯着阵法所在位置的闪耀火星,脑海中浮现之前火属性一级攻击阵法爆炸的场景,并联想起以往阵法实验中爆炸的一些场景,一幕一幕犹如电影般不断地在莫元明的脑海中回放!

似乎有一丝感悟涌上心头,莫元明当即盘膝坐下,闭上双眼,认真在脑海中捕捉刚刚的画面,不停地思考着:爆炸,火星,爆炸,火,雷,爆,爆炸,爆发力,爆发,杀伤,攻击……对了,雷与火都属于爆发力强大的一种属性,还有,就是……

此时,莫元明疯狂地运转起体内的灵力,莫元明周围的天地灵气突然变得浓郁起来,疯狂地向着莫元明汇聚而去,而灵珊则在一旁疑惑地看着,就在此时,翁老头突然出现在灵珊的旁边,将她拉远了一些距离。

灵珊疑惑地望着师父，翁老头看见灵珊疑惑的眼神，便说道："他突破了，你不要惊扰他，河中岛没有人会骚扰他的，我就不必给他护法了！"说完便朝着自己的木屋走去。

此时，正在朝木屋走去的翁老头，心中却想道：这孩子才多大，竟然突破成天印行者！当真可怕的天赋，看来当初的决定是没有错的！

灵珊望了望师父离去的方向，然后也在原地盘膝坐了下来给莫元明护法，虽然师父说不会有人惊扰莫元明，但是灵珊依旧觉得自己应该做些什么！

周围的天地灵气依旧疯狂地向着莫元明汇聚着，莫元明犹如一个黑洞一般，疯狂地吸收着周围的天地灵气，气息也在悄然攀升着。

而莫元明体内蕴藏多时的灵力疯狂地向着丹田涌去。丹田内，那一个闪耀的六芒星此时不停地颤动着，一股电弧与火焰不停地从双手的经脉中流入丹田当中，银芒雷弧与鲜红火焰渐渐包裹整个六芒星。

当银芒雷弧与鲜红火焰完全包裹住莫元明丹田处的六芒星纹络时，六芒星纹络疯狂地颤动起来，然后光芒闪耀的六芒星纹络渐渐撕裂开来，分成两个，同时各自向着两边退去，大小没有任何变化，但是六芒星纹络原本闪耀的光芒却变得黯淡了一些，此时，莫元明胸口的墨环渐渐亮了起来，莫元明周围的天地灵气变得更加浓郁了，莫元明对于天地灵气的吸力猛然增加！

此时，墨环那微弱的亮光随着吸入的天地灵气的运转在莫元明体内流淌了一遍，同时似乎将莫元明的经脉滋润了一遍似的，让莫元明的经脉更加宽阔、更加坚韧，这对莫元明未来的修炼无疑是有巨大的好处的。

此时，那股从墨环内涌出来的微弱白光涌到丹田内，将两个被银芒雷弧与鲜红火焰包裹的六芒星纹络再次包裹起来，原本变得暗了一些的六芒星纹络，再次变得闪耀起来！

此时，莫元明对于天地灵气的吸收仍然在继续，气息依旧不停地在攀升！

终于，莫元明周围的天地灵气开始减弱，莫元明之前如同漩涡般吸收天地灵气的姿态也开始消失。

此时，回到木屋的翁老头心中却一片震惊，心道：天印者升阶时，虽然会有浓郁的天地灵气汇聚，但是怎么会如此强烈？而且，吸收得如此迅猛，难道不怕撑破经脉吗？他现在的吸力都等于三十级天印贤者的程度了吧？

但是，翁老头左思右想了一会儿，心想：这回捡到宝了，天赋如此可怕，未来成就难以想象啊！

此时，莫元明丹田之内煅烧着两个六芒星的银芒雷弧与鲜红火焰渐渐消失，留下两个闪耀的六芒星，一前一后地在莫元明的丹田中静静地悬浮着。

此时，莫元明缓缓睁开双眼，眼中闪过一丝精芒，那不断攀升的气息已然停止，并随着莫元明睁开的双眼缓缓回流，直至渐渐消失。

一瞬间，河中岛被树林包围的中央位置、两间木屋的后面，莫元明安静地盘膝坐在那里，犹如一切都没有发生过一般。

莫元明感受了一下体内澎湃的灵力，虽然不知道提升了多少，但是绝对不仅仅

是刚刚突破的十一级的灵力，心中喊道："墨菲特爷爷，墨菲特爷爷！"

墨菲特慢悠悠地回答道："在呢！"

莫元明心中兴奋地道："我突破了！"

墨菲特依旧慢悠悠地回答道："我知道，我不是在看着吗？"

莫元明继续问道："墨菲特爷爷，我现在的灵力有多少级啊？"

墨菲特想了想，方才缓缓道："应该是十四、十五级的样子。"

莫元明继续道："好耶，难道每次突破都能一下子提升那么多吗？"

墨菲特听到莫元明的话，顿时打击道："你想得美，每一阶段的提升，修炼的难度随着天地灵气需求的量的增加也会成倍加大，这次你之所以会一下子提升那么多，全仗着第一次在天风镇的天印者协会那里深度冥想的结果，让你一下子累积的够多，不然怎么可能一下子提升四、五级，而且深度冥想可遇不可求，你就知足吧！"

莫元明不无失望地道："哦，这样啊！"

墨菲特见莫元明得了便宜还卖乖，再次打击道："老老实实修炼吧，不要想什么歪点子，修炼是没有任何捷径的！"

莫元明在心中笑笑，道："知道啦，墨菲特爷爷！"

此时，莫元明才想起现在自己已经是天印行者了，想到这里莫元明一阵心潮澎湃！

此时，莫元明方才缓缓转过头，对着坐在旁边护法的灵珊投过去一个感激的目光。

灵珊见莫元明突然望了过来，心中顿时慌乱起来，眼神开始乱瞟，小脸再次红了起来，似乎红到耳根子了。

莫元明看到灵珊那可爱之极的表情，顿时哈哈大笑起来。

然后，莫元明缓缓站了起来，走到灵珊面前说道："谢谢你帮我护法啦，今天你也累了，回去休息休息吧！"

此时，灵珊不再拒绝，因为她确实已经累了，便点了点头，向着自己的房间走去。

莫元明则回到两间木屋的"前院"继续翻起那二级阵法卷轴，努力地学习着各种各样的阵法，不知不觉中便深入进去了。

一个月时间犹如飞逝的流水一般匆匆而过。

在这一个月之中，莫元明除了吃喝拉撒和每日必做的冥想功课，还有早已形成习惯的早晨与傍晚的锻炼之外，剩下的时间基本上都在阵法卷轴堆和阵法实验中度过。

二十天前，莫元明已经成功掌握二级阵法，成为一名二级阵法师，而几天前，莫元明也成功掌握了三级阵法，仅仅用了一个半月的时间便完全掌握了三级阵法，这成长速度让灵珊的师父翁老头惊讶得半天说不出话来。

而这几日，莫元明对三级阵法进行了一些实验，莫元明认为无论做任何事都必须有始有终。

昨日，莫元明已经完完全全将三级阵法掌握，但是对于阵法的运用等各个方面，他这个匆匆学习的人自然无法和灵珊学习了数年的人相比，而这一个半月以来，灵珊也成功地进阶为四级阵法师。

而今天已经到了离开之时，莫元明心中难免心潮澎湃。在这段时间学习阵法的过程中，翁老头虽然没有亲自出面教导，但是也通过灵珊间接地给莫元明提供了许多帮助。

莫元明在成为三级阵法师的那一刻，也更加明白当初翁老头的良苦用心，现在莫元明对翁老头更是充满感激之情：不仅救了他的性命，还传授他阵法。

很明显的一个例子就是灵石方面，虽然莫元明不清楚灵石在市面上的价格，但是，在天风镇待的那段时间，也知道灵石不便宜，而且，像莫元明在练习阵法的过程中，耗费的灵石还不是一个小数目，在这期间，莫元明还曾感叹，阵法师真是用钱砸出来的啊！

此时，莫元明站在河中岛阵法二十米的阵法边缘处，往后一转身便进入阵法了，现在莫元明已经掌握了三级阵法，走出这个幻阵对他来说没什么难度。

莫元明身上没有任何行李和包袱，只有小老虎豆丁露出个小虎头，挂在他胸口的衣衫上，因为他所有东西，在坠入湍急的河水中时，已经全部丢失。

莫元明面前站着两人，这两人正是翁老头和灵珊。此时，灵珊眼眶红红地望着莫元明，对莫元明的离去十分不舍。

莫元明看着灵珊梨花带雨的表情，心中也一阵不舍，但是，他也告诉自己是该道别的时候了，不仅仅是因为他离开家那么长时间，家里人会担心的原因，根据他的估算，距离到天风镇和吕俊乔等人会合，前往清泉城参加天印者学院入学测试的时间也差不多到了。

莫元明伸出手掌，温柔地摸了摸灵珊的脑袋，柔和地说道："元明哥哥走了，灵珊要努力修炼，努力学习阵法，知道吗？"

灵珊乖巧地点点头，然后用她那带着哭腔的甜美声音说道："元明哥哥要记得回来看灵珊哦，我们打过勾勾的！"

莫元明望着灵珊笑道："会的，我一定会记得的！"

然后，莫元明转头望着翁老头，行了一个晚辈之礼，对翁老头说道："元明谢谢前辈的救命与传授之恩！"

此时，翁老头不再是一副面无表情的样子，脸上带着一丝柔和的笑容，望着莫元明点了点头，似乎十分满意的样子，缓缓说道："只要你有空记得回来看一下我这个老头子和灵珊这丫头就好了，灵珊这丫头从小未曾离开过河中岛，懂得不多，以后若入世，还希望你多多照顾！"

莫元明坚定地点点头，说道："那是一定的，即使前辈不说，我也会这么做的！以后若有机会，元明会回河中岛来探望前辈和灵珊的！"

翁老头沉默了一下，方才缓缓说道："唉，算了，以后不用来这里探望我这个老头子了，灵珊也到了入学的年龄，我会给她寻一个学院，毕竟灵珊也是天印者，只有大陆上的学院能够更好地指导他，免得她在我这个老头子的身边被耽搁了！"

莫元明听到翁老头的话，疑惑道："那晚辈以后去哪里寻找前辈呢？"

翁老头听到莫元明的问题，露出一个含有深意的笑容，不急不缓地说道："有缘自会相见！"

莫元明听到翁老头的话，知道前辈心中必然已经有所打算，既然前辈不说，他也不好追问，当即说道："既然如此，前辈保重，元明告辞了！"

翁老头却突然话锋一转，望着莫元明说道："且慢！"

莫元明正准备转过去的身子又转了回来，疑惑地望着翁老头，说道："前辈，还有什么吩咐？"

翁老头右手从袖袍当中伸了出来，手掌一翻，凭空出现一个银色戒指。然后翁老头对着莫元明说道："老头子我没什么好给你的，这个你就拿去吧！"

莫元明从翁老头的手中接过戒指，疑惑地看了一会儿，翁老头看着莫元明莫名其妙的表情，笑道："将戒指戴上，然后将体内的天印灵力导入到戒指当中！"

莫元明听到翁老头的话，依言将戒指戴在手指上，然后将体内的灵力缓缓导入银色戒指当中。

在天印灵力被导入到戒指当中的那一刻，莫元明突然感应到戒指当中有一个三、四平方米大小的空间，空间里面放着一堆阵法卷轴，还有一堆各种属性的灵石。

第三十八章
银翼巨狼

莫元明感应到里面的一切之后,惊讶地望着翁老头,翁老头看到莫元明的表情,方才缓缓解释道:"这是空间戒指,可以存放一些物品,只要控制灵力就能够存入或者取出一些物品,甚是方便,我将我所拥有的大部分卷轴都印刻了一份,分别是一级到八级的阵法卷轴,都放到里面了,还有一些灵石!"

莫元明听到翁老头的话,心中一阵感激,激动地说道:"前辈,我……"

翁老头摆摆手,说道:"不必多说了,老头子不想你浪费了在阵法方面的天赋,要是对我心存感激的话,便将阵法学好吧!老头子我既然帮了你,以后自然会有用你之处,到时你不要拒绝我这个老头子即可!"

莫元明慌忙地回答道:"前辈何出此言?元明说过,以后前辈若有用得着元明的地方,尽管开口,只要不伤天和,元明自当竭尽全力!"

翁老头笑骂道:"臭小子,老头子像是会让你干坏事的人吗?"

莫元明听到翁老头的话,也尴尬地挠了挠后脑勺!

接着,翁老头便说道:"好了,老头子已经没什么可以给你的了,赶紧走吧!"

闻言,莫元明便对着翁老头和灵珊挥手道别,毫不犹豫地转身向着那片被迷雾笼罩的树林走去。

进入树林后,莫元明当即回忆起这个三级阵法的走位,在迷雾与丛林中左转右转,再前行,然后再退几步,再度往前走,如此反复几次,方才走出河中岛的幻阵。

河中岛边缘地区,一线天陡峭的山壁之下,湍急的流水不断冲刷着河中岛的岸边,河水拍打到巨石上,激起层层浪花。

河中岛边缘地区,那片被迷雾环绕的树林当中,一道人影缓缓走出,胸口的衣衫上,一个猫儿似的小老虎兴奋地四处张望着。此人正是莫元明,莫元明方才感觉到回家心切,袖珍小老虎豆丁似乎也感受到莫元明的心情,兴奋地四处张望着。

可刚走出幻阵的莫元明,见到眼前的情景,瞬间就愣在原地,因为他把一件重要的事情给忘了,那就是他所身处的河中岛是在数十米的悬崖之下,而且河中岛被湍急的流水所隔，河流的那边是陡峭的山壁，这让原本准备高高兴兴回家的莫元明愣在了原地。

愣了一会儿，身后却传来一道甜甜的笑声，莫元明顺着声音往后望去，只见翁老头和灵珊也从那迷雾缭绕的树林中走出，二人见到莫元明后，灵珊像一个淘气的精灵一般，从翁老头身边跑到莫元明面前，拉着莫元明的手，俏皮地说道："元明哥哥，我们又见面了！"

莫元明看着灵珊可爱的表情，望了望对面陡峭的山壁，脸上露出无奈的笑容，心想：我怎么把这茬给忘了？

然后，灵珊继续说道："师父太坏了，竟然想看你愣住的表情！"

此时，翁老头也走到莫元明身旁，对着莫元明戏谑地说道："小子，我们又见面了！"

莫元明听到灵珊的话，一开始还没反应过来，然后就激动地转身对着翁老头说道："前辈有办法让我离去？"

翁老头笑了笑说道："呵呵，我说过，你只要能走出幻阵，自然能够回家！"

莫元明惊喜地道："真的？"

翁老头信誓旦旦地说道："这是当然！"说罢，翁老头便从袖子当中拿出一个竹制的哨子，轻轻地吹了起来，一阵悠扬的哨声以翁老头为中心向外扩散，传遍整个河中岛。

莫元明听到翁老头的哨音之后，便感到一阵风起，迷雾缭绕的树林背后的山上，一个影子正在飞过来。

待到那个身影飞近了，莫元明才清楚地看到，那是一头全身银色毛发、身高两米、身长三米的巨狼，最奇怪的是，它背生双翼，竟然能够在空中飞翔！

不一会儿，那只银色飞天巨狼便飞到莫元明等人所在之地，在翁老头面前停了下来，并在翁老头身上蹭了蹭。

旁边的灵珊见到银色飞天巨狼之后，便小跑过去，抱着它，说道："小银，我还以为你这段时间去哪里了？原来待在树林里，竟然不来找我玩，太可恶了！"

银色飞天巨狼见灵珊抱住它，也在灵珊身上蹭了蹭，搞得灵珊一阵娇笑！

翁老头此时却开口道："是我让它去树林里待着的，不让它打扰元明恢复和学习阵法的！"

但是，灵珊此时却一点面子也不给师父，对翁老头哼了一声！

弄得翁老头一阵尴尬！

翁老头咳嗽一声，说道："好了，珊儿，别闹了，元明还要回去呢！"

灵珊听到师父的话，方才依依不舍地放开银色飞天巨狼。

莫元明在见到银色飞天巨狼的时候，就知道翁老头想怎样把他送回去了。

翁老头转身望着莫元明，指着银色飞天巨狼，说道："我给你介绍一下，这是我的老伙伴，也是我的灵兽，四阶妖兽，银翼巨狼！"

听到翁老头的介绍，银翼巨狼高傲地抬起头来，嗷叫了一声。

莫元明望了望银翼巨狼，知道如此高阶的妖兽必然通灵，当即对着银翼巨狼打招呼，道："在下莫元明！"

听到莫元明的话，翁老头方才对银翼巨狼说道："老伙伴，又要拜托你了，送这小子去上面吧！"说着，指指头顶数十米高的一线天的悬崖边。

然后，翁老头又转头对着莫元明说道："为了不引起误会，我就不让银翼巨狼把你送到村庄了，把你送上悬崖，你自行回去，没有问题吧？"

莫元明当即点头道："没有问题，我认识路，能够回去的！"

听到莫元明的回答，翁老头对着莫元明点点头，然后让莫元明坐到银翼巨狼的背上。

莫元明当即走到银翼巨狼身旁，银翼巨狼蹲下那高两米的身躯让莫元明爬了上去，莫元明爬到银翼巨狼背上之后，再次对着银翼巨狼说道："银翼巨狼前辈，麻烦你了！"莫元明这么称呼是因为他知道银翼巨狼是翁老头的老伙伴，既然如此，那一定年纪也不小了。

此时，在旁边站着的翁老头对莫元明说道："小子，抓稳了！"然后转头对着银翼巨狼说道："去吧！"

银翼巨狼当即腾身而起跃向空中，然后猛地展开双翼，向着头顶上一线天的悬崖边飞去。

莫元明坐在银翼巨狼的背上，紧紧地抓住银翼巨狼的毛发，巨大的风声在耳边呼啸而过，却依旧能够隐隐地听到灵珊的呼喊声！

"元明哥哥，再见啦！记得以后要来找灵珊玩！"

莫元明紧紧地抓住银翼巨狼银色的亮丽毛发，已经没办法回应了。

银翼巨狼载着莫元明在一线天之间扶摇直上，速度飞快地上升了数十米，不一会儿便冲出一线天，在空中盘旋了几圈，方才缓缓向着西边的悬崖边上落下去！

银翼巨狼稳稳地停在西边的悬崖上，莫元明方才松了一口气，从银翼巨狼身上爬下来，对着银翼巨狼笑道："谢谢银翼巨狼前辈！"

银翼巨狼像是听得懂莫元明的话似的，低沉地嗷叫了一声，算是回应，然后便展开双翼向着一线天内一跃而下！

莫元明见银翼巨狼一跃而下，也跟着跑到悬崖边上，望着滑向悬崖下的银翼巨狼和那已经变小的河中岛，还能隐隐约约地看到河中岛岸边的两道人影。

莫元明眼眶有些湿润，这段日子莫元明一直都是被照顾的，此次离开心中确实十分不舍，但离家已久，不得不回去，当即对着下方大喊道："再见了，元明谢谢你们的照顾！"

说完，莫元明闭上双眼，擦了擦湿润的眼眶，再次睁开眼睛时，眼神已经变得无比地坚定，毫不犹豫地转身向着西边的茂密丛林走去，心中默默地说道："莫家庄，元明回来了！"

莫家庄东边的丛林中，以山中峡谷为界，再往东边数里的丛林里，莫家庄一支支狩猎队在嫩绿的草地上和树木之间不停地穿梭着，不断地捕杀着狼群。

这是莫家庄在莫元明失踪两个月以来对狼群的第八次围剿。当初，莫家庄狩猎队翻遍了莫家庄东边的茂密丛林，在依旧无果的情况下，莫元明的父亲——莫清风

第三十八章　银翼巨狼

一怒之下下令围剿当初袭击莫元明等人的狼群，也就是原来莫家庄东边丛林内绝对的霸主。

刚开始莫家庄对狼群进行围剿时，并没有取得多大战果，因为狼很多，并且十分狡猾，在嗜血狼王的指挥下就更加难对付了。

刚开始围剿时，狩猎队不仅没能取得战果，参加围剿的人还经常受伤，后来莫家庄加大力度，派遣更多的狩猎队参与围剿。

但是，即便狼群再狡猾，在狩猎队的设下一个个陷阱中也被逐一击灭。莫家庄对狼群进行第四次围剿时，便开始扭转之前的劣势取得上风。

而在莫家庄对狼群开始第六次围剿时，基本上是单方面的屠杀！

现在已经是第八次了，在莫家庄狩猎队的围剿之下，狼群所剩无几。而两个月前，在莫元明与袖珍小老虎豆丁的联手攻击之下变成独眼的嗜血狼王，正带着剩下不足十只的普通狼向丛林的东北方向逃窜。

此时，莫元明从丛林的东北方向向莫家庄所在的西南方向不断前进着。

道道黑影在茂密的丛林中飞快地穿梭着。

莫元明在丛林当中依旧朝着西南方向不断前进，十几分钟后，挂在莫元明衣衫胸口处的袖珍小老虎豆丁却龇牙咧嘴地嗷叫起来，莫元明低头看了小老虎豆丁一眼，疑惑地说了句："豆丁，你怎么啦？"

袖珍小老虎豆丁却依旧龇牙咧嘴地咆哮着，像是遇到什么仇人一样！

不一会儿，莫元明便知道小老虎豆丁为何如此了！

因为莫元明刚刚抬起头，便看见丛林远处有几道黑影穿梭着，过去的莫元明或许不能看清是什么东西，但是已经突破为天印行者的莫元明，身体各方面功能都得到全面的提升，五感灵识更强了。

此刻，莫元明能够清晰地看到远处那几道黑影皆是一只只的狼，但这些狼身上似乎多少带着伤，而跑在最前面的那只比其他狼要巨大得多，眼睛血红，毛发更加闪亮，仅剩一只独眼的正是嗜血狼王！

莫元明没想到，刚从悬崖下面上来便遇到了让他不得已跳崖的罪魁祸首。如果不是莫元明命大，真的就将小命交代在这里了，顿时，莫元明怒火中烧。

对面那只嗜血狼王似乎也发现了莫元明，在看到莫元明的那一刻，嗜血狼王的眼中似乎闪过一丝惊讶之色，它怎么也不会想到，两个月前它亲眼见到这个从悬崖上跳下去的人类现在居然出现在它面前。

但是，嗜血狼王前行的速度丝毫没有减慢，因为它自己也知道，自己没有退路了，之前它带领着剩下的狼群，从其他方向突围，都一一被拦截下来，还因此损失了不少部下，身后的莫家庄狩猎队已经对它们形成了一个包围圈。最终，迫不得已之下，它只能从这个方向逃走。

但它却万万没想到会和刚刚从悬崖之下上来的莫元明撞个正着。

莫元明此时心想：这是天意要我亲自报仇啊，正可谓是天堂有路你不走，地狱无门你闯进来！

而嗜血狼王见到莫元明时，惊讶之色一闪而过之后，便想起两个月前因为这家伙和他胸口的那只小老虎的偷袭而失去了一只眼睛，顿时怒意上涌，龇牙咧嘴起来，想要把眼前这家伙撕成碎片！

莫元明和嗜血狼王这一人一兽，可谓是仇人见面分外眼红啊！

这一人一兽似乎都默契地没有改变方向，直直地向着对方冲了过去，嗜血狼王身后仅剩的八只狼也紧紧地跟在嗜血狼王身后，向着莫元明的方向飞奔而来！

第三十八章 银翼巨狼

第三十九章
征程之路

　　莫元明与嗜血狼王两者飞速接近着。三十米、二十五米、二十米、十五米……
　　此时，莫元明飞快地朝对面飞奔而来的嗜血狼王冲去，眼睛一眯，眼眸当中闪过一丝利芒，头也不回地低声对挂在胸口衣衫上的袖珍小老虎豆丁说道："小豆丁，你一会去对付那几只狼，嗜血狼王交给我！"
　　挂在胸口衣衫上的袖珍小老虎豆丁听到莫元明的话，低吼了一声，表示知道怎么做了！
　　此时此刻，莫元明已经能够十分清楚地看见十多米外的嗜血魔狼。
　　这一人一兽依旧飞快地接近着，十米、八米、六米、四米、两米！
　　莫元明低吼一声"上！"
　　原本安安分分挂在莫元明胸口衣衫上的小老虎豆丁，犹如一道闪电一般，飞快地冲了出去，掠过嗜血狼王身旁，只留下一道道淡淡的影子，快速地扑向嗜血狼王身后的众狼。
　　此时，莫元明与嗜血狼王已经快要碰上了，嗜血狼王没有理会小老虎豆丁，因为小老虎豆丁的速度太快了，不容易捕捉，而莫元明就在眼前，嗜血狼王当然先要杀掉这个始作俑者！
　　小老虎豆丁快速地锁定了一个目标，就是离嗜血狼王最近的一只狼，同样利用上次对付嗜血狼王的手段，利用了狼向着他们这个方向奔来的速度，小老虎闪电般地突袭了这只靠的最近的狼，在这只狼还没反应过来之际，已经对着它的眼睛抓上去了。
　　那只狼只能眼睁睁地看着一个细小的爪子在眼前快速放大，根本来不及反应，然后便发出一声痛苦的嗷叫。
　　小老虎一击得手，也不管第一个被它伤到的狼，立即飞快地扑向第二只，由于小老虎豆丁的速度太快，第二只同样被其得手，再次听到一阵痛苦的嗷叫声！
　　当小老虎豆丁扑向第三只狼时，第三只狼已经做好了准备，向着小老虎高高跃起，使眼睛处于小豆丁够不到的死角位置，只身扑来，锋利的狼爪高高抓下，小老虎豆丁在空中猛地加速，险之又险地躲过这一爪，向着狼喉的方向扑去，张开寒芒四射的虎牙，咬向狼喉。

一瞬间，小老虎豆丁稳稳地抓在第三只狼的喉咙上，细长而锋利的虎牙狠狠地刺入到第三只狼喉咙的血管当中，狼群中再次传来一阵痛苦的嗷叫。

与此同时，莫元明已经和嗜血狼王战到一起，嗜血狼王高高跃起的同时，并凶狠地嗷叫了一声，血红色的单眼变得更加鲜红，那亮丽的毛发变得更加坚硬，这是嗜血狼王的妖兽技能"狂化"！

莫元明与嗜血狼王碰上之前就已经思考得非常清楚了，即便是突破之后的莫元明，也不敢和狂化的嗜血狼王硬碰硬，更何况是嗜血狼王锋利的爪子。

因为莫元明心里清楚得很，所有狼的弱点都是"铜皮铁骨豆腐腰"，莫元明趁着嗜血狼王高高跃起，右拳紧握，体内的灵力疯狂地向着右拳涌去，同时，身体猛地一躬身，双腿一蹬，原本奔跑中的身形速度暴增。

身体一侧，莫元明险之又险地避开两只张开的狼爪，并从两只狼爪之间快速通过，莫元明的身体从两只狼爪之间通过时，那狼爪间锐利的爪风刺激得胸前后背的肌肉生疼！

两者相争，比的就是勇气，比的就是谁更敢拼，比的就是谁更狠，不仅是对敌人，还有对自己，狭路相逢勇者胜！更何况，此时的莫元明还没有武器，必然要拼上一拼！但莫元明也比两个月前更强了！

说时迟，那时快，一瞬间，莫元明已经冲到了嗜血魔狼腰部的下腹位置，早已酝酿好的一拳，猛地爆发，一个被圆环与五芒星包围的火焰纹络瞬间浮现，一股赤红色的火焰刹那间席卷莫元明的右拳，将莫元明的右拳包裹起来！

莫元明一个冲拳向着嗜血狼王腰部的下腹位置击去，刚猛而有力的一拳，带着赤红色火焰的拳面，狠狠地砸到嗜血狼王的下腹上，莫元明的拳头瞬间凹陷进了嗜血狼王的下腹位置，此时，嗜血狼王狂化后显得更加亮丽，更加坚硬的毛发都不能阻挡莫元明这一拳！

此时，莫元明若能见到嗜血狼王的表情，定会觉得这表情非常像人类，有些怒目圆睁的感觉，却又有血丝蔓入嗜血狼王仅剩的一只眼睛中，那表情已经不仅仅是痛苦能够形容的了！

莫元明那一拳狠狠砸进嗜血狼王的下腹之后，竟然还没有结束，莫元明想趁着这个机会重创敌人，于是，莫元明凶狠地怒喝一声"哼"，犹如使出了全身力气一般，大喊一声"啊"！

与此同时，莫元明站在地上的双腿微微弯曲，然后猛地一蹬地，莫元明的右拳进入嗜血狼王下腹凹陷的位置之内。

莫元明一蹬地，竟然带着嗜血狼王一同跃起，趁着这一次跳跃，莫元明的右拳再一次狠狠地砸入嗜血狼王的下腹，同时莫元明的右拳再一次爆发了！

赤红色的火焰与银白色雷弧同时出现在嗜血狼王下腹凹陷的位置，冲拳再一次爆发，终于刺穿嗜血狼王狂化后的下腹狼皮，莫元明的拳头狠狠穿过狼皮，带着雷

第三十九章 征程之路

电与火焰冲入嗜血狼王的体内。

然后，莫元明瞬间运转灵力，刺入嗜血狼王体内的冲拳第三次爆发，轰，轰，轰！

银白色雷弧与赤红色火焰瞬间爆发，原本集中在拳头上的属性力量竟然扩散开来，在嗜血狼王的体内施虐，将嗜血狼王的内脏轰成焦黑，一股烧焦的味道从嗜血狼王的体内散发出。

嗜血狼王眼看是活不了了，双眼翻白，连动也不动一下，狼嘴张得大大的！估计连嗜血狼王自己也没想到竟然一下子便战败了，而战败的结果却是死路一条！

秒杀，莫元明第一次使用的一招三式竟然秒杀了嗜血狼王，连莫元明自己也没有想到竟然会如此成功。

此时，莫元明带着嗜血狼王的尸体从空中落下，莫元明将嗜血狼王的尸体甩在一旁，然后，把穿入嗜血狼王尸体的拳头从嗜血狼王的下腹中拔出，立即转身向剩下的狼扑去。

而此刻，小老虎豆丁已经解决了五只狼，这些狼全部都是被攻击到要害而死，或是喉咙被咬断，或是眼珠被挖出后再被咬断喉咙，抑或是下腹被锋利的爪子犹如刀锋般割开！

此时，小老虎豆丁刚刚杀死第五只狼，第五只狼的喉咙刚刚被锋利的虎牙刺穿，倒在地上，鲜血狂涌，染红了一片嫩绿的草地，剩下三只见它们的首领嗜血狼王被杀，而莫元明又犹如魔神般再次杀过来，这三只狼立即就胆怯了，发出惊惧的嗷叫，然后疯狂地向各个方向跑去，飞快地没入了茂密的丛林当中，只留下一堆狼尸。

原本小老虎豆丁仍想去追，但被莫元明叫了回来。

在莫元明的呼唤下，小老虎豆丁只得乖乖听话，钻回到莫元明胸口的衣衫当中，刚刚小老虎杀戮狼群的速度极快，即便鲜血喷出也没有粘到一丝鲜血，而莫元明的右拳即使轰入嗜血狼王的体内，但因为拳头一直被属性力量所包裹，基本上那些血液都被火焰和雷电灼烧了，因此身上也无一丝血迹。

此时，莫元明背对着阳光，站在被鲜血染红的草地上，身上没有一丝血迹，而地上除了一小部分仍显现着翠绿色的嫩草之外，其他地方都被刺眼的鲜红色所覆盖，这场面显得诡异，也让人惊惧！

而刚刚的那一招是原本用在莫家枪上的技能，只不过这次是三连击罢了，莫元明在河中岛上除了学习阵法之外可不是一点事都没干的，在突破为天印行者的那天晚上，墨菲特便传授了这一招给他，是之前那招雷火虬龙的加强版，雷火三连击，当然，名字是莫元明自己取的啦！

只是，莫元明没有想到这么快就派上用场了，而且还是在没有武器的情况下，原本莫元明还打算回到莫家庄之后练习一下这招的，现在被逼无奈地施展出来了。

莫元明还在战斗过程中突发奇想，因为一开始用的时候，莫元明并不是和雷火属性一同用出来，只是用了灼烧伤害更强的火属性，后来莫元明想乘胜追击，方才想起这一招！

此时，不远处传来痛苦的狼嚎声，嚎叫声渐渐虚弱下去，这是刚刚其中的一只狼逃离的方向传来，不一会儿，远处再一次先后传来两声痛苦的狼嗷，毫无疑问，正是从另外两只狼逃走的方向所传来的。

莫元明眉头一皱，低声道："有人！"

然后，他迅速地离开刚刚战斗的这片血泊，躲藏到一旁的灌木丛中，屏住气息，缓缓地潜伏下来。

莫元明在血泊一旁的灌木丛中潜伏了一会儿，便听到了稀稀落落的脚步声，心中顿时道：不止一个人，起码有一队人马！

听到这些脚步声后，莫元明变得更加警惕起来！

此时，有对话的声音传来！

"报告队长，剩下的六只狼全死了，包括那只一阶妖兽嗜血狼王和五只普通狼。根据观察，有两只下腹被利爪割开，有三只都是一只眼睛流着浓血，眼珠也是被利爪抓破的，同时，喉咙处也有一些抓痕，抓痕附近的喉咙也被抓破，地上的血液大部分都是这几只狼的喉咙处喷血流出的，而且地上鲜血还没凝结，伤口也很新，估计刚刚死去不久！"

"嗯，那只妖兽嗜血狼王呢？"

"那只一阶妖兽嗜血狼王附近没有太多的血液，下腹被不明物体击穿，而且还有被火焰灼烧过的痕迹，那个击穿的位置附近都已烧焦，而且似乎也是刚死去不久！"

"嗯，我知道了！"

那人似乎思考了一会儿。

"搜索附近地区，应该还有其他人在附近！"

"是！"有一群人齐声回应道。

"等等，若遇到其他人不要轻举妄动，立即回来报告！"此人说完这句，口中还喃喃道，"奇怪了，附近都被我们的人所包围，怎么还会有其他人在呢？难道，他们是比我们先到的？"

听到这些声音，莫元明眼中闪过一丝惊喜，没有继续隐藏在灌木丛中，猛地从灌木丛中站了起来，灌木被弄得发出稀稀疏疏的摩擦之声，同时从那个声音的方向传来那人的喝声："什么人？"

为避免引起误会，莫元明赶紧叫了起来："清月叔叔，是我！"

那个声音正是莫元明所熟悉的莫家庄练功场的教练之一莫清月。

莫元明从灌木丛中猛然站起，莫清月也向着声音传来的方向看来，正好和莫元明望了个对脸，莫元明一脸惊喜地望着莫清月，莫清月则一脸的惊愕，然后脸上惊愕的表情渐渐转为惊喜，同时，喊道："元明？"语气还似乎有些不确定。

莫清月身旁的众人对莫元明当然熟悉，见到是莫元明那张熟悉的脸庞之后便放松下来，脸上也露出惊喜的表情，而后纷纷和莫元明打招呼。

莫元明也一一回应着众人，然后向着莫清月跑去，调皮地说道："清月叔，嘻嘻！"

莫清月仔细观察了一下莫元明，两个月不见，发现莫元明似乎长大了一些，原本稚嫩的脸庞也带着一丝坚毅，虽然现在莫元明穿着一套不合身的衣服，那稍微大些的衣服穿在莫元明身上虽然有些宽松，但腰部、手臂和双腿位置绑得紧紧的，倒也勉强合身。

莫清月仔细观察完站在眼前的莫元明后，方才伸出他那宽厚的手掌，缓缓拍了拍莫元明的肩膀，笑道："两个月不见，长大了！"同时，也低头望着莫元明衣衫胸口处的小老虎豆丁说道："小老虎，好久不见啦！"

莫元明听到莫清月的话，抬起右手在脑袋上有点不好意思地挠了挠头。

而小老虎豆丁听到莫清月跟它打招呼，也带着那人性化的"虎式"微笑，轻轻地吼了一下。

众人见到莫元明不好意思的表情，都哈哈大笑起来。

莫元明在众人的调笑中更加尴尬了，但是心中却无比开心，因为不管怎么说，他都已经算是"回家"了！

直到此刻，莫清月才再次拍了拍莫元明的肩膀，望向莫元明的眼神中带着一个长辈对孩子的关怀，并露出一个和煦的微笑，用一种舒缓的语气说道："在外面吃苦了吧，欢迎回家！"

莫元明听到这句话，身体莫名地僵了一下，心里涌出一股温馨的暖流，眼眶似乎渐渐温热起来，但是在莫元明的控制下，没有一滴眼泪流出，因为他知道，男儿有泪不轻弹！

然后，莫元明缓缓抬起头，望着莫清月，露出一个发自内心的笑容，说道："清月叔叔，谢谢！"

莫清月听到莫元明的话，满意地点了点头。

此时，莫清月闻到旁边那充满血腥的味道，这才想起旁边有一堆狼尸，于是用手指指了指血泊中的那一堆狼尸，望着莫元明问道："这些都是你干的？"

莫元明顺着莫清月手指指着的方向望去，见到那一堆狼尸，说道："那只狼群的妖兽首领嗜血狼王是我杀的，其他的就是它杀的！"然后，还用手指指了指胸口衣衫上的小老虎豆丁。

小老虎见莫元明指它，就露出一副得意的表情，一副"我很厉害"的样子！

莫清月见到小老虎那像人一般的表情，不由自主地笑了起来，对着这一人一虎说道："不错，你们有进步了，变得更强了！"

莫元明胸口的小老虎再次露出一个像人一般的表情，那个表情叫作"得意洋洋"，见到这一幕的莫清月愣了一下，然后便忍不住哈哈大笑起来！

虽然莫清月在和莫元明聊天，但其他人可没有闲着，熟练地处理着狼尸，然后将那些尸体包括嗜血魔狼的尸体，都犹如战利品一般扛在肩上。这时，莫元明才发现，队伍当中已经有三个人肩上各扛着一具狼尸，不用问也知道，是莫元明之前放走的那三只。

莫清月见他们都处理好了，方才转过头，微笑地对莫元明说道："走吧，你一定非常想你父母了吧？我们这就回去吧！"

莫元明听到莫清月提起父母，当即回家心切的感觉再次涌上心头，对着莫清月用力地点了点头。

莫清月见莫元明点头，便转头对狩猎队的众人说道："毅兵、嘉良、秋良，你们三人去通知其他狩猎小队，就说狼群已经被剿灭，元明也回来了，全部撤回去吧！"

被点名的莫毅兵、莫嘉良、莫秋良三人，身上都没有负重，当即领命离去了。

下达完命令之后，莫清月方才对剩下的人说道："任务完成，我们回去！"

然后，众人皆大声地回应道："好！""回去咯！"

莫清月丝毫不拖泥带水，当即领着众人出发，向着莫家庄方向奔去。莫元明在队伍当中，跟在莫清月身边，心情激动起来，心道：回家了！

几个时辰之后，莫元明便跟随着大部队回到了莫家庄。

而莫元明回到家门口时，见到大门上朱红色牌匾上面的"莫府"两个金色大字，眼泪差一点从眼眶中涌出，而莫清月则拍了拍莫元明的肩膀，微笑地对他说道："进去吧！"

莫元明回到莫家庄，莫家庄少不了一顿欢庆，莫元明的父亲莫清风见到莫元明的时候，也只是淡淡地说了一句："回来就好！"但是明显有种松了口气的感觉。

而莫元明的母亲叶舒婷和奶奶梁秋雨少不了一番嘘寒问暖，并做了顿大餐庆祝莫元明安全回来，而莫元明的爷爷莫石天则问了莫元明这两个月的情况，并感慨山中竟有如此险地，并且竟然有人栖息。

在莫元明回到家中不久，前院便传来一道大嗓子"表弟，我来啦，你在哪里啊？"

然后，再次传来一道声音。

"哎哟，妈，你干吗打我？"

"让你乱吼乱叫，一点礼数都没有！"

屋内的众人听到这对话，皆露出无奈的苦笑。

莫元明则笑了出来，一听这声音，不用猜也知道是莫元明的表哥莫元清了，另一位一定就是莫元明的姑妈、莫元清的母亲莫清梅了。

随后，莫清月和他哥哥莫清日一起来到莫府当中，随后莫家庄内的人陆陆续续来探望莫元明。

而莫府的管家兼大夫连叔也一一招待众人！

莫清明也来到莫府，不仅是探望失踪两个月的莫元明，还有就是带来了天风镇中的商队负责人梁泊从天风镇天印者协会所传来的消息，那就是三日后在天风镇西门集合前往清泉城进行天印者学院的入学测试，让他们二人好生准备。

而莫清明则告诉莫元明与莫元清二人，说三日后他会带他们两个一同前往天风镇。

莫府庆祝莫元明回归的宴席，同时也变成了预祝莫元明与莫元清取得好成绩的一场饭宴。

莫元明虽然早已猜到，但是没想到刚回到家中与家人团聚，便又要离开了；直至此时，莫元明和莫元清二人方才感叹这六个月过得真快！

日升日落，三日时间匆匆而过。

莫元明与莫元清虽小，但在跟随莫清明学习莫家枪法之时，也熟练地掌握了马

第三十九章　征程之路

术,而此时,在莫家庄的大门处,莫元明和莫元清各牵着一匹马刚和家人道别完,莫清明见他们处理完这些事,便喝道:"上马!"

闻言,莫元明与莫元清便翻身上马,莫清明说完的同时便已经翻身上马了。莫清明见莫元明与莫元清二人上马之后,再次喝道:"出发!"

"驾!""驾!""驾!"

三人三骑,从莫家庄大门处扬尘而去,向着天风镇进发。

一路上飞驰的马蹄声传遍山谷。山路上,尘土飞扬,只留下一道道飘扬的尘埃与坚实的马蹄印。

初生的朝阳映照着山路之上的三骑绝尘,也映照着莫元明的征程之路!

第三卷
天印者学院

第四十章
前往清泉

　　几个小时之后，三人三骑便来到了天风镇西门。莫元明等人这回直接骑马，可比上一次坐马车要快多了。

　　莫元明三人快到天风镇西门之时，便远远看到已经有人在天风镇门口处等着了。等三人快要接近天风镇西门时，方才看清楚在西门的到底是何人。

　　今年的第一位天印者——土属性天印者吕俊乔，毫无疑问在队列当中。那俊美的脸庞和金色的长发，让莫元明一眼就看到他了，只是莫元明却没想到，他竟然也骑在马上等着他们，这让一直称他为"娘娘腔"的莫元清分外惊讶。

　　不一会儿，莫元明的三人三骑便来到了天风镇西门处。

　　在西门处，也有一队骑马的官兵，一看他们的装备，就知道他们和军队的骑兵是无法相比的，但是却也有模有样地坐在马上，看他们的样子，似乎是准备护送今年的天印者前往清泉城的。而领头人毫无疑问是天印者协会天风镇分部的人员，却没想到竟然是当时接待他们的那位林岚。

　　而林岚身边跟着一名老者，莫元明觉得此人非常眼熟，盯了此人一会儿，方才从脑海中搜索出这个人影，此人正是在天印者协会天风镇分部一楼大厅圆形接待桌内坐着的那个老头，莫元明对此人的到来感到惊讶和不解，但也没有多问什么。

　　一走近，莫元明的表哥莫元清便扯着大嗓门喊道："娘娘腔，你竟然也会骑马啊？"

　　原本笑脸相迎的吕俊乔脸上一僵，顿时，原本准备上前迎接的林岚也尴尬起来，莫清明则转过头瞪了莫元清一眼，莫元清见到明叔的眼神，脖子立即向后缩了缩，此时林岚也反应过来，立即打了个圆场，说道："呵呵，就等你们三位了，既然三位到了，我们也差不多可以出发了！"

　　此时，莫元明见吕俊乔脸上的表情僵硬，却没有恼怒之色，不得不佩服他的修养，当即向吕俊乔投过去一个抱歉的眼神，并开口说道："吕兄，好久不见，我表哥他就这么个直性子，吕兄莫见怪！"

吕俊乔抚了抚僵硬的脸庞，和煦地哈哈一笑，说道："元清兄弟快人快语，为人豪爽，兄弟我又怎么会见怪呢？元明兄，倒是你客气了，吕某人我这点度量还是有的。"

莫元明方才替表哥莫元清松了口气，对吕俊乔拱拱手，笑着说道："倒是元明多虑了，哈哈！"

莫元清则在一旁开口说道："你们怎么都说得那么官腔，搞不懂，搞不懂，我有什么说什么而已嘛，那么紧张干什么？"

说完这句话，莫元清再一次被莫清明的眼神蹂躏了一遍，莫元清当即捂住自己的嘴，他脸上那个搞怪的表情，倒是让众人笑了起来。

莫元明听到表哥莫元清的话再次变得无奈，见到莫元清的古怪表情，也哈哈大笑了起来。

林岚此时望着众人，开口说道："大家都早已认识，但是也要重新自我介绍一下，这两位还不清楚呢，我也给大家介绍一下这两位。"

首先林岚身旁跟着两人，除了那个天印者协会的老头之外，还有一名穿着官兵服饰的人。

同时，林岚对着大家，指着那名官兵服饰的人，说道："这位是大风镇守城护卫队大队长秦玉！"

那名穿着官兵服饰的黑胡子大汉对着众人拱拱手，开口说道："在下秦玉！"

林岚继续介绍道："接下来的路程都是由秦玉大队长来保护我们的安全，因此，大家要好好认识一下！"

秦玉开口说道："秦玉也只是执行城主的命令罢了！"

莫元明望着秦玉，心中却仍有疑惑：城主？镇长不是吕俊乔的父亲吕一行吗？哦，原来是派来保护吕俊乔的！

此时，林岚也注意到莫元明脸上的疑惑，便解释道："近几年没有出现天印者了，各位可能不知道，每年当天风镇有天印者前往清泉城进行入学测试时，官府是有责任保护天印者路途上的安全的！有官兵在，想必那些山野之间的盗贼也不敢那么猖狂！"

莫元明等人脸上方才露出恍然之色。

然后，林岚又用手指着那位天风镇分部的老头，说道："这位是穆乘风，穆长老这次和我一起带领大家前往清泉城！"

那天印者协会天风镇分部的老头露出和蔼的微笑，对着众人拱拱手，众人也拱拱手回礼。

然后，林岚便望着众人说道："各位也自我介绍一下吧！"

吕俊乔轻轻地甩了甩飘逸的金色长发，同时，莫元明心中想道：这是不是他的习惯啊！

然后，吕俊乔也开口说道："吕俊乔，在场各位都认识我，就不多做介绍了！"

听到吕俊乔的话，众人包括那位守城护卫队的大队长与天印者协会天风镇分部的穆乘风长老，也都笑了笑。

然后,众人的视线转到莫家庄三人这边,莫清明当即对着众位拱拱手说道:"在下莫家庄莫清明!"

自我介绍简洁明了。

而莫元明的表哥莫元清也有样学样,说道:"莫家庄莫元清!"

莫元明见二人如此简洁,他也乐得如此,当即也开口说道:"莫家庄莫元明!"

等众人介绍完,林岚也开口了:"大家也相互认识了,就不耽搁时间了,我们出发吧!"

说到最后一句的时候,林岚转头望向天风镇的守城护卫队大队长秦玉,秦玉见林岚望向他,便对着林岚点点头,然后转身集合身后的官兵去了。

不一会儿,守城护卫队大队长秦玉将官兵集合完毕,然后对着林岚说道:"报告,护卫队队员集合完毕!"

因为此事是天印者协会的事情,因此也由天印者协会主持和带领,而处理这些事情的无疑就是林岚。

林岚听到守城护卫队大队长秦玉的汇报,点了点头,对着众人说道:"出发!"

林岚当即一马当先,便领着全队向着清泉城出发!

在路途上,林岚也跟众人说了,天印者的入学测试其实是在明日,还好天风镇距离清泉城不是非常远,七八个小时的路程即可到达,因为这次没有用到马车。选择骑马的原因是中途会休息两次,在日落前要赶到清泉城,歇息一晚后,让准备测试的莫元明、莫元清以及吕俊乔三人养足精神,好准备明天的测试。

清脆的马蹄声响彻官道,这可比莫元明三人三骑从莫家庄出发时壮观多了!

二十多人的大队伍奔驰在官道上,大部分人都是官兵,路上的山贼劫匪也不敢轻举妄动。

因此,林岚一行人中途两次休息都没有受到打扰,日落之前安全抵达目的地——清泉城。

黄昏的日光照耀着天齐大地!

林岚一行二十多人,乘着黄昏的夕阳金辉来到了清泉城下。夕阳下的清泉城犹如一头巨兽一般,坐落下辽阔的平原大地上,即便过天风镇的莫元明和莫元清,依旧被眼前这座巨城惊得张大了嘴巴。

不过,这也是自然的,清泉城是吴国西南部边疆地区唯一的一座大城,其他和天风镇一样的城市,在地图上犹如卫城一般,众星拱月地散落在清泉城的周围。

此时,林岚处于队伍的前头,将一个钱袋交给城门的卫兵,交了入城费,林岚领着众人进入城中,林岚带领着大队人马,走在清泉城的主道上。四米宽的主道完全能够容纳大型马车经过,即便两辆马车并行也毫无问题。

清泉城的主道路两旁,各种各样的地摊商人在努力地扯着嗓子叫卖着。即便是黄昏时刻,街道上的人们依旧络绎不绝,讨价还价的人有之,细心挑选着商品的人有之,更有一些男子购买着可爱的饰品赠予身边的女子,讨女子欢心,繁华与热闹笼罩着清泉城,这里的商业街比天风镇的小街市可要繁华不止一筹。

即将入夜,林岚带领一行人来到一个足有五层之高的高大酒楼之内,门口挂着引人注目的招牌，叫"雅兴大酒店"，酒楼的装潢虽谈不上金碧辉煌，但是也别有一番雅致。

酒楼的一、二楼为饮食之地，各种方方圆圆的大桌放置在大厅当中，也有一些被帘布所隔开的雅间位于大厅的一边，也有一些模糊的人影在雅间内商谈着什么。

酒楼的三楼到顶楼五楼则是宾客休息之地，也就是各种各样的房间，一间间的房间，犹如列队一般，立在安静的走廊上。

林岚领着众人订好了房间，并叮嘱莫元明、莫元清、吕俊乔三人今晚早点休息，调整好状态。林岚交代完事情并让众人自己安排时间，便让大家散去，之后便和天印者协会天风镇分部的老头穆乘风一同离去。据林岚自己所说，是去天印者协会清泉城分部给他们为明天的测试报名。

然后，大部分人都返回自己的房间当中，也有少部分人前往热闹的街市，毕竟，这样的大城，大多数人都很少来的。

莫元清原本想拉着表弟莫元明出去逛逛的，在进城的路上，见到那些热闹的场景，莫元清的眼里早就放光了！

但是，在莫清明严厉的目光中，莫元清犹如老鼠见到猫一样，只能缩了缩脖子，乖乖地上楼，回到房间当中。而见到这一幕的吕俊乔毫不掩饰地在"偷笑"！

晚饭时间，林岚叫了众人到酒楼的二楼大厅吃饭。用餐期间，莫元清在莫元明耳边叽叽咕咕地说着些什么，直到莫清明似乎"不经意"地望了他们一眼，他们才继续乖乖地吃饭。

晚上用餐完毕之后，众人各自回到房中休息，因为酒楼够大，房间够多，林岚带领的一行人都是住在酒楼的第四层。

众人用完晚餐回到房间之后，过了一个小时，雅兴大酒店第四层原本安静的走廊上突然响起咯吱的声音，酒楼四层最里面一间房间的房门悄悄打开，一个人影鬼鬼祟祟地从房间里悄悄地走了出来，然后用手掌紧紧握住门把，轻轻地关上了房门。然后，他犹如小偷一般，蹑手蹑脚地向着隔壁的房间走去，在隔壁房间的房门上，轻轻地敲了三下，随后隔壁房门也轻轻打开，之后，也同样钻出一个身形和刚刚那人差不多却稍微瘦小一点的身影。这道身影同样学着之前那个人的样子，蹑手蹑脚地穿过酒店四楼的走廊，向着酒店四楼的楼梯口走去。

此时，莫清明在房间里的地板上盘膝而坐，以莫清明这等武者的感知能力，当然不会听不到走廊上那细微的脚步声，但是听到声音的莫清明却只是摇摇头笑了笑，心道："孩子心性啊，不过他们毕竟只是孩子，难得出来一趟，就让他们好好去放松一下吧！"

与此同时，酒店四楼房间中的林岚和天印者协会天风镇分部的长老穆乘风都在房间中笑了一下！

此时，酒店四楼走廊上，两道身影一前一后，蹑手蹑脚地走到了楼梯口的位置。然后，前面那个人轻轻地推开楼梯门，悄悄地钻了进去，然后拉住楼梯门，后面那道毕竟瘦小的身影便从拉开的楼梯门的缝隙中钻了进去。

这两个人影钻了进去之后，大大地松了口气！

第四十章　前往清泉

突然，旁边传来一个声音！

"你们两个鬼鬼祟祟地要去哪里啊，元清兄、元明兄？"

没错，这两道鬼鬼祟祟的身影正是莫元明与莫元清表兄弟俩。这两人在晚上用餐时，叽叽咕咕的正是这事。两人为了躲过莫清明的"监察"，便等莫清明回到房间之后，悄悄地偷跑出来玩，莫元清可是对今天傍晚入城时经过的那条主道上热闹的商业街充满了兴趣！虽然这主意是莫元清出的，但是童心大起的莫元明也没有拒绝。

此时，莫元明与莫元清顺着声音传来的方向望去，只见吕俊乔在酒店四楼通往五楼的阶梯上潇洒地坐着，手中还拿着个折扇，轻轻地扇着，那金色的头发随着扇子扇出来的微风，随意地飘荡着，正一脸戏谑地看着莫元明和莫元清。

吕俊乔见刚刚推开楼梯门进来的二人，听到他的问题没有反应，便再次说了一句："两位可不厚道哦，出去逛夜市也不带上我？"脸上还流露出渐渐变得十分感兴趣的表情，眼睛当中都快散发出道道亮光了。

莫元清正想反驳，刚一张嘴，就被莫元明用手捂住了，莫元明用手指了指莫元清的嘴巴，然后又指了指楼梯门处的走廊方向，莫元清瞬间明了，他们刚刚偷跑出来，如果因为太大声而被逮回去，那也太亏了！

第四十一章
清泉之夜

　　此时，被莫元明捂住嘴巴的莫元清突然伸出手指，指着坐在台阶上的吕俊乔，吕俊乔眼中正闪耀着各种小星星，张开嘴巴，似乎想感慨些什么！

　　莫元明与莫元清二人大惊，然后便如狼似虎地向着吕俊乔的方向扑了过去。

　　结果，毫无疑问，吕俊乔被两只大手掌捂住了嘴巴，呃，不过，可能是因为两只手掌的原因，或者是吕俊乔脸不够大的原因，莫元明的手都盖到吕俊乔鼻子上了。

　　然后吕俊乔的脸色快速涨红，拼命地拉开两只手，被两只大手掌捂住的嘴还不停地呜呜叫着，莫元明看到吕俊乔的模样愣了一下，很快就懂了，然后飞快地缩回自己的手掌。在莫元清还不知道莫元明为什么突然放手时，他的手掌也被吕俊乔拼命地拉开。

　　吕俊乔快速地喘息起来，一边喘息，一边气喘吁吁地说道："你们两个想憋死我啊！"

　　莫元明与莫元清看到吕俊乔剧烈喘息的样子，脸上都露出一阵尴尬的笑容。

　　莫元明咳嗽一声，低声对着吕俊乔说道："吕兄，不好意思啊，我们有话到下面再说吧！"

　　当即，莫元明与莫元清二人拉起吕俊乔向楼下走去。

　　不一会儿，三人便一起走出了雅兴大酒店，沿着清泉城的主官道，来到了傍晚进城时路过的那个繁华街市。现在这里更是人来人往，灯火通明，热情的叫卖声不停地从商业街中的各个角落传出来。

　　莫元明、莫元清、吕俊乔三人悠闲地走在人声鼎沸的商业街中，兴致勃勃地看着那些摆放在摊子上的各式各样琳琅满目的商品。

　　莫元清几乎在各个摊子前都要逗留一会儿，一脸新鲜地望着摊子上的各种物品，而吕俊乔的眼神则在络绎不绝的人群中游走，突然间，他眼中爆发出闪亮的光芒，与此同时，口中还说道："哇，美女耶！"

　　听到他的话，莫元明一愣，而他接下来的话则让莫元明直接晕倒。

"嗯，这个中人之姿，不过气质清新脱俗，不错，不错，咦，这边这个，凤眼俏鼻，好精致的脸蛋，哇塞，这一位前凸后翘，上佳之作啊！"

莫元明听到吕俊乔的话，顿时一阵汗颜，心中忍不住想道：怎么这人变化那么大，难道说这才是他的本性？

莫元明用一种十分无语的表情望着吕俊乔，说道："我说，兄弟，我怎么感觉你突然变得非常猥琐？"

此时，莫元清从一个摊子上走过来，正好听到莫元明的话，顿时说道："咦，原来还是个猥琐的娘娘腔！"

吕俊乔听到莫元明与莫元清的话，再次"很酷"地甩了甩那金色的长发，一脸自信而且淡然地反驳道："不懂就不要乱说，这叫欣赏好不好？而且，我是个有素养的人！"

"嗯，是个有素养的猥琐娘娘腔！"莫元清再次说道。

"你前后的差距怎么那么大呀，而且我之前怎么都没发现啊？"莫元明再次无语地说道。

"之前你们才见过我几次啊？"说着，吕俊乔还藐视地看了莫元明一眼。

"都说我是个有素养的人，你们这是妒忌，妒忌我英俊潇洒、风流倜傥，唉，长得帅真是一种悲哀！"吕俊乔还故作深沉地叹息道。

"你不要再说了，我要吐了！"莫元清说完，立即做出干呕的样子。

"你这是在藐视我吗？"莫元明继续无语地望着吕俊乔。

吕俊乔再次叹息道："唉，美丽真是一种悲哀！"

这次，莫元清还没开口，莫元明就抢先说道："我突然间很想揍你！"

莫元清随之附和道："对，我也有这种感觉，而且，我发现你不仅是个娘娘腔，还不是一般的娘娘腔！"

莫元明顿时说道："我知道，猥琐的娘娘腔嘛！"

"不是，是猥琐娘娘腔贱人，人至贱则无敌啊！"莫元清反驳道。

"不要这样子夸人家好不好，人家会害羞的啦！"吕俊乔一脸羞涩地说道。

"不行，我受不了了，真是太极品了，我吐了！"莫元清说着，再次做出呕吐状。

莫元明这次彻底无语地望着吕俊乔，张开嘴，不知道说些什么好。

然后，莫元明指着吕俊乔似乎带着点颤音说道："我，我真是，彻底服了！"

此时，吕俊乔一脸高深莫测的样子，拍了拍莫元明的肩膀："嗯，孺子可教也，孩子，你还有很多东西要学，欣赏美女是一门高深的学问，记得虚心学习，虽然你资质不咋地，但是，我就降低身份，勉为其难地教你们吧，唉！"

吕俊乔说完，还是一脸他自己吃大亏的样子。

刹那间，莫元明凌乱了，莫元清崩溃了！

莫元明与莫元清在心中同时呐喊道：没天理了，这人怎么可以这么贱？！

就在此时，熙熙攘攘的人群中蹿出一个身影，刚好向着三人所在的方向奔来。

莫元明、莫元清以及吕俊乔三人所站的位置是商业街的中间位置，也就是清泉城四米宽的官道中间，因为是晚上的缘故，并没有什么车马经过，来往的只有出来闲逛、购物以及游玩的人群。

　　那道身影身后还跟着两个人，似乎是在追着前面那道身影。

　　此时，那道身影跑得比较近了，莫元明、莫元清以及吕俊乔三人看清楚了那道身影的打扮，虽然低着头，看不到那张脸，但是他们能够清楚地看到，那人上身穿着半袖的衣衫，下身是一个刚到膝盖位置的小裙子，那扎在脑后的长长的马尾辫随着她的奔跑向着身后不停地甩动着，三人可以清楚地确定前面那人是个女孩。

　　或许是因为这个女孩被身后的两人追赶得急了，低着头在商业街的人群中乱窜着，向着莫元明三人的方向冲来，似乎完全没有发现前方有人站在那里似的。

　　不一会儿，女孩便闷头撞到吕俊乔和莫元明之间，这两个家伙可都是天印者，即便不算这个，两个大男孩还是要比这位娇小的女孩壮硕得多。

　　女孩闷头一撞，结果自己向后倒了下去，这女孩左手拿着两串冰糖葫芦，冰糖葫芦最上面的那一个还被咬了一小口，右手拿着一串棉花糖，因为手上握着东西的缘故，只能用拿着冰糖葫芦的左手手腕位置揉了揉撞到的脑门。

　　此时，莫元明、莫元清以及吕俊乔三人才清楚地看到她那张精致的脸庞，瓜子脸，一张樱桃小嘴上面是充满秀气的鼻子，明亮的双眼，一种灵秀的气质从举手投足之间散发出来，那张樱桃小嘴上还残留着冰糖葫户的冰糖渣滓，想必是吃冰糖葫芦时留下来的。

　　莫元明与吕俊乔同时伸出一只手准备扶起那个摔倒在地的女孩，此时，吕俊乔的气质似乎恢复成了莫元明刚刚见到他时的那种儒雅之气。

　　见到变化极快的吕俊乔，莫元明心中一阵无语地想道：这家伙该不会只有在面对陌生人或者美女的时候，才会变成这个样子吧？

　　此时，原本追赶那名女孩的两人，已经跑到女孩身后不远处，口中不时还喊道："小偷，站住，别跑！"此时，莫元明、莫元清以及吕俊乔三人方才知道，追着女孩的那两人口中所喊的内容。

　　但是，莫元明、莫元清以及吕俊乔三人心中同时带着疑惑地想道：这女孩是小偷？

　　他们都觉得这女孩的气质、模样、外形都不像小偷啊！

　　那女孩听到身后两人的呼声，顿时大惊，并没有理会伸出手的莫元明和吕俊乔，自己用手腕撑着地面，缓缓站了起来，脸上似乎带着一种疼痛的表情，应该是刚刚摔到地面上才这样的。

　　而那个灵秀的女孩站起来后，便飞快地跑到莫元明与吕俊乔身后躲了起来。此时，那两人跑到了莫元明三人的身前，虽然那女孩已经躲到莫元明与吕俊乔身后，但是并没能逃过那两人的眼睛，同时，另一个人也喊道："别躲了，我看到你了，小偷！"

　　那个女孩转身就想跑，却被吕俊乔用左手抓住了手腕，女孩挣扎了一下，见挣脱不掉，也就无奈地放弃。此时，吕俊乔一只手抓住女孩，另一只手打开了手中的折扇，轻轻地扇着。

　　那女孩被吕俊乔抓住手腕后，对着吕俊乔怒喝道："放开我！"虽然表情是愤怒

第四十一章　清泉之夜

的，但声音怎么听都像娇斥。

吕俊乔摇摇头，说道："不行，如果你跑了怎么办？"

听到这句话，那个女孩怒视着他。

莫元明在吕俊乔伸出手准备抓住女孩手腕的时候便已经发现了，但是并没有阻止。吕俊乔既然抓住了那个女孩，莫元明就想看看吕俊乔如何处理这件事。

那两人见到女孩被抓住，便对吕俊乔说道："谢谢小兄弟了！"然后转身准备绕过吕俊乔去抓其身后的女孩，但却被吕俊乔伸出的折扇挡住，说话的那人便转头望着吕俊乔说道："小兄弟，你这是什么意思？"

吕俊乔、莫元明、莫元清三人虽然实力不错，但是毕竟也只是十多岁，依旧显得有些稚嫩，当然那个女孩也和他们差不了多少，而眼前两个中年人要去抓那个小女孩，连莫元明都有些看不过去，但是他们因为不清楚事情的真相也就没有多说些什么。

此时，吕俊乔望着这两个中年人说道："二位，何必那么着急呢？说不定其中有什么误会，在下来给二位评评理，你们看姑娘还小，吓坏了就不好了。"

两位中年人惊异地望着吕俊乔，心中想道这个少年居然能说出如此成熟的话语，一副小大人的样子，虽然二人心中惊异，但是，还是说出了事情原委。

原来是这个小女孩贪吃，从他们的摊子上拿了两串冰糖葫芦和一串棉花糖，却又不给钱，然后两人追了出来，这小女孩便跑了起来。

那女孩小声嘀咕着："不就是拿了你们两串冰糖葫芦和一串棉花糖吗？"

其实，那女孩不说，莫元明三人心中也觉得，只是两串冰糖葫芦和一串棉花糖，有必要这样吗？

可那两个中年人同时喊道："那你之前吃的十几串呢？"

女孩听到两人的话，撇撇嘴，没有说什么。

但是莫元明三人心中惊讶起来，然后脑海里同时浮现出一个词"吃货"！

吕俊乔听到那两位摊主和那名女孩的对话之后，便淡淡地笑了起来，望着两位摊主说道："这也不是什么大事，帮人帮到底，送佛送到西，这样吧，这个女孩欠你们多少，我帮她付了吧！"

两位摊主见吕俊乔这么说，脸色顿时就好了起来，而莫元明与莫元清心中同时感叹道：有钱人啊！

莫元明与莫元清两人只是打算出来逛逛，见识见识的，不打算花钱，而且以往出门都是由莫清明来替他们付款的，所以，他们俩身上也没钱。

吕俊乔拿着扇子的那只手将扇子一合，从怀中拿出一个钱袋，问了两位摊主欠了多少之后，便轻轻松松地帮那女孩付了账，那两位摊主才转身离去。

付完账后，吕俊乔淡定地将鼓鼓的钱袋放回怀中。

此时，吕俊乔身后传来一道娇喝声音。

"放开我！"那个女孩怒视着吕俊乔说道。

吕俊乔一脸淡然，十分优雅地放开了那个女孩的手，口中还说道："得罪了！"

女孩揉了揉刚刚被吕俊乔紧紧抓住的手腕，转身离去。

然后，吕俊乔望着那个女孩离去的背影，喊道："请问姑娘芳名啊？"

结果只是传来一阵"哼"声！

吕俊乔只能一阵叹息。

此时，莫元清毫不放弃打击吕俊乔的机会，嘘道："就知道你心怀不轨，到手的肥羊跑咯，而且人家还不领情！"

第四十一章 清泉之夜

第四十二章
微亮月印

吕俊乔却望着刚刚自己抓住女孩的那只左手，一脸感叹地说道："冰清玉洁，好滑嫩的皮肤，手感不错！"

听到吕俊乔的这句话，莫元明与莫元清一阵鄙视，但是，让两人恶寒的却还在后面。

吕俊乔感叹完之后，还将那只手放到鼻尖闻了一下，闭上双眼，似乎很享受的样子，说道："少女的体香！"

莫元明还只是恶寒，莫元清立即跳起来，指着吕俊乔的鼻子一脸厌恶地说道："你个变态！"

吕俊乔却狠狠地藐视了莫元明与莫元清这表兄弟俩一眼，说道："我就知道你们看不惯，我那么帅，这明显是赤裸裸的妒忌！"

然后，莫元清再次反驳道："重口味！"

"这叫欣赏！"

"死变态！"

"这叫品位！"

"娘娘腔！"

"这叫太英俊！"

"猥琐男！"

"这是超绝的反应，一般人可不行！"

"贱人！"

"所以我才无敌嘛！"

吕俊乔与莫元清在这里唇枪舌剑，莫元明站在两人中间，只能万般无奈地望着这两个人摇了摇头。

最终，莫元清还是败下阵来，因为只有在吕俊乔这个"财神爷"的带领下，莫元清才能在今晚的清泉城商业街中昂首阔步地走得更加潇洒，不过按照莫元清自己的说法，叫作宽宏大量、不计前嫌。当然，引来的结果只是莫元明和吕俊乔的双重鄙视。

最后，莫元清、莫元明以及吕俊乔三人在商业街潇洒了一会儿之后，赶紧往雅兴大酒店跑，因为太晚回去被抓到那可就悲剧了，而且莫元清、莫元明和吕俊乔三人虽然贪玩，但也知道明天颇为重要，必须养足精神，而且这三人言称"潇洒"，实际上一个子都没花，自以为今晚在清泉城的商业街中走得虎虎生风就很潇洒似的。

不久之后，雅兴大酒店四楼的走廊上，几乎排成一列的三道鬼鬼祟祟的身影在走廊中蹑手蹑脚地前行着，毫无疑问是莫元清、莫元明和吕俊乔三人了。

突然间，三人身后传出一个严肃的声音，让三个人打了个冷战，僵硬在原地。

"你们三个跑哪里去啦？"

三人僵硬地转过头，脸上带着机械式的微笑，似乎想蒙混过关。

说话的正是莫清明无疑！

莫元明正要开口解释，却听到莫清明淡淡地说道："不用解释了，今晚放过你们，下不为例！"

听到这句话，莫元清、莫元明和吕俊乔三人终于松了一口气，三人因为被发现而僵硬的表情与身体都松弛了下来。

莫清明刚说完，话锋一转，语气立即变得严肃起来，眼中散发着锐利的光芒，说道："你们三个立即回房，洗澡睡觉，现在，立刻！"莫元清、莫元明和吕俊乔三人被莫清明望得汗毛倒立，在莫清明命令式的语气下，三人犹如执行命令的士兵般，飞快地跑回了自己的房间。

莫清明见莫元清、莫元明和吕俊乔三人都跑回房间后，严肃的表情慢慢变得柔和下来，原本锐利的眼神也收了回来，莫清明这才微微笑起，望着三人跑进房间的方向摇了摇头，缓缓地说道："这三个孩子！"

莫清明回到房间，走到窗边，望着天空中高挂的圆月，默默地说了一声："但愿明天孩子们能有个满意的结果！"

黯淡的夜晚，明亮的月光下，天风镇周围数百里的某座山林之上，一道人影悬空而立，但身上没有散发任何气息，犹如普通人一般，但不管让谁看到他这个悬空而立的功夫，都会知道此人非同一般。

微风吹拂着大地，林间树木的繁枝嫩叶都随风摇摆着，而山林中的动物都没有任何异样，就连在那人身旁不远处飞过的鸟儿似乎都没有看到他。此时，那道人影缓缓地说道："上次的感应应该源自这附近，不过仅仅出现一次比较强烈的感应，看来还要细细感应才行！"

说完，那道人影在皎洁的月光之下，缓缓从空中飘落，立在一支树梢的嫩叶之上，闭上双目。然后此人眉间闪过一丝亮光，若是在白天一定发现不了，但在黑夜中却那么明显，一个图案在此人的眉间浮现，这是一个如钩的弦月，散发着微微的银白辉光。

此时，此人的气息似乎已经完完全全融入了大自然当中，那道身影给人的感觉似乎一直都在那里，也似乎他原本就是这棵树的一部分，像是树上的一片嫩叶似的。

第四十二章　微亮月印

当此人悄悄地融入大自然当中，成为大自然的一部分时，一道微不可查的银白色辉光从此人眉间的弦月处，向着四周扩散开去，那些辉光如水的波纹散发着微微银白辉光的光圈，从此人的头部一直向下蔓延，滑过眼、鼻、嘴，再流淌过脖子，蔓延过胸腔，再蔓延过此人的腰部，从此人的脚下传出。

　　这道微不可查的辉光离开此人的脚之后似乎仍未停止，那道银白色辉光传到此人脚下的嫩叶上，由嫩叶传到这棵树木的枝干，然后传到主干，接着蔓延至整棵树，最后再从这棵树的根部传出。

　　微不可见的银白辉光从那人脚下大树的根部传出之后，竟然仍未停止，继续犹如波光粼粼的湖面中的波纹一般，向着大地传去，然后一道微不可见的、带着银白辉光的光圈在大地上不断地扩散开来，漫过山林大地上的青青绿草，向更远处蔓延开去，传遍这个山林，然后传遍山脉，然后，继续扩散着……

　　此时，莫元明回到雅兴大酒店四楼的房间中，刚刚洗完澡，一阵清爽舒适之感传入四肢百骸，莫元明一身轻松地迈步到房间的窗边，伸手拨开那描绘着淡淡竹叶图案的雅致窗帘，望了望天空中皎洁而明亮的月光，感叹道："今晚的月亮真美啊！"

　　雅兴大酒店四楼，莫元明的房间中，莫元明拨开房间雅致的窗帘后，感叹了一番月亮的美丽，然后，万分惬意地伸了个懒腰，打开房间的窗户，莫元明缓缓仰起头，闭上双眼，一脸享受的表情！

　　突然间，一种奇异的感觉涌上心头，莫元明猛地睁开双眼，眼神中带着迷惘，视线越过清泉城中的众多建筑，疑惑地盯着窗外远方的天边，那个方向似乎是天风镇的方向。

　　不一会儿，那种感觉便消失了，莫元明疑惑地摇了摇头，喃喃自语道："真奇怪，这是什么感觉，难道是我的错觉？"莫元明胡乱地摇了摇脑袋，用双手拍了拍自己的双脸，对着自己说道："别胡思乱想啦，莫元明，该早点休息啦！"

　　然后，莫元明便爬到酒店那二米长、一米二宽的大床上，在软绵绵的白色大床上盘膝坐下，深吸一口气，平复了一下心境，缓缓闭上双眼，调整了一下呼吸。

　　不一会儿，莫元明平稳的呼吸声传了出来，莫元明体内的灵力缓缓运转起来，莫元明周围的空气中，那肉眼不可见的散发着白色光芒的天地灵气缓慢地向着莫元明汇聚而去。

　　过了一会儿，莫元明挂在胸前的墨环微微亮了起来，然后，莫元明周边正在向莫元明汇聚的天地灵气速度猛然增加，朝着莫元明汹涌而去。

　　莫元明已经进入了冥想状态！

　　夜，悄然在莫元明的修炼中度过。

　　天明，朝阳从东方升起，充满希望的金色曙光渐渐蔓延大地，给天齐大陆上的人们灌溉着新一天的希望！

　　天一亮，林岚便通知众人在雅兴大酒店二楼用餐。吃过早饭之后，林岚领着莫元明、莫元清和吕俊乔三人出了雅兴大酒店，前往天印者协会清泉城分部。

　　而天印者协会天风镇分部的长老穆乘风，以及莫清明则自行跟着林岚前往，而天风镇的官兵却没有跟来，这也是林岚的安排，比较而言官兵的任务只是护送他们来回天风镇与清泉城，天印者协会清泉城分部，今日必定人员众多，官兵们也不方便前往。

当林岚领着众人来到天印者协会清泉城分部时，莫元明见到的依旧是白色的菱形巨塔，和天风镇分部那座似乎没什么不同，只是天印者协会清泉城分部的门口是一个小型广场罢了。

而此时，大印者协会清泉城分部门口已经站满了人，形形色色的人员站在天印者协会清泉城分部的门外，有衣服华贵的，也有衣着朴素的，但这些人唯一的共同点就是身边多多少少都会跟着几个孩子。

而林岚见天印者协会清泉城分部的大门没开，与众人说了句"耐心等待"，便和众人一起站在天印者协会清泉城分部门口的广场当中。

此时，吕俊乔却分别碰了碰莫元明和莫元清，两人皆疑惑地转头望着他，吕俊乔看着两人疑惑的眼神便说道："你们没发现什么吗？"

莫元明与莫元清被吕俊乔这句话问得丈二和尚摸不着头脑，不知道吕俊乔指什么，莫元清疑惑道："发现什么？"

吕俊乔看着两人仍旧疑惑的表情，似乎忍不住嘲讽道："你们两个什么眼神？"

此时，莫元明接口道："明亮的眼神，别拐弯抹角了，快说，你发现什么了？"

吕俊乔听到莫元明的话，立即鄙视地看着两人，还再次望了莫元明一眼，才说道："还明亮的眼神，有熟人都看不到！"

莫元明与莫元清二人听到吕俊乔的话，便东张西望起来，莫元清还边望边说道："熟人，哪里？"

而莫元明则疑惑道："我们在清泉城有熟人吗？"

吕俊乔这时才伸出手，指着广场人群中最靠近天印者协会清泉城分部门口的位置，说道："你们看！"

莫元明与莫元清随即顺着吕俊乔手指所指的方向望去，果然在最靠近天印者协会清泉城分部门口最前方的位置，站着一道熟悉的身影！

而那道熟悉的身影，正是莫元明、莫元清和吕俊乔昨晚偷跑出来，逛清泉城商业街时被吕俊乔抓住的那一位"小偷"，不对，按照吕俊乔的说法，现在应该称为"灵秀的小姑娘"。

此时，那灵秀的小姑娘的着装与昨晚大不相同，穿着华丽，但不是雅致的衣服，薄纱层层的半膝裙，长长的马尾辫，再加上那精致的脸蛋，将她原本就拥有的灵秀之气，更突出地显示出来。

而这个女孩旁边还站着一位雍容华贵的妇人，一看就知道身份不低。那妇人同样有着一张精致的脸蛋，和那女孩还有几分相似，但这位妇人身上除了灵秀之气外，还不自觉地透露出一种成熟的韵味。

看清楚吕俊乔所指的所谓的"熟人"是昨晚遇到的那位灵秀的小姑娘之后，莫元明与莫元清几乎同时转过头，望着吕俊乔，异口同声地说出了一句话："禽兽！"

吕俊乔被莫元明与莫元清默契的话给说得愣了一下，然后立即一脸冤屈地反驳道："什么啊，我这叫欣赏美，好不好？你们两个小孩不懂就不要乱说！"

听到吕俊乔的话，莫元明与莫元清更加一脸鄙视地望着他。

莫元清则毫不留情地对吕俊乔进行人身攻击，道："看你的样子就知道，你还惦记着人家，你竟然连小女孩都不放过，你还是不是人啊？所以说你是个禽兽！真正的禽兽！"

吕俊乔立即拿起手中的扇子，"唰"的一声打开，在身前轻轻地扇了扇，带着他那招牌式的"儒雅之气"，淡定地反驳道："你们见过这么有素质，而且帅气的禽兽吗？"

听到吕俊乔的话，莫元明从上到下将吕俊乔扫视了一遍，更加淡定地说道："衣冠禽兽！"

吕俊乔顿时有种吐血的感觉，让吕俊乔不淡定的不仅仅是莫元明的话，更多的是，莫元明比他还淡定地说出这样的话！

第四十三章
信念之光

　　此时，站在靠近门口位置的那个灵秀女孩，似乎发现有人在望着她，然后转过头来，正好望到莫元明、莫元清和吕俊乔三人，吕俊乔见女孩望过来，立即露出一个招牌式的"儒雅微笑"，对着女孩笑了一下，还挥了挥手。

　　但是，女孩还是和昨天晚上一样，"哼"了一声，便转过头去，不再理他。

　　吕俊乔见到女孩转过头去不理他，他也很淡定地放下手。

　　莫元清与莫元明毫不吝啬地给他送去鄙视的目光，心中都响起一个字"装"！

　　莫元清可不会顾及他的面子，继续讽刺道："你看吧，人家不理你！还热脸贴冷屁股，你上辈子一定做了什么对不起人家的事情，而且，我觉得你应该多去积德！"

　　吕俊乔原本想对莫元清的话置之不理，但是听到莫元清的最后一句，反而好奇起来了，转头望着莫元清问道："为什么要积德？"

　　莫元清理所当然地回答道："因为你缺德啊，不然人家怎么会这么报复你？"

　　吕俊乔终于被说得青筋暴起，但是又不知道怎么发作，只好"哼"的一声转过头去。

　　而莫元清此时则望向表弟莫元明，露出一个胜利的微笑，右手的食指和中指还摆出一个"V"。莫元明此时望着莫元清的表情，再一次无语了，并深深地为他感到汗颜，心中想道：这有什么好炫耀的？

　　莫元明想转过头去，实在不想再望着莫元清，莫元清摆出"V"的右手伸到了莫元明面前，几乎贴到了莫元明脸上，莫元明无奈地摆摆手，说了一句："好啦，好啦，是你赢了，行了吧！"

　　莫元清听到莫元明的回答，方才收回那在莫元明面前的"V"，满意地点了点头。

　　就在此时，"咯吱"一声，天印者协会清泉城分部白色菱形塔的铜铸大门缓缓打开！

　　天印者协会清泉城分部大门前面的小广场瞬间安静了下来，站在小广场内的众人都顺着声音传来的方向望去。

只见天印者协会清泉城分部那道台阶之上的沉重大门不断地开启着。

此时，从天印者协会清泉城分部的门口处走出来一个人，此人穿着一身蓝色长袍，长袍长至脚腕，将整个人的全身遮盖，长发披肩，头顶还将头发扎成一捆，这捆头发之间还有一支用梨花木所制的发簪从中穿过，肤黄显白，眉清目秀，恰似一个书生模样，脸上带着一种和煦的微笑，身材修长，在长袍之下，更是显得消瘦。

此人一出来便在天印者协会清泉城分部的大门前面驻足，站在台阶之上，平淡地扫视了一下小广场中的众人，目光是那么地平和，似乎早已见惯了这种场面。

这位蓝袍书生扫视完站在天印者协会清泉城分部大门前面小广场内的众人之后，表情再次变化起来，原本带着和煦的微笑的脸上，两边的嘴角再次翘起，画出一个开阔的弧度，露出一种"有朋自远方来，不亦说乎"的表情，甚是高兴。

然后，青年对着站在小广场内的众人拱拱手，微笑地说道："在下诸葛嘉，天印者协会清泉城分部的一位普通会员，今天负责招待大家和介绍入学测试的相关事宜！"

这位天印者协会清泉城分部的会员诸葛嘉，说到这里停顿了一下，再次扫视了小广场内的众人一眼，方才继续说道："接下来，我会念到至今为止已经报名参加天印者协会入学测试的人员名单，请念到名字的朋友，站到台阶前面的广场位置，请大家让出位置来，谢谢合作！"诸葛嘉指着天印者协会清泉城分部大门台阶前面的位置说道。

听到诸葛嘉的话，小广场内站得比较靠前的人们，皆自觉地让出一小块空地。诸葛嘉见到此情景，带着和煦的微笑，满意地点了点头，并说道："谢谢大家的配合！"

然后，诸葛嘉的左手伸入右手的袖袍之内，从里面拿出一个小本子，方才缓缓念道："姬彩月！"

"到！"

一个娇嫩的声音从小广场前方的位置传了出来，只见吕俊乔认为的那位"熟人"走了出来，站到台阶最前方的位置，正是那位扎着马尾辫的灵秀小姑娘。

她蹦蹦跳跳地跑到诸葛嘉前方的台阶前面站定，露出一个可爱的笑容，这位灵秀的小姑娘一笑起来，脸上还露出两个小酒窝，似乎能够让人不知不觉地溺爱起来！

诸葛嘉见到第一个是她，便笑了一下！

然后，这位小姑娘还望着站在台阶之上的诸葛嘉，万分乖巧地说道："诸葛嘉叔叔好！"

听到姬彩月的话，诸葛嘉脸上露出一阵苦笑，指了指自己的脸，望着姬彩月说道："我有那么老吗？"

姬彩月则对着诸葛嘉调皮地吐了吐舌头！

此时，吕俊乔的脸上露出一丝邪恶的笑容，右手举起，并缓缓地抚摸了一下自己的下巴，用调侃似的语气说道："原来她叫姬彩月啊，不错的名字呢！"

莫元清则不由自主地带着鄙视的眼神，望着吕俊乔说道："你脑袋里都是些邪恶的东西吗？真应该在你脑袋里装个抽水马桶，把里面一些不干净的东西全部抽掉！"

莫元明站在一旁，头也不回，冷静地说道："那他的脑袋就整个抽掉了！"
　　吕俊乔顿时用手指指了指莫元明与莫元清二人，说道："你、你们，气煞我也！"然后举起扇子，对着自己的胸口不停地扇着，胸口不停地起伏着，似乎要用扇子来平息他胸口的怒气。
　　而见到这一幕的莫元明与莫元清终于笑了！
　　诸葛嘉见到姬彩月淘气的样子，只能无奈地摇了摇头，然后拿起手上的小本子，继续念道："王良、方义、欧阳浩天、司马青云……"
　　不一会儿，诸葛嘉便停了下来，不再念下去。
　　然后，诸葛嘉望着陆陆续续来到他身前的台阶前面的广场空地处站得乱七八糟的孩子们，收起了那和煦的微笑，声音有些冷冷地说道："排队！"
　　而已经站到台阶前面的小广场空地上的孩子们，听到诸葛嘉那冷冰冰的话语，除了姬彩月之外，皆打了个寒战，然后乖乖地跑到姬彩月身后排起队来。
　　诸葛嘉一直等到小广场空地内被念到名字的孩子们排好了队，方才再次拿起手中的小本子，继续念道："罗江林、李威、陈根、黄国辉……"
　　此时，姬彩月心中偷偷地想道：诸葛嘉叔叔果然如妈妈所说，是个重礼仪的人啊！
　　诸葛嘉继续念着孩子们的名字，一个又一个的孩子，或是少年，或是青年，也有少数几位中年人，走到台阶前的小广场空地的队列中排起队来。
　　"吕俊乔、莫元清、莫元明……"
　　此时，诸葛嘉终于念到莫元明三人的名字，莫清明听到后便拍拍莫元明与莫元清这表兄弟二人的肩膀说道："尽力而为就好！"
　　莫元明与莫元清听到莫清明难得对他们没有严格要求，但二人眼神中带着火焰一般的意志望着莫清明狠狠地点点头。
　　而林岚则走到三人面前，直接对着莫元明、莫元清、吕俊乔三人说道："好好加油，你们是天风镇天印者协会历年以来最优秀的一批人员，你们的未来必定充满着辉煌，不过也要你们付出足够的努力，好好加油，去吧！"
　　听完林岚的"战前宣言"般的鼓励，莫元明、莫元清、吕俊乔三人眼中都闪烁着奇异的光芒，那不一样的眼神中都写满了磐石般的坚毅，缓缓地向着天印者协会清泉城分部大门台阶前小广场的最前方空地上走去。
　　即使他们三人心中都抱着不一样的信念，但是，此刻，他们都不会退缩。
　　"爹，以前孩儿对你成见颇多，对不起，你已经累了，让孩儿为你承担起这一切吧！"吕俊乔心中默默地道，同时口腔之内牙齿紧紧地咬着。
　　"父亲，我一定能够帮上你的忙的，让你尽早回去陪母亲，我经常看到母亲躲在房间里偷偷地落泪，有时一个人孤独地坐在院子里望着天空中的月亮，我一定会尽快变得强大起来，让父亲你回去陪伴母亲！"与此同时，莫元清的拳头悄然紧握。
　　"爹、娘，孩儿长大了，家族就由我来守护，而且，我要变得强大，像当初在山中峡谷见到的那个会飞的人一样！我还要报答翁前辈，还要回去探望小灵珊，还要报答连叔，报答清明叔、清月叔、清日叔，报答很多很多的人，我不会辜负你们的期望的！为了变强，能够进入更好的学院学习，今天必须要拼尽全力！"

越到后面，莫元明的心中渐渐呐喊起来，然后，莫元明闭上双眼，深吸一口气，眼神中闪烁着奇异的光芒，变得深邃，整个人的气息也变得平静起来！

见到这一幕的林岚、穆乘风、莫清明，心中各有想法。

见到莫元明的眼神从那几乎是散发着兴奋的光芒变成平静而深邃的莫清明默默地点点头，心中欣慰地想道：元明这孩子，平日里那些艰辛无比的锻炼没有白费啊！

见到莫元明表现的林岚则在心中感叹道：小小年纪，竟然有如此可怕的控制力和非凡的心性。

见到莫元明表现变化的穆乘风长老，眼中亦闪过一丝光芒，心中则默默地说道：此子必成大器啊！这么早便拥有如此心智，此子已经具备了成为强者的基本素质之一！

莫元明、莫元清和吕俊乔走到小广场的空地时，也被站在队列第一个的姬彩月注意到了，莫元明、莫元清和吕俊乔并排走向空地时，那几乎同步的坚毅步伐、冷静无比的表情、充满自信的眼神，给姬彩月的感觉，似乎三人身边有一股雄厚的气场，并渐渐融合在一起，让看到这一幕的她，心中感受到一种压迫感。

而留意到这一幕的诸葛嘉，则眼神一凝，心道：看来这一批的资质还不错，至少我从这三个小家伙的眼神中，看到了强者的自信！只是不知道，有没有人能够被那大陆第一学院给招收呢？算了，我怎么会有这么无聊的想法？那个学院每年几乎都只是走个过场，不是近乎妖孽的学员，他们都不会收的。

诸葛嘉想到这里，转头望了站在第一位的姬彩月一眼，心中顿时欣慰起来，想道：这位清泉城城主的女儿还是有机会的，半年前开启天印之后便已经是五级天印者了，经过半年的修炼应该升到七八级了吧，这样应该有机会进入那个大陆第一学院的，除了性格比较调皮捣蛋之外。

想到这里，诸葛嘉无奈地苦笑起来，似乎连他也没少吃过这位小公主的亏。

姬彩月因为望着莫元明、莫元清、吕俊乔三人竟然使她心中产生了一种压迫感，让她极其不服气，对着三人吐吐小舌头，做了个鬼脸，然后"哼"的一声转过头去。

而见到姬彩月望向他们，刚想举起手打招呼的吕俊乔，讪讪地放下了举到一半的右手，咳嗽了一声。

莫元清立即抓住机会，说道："你看，自作多情了吧！"

而莫元明似乎受到表哥莫元清的影响，也兴致勃勃地调侃起吕俊乔来，说道："嗯，明显人家都不想理会你！嗯，据我观察，是的，确实是这样的！"莫元明一脸认真地说完，还深以为然地点点头。

吕俊乔这次干脆就哼了一声！

然后，莫元明、莫元清、吕俊乔三人便走到了小广场空地处的队伍后面排起队来。

直到此时，吕俊乔才在莫元明与莫元清后面有些"恶狠狠"地说道："走着瞧，我会让你们看看什么叫魅力四射的风流好少年！"

而站在前面的莫元明与莫元清两人则似乎早就约定好一般，默契地转过头来，说道:"哇,好像很厉害的样子耶!"但是,说这句话的同时,二人脸上都带着一脸戏谑的表情。

吕俊乔对着戏谑地望着他的二人,又哼了一声,说道:"咱们走着瞧!"

第四十三章 信念之光

第四十四章
黑发老头

此时,诸葛嘉念完最后一个名字,"啪"的一声,合上手中的小本子,望了望眼前小广场空地中所有刚刚被念到名字的人一眼,然后再向广场其他地方扫视而过,缓缓说道:"至此为止,所有报名参加天印者入学测试的人员名单已经全部念完,若还有想报名参加天印者入学测试的朋友,在今天测试结束之前仍可现场报名!"

说完,诸葛嘉便低头望着台阶之下小广场内排好队的"天印者"们,露出一个和蔼的微笑,说道:"那么,排好队的各位,请跟我来吧,请不参加测试的人员在此等候!"

诸葛嘉准备进入天印者协会清泉城分部的大门时,看到有些孩子的家长打算跟进去,便如此说道。

说完这句话,诸葛嘉转头向着天印者协会清泉城分部的大门走去,姬彩月也抬起那穿着灵巧小靴的脚,迈上台阶,快步跑到诸葛嘉身后跟了上去,而排在姬彩月身后的众人则快步跟在后面,陆陆续续地走进天印者协会清泉城分部的大门,当然,后面长龙似的队伍也快步跟上,虽然这支队伍只有三十多人,但是也够长的了。

诸葛嘉领着众人走进天印者协会清泉城分部的一楼大厅当中,一楼大厅的布置和天风镇上的天印者协会分部也相差无几,大厅中央的那个六边形柜台旁有一道楼梯通向天印者协会清泉城分部的第二层,其他地方皆为一片空旷,连个座椅都没有。

而且,今天可能因为众人来得早的原因,天印者协会清泉城分部的一楼大厅当中并没有其他人,但身穿蓝袍、形似书生的诸葛嘉并没有停下脚步,径直向着二楼楼梯走去,这队伍在诸葛嘉身后缓缓跟着,众位青少年以及几个中年人,虽然不明所以然,但也没有多说什么,只是乖乖地跟在诸葛嘉身后。

诸葛嘉脚步丝毫没有停歇地迈上了通往二楼的楼梯,众人跟着诸葛嘉上了二楼之后,所见到的场景依旧和天印者协会天风镇分部的布置一样,由众多房间组成。

诸葛嘉依旧没有停下脚步,继续向着通往天印者协会清泉城分部三楼的楼梯走去,众人只能快步跟上。

诸葛嘉走上三楼之后，便领着众人走到一旁的墙边上，而队伍后面的人员则陆陆续续地跟了上来！

等莫元明、莫元清和吕俊乔这些接近队伍尾端的人员上来之后，才发现这天印者协会的第三层原来并不小，虽然比下面的第一层和第二层要小得多，但当初莫元明、莫元清和吕俊乔在天印者协会天风镇分部修炼时，并没有发现原来第三层也可以容纳那么多人。

仅天印者的队伍全部上来，便有三十多人了，而三楼大厅内的左侧放置着一个高一米八、直径一米的透明圆柱晶体，圆柱晶体内部的底部印刻着一个奇异的阵法，在透明圆柱晶体一旁直径二十厘米的圆柱台上，还放置了一个直径十厘米的透明水晶球。

正是当初莫元明、莫元清和吕俊乔在天印者协会天风镇分部结束深层修炼之后，测试灵力所用的天印者灵力等级测试仪！

而天印者协会清泉城分部三楼大厅的右侧则空了出来，视线越过右侧空出来的地方和左侧的灵力等级测试仪，在三十多位准备测试的天印者们的对面是二十多位中年或老年人，穿着各式各样的服饰，皆坐在散发着梨花木香味的木椅之上，手或是撑着，或是随意放在木椅的扶手上，眼睛尽在这二十多位准备测试的天印者身上不断地审视着。

诸葛嘉领着三十多位准备测试的天印者上到天印者协会清泉城分部的三楼之后，转头向后看去，等着三十多名天印者都上来之后，便对着他们说道："你们在这里等着！"

然后，诸葛嘉便向坐在对面梨花木制椅上最左边的一位满头黑发、满脸皱纹、眼睛却神采奕奕的老头子走去，将之前用来念天印者名单的小本子从右侧的蓝色袖袍中拿出，交到这位老头子手上，并低声对其说道："报名的三十二位天印者都已经到齐！"

那位坐在最左边木椅上的老头子，从诸葛嘉手中接过那个小本子，对其点点头，并说道："你下去吧，接下来交给我就好了！"

诸葛嘉听到那老头子的话，便对着老头子施礼，同时说道："属下告退！"

坐在这位黑发老头子右手边的那一位老头，低声调笑道："都一把年纪了，还那么爱面子！"

黑发老头子听到旁边老头的调笑，便板眼地回答道："礼不可废！"

旁边那位老头继续说道："爱面子就爱面子啦，还礼不可废！"

黑发老头严肃地回答道："我该干活了！"说完，便站起身来不再和旁边的老头多说一句。

旁边的老头低声说了一句："古板的老家伙！"

诸葛嘉说完便向着通往天印者协会清泉城分部二楼的楼梯口走去，在经过三十二名准备进行入学测试的天印者身边时，依旧和蔼地对着他们说道："我先下去了，你们在这里等候吩咐吧，对了，那边坐在椅子上的可都是前辈，你们不得无礼！"

准备参加入学测试的三十二名天印者，听到诸葛嘉的叮嘱，当即都点点头，诸

第四十四章 黑发老头

葛嘉见到众人都听清楚了，满意地点点头，方才走下楼梯。

而此时，坐在木椅最左边的黑发老头便站了起来，表情严肃地望着对面准备参加入学测试的天印者们。

而莫元明等人在见到诸葛嘉下去之后，这位黑发老头子又站了起来，将注意力转移到他的身上。

准备参加入学测试的三十二名天印者们全部望着站起来的黑发老头，眼中或是好奇，或是紧张，或是平静。

表情严肃的黑发老头子望着准备参加入学测试的天印者们，用同样严肃的语气说道："我叫落尘羽，是天印者协会清泉城分部的负责人，首先，我给你们介绍一下我身边的这些大陆各个学院的代表们。"

说完，毫不在意对面的三十二名天印者跟不跟得上他的节奏，继续说道："我旁边这位是吴国天策学院的代表武凡一，吴国天策学院是吴国境内的第一大学院，也是吴国的皇家学院！"

刚刚调侃落尘羽的老头子站了起来，对着众人笑了一下，点点头，那苍苍白发，他脸上的皱纹，和蔼的眼神与微笑，和落尘羽比起来，这位才像个正常的老人家。

落尘羽刚说完，便指着他右手边的第二位说道："这位是魏国呈封学院的代表曹瞒天，呈封学院也是魏国境内的第一大学院，同样也是魏国的皇家学院！"

武凡一还没坐下，落尘羽便介绍起第二位来，武凡一只能讪讪地坐下，心想：这个老家伙一大把年纪了，还是这个脾气，这么记仇，我刚刚就不应该得罪他，差点忘了这是他的主场！

魏国呈封学院的代表曹瞒天虽然不是个老头，但也双鬓白发了，看上去年纪也不小了，他也如之前的武凡一一般，对着对面的三十二名天印者微笑地点点头，然后缓缓坐下。

落尘羽这次没有急，而是等曹瞒天坐下之后，方才继续介绍到他右手边的第三位。

看到这种情况的武凡一哼了一声，曹瞒天缓缓坐下后，转过头来望了武凡一一眼，莫名地笑了起来。

武凡一见到曹瞒天的笑容，心中对落尘羽的怨念更大了，心中狠狠地说道：这么多年的老朋友了，竟然这么不给我面子，太可恶了，等这事情办完后再找你算账，哼哼！

在武凡一心中想着跟落尘羽算账的时候，落尘羽已经开始介绍第三位学院代表了，他指着他的右手边第三位已经站起来、面目带着一丝威严的中年人，继续说道："这位来自天齐国玉燕学院的代表夏鸣奇！"

夏鸣奇也对着对面的三十二名准备参加入学测试的天印者，威严的脸上难得露出一丝笑容，并点点头。

落尘羽方才继续说道："和之前一样，天齐国玉燕学院是天齐国的第一大学院，同样也是由皇家资助的皇家学院！"

落尘羽的介绍完毕后，夏鸣奇缓缓坐下。

落尘羽继续介绍第四位:"这位是吴国廉清学院的吴风起,而吴国廉清学院是距离清泉城最近的学院!"

在落尘羽介绍的同时,那位中年人吴风起已经站了起来,和之前几位一样对着众人微微一笑并点点头。

落尘羽在等吴风起坐下去之后,才接着继续介绍第五位、第六位、第七位、第八位、第九位……

三十二位准备参加入学测试的天印者们,认真地听着落尘羽对各学院的介绍,因为他们未来可能在其中一个学院修行以及学习,这关系到他们的未来,他们不得不认真对待,只是听到后面,大部分人都记不清那些学院的名字了,只有最初介绍的那几个还记得。

只不过他们都默默地给自己定下目标,并按照他们自己的水准认定自己心中的目标学院,并将其牢牢记住。

当然像莫元明的表哥莫元清这种神经大条的人,就已经开始打瞌睡了,要是现在问他,心中有什么目标的话,他一定大声地回答道:吃饭、喝茶、加面条!

现在莫元明的嘴角已经在抽搐了,因为他眼睛的余光注意到正在钓鱼的表哥莫元清的嘴角正流着哈喇子,然后他望向吕俊乔,想示意一下让他叫醒莫元清。

但是,吕俊乔却对莫元明的眼神视若无睹,一身儒雅之气微微散发,并一脸认真地听着对面落尘羽的介绍,是的,一脸认真,如果不是莫元明发现吕俊乔他那想笑不能笑,而导致微微抽搐的嘴角,莫元明一定也会认为他在一脸认真地听着落尘羽的介绍。

最终,莫元明"明智"地选择放弃用其他手段叫醒莫元清,因为莫元明担心发生什么意外情况,例如,平时莫元明叫莫元清起床时,莫元清这家伙猛地醒来,都会突然间跳起来,然后大喝一声:"敌将哪里跑?"

当然,莫元明叫莫元清起床时,出现这种情况的几率是百分之五十,但是莫元明可不敢赌,万一神经大条的表哥干出什么事来,而表哥莫元清的克星:明叔又不在时,天知道会发生什么!

莫元明此刻只能无奈地继续听落尘羽关于学院代表和学院的介绍。

而此时,落尘羽已经介绍完倒数第二位,准备介绍最后一位了,莫元明的眼角却不停地抽搐着,因为坐在最后一位和前面的老头或中年人不同,是一位年轻人。

是的,确确实实是一位年轻人,乌黑如墨的长发,清秀的脸庞,称得上俊秀,只是脸上面无表情,一身雪白的衣服。

但这一切都不是重点,重点是他竟然一只手撑在梨花木制的木椅上打瞌睡,而且,还是和莫元清一样,嘴角上流着哈喇子。

这让望着他的三十二名天印者们一阵无语,心中对这位学院代表表示深深的怀疑,因为之前的中年人或者老头都表现出不一样的气度和风范,而这位的表现实在不敢恭维,跟气度和风范这两个字似乎毫无联系。

而走到他身边准备介绍他的落尘羽,严肃的脸上一阵尴尬,落尘羽只好微微地咳嗽一声,但那位年轻人似乎睡得很香,一点反应都没有。

第四十四章 黑发老头

　　落尘羽只能再次咳嗽一声,但是,年轻人还是没反应,落尘羽只能无奈地笑了笑,再次走近年轻人,准备拍拍他的肩膀,手掌正要落到那个年轻人身上时,年轻人的身上却荡起了一阵微风。

　　年轻人身上的白衣随着微风轻轻地飘荡起来,那看似没有什么威力的微风却把落尘羽的手猛地荡开。此时,那位年轻人方才缓缓睁开双眼,眼中还带着一丝迷惘,似乎是刚刚睡醒的样子。

第四十五章
天下第一

　　如果有人注意到其他同样坐在木椅上的老头子或者中年人的眼神时，就会发现，他们望向这位年轻人的眼神中充满了敬重，丝毫没有因为年轻人的表现而对他有所轻视。

　　年轻人睁开双眼后狠狠地伸了个懒腰，打了个大大的哈欠，伸出右手缓缓地揉了揉双眼，方才抬起头望向周围。

　　他那带着迷惘的眼神望了望周围之后，抬头看到一只手举在半空中的落尘羽，然后他眸子当中的神光开始渐渐凝聚。

　　年轻人静静地望着落尘羽举起的手一分钟后，立刻从椅子上跳了起来，对着落尘羽一脸尴尬地说道："不好意思，不好意思，因为太困，我不小心睡着了！"

　　直到此时，年轻人才意识到是什么情况。

　　落尘羽收回了刚刚被那奇异的微风猛地荡开的手之后，抬头深深望了年轻人一眼，方才转过头来，对着三十二位准备参加入学测试的天印者们说道："这位是来自天印者学院的君落羽！"

　　此时，落尘羽注意到三十二位准备参加入学测试的天印者们眼神中的疑惑，他缓缓解释道："天印者学院不属于任何一个国家！"

　　此时，三十二位准备参加入学测试的天印者们眼中出现一丝惊奇，而听到这个名字的莫元明和吕俊乔眼中都亮了起来，因为林老在跟他们简单介绍一些关于天印者的基础知识的时候，提到的唯一一个学院，就叫"天印者学院"！

　　让他们印象如此深刻的不仅仅是这个名字，还有就是林老跟他们说过这么一句话：天印者学院是当之无愧的天齐大陆第一大学院，无须任何解释，因为天印者们都知道，也被绝大多数的天印者所认可，也正因为如此，这个学院才敢直接用天印者来命名！

　　而至于为什么莫元清并没有惊奇或震惊的表现，原因很简单，他嘴角还在流着哈喇子，估计现在正在跟周公约会呢！

　　落尘羽见到三十二位准备参加入学测试的天印者们脸上惊奇以及震惊的表情,而这些震惊的人当中就包括莫元明和吕俊乔,还有就是排在队伍第一位的姬彩月。

　　落尘羽看到他们的表情时,严肃的脸上难得露出一丝微笑,随即缓缓地继续说道:"想必有些人的师长已经跟你们提过了,天印者学院毫无疑问是天下第一学院,这是几乎所有天印者都知道的常识,有了这个称号,想必大家心中都明白它的分量了吧?就不必我多做介绍了!"

　　等落尘羽说完,那位天印者学院的代表君落羽默默地望着对面的三十二位天印者并点了点头,便缓缓坐下,连个微笑都没有。这位天印者学院的代表君落羽懒散地坐在木椅上,似乎对接下来的天印者入学测试没什么兴趣。

　　落尘羽见这位天印者学院的年轻代表君落羽一脸无趣地坐下之后,脸上微微抽搐了一下,心道:这也太随意了吧?而且"一点兴趣都没有"这七个字都写在脸上了,至少也应掩饰一下吧!

　　但这位天印者学院的年轻代表君落羽的随意,并没有减少对面三十二位准备参加入学测试的天印者们的热情,因为他们已经目光火热地盯着这位天印者学院的年轻代表君落羽,这也说明天下第一学院的名字有多么响亮了!

　　落尘羽见君落羽坐下后,便转过身来,望着站在对面准备参加入学测试的三十二位天印者们,脸上恢复了那一成不变的严肃表情,不急不缓地说道:"已经跟你们介绍了一遍坐在这里各大学院的代表了,想必你们心中已经多少有些想法了,不管你们决定进哪家学院,都要在测试中展现出足够强大的实力和天赋,才有机会掌握选择权,天印者的入学测试是表现你们实力与天赋的机会,而天印者与大陆上的各大学院都是双向选择的,意思就是说你们在经过一天的测试之后,学院会从中选择自己想要的人才,并在三日后给你们发录取通知书,因此,你们要在清泉城继续多待三天时间,也正因为这一规则,有可能出现一位天印者收到多份学院的录取通知书,也有天印者一份也没有,当然一份也没有是属于极少数的情况,毕竟大陆上的天印者数量,相对于大陆的人口基数来说,依旧是十分稀少的,但是,你们还是要在这次入学测试中竭尽全力地展现自己,方才有机会掌握主动权!"

　　落尘羽一口气说完这些之后,停顿了好一会儿,回到他原本的座位上,拿起那陶瓷茶杯,喝了口水,方才转身再次望向对面三十二位准备参加入学测试的天印者们,也正好给他们一段消化刚刚他所说的内容的时间。

　　这位天印者协会清泉城分部的负责人落尘羽,再一次扫视了对面三十二位准备参加入学测试的天印者们,这些天印者们也渐渐从低头的沉思中再次抬起头来望向落尘羽。

　　落尘羽继续开口说道:"接下来,我给大家说下入学测试的内容!"

　　而莫元清也认真地望向落尘羽,这个打瞌睡的家伙终于在落尘羽介绍完天印者学院的代表后,被莫元明捅醒,因为,莫元明再也忍不住了,接下来是一些重要的内容,不管三七二十一,莫元明就把他捅醒了。

　　不过,莫元清醒过来的时候依旧把莫元明吓出一身冷汗,莫元明生怕他还在梦中,刚醒来就发疯,结果这次运气不错,赌中了那百分之五十的不发疯几率,莫元清醒来之后，只是淡淡地抬起头，举起左手的衣袖擦了擦嘴角流出的哈喇子，对此，莫元明当真松了口气。

即便如此，刚刚睡醒的莫元清依旧双眼带着迷惘，望了望周围，过了一会儿，他眸子中才再次恢复神采，方才搞清楚自己在什么地方，然后立刻装模作样地认真听着落尘羽的介绍。

而见到这一幕的莫元明则对这个神经大条的表哥甚是无奈，而站在一旁的吕俊乔则左侧脸部不停地抽动着，不知道的还以为他脸部抽筋呢，而见到这一幕的莫元明依旧毫不留情地向吕俊乔投过去一个鄙视的眼神。

莫元清从睡梦中醒来之后，落尘羽便开始介绍学院和天印者的"双向选择"，而见到完全恢复精神的表哥莫元清，莫元明心中感叹道：还好讲重点的时候没有错过，待会儿不用再浪费口舌了。

此时，落尘羽已经准备开始介绍入学测试的内容了，落尘羽继续说道："这次的入学测试和以往一样，分成两个部分！"

说到这里，落尘羽伸手指了指位于天印者协会清泉城分部三楼大厅中左侧的那个灵力等级测试仪，继续说道："第一个部分就是测试你们，展现你们在开启天印之后半年时间的修炼成果，也就是测试你们的灵力等级！"

说到这里，落尘羽那双严肃的双眼之中的眼神变得锐利起来，盯着对面三十二名准备参加入学测试的天印者们说道："强大的天印者不仅仅需要足够优秀的天赋，还需要足够坚韧的意志力和足够的勤奋，才有机会向更强大的高阶天印者迈进！就算有再优秀的天赋，没有足够的努力，也没有机会成为强大的天印者的！"

听到落尘羽的话，那位坐在木椅上的天印者学院的年轻代表君落羽，眸光当中似乎亮了一下，又在没有人注意到的时候，悄悄掩盖下去了。

此时，落尘羽继续对着对面三十二名准备参加入学测试的天印者们说道："而第二个部分，则是用你们能够想象到的方式，将你们天印者的力量展现出来，例如……"

说着，落尘羽便伸出右手，右手手掌掌心向上，五指张开，猛然间，"嘭"的一声，手心上方两厘米处凭空出现一个拳头大小的火球，落尘羽翻手一握，火球便瞬间消失了。

而依旧坐在落尘羽右手边的武凡一见到这一幕，则小声嘀咕道："一个老头子都这么爱炫耀！"

虽然武凡一说得很小声，但是依旧被落尘羽听到了，但是，落尘羽听到这句话后，只是耳朵动了一动，也没有多说什么。

而站在对面的三十二名准备参加入学测试的天印者们则眼睛一愣一愣地看着落尘羽，然后，几乎所有人的眼神都渐渐变得火热起来，其中不少人心中都对自己问道：我能够做到吗？

在这三十二名准备参加入学测试的天印者们火热的目光下，落尘羽收起刚刚发出火球的右手，然后将右手伸进左手的袖袍当中，拿出之前诸葛嘉交给他的那个小本子，慢慢地翻开第一页。

此时，这位天印者协会清泉城分部的负责人落尘羽，冷不丁地说了一句："当然，如果不能做到灵力外放，第二部分也可以放弃！"说完，望了一眼对面那群没什么反应的天印者们。

之后，落尘羽方才缓缓说道："接下来，被我念到名字的人员，先到左手边灵力等级测试仪那里，测试一下灵力等级，然后再到右边的空地处用你们能够想到的方法，展示一下你们最强的能力，一个接一个，等上一个全部结束后，我念到名字，下一个再上来！"

然后，落尘羽低头望了手中的小本子一眼，语气淡漠地念道："姬彩月！"

早就准备好的姬彩月，终于听到落尘羽念她的名字，立刻举起娇小的玉手道："到！"

然后，姬彩月脱离队伍，走了出来，站到大厅中央，对着对面的众多学院代表行了个礼，然后又转过身对着落尘羽行了个礼，嘴巴还甜甜地叫道："落爷爷好！"

听到姬彩月跟他打招呼，落尘羽那张严肃的脸上难得露出一丝笑容，语气稍微柔和了一些，说道："别攀关系了，没用，我不会帮你的，一切只能靠自己，去吧！"

听到落尘羽的回答，姬彩月调皮地吐了吐舌头，转身向着灵力等级测试仪走去。此时，落尘羽心道：许多人能够成功开启天印便值得庆幸了，而彩月这孩子六个月前在清泉城开启天印的时候便成了五级天印者，六个月之后又能提升多少呢？当真让人期待。

姬彩月缓缓走到那个高一米八、直径一米的透明巨大圆柱晶体面前，伸出她那细长的玉手，贴到透明圆柱水晶的晶壁之上。

然后，姬彩月娇喝一声，体内的灵力在那娇躯之内的经脉当中不停地运转着，传递到那贴在透明圆柱水晶的晶壁之上的右手内，姬彩月体内的灵力尽皆汇聚到右手手掌之内，接着，灵力透过右手穿过晶壁传输到巨大透明圆柱晶体之内。

此时，姬彩月贴在巨大圆柱晶体晶壁上的娇小玉手的手背上浮现出一个蓝色的圆环，环内是五个角都贴在蓝色圆环之上的蓝色五芒星，五芒星内是一个栩栩如生的水滴图案，此蓝色图案正是水属性的天印纹络！

当姬彩月的灵力输入到巨大圆柱水晶之内时，巨大圆柱晶体底下的莫名阵法微微亮起一道白光，然后这道白色光芒越来越闪耀，阵法中央迅速冲起一道发丝大小的蓝色光柱，并迅速与巨大圆柱晶体的顶部相接，原本不稳定的闪烁蓝色光柱迅速稳定下来。

发丝大小的蓝色光柱，迅速稳定下来之后便开始扩大，原本发丝大小的蓝色光柱不断地变粗。

此时，巨大透明圆柱晶体一旁的直径二十厘米的圆柱台上，放置着一个直径十厘米的透明水晶球内显现出"零"字，随着透明圆柱水晶内的蓝色光柱不断变粗，圆柱台上的透明水晶球内的"零"字，开始变成"一""二""三""四"……

第四十六章
水平之差

透明圆柱水晶内的蓝色光柱不断变粗,直至那道蓝色光柱变得比拳头小上一些的时候,蓝色光柱的增长速度开始变慢,最终蓝色光柱便不再增长了。

此时,姬彩月的额头已经微微见汗了,随着透明圆柱水晶内蓝色光柱的增长停止,透明水晶球内的数字最终停留在了"九"上。

除了莫元明、莫元清和吕俊乔三人神色如常之外,其他见到这一幕的天印者们的惊讶之色无法抑制地涌现到了脸上,不少人脸上已露出惊讶的表情,而性格比较冷静的人则能够控制脸上的表情,但目光中的惊异之色依旧出卖了他们!

落尘羽依旧板着脸,一脸严肃的样子,眼中却充满了惊喜,心中更是充满了欣慰,因为这第一位参加测试的天印者姬彩月,可是由清泉城出来的。落尘羽在心中默默地说道:彩月这丫头的成绩,有机会进入天印者学院,但愿她在第二部分能够好好表现!

但是,令落尘羽更加惊喜的是,在姬彩月的灵力等级显示在灵力测试仪时,落尘羽用余光看到,那位天印者学院的年轻代表君落羽的清澈眸子当中闪过一丝惊讶之色,虽然只是短短一瞬间,但是依旧被落尘羽捕捉到了!

顿时,落尘羽更加确定心中的想法!

此时,姬彩月收回了贴在灵力测试仪透明圆柱晶体晶壁之上的娇小玉手,微微喘息了一下,转过身对着落尘羽与各大学院的代表们,礼貌地行了个礼,虽然她的眼神中写着"疲惫"二字,但是却没有忘记礼仪,依此可以看出,姬彩月虽然调皮捣蛋,但是家教无疑是极好的,这些礼仪已经深入到姬彩月的骨子里了。

落尘羽与各大学院的代表见到姬彩月测试完之后仍然记得给他们行礼,尽皆满意地点点头,当然,这要排除那个天印者学院的年轻代表君落羽。

他依旧是一副悠闲无比的样子,右手肘部撑着梨花木所制的椅子扶手,手腕托着下巴,身体微微倾斜向右边扶手的方向,右手的肘部顶在扶手上与他的下巴形成一个支架,君落羽慵懒地把下巴撑在那里,他的左手则随意地放在左手边的木椅扶手上。

　　落尘羽举起不知道从哪里拿出的笔，低头一直在本子上边写边说道："姬彩月，灵力等级'九'！"

　　说完之后，落尘羽头也不抬地说道"去右边"。说完，便用拿着笔的手指向大厅右边，各个学院代表与天印者之间的空旷之处，说道："过去！"

　　听到落尘羽的话，姬彩月便依言走到落尘羽所指定的位置上，落尘羽见姬彩月已经走到了他刚刚所指的位置上，便淡淡地说了一句："开始吧！"

　　然后，姬彩月便深深吸了口气，学着落尘羽之前演示时的样子，伸出娇小如玉的右手，宛如柔润白玉一般的小手掌掌心向上。

　　此时，姬彩月眸子当中的目光聚集在手掌之上的位置，只见姬彩月周围的空气当中似乎有一股水汽凝聚不停地向着姬彩月手掌之上的位置汇集而去。

　　渐渐地，姬彩月小手掌上似乎出现了一些小水滴，随着时间的推移，姬彩月手掌之上的水滴渐渐汇聚成球状，然后不断变大，最后姬彩月的手掌之上悬浮着一个拳头大小清澈透明的水球，悬浮在姬彩月手掌之上的一厘米处，但拳头大小的水球却依旧不太稳定，不断地颤动着，似乎随时都会爆开似的。

　　悬浮在姬彩月手掌之上的水球维持了一分钟之后，姬彩月再也坚持不住，"嘭"的一声，水球爆了开来，水滴向着四周溅射出去。

　　就在此时，落尘羽果断出手，大手一挥，一个火环在姬彩月周围一米处的地面上瞬间出现，三楼大厅之内的温度瞬间升高，将姬彩月因无法控制而爆射开来的水球中射出的水滴刹那间蒸发掉，之后地面上的火环便瞬间消失，三楼的地面上也没留下什么痕迹，似乎什么也没有发生过似的。

　　但是一旁准备参加测试的天印者们大部分都眼睛睁得大大的，盯着刚刚出现火环之地，眼中再次浮现一片火热！

　　此时，天印者学院年轻代表君落羽的眸子当中闪过一丝异样的神色，心中淡定地想道：没想到在这偏远的地方也有这么个小天才啊，在没有学习任何天印者的相关技巧的时候，竟然能够运用自身灵力，聚集天地灵气中的水元素，凝聚出水球，虽然能力还很弱，聚集的水元素根本不足万分之一，但却难能可贵，看来这一趟不会空手而归，和往年相比，也算是意外收获吧！

　　而刚刚在水球爆开之时，吕俊乔的眼睛瞬间亮了起来，然而当他看到火环出现将水球溅射出来的水蒸发成水汽时，暗叹了一句："可惜！"

　　不过，这句话依旧被耳朵灵敏的莫元清听到，莫元清当即头也不回地低声说了一句："禽兽！"

　　莫元明听到两人的小声嘀咕，心中狂笑，但是强行忍住，脸颊细微地抽搐着，并没有其他人发现，因为这个场合可不能和之前在天印者协会清泉城分部外面一样，狂笑出来的话，必定招来的是那位天印者协会清泉城分部负责人落尘羽冷厉的眼神！

　　水球爆开之后，姬彩月再也无法顾及形象，顿时一屁股坐到了地面上，剧烈地喘息着，尚未发育的小小胸部上下起伏。

　　而天印者协会清泉城分部负责人落尘羽，看到姬彩月的表现，满意地点了点头，虽然他的表情依旧严肃，但是眼中却闪过一丝欣慰！

落尘羽见姬彩月坐到地上喘息之后，并没有立即叫下一个，而是等了一会儿，让姬彩月休息了一下。姬彩月渐渐调整好呼吸，便站起身来，对着落尘羽以及对面各大学院的代表行了一个礼，便退回到队伍当中。

落尘羽见姬彩月退回到了队伍当中，便再次拿起手中的小本子，念道："王良！"

听到落尘羽念到自己的名字，第二位天印者从队伍中走了出来，并喊道："有！"但此人走出队列时，明显有些紧张，一只手还抓着衣角。

落尘羽望了一下那人的模样，然后便淡淡地说道："开始吧！"

听到落尘羽的话，王良便径直向着灵力等级测试仪走了过去，然后和姬彩月一样，将右手贴在透明圆柱水晶的晶壁之上。

而透明圆柱水晶底部的未知阵法依旧亮起一道白光，一道发丝大小的绿光出现在透明圆柱水晶之内，同时，一个绿色圆环包着绿色五芒星，绿色五芒星内的枝叶图案显现在王良的右手背上。

见到这一幕的莫元明眉头一挑，心中想道："是和灵珊一样的木属性天印吗？"

绿色光柱随着时间的推移不断变粗，不一会儿，透明圆柱水晶之内的绿色光柱便停止增长，只有半个拳头大小，此时透明圆柱水晶一旁的圆柱台上的透明水晶球显示出"五"。

王良虽然早已知道结果，但是依旧叹息了一声，眼中闪过一丝失望，然后默默地向着落尘羽和众多学院代表的方向行了一个礼，朝着三楼大厅右边的空旷之处走去。

王良走到空旷之处后，也学着之前落尘羽的演示和姬彩月展示时所做的那样，伸出右手，手心向上，然后深吸一口气，目光聚精会神地盯着掌心上方几厘米处的位置，竭尽全力地运作起体内的灵力。

时间悄然流逝，一分钟过去了，王良的掌心之上依旧空空如也，两分钟过去了，掌心之上还是空空如也，三分钟过去了，依旧风轻云淡，什么事也没发生，最终王良不得不放弃，再次对着落尘羽和众多学院代表的方向默默行了一个礼，走回了队列当中。

当王良回到队列当中时，方才传来落尘羽的声音："王良，灵力等级'五'！"

除了天印者学院的代表君落羽之外，其他学院的代表皆淡定地点点头，之前他们多多少少都被姬彩月的表现惊讶到了，众位学院代表心中已经对自己说：天才啊，无论用什么代价都要把这样的人抢过来！

可是，每当他们想到这里，眼神都不经意地望着君落羽这位年轻人悠闲的身影，心中皆一阵打鼓地想道：如果他不抢的话倒好，如果他跟我们抢……唉，真是打击人啊！

天下第一学院的名号，或者说大陆第一学院的名号太响亮了，让其他学院的代表发怵。

众位学院代表想到这里，嘴角皆露出一阵苦笑，只能心中祈祷，君落羽这位天下第一学院的代表不要跟他们抢人。虽然这不太现实，但是他们已经在心中虔诚地祈祷着，或许只有在这一刻，他们才那么齐心、那么虔诚，犹如神庭的那些信徒

第四十六章　水平之差

一般！

而众位学院代表见到王良的表现，表情方才变得淡定，当然经过了姬彩月"惊艳"的表现，此刻他们心中的想法也有些类似，都表示这才是正常水准。

在众位学院代表心中打着各种小算盘的同时，落尘羽望了手中的小本子一眼，然后抬头念道："方义！"

这位方义一看就知道是急性子，他一出来，便匆匆向着落尘羽和众位学院代表的方向行了一个礼，之后立即转身向着左手边的灵力等级测试仪走去，右手在透明圆柱水晶晶壁上一按，一个与姬彩月相同的蓝色水属性天印纹络立即显现！

然后，蓝色发丝光柱快速从透明圆柱水晶底部的阵法中涌出，如连接天地一般，连接到透明圆柱水晶顶部中心位置，光柱便开始变粗、变宽、变大。

最终，透明圆柱水晶内的蓝色光柱停留在了比半个拳头左右大小再大上一些的粗细上。

而透明圆柱水晶一旁的圆柱台上的透明水晶球显示出"六"。

见到这一幕的落尘羽，带着严肃的脸点点头，看他的表情，似乎还说得过去。当然，这是相对于之前的姬彩月来说，还过得去，如果将这个等级放在往年，已经算是不错的成绩了。

往年当中，最高的便是七八级天印者，那算是非常优秀的天印者了，而这次姬彩月的表现无疑刷新了天印者协会清泉城分部往年入学测试的纪录！

此时，方义已经测试完灵力等级，向着三楼右边的空旷之地走去，在之前姬彩月与王良所在的位置附近站定，然后喝了一声，体内的天印灵力疯狂运转起来。

体内天印灵力疯狂运转起来的同时，目光同样凝聚在五指张开、掌心向上的右手掌心之上的数厘米处，似乎刚刚从姬彩月凝聚水球的过程中留意到什么，又或许受到王良失败的刺激，方义此时十分用力似的，右手张开的五指几乎成爪状，额头上青筋暴起。

终于有了一丝效果，空气中的水汽向着方义的手中汇聚而去，但是与姬彩月相比有一定差距，一分钟过后汇聚成水滴。

然后方义手中的水滴逐渐变大，最终变成不足半个拳头大小的水珠，但是和姬彩月一样并不稳定，不停地颤动着。

不一会儿，方义似乎控制不住手中半个拳头大小的水珠，"嘭"的一声，刚刚汇聚而成的水珠便爆开。

此时，众位学院的代表心中暗叹可惜！

第四十七章
入学测试

　　而在众位学院代表心中暗叹可惜的同时，方义却咧嘴一笑，似乎对这个意外收获的结果还是比较满意的。

　　此时，落尘羽已经提起笔低头在本子上，边写边念道："方义，灵力等级'六'！"

　　然后，落尘羽抬起头，望向剩下准备参加入学测试的天印者们，念出了下一个名字：欧阳浩天。

　　此时，方义带着一丝微不可查的微笑回到了天印者的队列当中。

　　而在队列中原本排在方义后面，现在站在姬彩月身后的约十三四岁的青涩小男孩站了出来，样子有些腼腆，乖巧地向着落尘羽和众位学院代表的方向行了一个礼。

　　然后，他才有些紧张地向着大厅左边的灵力等级测试仪走去。

　　欧阳浩天走到灵力等级测试仪的巨大透明圆柱晶体面前，轻轻地将手贴在了巨大透明圆柱晶体的晶壁上，一道金色光柱骤然显现并不断变粗。与此同时，欧阳浩天贴在晶壁上的右手手背上显示出一个金环，金环内圈与一个金色五芒星的五角相接，金色五芒星内呈现一个金石状的图案。

　　巨大透明圆柱晶体内的金色光柱逐渐稳定下来，并不在增长。此时，这道金色光柱约比正常人的拳头要小上一些，而透明圆柱晶体旁边圆柱台上的透明水晶球内显示出"四"。

　　看到透明水晶球内显示的"四"，欧阳浩天这位腼腆小男孩的脸上有些微红，似乎这个成绩让他有点不好意思。

　　此时，落尘羽望了这位腼腆的欧阳浩天一眼，说道："到大厅右边去！"

　　欧阳浩天带着羞涩的表情，安安静静地走到三楼右边准备参加测试的天印者们与各个学院代表之间的空旷之处，做出和之前姬彩月三人一样的动作，但是数分钟过去了，却没有丝毫反应。

　　欧阳浩天则脸色红红地退了回去，他修炼这么慢，一直就觉得自己没什么天赋，

但是天印者协会清泉城分部的负责人落尘羽和各个学院的代表却不这么想，因为他们刚刚分明感觉到空气中有金属性元素变得浓郁起来，只是欧阳浩天灵力等级太弱，无法控制罢了。

虽然欧阳浩天的灵力等级相对来说比较低，但是欧阳浩天在各个学院代表心中的评价却不低，因为从欧阳浩天刚刚的表现就可以看出他对于天地灵气的感应能力还是不低的。因为这也不失为一个天赋，即便不能成为武力超群的天印强者，成为一名天印学者也是不错的，因为过去和现在都不乏这种例子，在修炼上天赋较弱，但是对于天地灵气的感应力却非常强，从而可以从事与天印者相关的研究工作。

此时，落尘羽依旧带着那严肃的表情，淡淡地说道："欧阳浩天灵力等级'四'！"然后，落尘羽便继续念下一个名字，之后排在队列中准备参加入学测试的其他天印者们，一个接一个地按照刚刚的步骤，进行测试。

随着时间的流逝，天印者们一个接一个地上前去测试。失望或惊喜在参加入学测试的人们的脸上不断地书写着，而守候在外面的这三十二名参加入学测试的天印者们的家长或亲戚，都焦急地等待着。

三十二名参加测试的天印者，有二十七名已经完成了测试。接下来便轮到吕俊乔了，吕俊乔是第二十八个，莫元清是第二十九个，莫元明是第三十个。他们身后也仅有两人而已，但后面变成了三人，因为诸葛嘉再次领上来一个现场报名的。

在吕俊乔前面的二十七名天印者，灵力最高的无疑是姬彩月，灵力等级为九，而这二十七个人中竟然一个八级天印者都没有，而包括方义在内的七级天印者有三名，包括王良在内的六级天印者有五名，剩下十九个基本都在三级天印者到五级天印者之间徘徊。

见到这个成绩，说实话，莫元明确实有些惊讶，到底是自己比较勤奋，或是自己天赋好，修炼得比较快，还是说这附近城镇的天印者质量不行呢？

这个问题莫元明搞不懂，当然就孜孜不倦地问起身上经验丰富的老人天印帝者墨菲特爷爷，而墨菲特则回答了这么一句："以你这样的资质与天赋，再加上墨环的帮助，你达不到现在的程度才要天打雷劈！"

而还有一句话是墨菲特没有说的，就是莫元明这段时间的经历对于他自己，心性、精神、身体上的锻炼是异常重要的，比起灵力等级，墨菲特认为这些对于现在仍处于成长期的莫元明来说是更加宝贵的。

听到墨菲特爷爷的回答，莫元明虽然没有完全明白墨菲特爷爷的意思，但是心中也自认为自己天赋超高，狠狠地自恋了一下，同时，也望了望胸口处被莫元明当作项链似的挂着的墨环一眼，眼中充满了好奇之色，心想：迟早有一天要把墨环的秘密给解开！

此时，落尘羽念道："吕俊乔！"

早就准备充分的吕俊乔，望了无聊地站在队伍前头的姬彩月一眼，然后狠狠地卖弄了一下，甩起他飘逸的金色长发，将手中的扇子"唰"一声打开，并在胸前扇了两下，再加上他本身所携带的"儒雅之气"，真的像是一个翩翩公子一样，当然，在莫元清的心中要加上"风流"二字。

看到装模作样的吕俊乔，犹如被鄙视的磁石一般，再次引起了莫元明与莫元清眼神和内心中的双重鄙视。当然，为了画面的和谐，我们清理掉一些莫元清的不和谐动作。

但是，如此"做作"了一番的吕俊乔，还是收到了不少的效果，至少天印者协会清泉城分部三楼大厅内大部分人的目光都聚集到他的身上。

当然，让吕俊乔最自豪的是，这些人当中包括姬彩月那位灵秀的小姑娘。

吕俊乔优雅地走到落尘羽面前，缓缓合上手中的折扇，优雅地向着落尘羽行了个礼，然后再转过来，同样优雅地向着各大学院的代表行了个礼，最后还向着天印者们所站的方向施了一礼，当然主要方向还是那一位灵秀的姬彩月小姑娘所在的位置。看到吕俊乔如此表现的落尘羽与各大学院的代表的目光中皆露出满意之色，当然，那位年轻的天印者学院的代表君落羽除外。

而看着这一幕的莫元明与莫元清也聊了起来，莫元清的眼神望着正在施礼的吕俊乔，低声地对莫元明说道："表弟，你说，这家伙以后得祸害多少人啊？"

莫元明调侃地回答道："这家伙祸害多少人我不知道，但是他能够活很久！"

听到莫元明的回答，莫元清十分惊讶地望着他，问道："为什么？"

莫元明理所当然地回答道："没听过一句古话吗，好人不长命，祸害遗千年，前面那句话不一定是对的，但是后面那句准没错！"

听完莫元明的话，莫元清深以为然地点点头，说道："这家伙确实长着一张祸害人的脸！"

莫元明听到表哥的话，疑惑地问道："什么是祸害脸？"

莫元清被莫元明的问题，问得愣了一下，耸耸肩，说道："我也不知道啊，反正一看这家伙就不是什么好东西！"

听到莫元清近乎无赖的回答，莫元明表示晕倒！

虽然落尘羽与各大学院的代表对吕俊乔的礼貌非常满意，但是他们更重视的还是他的实力，因为这次是来进行入学测试的，而不是来比礼仪的。

吕俊乔施完礼之后，落尘羽还是那副从开始到现在没有任何变化的严肃表情，淡淡地说道："开始吧！"

听到落尘羽的话后，吕俊乔优雅地再施一礼，然后步履平稳、节奏清晰地向着灵力等级测试仪走去，吕俊乔的表现和之前完全不同，双眸与气场中无不散发着一股自信。

吕俊乔自信从容的表现让落尘羽与各大学院的代表有了一些兴趣，而一直没什么反应的天印者学院的年轻代表，原本又要打瞌睡而眯着的眼皮微微地抬了起来，心道："不错的气场，就是不知道实力如何。"

此时，吕俊乔已经走到了灵力等级测试仪面前，左手将右手手中的扇子拿了过去，优雅地伸出那洁白的右手手掌，缓缓贴在了灵力等级测试仪的巨大透明圆柱水晶的晶壁之上。

然后，吕俊乔体内的天印灵力悄然运转，灵力在吕俊乔体内运转了一圈之后，便在吕俊乔的控制之下向着右臂涌去，接着，吕俊乔体内的天印灵力不断地汇聚，

第四十七章　入学测试

犹如流水一般在吕俊乔的经脉中流淌，生生不息地向着吕俊乔的右臂方向涌去，支撑着已经涌到右臂的澎湃灵力继续前行。

吕俊乔体内汇聚到右臂的巨大天印灵力，犹如浪涛般顺着右臂的经脉，流淌过右手的肘部，通过手腕，犹如喷泉一般，向着与吕俊乔右手手掌紧贴的巨大透明圆柱晶体之内喷涌而去。此时，吕俊乔右手手背上的土属性天印纹络已然浮现！

巨大透明圆柱晶体内底部阵法骤然亮起，一道发丝大小的黄色光柱从底部的阵法中央冲起，并迅速抵达巨大透明圆柱晶体的顶部。

巨大透明圆柱晶体之内发丝大小的黄色光柱迅速完成圆柱底部与顶部的连接之后，原本发丝大小的黄色光柱迅速变粗，直径立即开始增长，不一会儿原本发丝大小的黄色光柱便已经有半个拳头大小了，仍然威力不减地继续增长着。

此时，三楼大厅内的众人都认真盯着巨大透明圆柱晶体之内的黄色光柱，随着黄色光柱不断超过之前天印者光柱的大小，盯着巨大透明圆柱晶体之内黄色光柱的人越来越多，最后，姬彩月的表情变得惊讶起来，而天印者学院的年轻代表君落羽的眼神也骤然亮了起来！

而落尘羽心中也一阵惊叹，没想到这届有这么多天赋非凡的孩子出现，而各个学院的代表也开始不淡定了，因为此时，巨大透明圆柱晶体之内黄色光柱的大小已经和姬彩月的一样了，但是似乎仍然在增长着。

而巨大透明圆柱晶体一旁圆柱台上的透明水晶球所显示的数字已经由"八"变成了"九"字，而这个"九"又逐渐变得模糊起来，似乎还要再次变化。

过了一会儿，天印者协会清泉城分部的三楼大厅内传来一阵惊叹之声，吕俊乔淡定而优雅地收回了右手手掌，而巨大透明圆柱水晶之内的黄色光柱因为吕俊乔收回的手掌，顿时停了下来，而一旁圆柱台上的透明水晶球上面则明确地显示着"十"。

而刚刚三楼的惊叹之声也是因为这个数字的出现而发出的。

那位坐在最远处的天印者学院的年轻代表君落羽却还注意到了一个细节，那就是吕俊乔是先收回手掌，巨大透明圆柱水晶之内的黄色光柱才停下的，这说明吕俊乔仍然留有余力，虽然说他继续下去黄色光柱也不一定会有所增加，但是至少也说明吕俊乔已经处在突破的边缘了。

至少他的灵力修为已经达到了，只要有契机，吕俊乔便可迈出那一步，成为一名天印行者！

见到这一幕的天印者学院的年轻代表君落羽，嘴角翘了起来，心道：如果说之前那个灵力等级"九"的小姑娘是勉强达到入学要求的话，那么这一位就是天印者学院可以明确招收的学员的正常范畴了！

因为吕俊乔的出现，君落羽突然觉得，原本认为无聊之极的任务会变得有趣起来。

吕俊乔收回右手手掌之后，负手而立，露出一个优雅的微笑，然后望了天印者协会清泉城分部的负责人落尘羽一眼并点点头，表示他已经准备好，随时可以进行下一个测试了。

第四十八章
优雅礼仪

　　落尘羽见到吕俊乔对他点点头，他也明白了吕俊乔的意思，便开口说道："你到右边去吧！"

　　吕俊乔依言向着三楼大厅右边的空旷处走去，而姬彩月则不敢相信，竟然有人比她的灵力等级还要高，而且还是昨晚对她毛手毛脚的那个家伙，心中顿时不服起来，原本灵秀的精致脸庞露出了不服气的表情，但那青涩而稚嫩的脸上却因为她这个表情而变得可爱起来！

　　这让时刻留意着这边的"风流翩翩公子"吕俊乔呆了一下，然后，很快地恢复优雅的姿态，继续向着三楼大厅的右边空旷处走去。

　　虽然吕俊乔发呆仅仅只是一瞬间，却还是被姬彩月这位小姑娘注意到了，而且还看到了吕俊乔望着这边，便狠狠地偏过头去，哼了一声！

　　而见到这一幕的吕俊乔则无奈地摇摇头，然后又露出个感兴趣的表情，似乎没什么事情可以打击到他似的。

　　当然，同样注意到这一幕的还有其他人，那两个和吕俊乔比较熟的某人，正躲在天印者的队列中偷笑。

　　此时，吕俊乔继续向着天印者们和各个学院代表之间的三楼大厅右边的空旷处走去，站定后缓缓转过身面向各个学院代表的方向，转身的时候还"顺便"甩了一下他那金色的飘逸长发。

　　对着各大学院的代表露出一个优雅而礼貌的微笑，右手拿着早已合起的折扇放在胸前，左手横于后腰，微微躬身，吕俊乔优雅而从容地微微施了一礼。

　　然后，他缓缓举起右臂，洁白的右手从袖袍中伸出，右手手掌轻轻地翻转过来，雪白的掌心向上。

　　吕俊乔这一系列动作如行云流水，动作中似乎暗含着一种特定的节奏，优雅而美丽，给人画卷一般的感觉，这次连准备吐槽的莫元清都只是嘟囔了前半句"这家伙……"便不再说话了。

　　此时的吕俊乔似乎散发着不一样的魅力,似乎不再是莫元清与莫元明认识的那个"风流猥琐做作男",似乎这才是他最真实的模样。而刚刚那一套行云流水的礼仪,让人看了心情舒畅,如沐春风。

　　姬彩月站在队伍的最前头,位于吕俊乔所站位置的右后方,此时,姬彩月注意到吕俊乔的眼神似乎变得不一样了,变得如黑暗的夜空般深沉而平静,而在这平静的背后,似乎还带着一股眷恋,现在的他才是真正的魅力无限,而且让人感觉非常舒服。

　　姬彩月望着此时吕俊乔的侧脸,一时间竟然有一些痴了,似乎和之前所见的那个"风流"的家伙完全不一样!

　　而此时,吕俊乔的眼中也没有了其他人,他只沉溺在自己的世界中,他似乎看到梦中那个让他仰望的倩影:美丽的金发随风飘散,让人惊艳的面容,望着他的眼神充满着溺爱,那道美丽动人的倩影在举手投足之间都是那么优雅,孩提时代的他带着天真的笑声追逐着那个靓丽的倩影。

　　他仍记得,她教他写字,教他礼仪,教他生活上的一切,那段时间是他生命中最美妙的时光,但是,这一切都已经一去不复返了。

　　一道晶莹的泪水犹如露珠般从吕俊乔右眼的内眼角滑落,冰凉的露珠滑过鼻梁从鼻尖坠落,"啪"的一声,打在了三楼大厅的地板上,也打碎了吕俊乔的"梦"!

　　这一道声音把吕俊乔从回忆拉回了现实,"梦"中的画面犹如脆弱的玻璃一般支离破碎,不仅粉碎了吕俊乔的梦,那玻璃般的碎片同时也划过了他的心灵,划开一道道口子。

　　而吕俊乔则用微如蚊鸣的声音,呢喃了一句:"母亲大人!"

　　吕俊乔闭上了双眼,深吸了口气,调整了一下自己的呼吸以及气息。

　　吕俊乔心中对着自己默默地道:母亲大人,您教我的一切,我都仍记得,刚刚不经意间,便这么做了,但是,我会过得开心的,放心吧,母亲大人!

　　当吕俊乔再次睁开双眼时,眼神中充满了坚定!

　　此刻,吕俊乔体内的天印灵力再一次运转了起来,灵力犹如怒涛般在他体内的经脉中奔腾,不断地向着右臂的手掌掌心中汇聚而去。

　　此时,吕俊乔身体周边的天地灵气不断地汇聚,其中土元素最为浓郁,吕俊乔的灵力也不断穿过掌心,透出体外,在他目光所聚的一点中犹如漩涡般汇聚着。不一会儿,一个散发着黄色光芒的球体在吕俊乔掌心上方的五厘米处形成,黄色光球透露着浓郁的土属性气息。

　　黄色光球在吕俊乔掌心的上方迅速稳定下来,耀眼的黄色光球渐渐成形,黄色光球外还包裹着一层淡黄色的光晕,使这个黄色光球犹如一盏明灯一般,显得更加真实。

　　吕俊乔右手掌心之上悬浮的黄色光球从原本的拇指大小,不断以稳定的速度变大着,空气中的土元素也越来越浓郁,而从吕俊乔掌心中传输出的天印灵力也越来越多!

　　黄色光球依旧不停地变大着,最终变得比姬彩月的那颗蓝色水球要大上一些,但却更加凝实而稳定。

吕俊乔就这么让这个比拳头大一些的黄色光球在他手掌之中悬浮了一分钟，之后将他那在黄色光球下方的手掌所展开的五指一收，做了一个握拳的动作，而悬浮在手掌掌心上方五厘米处的黄色光球，便逐渐消散而去。

而吕俊乔身体周边的天地灵气也随之消散，原本浓郁的土属性气息也随之变淡，恢复到正常水平。

吕俊乔也渐渐停止了体内天印灵力的输出，并将握拳的手缓缓收回，吕俊乔的脸色并没有多大的变化，不像之前姬彩月所施展时显得那么疲惫，吕俊乔依旧那么从容。

吕俊乔优雅地向着落尘羽以及各大学院的代表行了个礼，便转身向着天印者的队伍中走去。

看到吕俊乔的表现，现在反倒轮到各大学院代表的眼神变得火热起来！

而天印者学院的年轻代表君落羽则嘴角一撇，露出了一个淡淡的微笑！

落尘羽望了转身离去的吕俊乔一眼，依旧用那淡淡的语气说道："吕俊乔，灵力等级'十'！"

吕俊乔退回到天印者的队伍当中，周围的天印者们望着他的眼神变得不一样了。

当然，莫元清与莫元明却依旧好像什么也没看到一样，脸色仍然不变。

而吕俊乔回来之后，就对着莫元明与莫元清二人说道："怎么样，是不是很崇拜哥？放心，作为大哥，我不会丢下你们两个小弟不管的！"

莫元清貌视地看了吕俊乔一眼，然后不急不缓地说了一句："卖弄风骚，而且也就十级，有什么好炫耀的？表弟他六个月前就是十级了！"

吕俊乔听到这一句话，顿时语塞，然后继续辩驳道："元明不能算作正常人的范畴，他是个怪物！"

莫元清继续嘲讽道："心虚了吧？让你装，小心被雷劈！"

而听到二人对话的莫元明则道："关我什么事？这是躺着也中枪啊，而且，我怎么就是怪物了？不要乱说，我是地地道道的人类，好不好？万一我被抓去研究了，你们两个也逃不过！"

吕俊乔立即怪叫道："哇，元明，没想到你也那么狠！"

而在吕俊乔完成测试之后，姬彩月的目光也随着他身影的移动望了过来。此时，刚和莫元明与莫元清炫耀完的吕俊乔，终于注意到姬彩月的目光。

然后，吕俊乔立即无视莫元明与莫元清，转身向姬彩月望去，露出一个"迷人"的微笑，只不过这个微笑在莫元清眼中看来，是那么猥琐。

吕俊乔可不管莫元清心中怎么想，望着姬彩月一笑之后，便明目张胆地举起手挥舞着，跟她打招呼！

姬彩月见到这家伙又变回以前的样子，竟然没有像以前那样直接不甩他，见到吕俊乔望来，首先是脸色一红，然后迅速恢复，再一次"哼"了一声撇过头去，虽然这道哼声比以往小了不少，但依旧留下一个带着苦瓜脸的吕俊乔。

此时，见到吕俊乔肆无忌惮地"泡妞"的落尘羽，咳嗽了一声，把众天印者的

第四十八章 优雅礼仪

思绪拉了回来，然后淡淡地望着本子念道："下一个，莫元清！"

听到念到自己的名字，莫元清拍拍刚刚十分得瑟的吕俊乔的肩膀，同样一脸得瑟的表情对吕俊乔说道："看看哥是怎么表现的，哈哈哈哈！"

莫元清说完便大步向前面走去。

吕俊乔用手像拍灰尘一样，拍了拍刚刚莫元清拍他肩膀的位置，嘴上还不忘吐槽道："切，还没开始就那么得瑟！"

莫元明在对两人的对话感到无语同时，也为吕俊乔取得的成绩感到高兴。

此时，见表哥莫元清被念到名字，也将注意力转移到了表哥莫元清身上，而且莫元明此时才想起来，从河中岛回来之后，一直都没问表哥修炼怎么样了，所以，他也不知道莫元清达到什么等级了。

想到这里，莫元明的眼神中也不自觉地浮现出一些好奇之色。

此时，莫元清大步走到落尘羽面前，也学着之前的人样子，对着落尘羽和各个学院的代表施了礼，只不过他施的是武者之礼罢了！

右手抱拳，左手为掌，两者相碰，向前一推，莫元清快速地施完礼之后，便转身向三楼大厅左边的灵力等级测试仪走去。

莫元清快步走到大厅左边的灵力等级测试仪面前，然后伸出右手，化拳为掌，向着灵力等级测试仪的巨大透明圆柱水晶一拍，体内的灵力便立即运转起来。

雄厚的天印灵力在莫元清体内汇聚，并透过经脉涌向拍向巨大透明圆柱水晶的右手，右手经脉之中的天印灵力立即变得更加汹涌澎湃。

汹涌的天印灵力通过手臂传递到莫元清的右手手掌，遇到巨大透明圆柱水晶的晶壁之后喷涌而出！

此时，莫元清的天印纹络逐渐显现，青色的圆环内环接着青色五芒星的五个角，五芒星之内是一个青色旋风的图案。

巨大透明圆柱水晶底部的阵法骤然亮起，一道发丝大小的青色光柱从阵法中央冲天而起，迅速与一米八高的巨大透明圆柱水晶的顶部相连。

发丝大小的青色光柱快速连接了巨大透明圆柱水晶的顶部之后，便开始横向增长，青色光柱的直径在不断地增加着。随着时间推移，青色光柱的柱身越来越粗。

最终，青色光柱的柱身在拳头大小的位置停了下来。此时，青色光柱柱身的粗细和之前吕俊乔的黄色光柱的大小一般无二。

而一旁的圆柱台上，被银色支架支撑的直径十厘米的透明水晶球上面的数字从"零"开始，一直快速地增长到"十"。

然后，莫元清淡定地收回手掌，转过身来，对着目瞪口呆的众人咧嘴一笑，特别是望向吕俊乔所站的位置时，表情显得十分得瑟，如果问吕俊乔当时的感觉，那么吕俊乔一定会用这么一句话来回答："看到他得瑟到鼻孔几乎朝天的样子，我真想揍他！而且，他一定是故意的，在望向其他方向的时候都没那么夸张，而望向我的时候，却牛气冲天的！真想揍他！"

而且，说这句话的时候，吕俊乔一定是咬牙切齿的！

而莫元明的感觉，估计就是感觉自己头顶有一只乌鸦飞过，身后带着众多点点，而这只乌鸦的口中还喊着："傻瓜、傻瓜、傻瓜……"

对神经大条的表哥，外加他那牛气哄哄的粗犷表现，莫元明只能无言以对，外加汗颜无限！

莫元清转过身来，对着吕俊乔得瑟一番之后，便向着天印者协会清泉城分部三楼的右边，各个学院代表与众多天印者们之间的空旷之处，豪迈地迈起步伐向前走去！

而此时，各大学院代表都感叹道：今年清泉镇的天才特别多啊，这趟果真没有白来，看来今年会收获颇丰。

第四十八章　优雅礼仪

第四十九章
风起之时

各大学院的代表不禁想到：今年天印者学院的收获不小啊！

不仅他们这么想，连天印者学院的代表君落羽自己也这么想，当他看到莫元清与吕俊乔一般无二的表现之后，眼睛再一次亮了起来，心道：这一趟收获不小啊，看来这次任务完成后，能受到不少的奖励。

此时，莫元清已经走到了天印者协会清泉城分部三楼右边各个学院代表与众多天印者之间的空旷之处。

莫元清走到各个学院代表与众多天印者之间的空旷之处站定，然后就像以往参加莫家庄练功场的训练那样，伸腰、举臂、拉伸，活动着身体，莫元清这些无厘头的举动让三楼除了莫元清本人以外的其他人看得目瞪口呆。

莫元明与吕俊乔更是同时为其汗颜，两人同时向队伍后退了几步，这俩人似乎想表示：我不认识他似的！

莫元清在三楼大厅右边的空旷之处活动完筋骨之后，大喝一声，紧接着说道："热身完毕！"

看到莫元清热身还不算，还要大喝一声，说出这样的话，莫元明与吕俊乔二人躲得更远了。

莫元清面对着各个学院代表的方向是背对着莫元明与吕俊乔的，因此，他也不知道后面这两个人的小动作，不然让他知道又要再闹一番。

而落尘羽似乎也觉得等得有点久了，望着莫元清说道："开始吧！"

听到落尘羽的话，莫元清大声地回答道："好咧！"

然后，莫元清闭上双眼，深深吸了一口气，伸出右手，翻转手掌，掌心向上，然后聚精会神地盯着右手手掌的掌心。

接着，便毫不犹豫地运转起体内的天印灵力，莫元明体内的天印灵力快速席卷身体的各个经脉，然后犹如一阵风一般迅速地向着莫元清的右臂汇聚而去。

与此同时，天印者协会清泉城分部三楼大厅内起风了，虽然是一点微风，但是，几乎三楼大厅内的所有人都感觉到了。

一名天印者疑惑地道："奇怪了，怎么起风了呢？这里的窗户也没开啊！"

而落尘羽和各大学院的代表心中都响起一个字"风！"

而天印者学院的那位年轻代表君落羽，心中则觉得事情变得越来越有趣了，心道：风吗？对了，刚刚灵力等级测试仪里面显示的是青光，但是和绿光颜色接近，应该很多人没有注意到吧！

想到这里，君落羽微微将被右手支撑着的脑袋，转了一转，望向左手边其他学院代表的位置上，看到他们那眼神，心道：都注意到了吗？这么少见的属性都出现了，难怪他们变得认真起来。

然后，君落羽再次将目光转回到莫元清身上，心中想道：稀有属性呢，有意思，真有意思，风，我的最爱耶，嗯，风元素开始汇聚了！

想到这里，君落羽便微微笑了起来，望向莫元清的眼神有些亲切的感觉。

而此时，莫元清可不管其他人怎么说、怎么想，他目光紧紧地盯着右手手掌的位置，莫元清周边的风属性天地灵气汇聚到莫元清身边，并向着莫元清手中汇集着。

与此同时，莫元清的右手也不断地输出天印灵力，又过了一会儿，莫元清手掌掌心之上的位置，终于有些许波动了。

莫元清似乎感觉到手掌上方有些许风的感觉，只是看不见罢了，莫元清心中一喜，然后加大了体内天印灵力的输出，雄厚的灵力在莫元清的手掌中不停地传递着。

莫元清能够清晰地感受到手掌掌心上方"风"的感觉越来越明显了，而且，右手手掌能够清晰地感受到被风吹过的感觉。

收到这些准确的信号，莫元清更加卖力地输出体内的灵力了，随着莫元清的天印灵力的输出，他清晰的感觉得到，手掌掌心处"风"的感觉越来越明显！

而此时，落尘羽以及各大学院的代表首先感觉到，三楼大厅内的风越来越大了，而且，和之前起风时从一边吹来的感觉不一样，这"风"感觉是从莫元明的位置吹过来的。

感觉到这些风时，落尘羽以及各大学院的代表的眼神更加专注了，目光聚精会神地望着莫元清伸出的右手上方的位置。

又过了一会儿，站在莫元清身后的众多天印者也一样感觉到风传出的方向时，站在莫元清身后的众多天印者带着好奇的目光望向莫元清，有些天印者还走到侧面，探头探脑地望着莫元清的手掌。

众人都十分好奇莫元清能弄出什么来！

此时，一道小型的龙卷风在莫元清右手的掌心上方逐渐成形，然后也在不停地扩大，此时，三楼大厅内的众人也看到莫元清手中的东西是什么了，尽皆惊叹道：竟然是龙卷风！

天印者协会清泉城分部三楼大厅内的风越来越大，最终，那道小型龙卷风大小定格在和之前的吕俊乔所弄出的黄色光球大小差不多时，便不再增长了。

莫元清卖弄似的，让右手掌心上方的迷你龙卷风吹了一分钟后，方才淡定地合掌，收回右手，而之前在莫元清手上的迷你龙卷风也渐渐消散，三楼大厅内的微风

第四十九章 风起之时

也渐渐平息下来，不再吹拂。

莫元清掌心收回，抬头望向面前各大学院的代表，叉了个腰，然后咧嘴一笑，一排雪白的牙齿展露了出来，一副大大咧咧的样子。

而望着莫元清的各个学院代表，看到他这副模样，被莫元清那大大咧咧的近乎无赖的表情都给逗乐了，哈哈大笑起来。

天印者协会清泉城分部的负责人落尘羽也难得露出一个微笑，只不过笑得十分难看。

然后，落尘羽带着那个难看的笑容，望着莫元清，摇了摇头，心道：这个小家伙！

紧接着，落尘羽便开口念道："莫元清，灵力等级'十'！"

天印者学院的年轻代表君落羽望着莫元清的样子，心中笑道：有趣的小家伙！

此时，莫元清转身向着天印者的队列中走去，而落尘羽也开口念出下一个名字："莫元明！"

莫元清走回了队伍当中，吕俊乔毫不客气地说了一句："你真是个奇葩！"

莫元清立即反驳道："不要忌妒哥，哥是天才！"

吕俊乔不屑地说道："就你，还天才，天生蠢材吧！"

莫元清听到吕俊乔的话，然后学着之前吕俊乔回答他们问题时的样子，说道："你这是忌妒！"

吕俊乔刚想反驳，莫元明便开口道："好啦，好啦，你们都半斤八两！"

然后，吕俊乔与莫元清则异口同声地说道："谁跟他半斤八两！"

就在此时，莫元明听到落尘羽喊他的名字，喊了第二遍，因为莫元明的个子在队列当中并不算高，便只能踮起脚来，站在队列当中举手，喊道："有，这里，这里！"

而莫元明喊完之后放下手，对着莫元清和吕俊乔说道："好啦，到我啦！"

吕俊乔则向莫元明投过去一个鼓励的眼神，莫元清则直接拍拍莫元明的肩膀说道："表弟加油，好好表现，吓死这家伙！"手指还指指吕俊乔，吕俊乔则哼了一声，不理会莫元清。

莫元明则苦笑了一下，望着依旧站在他前面的表哥莫元清说道："表哥，你挡住我的路了！"

莫元清方才意识到，赶紧侧了侧身子，让开一条路给莫元明，然后挠挠头，哈哈笑道："哈哈，你看我这人呐！"

莫元明在莫元清侧过身子后，便从那比较小的空档中挤了出来，向着落尘羽走去。

莫元清望着莫元明走出了队列，头也不回地对吕俊乔说道："好好看看我表弟的表现吧，比你强多了！"

吕俊乔淡定地反驳道："也比你强多了！"

奇怪的是，这次莫元清没有反驳，而且，二人之间的气氛有些怪异，不像平时那般斗嘴，都认真地盯着莫元明的身影。

因为，莫元清与吕俊乔二人都很好奇，半年过去了，半年前早已达到十级的莫元明现在到底走到了哪一步！

莫元清与吕俊乔望着莫元明向前方走去的身影，更加坚定了自己心中的信念，因为莫元明就像一个标杆一样立在他们前面，让他们二人不得不努力地鞭策自己。

别看这两人一见面就不停地调笑斗嘴，一点形象都没有，但是，在这半年里，他们两人为了追逐莫元明的脚步付出了多少，只有他们自己知道！

虽然，吕俊乔一直没见莫元明，但是，在平时的聊天中，吕俊乔便知道，莫元明从来都没有松懈过，这让他感到一阵压力，同样，莫元清也是如此。

世界上最可怕的不是别人比你厉害多少，而是比你厉害的人比你还要努力！

莫元明走到落尘羽面前行了一礼，虽然和莫元清一样是武者之礼，但是，不管是姿势还是给人的感觉，都正式多了。

莫元明对落尘羽行了一礼之后，微微转身，对着各大学院代表也行了一礼，便转身向着大厅左边的灵力等级测试仪走去。

可能是因为名字和莫元清有些相似的关系，三楼大厅内的众人望向莫元明的目光都带着一丝好奇，而各个学院代表的眼中还带着一丝期许。

而大印者学院的那名年轻代表君落羽，望着莫元明走向灵力等级测试仪的消瘦身影，心中想道：莫元清、莫元明，两兄弟吗？一个家族能出现一个天印者就不错了，这家族竟然出现了两个，是名门望族还是那些古老传承的大家族？姓莫，没听说过啊。

想到这里，君落羽望着莫元明的眼神中带着一丝期待，虽然今天已经出现三名，以他的标准来说已经过关的天印者，继续出现这种情况的几率非常小，但是，心中仍然想道：虽然几率较小，但是，希望能再给我一些惊喜吧！

因为大陆之上有如此多的城镇，天印者协会遍布大陆，各个学院在这么多地方招人，而对于天印者学院来说，除了一些大陆中出名的繁华大城市和一些历史悠远的古老家族坐镇的城市以外，其他普普通通的城镇能出现一个能过关的就非常不错了！

但是，每年天印者学院派出去的人，除了去之前提到的城市之外，大部分人都会空手而归。

这一点不仅说明天印者相对于大陆普通人类来说，是稀少的，也说明大陆第一学院"天印者学院"的要求是多么高。天印者之中，非天资出众之辈，难以进入！

此时，天印者协会清泉城分部三楼大厅中的众人，目光都犹如射线般汇聚到莫元明身上，莫元明能清楚地感受到三楼大厅内众人的目光。

但是，半年来的磨炼已经让他更加冷静和成熟了。

此时，面对这一切，莫元明依旧用那不急不缓的步伐，泰然自若地向着灵力等级测试仪走去。

莫元明走到灵力等级测试仪的巨大透明圆柱晶体旁，将这个圆柱水晶从上往下扫视了一遍，心道：我终于又来到这里了，现在是测试我半年以来所有付出所换来的结果的时候了。

　　莫元明望着巨大透明圆柱晶体底部的阵法时，认真观察了一遍，却完全看不懂，莫元明心道：这是什么阵法，我竟然完全看不出其中的规律，看来是一个远超三级阵法的阵法。

　　莫元明认真观察完巨大透明圆柱晶体底部的阵法之后，方才抬起自己的右臂，打开手掌，向前推去，手掌缓缓地贴到巨大透明圆柱晶体的晶壁之上。

　　此时，莫元明闭上了双眼，感受了一下体内犹如溪流一般生生不息的天印灵力。

第五十章
右拳燃烧

莫元明感受完体内平稳运转的天印灵力后，猛地睁开双眼，体内天印灵力的运转速度立即暴增，刚才还如同涓涓细流的天印灵力，现在如同大江奔腾、海浪咆哮一般，在体内的经脉中汹涌澎湃地冲击着。

而后，犹如浪涛般澎湃的天印灵力，在莫元明的控制下，飞快地向着莫元明的右臂奔腾而去，灵力犹如滚滚浪涛，后浪推前浪，一浪接一浪地向着莫元明的右臂灌输。

莫元明右臂经脉当中的灵力，如同宽阔大江，在莫元明的经脉中冲刷、流淌。

然后，从莫元明右臂的肩膀处，直线向着右臂的尾端的右手手掌处冲去，一股脑地奔腾而至、倾泻而出！

莫元明右手手背之上的火属性天印纹络，随着莫元明体内经脉之中的天印灵力从莫元明的右手手掌中通过而悄然浮现。

火红色的圆环与火红的五芒星五角相接，五芒星内一个生动形象的火焰图案犹如烙印般印刻在莫元明的右手手背之上。

莫元明的天印灵力透过晶壁进入到巨大透明圆柱晶体之内时，巨大透明圆柱晶体底部的阵法顿时亮起，一道火红色发丝细光以直冲云霄的姿态冲到巨大透明圆柱晶体的顶部，迅速将巨大透明圆柱晶体内底部和顶部连接起来。

火红色光柱连接巨大透明圆柱晶体内的小天地之后，便自行运转起来，按照莫元明输出的天印灵力的量，改变着巨大透明圆柱晶体之内的火红色光柱的大小。

而随着莫元明体内天印灵力的不断灌入，巨大透明圆柱晶体之内火红色光柱的直径不断扩大、变粗。

在莫元明的全力爆发下，巨大透明圆柱晶体之内的火红色光柱在不断变粗的同时，透明水晶球上所显示的数字也不停地跳动着。

巨大透明圆柱晶体之内的火红色光柱不停变大，迅速达到了一个拳头的粗细，然而火红色光柱依旧没有丝毫要停止或减速的趋势，继续增长着！

　　而一旁的透明水晶球上的数字也迅速从"六"跳到"八",又从"八"直升到"九",然后,依旧速度丝毫不减地从"九"变成"十"。

　　此时,天印者协会清泉城分部三楼大厅里的人正震惊地望着巨大透明圆柱晶体之内不断变粗的火红色光柱和数字不停跳动的透明水晶球。

　　就连天下第一学院——天印者学院那位年轻的代表君落羽,望着莫元明的目光也随着巨大透明圆柱晶体之内火红色光柱的变大和透明水晶球内数字的跳动而惊讶起来!

　　而天印者协会清泉城分部的负责人落尘羽那张严肃的脸上,现在却带着激动的表情望着灵力等级测试仪的变化,那拿着本子的手还在微微地颤抖着。

　　各大学院的代表此时也紧张地望着灵力等级测试仪的变化,有些人的拳头都微微握紧了,即便知道他们或许抢不过大陆第一学院——天印者学院,但他们都很想知道,今天正在测试的人能够做到哪一个程度!

　　而参加入学测试的天印者这边,则是惊叹与惊叫声此起彼伏!

　　因为巨大透明圆柱晶体之内的火红色光柱已经超过了拳头大小,也就是超过了之前吕俊乔与莫元清的成绩!

　　虽然莫元清与吕俊乔早有预料,但是亲眼见到这一幕时,心中难免有些失落。

　　而此时,圆柱台上透明水晶球内所显示的数字也变成了"十一"!

　　在这个时候,天印者们的惊叫声与惊叹声反而低了下来,因为三楼大厅内,几乎所有人都目不转睛地盯着灵力等级测试仪的变化。

　　随着莫元明体内天印灵力的全力输出,巨大透明圆柱晶体之内的火红色光柱依旧在不停地增长着,而一旁的透明水晶球的数字也在继续增加着!

　　"十一"、"十二"、"十三"、"十四"、"十五"!

　　直到此时,巨大透明圆柱晶体之内火红色光柱的增长之势方才减弱下来,然后逐渐停止。

　　此时的火红色光柱已经有一个半拳头的大小,比之前吕俊乔与莫元清的黄色光柱与青色光柱要再大半个拳头左右。

　　而透明水晶球上的数字也在"十五"这个数字上稳定地停了下来,不再变化!

　　此时,莫元明也缓缓地收回贴在巨大透明圆柱晶体晶壁之上的右手,然后深吸一口气,闭上双眼,调整了一下,让体内奔腾着的天印灵力渐渐稳定下来。

　　就在莫元明再次睁开眼睛之后,因为震惊而无比安静的天印者协会清泉城分部三楼大厅,再次爆发出惊叹之声,当然,这次还有各种各样的议论之声,但是,大部分都是从参加测试的天印者们这个方向传来的。

　　莫元明做完这一切之后,缓缓转过身,望向天印者协会清泉城分部的负责人落尘羽。落尘羽不愧是久经世事的老家伙,在莫元明转过头来望向他之前,落尘羽已经恢复了他那张淡定而严肃的表情!

　　此时,落尘羽见莫元明望过来,便对他满意地点了点头,然后伸出手,指着之前参加入学测试的天印者们所站过的位置——各个学院代表与参加入学测试的天印者们之间的空旷处,对着莫元明说道:"到右边去吧!"

莫元明听到落尘羽的话，也没多说什么，只是淡然地点了点头，便向着落尘羽所指的位置走去。

而此时，落尘羽听到三楼大厅之内，讨论、惊叹等各种声音越来越大，落尘羽不禁皱了皱眉头。

落尘羽见这讨论的趋势愈演愈烈，便咳嗽了一声，用浑厚的声音和较大的音量说道："肃静！"

听到落尘羽的声音，三楼大厅内的众人顿时安静了下来，准备参加入学测试的天印者们自不必说，而落尘羽作为这里的负责人，各个学院代表这个面子还是要卖的。

见三楼大厅之内安静了下来，落尘羽的声音再次响起："请给准备测试的人和之前一样安静的环境，以示公平！"

落尘羽说完话之后，莫元明已经走到了落尘羽所指的位置——三楼右边的空旷之处。

然后，和之前参加测试的姬彩月、莫元清、吕俊乔等人一样，抬起右臂，伸出右手，手掌一翻，掌心向上，五指张开。

做完这个动作之后，莫元明思考了一下，然后将五指收回，做了个握拳的动作，右手前伸，握拳。

而三楼大厅内参加入学测试的天印者们见到这一幕，脸上都露出惊讶的表情，同时，也十分好奇地望着莫元明的右手，都在想莫元明到底想做些什么。

而各个学院的代表以及落尘羽则做出思考的神色，这些人几乎都想到一个问题：难道这孩子已经掌握了天印属性的运用方法？

那位坐在各个学院代表最左边的天印者学院的代表君落羽，见到莫元明不是模仿落尘羽的演示，而是将张开的五指收回改成握拳，脸上露出了兴致盎然的表情。

莫元清见莫元明改掌为拳，便低着头，右手撑着下巴，做出了一个思考的神色。吕俊乔注意到莫元清的表情，便头也不回地低声问道："你是不是知道些什么？"

莫元清用疑惑的语气回答道："我不确定！"

吕俊乔再次询问道："到底是什么？"

莫元清叹了口气，然后抬起头，望着表弟莫元明："看吧，看了你就知道了！"

吕俊乔听到莫元清的话，只是用眼瞄了他一眼，想要从莫元清的表情上捕捉到什么，但却什么也没有捕捉到，便将目光重新转移回莫元明身上。

这次两人没有斗嘴，皆认真地望着莫元明，他们和三楼大厅内的众人一样，都十分好奇莫元明在做些什么！

莫元清虽然猜到些什么，但是他并不确定。莫元明在闭上眼睛的那一刻所传来的信息，让莫元清想到莫元明与他练习将属性力量运用到莫家枪法时的感觉，现在的莫元明和他自己在使用属性力量施展莫家枪法时的感觉很像，但是，莫元清却不十分确定。

此时，莫元清心想：不是只能用在兵器上吗，难道空手也能办得到？

莫元清最不确定的就是这件事，在见到莫元明的气息变成这样之后，莫元清就忍不住心中的好奇心，十分渴望知道结果，跟吕俊乔说完话之后，更是目不转睛地

第五十章　右拳燃烧

盯着莫元明的右拳。

只见莫元明深吸了口气开始调整自己的气息与状态，让整个人的气息缓缓平息下来，渐渐找回之前击杀嗜血狼王使用那一招时的感觉。

此时，三楼大厅内变得异常安静，三楼大厅内的众人都带着各种各样的目光盯着莫元明的右拳。

过了一会儿，三楼大厅依旧安静，而莫元明则猛地睁开双眼，原本平稳的气息在刹那之间变得狂暴起来。

随着莫元明的变化，众人立即打起精神，集中注意力，看看莫元明到底要做些什么！

此刻，莫元明体内的天印灵力再一次犹如空旷的草原当中万马奔腾一般，这一场景犹如平稳的宽阔大江当中，洪水突然暴发的情况，十五级的天印灵力在莫元明的体内快速而疯狂地运转起来，在莫元明体内的经脉当中不停地奔腾，一圈又一圈。

莫元明丹田当中两个闪耀的六芒星也同时亮起，一股力量从莫元明的丹田涌出，进入到经脉当中，和天印灵力一起奔腾起来。

当丹田内两个六芒星涌出的力量与莫元明体内运转的天印灵力融合时，莫元明的灵力变得更加凝实而浑厚。

而从外表看，莫元明身上的气场正在变化着，似乎有一股气势正在形成，但大厅内的众人似乎都没有察觉到。

而唯一察觉到了的人，正在墨环之内，但他也没有对莫元明多说什么。在感受到莫元明这种情况时，墨环也微微亮起，却一闪即逝，这正是墨菲特察觉到莫元明的状态而产生的唯一反应。

莫元明体内的天印灵力运转了数圈之后，便在莫元明的控制之下涌向右臂，莫元明的右臂犹如开闸的大坝，灵力犹如瀑布般喷涌而出。

然后，莫元明体内的天印灵力便如同脱缰的野马一般，不断地向前奔去，莫元明体内的天印灵力奔涌至莫元明右臂的尾端，既莫元明右拳之处。

此时，莫元明的右拳周围微微亮起一道微不可察的红色光晕，然后，这道红色光晕越来越亮，达到一定程度后，一团火焰骤然出现，包裹着莫元明的右拳。

当这道火焰出现时，莫元明周围天地灵气当中的火属性灵气骤然增加。

那熊熊燃烧着的朱红色火焰包裹着莫元明的右拳，犹如一炬火把一般，但莫元明的右拳却毫发无损。

那包裹着莫元明右拳的熊熊烈火不断地在空气当中摆动着，时不时还跳出一些火星和火苗，而莫元明被火焰包裹的右拳手背上，早已浮现出火属性天印纹络，这一纹络犹如火山口之内的熔浆一般，显得娇艳欲滴。

而此时，莫元明也感觉到，手中的火焰威力似乎比击杀嗜血狼王的时候，更加强大了，而且，火焰的颜色也稍微发生了一些变化，这一切让莫元明疑惑不已。

现在，莫元明右手前伸，握拳，拳头上被火焰所包裹，而且，莫元明还稳稳当当地站在三楼大厅的空旷之处。那包裹着拳头的火焰，熊熊燃烧的右拳映照着莫元明的脸庞，一切显得那么诡异，却又震慑人心！

第五十一章
得胜归来

　　莫元明举着燃烧的右拳，站在三楼大厅右边的空旷之处，这一景象让三楼大厅内的众人都咽了一道口水，惊得说不出话来。

　　就在此时，三楼大厅内的众人终于感受到热的感觉，其实，三楼大厅内的温度早已开始升高，只是众人的注意力都在莫元明的右拳之上，刚才并没有察觉到而已。

　　现在，三楼大厅内的众人回过神来，便发觉大厅在这窗户也没开的情况下，如同焖炉一般。

　　莫元明注意到这种情况，便不再像姬彩月、吕俊乔、莫元清等人一样将展现出来的功力维持一分钟，因为如果维持一分钟，这三楼大厅内的众人就不知道热成什么样子了。

　　莫元明在右手燃烧的火拳维持了数十秒后，便将右手向下一甩，那被熊熊火焰所包裹着的拳头，做出一个斜着砸下去的动作，下砸的同时，包裹着右拳的火焰尾焰部分所溅出来的点滴火星以及小小火苗，在空气当中划出一道弧线。

　　此时，莫元明给人的感觉似乎与在使用出火焰之前的那个有些温和的莫元明完全不同，整个人犹如他右手燃烧的火焰一般充满着斗志与爆炸力！

　　莫元明将燃烧着的右拳甩了下去之后，右臂犹如旋风般一旋，包裹着莫元明右拳的火焰在刹那之间消失得无影无踪，房间内的温度也顿时降了下来。

　　见到这一幕，天印者学院的年轻代表君落羽又有一种眼前一亮的感觉，心中一笑，暗道：非常不错的控制力！

　　莫元明做完这一切之后，对着天印者协会清泉城负责人落尘羽再次行了一个武者之礼，然后，也照样对着面前各大学院的代表微笑着行了一礼，便转身向着天印者的队伍中走去。

　　莫元明回到队伍当中，莫元清立即上前，手臂用力地挽着莫元明的脖子，说道："表弟，好样的！"

　　三楼大厅内的众人见到这三个至今为止在灵力等级测试中灵力等级最高的三人

聚在一起，眼神有些怪异。

原本潇洒走回队列却被莫元清挽住脖子的莫元明，潇洒的形象瞬间被打破，而且脸色涨红起来，并赶紧开口，说道："表哥，快放手，我呼吸不了了！"

吕俊乔同样望着莫元清，淡定地道："你是想勒死他吧？"

莫元清听到莫元明的话，赶紧讪讪地松开了手，莫元明立即剧烈地喘息起来，同时，还气喘吁吁地道："我感觉，你再勒得久一点，我、我，就要死掉了！"

说完，莫元明立即继续急速地喘着气。

吕俊乔藐视地望了莫元清一眼，说道："粗鲁的家伙，永远不知道轻重！"

莫元清立即怒视着吕俊乔，说道："你说谁呢？"

吕俊乔淡淡地回答道："谁说话，我说谁！"

吕俊乔说完也不给莫元清反驳的机会，将目光转移到莫元明身上，笑了一笑，说道："你确实表现得不错！"

说到这里，吕俊乔顿了顿，指着莫元清说道："比这家伙强多了！"

莫元清立即就不服气了，说道："你说谁，我们俩还不是差不多！"

吕俊乔继续说道："谁说我跟你差不多的，我那么优雅，哪像你像个大猩猩！"

莫元清怒了，大声说道："你个娘娘腔！"

此时，对面传来落尘羽的声音，打断了莫元清与吕俊乔的对话："肃静！"

落尘羽说完这句，紧接着说道："莫元明，灵力等级'十五'！"

落尘羽说完之后，再一次望了莫元明一眼，然后望向手中的小本子，念出下一个名字："郑家民！"

天印者的队伍当中排在莫元明身后的一位赶紧应道："有！"

然后，郑家民便从队伍中走了出去。天印者协会清泉城分部的入学测试继续进行着，在莫元明之后，剩下的三名天印者在测试中都表现平平，一个四级天印者，一个五级天印者，一个六级天印者。

在这一届的入学测试结束之后，天印者协会清泉城分部的负责人落尘羽对着众位参加完入学测试的天印者们说道："你们的灵力等级，以及在测试中的表现，都已经记录了下来，而且，各位的表现也被在座的各大学院的代表看在眼中。我们天印者协会会在三日之内将结果也就是各大学院的录取通知书送到你们手上，因此，你们要在清泉城中逗留三日，等候消息！"

说到这里，落尘羽顿了顿，方才继续说道："三日后，你们便可领着你们的录取通知书，回到天印者协会清泉城分部的一楼，找到你们的学院代表，接下来听你们学院代表的安排即可。"

说到这里，落尘羽再一次顿了顿，语气低沉地说道："当然，我之前也说过了，在三日之内，有些表现比较优异的天印者可能会收到多封学院的录取通知书，这些人要在这些学院当中选择一个，只能是一个；同样，也可能会有些天印者一封通知书也没有收到，那么，这些人只能在下一年继续努力了！"

落尘羽说到这里，话锋一转，严肃的脸上露出难得的笑容，说道："不过，今年的天印者是我见过的最优秀的一届！"

落尘羽叹息了一声，目光变得柔和起来，道："今年，大家都表现得不错，到我这里留下你们的住址，就可以回去了！"

在落尘羽交代完所有事情之后，众人陆续到落尘羽处留下自己在清泉城内的临时住址，便离开天印者协会清泉城分部，回到天印者协会清泉城分部前面的小广场，与各自的亲戚朋友或者是带领他们前来的天印者协会的人碰头，之后便陆续离开！

此时，天印者们的入学测试已经进行了整整一个上午的时间。离去时，吕俊乔依旧"图谋不轨"地与姬彩月打招呼，当然，得到的结果依旧是那一个"哼"字。

吕俊乔、莫元清、莫元明三人出了天印者协会清泉城分部的大门，见到依旧站在小广场原来位置等待他们的莫清明、林岚以及穆乘风三人，便面带笑容地快步走到三人面前。

林岚望着从天印者协会清泉城分部的大门走出来的莫元明三人面带笑容，心情不由地变得轻松起来，露出一个温和的笑容。之后，便对着走到他们面前的莫元明三人，问道："怎么样了？"

莫元明带头望着莫清明、林岚以及穆乘风三人，笑着说道："幸不辱命！"

吕俊乔儒雅地扇了扇扇子，笑着说道："成绩还不错！"

林岚望着眼前面露笑容的二人，笑骂道："你们几个小家伙还给我卖关子，快说，结果怎么样了？"

莫元清大大咧咧地回答道："表弟灵力等级十五，是参加入学测试的所有天印者中最高的，我灵力等级十，第二，这个娘娘腔，也是十级，勉为其难地让他位居第三好了！"

吕俊乔立即不满地转头望着莫元清，说道："我们两个同样是十级灵力，为什么你是第二？"

莫元清理所当然地说道："因为第二部分，我一定表现比你好，所以是第二！"

吕俊乔顿时骂道："瞎说，明明是我比你好！"

莫元清毫不留情地反驳道："我是第二，你个娘娘腔一定是第三！"

吕俊乔再次问道："为什么？"

莫元清再一次理所当然、义正词严地说道："没有为什么！"

吕俊乔彻底败亡，并且有种吐血的冲动！

虽然莫元清与吕俊乔在那里瞎闹，但是莫清明、林岚以及穆乘风三人也听明白了，他们三人对莫元明三人所取得的成绩还是非常满意的。

林岚心中想道：这三个小家伙所取得的成绩已经不仅仅是还不错了，应该说是非常优异才对！虽然林岚早有预料，因为这三个小家伙在天印者协会天风镇分部的表现就已经远超往届了，这次的成绩算是在意料之中，但也在意料之外。意料之中的是，他们三人能够取得非常优异的成绩，但是，没想到这三个小家伙能够提升得这么快，并且在这次入学测试当中名列前茅！

总之，林岚非常高兴，听到三人的回答，林岚哈哈大笑地说道："走，为了庆祝莫元明、莫元清、吕俊乔三人取得好成绩，我们吃大餐去！"

听到这句话，莫元清立即欢呼起来，口中还不停地说道："吃大餐，吃大餐，吃大餐！噢耶！"

众人便转身离开了天印者协会清泉城分部大门前的小广场，向着小广场附近的清泉城繁华街道走去。

林岚已经不是第一次带领天风镇的天印者来到清泉城了，他自己本身就是天风镇天印者协会的工作人员，对于天印者协会的一些事情还是十分清楚的，而且又有多次经验，一些关于天印者协会的琐事，基本上都是由他办理的。

所以，在众人享用完大餐之后，林岚便跟莫元明、莫元清以及吕俊乔交代过了，这三日他们就好好在清泉城休息、游玩便可，只需要安心地等消息，不用他们再去做些什么了。

在等待的这三日内，在莫清明的允许之下，莫元明、莫元清和吕俊乔开开心心地游玩了三天。

至于各大学院的录取通知书，在林岚跟莫元明、莫元清和吕俊乔三人说过之后，基本上不用处理了，因为在收到天印者学院的录取通知书之后，三人便安安心心地在清泉城里游玩了！

三天时间眨眼即逝，莫元明、莫元清和吕俊乔三人都在快乐中度过，对于长时间修炼的三人来说，这三日无疑是最轻松、最快乐的时光了！

三日过后，莫元明、莫元清以及吕俊乔在莫清明、林岚以及穆乘风长老的陪同下，再一次来到了天印者协会清泉城分部的大门处，并一同迈入了天印者协会清泉城分部的一楼大厅。

此时，天印者协会清泉城分部一楼内和三日前的冷冷清清形成了截然相反的对比。今天，天印者协会清泉城分部一楼大厅之内，人山人海，人声鼎沸，那天参加入学测试的天印者们一个不少，全都到了，并没有发生落选的情况，加上陪同的亲友团，人还真不少！

天印者协会清泉城分部一楼大厅内的人群，都是一群一群地围在一块，这些人群，正是按照各个学院进行区分，二十多个天印者学院正好将天印者协会清泉城分部的一楼大厅分割成二十多个区域。

不一会儿，莫元明、莫元清和吕俊乔三人便在一楼大厅左边的其中一角上发现一个清静之地，那位年轻的天印者学院的代表君落羽依旧慵懒地坐在椅子上，当然，那个形象实在让人有点不敢恭维。

只不过，这次君落羽面前多了张花梨木质地的桌子，那古典雅致的桌子正被他的肘部顶着，并用右手支撑着下巴，明显已经睡着，口水已经流到桌子上面了。

莫清明、林岚、穆乘风三人见到这一幕，眉头一皱，但却没有说什么，因为林岚与穆乘风身为天印者，更是天印者协会的成员，自然深深知道天下第一学院天印者学院的厉害，而莫清明凭借着武者的敏锐直觉，从这个慵懒的年轻人身上，竟然感觉到一丝危险的气息。

见到君落羽那慵懒的模样，莫元清低声在莫元明耳边说道："这人比我还随便！"

莫元明听到表哥莫元清的话，眉头一挑，心想：这是五十步笑百步吧！

吕俊乔听到莫元清的嘀咕，也低声说道："被他听到，你就惨了！"

第五十二章
儿行千里

莫元清转过头望着吕俊乔，低声说道："这么远，他怎么听得到？"

吕俊乔儒雅地扇着扇子，说道："你怎么知道，别人是不是有你不知道的什么手段。"

莫元清听到这句话，顿时心虚起来！

莫元明一行人缓步来到天印者学院所在的位置，君落羽听到越来越接近的脚步声，方才微微抬起他紧闭的眼皮，见到是莫元明、莫元清以及吕俊乔三人，身后还有三人，顿时知道是怎么一回事，眼睛无神地望了三人一眼，淡淡地说道："你们随意，还有人没到，等会儿吧！"

说完，这位天印者学院的代表君落羽则继续闭上在莫元明看起来都觉得无比沉重的眼皮，完全无视莫元明一行人。

林岚看到这一幕，脸上露出苦笑，然后望了望天印者学院所在的这个区域，幸好还有不少座椅，而且，现在也只有他们，完全够坐。

林岚已经做惯了这种事情，于是便领着众人到天印者学院区域内的椅子上坐下，等待这位天印者学院的年轻代表所说的那个人。

坐下之后，莫元清便疑惑地望了吕俊乔和莫元明一眼，问道："你们说，我们要等的这个人是谁？"

吕俊乔带着藐视的眼光转过头来，望了莫元清一眼，嘲讽道："你是猪脑袋吗？"

莫元清听到吕俊乔的话，便"哼"了一声，转过头去，疑惑地望向莫元明。

莫元明看着依旧疑惑的表哥莫元清，便耐心地解释道："除了我们之外，第四名灵力等级最高的是谁？"

莫元清听到莫元明的问话，做了一个思考的动作，然后说道："你说的是第一个上去测试的那个'小偷'？！"

听到莫元清的称呼，莫元明无奈地点点头！

吕俊乔则在一旁自顾自地说道："没错，正是我们家可爱的小月月！"

莫元明倒了杯茶水，刚喝到嘴里，听到吕俊乔的话后，便立即喷了出来。

而莫元清鄙视地望着吕俊乔，说道："还小月月，恶不恶心，还你们家，没见到人家都不理你吗？"

吕俊乔瞥了莫元清一眼，不屑地说道："切，你懂什么，精诚所至，金石为开！"

莫元清望着吕俊乔，说道："我就知道，你不是什么好东西！"

而这次吕俊乔似乎陷入了自己的幻想当中，脸上带着一丝微笑，直接过滤掉莫元清所说的话。

只是吕俊乔幻想时所带的笑容，在莫元清看起来，是那么猥琐，那么恶心，那么变态，那么禽兽……

总之，在莫元清看来，一切不好的词语，用在此时的吕俊乔身上都是绝对合适的。

此时，远处传来一道甜美的声音！

"你们不知道，在背后议论别人是不对的吗？"

吕俊乔听到这道声音，眼前一亮，立即转过头，顺着声音传来的方向望去。而莫元清和莫元明，还有莫清明等人也顺着那个声音的方向望去。

姬彩月依旧是一个灵秀小姑娘的模样：扎着一条清爽的马尾辫，随意地甩在身后。旁边还牵着一个人，那个人正是那天陪她一同来到天印者协会清泉城分部的那位灵秀而带着成熟韵味的妇人，那模样与姬彩月有几分相像，想必是其母亲。

来到众人面前后，那位妇人向众人微笑着打了声招呼，并对着姬彩月说道："月儿，要有礼貌！"

姬彩月听到这位妇人的话语之后，便乖巧地回答道："知道了，娘！"

经过了三日前的入学测试，姬彩月、莫元明、莫元清、吕俊乔各自都知道对方的名字，对对方也算是有了一定的了解，至少灵力等级，双方都清楚得很！

然后，姬彩月便和众人一一打招呼，只是在跟莫元明打招呼的时候，眼神有些怪异，因为莫元明的灵力等级比她高太多了，让她倍受打击！

打招呼时，姬彩月还是很有礼貌的，众人也礼貌地回应，除了莫元清的表现有些粗犷之外，其他人都十分正常，而轮到吕俊乔的时候，姬彩月哼了一声，转过头去，依旧不理会吕俊乔。

这让吕俊乔伸出的热情的手掌，尴尬地晾在半空中，最后，还是姬彩月的母亲伸出了手与吕俊乔相握，缓解了吕俊乔的尴尬局面，并向吕俊乔投去一个抱歉的眼神，而吕俊乔对此只能无奈地笑笑。

当然，见到吕俊乔尴尬的场景，莫元清则在后面偷笑，正在幸灾乐祸着呢。

双方相互打完招呼，皆转头望向那位慵懒地坐在梨花木质地椅子上悠闲地睡着的君落羽身上。

这位天印者学院的年轻代表君落羽则刚好醒来，狠狠地伸了个懒腰，打了个大大的哈欠，不知道是他刚刚算好时间，还是他真的是刚刚睡醒。

因为时间拿捏得太准了，正当众人皆转头望向他的时候，他就醒了！

这位天印者学院的年轻代表君落羽打完哈欠之后，用手揉了揉迷糊的眼睛，再次打了个小哈欠，方才抬头望向正站在他面前的众人，说道："好了，都到齐了！"

君落羽微微擦拭了一下桌子和嘴边因为睡觉而流下的口水，整理了一下仪容，即便如此，他的脸上依旧是那个慵懒的表情，然后用一种十分随意的口吻，说道："现在，我给你们简单地讲一下关于后面的行程！"

听到这句话，站在君落羽面前包括莫清明以及姬彩月的母亲等人尽皆竖起耳朵，认真地听君落羽接下来的话！

说完，抬头望了吕俊乔、莫元明、莫元清、姬彩月一眼，继续说道："一周后，同样的时间，到外面的小广场集合，带上你们的所有行李，我们到时直接出发前往天印者学院！好了，说完了，你们可以走了！"

莫元清听到这句话，不敢相信似的说道："没了，就这样了？"

不仅仅他是这种表情，君落羽面前的其他人皆是如此。

听到莫元清的问题，君落羽一脸淡定地回答道："没了，还有什么问题吗？"

莫元清听到君落羽的反问，愣了一愣，然后结结巴巴地说道："没、没有！"

听到这句话，君落羽的脸上终于有了变化，但是，所谓的变化不过是笑了一下，然后说道："没有就好！"

众人愣了一会儿，姬彩月的母亲便领着姬彩月向众人告辞，率先离开了；在姬彩月母女离开之后，林岚也带着众人向天印者学院的这位年轻代表君落羽告辞，君落羽也只是点点头回应，林岚便率领着众人离开了。

林岚率领着众人回到"雅兴大酒店"，立即让众人收拾东西，并通知天风镇的守城护卫队大队长秦玉，让其集合人手，准备返回天风镇。不一会儿，众人便收拾完东西，集合完毕，于"雅兴大酒店"门口退房离开，快速地向着天风镇赶去。

中途在路上休息的时候，林岚方才向众人解释道，一个星期看似充裕，但是莫元明、莫元清和吕俊乔三人跟家人待在一起的时间已经不多了，因为一旦出发前往天印者学院，短则一年，长则三年五载不会再回来了！

所以，林岚是在给莫元明、莫元清和吕俊乔三人争取和亲人、朋友相聚的时间啊！听到林岚的解释，莫元明、莫元清和吕俊乔三人都对林岚表示感谢，林岚只是说了这么一句："职责范围内的事情罢了！"

虽然林岚这么说，但是莫元明、莫元清和吕俊乔三人依旧对他十分感谢。

因为今天前往天印者协会清泉城分部时也是一大清早就去了，而且没有耽搁多长时间，现在林岚率领着队伍，同样在日落之前赶到了天风镇。

而回到天风镇后，众人也要分道扬镳了。林岚与穆乘风长老要回天印者协会天风镇分部复命，而天风镇的守城护卫队队长秦玉也是如此，而吕俊乔也同样向莫元明和莫元清道别，应该说暂别才对，这次吕俊乔和莫元清终于没有斗嘴了，难得的一笑而别！

剩下莫清明、莫元明、莫元清三人，则来到天风镇莫氏兵器店，联系上了店铺当家——莫元清的父亲梁泊。莫清明跟梁泊说明了情况，梁泊也随着三人一同返回莫家庄，他也要在儿子离开之前，好好陪陪儿子，同时，他也为儿子在天印者协会清泉城分部中的表现而感到骄傲！

第五十二章 儿行千里

夕阳西下，日落入夜，星辰悬挂，点缀着夜空中那黑暗的幕帘，使这片夜空显得更加美丽！

四人四骑，在天风镇通往莫家庄的山路中奔跑着。尘土在黑夜与稀疏的树影之下荡起，但却因为夜晚的关系，看得并不清楚，幸好今夜繁星高挂、月色明亮，让这四人能够清晰地看到回家的路！

入夜之后，又过了两个小时，四人四骑便赶回了莫家庄！

莫家庄大门一打开，便传来两声虎啸，一只半人高的老虎向他们扑来，那只老虎的脑袋上还趴着一只猫咪似的体型的小老虎，一只是莫元清的"烈焰"，另一只便是小老虎"豆丁"啦！

因为此番前往清泉城比较急，而且，时间并不算太长，再加上骑马前往的缘故，因此，莫元明与莫元清并没有带上两只妖兽伙伴。

进入莫家庄之后，莫元清迅速和老虎"烈焰"嬉闹起来，而袖珍小老虎豆丁则钻进莫元明胸口的衣衫领口处——它的专属位置上，并在莫元明身上蹭了蹭，表示对莫元明的思念。

莫元明看到小老虎豆丁的表现，笑了笑，便伸出手掌抚摸起了小老虎豆丁那柔顺的毛发。

莫元明下马之后，对明叔、表哥莫元清以及姑父梁泊打了声招呼，便牵着马匹向家中走去。

莫元明走后，莫清明也离开了，而剩下莫元清与梁泊父子二人，自然也回家和母亲莫清梅团聚。

接下来的一周之内，莫家庄内洋溢着浓浓的温情。莫元明和莫元清两人，基本上每天都宅在家中，再也不像以往一样，到处去嬉皮打闹。

期间，莫元清也一脸兴奋地来莫府找莫元明，询问之前莫元明在入学测试时使用的那一招，而莫元明也将这招教给了表哥莫元清，剩下的只需要莫元清自己多多练习，便可掌握。

在一周的时间即将过去之时，莫家庄内浓浓温馨的气氛当中夹杂着一些离别的气息，让人伤感、叹息。但是，天下没有不散的宴席，为了莫元明与莫元清二人的未来，莫家庄断然是不可能锁住二人的。

莫清明在很早的时候便知道，他们不会像莫家庄内一般的青年，长大了也只是留在庄子中帮忙，他们的舞台远远不仅仅局限于一个莫家庄，更不是一个小小的天风镇所能限制的。他们的未来在整个大陆，莫清明所能做的，只是帮他们祈祷，好好地活下去，因为莫清明这种经历了太多的中年人，清楚地知道外面的世界是多么残酷，稍不留神，便有可能命丧他乡。

而莫元明与莫元清二人在家中时，基本上天天吃"大餐"。这一大家子的人当然要共聚一次，吃一次团圆饭。当然，莫元清一家人是一定要到莫府去的，这对于以"吃"为一大爱好的莫元清来说，自然是再好不过的。

莫府内，莫元明的母亲叶舒婷、莫元清的母亲莫清梅，以及奶奶梁秋雨三个女人，都对莫元明与莫元清一阵嘘寒问暖，这一次莫元清的母亲莫清梅难得一改以往女豪杰的作风，对儿子百般照顾。

而莫元明与莫元清也从各自母亲的眼神当中，看到了她们对于儿子要出远门时的那种无微不至的关心和对儿子漂泊在外的种种担忧。

儿行千里母担忧，无论何时何地，这句话总是在不经意间体现着。

莫家庄的族长，也就是莫元明的爷爷莫石天，以及莫元明的父亲莫清风二人对于这两个孩子的表现，甚感欣慰，同时，也为二人的未来感到一阵担忧。

莫元明与莫元清二人准备离开莫家庄的前一晚，莫元明的父亲莫清风独自来到族长莫石天的书房之内。

莫石天坐在檀木所制的主位上，在铜柄烛光之下，看着放在矩形檀木桌上的书本。莫清风在门外轻轻地敲了敲门，便缓缓地自行推门而进。

莫清风缓步走到主位的檀木桌前，对着父亲莫石天礼貌地问候了一句："父亲！"

听到莫清风的话，莫石天方才将视线从桌上的书本上移开，抬起头来，缓慢而慈祥地说道："风儿，你来啦！"

听到父亲莫石天的话，莫清风缓缓回答道："是的！"

说完这句，莫清风接着不紧不慢地问道："父亲，对于元明和元清这两个孩子的离去，我认为会对莫家庄有不小的影响呢，而且，会引起一些不必要的注意。"

莫石天同样不急不缓地回答道："影响是会有的，什么时候不会有影响呢？庄子要生存，那就要卖东西，卖东西就有交易，自然会有一些影响，而以这两个孩子的天赋，如果让他们留在庄中，会大大地浪费他们的天赋，而且，我们这么做，反而会引起别人的怀疑。是福不是祸，是祸躲不过，该来的总会来的，已经过去十年了，如果还是会来，那么，我们莫家庄接着便是！"

听到莫石天的话，莫清风眼中闪过一丝利芒，同时，口中回答道："是！"

莫石天叹了口气，继续说道："暂且不要影响到元明和元清这两个孩子，就让他们这么发展吧，以他们的天赋，一定有机会走上大陆这个舞台的，那是需要我们仰望的地方，到那个时候，莫家庄便不再惧怕什么了，所以，现在就等吧！"

莫清风听到父亲的话，一阵沉默，方才缓缓说道："那就听父亲的吧！"

莫石天说完之后，两手的拇指和中指分别揉了揉脑袋上的两个太阳穴，停了好一会儿，方才说道："其实你心里清楚，下次也不用来问我了，自己拿主意吧，我相信你的决定，好了，你回去休息吧！"

听完莫石天的话，莫清风缓缓回答道："是的，父亲，孩儿告退！"

莫石天对着儿子莫清风摆摆手，莫清风便缓缓退出了莫石天的书房。

天色已亮，天空万里无云，仿佛云朵儿都被风儿带去玩耍去了，清新的空气充斥着山间。

此刻，莫家庄的门口已经站满了人，而莫家庄木制的巨大门阀也已经打开，几乎整个莫家庄的人都来此欢送莫元明与莫元清的离去，同时，也为他们的前程与未来祝福！

莫府的所有人自然都到场了，莫元明的爷爷莫石天，奶奶梁秋雨，莫元明的父亲莫清风，莫元明的母亲叶舒婷，莫府的管家连叔，莫元清的母亲莫清梅，这些人

都在莫家庄的大门处，看着扛上小包袱、翻身上马的莫元明与莫元清。

一些大件物品，皆放在莫元明的空间戒指之内了，因此，莫元明与莫元清背着的都是些小东西，毕竟身上没有包袱，那也太让人奇怪了，这样反倒需要跟许多人解释，而且出门在外，人多眼杂，莫元明与莫元清二人便听从莫元明的父亲莫清风的建议，背上个小包袱！

至于莫元清的父亲梁泊，则与莫清明一样翻身上马。梁泊是天风镇莫氏兵器店的当家，仍有许多工作，必须尽早回去。但这次，他也决定和莫清明等人一同前往清泉城，送儿子莫元清和莫元明一程。

莫家庄大门大开，莫清明四人皆翻身上马。四人四骑，在刚刚升起的朝阳之下，铿锵的马蹄踏着坎坷的山路，绝尘而去。

只不过这次，除了四人四骑之外，还有一只老虎在四匹马后面轻松地跟着，正是莫元清的"烈焰"，而袖珍小老虎"豆丁"这次自然也没有落下，正在莫元明衣衫领口位置内衣和外衣的夹层里面睡着呢！

四人四骑一虎，经过两个多小时的飞驰，便赶到了天风镇众人集合的位置。当四人四骑一虎赶到时发现依旧是上次那批队伍，只不过多了一位中年人罢了，这位中年人正是天风镇镇长吕一行——吕俊乔的父亲。此次前来的目的也不用多说，自然是为吕俊乔送行的。

吕俊乔身上的行李似乎也并不多，背上也就两个包袱而已。

当众人集合完毕之后，便出发前往清泉城。

众人依旧是于日落前赶到清泉城，而明天才是天印者学院那位年轻代表君落羽所说的集合时间。

因此，入夜之后，众人依旧与上次一样，来到了清泉城"雅兴大酒店"投宿。明天，少部分人将陪同莫元明、莫元清和吕俊乔前往天印者协会清泉城分部大门前的小广场。

夜尽天明，清晨，莫元明、莫元清和吕俊乔三人，在莫清明、梁泊、吕一行、林岚、穆乘风的陪同下，来到了天印者协会清泉城分部大门前的小广场上，当然还有两只妖兽老虎啦。

只见那位天印者学院的年轻代表君落羽，和众人之前所见的一样，一脸慵懒的样子，只不过这次他是坐在天印者协会清泉城分部大门前的那个台阶之上，并没有坐在椅子上而已，当然，这也是因为小广场上没有椅子的缘故。

当莫元明等人来到这位天印者学院的年轻代表君落羽面前时，他只是淡淡地说了一句："和上次一样，等人！"然后再次眯起眼睛，连一旁的妖兽老虎"烈焰"都直接被无视了。

第五十三章
金翅大鹏

听到君落羽的话,除了上次没来的梁泊与吕一行不清楚情况之外,其他人也都知道怎么回事了,而吕俊乔听到这句话后则眼前一亮,想起那位灵秀的小姑娘还没到呢!而莫元明和莫元清也是刚想起这号人物,回家一周,几乎都忘了还有这么一个人。

但梁泊与吕一行也都是这方面的老油条了,虽然不知道没有来的人是何人,却也没有多问。

这日,天印者协会清泉城分部大门前的小广场内,除了君落羽之外,并没有其他学院的代表,莫元明、莫元清和吕俊乔疑惑地四处张望着。

此时,君落羽似乎知道他们的想法一般,眼也不睁地说道:"不用东张西望了,其他学院的代表,在两天前,已经领着他们选中的天印者学员离开了!"

听到君落羽的解释,众人心中的疑惑方才被解开。

接下来,众人便安静地等待姬彩月的到来。

过了十多分钟,当莫元清皱起眉头准备开始抱怨时,天印者学院的那位年轻代表君落羽睁开了那双紧闭已久的眼睛,说道:"来了!"

君落羽这句话犹如一颗小石子坠入到如镜子一般平静的湖面上似的,惊起阵阵涟漪。

众人随即抬起头,望向小广场的其他方向。

只见一队人马从小广场西北方向中的街道走了过来,领头的是一位帅气俊朗的中年人,骑着一匹棕色骏马。

在他身后,有一辆华丽的马车,被这队人马以保护的队形簇拥着。

当这队人马来到天印者协会清泉城分部大门台阶前的数米处,也就是君落羽所在的位置前面数米的地方停了下来。

此时,吕一行与林岚见到这队人马的领头者,心中一惊。见这队人马在天印者协会清泉城分部大门台阶前面数米处停了下来,吕一行当即上前,对着那队人马的领头者，说道："姬兄，好久不见！"

那位骑着棕色骏马的帅气俊秀的中年人，见到吕一行，脸上露出职业性的笑容，说道："哈哈，原来是吕兄，好久不见，来到清泉城怎么不通知姬某一声，姬某让人好生接待吕兄才是！"

吕一行听到那位骑着棕色骏马的帅气俊秀的中年人的话，脸上也露出职业性的微笑，接着说道："姬兄公事繁忙，吕某怎敢随便打扰！"

那位骑着棕色骏马的帅气俊秀的中年人，摆摆手，对着吕一行说道："吕兄言重了，你我同样身为官员，相互交流是十分正常的事情，我接待你，这也是礼节，说到这个，姬某人倒是好奇，吕兄怎么有空作客我们清泉城？"

吕一行听到那位骑着棕色骏马的帅气俊秀的中年人的问题，脸上的笑容稍微真挚了一些，说明他现在心情还是非常好的，嘴上却谦虚地说道："还不是为了犬子！"

那位骑着棕色骏马的帅气俊秀的中年人道："哦，所为何事啊，要劳烦吕兄大驾？"

说到这里，吕一行脸上露出一丝骄傲之色，说道："犬子今年有幸成为一名天印者，并且有幸加入天印者学院，今日，吕某是来给犬子送行的！"

那位骑着棕色骏马的帅气俊秀的中年人，听到吕一行的话，眼中闪过一丝惊讶，然后开口说道："哈哈，天下竟有这等巧事！"

听到那位骑着棕色骏马的帅气俊秀的中年人的话，吕一行反倒疑惑起来，说道："巧事？不知姬兄所指的是？"

那位骑着棕色骏马的帅气俊秀的中年人，再一次哈哈大笑地说道："姬某人的女儿，同样也是今年有幸成为天印者，并加入到了天印者学院当中！"

听到这位骑着棕色骏马的帅气俊秀的中年人的这句话，吕一行顿时明白了他们所等的人竟然是他的女儿。

这时，一位带着灵秀之气的成熟妇人，领着一位充满灵秀之气的小姑娘从华丽的马车上下来，并走向那位中年人身边，而那位中年人见到妻子与女儿从马车上下来，便翻身下马，站到她们身边！

就在这个时候，那位天印者学院的年轻代表君落羽从台阶上站起，走到吕一行与那位中年人之间，而剩下的林岚等人也跟上，站在了吕一行身后。

而姬彩月跟着母亲来到姬皓铭的身边，乖巧地站着。此时的她，安静得像个不会说话的小天使一样，也收起了以往调皮捣蛋的模样。

这时，吕一行伸出右手手掌，指向那位中年人，礼貌地对着众人开口介绍道："这位是清泉城的城主，姬皓铭！"

姬皓铭望着众人挥挥手，打声招呼，说道："大家好！"俊秀的脸上露出职业式的微笑。

众人也一一礼貌地回应，当然，除了天印者学院的代表君落羽。

当然，吕一行介绍到吕俊乔的时候，重点介绍了一下，对姬皓铭说道："姬兄，这位就是犬子吕俊乔！"

吕俊乔对着姬皓铭优雅而恭敬地施了一礼，开口说道："姬伯伯好！"

姬皓铭见到吕俊乔的仪容仪态以及表现，都十分满意，目光由上至下扫视了吕俊乔一遍，点了点头，哈哈笑道："果然虎父无犬子，吕兄，令公子一表人才啊！"

吕一行立即谦虚地说道："姬兄谬赞了，哪能跟您的小公主比啊！"虽然吕一行这么说，但脸上却眉开眼笑，显然十分开心。

听到吕一行的话，姬皓铭哈哈大笑了一下，说道："唉，吕兄谦虚啦，小女也就表现平平而已！"哪个做父母的不喜欢自己的子女被夸奖，显然，吕一行的话对于姬皓铭来说还是十分受用的。

天风镇镇长吕一行与清泉城城主姬皓铭，相互寒暄了一番之后，便转头望向几乎时刻都在打瞌睡的那位天印者学院的代表君落羽。

就在天风镇镇长吕一行与清泉城城主姬皓铭刚刚聊完，并转头望向他的时候，君落羽方才大大地伸了个懒腰，同时，也打了个大大的哈欠，然后，迷糊地看着眼前的众人，开口说道："都到齐了啊！"

说完这句，君落羽再一次打了个哈欠，抬头望了望天色，缓缓说道："时间也差不多了！"

然后，这位天印者学院的年轻代表君落羽，从袖子当中拿出了一根长笛，放到嘴边吹了起来，一阵悠扬的笛声逐渐响起，忽高忽低，抑扬顿挫，变化万千。

笛声从天印者协会清泉城分部大门前的小广场处渐渐传开。悠扬的笛声随风飘扬，渗入墙壁，透过街道，越过清泉城的高大城墙，渐渐传向远方。

过了好一会儿，清泉城北边的远方，传来一阵似龙似鹰的鸣叫之声。站在小广场处的众人，抬头向着鸣叫之声传来的方向望去。

只见一只金色双翼的巨鸟，身躯的羽毛黑金相间，只有头部的羽毛全为黑色，头顶金色皇冠，形体似鹰，身形庞大，向着小广场所在的方向飞来。

巨鸟的速度极快，一下子便从远方飞到了清泉城附近，然后从清泉城的高大城墙上面掠过，同时，庞大的身躯快速掠过清泉城的楼宇房屋，在小广场的上空盘旋着。

而此时，君落羽转过头来，扫视了一下小广场内的所有人，大声地说道："请在小广场内的所有人，立即离开小广场，给我的大鹏鸟一个着陆的地方，多谢各位！"

在那身形巨大的怪鸟来到小广场的上空时，不少人已经快速逃离了，而剩下的人听到君落羽的话，也行动迅速地退出小广场。

莫元清在向小广场外跑去的时候，嘴上还抱怨着喊道："又不早说！"

莫元明、莫清明等人在林岚的带领下，快速退到小广场之外，而姬皓铭也领着他的妻子和女儿以及跟随他的那班人马，快速撤离小广场。

君落羽等所有人都撤离了，自己也向小广场的边缘退去，然后，伸手对着在小广场上空盘旋的巨鸟做了一个着陆的手势，那只巨大怪鸟方才从上方高空处缓缓降了下来。

在巨鸟向小广场着陆时，已经退到小广场之外的林岚，眼睛一眨不眨地盯着那只巨鸟，口中说道："这是六阶妖兽，金翅大鹏鸟！"

而天风镇的长老穆乘风，同样眼睛一眨不眨地盯着那只巨鸟，并仔细地观察了

第五十三章 金翅大鹏

一遍巨鸟，在林岚说完之后，开口说道："不是金翅大鹏鸟！"

林岚听到穆乘风的话，疑惑地转过头，望着他，说道："穆长老，这不是金翅大鹏鸟，那是什么？"语气当中，带着一丝对于他心中答案的确定，和对于他人无故说他错误的恼怒。

穆乘风眼神盯着巨鸟头顶的位置，说道："看到巨鸟头顶上那个金色皇冠没有，这是金翅大鹏鸟中的王者，是金翅大鹏王才有的标志！"

林岚顺着穆乘风长老目光所及的方向望去，当他清晰地看到巨鸟头顶上的金色皇冠之后，心中一阵震惊，瞳孔猛地收缩了一下，说道："真的是金翅大鹏王啊！"

而听到林岚与穆乘风长老对话的吕一行、莫清明以及那位清泉城城主姬皓铭眼中的瞳孔，同样一阵收缩，心中的震惊在眼神当中清晰地体现出来。

此时，站在林岚身边的莫元明，对着林岚疑惑地问道："林岚哥哥，金翅大鹏鸟和金翅大鹏王有什么区别啊？"

林岚的目光依旧盯着正在下降的金翅大鹏王，头也不回地回答道："金翅大鹏鸟是风属性的妖兽，在飞行妖兽当中，速度算得上是极快的了，而金翅大鹏王则是金翅大鹏鸟当中的王者，在同等级当中，速度比金翅大鹏鸟还要快上一筹，而且，妖兽的阶级所指的是这些类型的妖兽成年后的阶级，而金翅大鹏王的潜力比金翅大鹏鸟的潜力要更大，一般会超过原来所在的阶级。"

莫元明听了林岚的介绍，对妖兽有了更深的了解，同时，也点了点头，对着林岚说道："谢谢林岚叔叔！"

林岚只是漫不经心地"嗯"了一声。

此时，金翅大鹏王已经下降到低空，缓缓着陆，金翅大鹏王的巨大羽翼在小广场上掀起了阵阵狂风，吹得那些围观的群众东倒西歪。

在金翅大鹏王着陆时，扇动的翅膀所形成的狂风，吹得人们的衣服沙沙作响。现在最淡定而且轻松的人便是天印者学院那名年轻代表君落羽。

他站在小广场的边缘处，却没有离开小广场，距离金翅大鹏王的位置最近，他的衣衫被金翅大鹏王所扇出的狂风吹得犹如在高空悬挂的旗帜一般，不断地飞舞着，但他依旧站在那里，双脚像入定的树根一般，牢牢地扎在广场的石板地面之上。

第五十四章
风乘火势

狂风随着金翅大鹏王越来越接近地面也越来越大，不一会儿，小广场附近的狂风渐渐减弱。

因为金翅大鹏王已经成功地着陆在小广场，而金翅大鹏王着陆之后，众人也清晰地了解到金翅大鹏王的身躯有多么庞大了，几乎占满了整个小广场的位置。

此时，君落羽走上前，用手缓缓抚摸着金翅大鹏王黑金相间的羽毛，金翅大鹏王似乎很享受地闭上了眼睛。

过了一会儿，君落羽转过身来，望着林岚一行人，以及姬皓铭一行人微笑着说道："我给大家介绍一下，这是我的伙伴灵兽，金翅大鹏王！"

听到君落羽的介绍，金翅大鹏王骄傲地抬起了头颅，发出了一阵那似龙似鹰的鸣叫之声。

听到君落羽的介绍后，林岚和穆乘风长老心中都感叹道：果然如此！

君落羽盯着已被天印者学院录取的四人说道："我的金翅大鹏王会直接载着你们四个前往天印者学院！"

说完这句话，君落羽停了一会儿，认真地望了莫元明、莫元清、吕俊乔以及姬彩月一眼，语气有些深沉地说道："该是道别的时候了！"

听到君落羽这句话，姬彩月顿时眼眶就红了，然后转身抱着母亲，姬彩月的母亲也蹲下身子，将女儿拥入怀中，姬彩月在母亲的怀中低声抽泣着，姬彩月的母亲则轻柔地安抚着姬彩月，轻轻地拍着她的后背，而姬彩月的父亲——清泉城的城主姬皓铭，则在一旁对着女儿姬彩月柔声地说着些什么。

而吕俊乔也转身对着父亲吕一行，微笑地说道："父亲，我走了！"

吕一行看到儿子吕俊乔难得对他如此态度，也笑了，心里甚感欣慰，说道："去吧，好好学习，男儿志在四方！"

吕俊乔跟父亲吕一行说完话后，对着林岚与穆乘风长老行了一个大礼，说道："这些天，谢谢岚哥和穆长老的照顾！"

林岚见到吕俊乔行如此大礼，也不再保持以往的样子，望着吕俊乔，笑着说道："你小子，终于对我也礼貌起来了！"说完这句，林岚拍拍吕俊乔的肩膀，说道："好好干啊，哥等你名扬四海的时候好炫耀呢！"

　　听到林岚的话，吕俊乔笑了一笑，说道："那是一定的！"

　　林岚听到吕俊乔的回答，哈哈大笑地说道："小子，不谦虚！"

　　而穆乘风长老则只是感慨似的，说了一句："后生可畏啊，以后就是你们的时代了！"

　　听到穆长老的话，吕俊乔自信地笑了笑！

　　与此同时，莫元清也和父亲梁泊大大咧咧地说道："爹，我一定会变得很厉害的，你等着吧！"

　　梁泊看着儿子脸上自信的笑容，心中十分开心和欣慰，看到儿子的成长，他顿时觉得孩子长大了，也满脸笑容地说道："好，爹相信你，到了那边也要过得开心，多交朋友！"

　　莫元清听完父亲的话，咧咧嘴，笑了起来，露出一排洁白的牙齿。

　　然后，转头望向莫清明，说道："明叔，我们走啦！"

　　莫清明望着此时站在他眼前的莫元明与莫元清表兄弟二人，似乎看到当年这两个孩子在莫家庄练功场里努力锻炼的场景，脸上也露出欣慰的笑容，说道："好好努力，不要让族长失望，在外面别给莫家庄丢人，知道吗？"

　　莫元明与莫元清异口同声地说道："知道！"

　　莫元清与莫元明二人同时对着莫清明与梁泊二人说道："明叔、爹（姑父），我们走了！"

　　莫清明与梁泊二人对着两个孩子点点头！

　　此时，吕俊乔也把该说的说完了，向着莫元明与莫元清走来，三人聚到一起，一同向着君落羽所在的位置走去，而一直跟在莫元清身边的老虎"烈焰"也跟着莫元清走了过去。

　　而此时，对女儿说完话的姬皓铭站了起来，对着他所带领的那队人马做了个手势，便有下人将两个小包袱交到他的手上。

　　这个时候，姬彩月也放开了母亲，站在父母面前，眼眶还是有些红红的。姬彩月的母亲用充满慈爱的眼神望着女儿姬彩月，并伸手在女儿的脸上轻轻揉着，帮她擦掉脸颊上的泪痕。

　　姬彩月的父亲，拿着手中的两个小包袱，亲自给女儿姬彩月系上，接着，宠溺地抚摸着女儿的小脑袋，望着女儿的眼神里，充满了家长对于子女的爱。

　　姬皓铭见到莫元明、莫元清以及吕俊乔已经向君落羽走去，也对女儿温柔地说道："去吧！"

　　听到父亲的话，姬彩月才转过身，脚步缓慢地向广场内君落羽的位置走去，三步一回头，那充满灵气的大眼睛当中满含着不舍。

　　而姬彩月的母亲与姬皓铭则不停地向着女儿挥手！

　　不一会儿，莫元明、莫元清和吕俊乔已经来到了君落羽面前，而姬彩月则姗姗来迟，但也总算到了。

君落羽先望了望莫元清身边身上冒着火焰的老虎"烈焰"和莫元清胸口的小老虎"豆丁"，带着一丝有趣的语气，说道："你们这么早就有灵兽了吗？"

君落羽说这话时，心中也想道：这两个小子运气不错，这么小便有了灵兽，倒是为以后找灵兽省去了不少麻烦，但是，劣势也很明显，不知道这两只灵兽是否是最适合他们的，天印者选择灵兽，最好是与自己的属性相匹配，相辅相成，不过，这风属性的小子运气挺好，遇到的是火属性的老虎，风乘火势，在属性上倒有相辅相成的效果，只是不知道那只猫咪大小的老虎是什么属性。

听到君落羽提到"烈焰"和"豆丁"，莫元明这才想起来，向君落羽问道："我们可以带上它们吗？"然后莫元明的手指指了指"烈焰"和"豆丁"。

君落羽笑着说道："当然可以，灵兽也是天印者实力的一部分，是天印者的重要伙伴！"

之前，金翅大鹏王刚到之时，烈焰和小老虎"豆丁"还想对着它咆哮两下，但是，被莫元明和莫元清阻止了，而金翅大鹏王根本没在意这两个"小不点"。

对于金翅大鹏王来说，"烈焰"一米多的身躯，确实只能称得上"小不点"，而"豆丁"就更不用说了。

此时，君落羽望着四人说道："把你们背上的行李给我吧！"

四人虽然疑惑，但都把包袱从背后取下来，交到君落羽手上，君落羽接过全部包袱之后，包袱瞬间在他手上消失了。

莫元明心道：空间戒指！

此刻，莫元明才留意到君落羽的右手上也戴着一个银色戒指。

做完这一切，君落羽方才对着四人，指了指金翅大鹏王的背部，说道："上去吧！"

而听到君落羽的话后，四人一阵发呆地望着金翅大鹏王那三至四米高的背部。

见到四人的表情，君落羽一笑，然后，他的右手位置一个青色络印浮现，正是风属性纹络，这也是他为什么第一次见到莫元清时，便对其有好感的原因。

瞬间，莫元明四人和老虎"烈焰"突然觉得身体轻了许多似的，只见君落羽猛地一跃，身躯瞬间飞到五米高度，潇洒而轻盈地落在了金翅大鹏王的背上。

四人见到君落羽轻松地跳到了金翅大鹏王的背上，四人一虎，有样学样也一跃而起，竟然也安全地跃到了金翅大鹏王的背上。

四人一虎跃起之后，感觉身躯更加轻盈了，想来和君落羽有关。

君落羽见所有人都上来了，便转过头大声地说道："抓稳了，我们出发咯！"

金翅大鹏王听到君落羽的话，猛地张开金色双翼，一阵狂风在小广场中不停地吹拂着，因为妖兽的出现，前来围观的群众又有不少被金翅大鹏王的双翼扇出的狂风吹得东倒西歪。

大鹏一日同风起，扶摇直上九万里！

金翅大鹏王速度极快，双翼一展开，猛地一拍，那庞大的身躯便瞬间离开地面，扶摇而上。

　　狂风吹拂着金翅大鹏王的背部，四人一虎，皆趴在金翅大鹏王的背上，死死地抓住金翅大鹏王背部的羽毛，以防自己掉下去。

　　而君落羽则稳稳地站在众人的最前头，双脚犹如钉子一般钉在金翅大鹏王的背上，丝毫没有因为金翅大鹏王所引起的狂风而受到影响。

　　原本还想和亲人挥手道别的四人，在这一刻什么都做不了，只能紧紧地贴在金翅大鹏王的背上。

　　这时，众人耳边传来君落羽的声音："运转天印灵力，将灵力集中在双手、双脚之上，然后再慢慢地试着松开双手站起来！"

　　君落羽说完这句话，便不再多说。

　　而听到君落羽话语的四人，开始尝试着按照君落羽所说的方法去做，一个个渐渐从趴在金翅大鹏王背上，变成了跪在金翅大鹏王背上，但是依旧没能站起来，因为高空当中狂风肆虐，这让他们十分难以控制自己的身躯，每一个动作在这时都变得困难许多。

　　听到君落羽的话，四人本来也有问题想问君落羽的，但是一张开嘴巴，口腔瞬间被狂风所塞满，在那一瞬间，他们似乎感觉自己没办法呼吸，体验这种感觉之后，他们再也不敢张开嘴巴，生怕狂风又吹进嘴巴当中。

　　突然间，莫元清心中一发狠，猛地从金翅大鹏王的背上站了起来，然后瞬间就被肆虐的狂风吹离了金翅大鹏王的背部，向着身后的空中飞去，同时还向下坠落着。

　　这时，金翅大鹏王已经飞出了清泉城，下方是一望无际的平原，莫元清在下坠的过程中，还依稀看到身后已经变成一个小点的清泉城。

　　见到这一幕，莫元明等人心中一惊，想对君落羽说，但是却开不了口，老虎"烈焰"见莫元清被吹了出去，刚准备跃出去追随主人，却感觉金翅大鹏王那庞大的身躯在空中一个快速的折返，便向着莫元清坠落的地方飞去，呼吸之间，便已经到了莫元清坠落的下方。

　　此时，君落羽哈哈大笑一声，便从金翅大鹏王的背上一跃而起，快速地跃到金翅大鹏王头顶上方五米的高空中，接住莫元清，君落羽的身形在空中忽快忽慢地下坠着，一会儿，便回到了金翅大鹏王的背上，口中还说道："你小子，胆子够大的，哈哈哈哈！"

　　君落羽将莫元清放下，莫元清重新跪在金翅大鹏王背上，而金翅大鹏王似乎知道君落羽想要做什么一样，根本不用他命令，便再次折返，向着原来的方向飞去。

　　君落羽此时所落到的位置在众人的后方——金翅大鹏王背部靠后的位置，因此，他可以清楚地看见金翅大鹏王背上众人的表情。

　　看到众人的表情，君落羽笑了一笑，便说道："想说话是吧？"

　　众人点点头，君落羽再次笑了笑，方才说道："灵力外放，在嘴鼻之间形成一个保护膜即可，说来简单，但是，你们最好先成功地站起来，再尝试这个，因为这个相对于将灵力凝聚在手脚之上的灵力运用技巧要高上一些！"

　　说完，君落羽便在金翅大鹏王的背上向前走着，走到刚刚跳出去救莫元清之前所站的位置之上。

金翅大鹏王一直向着东南方向飞着，在金翅大鹏王自由翱翔在各个名山大川的高空之上时，莫元明等人不停地尝试在金翅大鹏王的背上站起来，众人在经过一个多小时的努力之后，终于莫元明第一个成功地站了起来，紧接着是莫元清、吕俊乔，最后是姬彩月。

之后，就连老虎"烈焰"都能稳稳当当地站在金翅大鹏王的背上了，这让众人一阵惊讶，同时心中想道：妖兽都能学会！

第五十四章 风乘火势

第五十五章
殃及池鱼

而众人在金翅大鹏王背上努力了三个小时之后,也掌握了君落羽所说的技巧,可以开口说话了。

莫元明等人在与君落羽断断续续的聊天当中,也开始了解到一些天印者学院的相关信息。

天印者学院位于天齐大陆南岭山脉以东的东大陆东南方位。

天印者学院的西北方是吴国与天齐国之间的星罗山脉,被星罗山脉所包围。星罗山脉的由来已久,其中大面积的星罗大森林里面妖兽横行,常人难以接近,但天印者学院的学员,也经常在星罗大森林靠近天印者学院东南部的外围区域活动,这里也成了天印者学院练习实战的区域。

天印者学院的东南面直接与天齐大陆的东南沿海区域相接,东南沿海区域的浅海海域相对安全,都是些普通的海洋生物,但是深入外海数公里后,便会有可怕的海域妖兽穿梭于其中,甚是危险,普通天印者都不敢随意进入。

天印者学院占地八百多平方公里,主要分为五个区域:教学区、实战演练区域、宿舍区、对战区,以及神秘的修炼区。

天印者学院的教学区位于学院中央位置,从学院上空看,天印者学院教学区为一个巨大的六边形建筑,巨大的六边形建筑中央有一个六边形的空地,是学院操场,在操场内可进行一般的操练与教学。

天印者学院教学区西南方向是学院的宿舍区,宿舍区主要分为学生宿舍区和教师宿舍区,由数排楼宇所组成。

天印者学院右边的建筑风格宏伟大气,却又有一种贴近自然的和谐感,同时又不失庄严。

教学区的正东方向是学院的对战区,学院举办的一些大型和小型比赛,基本上都在此进行。学员个人也可邀约他人战斗,这在天印者学院当中非常流行,称为"邀战",当然,这必须对方同意,方可进行,若强迫他人"邀战",被发现的话,将受到学院严厉的处罚。

不过，学院的对战区最受学员欢迎的主要原因，是能够让学员们相互切磋技艺，并验证学员自己的实力，也有不少优秀的学员在对战区闯下一番威名。

中央教学区的东北方向为学院内神秘的修炼区。这个区域，只有进入了学院，通过特定的方式才可以进入。

教学区西北的正北方向，范围最广、面积最大，是星罗大森林外围区域的实战演练区。因为是实战区域，因此，基本上年年都有不少天印者学院的学员会折损在里面，但一些学员中的强者，基本上都会到那个区域，因为真正的强者只有经过生死的战斗才能磨砺出来，更有天赋奇佳者，在战斗中突破自己，飞快成长。

而天印者学院的西南面的正南方向临海，主要为学员的休闲区域，这里也有不少学员自己开设的商店、餐厅、酒店，也是学院内繁华的商业区域，而且这里临近海洋，景色优美。

学院西南面，山石、悬崖、峭壁较多，但是海景不错，是出游的好地方。而学院正南面的海滩更是如此，不少学员都在那个海滩上成为情侣，这里也成了不少情侣心目中的圣地，学院内的联谊活动大都在那里进行。而学院中央教学区域的东南面则是学院禁区，任何学生不得靠近，传说东南面的海边伴着凶猛的海域妖兽，实力之强大不是学院内学生所能对付得了的。

但是，其中的真相却一直没有人知道，因为学员中没有人进入过，但是也有可能是进去的人都没有活着出来的。当然，这也是君落羽自己听说的而已，谁也不知道是真是假。

经过这短短一个多小时的聊天，莫元明、莫元清、姬彩月、吕俊乔四人对天印者学院有了一些了解，而不是像先前那样毫无所知。

听到商业街、餐厅的时候，莫元清的目光瞬间就亮了起来，而听到情侣圣地时，吕俊乔脸上则露出一阵怪异的笑容，莫元明看到时，感觉吕俊乔笑得有点邪恶，而且，说到"情侣圣地"时，吕俊乔还偷偷地瞄了姬彩月一眼。

不过，在他收回目光的时候，也看到了莫元明鄙视的眼神，尴尬地笑了笑，但是，他很快又恢复那云淡风轻的样子，"潇洒"地站在金翅大鹏王的背上，好像什么都没发生过似的，这让莫元明一阵无语。

看到吕俊乔云淡风轻的表现，莫元明不由自主地想到：如果说"做作"都是有境界的，那吕俊乔的境界也太高了，如果说这档子事还有天赋一说的话，那这家伙绝对是旷世天才，前无古人、后无来者啊，永远位居前列，无法被超越的一个传说！

想到这，莫元明还感叹了一下，他这声感叹也被吕俊乔注意到了，只是他完全不清楚状况，只是带着疑惑的目光望了莫元明一眼，又收回他的目光。

在莫元明、莫元清以及吕俊乔"各怀鬼胎"之时，姬彩月毫不知情，依旧认真地听着君落羽关于天印者学院的介绍。

金翅大鹏王从离开清泉城到现在已经飞了五个多小时了，依旧笔直地朝着大陆的东南方向快速飞去，金翅大鹏王快速地在高空中的云海之间翱翔与穿梭，金翅大鹏王早已飞过了清泉城周边那广袤的平原地带。

现在金翅大鹏王的下方是高低起伏的山脉和郁郁葱葱的森林，而且有时还会经过一两条河流或宽阔的大江，大江之上浪涛滚滚，江水犹如千万雄狮般汹涌澎湃地由山脉的高处向低处冲去。

偶尔，还能见到一些犹如巨大帘幕一般的瀑布，波澜壮阔。在阳光的照射之下，瀑布之上水汽翻腾的地方横跨着数道彩虹，金翅大鹏王的下方，也有一群群不知飞去何处的大雁，更有鹊群在从金翅大鹏王的身旁掠过时，受到惊吓而四处乱飞。

金翅大鹏王保持着极速，向着天印者学院所在的大陆东南方向飞去！

突然间，有一个小黑点从金翅大鹏王的前方快速飞来，速度同样极快，一下子就飞到了金翅大鹏王前方不远处，金翅大鹏王迅速一个侧飞，躲避开了那个飞来之物。

金翅大鹏王在躲避那个物体时，那个物体从金翅大鹏王旁边飞过，金翅大鹏王背上的众人方才看清那是一个半人高的四足两耳方形青铜鼎。

此时，一只火焰大手突然从天而降，向着刚刚掠过金翅大鹏王的方形青铜鼎一手抓去，只听一声怒喝突然响起："上官老鬼，想要夺我宝物？休想！"

此时，蓝色的巨大剑光突然出现，向着火焰大手砍去，剑光所过之处，空气犹如水波一般荡起阵阵波纹。

然后，另一道声音喝道："宝物有缘者得而居之，南宫老鬼，你还没得到，就说是你的，可笑！"

紧接着，空中原本抓向方形青铜鼎的火焰大手，猛地一转，向着蓝色巨剑抓去。

蓝色巨大光剑与火焰大手剧烈地碰撞在一起，发出一声巨响。蓝色巨大光剑与火焰大手的碰撞之处，爆发出一道闪耀的光芒，然后蓝色巨大光剑与火焰大手同时陨灭，而蓝色巨大光剑与火焰大手碰撞的中心处，则猛地爆炸开来，一股强大无比的爆炸力向四周扩散着，空气也因为这剧烈的交锋而动荡起来。

蓝色巨大光剑与火焰大手交锋的中心地带，位于金翅大鹏王右上方不远处，首当其冲的便是君落羽的灵兽伙伴金翅大鹏王，以及站在金翅大鹏王背上的众人。

金翅大鹏王被那巨大的爆炸力所波及，右翼受伤。金翅大鹏王被那恐怖的爆炸力炸得在空中翻转了几圈。

而站在金翅大鹏王背上的众人也被这巨大的爆炸力所波及，君落羽在爆炸发生的那一刹那，极快地施展出一个风印护盾，却也瞬间被震破，他也因此而受伤，一口殷红的鲜血从口中喷出。

而金翅大鹏王背上的其他人，包括老虎烈焰，皆被那巨大的爆炸力震得晕了过去，再也无力保持体内天印灵力的运转，无法紧紧地贴在金翅大鹏王的背上。在金翅大鹏王被巨大的爆炸力掀飞之时，众人已经被甩离了金翅大鹏王的背上，飞在了空中。

此刻，众人的实力差距也体现了出来：莫元明、莫元清、吕俊乔、姬彩月、老虎"烈焰"以及小老虎"豆丁"皆晕了过去，而君落羽与金翅大鹏王虽然受了伤，也能在这种紧急的情况下快速做出反应。

此时，君落羽来不及顾及自己的伤势，强行压下体内的翻腾之感，左手飞快地伸进右手的袖袍当中，取出一根散发着青光的绳索，然后对着离他最近、并且刚刚飞离金翅大鹏王背上没多远的莫元清和老虎"烈焰"爆射而去。

绳索在他的操纵下，飞快地捆住莫元清与老虎"烈焰"，君落羽猛地一拉，便将莫元清与烈焰拉回到他身边，之后又将绳索的中央位置捆住自己的左臂。

与此同时，金翅大鹏王已经开始在空中剧烈翻转了，君落羽不得不加大双脚天印灵力的输出力度，让双脚紧紧地钉在金翅大鹏王的背上。

紧接着，君落羽右手便抓住散发着青色光芒的绳索的右端，向吕俊乔和姬彩月方向爆射而去。在刚刚爆炸发生时，吕俊乔这家伙在晕过去之前竟然还记得伸出手一把抓住姬彩月，猛地向他身后一拉，因此，他受的伤也比姬彩月重得多，也把他们两个的距离拉近了。

这样正好方便了君落羽。散发着青光的绳索同样在君落羽的控制下，猛地捆住已经晕过去的吕俊乔和姬彩月，然后君落羽猛地将捆着吕俊乔和姬彩月的绳子拉到他身旁，并将绳子上端捆住他的右臂，固定起来。

当他再次将手伸进袖袍当中准备拿出下一条绳索将距离最远的莫元明给拉回来时，金翅大鹏王已经翻转到背朝下、腹部及爪子朝上的态势，此刻君落羽瞬间感觉到贴着金翅大鹏王的双腿有些脱离的趋势。

而他左右捆在双臂上的绳子也猛地向下扯着，顺势向下方坠落而去，君落羽不得不放弃手中的动作，疯狂运转起体内的天印灵力固定住双脚，然后双手对着绳子一抓，一发力，将他们给拉了回来。

因为之前爆炸发生时，莫元明位于众人当中，距离爆炸中心最接近，因此受到的冲击力最大，被掀飞的距离也最远。刚刚君落羽救人时才发觉最远的人是莫元明，而不是原本站在金翅大鹏王背上比较靠后的姬彩月。

此时，小老虎豆丁也在莫元明的衣衫夹层当中晕了过去。

莫元明离金翅大鹏王也越来越远，而当君落羽固定完双腿并拉回莫元清与吕俊乔等人时，才发现他的风属性绳索已经到了它所能承受的极限范围的边缘了，现在他只能赌运气了。随即，君落羽怒吼一声，左手闪电般伸入右边袖袍当中，拿出另一条散发着青光的绳索，向着莫元明爆射而去！

第五十六章
灵力妖力

就在此时，君落羽与莫元明的距离越来越远。此时，君落羽的眼睛都红了，他心中绝对不允许自己带回来的学生出事，这不仅是他任务的失败，君落羽自己认为更是他没有尽到应尽的责任，这是他无法接受的。

君落羽继续加大灵力的输出，体内的天印灵力疯狂地运转着，那射向莫元明的青光绳索的速度也越来越快。

此时，金翅大鹏王已经在空中翻飞了几圈，终于停了下来，但右翼为刚刚的爆炸力所伤，无法维持高空的飞行，只能展开左翼开始向下方滑翔。

在金翅大鹏王开始向下方滑行时，君落羽的青光绳索终于到了所能承受的极限，绳头刚触碰到莫元明的小尾指，便又因金翅大鹏王的下坠被迅速拉远。

见到这一幕的君落羽犹如一只受伤的狼，发出一声不甘的怒吼。

金翅大鹏王似乎感受到主人的痛苦，但是却丝毫没有办法，现在的它只能竭尽全力地控制下坠的身形，尽可能地滑翔，不然从这一高度坠落，即便是它有着坚硬身躯也要被摔得粉身碎骨，更不要说背上的其他人了。

金翅大鹏王已经没办法顾及距离他们越来越远的莫元明，当然，即便它想顾及也办不到，因为它的右翼受伤，现在已经无法飞行，根本难以控制下坠的身体。

但是，作为鸟类妖兽，出生以来便有着丰富的高空滑翔的经验，金翅大鹏王身为妖兽中金翅大鹏鸟的王者，所拥有的灵智并不低于人类。

这时，金翅大鹏王尽量地控制自己的身体，向着下方群山当中的森林坠落而去，希望通过高大树木来减缓现在的下坠之势。

而君落羽只能眼睁睁地看着莫元明越来越远地离他们而去，此时，君落羽看到远处的天边似乎有两个黑点向着那方形青铜鼎的方向追去，同时二人似乎还在不停地交锋着，蓝光与红光不停地在之前金翅大鹏王所在的位置闪烁着，一股股浓郁的水与火的属性气息从二人交锋的位置，不停地向外传开。

此时，君落羽眼中带着仇恨的目光望着那两道黑影，心中想道：南宫、上官，这两个名字，我记住了！

然而，君落羽知道再这样下去也不是办法，望了一眼莫元明在空中坠落下去的身影，并且留意了一下他所坠落的方位。

君落羽在心中想道：生要见人，死要见尸，我会去找你的，元明小师弟！

莫元明等人在之前的聊天中，也了解到君落羽并不是天印者学院的教师，而是和他们一样，是天印者学院的学员。大印者学院的招生工作历届都是由学员去完成，学院会以任务的形式发布，在完成任务后，便可回去领取奖励。招收的优秀天印者越多，获得的奖励也就越多。

当然，这些任务虽然简单，但是也要达到相应的要求，才能去接这些任务，而招收学员这么重大的事情，学院在发布任务时也有一定要求，就是灵力要高于四十级，至少达到了天印灵者层次，才能去接这一任务。

而其他学院的教师也不会强到哪里去，差不多也就这个等级，而天印者学院的学员就已经达到这个等级了，并且这还不是最强的学员。

君落羽望了莫元明最后一眼之后，毫不犹豫地转身，然后望着金翅大鹏王下坠的身形，越来越接近下方的森林了，君落羽立即施展天印技，体内的天印灵力再次运转，风属性天印纹络立即显现。

君落羽大手一挥，双手在空中画了个圆，一股青色能量在他双手之间汇聚，然后双手猛地张开，大喝一声："青光罩！"

君落羽双手之间那道直径十多厘米的球形能量体猛地向前射去，在金翅大鹏王的嘴前爆开，化成一道青色光幕，将金翅大鹏王以及君落羽等人尽数包裹。

金翅大鹏王身体周围多了一层能力罩的保护，待会儿坠入森林时，就能减少许多的伤害，同时，也增加了金翅大鹏王的防御能力。

君落羽刚一施展完这招天印技，便双手向下，又对着金翅大鹏王的背部一拍，口中喊道："飘浮术！"一道青色光晕以君落羽的双掌为中心，从金翅大鹏王的背部向金翅大鹏王全身蔓延开去。

飘浮术一施展，金翅大鹏王的身体就变得更加轻盈，金翅大鹏王可以更好地利用空气中的气流使自己滑行更远的距离。

之前，在清泉城时，君落羽让莫元明、莫元清、吕俊乔、姬彩月以及老虎"烈焰"跳到金翅大鹏王的背上时，也是使用这招帮助他们的，而且，当时，君落羽完全不必触碰他们，便可使出来了。而现在，君落羽全力施展飘浮术，帮助金翅大鹏王加强能量，君落羽体内的天印灵力迅速地消耗着，此时，细密的汗珠已经布满了君落羽的额头。

终于，金翅大鹏王触碰到了山脉中郁郁葱葱的大树，一棵棵高大的树木被金翅大鹏王削去顶部，枝叶被震落了一地，同时，也惊起一群又一群的飞鸟。

而分布在金翅大鹏王全身的青光罩，在这强烈的碰撞中，犹如水面的波纹一般剧烈地动荡着。

很快，金翅大鹏王撞断了许多参天大树之后，青光罩便有了破碎的趋势，君落羽立即放弃了施展飘浮术，站了起来，再一次施展青光罩，对原本的青光罩进行

第五十六章 灵力妖力

加强！

但是，在金翅大鹏王撞断了不可计数的参天大树之后，开始与地面产生亲密接触之时，青光罩却因承受不住撞击，瞬间犹如玻璃一般碎去！

金翅大鹏王在山脉当中的地面上滑动着，大地因为金翅大鹏王的碰撞接触而不停地震动着，惹得山林当中的野兽们惊恐地四处逃窜。

在君落羽无法维持金翅大鹏王的青光罩之后，君落羽瞬间抱住左右手臂上的人，拉到他的身躯下方，然后，压榨尽体内仅剩的天印灵力，施展了一个小型青光罩，罩住了自己和其他早已昏过去的三人一虎。

金翅大鹏王在地面上滑行时，无数或大或小的树枝砸到君落羽所施展的小型青光罩上面，使小型青光罩一阵震荡。

最后，君落羽周身的小型青光罩再一次如同玻璃般破碎掉，接下来森林中的各种杂物便砸到君落羽的身上，只有小部分杂物透过间隙砸到被他护在身躯下面的三人一虎身上。

金翅大鹏王那庞大的身躯在森林当中滑行了很长一段距离之后，终于停了下来。

经过这剧烈的坠落之后，君落羽终于精疲力竭地昏了过去。

在太阳越过正午的高空向西边开始滑落之时，君落羽昏昏沉沉地醒了过来。此时，君落羽已经昏过去了两个小时，而在他身下的三人一虎，还没从昏迷中醒来。

同时，君落羽也感受到后背疼痛无比，挣扎着爬了起来，拖着原本被压在身下的三人一虎，踉踉跄跄地从金翅大鹏王的背上连拖带爬地来到森林的草地之上，之后将手中的三人一虎放下。

感受到饥饿的肚子，君落羽便从空间戒指当中拿出水和食物，喂了金翅大鹏王一些食物和水，金翅大鹏王的伤势很重，恐怕不是一时半会儿就能恢复的。

现在，金翅大鹏王因为伤势的缘故，只能瘫在原本的位置上，静静等待伤势的康复。

不管是人类还是妖兽，只要是懂得运用灵力的生物，在运转灵力之时，便会收到一定康复伤势的效果，只是根据灵力属性以及等级的差异，所收到的效果并不相同罢了。

其中，木属性的康复效果最佳，而灵力等级则是等级越高康复能力越强。

而人类因吸收天地灵气所获得的体内能量，称为灵力，而妖兽吸收天地灵气所修炼出来的体内能量，称为妖力！

金翅大鹏王安静地躺在那里缓缓恢复，虽然金翅大鹏王受到的伤势很重，但是妖兽的生命力与康复力一般都比人类要强得多！

金翅大鹏王吃过君落羽喂给它的水和食物之后，便静静运转起体内的妖力。

君落羽食用了一些食物和水，解决了饥饿问题之后，便收回那散发着青光的绳索，运起体内仅剩的一点灵力，感受了一下莫元清、吕俊乔、姬彩月以及老虎"烈焰"的伤势之后，松了一口气，幸好这三人一虎都没受到太重的伤。

可能是吕俊乔拉了她一下的关系，其中，姬彩月的伤势最轻，除了一些破皮之外，几乎没受什么内伤。君落羽从空间戒指中拿出一些简单的医药物品，帮姬彩月简单地处理和包扎了下伤口。

莫元清和老虎"烈焰"的情况差不多，除了一些轻微的外伤之外，还有一丝内伤，应该是那强大的爆炸力所造成的。君落羽帮这一人一虎同样简单地处理了一下外伤之后，用仅剩的灵力帮他们疏导了一下体内的伤势，之后便扶着他们躺下了。

而吕俊乔则是处理内伤花费时间最久、消耗灵力最多的一个，但是他也慢慢地解决了吕俊乔的问题。

剩下的，只要这几人醒来，自行运转灵力，就可以恢复了。

帮这三人一虎处理完伤势之后，君落羽才想起不知现在身在何处和生死不明的莫元明，只能叹了一口气，但是也无能为力。现在，这里都是伤者，连金翅大鹏王都只能静静地休息，他根本无法走开。

不过也得益于金翅大鹏王所散发出的强大妖兽气息，众人并没有受到森林中的野兽与其他妖兽的袭击，以他们现在的情况，一旦受到袭击，将会十分危险。

分析完情势的君落羽，立即盘膝坐下，运转起体内的天印灵力，开始康复自己的伤势。只有他尽快地康复过来，这一群人才有自保的能力。

傍晚时分，莫元清悠悠苏醒，身体动了动，觉得有些疼痛，发现身上被包扎的伤口后又转头向四周望去，看到躺在草地上的老虎"烈焰"、吕俊乔、姬彩月和盘膝坐在一旁的君落羽，最后还有躺在一个深坑里的金翅大鹏王。金翅大鹏王身后有一条巨大的鸿沟一直向着远处蔓延。

莫元清看了一圈，却没有发现莫元明，心中一阵疑惑，然后他才渐渐回忆起昏迷之前所发生的事情：一只巨大的火焰巨手与一柄巨大的蓝色光剑交锋产生巨大的冲击力，将他震晕了过去。

搞清楚情况的莫元清赶紧向四周望了一下，搜索着莫元明的身影，并没有发现他，于是心中顿时一阵担忧。

此时，一道声音打破了莫元清的思考。

"你醒啦？"

莫元清顺着声音的方向望去，说话的正是盘膝坐在那里的君落羽。莫元清抬头见到君落羽，立即紧张地问道："我表弟莫元明呢？"

君落羽听到莫元清的问话，沉默地低着头，脸色有点不太好看。

莫元清看到君落羽这种表情，心中更加紧张了，再次大声地问道："我表弟呢？师兄，我表弟莫元明呢？你快告诉我。"

君落羽低着头，沉着脸，脸上充满了痛苦与愧疚，过了好一会儿，方才缓缓说道："对不起！"

"对不起"三个字，犹如晴天霹雳在莫元清耳边响起。

第五十六章　灵力妖力

第五十七章
银眸青年

莫元清听到君落羽的话，瞳孔立即因为惊骇而收缩起来，难以置信地望着君落羽。

"到底、到底发生了什么？"莫元清依旧用难以置信的目光望着君落羽，颤抖地问道。

听到莫元清的问话，君落羽叹了口气，方才缓缓将之前发生的事情一一道来。

莫元清在一旁认真地听着君落羽的话，表情随着君落羽的讲述而不断变化着。

在君落羽讲述的过程中，老虎"烈焰"也渐渐醒来，似乎感受到莫元清波动的心情，安静地待在莫元清身旁，并运转起妖力恢复体内的伤势。

莫元清听完君落羽的话，立即阴沉着脸，缓缓站了起来，对着君落羽问道："我表弟坠落在哪个方向？"

君落羽指了指之前莫元明坠落的方向，说道："那边，但是范围太大，不容易找！"

莫元清转头望着旁边醒来的老虎"烈焰"，说道："烈焰，我们走！"然后，莫元清抬起头，那因为紧张与愤怒而充血的眼睛盯着君落羽所指的方向，疯狂地向前冲去，口中大喊道："表弟，你等着，我来啦，你千万不要出事啊！"老虎"烈焰"虽然伤势还没有康复，听到莫元清的话后，立即跟上莫元清的脚步，也飞快地向着那个方向冲去。

但是，已经恢复了大半功力的君落羽却突然出现在这一人一虎面前，莫元清和老虎"烈焰"依旧向前冲去，同时，莫元清口中还大喊道："别挡我！"

君落羽同样阴沉着脸，对着莫元清大手一挥，莫元清与老虎烈焰突然感受到一阵威力强大的狂风将他们掀起，并向后飞了一段距离，之后落到他们刚刚出发的位置。

莫元清摔在地上，引得身上的伤口一阵疼痛，闷哼了一声，又便爬起来，眼睛赤红地望着君落羽，大喊道："为什么挡我？"

而老虎"烈焰"则站在莫元清旁边，同样凶狠地盯着君落羽。

君落羽抬起那阴沉的脸，狠狠地盯着莫元清，对着莫元清愤怒的脸，怒吼道："元明师弟出事，你以为我不紧张吗？但是，现在的你能够做些什么，跑出去被森林中的妖兽吃掉吗?！"

莫元清听完君落羽的话后，大声地呐喊着，回答道："至少，要好过在这里什么也做不了。"

君落羽再次用愤怒的语气，怒吼道："什么也做不了吗，你是猪脑袋吗？什么都不想想，既然这么担心你的表弟，那就赶紧先恢复身体和实力，然后再去找啊，在这磨蹭什么？"

莫元清听到君落羽的话，狠狠地咬着牙，然后，挥拳砸了地面一下，发泄了心中的不甘之后，就地盘膝坐下，恢复起体内的伤势和天印灵力，而老虎"烈焰"也乖乖地待在莫元清的一旁，同样恢复起体内的伤势。

在二人大声怒喝的时候，吕俊乔和姬彩月被吵醒了，望着怒喝的二人、旁边倒在坑里的金翅大鹏王以及周围一片狼藉的场景，完全不清楚什么状况。

在莫元清盘膝坐下恢复伤势、不再和君落羽争吵之后，君落羽走向刚刚醒来的吕俊乔和姬彩月面前，深吸了口气，平复了一下心情，方才对着二人用比较平和的语气说道："想必你们已经想起昏迷前发生的事情了吧！"

吕俊乔和姬彩月二人低头沉思了一下，便望着君落羽点了点头，然后君落羽便向二人解释道："事情是这样的……"

在君落羽的解释下，吕俊乔与姬彩月逐渐明白了眼前的情况和之前发生的事情。听完君落羽的话，吕俊乔一言不发地盘膝坐下，恢复起体内的伤势，而姬彩月的眼中则充满了焦急，口中说道："但愿那家伙能够没事！"

君落羽跟二人说完之后便回到刚刚的位置上，盘膝坐下，继续恢复起体内的伤势。

姬彩月也完全想起了昏迷前发生的事情，想起昏迷前吕俊乔义无反顾地将她拉到身后，自己挡住了那爆炸的冲击力。

姬彩月在吕俊乔旁边的位置同样盘膝坐下，然后转头望了吕俊乔一眼，声音柔和地说道："谢谢！"之后便闭上双眼，同样恢复起体内相对其他人来说较轻的伤势，并恢复起体内的天印灵力。

闭着眼睛竭力恢复着伤势的吕俊乔，听到姬彩月的话后，紧闭的眼皮微微抖动了一下，便没有其他反应了。

若在平时，吕俊乔少不了一番调侃，但是，现在这种危急情况，吕俊乔实在没有心情。

苏醒过来的众人，都在全力恢复着体内的伤势与实力，最先恢复的是伤势最轻的姬彩月，虽然她的战斗力不强。

君落羽在姬彩月恢复之后，便跟她叮嘱了一番，要她保护好他们，并说自己一会儿就回来。姬彩月点点头，有模有样地警惕地向周围张望着。

君落羽便迅速离开了，不一会儿，手中便拎着一只成年驯鹿、两只山猪，还有

一只狐狸回到了这里。然后他开始熟练地处理这些猎物，剖肚剥皮，并很快地架起支架，点起篝火，烧烤起来。

姬彩月见到如此残忍血腥的场面，立马转过身去，更别说帮忙了。而且她也帮不上什么忙，她在家中也算是大小姐，从没干过这事。

很快，饿了许久的吕俊乔、莫元清以及老虎"烈焰"皆被香味吸引，从修炼中醒来。等君落羽处理完毕之后，他们便开始进食。众人在进食过程中，他们一句话都没说，沉重的气氛一直笼罩着这群人。

而君落羽在烤完猎物之后，最先干的事情便是将两头野猪放到金翅大鹏王面前，给它吃。君落羽完全清楚，金翅大鹏王必须恢复，这样他们才能更方便地行动，不然靠着众人的双腿，他们不可能在茫茫大山当中找到莫元明，更别说前往天印者学院了。

而且，君落羽清楚地知道，今天他醒来之后给金翅大鹏王的那一点食物根本不够，就连莫元清、吕俊乔等人，单单看金翅大鹏王那庞大的身躯就知道金翅大鹏王食量不小。

所以，君落羽在吕俊乔、莫元清、姬彩月三人中有一个人恢复了伤势的时候，立即去找食物，好让金翅大鹏王早点恢复。

众人在用过晚餐之后，便继续盘膝坐下，竭力恢复着伤势！

莫元明在被火焰巨手与蓝色巨剑的碰撞和交锋所产生的爆炸力震晕过去之后，便开始了自由落体运动。

君落羽最后望了正在坠落的莫元明一眼，痛心疾首地转过头去，施展起风属性天印技青光罩，竭力应对金翅大鹏王和他们一群人所面对的紧急情况。

莫元明继续向着下方的翠绿茂密森林坠落下去，高空中的狂风依旧在不停地吹拂着他下坠的身躯。

在莫元清坠落的过程中，待在墨环当中的墨菲特通过心灵的联系，不断地呼喊着莫元明，但是，莫元明丝毫没有醒过来的迹象。此时，墨菲特似乎感到一阵绝望，因为以莫元明现在这种状况，如果直接坠落到下方的丛林中，必然会被摔得粉身碎骨，或者被砸成一堆肉泥。

莫元明继续下坠了好一段时间，墨菲特感应着莫元明的身体越来越接近下方郁郁葱葱的丛林，却无能为力。此时，墨菲特觉得下方那充满生机和翠绿的丛林，犹如一只巨大的恶魔一般，随时准备残忍地吞噬掉莫元明这孩子的生命。

突然间，莫元明的西北方向有一道人影御空飞来，其飞来的方向正是清泉城所在的方位。

此时，那道人影似乎发现了正在坠落的莫元明，身形瞬间加速，口中还喃喃自语地说道："终于找到你了！"

那道人影加速之后的御空速度似乎比金翅大鹏王的飞行速度还要快上许多。墨菲特感应到此人正在飞速接近时，心中刚刚燃起一丝希望时，没过多久，这人便出现在了莫元明身旁，并接住了莫元明。

此时，墨菲特心中才松了一口气，想道：这次运气真好！

此刻，墨菲特方才清楚地看清楚那人的模样：一身白衣长袍在空中随风飘动着，长着披肩的银色长发的青年，最奇异的是，那银色的双眸似乎让人感到一阵可怕的魔力。

在这位银发银眸青年接住了莫元明之后，那双银色的眸子盯着莫元明胸前的墨环。而身处墨环之内的墨菲特似乎感觉到银发银眸的青年在看自己似的。这时，他嘴上露出一个笑容，说道："没想到，还有一个灵魂在！"

听到银发银眸青年的话，墨菲特心中一惊，知道对方已经知道他的存在了，心中顿时一阵惶恐地想道：这个青年到底何等修为，竟然能够感应到我的存在！

同时，墨菲特在心中也为莫元明担心起来，想道：这是刚脱狼口，又入虎穴啊！

这时，银发银眸青年盯着莫元明胸口处的墨环，淡淡地说道："有些事，是不需要你知道的！"

然后，举起另一只手，对着莫元明胸口处的墨环一挥，墨菲特便再也感应不到外面的情况了。此时，墨菲特只希望那人不要伤害莫元明，同时，又回忆起银发银眸青年最后的那句话，思考着：到底什么事，不需要我知道？

同时，墨菲特再一次感叹那名银发银眸青年的修为，竟然一下子就屏蔽掉他对外界的感知，虽然墨菲特成了灵魂，已经比以往弱了许多，但是灵魂的感知力还是不弱的，至少墨菲特自己认为，即使是天印帝者，都不能够这么轻易地屏蔽掉他的感知。当然，他自己想到这些时，也没有多少把握，毕竟他现在只是一个只能寄宿在墨环里面的灵魂体而已，除此之外，什么都办不到。

而在银发银眸青年接住莫元明的时候，之前交锋的二人早已离去许久，在君落羽最后望莫元明一眼时，那两道交锋的人影便已飞快地掠过。

因此，银发银眸青年虽然在此感应到残留的属性气息，但是并没有去追寻，而且，他对此也不感兴趣，他的目标似乎只在莫元明一人而已。

银发银眸青年屏蔽了墨环之内墨菲特的感知之后，望着被他一只手托住依旧在昏迷当中的莫元明，银色眸子当中闪过一丝欣喜，说道："老朋友，我们终于又见面了！"

说完这句话，银发银眸青年望了下方郁郁葱葱的森林一眼，再次望着昏迷的莫元明，笑了笑，说道："老伙计，我们下去吧，哈哈！"

说完，银发银眸青年的眉间处浮现出一个散发着银白色辉光的如钩弦月，随即，银发银眸青年与莫元明瞬间消失在原地。

银发银眸青年与莫元明所在的高空中，天地灵气突然一阵动荡，二人便消失得无影无踪，完全找寻不到丝毫痕迹。

不一会儿，原本银发银眸青年与莫元明所在的高空位置的下方森林附近，一个环境优美、嫩草遍地、涓涓溪流安静流淌的小溪边上的空气当中，天地灵气一阵动荡，两道身影凭空出现。

而这正是刚刚接住莫元明的银发银眸青年和正被他一手托着的仍在昏迷当中的莫元明。

银发银眸青年出现后，便缓缓落到地面上，然后将莫元明轻轻地放到了嫩绿的草地上。

第五十八章
未知纹络

　　银发银眸青年将莫元明放下之后，便不再管他，自己走到了小溪边上，看到那清澈的小溪当中有鱼儿在游动，然后，右手做了一个握的动作，手中便凭空出现一根鱼竿。

　　虽说是鱼竿，但是怎么看都觉得太简陋了，而且极有可能是自己制作的，因为就是一根细长的主干，细小的竹尖上绑着一根白色细线。

　　然后，青年便在小溪边的嫩绿草地上，随意地盘坐下来，将竹竿放在两只小腿交叉的位置，两只手握着竹竿，缓缓闭上双眼。

　　这银发银眸青年竟然就这样钓起鱼来，似乎对莫元明的伤势以及其状况丝毫不担心似的。

　　渐渐地，似乎再也感应不到这位银发银眸青年的气息，似乎在这布满绿草的小溪边上并没有人存在似的。正在钓鱼的银发银眸青年似乎完全融入到了大自然当中，犹如一幅画卷，他只是画卷中的一个景色罢了。

　　可能现在即便有人走过，都不会留意到他。此时，银发银眸青年的嘴唇似乎在动着，却没有发出声音，如果懂得唇语的人便可以知道，他正在说的是："静逸，自然，有形似无形，生于自然，归于自然，生无常形，水无常势，以自然之心，面万千之物，纵红尘纷乱，依波澜不惊！"

　　当银发银眸青年说完这段话，嘴唇不再动时，这位青年似乎完全消失了。嫩草之上，只有蹦蹦跳跳的小动物们，似乎看不到这么一个人的存在，随意地从他身边走过。

　　傍晚时分，莫元明从昏迷中醒来。莫元明醒来之后，便感到身体一阵疼痛。莫元明侧了侧身子，有些艰难地爬起，伸手揉了揉还有些疼痛的脑袋，渐渐回忆起昏迷之前火焰巨手与蓝色光剑交锋的场景，心道：对了，有两个高手争夺宝物，我被震晕过去了！

　　此时，莫元明耳边传来一道声音："你醒啦？"

莫元明顺着声音传来的方向望去，看到一个银发银眸青年坐在小溪边钓着鱼，此时，他正转过头来望着自己。

莫元明看到银发银眸青年，心中一阵疑惑，望着青年询问道："请问，你是？"

银发银眸青年听到莫元明的话后，低头认真地思考了一下，然后转过头来望着莫元明，微笑着说道："我叫月龙痕，你可以叫我月大叔，哈哈！"说到月大叔，银发银眸青年自己都哈哈大笑起来！

莫元明望了望周围的场景，他现在是躺在这小溪边的草地上，身后是茂密的森林，身前是一条清澈的小溪，小溪那边依旧是茂密的森林。

莫元明摇晃了一下仍然有些眩晕的脑袋，渐渐清醒起来。他似乎隐约记得，因为那火焰巨手与蓝色光剑交锋所产生的爆炸力，他被抛离了金翅大鹏王的背部，后面他就完全没有印象了。

莫元明搞清楚情况之后，顿时明白了是怎么一回事，抬头望着月龙痕，说道："请问是前辈救了我吗？"虽然莫元明并不清楚此人的修为如何，但是能够在高空中救下他的人，修为一定不低，因此便如此称呼。

月龙痕听到莫元明的话，笑着点了点头，说道："算是吧！"说完，立即就接了一句，"都说叫我月大叔咯！"

莫元明听到银发银眸青年的话，无奈地笑了笑，说道："是的，前辈！"同时，心中也奇怪，为什么银发银眸青年说"算是吧"，不过心中也没在意。

"还叫前辈？"月龙痕笑着道。

"是，月大叔！"莫元明无奈地回答道。

听到莫元明的话，月龙痕脸上露出一个满意的笑容，银色眸子当中闪过一丝狡黠，心中道：总算是整治这个老家伙一回了，嗯，在他想起一切前，就这样吧。想到这里，月龙痕心中一阵得意。

莫元明突然想到金翅大鹏王，还有表哥莫元清等人，也不知道他们怎么样了，同时，也想到小老虎"豆丁"，便当即拉开衣服，看到小老虎"豆丁"依旧昏迷着，将它掏了出来放在手中，输出一丝天印灵力，松了一口气。幸好小老虎"豆丁"并没有受伤，只是晕过去了。

莫元明输出灵力时感受到了体内的一些伤势，不过，也不算太严重。

做完这些后，莫元明望向月龙痕，认真地问道："不知道前辈，不是，月大叔，你有没有见到过一只金翅大鹏鸟和一只老虎，还有三男一女？"

月龙痕听到莫元明的话，想了一下，然后，认真地回答道："没有见到耶！"

"前辈，呃，不，月大叔，在救我的时候，都没有在周围发现吗？"莫元明再次抱着一丝希望地问道。

"呃，还是，没有耶！"月龙痕再一次认真地想了一遍，认真地回答道。

"哦，这样啊"，莫元明有些失望地说道。

"不过，我可以帮你找下！"月龙痕望着莫元明说道，莫元明听到后一阵惊喜："真的？"

月龙痕点点头，说道："不过，你最好恢复一下你体内的伤势，不然，在这森林当中，我一旦走开，你自己可能有危险！"

莫元明听到月龙痕的话，深以为然地点点头，说道："确实如此！"说完，莫元明正准备盘膝坐下，却感到一阵饥饿，便从空间戒指里面取出一些干粮，心道：幸好空间戒指还有些存货。

莫元明拿出干粮后，望着月龙痕说道："月大叔，你要吗？"

月龙痕摇了摇头，说道："不用，我有！"说完，月龙痕便放下手中的鱼竿，手中凭空出现一壶酒和一只大鸡腿，还是烤熟的。浓郁的烤鸡腿的味道，渐渐传开，月龙痕拔开酒壶盖，一阵浓郁的酒香瞬间传开，莫元明闻着咽了咽口水，心中还说道：是麦酒的味道。

月龙痕看到莫元明那嘴馋的样子，便将手中的酒和鸡腿伸过去，说道："要吗？"

莫元明望着伸过来的麦酒和鸡腿，再次咽了咽口水，然后，抬头望着月龙痕，摇了摇头，举了举手中的干粮，表示自己有食物了。

月龙痕见他一副想吃又拒绝的样子，看得自己都难受，便将麦酒和烤鸡腿塞到莫元明手上。然后，月龙痕手中再一次凭空出现一壶麦酒和一只烤鸡腿，那只鸡腿比给莫元明的还大，莫元明看得一愣一愣的。

莫元明望着手中的麦酒和鸡腿，再也忍不住，准备一口咬下去时，在莫元明怀中的小老虎"豆丁"醒了。豆丁一醒来，一跃而起，咬住了莫元明手中的鸡腿，小老虎"豆丁"的身体则挂在空中。

莫元明无奈地将手中的鸡腿让给小老虎"豆丁"吃，因为莫元明知道小老虎"豆丁"和自己一样，除了早上在清泉城吃了早饭，今天便没有再吃其他东西了，一定饿极了。

此时，再次传来月龙痕的声音："接着！"又一只大大的烤鸡腿，向着莫元明飞来，莫元明赶紧接住，不再顾忌什么，不顾形象地大吃起来，心想：管它有没有毒呢，吃了再说，而且，人家救了我，不至于再毒死我吧！

当即，莫元明风卷残云地扫荡着手中的鸡腿和麦酒。

此时，只见小溪边这一片优美的环境中，两人一虎，不顾形象地狂啃着烤鸡腿，原本如诗如画的意境瞬间就被彻底破坏！

在二人一虎吃饱之后，月龙痕继续钓鱼，小老虎豆丁则在莫元明旁边的草地上悠闲地休息着，而莫元明吃饱喝足之后便立即盘膝坐下，恢复起体内的伤势和天印灵力。

在莫元明盘膝坐下、闭上双眼进入修炼状态恢复伤势的那一刻，月龙痕悄悄地睁开了双眼，转头望了莫元明一眼，然后又将目光转移到了小老虎豆丁身上。

月龙痕的银色眸子当中闪过一道轻微的银光，眉间的银白色弦月悄然浮现。然后，小老虎"豆丁"周围的空间似乎发生了一些扭曲，但是它丝毫没有察觉到，还不知不觉地睡着了。

此时，月龙痕方才将目光转回到莫元明身上，这时候，黑夜已经笼罩大地，月龙痕额头上散发着银白辉光的弦月，特别显眼。

月龙痕望着莫元明，心道：进入修炼状态了吗，正好！

而月龙痕的口中则喃喃道："老朋友,找了你那么久,有一些东西是该还给你了!"

说完,月龙痕放下了手中的鱼竿,双手呈掌状,在空中画了一个圆圈,然后双掌在胸前停住,上方的手掌掌心向下,下方的手掌掌心向上,两掌之间中心位置,有一道银光汇聚。

四周的黑夜当中,一颗颗银色光点不断地向月龙痕胸前双掌之间中心位置的小光球汇聚而去。

随着越来越多的银色光点汇聚在月龙痕胸前,双掌之间中心位置的小光球也越来越凝实,一直到月龙痕双掌之间的小光球银白如玉时,月龙痕闷哼一声,双掌之间的小光球开始发生变化,原本散发着银光的球不停地扭曲变化着,最终变成了银色的如钩弦月的形状。

而随着月龙痕认真地运起体内的天印灵力,月龙痕眉间之上的如钩的弦月周围也多了一些图案,那如钩弦月的周围出现了一个散发着银色辉光的六芒星将如钩弦月包围。是的,是六芒星,如莫元明丹田之内的纹络一样。而这个六芒星六角的角尖与一个银色光芒的圆环相接,如钩弦月、六芒星、圆环,皆散发着银色辉光,组成一个世人没有见过的天印纹络!

此时,月龙痕左手一挥,那散发着银光的如钩弦月状的东西瞬间向莫元明飞射而去,爆射到莫元明额头眉间之上的位置,那散发着银色辉光如钩弦月状的东西在碰到莫元明的额头之后,便如同水滴落入水面一般,融入了他的肌肤,而莫元明丝毫没有察觉。

莫元明在散发着银光的如钩弦月状的东西融入额头之后,莫元明便在不知不觉中进入到了深层修炼当中。

莫元明进入深层修炼之后,意识再次进入那一片黑暗当中,他似乎看到黑暗当中有一道散发着银色辉光的弦月状的物体进入了他的体内,然后黑暗当中无数散发着银色辉光的光点向其汇聚而来。

同时,体内似乎因为这散发着银色辉光的弦月状的物体的进入,莫元明感受到体内有另外一股力量被其点燃。准确地说,应该是被进入体内的弦月状的物体触发了,一道橙色而亮丽的光芒骤然在莫元明体内亮起。

然后,莫元明似乎看到一个橙色的圆形光饼在体内的橙色光芒内凭空出现,并且,那橙色光饼带着那些包裹着它的橙光向额头冲去,而那黑暗中的众多银色光点,不断融入莫元明体内的弦月状物体。

一道被银色辉光包裹的弦月和一道被橙光包裹的橙色光饼同时在莫元明体内,向着额头眉间之上的位置汇聚而去。银色弦月与橙色烈阳在莫元明的体内光芒四射。

就在此时,月龙痕看到莫元明的额头眉间之上有一道银光亮起,似乎有一支毛笔在莫元明的额头之上绘出一道与月龙痕一样散发着银色辉光的如钩弦月!

第五十八章 未知纹络

第五十九章
弦月烈阳

　　莫元明额头上的银光弦月图案绘制完毕之后，便悄然隐没。然后，一道橙光亮起，一股橙色墨水似的光芒在莫元明额头的眉间之上流淌，绘制成一幅由圆环、六芒星以及奇异的圆形组成的图案。
　　一道橙色圆环内环与橙色六芒星六角相接，六芒星的内六边形之内是一个橙色的圆环，圆环的周围有一圈火焰似的花纹，皆散发着橙色光芒！
　　又一个未曾见过的天印纹络出现了！
　　当这个图案完全成型时，又和之前在莫元明额头同样位置所呈现的银色弦月一样，也悄然隐没了。
　　月龙痕见到莫元明眉间额头上的银色弦月图案与橙色烈阳有几分相似的图案相继出现，并相继隐没，嘴角终于露出一个笑容。做完这一切的月龙痕不再运转灵力，额头眉间之上，由银色圆环、六芒星、弦月组成的图案渐渐消失。
　　月龙痕嘴角微微翘起，笑着说道："成功了，月属性的弦月天印纹络和日属性的烈阳天印纹络都已经共同出现在你体内了，老伙计，引子已经开始了，不知道结果会是怎样呢？"
　　此时，月龙痕转过头，他那银色的眸子望向深邃的夜空，口中喃喃道："日月星，还差星，真让人期待啊！"
　　然后，月龙痕再次转头望着已经完完全全进入了深层修炼的莫元明，淡淡地说道："我的弦月天印纹络已经贯入到你体内，跟你体内的烈阳天印纹络产生共鸣，并将其引出，然后，共同融为一体，没想到竟然成功了呢！若过去的你知道，一定会高兴得蹦起来！"说到这里，月龙痕脸上露出怀念的神色。
　　月龙痕缅怀了一会儿之后，再次望着莫元明说道："老伙计，该做的我都已经做了，剩下的就要看你的了，而且，这一段记忆在适当的时候回想起来，对你才是最好的！"
　　月龙痕说完这句，右手屈指一弹，一道银光射入莫元明的额头。

做完这些，月龙痕便收起脸上的笑容，再次面对小溪而坐，双手放在两只小腿的交叉处，握起手中的鱼竿，将鱼竿立起，口中轻松地说道："姜太公钓鱼，愿者上钩！"

说完这句，月龙痕自己傻傻地笑了："我这个不算吧！"然后，月龙痕挺了挺腰身，说道："完成任务真轻松，无事一身轻啊！"

感慨完，月龙痕便缓缓闭上双眼，银色的眸子隐没于眼皮之下，气息再一次回归于沉静，融入了大自然当中。

在月龙痕完全闭上双眼之前，月龙痕的眸子当中闪过一丝银色辉光，同时，月龙痕口中低声地说道："解！"

小老虎"豆丁"周围扭曲的银色辉光便渐渐消散在空气当中，而小老虎"豆丁"对这一切一无所知，仍然在熟睡当中，以往敏锐的妖兽灵觉在这时似乎没有起到什么作用。

与此同时，在月龙痕说出那一声"解"时，莫元明胸口处墨环之内的墨菲特终于能够感应到外面的情况，在感应到莫元明安然无恙时，心中松了一口气。

同时，墨菲特感应到莫元明又一次进入了深层修炼，一阵惊讶。当他再一次感应到月龙痕那若有若无的气息时，心中惊疑不定，不过却也再次松了一口气，心道：看来这位强者，并没有想加害元明，这样说来，这也算是元明的一番机缘！

在墨菲特看来，莫元明能够再一次进入深层修炼，完全是月龙痕的功劳，虽然这个猜测与事实相差无几，不过其中最关键的地方，是墨菲特想破脑袋也想不到的。

墨菲特在感应到月龙痕对莫元明没有危害，并且还有一番帮助之后，便完全放下心来，也不再多管，毕竟，人家可以察觉到他的存在，指不定有什么方法灭了他也是有可能的。

莫元明第二次进入深层修炼，这一次没有上次那么夸张，但待莫元明醒来之后，也过去了两日光景，他的收获也是巨大的。莫元明的灵力似乎已经达到十六级的饱和程度，继续修炼下去，就可以进军十七级了。

莫元明醒来之后，发现这两日之内倒也没发生什么特别的事情，除了对于自己能够再一次进入深层修炼而感到惊讶和幸运之外。只是莫元明完全没有想起关于弦月天印纹络和烈焰天印纹络的事情。

莫元明唯一的发现就是，小老虎"豆丁"在这两日的光景里已经和月龙痕混熟了，当然，这最大的原因是因为月龙痕取之不穷的烤鸡腿和烤肉。莫元明醒来后便发现，小老虎"豆丁"已经接近有奶就是娘的境界了，这让他一阵无语，不过也没办法，这两日，莫元明自己进入深层修炼了，没有办法从空间戒指里面拿出食物给它吃。

当然，莫元明醒来之后，自然要先填饱这两日未吃东西的肚子。他再一次风卷残云地解决了月龙痕拿出来的麦酒和烤肉，吃完还打了个饱嗝，一脸享受地说道："人生最大的享受莫过于此，一壶麦酒外加一串烤肉！"

莫元明吃饱之后，躺在嫩绿的草地上，望着湛蓝的天空，听着溪水流淌的声音和鸟兽的鸣叫，心中一片宁静。莫元明悄悄地闭上双眼，他十分享受这片刻的宁静，

因为在此之前,他在莫家庄时基本上都在不停地努力修炼和锻炼,即便在掉入了河中岛时,也是如此。

在享受了片刻的宁静之后,莫元明从草地上翻身而起,望着依旧在钓鱼但至今为止未曾钓到过一条鱼的月龙痕说道:"月大叔,你说你可以帮我找我的朋友,是真的吗?"

听到莫元明的话,月龙痕眼睛未睁,头也不回地说道:"当然是真的!"

莫元明听到月龙痕的回答,当即爬起身,来到月龙痕旁边坐下,说道:"那月大叔,你帮我找找他们吧,一只金翅大鹏鸟,一只妖兽老虎,身上冒着火焰的,还有三男一女,有两男一女和我年纪差不多,另一个男的年纪大我一些的样子!"

月龙痕听到莫元明的话,淡淡地回答道:"嗯,我帮你找!"只见月龙痕说完这句话,依旧一动不动地坐在那里。

莫元明再一次小心翼翼地问道:"月大叔,你不是说要帮我找吗?"

月龙痕再次淡淡地说道:"正在找,不要打扰我!"

莫元明听到月龙痕的话,将信将疑地坐在一旁,也没发现月龙痕有什么动静,只能乖乖地等待了,毕竟是人家帮他找,莫元明也不好多说什么,说不定人家有什么高明的方法咧。莫元明见过了好一会儿,月龙痕都没什么动静,便自行修炼起来。

在月龙痕说帮莫元明找时,月龙痕的额头眉间之上便显现出一个如钩弦月印,月龙痕的弦月天印纹络并没有完全显现,如钩的月印散发着微微的光亮,只是被银色的刘海挡住了。而这次弦月络印的光芒并不显眼,所以莫元明完全没有发现。

而月龙痕像上次一般,将感知与大自然相连接,不断向远处扩散而去,一道微不可察的银色辉光以月龙痕为中心向森林四周扩散而去,蔓延整个山脉。

直至日落西山、夜幕降临之时,莫元明才听到月龙痕的声音:"找到了!"

莫元明听到月龙痕的话,立即从修炼中醒来。

月龙痕继续说道:"有一只虎妖,背上冒着火焰,延伸至尾巴,三男一女,女的充满灵秀之气,扎着马尾辫,三个男的,一个年纪大些,模样给人感觉有些慵懒,一个金发的小子,长得比较俊秀,最后一个和你长得有一两分相似,只不过身材比你大些,还有一只金翅大鹏王,而不是金翅大鹏鸟,对吗?"

莫元明听到月龙痕的描述,立即点头说道:"对,对,就是他们!"

然后,莫元明迫切地问道:"他们怎么样了?"

月龙痕回答道:"那三男和一女,还有那只虎妖都很好,没什么问题,他们在我们的东南方五十公里左右的位置!"

月龙痕还没说完,莫元明便急切地问道:"这样啊,那他们有没有受伤啊?"

月龙痕回答道:"没有,就是那只金翅大鹏王似乎右翼受了伤,不过,那个年纪大些、模样有些慵懒的年轻人身上似乎有不错的灵药,正帮金翅大鹏王敷着,看情况,那只金翅大鹏王再过两日就可以完全恢复了!"

莫元明急切地跟月龙痕说道:"那我们过去吧!"

月龙痕睁开银色的眸子,望着莫元明问道:"现在吗?不急吧,明天再过去也没问题啊!"

莫元明依旧急切地道："不了，我还是早点回去，我离开太久，我想他们也很担心我的！"

月龙痕望着莫元明急切的模样，笑了笑，说道："也是，他们那边气氛似乎有些怪异，可能跟找不到你有关！"

莫元明听到月龙痕的话，更加急切地道："那我们现在就过去吧！"

月龙痕听到莫元明的话，便站了起来，点点头说道："早点送你回去也好！"

当即，莫元明抱起在草地上睡懒觉的小老虎"豆丁"，又望向月龙痕，说道："月大叔，我们可以出发了！"

见莫元明准备好了，月龙痕点点头，拍着莫元明的肩膀，说道："那我们出发吧！"

莫元明闻言点点头，正以为月龙痕要飞起来时，莫元明却感觉到周围亮起一道银色犹如水波一般的光芒，将他与月龙痕包裹，然后周围的场景不断变化，不一会儿，这水波般的银色辉光便渐渐消失。

莫元明却发现，他们已经不在刚刚那个位置了，小溪和溪流旁边空旷的草地都不见了，周围都是茂密的丛林，一片漆黑，荆棘横生，只有前面有些明亮的火光，一看就知道是晚上篝火的亮光。

莫元明虽然不知道月龙痕是怎么办到的，但是心中一阵惊喜，因为他又可以见到伙伴们了，便快速向前走去。在莫元明向前走的时候，月龙痕也放开搭着莫元明肩膀上的手。

莫元明快速向前走了几步之后，发现月龙痕并没有跟上，便转过头，望着站在原地的月龙痕问道："月大叔，不和我一起过去吗？"

月龙痕望着莫元明在前方火光下的背影和转过来的那张稚嫩的侧脸，心中一阵感慨：老伙伴，你还会回来吗？或许会，或许不会吧，借用一句你自己的话，随缘吧！

此时，月龙痕听到莫元明的话，笑着摇了摇头回答道："不了，你回去吧，我要离开了！"

莫元明听到月龙痕的话，一阵失望，不过转念之间又想到：人家已经帮了很大的忙了，一定打搅了人家不少时间，可能人家还有什么事呢！

想到这里，莫元明立即说道："月大叔，这两天打扰你拉，谢谢你的救命之恩，元明日后再报，还有，谢谢你的鸡腿和麦酒，哈哈，味道真不错！"

听到莫元明的话，月龙痕笑着点点头，对他做了个"快去"的手势，莫元明便转头向前继续走去。在走出漆黑的丛林、走到前面火光照亮的地方之前，莫元明再一次转过头来，望向月龙痕，却发现月龙痕刚刚所在的位置已经空空如也。

莫元明心道：高手，果然都是来无影去无踪啊！至于莫元明的身体，早就在经过深层修炼之后完全恢复了。

然后，莫元明便转过头，继续向着前方火光传来的地方走去。

第六十章
活着回来

此时，君落羽一行人仍待在原来坠落的地方，因为金翅大鹏王受伤，没办法移动的关系。但是，在这两日之内，众人除了每日留下一人照顾金翅大鹏王之外，已把附近找遍了，依旧没有见到莫元明的身影。

因此，这两日众人依旧处于沉闷的气氛当中。随着时间的推移，君落羽觉得莫元明能够存活的希望越来越渺茫，其实，不只是他，连其他人都开始这么想了，但是，莫元清一直不肯放弃，而众人也还抱着那一丝希望，不停地走过一个又一个的山头。但是，君落羽的严令，大家必须在天黑之前回来，因为在丛林当中依旧是十分危险的！

唯一的好消息就是在君落羽医药的帮助以及自身的努力恢复之下，众人在今天已经完全恢复过来了，只有受伤最重的金翅大鹏王仍需两日时间的恢复与调养。

此时，众人都默默地坐在篝火旁，莫元清双眼无神地望着眼前的篝火，吕俊乔也坐在一旁沉默不语，姬彩月则时不时微微张开口，想说些什么，却又不知道说什么好，最后也只能叹息一声，而老虎"烈焰"十分清楚地感觉到莫元清心情不好，一直陪在他身边。

而君落羽此时正在为金翅大鹏王换药，心中也一阵沉重，什么都没有说、更不想说。他这次执行任务失败，在他看来，完全是他自己的责任，没有保护好这一届的新生。而且，君落羽也清晰地认识到，自己的能力仍然不够强，不然，怎么会连学弟学妹都保护不了。

在学院里，君落羽的成长速度算是非常快的了，不然又怎么能在如此年龄就接这个任务呢，而且，他能接到这个任务也说明学院老师对他的认可，这次事件的发生可以说是一次无妄之灾，只能说，他们运气十分不好。

即便君落羽清晰地认识到了这一点，但是，那愧疚感却犹如巨石般压在他的心底，他只能默默承受并发誓回到学院之后要闭关修行，让自己变得更强，而且要好好照顾自己带去的这几个师弟师妹！

就在这时，一道人影从君落羽一旁的漆黑丛林当中穿出，金翅大鹏王警惕地鸣叫了一声，那似龙似鹰的鸣叫之声传遍周围的丛林，惊起一阵慌乱的鸟群向远处飞去。

金翅大鹏王的鸣叫声立即惊醒众人，君落羽迅速地跳了起来，转过身对着有动静的方向，大声喊道："什么人？"

而莫元清、妖兽"烈焰"、吕俊乔以及姬彩月也迅速地站了起来，在山去寻找莫元明这两天，他们也不是什么都没学到。在君落羽的刻意控制下，他们基本上都与妖兽交过手了，即便大多数时候，他们仍然需要君落羽的帮忙，但是至少他们都有战斗意识了。而且，现在他们手上还没有武器，若有了武器，他们的战斗力会提高一大截。

这也是这几天君落羽心中唯一感到欣慰的事情。看到这几个人的成长，君落羽除了心疼莫元清与吕俊乔在战斗时的疯狂之外，确确实实被他们的天赋惊讶到了。

他们的战斗意识在与妖兽的几次战斗中迅速提高，这是最重要的一点，也是至关重要的一点，因为战斗意识关系到未来的成长，并不是说灵力等级高的人就一定能够取得胜利。在等级相同的情况下，战斗意识几乎起到决定性的作用！

众人起身之后，体内的天印灵力已经运转起来，这就是众人在这几日的厮杀中所学会的最简单的事情，因为如果妖兽向你发起攻击时，你还没运转起天印灵力的话，那不管你有多强，几乎已经可以宣判你的死刑，这一点姬彩月已经有了深刻的体会，而这个体会的代价便是吕俊乔的背上多了三道狰狞的伤疤，她没想到这个儒雅秀气而风流的家伙会为她挡下这次攻击，但这也救了姬彩月一命。

自那之后，姬彩月对吕俊乔的脸色也好了不少，也被吕俊乔的行为所震惊了。但是，吕俊乔在知道莫元明的遭遇后至今都没有说过一句话，而现在的姬彩月已经不是两天前见到君落羽解剖猎物都要转过身去的娇气小姑娘了，她同样有着不小的战斗力，从她现在的眼神当中可以看出，谁要是小瞧她，那么，那个人一定会吃亏，而且是吃大亏！

而在那道人影走出来之前，传来一阵像猫咪又不是猫咪的吼叫声，听到这个声音的老虎"烈焰"立即没有了凶狠的样子，并对着莫元清柔和地吼叫着。

莫元清听到这个熟悉的声音愣了一下。在他还没反应过来之际，那个人影再次向前走了一步，此时，火光终于照清楚了他的脸庞，那稚嫩的脸上带着一个微笑，怀中还抱着一只小老虎。

此人除了莫元明，还能是谁？

众人在见到莫元明的时候，瞬间脑筋就短路了，全都愣在了原地。

莫元明见到众人犹如木头般站在那里，苦笑了一下，望了望还保持着随时要战斗的架势的众人，苦笑着说道："你们就是这么欢迎我的，太不给面子了吧？"

当众人听到莫元明的调侃时，大家才相信眼前发生的是事实，而不是幻觉。

莫元清当即欢呼一声，向着莫元明冲去，扑到他身上，哈哈笑道："表弟，你回来啦，我就知道，我就知道，你福大命大，不会有事的！"

莫元明瞬间"哎哟哟"一声，被莫元清扑倒，而后，老虎"烈焰"也来凑热闹，

第六十章 活着回来

压到莫元明身上。

此时，吕俊乔走了过来，在倒下的莫元明和莫元清旁边站定，调侃地说道："也不知道是谁在之前哭鼻子？"

听到这句话，莫元清瞬间从莫元明身上跳了起来，怒视着吕俊乔说道："你说谁哭鼻子？"

吕俊乔一脸淡定地说道："谁瞎吼，我就在说谁！"说完，拿出他那把折扇扇了扇。

莫元清继续怒视着吕俊乔，仗着嗓门大，说道："你个娘娘腔，超级兰花指……"

吕俊乔听到那没有一句重复的咒骂，忍无可忍，对着莫元清怒目圆睁地说道："你个大猩猩，你说什么？"

莫元清不管三七二十一，快速地反驳道："你才是大猩猩，你全家都是大猩猩！"

吕俊乔顿时脸色涨红："你、你！"

莫元清再次脱口而出："你什么你，没见过帅哥啊？"

听到这句话的姬彩月，顿时捂着肚子笑了起来，笑声如同清脆悦耳的风铃之声一般，听得人一阵舒适。

而见到莫元明回来的君落羽，心中十分高兴，虽然还不知道莫元明为什么毫发无损，但是莫元明能够回来，就是最好的结果了。

那阵愧疚之感虽然随着莫元明的回归减轻了许多，但是，并没有因此而彻底消失。此时，君落羽再一次在心中对自己说：在学院当中，要好好照顾这几个师弟师妹！

在莫元清与吕俊乔吵得不可开交的时候，莫元明总算从地上爬了起来，而小老虎"豆丁"也钻进了他的衣衫夹层当中。

莫元明爬起来之后，便挡在莫元清与吕俊乔这两个吵得不可开交的"死对头"中间。至于他们现在在吵些什么，莫元明已经搞不清楚了，吵到后面，好像两个人在说两个完全不同的话题，这让莫元明感到一阵无奈，却也从中感到一阵温馨，这也是他所熟悉的莫元清与吕俊乔吧。

而姬彩月，随着他们的争吵，却笑得越来越大声了，笑得眼泪都流出来了，或许是因为莫元清与吕俊乔二人吵架的内容而觉得好笑，又或许是为莫元明的回归而高兴，又或许是因为沉闷了两日的气氛终于得到改变而高兴，到底是为什么，或许姬彩月自己也不清楚了，但这确实是值得高兴的一刻。

而随着莫元清与吕俊乔因吵架而改变的气氛，君落羽心中感到一阵欣慰，静静地看着此时温馨的场景，心头一股暖流涌上心头。

在莫元清与吕俊乔二人吵架吵累了之后，君落羽方才向莫元明询问他是怎么回来的。而听到君落羽的这个问题，其他人也竖起耳朵认真听着。

于是莫元明便将他所遇到的情况如实地说了一遍，当然，其中自然缺少了他自己都不记得的弦月天印纹络和烈日天印纹络的那部分经历。

听完莫元明的讲述之后，君落羽感叹道："元明师弟，你这次运气可真好，遇到月龙痕前辈!"

听到君落羽的话,莫元明疑惑地望着君落羽,问道:"落羽师兄,你知道月大叔是什么人?"

君落羽感叹地说道:"我不知道,听也没有听说过月龙痕前辈的名号,而且也没有在出名的天印强者当中听说过有这么一位银发银眸的青年强者,而且他让你叫他大叔,可能年纪也不小了,只不过外表没变罢了。前辈功力高深,完全可以做到这些,而且天印强者有许多都不为人知,因此,这并不奇怪。我记得老师说过,只要实力达到了那个层次,有些事情自然就会有人告诉你了!所以,我们还是努力修炼吧,月龙痕前辈很有可能是一个隐世的天印强者!"

莫元明听完君落羽对于月龙痕的分析,觉得很有道理,其他人也非常赞同。

如果月龙痕在场的话,听到他们的分析一定会笑掉大牙,而且还会感慨人们想象力的强大与丰富!

经过这次事件,吕俊乔、莫元清、姬彩月以及老虎"烈焰"的战斗意识明显提高了,众人之间的关系也比以前更好了。

最终,君落羽决定三日后,等金翅大鹏王的伤势痊愈,便启程继续前往天印者学院!

而这次,众人心中不再像离开清泉城时那样迷惘与一无所知了,现在的他们对于未来的旅程充满期待!

在接下来的三日内,吕俊乔再次恢复原来的样子,在这优美的丛林环境中开始了对姬彩月的"骚扰",虽然姬彩月依旧是对吕俊乔一副爱理不理的样子,不过也比之前要好多了,这一点让吕俊乔更有动力去"骚扰"姬彩月了,可谓越挫越勇,势不可挡啊!

第六十章 活着回来

第六十一章
星罗山脉

当然,"势不可挡"是从吕俊乔自己的口中说出来的,至于有没有被挡下来,众人心里一清二楚,不过如果说这是吕俊乔的自恋心态,确实势不可挡啊!

除了偶尔还会听到吕俊乔和莫元清斗嘴之外,众人其他的时间则在安心地修炼,只有君落羽继续照顾着他的灵兽金翅大鹏王。

三日时间转瞬间在众人热闹的欢笑与安静的修炼中度过。

第三日清晨,朝阳初升,将广袤的翠绿森林映照出别样的生机。清晨,动物们都渐渐由沉睡中苏醒,开始了新的一天的活动。

而金翅大鹏王的伤势在昨日便已完全恢复,又经过了一日的调养,现在已经精神抖擞。一大早便雄赳赳气昂昂地鸣叫起来,一阵似龙似鹰的鸣叫之声传遍森林。

众人起来之后,吃过早点,便陆续爬上金翅大鹏王背部。莫元明回来之后,君落羽便发现莫元明在这三日里,每天夜晚都是在修炼中度过的,并没有正式地睡过一觉。之前莫元清也是如此,但是,那时莫元清心情不好,君落羽也没有多问。

而吕俊乔在发现莫元明与莫元清每晚都在修炼中度过之后,口中喃喃地说了一声:"疯子!"

然而自己却也学着他们的样子,接下来的两晚也在修炼中度过。姬彩月看到莫元明、莫元清和吕俊乔都这么做,虽然担心不睡觉会对皮肤不好,但是也咬咬牙坚持一晚,发现效果不错,便也跟着这么做了。

而君落羽也跟众人一样,利用夜晚的睡觉时间修炼,君落羽在第一晚发现了其中的好处之后,也就继续下去了。这就导致众人在接下来的两晚都在修炼中度过。

而第三天早上,与其说众人刚刚起床,倒不如说,众人都刚刚从修炼中醒来。

在众人爬上金翅大鹏王的背部站稳之后,金翅大鹏王拍打着双翼渐渐飞起。金翅大鹏王下方的嫩绿草地与周围的树木,都被金翅大鹏王双翼所扇出来的狂风不断地吹拂着。

大地上的嫩草被金翅大鹏王双翼所扇出来的狂风压弯了腰,周围树木细细的枝条都被吹得向外弯曲着，更有不少的树叶被吹得脱离了树枝，飞向了远处！

金翅大鹏王离地而起，向着高空犹如怒吼一般地鸣叫了一声，便冲天而起。再次冲向高空的金翅大鹏王，似乎为其能再次飞翔而感到喜悦，在飞行的过程中，金翅大鹏王发出了几声畅快的鸣叫。

君落羽似乎感觉到灵兽伙伴金翅大鹏王再次飞翔时的喜悦与畅快，脸上不自觉地也露出了发自内心的微笑，因为之前的事情而郁闷多日的心情也在此刻终于晴朗。

此时，君落羽一行人乘着金翅大鹏王继续向位于天齐大陆东南部的方位不断地前进着。

金翅大鹏王乘风翱翔，在时而云雾渺茫、时而万里无云的高空中，畅快地前行！

天齐大陆，地域广袤。天印者学院位于天齐大陆东半部东南方靠海的位置，而清泉城位于吴国西南部接近天齐大陆中央的南岭山脉，也是大陆偏西的南方地区，但两地之间距离并不短，即便是金翅大鹏王这种速度型的妖兽也要飞行六、七日时间方能到达天印者学院。

到了夜晚，金翅大鹏王便停下来，在森林或者平原中休息。天齐大陆上，城镇与城镇之间相距甚远，而一路上见到的城镇甚少，大部分都是山脉。因此，众人在接下来的路程当中依旧住在野外。

而莫元明在月龙痕帮其开启了弦月天印纹络与烈阳天印纹络之后，莫元明的那段记忆被月龙痕封印，每晚修炼时也没有出现任何异样，因此，墨菲特开始疑惑月龙痕在莫元明身上做了什么手脚，随着时间的推移，这一疑惑也渐渐消失了。

金翅大鹏王便这样载着众人，白天飞行，晚上休息。这样的生活过了七日之后，众人终于见到一座海拔不高却连绵不绝的山脉，山脉之上是一望无际的林海。

林海的广阔程度比莫元明、吕俊乔、莫元清以及姬彩月之前在前往天印者学院的一路上所见到的森林都要大上许多，只有"林海"这个词能够勉勉强强形容其面积之大。一眼望去，那郁郁葱葱的绿色，犹如一片海洋，出现在他们的面前。

君落羽望着眼前广袤无垠的林海，头也不回地对着众人介绍道："这就是位于天印者学院周围犹如围栏一般，几乎将天印者学院隔绝的星罗大森林！"

莫元明、吕俊乔、莫元清以及姬彩月听到君落羽的话，皆向下方的茂密林海望去，广袤的绿色之中时不时还传来几声兽吼。

在莫元明四人望着下方一片翠绿的林海时，君落羽则继续说道："我们现在所处位置的下方是星罗大森林的外围区域，但是，即便是外围区域，也有妖兽横行，只不过星罗大森林内大部分都为陆地上的妖兽，并不会飞行，因此，我们天印者学院主要的对外交通工具，都为飞行妖兽，或者采用其他的飞行方式。"

说完，君落羽停顿了一下，给众人一点时间，消化一下他所说的东西，然后方才开口，继续说道："星罗大森林分为星罗大森林外围区域、中部区域和核心区域。星罗大森林的核心区域决不能飞行，更不能降落到地面上去，因为居住在星罗大森林核心区域的都是实力强大的可怕妖兽。在它们的领地上空飞行，可能会被视为对它们的挑衅，可能会因此而受到攻击！"

听到君落羽的话，莫元清疑惑地问道："不是说星罗大森林里面大部分都是陆地上的妖兽吗，怎么在空中飞翔都会受到攻击呢？"

君落羽听到莫元清的问题，沉默了一会儿，方才开口说道："我不清楚原因，但是天印者学院的校训当中，便有这么一条关于星罗大森林的警告：不得进入星罗大森林核心区域，因此，更别说在星罗大森林的核心区域上空飞行了。但是，我刚来到学院之时曾经听说，有一名优秀而强大的学员，在十分年轻的时候便修炼到了天印王者的境界，因为突破而自信爆满的他，不顾学院的警告，贸然进入了核心区域，有些好奇之人，也跟在他后面，在星罗大森林中部区域望着那位突破为天印王者学员的举动。据说那些人看见他当时是从高空直接飞进去的，但是在进入数百米之后，那些人便听到丛林中传来一声怒吼，而年轻气盛的天印王者亦同样怒吼一声，循着声音的方向飞去，希望打败第一个核心区域的妖兽！"

说到这里，君落羽低下头，双眸的瞳孔一阵收缩，似乎有一丝惊惧，接着缓缓说道："但是那位刚刚突破为天印王者的学员，没有前进多久，便被丛林中飞出的一块巨石砸中，那位刚刚突破为天印王者的学员被当场砸得四分五裂，那些破碎的残肢断臂，皆坠入了星罗大森林的核心区域当中。"

说完后，君落羽抬起头，望着前方依旧广袤无垠的林海，眼中闪烁着奇异的光芒，继续说道："而且，我听说的只是'大部分都是陆地妖兽'，我从这句话中得出的结论是，还有少部分的非陆地妖兽。"

说到这里，君落羽的眼睛亮了起来，说道："也就是说，在那少部分非陆地妖兽当中，可能会有能够飞行的妖兽，虽然我在进入学院之后，每次经过星罗大森林，都没有见过飞行妖兽，那也可能是星罗大森林太大的缘故，因此，遇见的几率极小，但决不能说没有。而且，我也绝对不相信，这么大的一个森林连飞行妖兽都没有！"

莫元明听到君落羽的分析，点了点头，心中默默地说道："确实如此，这么大的一片森林怎么可能连一只飞行妖兽都没有呢？如果真的没有，也可能是有原因的，但是，即便真的整个星罗大森林都没有飞行妖兽，也不代表在它上空飞行就一定安全。君落羽师兄刚刚说的事情，就是一个最好的例子，如果抱着在空中飞行就安全了的想法，那就太天真了！"

莫元明想到这里，心跳突然加速起来，心中想道：那么，我们现在岂不是并不安全？

想到这里，莫元明立即向着下方的翠绿林海望去，然后，转头望向君落羽，而此时金翅大鹏王已经在这一片广袤的翠绿林海上空飞行着了。

就在莫元明望向君落羽的同时，此时，莫元清听完君落羽的话后，目光有些惊惧地望着下方的翠绿森林，原本优美的景色现在在他眼中变得十分可怕，莫元清咽了咽口水，转头望着站在众人前面的君落羽的背影，说道："那我们现在不是很危险吗？"

莫元清这个问题正好说中了莫元明心中的疑问。此时，莫元明也望着君落羽，等着他的答复，而金翅大鹏王背上的吕俊乔与姬彩月，也被君落羽的话给吓到，从吕俊乔望着下方郁郁葱葱的翠绿林海的眼神从欣赏变成警惕，就可以知道了，而姬彩月更是如此，她就真的是被君落羽的话给吓到了，望着下方一片翠绿的大森林，眼中充满恐惧。

而此时，听到莫元清对君落羽的询问，吕俊乔与姬彩月二人也转头望着站在他们前方的君落羽的背影，等待着他的回答。

似乎感应到身后的目光，君落羽转过头来，望着身后的众人笑了一笑，然后才说道："放心啦，星罗大森林发生过事件的也就核心区域那次而已，其他时候，都没出什么问题，至少，我在来往于天印者学院和外界之间，在空中穿过的时候，都没出现过什么事情，这证明'星罗大森林大部分都是陆地妖兽'这句话是没错的，星罗大森林大部分妖兽都只能在地面活动，不然，天印者学院的学员出入天印者学院岂不是十分危险？如果十分危险，那学院又怎么会如此放任不管，只是在校训中写了一条'不得进入星罗大森林核心区域'呢？如果真有危险，应该改成不得在星罗大森林上空飞行才对！"

说完这些，君落羽再次停顿了一下，方才继续说道："而且，如果我们不能通过飞行的方式越过星罗大森林，我还真想不到用什么方法到达天印者学院，难道从海上？拜托，海上更危险，好不好？呵呵，所以啦，你们就放心啦，有什么问题，学院也会出面解决的啦！"

君落羽笑着安慰了众人一番，但是他的话语还是有作用的，毕竟他是天印者学院的老学员，比他们这些新人知道的要多得多。现在这个时候，莫元明、莫元清、吕俊乔以及姬彩月还是老老实实地听君落羽的话比较好。

但是，就在此时，君落羽低头想了一想，然后话锋一转，转头望着刚刚松了一口气的众人说道："不过，我还真的听说过，学院的学员当中，有一些牛人是从星罗大森林里面直接穿过的！"

听到这句话，莫元清刚刚松了口气，又被吓得坐在了金翅大鹏王的背上，望着君落羽，脸色惊惧地问道："你说从星罗大森林里面直接穿过，该不会是在下面的森林里面穿过吧？"

君落羽望着莫元清，认真地回答道："是啊，只不过穿越的是星罗大森林的外围区域而已！"

听到君落羽的回答，莫元清反而不惊惧了，目光闪烁地说道："牛人啊，那人好强啊！"

第六十一章 星罗山脉

第六十二章
人才济济

莫元清一脸崇拜地说道:"什么时候我也能够一个人穿过星罗大森林啊?"

听到莫元清的话,旁边的老虎"烈焰"却突然对着莫元清吼叫了一声,莫元清转过头,搂着老虎"烈焰"说道:"当然会啦,我一定会带上你的,我们一起穿越星罗大森林!"

君落羽发现这家伙听到他的话之后,并没有沮丧,反而更有动力了,当即一阵无语。

经过了三个小时,金翅大鹏王背上的众人终于看到林海的边缘了。

当金翅大鹏王飞出林海的那一刻,金翅大鹏王背上的众人看到的是一片广阔的草地,草地上有一条条人工铺成的道路。

在金翅大鹏王飞出广袤的翠绿林海的那一刻,君落羽转过身来,张开双臂,对着莫元明、莫元清、吕俊乔以及姬彩月,露出一个亲切的微笑,大声说道:"欢迎来到全大陆第一的学院,天印者学院!"

听到君落羽的话,莫元明四人心中一阵激动,心中想道:终于到了!

金翅大鹏王继续向东南方向飞去,金翅大鹏王下方时不时能够看到草地之上稀稀疏疏的独立建筑和错落的人影,可能是因为学院太大的原因,一直都没见到有多少人。

只是偶尔见到一两个人,三五成群,或者在一个地方修炼,或者干着别的什么事,只是因为莫元明众人在高空之上看不清楚罢了。

此时,莫元清移开望着下方天印者学院的目光,抬起头望着君落羽问道:"落羽师兄,我们现在要去哪?"

听到莫元清的问题,君落羽望着他们一行人所前进的方向,头也不回地说道:"我先带你们去天印者学院的中央教学区,到那里报到注册,领取一些学院发的必需品。"

听到君落羽的话,莫元清顿时好奇起来,问道:"必需品?学院会发些什么给我们啊？"

莫元清刚说完，君落羽转过头望着众人，神秘地说道："到了，你们就知道了！"

说完，君落羽转过头去，目光继续盯着前方，而金翅大鹏王依旧向东南方向飞去。

金翅大鹏王飞了一会儿之后，下面的地形终于开始有了变化，出现一些高低起伏，然而幅度相对于之前星罗大森林所在的星罗山脉要小了许多。

而且，景色也开始有了变化，不再是平坦的草原，而是稀稀疏疏地出现了一些树林，还有一些田地，莫元明突然觉得天印者学院像个自给自足的小庄园，几乎可以称为一个独立的王国了。

金翅大鹏王经过一个多小时的飞行，下方的地形再次变成了平坦的草原，但是，人工铺设的道路却多了许多，而且，也比众人之前所见到的道路要宽阔许多。

此时，金翅大鹏王背上的众人终于看到一些高大的建筑。右手边五公里左右的位置出现了成排的高楼，犹如士兵一般，整齐地排列在平坦的草原之上，雪白色的墙壁在这翠绿的大地之上显得那么显眼。

那成排的高大楼宇的下方，还有一圈约两米高的围墙将这片高楼的区域圈了起来。但是，这两米高的围墙对于天印者来说形同虚设，似乎只是为了说明这是一个区域罢了。

此时，站在金翅大鹏王前面的君落羽指着那成排的楼宇，说道："那就是学生宿舍区，也是你们居住的地方，你们会被随机分配到那些大楼的寝室里面！"

说到这里，君落羽指了指大楼四周两米高的围墙说道："四周的围墙是为了划出这片宿舍区，但是，没什么事最好不要爬墙，毕竟，宿舍区有多个门嘛，而且，学院也规定不得爬墙，弄坏了也算是破坏公物的。"

金翅大鹏王继续飞行着，在那成排白色高楼所在区域的南边一公里处，又有一个被围墙圈起来的区域，里面都是独立的房子，一般也就两三层左右，少数有四、五层，但是这片区域比之前那成排的楼宇占地面积要大得多。

此时，君落羽指着这片独立式房子的区域，为众人介绍道："这是教师宿舍区，如果有事情要找老师，除了去他们办公的地方，到这里来找即可！"

听到君落羽的介绍，金翅大鹏王背上的众人皆点点头，表示知道了！

此时，众人听到莫元清的声音："你们快看！"

莫元清伸出右手指向前方。

众人随着他右手所指的方向望去，一座占地整整一平方公里的巨大六边形建筑，犹如一头洪荒巨兽一般坐立在平坦的草地之上。

此时，众人站在金翅大鹏王背上，从高空往下望去，清楚地看到这巨大六边形建筑的六个方向皆有一条宽阔的主道路，从巨大六边形每一条边的中点位置，笔直地向远方延伸而去。

而远方的那些小道路都是从这六条大道中引伸出来的。从天印者学院的正上方往下看，犹如雪花一般，整个天印者学院以这个巨大六边形建筑为中心，以六条笔直的大道为连接点，向四面八方扩展开来，把整个天印者学院的各个地方连接在一起。

　　巨大六边形建筑中心方圆五百米的区域是一块巨大的空地，空地上是一个巨大的操场，操场四周有着各式各样的锻炼器材。

　　君落羽望着这巨大的六边形建筑，笑了一笑，转过头对着莫元明四人，说道："我们的目的地到了！"

　　君落羽这句话将众人的注意力吸引过来之后，伸手指着前方的巨大六边形建筑，说道："这就是我们的目的地，天印者学院的教学区。而这座巨大的六边形建筑，就是天印者学院的教学楼，以后，你们都会在这里上课！"

　　此时，站在金翅大鹏王背上的众人，也看到高空之中，各式各样的飞行妖兽，长着翅膀的飞虎、飞狼、飞马，但更多的是鸟类飞行妖兽，只是这些妖兽都没有君落羽这只金翅大鹏王大得这么夸张。

　　而这些妖兽之上，大多都载着两三个人，除去飞行妖兽的主人，也就是说，他们带回来的天印者最多也就两人，没有一个有君落羽一行人这么多。

　　各式各样的飞行妖兽从天印者学院的四面八方飞来，陆陆续续地飞到天印者学院教学楼中央方圆五百米的巨大空地上，缓缓降落。

　　而金翅大鹏王也是如此，快速地飞到教学楼中央操场的上空，金翅大鹏王所过之处，其他的飞行妖兽皆退让开，那些妖兽望着这只金翅大鹏王的眼神似乎有些敬畏之色。

　　金翅大鹏王飞到教学区的中央操场上空之后，便缓缓降落下去。天印者学院教学区中央操场上，因为金翅大鹏王的降落而掀起一阵狂风。而原本降落在操场上的飞行妖兽们，看到金翅大鹏王要降落，赶紧让出一片空地。

　　这时，金翅大鹏王方才缓缓地降落到了天印者学院教学区的中央操场上。

　　在金翅大鹏王降落之时，君落羽望着天印者学院教学区中央操场之内已经有一百到两百人左右降落到广场上了，君落羽看到这么多人，口中感叹一声："今年招收到的学员真多啊！"

　　莫元清听到君落羽的话，脱口便问道："这样算人多吗？"

　　君落羽望着下方的人群，点点头，说道："今年是我见到学院招收人数最多的一年！"

　　听到君落羽的话，莫元清便好奇地问道："以前，你们一年有多少个学员啊？"

　　听到莫元清的问题，君落羽想了一下，回答道："往年啊，一百多到两百的样子吧！"

　　莫元清一听，便说道："那不是和现在差不多？"

　　君落羽摇摇头，说道："一百多到两百，那是每一年的总人数。"

　　说到这里，君落羽指了指天印者学院教学区中央操场上的人群，说道："而每一年同时到达，而且还一起滞留在中央操场的，最多也就五十来人，而现在操场上怎么看也有一两百人吧，所以，今年的学员人数绝对超过往年！"

　　说到这里，君落羽望着人群，再次感叹地说道："而且，好像还多了不少，没想到今年有这么多优秀的天印者！"

说到这里，君落羽带着一丝笑意，转头望向站在金翅大鹏王背上的众人，说道："看来，你们这一届，竟争力不小哦，你们要加油啊！"

听到君落羽的话，莫元清第一个大大咧咧地回答道："那肯定的，我一定会比他们都强的！"莫元清说完，咧嘴一笑，露出他那雪白的牙齿，那雪白的牙齿似乎还亮了一下，显示着他的得意。

君落羽在跟众人这几日的相处中，也熟悉了这几个人的性格，对于莫元清的这一表现已经见怪不怪了，对此，他只能无奈地摇摇头，心道：不知道他是天生的乐天派，还是神经太大条，不过也好，这样不怕打击嘛！想到这里，君落羽自己都笑了。

然后，君落羽望向金翅大鹏王背上的其他人。吕俊乔看到君落羽望向他，便露出个儒雅的微笑，扇了扇手中的折扇，说道："放心，连这家伙都行，我当然没问题！"说着，还指着莫元清。

莫元清听到这句话，顿时就不干了，转过头怒视着吕俊乔，正当两人又准备唇枪舌剑地战斗时，君落羽直接无视这二人，望向姬彩月。姬彩月见君落羽望向她，她灵秀而精致的脸上便露出一个简单而自信的微笑，说道："我会努力的！"

君落羽听到姬彩月的回答，满意地点点头，这个回答叫比前面那两位靠谱多了，而姬彩月的发言也让吕俊乔和莫元清二人闭上了嘴。

此时，君落羽望向莫元明，他倒是很好奇，这群人中实力最强的莫元明会怎么说。在君落羽望向莫元明的同时，姬彩月、吕俊乔以及莫元清都望向了莫元明，他们对于灵力等级比他们高出许多的莫元明，还是比较关注的。

莫元明看到君落羽望向他，同时，他也感受到其他人的目光，莫元明无奈地笑了笑，举起右手，食指横在鼻下，划了划，然后一脸随意地说道："谁知道呢？自己用功点就好啦，管它那么多！"说完，莫元明还做了个耸耸肩的动作。

君落羽听到莫元明的回答如此随意，心道：真不知道这小子怎么想的？

此时，金翅大鹏王已经降落到天印者学院教学区的中央操场上了，于是君落羽一行人也陆陆续续从金翅大鹏王的背上跃下。

在众人掌握了一些君落羽指导的简单的天印灵力运用方法之后，便不再需要君落羽的帮助，从近三米高的金翅大鹏王的背上跃下，轻松地落到地面上。

当然，在众人陆续落到天印者学院教学区的中央操场上时，吕俊乔下来之后，对着还在金翅大鹏王背上的姬彩月张开双臂，摆出一个自认为优雅的动作，说道："彩月，跳下来吧，我会接住你的！"

当然，结果在君落羽的无语与莫元明、莫元清的鄙视之下，吕俊乔被姬彩月赤裸裸地无视了，人家自己落到了操场上，理都没理他一下。

姬彩月自个儿落到操场上之后，只剩下吕俊乔自己一个人对着金翅大鹏王空无一人的背张开着双臂，保持着那个尴尬的姿势。

站在君落羽旁边、捂着肚子狂笑的莫元明与莫元清表兄弟二人，在吕俊乔依旧保持着那个张开双臂的姿势还没收回来时，已经笑得倒在了地上，更夸张的是，莫元清笑得眼泪都出来了。

第六十三章
入学报到

　　而莫元明看到吕俊乔犹如石化一般站在那里，突然感觉似乎有一丝微风吹过，还带着一片落叶。

　　然后，莫元明笑得更厉害了！

　　"哈哈哈哈哈……"操场上响起莫元明与莫元清的狂笑，而操场内的其他人则疑惑地望着这里，不知道他们在搞什么名堂。

　　君落羽看到狂笑的莫元明与莫元清，和嘴角也带着笑意的姬彩月，最后，还看了看那位张开双臂石化了的吕俊乔。

　　君落羽强忍着笑意，对他们说道："好啦，别闹啦，我带你们去报到啦！"

　　听到这句话，姬彩月转过头来，望着君落羽问道："对了，落羽师兄，我们去哪里报到啊？"

　　之所以这么问，是因为姬彩月撇过头去的时候，正好看见中心操场内的人向六个方向走去，所以，姬彩月就搞不清楚他们到底应该去哪里报到。

　　君落羽听到姬彩月的提问，望了她一眼，说道："都一样，六个方向都可以报名的，而且，学院这样做是为了分流，让学员更快地报到完，好回去寝室休息。"

　　说完这个，君落羽似乎想到什么，再次望着众人说道："对了，还没告诉你们，我们学院教学楼为什么是个六边形呢？"

　　听到君落羽这么说，姬彩月就疑惑了，问道："难道学院的教学楼建成六边形，还有什么特殊的用意吗？"

　　君落羽听到姬彩月的再次提问，高兴地回答道："当然是有用意的，你们等会儿去报到时，就会注意到，教学楼六边的地面瓷砖颜色是不一样的，有金色、绿色、蓝色、红色、黄色，还有白色！"

　　君落羽刚说完，吕俊乔终于从尴尬的石化状态中脱离出来。听到君落羽的话，吕俊乔突然灵光一闪，转头望向君落羽，说道："难道这是跟天印的五行属性相对应的？"

君落羽听到吕俊乔的话，夸奖道："聪明！"

这时吕俊乔有问题要问了，说道："金色代表金属性，绿色代表木属性，蓝色代表水属性，红色代表火属性，黄色代表土属性，但是，白色代表什么呢？"

君落羽听到吕俊乔的话，方才缓缓回答道："白色没有特指哪个属性，它所指的是除了五行属性以外的其他属性，也就是稀有属性！"

吕俊乔听到君落羽的话，右手托了托下巴，做了个思考的动作，口中低声喃喃道："原来如此！"

此时，莫元明与莫元清也因为吕俊乔从尴尬的石化状态脱离出来而不再狂笑了。莫元明抬起头望着君落羽问道："但是，这和颜色的分类有什么关系呢，或者说，学院将教学区的教学楼建造成六边形，然后又按照属性分成六个区域，这与学院的教学有什么关系呢？"

君落羽听到莫元明的问题，当即说道："问得好！"

君落羽扫视了这四个人一遍，然后说道："这跟你们以后上课有关系。"

莫元清就不懂了，挠了挠后脑勺，大大咧咧地问道："难道我们以后上课，什么属性就去教学楼的那个属性区域里上课吗？"

君落羽听到莫元清的话，笑了起来，心道：这孩子还不是太笨嘛。口中说道："恭喜你，答对了！以后你们上课，就按照属性的划分，去各自属性所在区域的指定教室里上课，而稀有属性的学员，就要到稀有属性的教学楼里面找到该属性的区域，说的就是你啦，元清师弟，记住了没有？你的风属性要去教学楼的稀有属性区域里面去！"

莫元清听到君落羽的话，脸拉了下来，说道："啊，这么麻烦啊？"

听到莫元清的抱怨，莫元明便无奈地转过头来望着表哥莫元清，说道："表哥，找间教室而已，你用不用这样啊？"

莫元清听到莫元明的话，表现出好像很厉害的样子，拍拍自己的胸膛，说道："当然，没有问题啦，这么简单的事情！"

莫元清说完后，引来的却是莫元明怀疑的目光。

莫元清看到莫元明的目光，顿时有点心虚，不过还是强作镇定地拍拍表弟莫元明的肩膀，说道："放心啦，我没问题的！"

莫元明听到莫元清这句话，心中不由自主地想道：信你才有鬼！

君落羽见已经跟莫元明四人解释清楚了，便对众人说道："好了，我带你们去报到吧！"

说完，君落羽便转头望着蹲在他旁边的灵兽伙伴，抚摸了一下它的羽毛，说道："你在这里等等我，我一会儿就回来！"

金翅大鹏王当即发出一声似龙似鹰的鸣叫声回应君落羽的话。

君落羽跟金翅大鹏王说完之后，转头望着莫元明四人，再次说道："好了，我们走吧！"

君落羽说完这句，便一马当先地领着众人，向最近的天印者学院教学楼的水属性所在区域走去。

已经迈起脚步出发的君落羽、莫元明、莫元清、吕俊乔以及姬彩月，还有一直跟在莫元清身边的妖兽老虎"烈焰"和一只挂在莫元明胸口的领口处只露出小脑袋的袖珍小老虎"豆丁"，直直地向报到处走去。

这一行五人、两妖兽，在君落羽的带领下，向教学区的水属性区域报到的地方走去。

走了好一会儿，众人才离开了教学区的中央操场，踏入了教学楼的水属性区域。众人发现地面瓷砖，确实如君落羽所说是蓝色的。

而这颜色并非想象中普通而简单的蓝色。莫元明发现脚下的每块瓷砖似乎都充满着浓郁的属性气息，而且蓝色的瓷砖上面似乎微微呈现着水波一样的蓝色波纹，像是踩在波光粼粼的水面上似的。

莫元明不得不由衷地感叹着脚下瓷砖的神奇。

没走多久，众人便在君落羽的带领下来到一个教室门外。教室门外已经排起长长的队伍，众人便依次排队，等候报名。

轮到莫元明等人时，君落羽从空间戒指当中取出一份名单，名单里面有莫元明四人的姓名、所属天印协会的分部、天印属性、灵力等级以及他们在入学测试第二轮时表现的评价。

君落羽将手中这份名单交给报名的人，报名的人看了一眼之后，照着君落羽的名单在他桌子上那本厚厚的名册上记录下来。

然后，四人在君落羽的提醒下，各自交了不菲的学费之后，分别从报名处领到了一个戒指。

这个戒指正是空间戒指，莫元明不得不感叹学院的大方，同时也明白为什么学费如此高了。虽然，莫元明并不清楚空间戒指到底有多珍贵，但是他知道这空间戒指在外面能够卖出不菲的价钱。

然后，众人便在君落羽的指导下使用空间戒指。虽然莫元明已经知道空间戒指的使用方法，但是，他依旧装作很认真听的样子，因为他还不想让别人知道，他手上的戒指也是空间戒指。

君落羽虽然留意到莫元明手上也有一枚戒指，但是却没有往空间戒指那方面想，因为空间戒指也不是那么容易得到的。

君落羽在四人学会使用空间戒指之后，便从他的空间戒指当中将四人的包袱取出，还给他们。四人从君落羽手中接过包袱，放入自己的空间戒指当中。

经过莫元明的探测，这枚空间戒指的内部空间和之前翁前辈给他的那枚的大小差不多，不过里面放了四套衣服、两套战斗用的服装、两套长袍，上面绣着"天印者学院"的字样，一个五芒星上面还刻着天印者学院的校徽，还有一把钥匙和一些资料。

经过君落羽的介绍，莫元明等人知道那四套衣服是天印者学院的校服，但是学院并没有强制学员一定要穿，因此，这些衣服一般只有学员在外出执行任务或者参加宴会等场合时才会穿。

而那个五芒星的校徽里面记录着他们每个人的资料，是在以后接任务和领取任务奖励时使用的。君落羽解释得不太清楚，但是，后面补充了一句说，当他们去接任务时自然就会明白的，因此，莫元明四人也没有多问。

空间戒指内的那一把钥匙，自然就是他们各自寝室的钥匙啦。钥匙的挂牌上已经写清楚了寝室所在的位置，等他们到了学生宿舍区，自己去找便可。

而最后的那一份资料是关于今年学院课程的安排以及跟天印者学员相关的资料。这时，君落羽便跟他们进行说明："这些资料上，有一份你们这届学生课程的安排表，每个属性学员都有指定的教室，上面写得很清楚，到时候，按照上面所写的日期和时间去上课便可，老师一般是不会管你们的，因为无论在什么地方，都以强大的实力为尊，如果你实力弱被欺负，那也怪不得任何人！"

说完这句话之后，君落羽笑了笑，说道："当然，如果你们真遇到什么解决不了的问题，可以去找老师，也可以来找我！"

然后，君落羽继续介绍道："这些资料上还有学院的地图、入学基本指南等。至于其他的资料，没什么重要的，等你们需要的时候，再看就好！"

说完这些，君落羽领着莫元明四人回到天印者学院教学区的中央操场，对着他们说道："好了，我的任务就到此为止了，现在我要去交任务了，学生宿舍区就在西南边，你们从教学楼木属性区域的那条大路一直走下去，很容易就能找到了！"说完，君落羽怕他们迷路，还是伸手指了指教学楼木属性区域的方向。

然后，君落羽扫视了一些莫元明四人，继续说道："好了，就此别过吧，以后在学院里遇到什么麻烦，就来找我吧，哈哈！"

此时，莫元清结结巴巴地说道："落羽师兄，那时候对你大吼大叫，不好意思！"

君落羽听到莫元清的话，愣了一下，知道他是在说莫元明失踪的时候，莫元清不听他劝告的事情。望着莫元清，可能因为同为风属性的关系，君落羽对他特别照顾。路途上，还教会了莫元清使用风属性的一些知识和技巧。

经过这段时间的相处，君落羽也喜欢上了这小子没有心机、直来直去的性子。

此时，君落羽听到莫元清的话，便笑了一声，回答道："没想到，你这小子竟然还会道歉，不错，长大了一些！"

说完，君落羽拍拍莫元清的肩膀，然后纵身一跃，跃到了金翅大鹏王的背上。

金翅大鹏王见君落羽上来之后，拍打双翼，向着高空飞去，狂风吹着仍站在教学区中央操场上的莫元明四人，四人正在跟君落羽挥手道别，而君落羽则在空中对着他们四人喊道："下次见面的时候，不要被我发现你们偷懒啊！"

听到君落羽的话，四道稚嫩的声音响起："知道啦！"

莫元明四人望着君落羽乘着金翅大鹏王在空中迅速化为天边的一颗黑点，久久方才回过神来。

然后，莫元明、莫元清、吕俊乔以及姬彩月四人对望了一眼，莫元明便挑头说道："走吧，去学生宿舍找我们的寝室吧！"

接下来，四人便按照刚刚君落羽所指的方向，穿过天印者学院教学楼的木属性区域，沿着那条大道，照着手中那堆资料里面学院地图所指的方向走去。

　　这一路上,莫元明四人都拿出宿舍地图比对了一下,发现四人住的地方并不在一起。姬彩月毕竟是女生,不和他们住一块,这自然可以理解。不过,莫元明他们三个人最后都没有住在一块,只能感叹运气不好。

第六十四章
俊男美女

莫元明一行四人按照学院地图的指引，一个多小时之后便远远望到了学生宿舍区的人楼。

实际上，从天印者学院的教学楼走到学生宿舍需要一个小时。而莫元明一行四人因为刚刚来到天印者学院还不太熟悉，看地图和绕路的时间就花了不少，当然，这些时间更多的是因为吕俊乔不停地"骚扰"姬彩月而耽搁的，至于结果，大家都清楚得很。

众人遥望到那高耸的宿舍区楼宇之后，便径直地走过去，这回不用走那么多冤枉路了。

莫元明一行四人来到宿舍区围墙离他们最近的入口时，发现有人堵在了门前。

堵在门前的人员分成两批，似乎在争吵着什么。莫元明一行四人走近了之后，发现这两批人和他们的年纪都差不多，应该和他们一样是刚到学院报到的学员。

莫元明他们在前往天印者学院的过程中，就从君落羽的口中得知，由于学院的新学员是由天印者的老学员从大陆各个地方载到这里的，大陆各个城镇距离学院远近不同，因此到达学院的时间有一个较大的时间差。在这一个月内，都是学院新学员的报到时间，所以，也有不少提前到达的学员。

莫元明记得君落羽说过，莫元明等人所在的清泉城相对于大陆更远地方来说，已经算是近的了，远的城镇早在半年前便已经完成入学测试，向学院赶来了。

莫元明渐渐从回忆当中回过神来，观察着眼前堵在宿舍区门口争吵的人。

道路右边的那批人由五个和莫元明年纪差不多的学员组成，而且是清一色的男生。莫元明注意到，站在这五个人中央的一位穿着华贵长相英武少年，似乎是这五个人的首领，因为站在他周围的其他四人，无论是衣着上还是其他方面，都无法与其相比；而且，其他四人似乎是簇拥着中央的那名长相英武的少年。

但是，莫元明也注意到，这个英武的少年双眼当中流露着权贵子弟才有的不可一世的眼神。

而且，他似乎也十分享受身边四人对他的簇拥。

这个少年并没有开口，只是用那不可一世的眼神望着对面的人，而正在争吵着的是站在他身边的四人。

这长相英武的少年身边的四人，着装虽然无法跟他们所簇拥的那位少年相比，但是却比莫元明一行人要高档不少，这也说明这些人的家世可能也不简单，根本不是莫元明这些人能够比拟的。

而站在道路左手边，也就是那五人对面的另外一批人，只有两人，而且站在后面的是一名少女。

虽然少女脸上还透露着稚嫩，但却是个绝顶的美人胚子：弯弯的月眉，如水般清澈透亮的凤眼、晶莹的嘴唇、冰雪一般透亮的肌肤，以及那出尘的气质。现在的她还未长大，却已经给人一种仙子一般的感觉。

莫元明一行人刚刚见到这个少女的时候，都有一种被她的美丽而震撼到的感觉，就连身为女生的姬彩月亦是如此。

四人在震撼完之后，似乎感觉到吕俊乔的眼睛瞬间爆发出万丈光芒，就差流口水了。正在这时，一个巴掌狠狠地落在了吕俊乔的后脑勺上，搞得吕俊乔"哎哟"地痛叫一声，然后，吕俊乔便转头望向巴掌来源的方向，正准备教训教训出手的人，便看到姬彩月犹如要杀人一般的犀利眼神。

吕俊乔见到姬彩月那犹如燃烧着火焰般的双眼，全身打了个冷战，立即就蔫儿了下来，然后在姬彩月身边不停地讨好着。当然，平时就没给他好脸色看的姬彩月此时更没有给他一个好果子。

突然间，莫元明的心中响起一声口哨声，然后莫元明听到墨菲特说道："元明，以我多年的经验来看，眼前这位绝对是人间少有的美人胚子，要不要我帮你拿下她啊？"说完，莫元明的心中还响起墨菲特奇怪的笑声。

莫元明对于墨菲特爷爷的话十分无奈。墨菲特平时除了教他一些天印技巧之外，都不怎么出现，现在突然冒出来，并说了这么一句话，让莫元明感到甚是无奈。

在莫元明无奈之际，心中再次响起墨菲特那调侃的声音："怎么样，是不是决定下手啦？放心，有我在，绝对手到擒来！"

然后，墨菲特再一次怪笑起来。

莫元明心中无奈地回答道："墨菲特爷爷，您在怂恿我干坏事吗？这是在带坏小孩，好吗？"

墨菲特听到莫元明的话，咳嗽了一声，说道："怎么会是带坏小孩呢，我这是为我孙子的终身大事着想啊！"

莫元明听着墨菲特那义正词严的回答，更加无奈了，心中喃喃地说道"为老不尊"，便不再理会在莫元明心中好说歹说的墨菲特。

此时，莫元明观察到，少女面前站着一名少年，这名少年长得和后面那名天仙似的女子有几分相似，可以算得上是一名俊美的少男，但是，这容貌长在他身上，并没有奇怪的感觉，而且，此人小小年纪就给人一种翩翩公子的感觉。

只不过以现在的场景，似乎这些都不重要了，因为这名俊秀的男子正一脸愤怒地注视着对面的五人，准确地说，是目光紧紧地盯着中间那名英武的少年。

而那位貌似天仙的少女则躲在俊秀少年的身后，微微地抽泣着，让人心疼。

随着莫元明一行人的走近，莫元明注意到右边的四名权贵子弟与左边站在少女前面的俊秀少年，争吵得越来越厉害了。

而那四人在与俊美少男争吵的时候，突然脸色涨红，似乎俊美男子说了什么过分的话，那四人似乎有动手的趋势。

莫元明一行四人，走近了方才听清楚他们在说什么。刚听了个开头，莫元明等人的耳朵便竖起来了，因为他们听到一个熟悉的姓氏。

那个站在哭泣少女前面的穿着一身蓝衣的俊美少男，怒视着对面五人中间那位穿着华贵淡红色长袍的英武少年，喊道："上官炎洛，有什么事冲我来，你欺负我姐算什么本事？"

莫元明一行人听到的熟悉姓氏，正是"上官"。莫元明一行人顿时想起，因为交锋而让他们昏迷，并让金翅大鹏王受伤的那两人，其中一人就姓"上官"。

而且，从俊美的蓝衣男子的话语中，莫元明一行人也知道了，这长得有几分相似的俊美男女，原来是一对姐弟。

而面对蓝衣俊美少男的喝问，首先回答的，并不是站在五人中间的英武少年，而是簇拥着他的一位权贵子弟，说道："南宫珣，你不要不知好歹，上官兄能看上你姐姐，是你们的荣幸，而且，只是让你姐陪上官兄玩几天而已，玩完就还给你，又不会有多大的损失！"

这时候，莫元明一行人更加认真地听这两批人的对话了，因为他们再次听到一个熟悉的姓氏，正是在前往天印者学院过程中，导致他们陷入危险的另一个人的姓氏"南宫"！

听到那位权贵子弟的话，那位躲在被称为"南宫珣"的蓝衣俊美少男背后抽泣着的美丽少女，再次往弟弟的身后缩了缩，而南宫珣则被气得脸色涨红，对着说话的那个权贵子弟，喝道："司徒吉伦，这里有你说话的地方吗？"

刚刚说话的那位，被南宫珣气得火冒三丈，可是，还没等他说话，南宫珣便再次开口，指着簇拥着上官炎洛的其他三人，大声喝道："还有你，慕容继阳、钟离奎、欧阳恒，你们四个狗腿子，狗仗人势，你们不要忘了，我们南宫家和上官家一样，都是天齐国一等一的大家族，你们敢乱来的话，我不会放过你们的！"

站在上官炎洛周围的四人听到南宫珣的话，虽然气得脸色发青，但是却不敢轻举妄动，因为南宫珣说的都是事实，他们四个家族，虽然在天齐国也有点地位，但是根本无法和南宫以及上官这种有着古老传承的大家族相比。

只不过在天齐国中，他们的家族都是倾向于上官家的，他们靠着天赋来到天印者学院，除了努力修炼之外，还要听从家族的意思，跟上官家的人搞好关系。因此，在来到学院后的这段时间，他们几个就围在上官炎洛身边转悠。

而这次又是来到学院后，上官炎洛第一次让他们办事。如果这都办不好的话，这关系以后也不好搞。只不过，这次的对象有点棘手，不然他们也不会拖到现在。

上官炎洛见到身边这四人被南宫珣唬得不敢动手，那不可一世的眼神中泛起一

丝轻蔑，哼了一声，口中说道："四个废物，这点小事，还要我动手！"

司徒吉伦、慕容继阳、钟离奎、欧阳恒四人听到上官炎洛的话，本来就被气得涨红的脸色就更加不好看了。

此时，司徒吉伦眼中闪过一丝凌厉之色，心中想道：反正投靠了上官家，得罪南宫家也是迟早的事。

于是，他便举起右手，向着南宫珣抓去。见司徒吉伦突然向自己抓来，南宫珣心中一惊，他没想到对方真的敢动手，下意识地举起右臂一挡，手臂刚好被司徒吉伦的右手抓住。

此时，因为司徒吉伦站在五人的最左边，南宫珣下意识地伸出右手去挡对方，而现在他则侧着身子面对着对方剩下的四人，但是，南宫珣并不畏惧，因为他不相信这些家伙真敢对他们怎么样！

就在这个时候，上官炎洛举起右手，火属性天印纹络浮现，和莫元明在入学测试时所用的招式一样，一股火焰瞬间将上官炎洛的右拳包裹，上官炎洛眼中杀气闪现，对着南宫珣一拳轰去。

司徒吉伦见上官炎洛突然爆发，竟然运起天印灵力对着南宫珣一拳轰去，顿时脸色骤变，心道：如果南宫珣出事，我也逃脱不了干系啊。此时，司徒吉伦想要放开南宫珣的手，都已经来不及了。

而其他人则被上官炎洛的突然袭击吓了一跳，没想到上官炎洛如此狠辣，竟然想将南宫珣击杀于此，而原本躲在南宫珣后面的美丽少女更是被这突如其来的一幕吓呆了。

南宫珣感受到侧面轰来的炽热拳风，顿时大惊，但是，他已经来不及躲避了，他万万没想到上官炎洛竟然真的敢对他动手。

上官炎洛看着越来越靠近南宫珣身体的拳头，脸上浮现出一抹狰狞的笑容，心道：这一拳即使不杀死你，也要把你打成残废，这样未来我们上官家就少了一个大敌！

而莫元明一行人见到这一幕，也对上官炎洛的狠辣感到惊讶与一阵寒意。

就在上官炎洛那被火焰包裹的拳头即将轰到南宫珣身上时，一只一模一样的燃烧着火焰的拳头从一旁轰出，与上官炎洛的火拳形成对轰，瞬间化解了南宫珣的危机。

出手的正是莫元明。莫元明不是没想过坐山观虎斗，但是，在上官炎洛偷袭南宫珣的时候，莫元明实在看不过眼，终于忍不住出手。

而与莫元明对轰的上官炎洛瞬间退后了几步，然而，莫元明却稳稳当当地站在那里，两者的灵力差距高下立判。

第六十五章
再见灵珊

莫元明与上官炎洛对轰之后，便盯着对方，说道："阁下出手偷袭，不觉得有些太卑鄙了吗？"

上官炎洛对于莫元明的话，狠狠地哼了一声，对别人坏了他的大计感到十分不爽。

上官炎洛不是没看到道路上走来的莫元明四人，只是没想到有人胆敢管他们的闲事。

其次，上官炎洛更想不到，在司徒吉伦的话中，报出了上官的名字，竟然还有人敢出手阻止，坏其大事。

而惊讶的第三点，这个人竟然懂得和他同样的招式，这说明此人的灵力运用至少和他一样熟练了，而且，此人的灵力等级竟然高于他，他的灵力等级已经达到十三级的程度了，这个人竟然比他还要高。

而且，之前他对于自己充满自信，即便有人来阻拦，他也有自信把他轰退。而且，他也观察到，莫元明一行人都和他们差不多年纪，那么灵力等级最多也就和一般的天印者学院的入学者一样，哪能和他们这些从大家族出来、受过家族的专业训练的人相比。

这些古老大家族的优势便是前人丰富的经验，经过一代又一代人的努力，所累积下来的各种关于天印灵力技巧的运用和丰富的天印技。只要后人想学，自然就可以学到。可以说，和外面那些没人教授的天印者有着天壤之别，这就是一个有着古老传承的大家族的底蕴所在。

如果不是莫元明机缘巧合下得到墨环，并有幸得到墨菲特的指点，莫元明恐怕不会成长得那么快，并有如此功力！

上官炎洛被莫元明轰退了几步，被身后的几人接住，脸色阴沉，而司徒吉伦赶紧放开南宫珣的手，快速退到上官炎洛身边，目光紧紧地盯着莫元明，生怕上官炎洛出什么事，因为上官炎洛如果在学院中出什么事，不仅仅他们几个要遭遇麻烦，可能家族还会受到牵连。

而被莫元明解围的南宫珣，在司徒吉伦放开手后，也快速将手收回，然后用愤怒的目光警惕地盯着对面的上官炎洛五人，同时，转过头对着莫元明说道："这位朋友，谢谢了！"

莫元明听到南宫珣的话，也只是点了点头，并没有多说什么，南宫珣虽然心中奇怪这人怎么不理人，但也没有多问。

莫元明本不想和"上官""南宫"这两个家族有太多牵扯，但是，现在也没办法了，管都管了，只不过对于南宫珣的答谢，莫元明依旧不怎么想理会，因为后面，莫元明还不知道会不会找他们报前往天印者学院过程中被牵连之仇呢！

而此时，莫元清和吕俊乔、姬彩月也走到了莫元明身边，望着对面的上官炎洛五人。

上官炎洛站稳后，一把甩开扶住他的那几人的手，哼了一声，似乎对他们几个十分不屑似的，然后，转头用凶狠的目光望着莫元明："你不觉得自己太多管闲事了吗？"

说到这里，上官炎洛望着莫元明的眼神中闪过一丝狠厉之色，然后恶狠狠地说道："有些不该你管的事情，就不要管，不然，会给你惹来很多麻烦！"

莫元明听到上官炎洛的话，原本莫元明不想多管的事情却因为上官炎洛的这一句话改变了主意，莫元明平时性格随和，讨厌的事情并不多，但是，很不巧，被人威胁是他最讨厌的事情之一。

此时，莫元明脸上带着一种让人觉得寒冷的微笑，望着上官炎洛，说道："我这人比较有耐心，最不怕的就是麻烦事了，来一个麻烦，我就解决一个！"

这时候，南宫珣在莫元明旁边提醒道："朋友，这是天齐国上官家的人，不好惹！"

而站在莫元明一旁的莫元清，则冰冷地回答道："管他什么人，我们自己知道该怎么做！"莫元清之前听到他们是"上官"和"南宫"家的人的时候，就对他们没有什么好感。

而站在对面的上官炎洛，望着莫元明的眼神逐渐变得冰冷，用那与眼神同样冰冷的语气说道："有些麻烦，就怕你解决不了！"

莫元明依旧带着那抹让人看不出他心里在想什么的微笑，说道："这就不劳烦你操心了！"

上官炎洛望着莫元明，眼睛眯了起来，说道："既然阁下那么厉害，不妨报个名号，好让我知道知道！"

莫元明脸上还是带着那抹让人看不出心思的微笑，说道："同为火属性，我相信我们很快就会再见面的。"

上官炎洛听到莫元明的话，心道：也是，到时你想跑都跑不了！

然后，上官炎洛点点头，头也不回地对着身边的四人说道："我们走！"然后，司徒吉伦四人赶紧跟在上官炎洛身后，向着宿舍区的大门走去。

上官炎洛走了几步，又停下脚步，回过头来，阴沉着脸，望着南宫珣，说道：

"这次算你们走运，下次就没那么好运了！"

然后，上官炎洛转头望向躲在南宫珣身后的那位天仙似的美丽少女，眼中闪过一丝贪婪与欲望，说道："南宫伊卿，你迟早都是我的，等再过几年，我父亲就会上你们家去提亲，为了天齐国的繁荣和两家的关系，你最好乖乖地跟着我！"

上官炎洛这句话让南宫珣恨得牙痒痒的，对着上官炎洛喊道："上官炎洛，你就做白日梦吧！"

上官炎洛说完这句话，狂笑着转过身，在司徒吉伦等四个权贵子弟的簇拥下，进入了宿舍区。过了一会儿，他们的身影渐渐消失在远方。

此时，姬彩月望着上官炎洛远去的身影，开口道："这个人真猖狂！"

吕俊乔立即附和道："就是，太猖狂了！"结果，又被莫元清藐视了一番。

见到上官炎洛走后，南宫珣方才松了口气，转身对着莫元明一行人说道："你们好，我叫南宫珣！"说到这里，南宫珣伸手指了指躲在他身后的美丽少女，说道："这位是我姐姐南宫伊卿，谢谢刚刚几位的帮助，不知几位高姓大名？"

紧接着，南宫珣便对着莫元明等人拱拱手，施了一礼，表示答谢。

莫元明不想和"南宫""上官"这两个家族扯上太多关系，但是人家这么有礼貌，也不好直接无视，这样是打人家的脸面，只好也对南宫珣回了一礼，淡淡地说道："莫元明。"

"莫元清。"莫元清双手交叉在胸前，学着莫元明的样子淡淡地说道。

"吕俊乔。"吕俊乔脸上虽然带着微笑，却不带自己的情感的。

"姬彩月。"姬彩月知道莫元明几人对南宫珣这种态度的原因，对此也很无奈，他对"南宫"和"上官"没有太大恨意，而且，见到这俊男美女也认为他们不会是什么坏人，所以，脸上的态度稍微好一些！

南宫珣似乎也感觉到了对方的不友好，便不再多作逗留，对着莫元明一行四人，说道："莫兄、吕兄、姬姑娘，在下有事，就先行告退了！"

莫元明等人点点头，南宫珣便拉着姐姐南宫伊卿也走进了宿舍区的大门，向远处的宿舍楼宇走去。

只有吕俊乔眼神时不时还瞟过去，望着南宫伊卿的靓丽背影，只不过这个眼神被莫元清捕捉到了，莫元清口中便低声地讽刺道："江山易改，本性难移，衣冠禽兽！"

听到莫元清的讽刺，吕俊乔顿时转过头来，立即反驳道："死大猩猩，你刚刚还不是一样，盯着人家眼睛都不眨一下！"

莫元清被吕俊乔说得脸红起来，却大声反驳道："我哪有？"

吕俊乔再次反驳道："你没有，脸红什么？"

此时，吕俊乔却听到姬彩月"哼"了一声，便犹如打了个激灵一般，立即抛下莫元清，转头一脸讨好地望向姬彩月。

莫元明趁着他们好不容易消停一会儿的机会，对着他们说道："好了，别闹了，我们进去吧，找宿舍要紧！"

吕俊乔、莫元清、姬彩月听到莫元明说正事，便停止了胡闹，点点头，四人便

一同向着宿舍区的大门走去。

由于女生宿舍在学生宿舍区的左边，而男生宿舍位于学生宿舍区的右边，因此，姬彩月与莫元明、莫元清以及吕俊乔三人的方向并不相同。刚刚一进入学生宿舍区的大门，姬彩月便告别三人，自己去左边女生宿舍楼所在的方位寻找自己的宿舍去了。

而吕俊乔当然不想错过这次机会，非要跟去，而莫元明与莫元清很怀疑这家伙是抱着什么想法去的。

当莫元明与莫元清见到吕俊乔脸上带着那一抹邪气的笑容，追着姬彩月的背影，往女生宿舍楼的方向跑去时，莫元明与莫元清顿时更觉得这家伙没安好心。

但是，莫元明与莫元清很快就看到吕俊乔铩羽而归，而且还是被姬彩月红着脸劈头盖脸地打回来的。

莫元明与莫元清看着吕俊乔狼狈归来的模样，心中感叹道：这就叫自作孽不可活啊！

莫元明与莫元清看到吕俊乔"战败归队"之后，狠狠地望着他，吕俊乔见二人用这样的眼神望着他，便立即整理衣冠，昂首挺胸，再次将他那不知道放在衣服什么地方的折扇拿出来，在胸前扇了扇，一副"我是正人君子"的样子。

结果，迎来的还是莫元明与莫元清"奇异"的眼神！

莫元明曾问过吕俊乔，为什么不把折扇放进空间戒指里面，这样更方便。没想到，吕俊乔竟然说："这是时刻表现本公子正气凛然的必备道具，怎么可以不随时随地放在身边呢？如果放进空间戒指再拿出来，人家姑娘会觉得很没有诚意的！"莫元明听完吕俊乔的话，心中不禁想道：什么表现正气凛然的必备道具，是泡妞的必备道具才对吧！

就在姬彩月离去之后，莫元明、莫元清和吕俊乔刚转身向着男生宿舍的方向走去，准备去找自己的宿舍时，莫元明听到身后传来一道惊喜的甜美女声！

"元明哥哥！"

吕俊乔听到这个声音，眼前一亮，迅速转过身来，便看到他们刚刚走进来的学生宿舍区的门口处，一位扎着两个小辫子、双眸清澈见底、一身青衣的女孩，一副俊俏模样地站在那里！

女孩两手放在后背，脸上带着甜甜的微笑，望着莫元明众人所在的方向！

吕俊乔一转身见到女孩，心中便立即想道：好一个可爱的小萝莉！

然后，吕俊乔的目光由上至下地扫视了女孩一遍，再次想道：虽然身材欠佳，但是等她长大之后，肯定又是一个清纯可人小妞，要是来个天使养成计划，那就真的是一级棒了！

想到这里，吕俊乔的眼中瞬间流露出如同发现宝物的目光，莫元明与莫元清此时方才转过身来，莫元明看到他们刚刚走过门口的入口处俏生生地站着的青衣女孩，脸上露出一个柔和的笑容，望着女孩的目光中透露着一丝宠溺。

然后莫元明便惊喜地对着那女孩喊道："灵珊！"

与此同时，莫元明用只有他们三个人才能听到的声音，低声说道："打一下吕俊乔这家伙的脑袋，让他清醒一下，别乱动歪点子！"

　　莫元清听到莫元明的话，脸上露出一阵坏笑，然后对着吕俊乔的脑袋狠狠一敲。刚刚听完莫元明的话，才反应过来的吕俊乔，立即转身一挡，转头望着莫元清说道："打我干吗，我又没做什么！"

第六十五章　再见灵册

第六十六章
未来寝室

莫元明淡定地回答道:"你又想什么!"

吕俊乔当即就不服了,抗议道:"想也要被打啊?"

莫元明淡定地说道:"那是!"

此时,莫元清也插口道:"你被打是活该!"

之后,莫元清与吕俊乔再一次爆发"战斗"!

这时候,莫元明再也不管这两人,向着灵珊走去,而灵珊则欢快地向着莫元明跑来。然后,莫元明给她来了个熊抱,之后便放开,对着可爱的灵珊,说道:"小妮子,变重了!"

灵珊被莫元明抱了一下,有些脸红,小声地抗议道:"人家哪有变重!"

此时,莫元明望着灵珊有些疑惑地说道:"灵珊,你怎么会在这里,翁前辈呢?"

莫元明提到这个,灵珊眼眶有些红了起来,微微抽泣起来,然后,对着莫元明哽咽地说道:"师父把灵珊带到这里之后,就走了,说让灵珊在这里好好学习,早日成为一个合格的天印者!"

灵珊说到这里,停顿了一下,擦掉眼泪,不再抽泣,然后抬头望着莫元明说道:"对了,师父还说过,如果在这里遇到元明哥哥,就把这个交给你!"

说完,灵珊从空间戒指中取出一封书信,交到莫元明的手上。

莫元明接过灵珊递给他的书信,打开信封,翻开折叠的信纸,看到里面的内容:元明,老头子我说过,老夫会有用到你的时候,现在就是你报答救命之恩的时候了。自从老夫我在河中岛遇见了你,并感受到你的灵力等级,就已经知道你一定会进入天印者学院。并且,你又在河中岛取得突破,晋级到天印行者阶段,那时,我就更加坚信了。而珊儿也渐渐长大了,为了珊儿的前途,老夫必定要将其送到学院中学习的。老夫当年行走大陆的时候,还认识一些人,再加上珊儿自身的天赋,老夫便将珊儿送到天印者学院。但是,老夫自己也有重要之事,不能将珊儿带在身边,因此,在学院期间,拜托你帮忙照料一二,老夫希望珊儿的童年能快快乐乐地成长,在学院中不要被别人欺负，这些就拜托你了！

上面的署名是莫元明，下面的落款为一个单字"翁"！

莫元明看完翁前辈的这封信之后，抬起头望着灵珊天真可爱的样子，心道：翁前辈真的很爱护灵珊啊，还特地写信嘱托，不管是为了报答翁前辈与灵珊的救命之恩，还是其他什么，都要照顾好灵珊才行。

此时莫元明并不知道翁前辈在哪，只能抬头望了望远方的天边，心中想道：翁前辈，你放心好了，我一定会尽我所能照顾好灵珊，不让她受到别人的伤害！

灵珊见莫元明抬头望着远方的蔚蓝天空，顺着莫元明的目光望去，没发现什么特别的，只有湛蓝的天空和洁白的云朵儿，便转过头来，望着莫元明，一脸好奇地问道："元明哥哥，你在看什么？"

莫元明听到灵珊的话，收回望向远方的目光，低头望着眼前这个单纯可爱的小女孩，莫元明像个小大人一样拍了拍灵珊的肩膀，用一种成熟的语气说道："没什么！"

然后，莫元明目光一转，对着灵珊说道："灵珊，以后在学院遇到什么问题，尽管来找元明哥哥，知道吗？"

灵珊听到莫元明的话，开心地点点头，说道："好啊，我在这里只认识元明哥哥，我一定会来找元明哥哥的！"说完，灵珊再次露出一个可爱的笑容。

听到灵珊的话，莫元明点点头，再次说道："不用担心，灵珊会在学院里交到很多朋友的！"

灵珊惊喜地问道："真的吗？"

莫元明认真地点点头，回答道："当然是真的！"

灵珊顿时一阵欢呼："好耶！"

这小姑娘雀跃了一会儿，转头望着莫元明，天真地说道："不过，我还是会来找元明哥哥的！"

莫元明点点头，说道："嗯，嗯，这是当然！"

此时，吕俊乔与莫元清已经"战斗"完毕，吕俊乔瞬间整理好自己的仪容仪表，扇了扇扇子，走到莫元明旁边，对灵珊露出一个儒雅的微笑，说道："你好，我是元明的朋友，我叫吕俊乔！"说完，吕俊乔优雅地伸出一只手。

看到吕俊乔要和灵珊握手，莫元明望着他的目光充满警惕，似乎吕俊乔是个危险物品似的。

灵珊见是莫元明的朋友，有些羞涩，但依旧开心地说道："你好，我叫灵珊！"然后，伸出娇小的玉手准备和他握手，但是却被莫元明飞快地挡了下来，莫元明说道："好了，你们也认识过了！"

莫元明的做法瞬间让吕俊乔的笑脸石化在那里。

此时，吕俊乔身后传来一道声音："活该"，不用想也知道，说话的是莫元清。莫元清说完，便从吕俊乔身后走到莫元明旁边。

莫元明见表哥走了过来，便介绍道："这是我的表哥，叫莫元清！"

莫元清听到莫元明介绍他，便转头望着灵珊，大大咧咧地说道："你好！"

第六十六章　未来寝室

然后，莫元明又指着灵珊对莫元清说道："这就是我跟你提过的，河中岛的那个灵珊！"

灵珊听到莫元明介绍她，便用那甜美的声音对着莫元清乖巧地回应道："你好！"

莫元清望了灵珊一眼，听到莫元明的话，方才露出粗犷的笑容，说道："谢谢你救了我表弟！"

灵珊听到莫元清的话，用天真的甜美声音回答道："是师父救的，我只是帮忙照顾一下元明哥哥而已！"

莫元清听到灵珊如此回答，顿时好感大增，笑容也变得柔和了一些，然后说道："不管怎么样，谢谢你们救了我表弟！"

莫元清说完这句话，伸手指了指，依旧处于尴尬状态的吕俊乔，说道："还有，小心这家伙，这家伙不是什么好人！"

吕俊乔听到莫元清当着女生的面，竟然说他不是好人，顿时就怒了，转头对着莫元清说道："什么叫我不是什么好人，我看你才不是什么好人！"

莫元清听到吕俊乔的反驳，用一种怪异的声音说道："谁是禽兽，谁知道！"

吕俊乔便再次反驳，说道："你干吗说你自己？"

莫元清听到吕俊乔的话，刹那间也怒了："说的是你，大禽兽！"

吕俊乔再次用无赖似的语气反驳道："你才是！"

看到再次吵起来的莫元清与吕俊乔，莫元明脸上露出无奈的苦笑，对着旁边的灵珊说道："他们两个就这样，习惯就好了！"

灵珊望着唇枪舌剑的莫元清与吕俊乔，笑着说道："没关系啊，我能感觉得到他们其实心里挺开心的，并没有真的生气！"

莫元明听到灵珊这句话，顿时好奇起来了，说道："哦，你能感觉到？"

灵珊天真地点点头，说道："对啊，我能感觉到别人是好心还是坏心，师父说这是天赋异禀！"

莫元明顿时认真起来，心中想道：竟然还有这种能力？真是神奇，既然翁前辈这么说，一定有他的道理。

莫元明这么想着，但是，心中依旧有些怀疑，不过莫元明想不通也就不多想了。

此时，灵珊说道："所以，灵珊知道元明哥哥对灵珊一直很好！"

莫元明听到灵珊的话，脸上顿时露出一个无比真挚的笑容，灵珊这句话让莫元明心中感到由衷地欣慰和开心！

莫元明伸出手，像摸着邻家小妹的头一样，宠溺地摸了摸灵珊的脑袋。

而灵珊则有些羞涩地低下了头。

莫元明、莫元清与吕俊乔等人接下来要前往男生宿舍片区，灵珊身为女生也不方便过去，便与莫元明三人道别。莫元明再一次叮嘱灵珊，遇到什么麻烦尽管来找他。之后，莫元明三人便与灵珊道别，向男生宿舍片区走去。

在前往男生宿舍片区的路上，吕俊乔带着邪恶的微笑，眼神古怪地望着莫元明调侃道："元明，没想到你好这一口，小萝莉哦，嘿嘿！"

莫元明听到吕俊乔的话，顿时一个趔趄，差点摔在地上，然后，猛地转头望着吕俊乔，大声说道："这是一位前辈嘱托我照顾一下他的徒弟，好不好？而且，人家对我有救命之恩，怎么能置之不理呢？"

听到莫元明的话，吕俊乔却用折扇掩住嘴巴，用那邪恶眼神望着莫元明，并对莫元明甩甩手，说道："不用解释，解释就是掩饰，嘿嘿！"

莫元明听到吕俊乔的话，郁闷到有一种吐血的冲动，然后再次转讨头用鄙视的眼神望向吕俊乔，说道："还是那句话，真应该在你的脑袋里装个抽水马桶，把脑袋里面不干净的东西全部冲掉！"

莫元清也望着吕俊乔挤兑道："那他的脑袋就整个抽掉了！"莫元清说完，自己便狂笑起来！

吕俊乔听到莫元明与莫元清唱双簧似的调侃，顿时撇过头去，不再看这两个联合起来挤兑他的家伙，"哼"了一声，说道："二对一，胜之不武！"

听到吕俊乔的话，莫元明用十分淡定的语气，说道："是你人品不好！"

莫元明的话一说完，这回轮到吕俊乔有种吐血的冲动了！

此时，吕俊乔望了望眼前那栋高大的宿舍楼墙上的号码，再低头看看手中的宿舍钥匙挂牌上的号码，然后转头对着莫元明与莫元清，说道："我到了，你们两个慢慢找去吧！"

吕俊乔说完，便转身向着这栋高大楼宇的楼梯口走去。在吕俊乔准备踏上楼梯的时候，传来莫元清的声音："晚上不要出去干坏事啊！"

听到这句话时，吕俊乔顿时一个趔趄，立即转头，对着莫元清怒吼道："你才干坏事！"然后，便怒气冲冲地走上楼去了。

莫元清见吕俊乔的身影消失在视线中，便耸耸肩，然后和莫元明继续往前走去。走了没多久，莫元清的宿舍楼也到了，便和莫元明告别，踏上自己所在的那栋宿舍楼的阶梯，去找自己的寝室去了。

莫元明告别表哥莫元清后，便继续沿着道路向前走去。没过多久，莫元明望着眼前位于宿舍区最角落的宿舍楼宇，苦笑了一下，没想到他竟然在最里面那一栋宿舍楼。莫元明无奈地看看手中的宿舍钥匙挂牌，便踏上这栋楼的阶梯，去找自己的寝室去了。

学生宿舍区域一共有八栋宿舍楼，左边四栋为女生宿舍区，右边四栋为男生宿舍区，女生宿舍区称为阴字区，男生宿舍区为阳字区，而男生片区的每栋宿舍楼墙上都有一个大字，分别为"天、地、玄、黄"，女生宿舍区同样如此分类。房间则是直接为数字号码。

莫元明的宿舍楼正是位于男生宿舍片区最后面那栋"黄"字楼！而莫元明手上的钥匙挂牌为"阳黄四一二号房"。

这个数字的第一位为寝室的层数，后面两位方才是寝室的号码，而学生宿舍区的楼高至八层，一层有二十个寝室房间。

莫元明走上了男生宿舍片区，黄字楼的阶梯之上，很快上到了四楼，然后按照手中号码牌的房号，找到了"阳黄四一二号房"！

第六十六章　未来寝室

莫元明找到房间后，看到整条走廊上是一排排的房间，房间门皆为桦木所制，而桦木门上没有任何着色和装饰，只是桦木的本色。

而每个寝室的门旁边都有一盏粘在墙上的铁制烛台。每个烛台之上，都放着一根蜡烛，想来是晚上照明用的。每个寝室的门上都钉着一个木制门牌，而莫元明眼前的这个木门的门牌上，便刻着"阳黄四一二号房"的字样。

第六十七章
未来舍友

在莫元明等人报名的时候，主管报名的工作人员便告诉他们，宿舍房号是随机分配的，但是，新生都会一起住在几个区域。

而莫元明来到学生宿舍区，经过观察之后，再结合之前报名处的工作人员所说的内容，便大概知道"天、地、玄、黄"四栋宿舍楼都有新生入住，并且新生均聚集在宿舍楼的邻近几层，例如，莫元明所住"黄"字楼的三四层便都是今年的新生。

莫元明望着眼前木门门牌上"阳黄四一二号房"的字样，再对照下手中钥匙的挂牌，便用手中的钥匙打开了眼前宿舍的房门。

莫元明推开宿舍的房门之后，看到宿舍里面有四张木制的床放在房间的四个角落，每张木床的旁边还配置了一个木制的书桌和木制的椅子，还有一个木制的衣柜，设施十分齐全。

莫元明还留意到房间之内还有一个房门。房门开着，莫元明看到似乎是厨房、洗澡间和洗手间，而且床上还有被褥枕头等，真是应有尽有了！

房门位于房间中央，左右两边各是两个床位和配置的书桌及衣柜。房间中央的过道约有两米宽。经过莫元明的目测，这个房间的面积大约有七八十平米，对于宿舍来说算是相当宽敞了。

而每栋宿舍楼走廊的尽头都是对外的阳台，可以一眼望到对面的男生"玄"字楼，两楼相距约有百米距离。

此时，莫元明方才注意到，左边靠里面的床位上，已经有人在整理自己的床位了，他正在拆掉床上原来的被褥，换上自己带来的一些床单、被褥等。

此人听到房门打开的声音，便放下手中的活，转过身来，抬头望着莫元明。乌黑的长发披肩而下，柔和的眼神，白皙的皮肤，翘挺的鼻梁，虽然谈不上特别英俊，却是白白净净的样子，脸上还带着一抹微笑，一副和蔼可亲的样子。

他见到莫元明进来之后，便热情地打起招呼来，伸手与莫元明相握，莫元明当然不会不给面子，这可是以后要长期相处的舍友。那人带着和睦的笑容，对着莫元明说道:"你好,我叫伊舒黎,来自魏国长德镇,是一名木属性天印者!"

莫元明伸手与其相握,然后也笑着说道:"你好,我叫莫元明,来自吴国天风镇,是火属性天印者!"

莫元明与伊舒黎很快便熟络起来。莫元明发现伊舒黎十分健谈,二人经过一番畅快地交谈之后,便开始整理自己的行李。二人整理完行李之后,便开始打扫房间。

在二人打扫房间的时候,房门再次被打开,这时,伊舒黎刚好在门后面低头扫着地,"嘭"的一声,打开的房门撞到了伊舒黎的脑袋上。

伊舒黎"哎哟"一声,摔倒在了房间的地板上。莫元明赶紧放下扫帚,上前去扶伊舒黎。莫元明弯下腰去扶伊舒黎的时候,一个巨大的身影挡住了房门的阳光。

这时莫元明与伊舒黎发现房间突然变黑了许多,他们都看到了地面上那高大的影子。

这人庞大的身躯,相对于伊舒黎与莫元明来说,是相当魁梧!

因为两人背对着阳光,莫元明与伊舒黎二人都没看清楚此人到底长什么模样。

那站在门口的人似乎刚刚发现摔倒在地的伊舒黎,然后便伸出一只巨大的手掌,拉住伊舒黎的另一只手。那人几乎只用一只手的力气,便把伊舒黎扶了起来,因为莫元明感觉到自己似乎没用多少力,伊舒黎便被扶了起来。

此时,那人侧过身来,望着莫元明与伊舒黎二人咧嘴一笑,露出在阳光下闪亮的牙齿。

在这魁梧的人侧过身之后,莫元明与伊舒黎二人方才看清楚此人的模样。此人肤色有些黝黑,刀削斧砍似的方正脸庞,给人一种刚正不阿的感觉,阳光的外形,"坚毅"二字似乎就写在他的脸上。

莫元明与伊舒黎二人看到此人的第一感受就是,这人是条刚烈的汉子。他寸长的黑色短发似乎更体现了这一点。

此人见到莫元明与伊舒黎二人之后,将门口处被阳光照耀的右手在自己的裤子上蹭了两下,似乎要抹干净似的,然后伸向莫元明与伊舒黎二人,脸上带着阳光的笑容,说道:"你们好,我叫宋雪峰,来自天齐国松岭镇,是一名金属性天印者!"

莫元明与伊舒黎二人看到宋雪峰已经伸出手来,并介绍了自己,二人便依次与宋雪峰握手,并再次介绍自己。而伊舒黎依旧带着和睦的微笑,依旧是那么热情。

莫元明、伊舒黎与宋雪峰相互介绍完毕之后,便愉快地交谈起来。让莫元明与伊舒黎二人没想到的是,这个长相魁梧、一眼看去像个粗人的宋雪峰,也十分健谈。

很快,莫元明、伊舒黎和宋雪峰便熟络起来。正当三人在门口畅谈的时候,一个男孩的身影出现在了门口处,对着高大的宋雪峰,开口说道:"喂,你挡住我了!"

莫元明、伊舒黎和宋雪峰听到声音之后,皆转头望去,一个短发小男生站在那里,莫元明与伊舒黎的身高差不多,而他的身高似乎比莫元明与伊舒黎还要矮上一些。

因此,宋雪峰需要低头才能看到他,宋雪峰看到他之后笑了一下,给他让出条道,那小男生便径直走了进来,走到右边的床位上,一屁股坐了下去。

在这位小男生走进来之后,莫元明与伊舒黎方才看清楚他的模样。

这位小男生和宋雪峰一样是乌黑的短发，但却很柔顺，并不是像宋雪峰那种针毡一般的短发。

小孩似的脸蛋，一脸稚嫩的样子，明亮的眼睛，红润的皮肤，给人感觉似乎是一个娇气的贵族子弟似的。

莫元明、伊舒黎和宋雪峰三人，见这位小男生径直走了进去，占了个床位，都没有跟他们打招呼，就发现这位小公子脾气还不小。

但是，三人脸色都没什么变化，一副淡定的样子，而伊舒黎依旧是一副老好人的样子，走过去热情地和这位小男生打招呼，说道："我叫伊舒黎！同学，你呢？"

宋雪峰也开口说道："对啊，自我介绍一下啊，小弟弟！"

这位小男生从空间戒指中拿出一些东西，在床上随意地摆弄着，然后，头也不抬地回答道："孙嘉旻！"

过了一会儿，摆弄完床上的东西后，小男生方才抬起头望了宋雪峰一眼，笑也不笑一下地说道："我年纪和你们差不多，不要叫我小弟弟！"

宋雪峰听到孙嘉旻的话，对着莫元明与伊舒黎耸耸肩，说道："好吧，同学！"

然后，宋雪峰与莫元明便互相介绍起来。但是孙嘉旻并没有因为他们的话而抬起头，只是淡淡地"嗯"了一声。

伊舒黎继续问道："嘉旻，你来自哪里呢？"

孙嘉旻听到伊舒黎这么叫他，抬起头望了他一眼，才说道："天齐国拓封城！"

伊舒黎见孙嘉旻只是问一句答一句，有些无奈地笑笑，然后，继续问道："那嘉旻你是什么属性的天印者呢？"

孙嘉旻听到伊舒黎的问话，方才再次抬起头，说道："雷属性！"

听到孙嘉旻的话，莫元明、伊舒黎以及宋雪峰三人眼中闪过一丝惊讶，伊舒黎和宋雪峰心中想道：竟然是雷属性。

莫元明心中也惊讶地想道："竟然和我一样有雷属性，稀有属性并没有传说中那么稀少嘛！"

此时，墨菲特的声音在莫元明心中响起："你的想法不完全对，也不完全错，稀有属性确实没有想象中那么稀少，但是，相对于天印者中五行属性的天印者数量来说，就可以算得上是稀少了！"

莫元明暗自点了点头，心中对着墨菲特爷爷说道："原来如此！"

虽然孙嘉旻寡言少语义较有个性，但在伊舒黎、宋雪峰这两个十分健谈的人士和伊舒黎的热情招呼之下，莫元明、伊舒黎、宋雪峰以及孙嘉旻四人依然很快地熟络起来。

四人相互熟悉之后，便开始整理自己的行李和床位，并分工合作，开始对他们未来的小家阳黄四一二寝室进行一番大扫除。

四人打扫完宿舍之后，正午的太阳已经悬挂于正空中了，四人便约好一同前往学生宿舍区的食堂。

男生片区位于学生宿舍区的正北方，女生片区位于学生宿舍区的正南方，而学生宿舍区之内的正西方是一个大型的学生食堂。

这些在天印者学院新生报到时的入学资料里面都写得十分清楚，学院的地图上也有明确的标示。

莫元明、伊舒黎、宋雪峰以及孙嘉旻四人来到位于学生宿舍区正西方的学生食堂时，便看到了络绎不绝的天印者学员出入食堂。同时，莫元明四人也惊讶于食堂的大小，整整五百平方米的三层建筑坐立在学生宿舍区的正西方，位于学生宿舍区的男生片区与女生片区之间。

莫元明、伊舒黎、宋雪峰以及孙嘉旻四人进入食堂之后，更是被天印者学院学生食堂的菜式所震惊：食堂的各个窗口内，各种各样的菜式五花八门，似乎整个天齐大陆的菜式都在此聚集一堂，而价格也有着巨大的差异，低至几个铜币，高至上百个金币的都有。

上百个金币对于普通家庭的人来说，相当于几年的收入了。

这次是莫元明、伊舒黎、宋雪峰以及孙嘉旻宿舍四人的第一次聚餐。宋雪峰阔绰地出手请大家吃了一顿好的，几人推托数次之后，拧不过宋雪峰，便只好答应。

不过，宋雪峰的家庭条件确实应该不错，伊舒黎以及孙嘉旻、莫元明并不知道，但相对于莫元明来说，他点的菜式基本都是几金币以上的，这消费水平对于莫元明来说，确实有点压力。

莫家庄筹出的给莫元明与莫元清二人的生活费，一年也就一百个金币，这还是庄子里的人一起筹出来的，如果由莫元明与莫元清的家庭单独支撑的话，恐怕没那么多。

而宋雪峰请的这一顿饭，已经抵得上莫元明与莫元清二人加起来一年的生活费了。

对此，莫元明没什么好说的，只能把宋雪峰的豪爽与阔绰记在心里，将来有机会了再还报便是。

莫元明看了下伊舒黎、宋雪峰以及孙嘉旻三人在进入食堂后见到菜式价格的反应，便大概知道自己恐怕是四人里面最穷的了。对此，莫元明只能苦笑一下，并没有多大影响，心中想道：穷人家的孩子，有穷人家的过法嘛！

从这一顿饭开始，莫元明便开始了在天印者学院的学习生涯。

接下来的日子，莫元明几乎过上了四点一线的生活，每天都是修炼、锻炼、上课、吃饭，莫元明的身影基本上都在宿舍、教室和食堂这三个地方之间来回奔波着，偶尔，莫元明会去尝试在课堂上学习到的天印技，或者是一些灵力的运用技巧。

莫元明来到天印者学院后，并没有将每天早晨与傍晚的锻炼给落下，因为墨菲特告诉过他，天印者的修炼重点虽然在于天印灵力，但身体也不能落下。

第六十八章
一年光阴

墨菲特爷爷对莫元明所说过的原话是："身体是一切的根本，无论何时都不能忽视对身体的锻炼，很多身体羸弱的大印者，在还没强大起来之前，甚至还没发动技能，便被武者给杀掉了。因此，不管灵力、天印技有多强，在使用不出来的情况下，一切都是空谈！"

莫元明谨记墨菲特爷爷所说过的这段话，因此，每日早晨与傍晚都坚持锻炼身体，而且，还约了表哥莫元清一起锻炼。莫元清在莫元明的要求下，自然也就参与进来了。这么多年以来，早晨与傍晚的锻炼对于莫元明与莫元清来说，似乎已经成为一种生活习惯了，如果哪一天没练，他们二人还真不习惯。

在上课前，莫元明根据课表的指引，找到了他们这一届火属性区域的教室，同时也找到了稀有属性的雷属性区域的教室。但是因为莫元明表现并不突出，而且莫元明基本都会在上课前几分钟到，一下课便离开教室，只有在上课的时候才能见到莫元明的身影，在其他时候都很难见到他。

而在这一届火属性区域的班级上，表现最突出的人，莫元明也见过，便是那位上官家族的子弟——上官炎洛！

刚开始时，上官炎洛还特地留意莫元明，但是在接下来的时间，他并没有发现莫元明有什么特别之处。经过观察之后，上官炎洛认为莫元明对他而言没有威胁，目光之中便闪过一丝藐视，便不再理会他，他更享受在班级上表现突出时，班上的同学投过来的艳羡和崇拜的目光。因为上官炎洛的突出表现，以及他上官家族子弟的显赫身份，名声在校园之内不胫而走，很快就被称为风云人物。

光阴似箭，一年的时间眨眼而过。

莫元明在学院中表现平平。在期末的测试中，不管是火属性，还是雷属性的课程，都是刚好合格。

其中值得一提的是，因为莫元明修炼耽误了时间，当他赶到期末测试的教室时，教室里面已经空无一人了，因此，他只能去找老师给他单独测试，而且雷属性和火属性的测试都是如此，真不知道他是不是故意的。

不过，由于莫元明平时是个十分听话，而且认真勤奋的学员，虽然没什么惊人的表现，但是在老师心中是一个十分安分、努力的学员，莫元明的勤奋几乎每个人都看在眼中，因此，老师也没有为难莫元明，特批对他进行单独测试。

但也正因莫元明如此勤奋，却没有什么突出的表现，这让上官炎洛对莫元明更加轻视。

莫元明现在的表现与莫元明在进入天印者学院之前的惊艳表现相距甚远。但是，莫元明进入天印者学院之前的表现也只有昔日与其一同进入天印者学院的姬彩月、吕俊乔和莫元清三人知晓。他们曾经问过莫元明是怎么回事，是不是修炼中遇到什么问题了，需不需要他们帮忙，但是莫元明给予他们的答案都只是一笑而过。

除了他们，还有就是一直盲目地相信莫元明的实力不止如此的灵珊小姑娘。

在这一年期间，宿舍的伊舒黎、宋雪峰以及孙嘉旻三人在有空之时，经常前往学院南部的繁华区域，美其名曰去广交好友，实际上是出去逍遥快活了，只不过莫元明很少参与。

而阳黄四一二宿舍的伊舒黎、宋雪峰以及孙嘉旻三人，也总算见识到什么是修炼狂人了。在他们的口中，莫元明变成了修炼疯子。

经过一年的相处，莫元明、伊舒黎、宋雪峰以及孙嘉旻四人算是意气相投，四人都是不做作、真性子的人，因此，四人关系极好，还结拜为异姓兄弟。至于兄弟间的排位，则按照年龄大小来排位，老大宋雪峰，老二伊舒黎，老三莫元明，老四孙嘉旻。

天印者学院的学员们在刚进入学院之后，开始不断地学习与接触新的东西。一个全新的天印者世界在他们的面前拉开帷幕。

在这一年之内，几乎每个学员都进入爆发式的成长期。

而在这一年当中，表现优秀的学员也纷纷在课堂以及期末测试中崭露头角。期末测试和入学测试一样，分为两部分：第一部分是灵力等级测试，第二部分则可以通过任何方式展现自己。

而在这一年当中，似乎每个属性都有一至两名表现最为优异的学员，成为学院的风云人物。他们在期末测试中所展现的能力也相当不简单。

其中一点是让莫元明没有想到的，这些名声大噪的风云人物里面竟然有那么多熟人！

而在这一届当中，名声传遍学院、表现异常突出的优秀学员分别是：火属性区域的上官炎洛、钟离奎；水属性区域的南宫珣、姬彩月；金属性区域的霍惊天、霍迪；木属性区域的灵珊、伊舒黎；土属性区域的吕俊乔、冯笛侯；风属性区域的莫元清、西门飘雪；雷属性区域的孙嘉旻、方律申；冰属性区域的南宫伊卿。

天印者学院推崇的理念是一切以实力为标准，而战斗是检验实力的最好平台。因此，期末测试之后便是学院一年一度同届之间的天印者大赛，大赛的胜利者能够获得学院丰厚的奖励。

在新生第一年学习完毕、期末测试结束之后，天印者学院一年级的天印者大赛在学院教师的安排以及高年级学生的配合之下，正忙碌而紧张地准备着。

与此同时，学院已经发出正式通知，天印者学院一年级天印者大赛将于学院期末测试结束的一个星期之后，在天印者学院交战区进行！

而天印者学院一年级学生的天印者大赛也正式开始报名了。在这个星期之内，学院所有的一年级学生都可以到天印者学院教学区属性区域内设立的临时报名点进行报名，天印者学院教学区内每个区域都将设立分点！

天印者学院一年一度的天印者大赛的报名刚刚开始，莫元明便被宿舍的老大宋雪峰、老二伊舒黎、老四孙嘉旻扯着来报名了。莫元明原本并不打算报名参加比赛，只是想看看，然后继续自己平日的修炼。

但是莫元明宿舍的几人死活不同意，宋雪峰说："老三啊，在这一年里，你不陪我们去学院里面的商业街，我们的聚会不参加也就算了，你这个修炼狂人不参加这种比赛真的可惜了，所以你必须去！"

对于宋雪峰所说的话，莫元明非常无奈。莫元明便苦笑着说道："老大，我……"

"你什么也别说了，你的期末测试我们都没瞧见，这次怎么也要露两手。老二、老四，你们说，学院这么多名人，怎么能少了我们老三呢？"宋雪峰没等莫元明把话说完，就立即打断了。

"对，没错！"孙嘉旻一脸正经地说道。

"老三，你还是去吧，参加比赛，能够和这么多同级别的高手交手，是一个难得的实战机会，这对你的修炼不也有帮助吗？"伊舒黎微笑地望着莫元明说了这么一句。

莫元明听到二哥伊舒黎的话，叹了一口气，无奈地望着眼前的三人，说道："既然如此，好吧！"

听到莫元明肯定的回答，宋雪峰三人都笑了。

莫元明便从床上爬下，走向他的衣柜，准备换件衣服再去报名。

这时，听到宋雪峰说："老三，你干吗？"

听到宋雪峰的问题，莫元明反而疑惑了，摸不着头脑地回答道："换衣服，和你们一起去教学楼报名啊！"

宋雪峰听到莫元明的回答，二话不说，抓着莫元明，便向宿舍外跑去，同时，还说道："不用换啦，赶紧啦，我们说服你花了不少时间，已经有很多人去报名啦，我们得抢在前头！"

结果，莫元明在老大宋雪峰和老二伊舒黎二人两只大手的拉扯之下，被带出了"阳黄四一二"宿舍。宋雪峰和伊舒黎一人抓住莫元明的一只手，把莫元明从"黄"字楼的四楼宿舍飞快地架到楼下，老四孙嘉旻便在三人后面快速地跟上。

莫元明被宋雪峰和伊舒黎二人架下楼之后，宋雪峰一行四人便飞快地向天印者学院教学区的教学楼赶去。一路上，也遇到许多同样要去报名的一年级学员。

宋雪峰一行四人来到天印者学院教学区的教学楼之后，便看到天印者学院难得一见的人山人海的场景：众人聚集在教学楼内，各个属性区域的报名点周围都聚满了人，因为天印者学院今年的一年级天印者大赛的报名点设在教学楼各个属性区域的一楼，因此，宋雪峰一行四人刚来到教学楼便看到天印者学院内如此罕见的场景。

即便在学生宿舍区的饭堂，也没有同时聚集过那么多人，而且天印者学院范围极大，许多高年级学生有不少跟学院申请之后，都在天印者学院内其他地方建了一些居所，也有不少常年在外执行任务，或者长期在学院的其他地方修炼。

因此，学生宿舍区内大部分都是低年级学生，最多的是刚入学一年的一年级学员们。

天印者学院占地面积极大，这么多学员汇聚一堂的场景还是很少见的。因为天印者学院这一届的学员比往年的都要多，才出现了今年这样的场面。

连一些负责登记报名工作的教师和高年级学生都没有想到，天印者大赛报名第一天便有这么多学员来报名，导致现在负责报名工作的教师和高年级的学员都忙得不可开交。

宋雪峰、伊舒黎、莫元明、孙嘉旻一行四人见到眼前的场景，不由得愣了一愣，因为平时教学楼大部分时间都是空旷无比。众人没有想到今日竟如此夸张，一见到眼前教学楼犹如菜市场，都有一种脑子瞬间短路的感觉，一时间四人都愣在了当场。

宋雪峰一行四人愣了一会儿之后，宋雪峰脸上突然浮现出一抹奇异的笑容，那脸上的表情似乎是一副唯恐天下不乱的样子。

见到宋雪峰这个表情，伊舒黎常年热情洋溢的脸上露出了一个苦笑，而一向淡定的莫元明见到宋雪峰这个表情，便有些结巴地望着宋雪峰说道："雪峰老大，你……你，该……不会想？"而孙嘉旻见到宋雪峰这个表情之后，脸上的表情没有任何变化，只是用他一贯冷漠的语气，说道："雪峰老大，我已经准备好了！"

以伊舒黎、莫元明、孙嘉旻三人对宋雪峰的熟悉程度，当看到宋雪峰的这个表情之时，就知道宋雪峰接下来想干什么了！

然后，只见宋雪峰举起右手，大喊道："兄弟们，我们杀到前面去，抢到头牌！"

听到宋雪峰的话，孙嘉旻一马当先地蹿进了人群当中。宋雪峰紧随其后，莫元明跟在宋雪峰后面，伊舒黎殿后，四人的默契在这一刻充分体现。

当然，这种默契是在宋雪峰的要求下锻炼出来的。这还要从天印者学院内的商业街举办的一次低价促销活动开始说起，这是莫元明少数几次出门干除了修炼、上课以外的事情。

经过一年的相处，宋雪峰、伊舒黎、莫元明、孙嘉旻四人之间虽然谈不上知根知底，但是大家都已经比较了解。

在莫元明所了解的信息中，宋雪峰是天齐大陆第一商会会长宋仁杰的儿子，家财万贯，说是身家富可敌国，丝毫不夸张。这些信息莫元明还是从二哥伊舒黎那里得知的。

第六十九章
天仙神女

宋雪峰由于家庭环境的影响，继承了家族精打细算的秉性与技能。在那次天印者学院南部区域的商业街推出这个活动之后，宋雪峰的商人本色充分体现了出来。宋雪峰经过一番计算与准备，列出了一张购物清单，里面包括了宋雪峰自己，还有伊舒黎、莫元明、孙嘉旻三人所需的几乎所有物品。

在宋雪峰的要求下，他们设计出一个"抢购队形"，专门针对这次促销活动的抢购。当天印者学院的南部商业街活动开始的当天，宋雪峰、伊舒黎、莫元明、孙嘉旻四人的表现几乎让参与抢购的人员以及商家"触目惊心"！

结果，在宋雪峰的带领下，莫元明一行四人几乎以扫荡的形式，取得了辉煌的战果，超额完成了预期目标，成功地买到了宋雪峰所列出的清单上的所有物品，这也导致阳黄四一二宿舍几乎一年不需要购买任何生活用品。

当然，这个"抢购队形"也就顺理成章地延续下来了，以老四孙嘉旻这位雷属性天印者，在爆发与突进方面最为擅长的人走在队伍前面；老大宋雪峰这位队伍的指挥官，站在第二个位置，指挥队伍的前进与方向；排在队伍第三的老三莫元明，负责应付意外情况；而排最后的老二伊舒黎以稳定的木属性作为殿后，这样的阵型几乎可以用来进行团队作战了。

不过，莫元明心中根据对于老大宋雪峰的性格判定，除擅长计算之外，还是个喜欢闹腾的家伙，不然也不会在身家如此雄厚的情况下依旧参加低价促销。伊舒黎、莫元明、孙嘉旻三人十分怀疑，这是不是为了满足宋雪峰喜欢闹腾、贪玩的心理，以及那唯恐天下不乱的恶趣味。

对于"抢购队形"，除了老四孙嘉旻这个平日不说话的小男生却冲在前头十分热衷地积极参与之外，莫元明与伊舒黎都只是无奈地跟进。

现在，这支"抢购队伍"正在天印者学院教学区教学楼木属性区域的报名点附近的人群当中，飞快地穿梭着。而教学楼木属性区域内的报名点前面原本排好的队形早已被人群冲散，人数实在太多了，负责维持秩序的高年级学员早已不知道被挤到哪个墙角去了。

宋雪峰一行四人则在人群当中快速地突进着。

在孙嘉旻的带领下，宋雪峰一行四人在人群的缝隙当中快速地移动、转向、腾挪着。

不一会儿，宋雪峰一行四人便在宋雪峰这个观察敏锐的指挥官的正确指挥之下，来到了报名点教室的窗口处报名。当四人在拥挤的人群中穿过无数只不知名者的手，从报名窗口处拿到四张天印者学院一年级大赛的报名表，填完之后便准备快速脱离人群。

在宋雪峰一行四人的"抢购队伍"准备撤离的时候，人群的方向突然改变了，不再向报名处拥去，同时，另一个方向似乎传来喧哗之声。

宋雪峰一行四人在还没来得及应变的时候，便被人潮吞没了。宋雪峰一行四人瞬间被人群分割在各个地方。

此时，莫元明侧着身子，人群挤压着莫元明变形的脸颊，莫元明的嘴巴像被夹面包一般，嘟起嘴来。

这时候，莫元明已经找不到老大宋雪峰、二哥伊舒黎以及孙嘉旻的影子了。

莫元明被挤压得变了形的嘴巴，还在口齿不清地嘟囔着："这是什么情况？"

而此时，莫元明向着人群的方向瞄了一眼，总算搞清楚了人潮的方向来自教学区的中央操场，莫元明心中便好奇起来，对着旁边那位同样被人群挤得脸颊变了形但并不认识的天印者学员问道："同学，中央操场发生了什么事？"

此时，那人还在不停地往前挤，听到莫元明的话，用一种看土包子的眼神看着莫元明，然后用那被挤压得嘟起的嘴唇，口齿不清地回答道："你竟然不知道？"

莫元明心道：废话，知道还要问你啊！

那人说完这句，才口齿不清地继续说道："我们这一届最美的天仙女神在中央操场，听说她今天也是来报名参加天印者一年级大赛的！"

莫元明听到那人的话，心中疑惑道：天仙女神？那是什么东西，我们学院有这种东西吗？还是在我们这一届？

如果莫元明心中的话被别人听到，一定会被别人的唾沫淹死，或者被这位天仙女神的崇拜者以及各种粉丝给骂死。

莫元明犹如湍急的水流当中的一片落叶，被人群挤到东边，又挤到西边。莫元明甚是无奈，因为教学楼明文规定，不可以使用天印灵力，不然，真不知道，此时教学楼会乱成什么样子。

莫元明被人群挤得已经无法向外走了，只能随波逐流，向教学区中央操场的方向一路挤过去。莫元明只想早点挤出人群，他已经觉得自己快要喘不过气来了，心中有种欲哭无泪的感觉，同时还想道：用不用这么夸张啊！

莫元明经过不懈的努力，凭借灵活的身手，终于从人群中脱离出来，虽然出来的方式有点狼狈，几乎是以滚的方式跌出人群的。莫元明挤出人群之后，一屁股跌到了中央操场的草地上，大口喘息起来，心中很想抱怨，但是莫元明还是深吸一口气，缓缓平复了下来。

然后，莫元明抬起头才发现，人群几乎都止步于教学区，似乎没有多少人迈进中央操场的区域。

莫元明看到这种情况，瞬间又疑惑起来。片刻之后，莫元明察觉到眼前这些位于人群中最前面的一批人异样的目光。

莫元明心中更加奇怪和疑惑了。此时，却见莫元明眼前这些站在人群最前面的几个人当中，有人向他招手并小声说道："快回来！"

莫元明望着人群边缘跟他说话那人，疑惑地说道："回去？那边这么挤，为什么要回去？"

说完这句，莫元明扫视了一下站在教学区中央操场外的边缘处，说道："你们真奇怪，中央操场这么空，为什么你们还要挤在里面？"

莫元明说完这句话之后，站在教学区中央操场外边缘处的那些人几乎是用一种看傻子的目光看着莫元明。

过了一会儿，又有三个人跌跌撞撞地陆续从人群中的各个位置挤了出来，正是老大宋雪峰、老二伊舒黎以及老四孙嘉旻。

"咦，老三！""三弟""三哥"！三人出来之后，陆陆续续地喊道。

莫元明也一个个地喊道："老大！""二哥！""四弟！"

当三人都听到对方的声音后，方才转过头望向对方，之后宋雪峰、伊舒黎、莫元明以及孙嘉旻四人相视一笑。

而站在天印者学院教学区教学楼边缘的人群，用一种奇异的目光望着他们四人。

而此时，宋雪峰、伊舒黎以及孙嘉旻三人，在相视一笑之后，便抬起头望向前方天印者学院教学区中央操场里面的方向。

随之，宋雪峰、伊舒黎以及孙嘉旻便愣在了当场，眼睛一眨不眨地望着前方，表情似乎都僵硬住了。

宋雪峰、伊舒黎以及孙嘉旻三人从人群当中挤出来，虽然跌跌撞撞，但是并没有跌倒，所面对的方向与莫元明是不一样的。宋雪峰三人是正面对着中央操场的方向，而莫元明是背对着中央操场，面对着站在教学楼边缘的人群。

此时，莫元明看到宋雪峰三人目光傻傻地望着前方，顿时就感觉不对劲儿了，而且，莫元明想起之前挤在人群中时那人对他说的话，说有什么天仙女神在中央操场！

莫元明想到这里，方才用两只手掌撑着双腿的膝盖，从中央操场的草地上站了起来，顺势拍了拍粘在裤子上的杂草，杂草随着莫元明双手的拍打缓缓掉落在了他脚下的草地上。

在这个时候，莫元明方才右脚向着左脚左边一个脚掌距离的位置踏下去了，头部也顺势缓缓转过来，莫元明的眼神顺着宋雪峰三人目光所至的方向望去。

一位美若天仙的白衣女子半蹲在中央操场接近中心的区域，正在轻盈灵巧地追逐着一只毛茸茸的雪白兔子，脸上露出孩子般欢喜的迷人微笑。

女子那吹弹可破、如冰般雪白的肌肤，在温暖明媚的阳光映照之下，透出一抹淡淡的红色云霞，微微露出洁白的皓齿，有如水般清澈的凤眼明眸，如钩般弯弯的

月眉，如玻璃般晶莹剔透的嘴唇，如坠入凡尘的仙子一般出尘的气质，却让人无法产生一丝亵渎之心，这不属于凡间的美却真实地呈现在众多凡人的面前。

这一切的美丽与无瑕让莫元明也如同众人一般，为之惊艳与感叹。

此时，这名美女又半蹲着，追逐着一只可爱的小兔子，洁净的玉手时不时向着小兔子抓去。小兔子每次在仙女的手快要伸到时，便机灵地跳开。

就这样，这位身上散发着不俗气息的仙女，一步一步地追逐着一蹦一跳的小兔子。

让天印者学院前来报名的一年级学员全部跑到教学楼区域的边缘围观。

只不过以莫元明惊人的定力，他很快便从陶醉中脱离出来，心中惊讶了一下，并多了一些警惕。由于莫元明在莫家庄的东边后山有了被狼群袭击的经历之后，整个人便机警了许多。

莫元明此时从陶醉中醒来之后，心中浮现的第一个念头，并不是赞美眼前在中央操场的天仙女神有多美，而是提醒自己在这种情况下，如果敌人在旁边完全可以杀死自己无数遍了。

而考虑到这个之后，莫元明的眼神变得更加坚定了。

但是，与此同时，莫元明再次望向那位追逐着小兔子的仙女的眼神中带着讶异。

因为这位学员口中的天仙女神，他竟然也认识，正是在莫元明刚刚入学时，遇到的怯怯地躲在弟弟后面的那位女生。

想到这里，莫元明低头想了一下：她叫什么名字来着？想想啊……哦，好像是南宫伊卿，嗯，对，没错，是南宫伊卿。真是个奇怪的名字，当时怎么没发觉呢！

在莫元明想起那位天仙女神的名字时，宋雪峰、伊舒黎以及孙嘉旻三人也从对追逐着小兔子的南宫伊卿的陶醉当中脱离出来。

此时，莫元明抬起头，扫视了一下周围，发现大部分人都止步于学院教学区的中央操场之外，只有少数的十几人站在中央操场之内，莫元明心中疑惑起来。

而且，莫元明还在少数几名站在中央操场之内的人当中发现了几个熟悉的身影，其中有一名长相英武的少年。

此人正是莫元明遇到过的上官家的上官炎洛。

而宋雪峰、伊舒黎以及孙嘉旻三人在回过神来之后，也注意到了身边奇怪的场景。三人随即走到莫元明身边聚在一块。

因为莫元明四人的突然进入，让原本就站在中央操场的十多人以及中央操场之外的围观群众，皆望了过来。

感受到这如同寒芒刺背的目光，宋雪峰、伊舒黎、莫元明以及孙嘉旻四人，方才聚在一起。

这种万众瞩目却又觉得不是好事的感觉，让莫元明有点不舒服，但他也不惧怕。

第七十章
天印榜单

莫元明敏锐地捕捉到,那些站在学院教学区中央操场之外的一部分"观众们"望着自己一伙人,似乎有一种看戏的感觉。

这才是让莫元明真正感到不舒服的地方。莫元明对于自己的观察力以及直觉还是十分自信的。他自己也知道,在这一年的疯狂修炼当中,自己与外界的接触确实非常少,莫元明几乎成了与世隔绝的"桃源中人"。

而清楚地知道这一点的莫元明,看到宋雪峰、伊舒黎以及孙嘉旻三人聚集到他的身边,便转头望向二哥伊舒黎,说道:"二哥,这是什么情况?"

莫元明之所以问伊舒黎,因为伊舒黎为人热情和蔼,并且实力也不弱,不然也不会出现在天印者学院一年级的名人榜上了。在这一年之内,伊舒黎广交好友,因此了解的信息也最多,这个时候问伊舒黎绝对没错。

这里不得不提到一年级的一些风云人物,而这些风云人物又是从何而来的呢?

在进入学院不久,二哥伊舒黎打听到的一些消息中,就有提到天印者学院的榜单。

这个榜单是由天印者学院的学员弄的,似乎每一届都有。而且,这些人还弄出各种各样的榜单,其中的情报似乎无所不有,只要有点名气和实力的人,他们都能从学员当中挖出来弄到榜单上,但是却很少有人知道弄榜单的这些人到底是谁!

而且这些榜单并不是弄着玩玩,能够进入榜单的人无不是拥有强大的潜力与实力的人,因为每一届的学员毕业之后,都用强大的实力证明榜单的准确性之高,因此天印者学院内的这些榜单不仅受到学员的关注,更受到大陆各个家族、各种组织以及三大国家的青睐。

这些上了榜单的天印者学院的学员,基本上都会受到许多组织、家族或者国家的拉青睐。

这些榜单之所以那么受天齐大陆各个家族、组织以及国家关注的另一个原因便是,能进入天印者学院本就已经是天赋非凡之辈了,而能够从这一群非凡之辈中脱颖而出的人，潜力只能称为恐怖，这已经不仅仅是天赋的表现了，还是努力与刻苦以及一名天印者毅力的表现。

因此，天印者学院内流行着这么一个不成文的规矩：只要你想成名、想证明你的实力，最快的方法便是挑战各个榜单上的人物，挑战成功者，便有可能一夜成名。

之前所提到的天印者学院一年级学员当中的十五名风云人物便是榜单上的人物。他们上榜之后，同样受到了各种挑战，但是他们都以实力证明了他们确确实实有资格位列榜单之上。

而这个榜单的真正名字叫作"天印潜龙榜"！潜龙榜，不分男女，每一届都有，只会拿同一届的学员做比较。

这些榜单之中还有另外一个叫作"天印腾龙榜"！所含的学员范围则是整个天印者学院，这个榜单不以年级为界限，只看实力。

因为天印者学院，几乎年年都会出现天赋无比可怕的学员，并以令人瞠目结舌的速度成长，拥有足以挑战高年级学员的实力，这种情况在天印者学院屡见不鲜。

而这些强大的低年级学员，大多都会挑战"天印腾龙榜"上的强者，以挤入"天印腾龙榜"！

如果说"天印潜龙榜"上的人是天齐大陆各个家族、组织及国家青睐的人才，那么，"天印腾龙榜"上的强者的地位便完全调转过来了，他们完全可以凭借自己的喜好去选择自己想去的任何一个组织。

因为天齐大陆的整个人类社会当中，对于这个榜单的认可度还是非常高的。出现在"天印腾龙榜"上的人，几乎没有组织不想网罗。只要网罗到了腾龙榜上的一位，可能就预示着一个小型的组织将扶摇直上，因为有了一名潜力巨大的大将。

如果说天印者学院是天齐大陆天才的聚集地的话，那么这些榜单上的人，便是天才中的精英。

当然，像莫元明这种连期末测试都迟到并且只知道修炼的修炼狂人，没有出现在榜单上也是十分正常的。

而且，这些榜单之所以那么准确，跟天印者学院每一届的天印者大赛也有关系，因为基本上天印者学员们的实力在天印者大赛当中会得到准确的验证，榜单上的弱者自然会被删除，由更强者代替。

每一届天印者大赛，都是一个非常好的切磋平台，能够让你见证自己在学员当中的实力到底处于什么水平，因此，每一届的天印者大赛，百分之九十的学员都会参加！

不管是"天印潜龙榜"还是"天印腾龙榜"，更新的速度都非常及时，榜单上的人受到谁的挑战，和什么人交手，取得什么结果，几乎都有讯息迅速传递出去。一旦榜单上的人战败，那么可能一个小时之后，这位战败者在榜单上的名字就会被胜利者所取代。

这也是莫元明为之心惊的地方，因为在伊舒黎回到宿舍之后，便将榜单这个东西告诉了宋雪峰、莫元明、孙嘉旻，四人便立即讨论起来，而讨论的结果与莫元明想象的一样。

要在如此大面积的天印者学院之内得到学院内每个学员的讯息、资料以及更新榜的内容，这些都必须具备强大的实力和讯息资料的来源。如果是这样的话，其他人在面对这些人时，他们的所有信息早已没有价值了，如果受到这些人的伏击，那么便必死无疑！

此时，莫元明感受到学院教学区中央操场之外的观众以及中央操场内的十几个人投来的目光，向二哥伊舒黎问道："二哥，这是什么情况？"

果然，伊舒黎看到眼前的情况，听到莫元明的问题之后，便对莫元明解说着眼前的情况："根据我的观察，眼前这些站在中央操场内的人都是南宫伊卿的追求者！"

伊舒黎在这种情况下，还能思路清晰地跟莫元明详细地解释道："南宫伊卿就是中央操场中心那个长得美若天仙的女子！"

"那为什么没有人踏到操场上呢？"莫元明依旧疑惑地问道。

冷静地听完莫元明的问题，伊舒黎继续说道："在这一年中发生的一些事，三弟你因为长期修炼，所以并不清楚。原本我们的同届学员当中，南宫伊卿的追求者不仅仅只有这么一些，还有许许多多的追求者，都被眼前这些人给打跑了！"

"打跑了？"莫元明奇怪地问道。

伊舒黎继续说道："对，没错，是打跑了，因为南宫伊卿太美丽了，她的追求者数不胜数，虽然她本人对这些人并没有怎么理会，但是她的追求者却不这么认为，他们认为只有拥有强大的实力才能够追求她，这也是天印者中最简单的规则'强者为尊'。而且，南宫伊卿的追求者也认同这种做法，结果在学院教学区唯一允许战斗的中央操场之内进行了一次大对决，而最终剩下的就是眼前这十几人！"

莫元明听完伊舒黎的话，眼睛渐渐眯了起来。听到二哥伊舒黎说到这里，莫元明已经大概知道眼前是个什么情况了。

莫元明侧过头，对着二哥伊舒黎说道："也就是说，站在操场内，代表的是南宫伊卿追求者的身份，并且还有可能发生战斗，也是这个原因让其他学员驻足在学院教学区的中央操场之外，对吧？"

伊舒黎听到莫元明的话，点了点头，说道："确实是这样的！"

莫元明心道：难怪那些人用那种眼神望着我，原来是这么回事！

莫元明再次瞄了南宫伊卿一眼，心中想到一个人，便再次偏过头，对着二哥伊舒黎问道："南宫伊卿不是有个弟弟吗？"

伊舒黎听到三弟莫元明的问题，继续冷静地回答道："是的，我想现在他弟弟应该去报名点报名了，所以，只有报完名的她在这里，这也是我刚刚在人群中打听到的。"

莫元明听到伊舒黎的话，惊讶地说道："她也参加比赛？"

伊舒黎听到莫元明惊讶的口气，便再次耐心地给莫元明解释道："南宫伊卿可不只有美如天仙的外表，也有强大的实力，所以不用惊讶。三弟，你别忘了，她也是榜上的人物之一！"

莫元明听到伊舒黎的话，扫视了一遍中央操场外的观众和操场内的十几个人，沉默地点了点头。

然后,莫元明突然笑着对宋雪峰、伊舒黎、孙嘉旻说道:"我也知道为什么那些人不再提醒我回去了,因为二哥和老四在啊,你们也是榜上的人物耶!"

宋雪峰听到莫元明的话,原本因为中央操场内外的目光所造成的压力而略显严肃的脸上,也露出一个轻松的笑容,说道:"对,我们有老二和老四在,不怕他们!"

而且,宋雪峰可不仅仅是凭年龄大才当他们老大的,虽然宋雪峰的修炼天赋或许不及伊舒黎、莫元明以及孙嘉旻三人,但是,却有着强大的魄力和刚毅的性格,以及对兄弟两肋插刀的仗义,这些伊舒黎、莫元明以及孙嘉旻三人都看在眼里,记在心上,因此,伊舒黎三人对宋雪峰这个老大还是非常信服的。这一年来,也因为老大宋雪峰的仗义,莫元明四人才会结拜为异姓兄弟。

伊舒黎听到老三莫元明与老大宋雪峰的话,顿时苦笑起来,说道:"我自己有多少斤两,我自己知道!"

而一旁的孙嘉旻依旧脸色冷漠地说道:"俺们不怕他们,我们四兄弟可不是好欺负的!"说完这句话,孙嘉旻的眼中浮现出一抹凶光!

听到孙嘉旻的话,宋雪峰哈哈一笑,说道:"还是老四霸气,对,咱们四兄弟可不怕他们!"

此时,便听到伊舒黎对莫元明说道:"老三啊,我们四兄弟,其他三个可都是小有名气哦,老大是大财主,学院无人不知、无人不晓,大陆第一商会可不是盖的,学院里可没几个人敢惹宋老大,我和老四怎么说也是名列这一届的潜龙榜啊!"

伊舒黎说到这里,对着莫元明笑笑:"老三,你要不要也趁着这个机会让别人见识见识,我可不认为你比我们弱到哪里去哦!"

伊舒黎刚一说完,宋雪峰便接话道:"谁敢小看我们的三弟,就轮到谁倒霉!"

伊舒黎和宋雪峰一说完,孙嘉旻也点点头,因为莫元明修炼之疯狂,他可是清楚地看在眼里的,如果有人说莫元明比他弱,他孙嘉旻第一个不相信,只不过是三哥莫元明太低调罢了。

孙嘉旻一直相信三哥是不鸣则已,一鸣惊人!不过,以他冷漠的性格,他是不会多说什么的。

莫元明听到三哥伊舒黎和大哥宋雪峰的话,还看到四弟孙嘉旻认真地点头,顿时无奈地一笑,说道:"你们也来取笑我!"

宋雪峰听到莫元明的话,拍拍莫元明的肩膀,说道:"三弟,我们怎么会取笑你呢,我们可知道,我们的三弟可是强得很的!"

听到大哥宋雪峰的话,莫元明无奈地耸耸肩。

此时,伊舒黎将目光转向中央操场的十几个人,表情再次认真起来,附在莫元明的耳边,低声说道:"眼前这十几个人里面,有几个是老三你要特别注意的,他们是南宫伊卿最有力的追求者,可能也是最强的几人之一,这些人的名字你应该也听到过,因为都是我们这一届潜龙榜上的人物!"

第七十一章
变异属性

莫元明听到伊舒黎的话，无奈地苦笑一下，说道："我又不是南宫伊卿的追求者，没我什么事吧？"

听到三弟莫元明的话，伊舒黎却依旧继续对着莫元明说道："追求者这一层关系可以先去掉，不过，他们有可能成为我们在一年级的天印者大赛中的强大对手！"

莫元明听到这里，顿时明白二哥伊舒黎的意图，脸上的表情也变得认真起来，点点头。

伊舒黎见莫元明已经明白他要说什么，方才开口继续说道："首先是那边那个站在中央操场内靠近红色地砖火属性区域、穿着华贵，长得比较英武的少年上官炎洛！"

莫元明听二哥伊舒黎提到上官炎洛这个名字，便更加认真地听了，同时，莫元明的目光转移到了上官炎洛身上。

上官炎洛似乎感受到莫元明的目光，原本毫不掩饰地盯着半蹲在学院中央操场中心附近的南宫伊卿的目光，转向莫元明所在的方向，见到是莫元明之后，眼睛微微眯了起来，不知道在想些什么。

而莫元明看到上官炎洛向自己望了过来，嘴角微微翘起，冷笑了一下。

虽然莫元明脸上的表情变化非常细微，但是依旧被上官炎洛捕捉到了。上官炎洛看到莫元明眯了起来的眼眸，也因为莫元明细微的表情变化眼睛里而闪过一丝厉芒。

此时，伊舒黎发现莫元明的目光已经望过去之后，便继续对着莫元明说道："而且，上官炎洛也是一名火属性的天印行者！"

莫元明听到伊舒黎的话，目光依旧盯着上官炎洛，沉默地点点头。

伊舒黎见莫元明点头，便继续说道："而上官炎洛背后那四人，都是天齐国的权贵子弟，整日跟随着上官炎洛，这四个人分别是木属性天印行者司徒吉伦、水属性天印行者慕容继阳、火属性天印行者钟离奎和土属性天印行者欧阳恒，这四人可以说是上官炎洛的跟班。"

说到这里，伊舒黎微微停顿了一下，便在莫元明耳边提醒道："这四人当中的火属性天印行者钟离奎，需要注意一下，他出手最少，但是却能够名列学院一年级的天印潜龙榜，这个人即便不如上官炎洛，但也不会差到哪里去！"

莫元明听到二哥伊舒黎这么说，便开口说道："嗯，我知道了，二哥，我会注意的！"

二哥伊舒黎继续说道："第一个需要注意的就是上官炎洛，而第二个需要注意的则是在另一边靠近白色地砖稀有属性区域的那名长发飘飘的白衣少年。"

莫元明听到伊舒黎的话，便转过头，望向伊舒黎现在所望的方向，也就是靠近教学楼稀有属性区域的所在方位。莫元明确实见到一个一头黑发过肩的白衣少年站在那里，而站在那个位置的只有他一个人，这一点让莫元明对其好奇起来。

只听伊舒黎继续说道："这个人叫西门飘雪，同样是学院一年级天印潜龙榜榜单上的人物之一，是一名风属性天印行者！"

莫元明听伊舒黎说到风属性，便想到那个捣蛋的表哥莫元清。不过，现在莫元清并不在这里，而是在宿舍睡大觉呢！

早上莫元明和表哥莫元清一起晨练的时候，便问过表哥有没有打算报名参加天印者学院一年级的天印者大赛。莫元清说一定会去的，不过刚测试完没多久，想今天先睡个够，明后天才来报名。

莫元明想到那个闹腾的表哥，脸上便浮现出一个笑容，莫元明发现，这个神经大条的表哥无论走到哪里永远都是这么欢乐。

伊舒黎见莫元明突然笑了起来，便疑惑地问道："老三，你笑什么？"

"没、没、没什么，二哥，你继续！"莫元明笑着说道。

听到莫元明的回答，伊舒黎虽然感到奇怪，但是却没有多问什么，继续向莫元明说道："这个西门飘雪擅长用剑，而且配合起他的风属性，速度极快，是一名比较难缠的对手！"

莫元明听到二哥伊舒黎的介绍，点点头，心道：用剑啊，有点意思，我擅长用枪，不知道哪个更强一些！想到这里，莫元明望向西门飘雪的眸子当中似乎有一团战意之火在燃烧似的。

而西门飘雪的目光却一直停留在南宫伊卿的身上，似乎外界的一切都与他无关。

此时，伊舒黎继续说道："第一个值得注意的是上官炎洛，第二个是西门飘雪，最后两个则是站在靠近学院教学区教学楼金属性区域的那一堆人中最前面的两人，你看，就是那两人！"

然后，伊舒黎的手指向着操场之内最后一批人的方向指去！

莫元明顺着伊舒黎手指所指的方向望去，见到站在教学区中央操场上的最后一批人。这批人的人数最多，有六个人，而站在六人最前面的两人长得有几分相似，都是十分粗犷的类型，只不过一个长得高高瘦瘦，一个长得矮矮胖胖的。

伊舒黎见莫元明已经看到那批人了，便介绍道："三弟，你看见了吗？就是脸长得比较相像，但是，身形有些奇葩的两兄弟。"

莫元明听到二哥伊舒黎的话，点点头，表示已经看到。

伊舒黎得到莫元明的回复之后，方才继续说道："这两兄弟也是名列天印潜龙榜榜单上的人物，长得矮矮胖胖的是哥哥霍惊天，长得高高瘦瘦的是弟弟霍迪，这两兄弟在我们这一届的金属性区域几乎独领风骚。别看他们长成这样，实力确实不简单，而且，这两兄弟似乎还有合击技法。如果让这两兄弟合作的话，战斗力会倍增。"

听到二哥伊舒黎的话，莫元明心中想道：能在天印者学院的众多天才学员当中脱颖而出的人，果然，没有一个是易与之辈。

伊舒黎说完这些，便将目光转到霍惊天与霍迪两兄弟背后的四人，继续对莫元明解释道："霍惊天与霍迪两兄弟背后的四人，金文定、张法伦、许三少、付罗坤，都是这一届金属性领域当中出类拔萃的强者，虽然没能进入这一届的天印潜龙榜，但也弱不到哪里去。这两兄弟能够让这四位强者都追随他们，可见不管在实力还是心计上，都不简单啊！"

莫元明听到二哥伊舒黎的话，心中十分同意二哥伊舒黎的看法，同时，也佩服二哥伊舒黎对这一届学员竟然能够知道得这么清楚。

然而，莫元明依旧有一个问题，便再次侧着脸，向二哥伊舒黎问道："为什么这些人都只是站在中央操场周围，而没有一个人与南宫伊卿搭讪呢，他们不是南宫伊卿的追求者吗？"

而听到莫元明的问题的伊舒黎笑了笑，说道："因为教训！"

"教训？"莫元明听到伊舒黎似是而非的回答，心中更加疑惑了。

卖了个关子之后，伊舒黎举起右手食指，方才继续说道："凡是要动南宫伊卿心思的人，首先要过护花使者这一关，不过，现在结果已经出来啦，就剩下眼前这些站在中央操场上的人了！"

说完这个，伊舒黎举起右手的两根手指，依旧继续说道："第二，过了这位护花使者的那关，还要过她弟弟南宫珣那关，而且，南宫珣也是这一届一年级天印潜龙榜上的强人！"

说到这里，伊舒黎的声音有些沉重地说道："眼前这些人几乎都跟南宫珣交过手！"

莫元明听伊舒黎说到南宫珣，便想起那一次在学生宿舍区门外见到的那个俊美少男。同时，莫元明惊讶地说道："难道南宫珣战胜了全部人，他有这么强吗？"

听到莫元明的问题，伊舒黎摇了摇头说道："不是的，因为这些人都要追求南宫珣的姐姐南宫伊卿，因此大家都没有死磕，而是稍微切磋了一下而已。交手的结果，大部分都在伯仲之间，所以很难看出些什么，估计只有和南宫珣交过手的人才知道他的深浅！"

莫元明点点头，他也觉着这样才比较合理。

就在莫元明以为二哥伊舒黎说完的时候，伊舒黎再次举起第三根手指，说道："第三点！"

莫元明顿时有点无语地对着二哥伊舒黎，说道："二哥，你说话不要大喘气，好

第七十一章 变异属性

不好？"

伊舒黎听到一向淡定的莫元明竟然向他抱怨，便笑了笑，继续说道："第三点，也是最重要的一点，也就是我刚刚提到的教训！"

莫元明听到伊舒黎这么说，顿时竖起耳朵，认真地听起来。

伊舒黎说道："凡是碰过南宫伊卿的人，都被冻成了冰雕。上官炎洛、西门飘雪以及霍惊天、霍迪兄弟二人，都品尝过个中滋味！"说到这里，伊舒黎眼中闪过一丝奇异的光芒。

莫元明听到二哥伊舒黎的话，顿时惊讶地问道："冰雕，这是这么回事？"

还没等莫元明问完，伊舒黎便继续沉声说道："南宫伊卿的属性比较特殊，不是正常的五行属性，也不是我们所知的稀有属性，而是一种变异属性！"

"变异属性？"莫元明第一次听到这个名词，便立即向二哥伊舒黎投去询问的目光，心中急切想知道这是怎么一回事。

伊舒黎看到莫元明急切的目光之后，便加快语速，接着说道："南宫伊卿的变异属性，是由原本五行属性当中的水属性所变异过来的冰属性！这也是现在天印者学院中唯一的一名冰属性拥有者，变异属性在以往也出现过，不过，知道这些的人甚少，我也是在发现南宫伊卿的情况之后，才去图书馆的一些文献中找到关于变异属性的只言片语。文献上也只是简简单单地提到了一下，并没有更多的讯息！"

莫元明听完伊舒黎的话，双手交叉在胸前，右手撑着下巴，进入思考的状态。

莫元明在思考时，口中喃喃道："变异属性、冰属性，难道世界上还有其他变异属性的存在？"

虽然是莫元明喃喃自语，但是，还是被二哥伊舒黎听到了。伊舒黎耸耸肩，无奈地说道："谁知道呢，天下之大，无奇不有啊！"

听到二哥伊舒黎的感慨，莫元明点点头，然后似乎想到了什么，突然猛地抬头，望向二哥伊舒黎，眼中带着兴奋的光芒，说道："二哥，你刚刚说到什么？"

伊舒黎被莫元明突然间变成这样的状态给吓到了，脸上冷汗狂冒，嘴上结结巴巴地回答道："我刚刚说错了什么吗？"

莫元明依旧用兴奋的目光看着伊舒黎，嘴上说道："图书馆，你说了图书馆？"

伊舒黎听到莫元明的话，依旧被莫元明兴奋的表情所吓到，停顿了一下，然后说道："对啊，图书馆，天印者学院有图书馆，你不知道吗？"

莫元明几乎是下意识地回答道："不知道啊，你是怎么知道的？"

伊舒黎对莫元明瞬间无语了，心道：老三修炼也太疯狂了吧。口中却立即回答道："新生指南上面有，你一定没去看吧？"伊舒黎回答得极快，他怕回答慢点，莫元明会扑上来。

莫元明听到二哥伊舒黎的话，愣了一下，回答道："没有啊！"

此时，宋雪峰拍了拍莫元明的肩膀，在一旁感慨地说道："老三，你已经与世隔绝了！"

这时候，莫元明立即望着伊舒黎与宋雪峰问道："图书馆在哪里啊？"

第七十二章
操场之战

宋雪峰听到莫元明的问题，再次无奈地回答道："在教学楼往西三公里而已，也是教学区的一部分，我真是服你了，老三，你是个修炼疯子！"

莫元明知道了图书馆的位置之后，并不在意老大宋雪峰怎么说，心中一阵欣喜，他又多了一个可以学习与变强的地方了。知识与见解对于修炼的帮助也是极大的，就像一个只懂得蛮干的人和一个有正确指导的人之间的差距一样！

就在二哥伊舒黎和老大宋雪峰刚刚跟莫元明说完这些的时候，一名面带微笑的俊美蓝衣少年从教学楼水属性区域轻松地从人群当中走了出来。他所过之处，人群中不少人都给他让路，只不过这名少年看都没看这些人一眼，便走出了教学楼的水属性区域来到中央操场之内。

此人正是南宫伊卿的弟弟，天印潜龙榜上的一人。他和上官炎洛、西门飘雪、霍惊天、霍迪等同为天印潜龙榜上的人物，并与这四人交过手，这个强人便是南宫珣。

他的进入引起了更多人的关注，几乎操场上所有人的目光都集中在他身上，只不过他浑然不觉似的，似乎对这些目光已经司空见惯了。

而依旧半蹲在中央操场中心内部的那个天仙神女一般的人物南宫伊卿的大部分注意力依旧集中在离她脚前不足半米的小兔子身上。

南宫珣径直走到南宫伊卿身边，一把抓起在南宫伊卿脚前蹦蹦跳跳的小兔子，又将其递到南宫伊卿手上，对着南宫伊卿说道："姐，报完名了，走吧！"

南宫珣说完这一句，便径直向教学楼水属性区域方向走去。

南宫伊卿从弟弟南宫珣的手中接过那只可爱的小兔子，将小兔子抱在怀里，便跟在弟弟南宫珣的身后离开了中央操场。

不久之后，这英俊美丽的姐弟二人便在现场学员的注目礼之下离开了教学区教学楼。

在南宫姐弟二人走后，不少人发出一阵感叹，有男学员能够一睹女神芳容而开

心地讨论着，也有女学员在见到俊美的南宫珣之后叽叽喳喳地在八卦着。

而站在中央操场靠近稀有属性区域的西门飘雪，在南宫伊卿走后，头也不回地向外走去，离开了学院教学区的中央操场。

上官炎洛望着南宫伊卿离去的倩影，目光当中闪烁着一丝精芒，口中低声地说道："你迟早都是我的！"

上官炎洛说到这话时，他就想到刚刚开学之时坏他大事的莫元明。如果不是莫元明的阻拦，他当时就除掉南宫珣了，何至于有今天这个局面。

想到这里，上官炎洛便转过头望向莫元明。那望向莫元明的目光越来越阴冷。眸子当中寒芒隐现，上官炎洛在心中想道：今天真是天堂有路你不走，地狱无门你闯进来，你自己送上门就怪不得我了！

紧接着，上官炎洛便转身向着莫元明一行四人所在方向走来。

而同样在中央操场的霍惊天与霍迪兄弟以及他们身后的四人并没有离去，因为他们注意到中央操场有了别的动静。他们以看好戏的态势望向中央操场内的另一个方向。

同时，也有不少站在教学楼的边缘准备离开的学员似乎也发现了中央操场内的一些情况，顿时，有不少学员停下了离开的脚步，将目光投到中央操场之内。

此时，莫元明也感到教学区中央操场另一个方向有动静，便立即转过头望向操场上的另一个方向，当他看到是什么情况之后，莫元明眼睛便眯了起来。

莫元明转过头去之后，只见上官炎洛和他身后的四人都向自己这一人走来。

在上官炎洛等人有所动作之后，几乎整个教学区，不管是在中央操场外围观的观众，还是站在中央操场内的其他人，皆望了过来。

此时，上官炎洛已经走到了距莫元明面前两米开外的地方。而上官炎洛身后的四人也在上官炎洛的身后停下了前进的脚步，望着莫元明四人。

而莫元明身边的宋雪峰、伊舒黎、孙嘉旻也转过头，警惕地望向站在他们两米开外的上官炎洛五人。

不少观众关注的重头戏终于到了。莫元明几人在这种情况下突然闯进中央操场之后，不少人就觉得有好戏看了，即便这些人都看到莫元明等人是在不明真相的情况下进去的，但是他们并没有退回到操场外，这就让这些看热闹的人更加觉得有事要发生。

而且，不少人都在这两拨人之间嗅到了不寻常的气氛。

莫元明转过身后，敏锐地捕捉到上官炎洛那双眸当中隐现的寒光，这让莫元明更加警惕起来。

莫元明在上官炎洛停下脚步之后，便对上官炎洛微笑着说道："上官同学，好久不见，不知道今日有何贵干？"

伊舒黎听到莫元明的话，心中疑惑地想道：三弟和上官炎洛不是在同一个班吗，怎么会好久不见？奇怪！但是，伊舒黎虽然疑惑，却没有说出来，现在也不是说这些的时候。

而上官炎洛似乎听出了莫元明所要表达的意思，心中再一次想到莫元明坏其大事，望着莫元明的双眸当中的寒光更加明显了。

原本上官炎洛在刚入学的时候发现莫元明并没有任何威胁，便不再追究了。只是没想到今天莫元明却在不该出现的场合出现，心中甚是不爽。

此时，上官炎洛望着莫元明说道："莫同学，确实是好久不见啊，今天莫同学过来，难道也对南宫姑娘感兴趣？"上官炎洛的语气中充满了挑衅。

莫元明见上官炎洛走过来之后，就知道今天的事情可能没那么容易解决了。

莫元明心中泛起一丝冷笑，而脸上依旧淡定地微笑道："谁知道呢？"

上官炎洛眉尖一挑，脸上露出了一个冷笑，对莫元明说道："不知道莫同学知不知道规矩呢？"

莫元明心道：狐狸尾巴露出来了。脸上依旧一脸微笑地说道："规矩？我不知道上官同学你在说些什么。"

上官炎洛心中想道：装也没有用，今天你是逃不掉的！于是继续说道："莫同学难道不知道吗？因为南宫同学的追求者太多，为保证同学们公平竞争，所以，所有追求南宫同学的同学们一起立下了一个规矩！"

莫元明听到便明知故问道："哦？不知道是什么规矩呢？请上官同学指教指教！"

上官炎洛说到这里，脸上的寒意更加明显了："大家都认为，只有拥有足够的实力，才能够配得上南宫同学这等天仙一般的美女，因此所有追求南宫同学的人都必须一较高下，而那场战斗中没被打败的，只剩下刚才站在中央操场内的同学们。莫同学几人之前并没有参加那场战斗，但现在却也踏进了中央操场，那么我就只好冒昧代替大家验证一下几位的实力了，这样好让大家心服口服，免得到时候有其他苟且之辈对你们不服，惹来更多不必要的麻烦。莫同学，你说对不对？"

上官炎洛说完之后，脸上的冷笑毫不掩饰。

莫元明心中再一次冷笑道：说了那么多，不就是找个借口对我出手吗，呵呵！

然而莫元明依旧微笑地望着上官炎洛："原来是这样啊，我还真不知道！"

上官炎洛对莫元明说道："莫同学放心，我们不会以多欺少的，司徒同学会在一旁做一个见证，对吧？"他的最后一句话是转过头望向他身边的司徒吉伦说的。

司徒吉伦听到上官炎洛的话，嘴上带着冷笑，点点头说道："这是当然！"

上官炎洛这么说其中的一个原因自然是他丝毫不认为莫元明能够战胜他们。对于他来说，只是找一个"合理"教训莫元明的借口罢了。

听着莫元明与上官炎洛的对话，伊舒黎心中怎么都觉得似乎是两个活了不知道多少年的老狐狸在对话似的。两人在言语当中，明枪暗箭，不断地交锋，而且似乎有点针尖对麦芒的意味。

此时，听到上官炎洛与司徒吉伦之间虚情假意的对话，莫元明微笑地望着上官炎洛："哦，原来这样啊，上官同学！"

上官炎洛眼中闪现出一丝不屑和轻蔑，说道："那么，我们要上咯，莫同学！"

"要战便战，哪来那么多废话！"孙嘉旻喝道。

突然，上官炎洛嘴角的冷意更浓郁了，说道："对了，我倒是忘了，伊同学和孙同学可都是我们这一届天印潜龙榜上的厉害人物啊,那么司徒同学还是帮一下好了,不然被伊同学和孙同学错手打伤就不好了!"

司徒吉伦听到上官炎洛的话,一副奸计得逞的嘴脸:"这当然没问题!"

"哼,出尔反尔!"孙嘉旻对上官炎洛与司徒吉伦非常不齿地说道。

"上!"上官炎洛突然暴喝出这么一句话,身形便犹如闪电般快速向着莫元明冲去。

与此同时,几人当中的另一名天印潜龙榜上的强人钟离奎也快速地向着他们认为莫元明一行四人当中最强的孙嘉旻冲去,而上官炎洛当然是负责教训莫元明的。

这时候,其他人也纷纷行动起来,慕容继阳与欧阳恒二人同时向着伊舒黎冲去,这说明他们对于另一位能位列同届天印潜龙榜的人物还是相当谨慎的。

而最后的司徒吉伦则向着宋雪峰冲去。

上官炎洛五人,似乎早就商量好似的,一下子便分好了各自的对手。

最先发生碰撞的当然是最先动手的莫元明与上官炎洛二人。上官炎洛与莫元明似乎和第一次相见时一样使用的是同样的招数。二人在即将发生碰撞之时,右手同时出现一个火团,并瞬间包裹各自的早已握成拳状的右手,同时向着对方一拳爆轰而去。

"天印技,火拳!"

"天印技,火拳!"

两人几乎异口同声地说道。

但是,上官炎洛与莫元明这两人都不是易与之辈,上官炎洛拳头挥出的刹那瞬间变招,一道火焰能量从上官炎洛挥出的火拳中涌出,并不断凝聚,似乎可以感觉到天地灵气当中的火元素不断地向着上官炎洛右手的上方凝聚,然后在上官炎洛所输出的灵力的控制下,化为一柄充满火属性灵力的长剑。

"天印技,火剑!"

上官炎洛瞬间变招之后,向着莫元明一剑砍去。

与此同时,莫元明右拳当中似乎也有一股灵力不断地汇聚,使莫元明右拳当中的火焰更加雄厚,并且,还暗藏一股极具爆发性的灵力在右拳的火焰之内。

莫元明似乎早已料到上官炎洛会变招一般,对着上官炎洛轰出的拳头瞬间改变方向,向着上官炎洛挥出的火剑爆轰而去。

同时口中喊道:"天印技,火拳,爆!"

上官炎洛见到莫元明以拳头和他的火剑对攻,嘴角泛起一阵冷笑,手中的火剑凶猛地向着莫元明的右拳砍去,似乎想要将莫元明的右手砍断似的。

第七十三章
战斗智慧

莫元明的右拳与上官炎洛的火剑即将碰撞到一起的那一刹那，莫元明右拳的拳面方向一变，避过火剑的剑锋，对着上官炎洛火剑的剑面，打出一记被火焰包裹的平勾拳，带着爆裂的拳风猛然轰去。

上官炎洛见到此景丝毫不惧，以火剑的剑面向着莫元明的火拳砸去。火剑与火拳瞬间碰撞在一起，与此同时，莫元明口中还低声喝道："爆！"

随着莫元明这道声音的响起，莫元明手中的火拳瞬间爆发出一道刺目的亮光，然后"嘭"的一声，一阵巨大的声响响起，包裹着莫元明右拳的火焰瞬间爆炸开来，产生一阵剧烈的爆炸力，将上官炎洛的火剑瞬间荡开。

而上官炎洛却临危不乱。火剑被莫元明荡开之后，上官炎洛速度极快地转几个身，手中的火剑还在周围带起一道火线。上官炎洛利用莫元明火拳的爆炸力，施展出一招回旋斩，再次向莫元明的另一边砍去。

莫元明右手依旧用刚刚向右边挥出的姿势，毫不慌张地瞬间伸出左拳，从伸出的右臂下方穿插而过，依旧是一记火拳对着上官炎洛的火剑气势不减地爆轰而去。

因为莫元明这一击是普通的火拳，因此，上官炎洛的火剑并没有荡开。

而上官炎洛也趁此机会瞬间将火剑收至胸前中心处，然后火剑的剑锋猛然向着莫元明的面门刺去。

此时，莫元明交叉在胸前的双拳快速收回至腰间，左脚向着左边跨了一大步，一个坚实的马步瞬间犹如盘根一般稳稳地扎在地上。收至腰间的双拳再次爆发出一阵凶猛的火焰，莫元明大喝一声，紧接着，左右两记平勾火焰拳对着正向面门刺来的火剑从左右两边快速砸去。

火焰拳攻势凶猛，还带着股股炽热剑风的火剑瞬间被莫元明的火焰双拳止住。莫元明火焰双拳的拳面将上官炎洛刺来的火剑夹在双拳之间。

此时，上官炎洛火剑的剑锋距离莫元明的额头不足两厘米，炽热的剑风吹到了莫元明的脸上，将莫元明额头之上的冷汗吹干了。

就在莫元明与上官炎洛激烈交锋之时，其他几处地方的战斗也瞬间爆发。宋雪峰对上司徒吉伦，孙嘉旻对上钟离奎，伊舒黎对上慕容继阳和欧阳恒二人。

宋雪峰见司徒吉伦走到眼前，瞬间双拳爆发出一道金光，两记金光铁拳以直拳的形式轰出，同时喝道："天印技，金光拳！"

而司徒吉伦双脚的脚下亮起一道绿光，然后瞬间向右边闪去，侧着身子躲开了宋雪峰的两记直拳。

然后，司徒吉伦继续向宋雪峰冲去。宋雪峰在司徒吉伦躲开他的双拳、继续向着他冲来之时，瞬间感觉到司徒吉伦身边有一些天地灵气波动。

宋雪峰的眼中瞬间警惕起来，然后立即向左边移动，和司徒吉伦拉开距离。而在宋雪峰刚刚和司徒吉伦拉开距离时，司徒吉伦的目光突然亮起，一柄泛起绿光的手刀猛然挥下，口中还沉声说道："天印技，空手刃！"手刀在宋雪峰刚刚所在位置的空气当中划过，却刚巧被宋雪峰躲过。

在宋雪峰与司徒吉伦开始交手的同时，另一边的战场瞬间展开。孙嘉旻见钟离奎向他冲来之后，他不退反进，同样向钟离奎冲去。

孙嘉旻脚下带着微不可见的电弧，向钟离奎冲去，速度极快，比钟离奎更快地跨越了他们两人之间的距离。

孙嘉旻双手一握，双拳的拳心处爆发出一道耀眼的雷光，雷光瞬间化为两把雷光短刃，被孙嘉旻握在手中，右手的雷刃向着钟离奎横向斩去。

孙嘉旻口中也喝道："天印技，雷光刃！"

而钟离奎见孙嘉旻瞬间冲到他面前时，便立即停下脚步，展开双手。钟离奎双掌的掌心处也如孙嘉旻之前一样，爆发出一团火焰。

钟离奎双掌当中的火焰在钟离奎的控制之下化为两把锋利的火焰短剑。火焰短剑刚刚成型，钟离奎的双掌便将左右掌心当中的两把火焰剑柄猛然一转、一握，将两把火焰短剑反手握在手中。

此时，钟离奎口中也低声喝道："天印技，火焰短剑！"

就在这个时候，钟离奎只见孙嘉旻双手当中出现两把雷刃，并且，右手的那把还向着他横向砍来。钟离奎也同样举起右手，将右手手中的火焰短剑由下至上，竖着向孙嘉旻砍来的雷刃挡去。

此时，教学区中央操场内的第四处战场也开始发生碰撞了。最后一处正是伊舒黎对慕容继阳和欧阳恒二人的战斗。

因为之前伊舒黎见慕容继阳和欧阳恒二人同时向他冲来时，他果断向后退去，避开慕容继阳和欧阳恒二人蓄势已久的汹汹气焰。

伊舒黎一直向后退着，持续拉开与慕容继阳和欧阳恒二人的距离。直到此时，发觉二人的气势有所下降之后，伊舒黎方才停下脚步，开始与慕容继阳和欧阳恒二人对打。

在慕容继阳和欧阳恒二人距伊舒黎两米的距离时，伊舒黎眼中精芒爆闪，然后大喝一声"起！"

随即，慕容继阳和欧阳恒二人脚下的一些嫩草瞬间猛然拔高，向着慕容继阳和欧阳恒二人的双腿席卷而去，瞬间便将慕容继阳和欧阳恒二人的双脚捆住。

紧接着，伊舒黎继续说道："天印技，草长莺飞！"

慕容继阳和欧阳恒二人的冲势瞬间被止住，原本开始下降的气势骤然停下，二人汹涌的气势也瞬间告破。

看到慕容继阳和欧阳恒二人的凶猛气势被破，伊舒黎脸上露出一个计谋成功的笑容。

然后，伊舒黎便不再浪费灵力，瞬间解除对慕容继阳和欧阳恒二人脚下嫩草的控制。仅仅这一会儿工夫的控制，就耗费了伊舒黎不少的灵力。

慕容继阳和欧阳恒二人见脚下的嫩草被解除之后，便继续向伊舒黎冲去。伊舒黎这时也终于要正面面对慕容继阳和欧阳恒这水土属性的二人组合了。

此时此刻，莫元明双拳的拳面依旧夹着上官炎洛的火剑。上官炎洛手持火剑依旧不停地向着莫元明的面门用力刺去。火焰剑锋不断接近着莫元明的额头，炽热的剑气也在莫元明的脸上不停地吹拂着。

莫元明马步微微一屈，猛然向后上方跃起，同时，双拳拳面夹着上官炎洛的火剑剑身将其带起。紧接着，莫元明双拳之上的火焰爆发出一阵光亮，莫元明口中喝道："天印技，火拳双爆！"

这时，莫元明夹着上官炎洛火剑剑身的火拳上的火焰瞬间爆炸，"轰"的一声巨响，莫元明双拳的爆炸力瞬间将上官炎洛的灵力火剑给炸成了碎片。之后，莫元明便借着爆炸所产生的冲力向后一跃而起，快速退开。

上官炎洛见手中的灵力火剑被莫元明的火焰双拳炸碎之后，便果断放手，立即向后退去，躲开了莫元明火焰双拳所产生的爆炸力。

此时，上官炎洛双手向下一挥，两团火焰从他手中冒出，两把火剑在他手中瞬间成型。上官炎洛口中还喝道："天印技，火焰双剑！"

上官炎洛手中的两柄火焰长剑成型之后，双手紧握着左右两柄火焰长剑的灵力剑柄，然后再次向着莫元明冲去。

上官炎洛飞快地冲到莫元明面前，举起右手的火焰长剑向着莫元明猛地一挥，瞬间向着莫元明的头部斩了下去。

而上官炎洛左手的火焰长剑则剑锋指着地面，由下至上地带起，划出一道弧线，向着莫元明的腰部劈去。

上官炎洛一冲过来，就给莫元明来了个双剑夹击。莫元明体内运转的天印灵力在莫元明的控制之下向脚掌汇聚而去，然后对着中央操场的草地猛地一蹬，瞬间向后爆射出两米，险之又险地躲过上官炎洛火焰双剑的夹击。

上官炎洛见第一击未奏效，再次提起火焰双剑向莫元明冲来。而莫元明双手也五指张开，然后双手当中各自有一团灵力火焰汇聚。这两团在莫元明掌心当中跳动的火团竟然也如上官炎洛之前一般，凝聚成两柄火焰长剑。

莫元明口中也如上官炎洛之前一般，喝道："天印技，火焰双剑！"

不过，莫元明的握法和上官炎洛有所不同：莫元明右手直接正握右手掌心中的火焰长剑的剑柄，而左手则将火焰长剑调转，反握起来。

两柄火焰长剑被莫元明一正一反地握在了双手之中。

上官炎洛向莫元明冲来时,见莫元明竟然能够用出和他一样的天印技能,便知道莫元明对于体内天印灵力的掌控至少也和他是一个层次了。

想到这里,上官炎洛望着莫元明的双眸当中寒芒更盛!

上官炎洛见莫元明手中双剑成型之后,便持着手中的火焰双剑冲到莫元明面前,再次如之前一般,一柄由上至下,另一柄由下至上,向莫元明砍去!

莫元明右手正握的火焰长剑向右下方挥去,挡住了上官炎洛由下至上斩过来的火焰长剑。莫元明左手反握的火焰长剑,迅速地横在头顶之上,挡住了上官炎洛由上至下砍下来的火焰长剑。

四剑相交,发出一阵兵刃相接的铿锵之声。

四剑相交之后,上官炎洛与莫元明再次激烈地交手了几次之后,二人发现仅仅用火焰长剑难以分出胜负。

于是,二人各自向后退了一步,再次变招。

而围观的学员们中有不少人皆感叹道,上官炎洛与莫元明二人竟然在短时间内已经使用了几招天印技了,现在竟然还要变招,不得不再一次惊叹这二人对于体内天印灵力的控制程度。

与此同时,在学院教学区教学楼边缘围观的学员们,也惊讶地望着孙嘉旻与钟离奎的战斗之处。这两个人并没有像莫元明与上官炎洛二人那样,不断使用天印技和变招,而只是使用同样的天印技不停地交手。

但是,孙嘉旻与钟离奎二人交手的速度却快得让人眼花缭乱。这二人仅仅一会儿便交手了数次。

而现在,孙嘉旻与钟离奎二人手中的雷光短刃与火焰短剑,依旧飞快地交锋着。雷光短刃在空气当中犹如闪电一般快速带起一丝丝银色雷弧,与在空气中划出道道火星的火焰短剑猛烈地碰撞着。

就在这个时候,围观的学员们终于见到伊舒黎与慕容继阳和欧阳恒二人交手了。因为刚刚那段时间之内,伊舒黎轻松地破了慕容继阳和欧阳恒二人的合击气势之后,便游刃有余地与二人在中央操场内周旋。

此时,伊舒黎引诱着一直追着他战斗的慕容继阳和欧阳恒二人,远离了其他三处战地之后,伊舒黎便不再后退。同时,等到慕容继阳和欧阳恒二人来到他面前即将要出手的时候,伊舒黎猛然蹲下,然后将双掌掌心向着地面拍去,一道绿光以伊舒黎的双掌为中心,如湖面的涟漪一般,不断地向外扩散而去。

做完这些,伊舒黎口中喝道:"天印技,缠绕!"

然后,慕容继阳和欧阳恒二人脚下一米范围内的一株株嫩草,疯狂地生长起来,并不断地向他们二人的四肢捆绑而去。

此时,慕容继阳和欧阳恒二人非常郁闷,刚刚凝聚了一些天印灵力的慕容继阳和欧阳恒二人,有种有力使不出的感觉,凝聚的灵气无法释放出来,又快速消散在体内。

就在此时,伊舒黎嘴角露出一个诡异的笑容,心道:打蛇打七寸,能力再强,用不出来,一切成空!

第七十四章
龙争虎斗

就在中央操场当中的战斗愈演愈烈之时，僵持的局面逐渐被打破，因为宋雪峰与司徒吉伦的战斗中，他金克木的属性优势完全没有发挥出来，而且，从司徒吉伦澎湃的灵力程度来看，明显司徒吉伦的灵力等级要比宋雪峰至少高出两级以上，否则，宋雪峰的属性优势不会这么容易被抹平，甚至还有被压制的迹象。

在与上官炎洛战斗的同时，莫元明时刻观察着其他三处战场的战况，他知道不能再这么拖下去了，四处战场环环相扣，牵一发而动全身，其中一处战场崩溃，其他三处在气势上必然会受到压制。

就在此时，上官炎洛突然爆发，双眸骤然亮起，灵力变得汹涌澎湃起来，手中火焰双剑散去，对着莫元明大喝一声："天印技，烈焰掌！"上官炎洛头顶上方由澎湃灵力汇聚而成的火焰巨掌缓缓成形，上官炎洛倒映着莫元明身影的双眸闪过一丝狠辣，烈焰掌对着莫元明狠狠拍下。

莫元明感受到扑面而来的灼热气息，以及从天而降的火焰巨掌，心道：来得正是时候，战斗也该结束了。双眸当中的光芒变得隐晦起来，双手的食指在胸前交叉，口中喃喃道："天印技，十字火！"莫元明周围的火焰瞬间消失，灵力疯狂汇聚在双指之上，双指之内的灵力压缩得异常可怕，就连属性的气息也提升了一个层次。

一道十字火从莫元明的双指爆射而出，对着从天而降的火焰巨掌射去，犹如一颗渺小的彗星冲向巨大的恒星一般，看起来是那么可笑。

上官炎洛见到莫元明出招便冷笑起来，心中恶狠狠地想道：自寻死路！

但是，就在渺小的十字火与巨大的烈焰掌接触的那一刻，十字火在上官炎洛惊愕的目光当中击穿了火焰巨掌的掌心，重重地轰击在上官炎洛的身上，上官炎洛在毫无准备的情况下，瞬间被轰飞数米之远。

莫元明在十字火击穿烈焰掌之时，便飞快地转身向着宋雪峰与司徒吉伦的战斗地点冲去，就在司徒吉伦再一次击退宋雪峰，准备给宋雪峰来一记狠招将其击败之时，突然感到身后一股浓郁的灼热之感席卷而来，危机顿生，司徒吉伦反应不可谓不快，瞬间转身，一个防御盾挡在身前，却依旧被一个硕大的火拳击碎，司徒吉伦口喷鲜血，瞬间倒飞。宋雪峰抓住机会，补上一脚，司徒吉伦顿时飞得远远的。

与此同时，与伊舒黎交战的慕容继阳和欧阳恒也感到一股灼热之感从身后袭来，但行动却被伊舒黎的缠绕技所束缚，二人只能竭尽全力在身后凝聚属性护盾。在二人身后的硕大火拳就快轰到之时，二人竟然利用水土相生的属性优势，使两个护盾融合在一起，硬是挡住了身后的攻击。

这只硕大的火拳正是飞快赶到的莫元明使出的，虽然，莫元明支援伊舒黎不成，但却给伊舒黎创造了一个绝佳的机会，而擅长计算的伊舒黎又怎么会错过这种大好时机呢？

因此，就在慕容继阳和欧阳恒二人挡住莫元明的火拳之时，伊舒黎目光中寒芒一闪，沉声道："天印技，突刺！"缠绕着二人的嫩草瞬间犹如荆棘一般长出无数突刺，刹那之间便让被野草缠绕的慕容继阳和欧阳恒全身伤痕累累，并发出一声惨叫。

完成攻击的伊舒黎并没有乘胜追击，冷静观察后，飞快地向着宋雪峰和莫元明的所在地退去。

见到其他三处战场胜负已分的孙嘉旻与钟离奎二人默契的同时撒手，向自己一方的所在地退去，钟离奎便立即去救援受伤的司徒吉伦、慕容继阳和欧阳恒。而孙嘉旻则退到莫元明、宋雪峰、伊舒黎的所在地。

伊舒黎刚一退到宋雪峰身边，便对着宋雪峰急急忙忙地问道："大哥，你没事吧！"就在伊舒黎问出这句话时，刚好退回此地的孙嘉旻与莫元明都向宋雪峰投去关切的目光。

宋雪峰望着三人，心中一阵温暖，说道："我没事，让你们费心了！"说着，还摇摇头苦笑："看来，我也不能太懒啊，不然迟早给人揍。"

"谁敢动大哥，我去干掉他！"孙嘉旻酷酷地说道。

就在此时，操场上传来一声惊天怒喝："莫元明，我要宰了你！天印技，虎形，焰虎突！"上官炎洛全身瞬间冒出赤红色的火焰将自己包裹，一头巨大的火红色火焰巨虎在上官炎洛周边成形，气势汹汹地向着莫元明狂奔而来。

见到这一幕，孙嘉旻顿时喝道："我去会会他！"说完，正准备冲出去之时，被莫元明伸手拦住，莫元明对着孙嘉旻摇了摇头，说道："还是交给我吧，这场战斗由我自己来终结！"

说完，便身形飞快地爆射而出，一而再、再而三地被挑衅，莫元明终于怒了，大声怒喝道："哼，以为就你会吗！天印技，龙形，火龙怒！"莫元明的身体同样被一股赤红色的火焰席卷全身，一条赤红色的火焰巨龙在莫元明的周围成形，向着上官炎洛的火焰巨虎狠狠冲去。

同为火属性的兽形技能在中央操场上出现，一龙一虎在中央操场的中心处狠狠地碰撞在一起，天地灵气瞬间被搅乱，浓郁的火属性气旋刹那间席卷整个操场，同时剧烈碰撞所产生的飓风向着四面八方的教学楼处吹拂而去，众多围观的学员的发型刹那间毁掉，但是，众人的目光依旧在战场中心聚集着。

此时，火焰龙虎的碰撞中心形成了一个巨大的火焰漩涡，巨大的火焰漩涡在操场上肆虐着，却久久不见莫元明与上官炎洛的身影。

好一会儿，巨大火焰漩涡才徐徐散去，莫元明与上官炎洛的身影终于出现，这时二人背对而立，还保持着刚刚攻击时的姿势一动不动，就在众人紧张地看着操场中央的二人时，莫元明默默地收起姿势，向着宋雪峰等人的方向走去。在他走过上官炎洛身边时，上官炎洛的身影犹如一片落叶般缓缓倒下，不知何时，已经失去意识了。

聚集到一起的钟离奎、司徒吉伦、慕容继阳以及欧阳恒见到这一幕，面如死灰，这是他们完全没想到的结果，口中还紧张地喊道："老大！"向着上官炎洛飞快地跑去。

在他们跑过莫元明身边时，莫元明看也没看他们一眼，说道："赶紧送他去医务室吧！"钟离奎等人来到上官炎洛身边，便将其抱起，飞快地向着医务室方向跑去。走的时候，司徒吉伦还转头恶狠狠地瞪了莫元明一眼："我们不会善罢甘休的，你们等着！"说完，便抱着失去意识的上官炎洛跑出中央操场。

莫元明头也不回地说道："随时恭候大驾！"

最后离开操场之时，钟离奎目光复杂地望了莫元明一眼，叹息一声，心道：这个人的出现，恐怕会引起很大的风波，以他刚刚的表现恐怕已经吸引了不少高手的注意，以后可能学院都不得安宁了。

不过这都是后话了，至少与现在的莫元明并无瓜葛。

莫元明回到兄弟们当中，引来的当然是老大宋雪峰、老二伊舒黎以及四弟孙嘉旻的齐声欢呼。

莫元明刚刚回到兄弟们之间，木属性教学楼的人群当中便挤出一个扎着两只小辫子、穿着墨绿色衣裙的小女孩，她飞快地跑到莫元明身边，小声地对着莫元明说道："元明哥哥，听说有坏人欺负你，灵珊帮你教训他！"

这个小女孩正是灵珊，莫元明见她跑到自己旁边，举着小拳头，气鼓鼓地说出这话，莫元明的目光顿时温柔起来，伸出食指刮了刮灵珊的小鼻子，说道："坏人已经被哥哥打跑了，没事了！"

闻言，灵珊顿时露出灿烂的笑容，说道："我就知道元明哥哥最厉害了！"

"灵珊长高了！"莫元明摸摸灵珊的脑袋说道。

"嗯！"灵珊乖巧地点头。

此时，旁边传来一阵不和谐的声音："元明哥哥！""灵珊妹妹！""元明哥哥！""灵珊妹妹！"……

正是宋雪峰与伊舒黎在一旁怪叫着，同时和四弟孙嘉旻一起用一种暧昧的目光望着莫元明与灵珊。听到他们调侃的灵珊，小脸瞬间就红了，而莫元明则苦笑着说道："大哥，二哥，你们怎么也瞎胡闹！"

宋雪峰与伊舒黎正准备继续调侃时，风属性教学楼中传来一声大喝："哪个混蛋敢欺负我表弟，看我不干死他！"话还在说着，风属性教学楼的人群中挤出一个身材魁梧的家伙，一张粗犷的脸出现在众人面前，此人正是莫元明的表哥莫元清。

莫元清刚说完，又有一道声音从教学楼的土属性区域传了出来："就你那两下

第七十四章 龙争虎斗

子，到时候不知道谁教训谁呢，元明小子，我来帮你啦！"言语之间，一名披着飘逸金发、模样俊美的帅哥从人群中走出，此人不是别人，正是吕俊乔。

"你个娘娘腔，说谁呢，皮痒了是吧？"听到这道声音，莫元清顿时不爽地叫道。

"哼，我才不上当呢，你个粗鲁的大猩猩，待会儿弄脏了我的衣服！"吕俊乔毫不示弱地反驳道。

莫元明望着这两个一见面就斗嘴的家伙，说道："这两个关系真好啊！"

"谁跟他关系好了？"

"谁跟他关系好了？"

莫元明望着异口同声说出这句话的莫元清与吕俊乔，十分无语。

莫元清与吕俊乔几乎同时来到莫元明面前，还相互用鄙视的眼神望着对方。

莫元明无奈地说道："好啦，好啦，你们两个别闹啦！"

"表弟，人呢？欺负你的那帮人呢？"莫元明问道。

"坏人都被元明哥哥打跑了！"灵珊接口道。

吕俊乔暧昧地望着莫元明与灵珊，突然奸笑起来："哎呦，元明不错嘛，有我一半的真传！"

莫元明刚想反驳，一道带着几分怒意的声音突然在吕俊乔身后传出："你的什么真传啊？"

听到这个声音，吕俊乔打了个激灵，立即闪到一边，身后露出的一个扎着马尾辫的女生。望着这个女生，吕俊乔原本带着几分猥琐的表情，突然变得正义凛然，说道："当然是我专一、痴情的优良品质啦！小月儿！"最后三个字，吕俊乔说得特别暧昧。

吕俊乔身后的女生正是姬彩月。

听到吕俊乔的话，姬彩月"哼"了一声，便不理他，转头望向莫元明笑了笑，说道："看来已经没事了！"

莫元明自然知道她指的是什么，点点头，自信地说道："那当然！"

吕俊乔喃喃抱怨道："怎么待遇差那么多？"

"哈哈哈哈，难得今天人到得这么齐，我请客！"宋雪峰爽朗地大笑道。

"这可是你说的！"

"必须请啊！"

"宋大哥就是不一样！"

……

听到宋雪峰的话，众人顿时起哄。

莫元明望着开怀大笑的众人在操场上形成一个和谐的画面，心中一片欣慰与感慨，目光坚定地望着天空，心道：这些都是我最重要的伙伴，我一定会用我的生命来守护你们的！我会变得更强！一定会的！

"元明，走啦！不然我们不等你啦！"

"等等我啊！"

晴朗的天空之中，云儿随风飘荡，阳光透过云层挥洒在天印者学院的中央操场之上，莫元明望着走远的众人，迈起轻快的脚步，向着伙伴们奔去！

在这一刻，莫元明并不知道，他自己已经确定了自己的天印之心——守护！未来，天印之心将伴随莫元明向成神之路发起猛烈的冲击！

让上天赐予我们力量，让我们守护自己心中的那一份"珍贵"！

（完结）

尾声
旅程预言

　　天印者学院战斗的开启,表明了莫元明天印觉醒旅程开篇故事的结束。前面的故事中,莫元明在天印觉醒时,成功开启了雷、火两种属性天印,而在后面,莫元明遇到银眸青年月龙痕。弦月属性的引领,激发了莫元明体内潜伏的烈阳属性,最终,莫元明在踏入天印者学院之前,成功开启了雷、火、日、月四种天印属性。

　　在为成为天印者并进入天下第一学院——天印者学院而努力的过程中,莫元明结识了拥有土属性天印的吕俊乔、拥有木属性天印的灵珊、拥有水属性天印的姬彩月、再加上拥有风属性天印的表哥莫元清,未来伙伴的阵容已经初具规模。莫元明从家的亲情与温馨中走出,离开莫家庄,开始面对兄弟的义以及坎坷的未来。觉醒之旅的结束预示着莫元明在天印者学院将开启新的旅程,一段新故事即将展开!敬请期待!